MIRA®

Der Preis dieses Bandes versteht sich einschließlich der gesetzlichen Mehrwertsteuer.

Umwelthinweis:
Dieses Buch wurde auf chlor- und säurefreiem Papier gedruckt.

Gaelen Foley

Ein Kuss auf dem Maskenball

Roman

Aus dem Amerikanischen von
Bärbel Hurst

MIRA®

MIRA® TASCHENBUCH
Band 25641
1. Auflage: Januar 2013

MIRA® TASCHENBÜCHER
erscheinen in der Harlequin Enterprises GmbH,
Valentinskamp 24, 20354 Hamburg
Geschäftsführer: Thomas Beckmann

Titel der nordamerikanischen Originalausgabe:
Her Secret Fantasy

erschienen bei: Ballentine Books

This translation published by arrangement with Ballantine Books,
an imprint of Random House Publishing Group,
a division of Random House, Inc.

Konzeption/Reihengestaltung: fredebold&partner gmbh, Köln
Umschlaggestaltung: pecher und soiron, Köln
Redaktion: Bettina Lahrs
Titelabbildung: Harlequin Enterprises S.A., Schweiz
Satz: GGP Media GmbH, Pößneck
Druck und Bindearbeiten: CPI – Ebner & Spiegel, Ulm
Printed in Germany
Dieses Buch wurde auf FSC®-zertifiziertem Papier gedruckt.
ISBN 978-3-86278-493-6

www.mira-taschenbuch.de

1. KAPITEL

England 1818

Diese Damen sind zu bedauern! Ihr Schicksal ist besiegelt, nicht wahr? Was sollen sie jetzt nur tun?"

„Ich denke, sie sollten das alte Haus verkaufen, obwohl es ja wirklich nur noch eine Ruine ist."

„Aber es ist ihr Zuhause – es gibt keinen anderen Ort, an den sie gehen könnten."

„Ja, ja, die Folgen von Kartenspiel und Trunk, meine Liebe."

„Dafür aber können die Damen nichts. Ach, es ist so traurig, den Niedergang einer einst so großen Familie mit anzusehen."

Das Geflüster kam von einer Kirchenbank zwei oder drei Reihen hinter ihr. Nur langsam durchdrang der leise Wortwechsel Lily Balfours Trauer, lenkte ihre Aufmerksamkeit weg von der Leere in ihrem Herzen, von dem einschläfernden Trommeln des Regens auf den hohen Fenstern der kleinen Dorfkirche und von der monotonen Grabrede, die Großvaters nicht mehr ganz junger Erbe hielt, der neue Lord Balfour. Ihrer Seite der Familie war er vollkommen unbekannt.

Lilys Blick hinter dem schwarzen Halbschleier ihres kleinen Hutes veränderte sich durch das fortgesetzte Flüstern, er war nicht mehr von Verzweiflung bestimmt, sondern von Unmut, der von Empörung abgewechselt wurde.

Was hatte es damit auf sich? fragte sie sich und lauschte verärgert. Jemand redete über ihre Familie, und zwar noch während der Beerdigung ihres Großvaters?

Solche Klatschmäuler!

Sie versuchte sich zu erinnern, welche ihrer Nachbarinnen sich in die Reihen hinter ihr gesetzt hatten, aber sie vermochte keinen klaren Gedanken zu fassen. Sie hatte die letzten zwei Tage wie in einem Nebel verbracht, wie betäubt von Sorge und Erschöpfung, nachdem sie sich monatelang um ihren sterbenden Großvater gekümmert hatte.

So viele Jahre lang war ihr Viscount Balfour geradezu übermenschlich erschienen, wie ein Held, der sein Ende kommen sah. Gezwungen zu sein, zuzusehen, wie er mit jedem Tag ein kranker alter Mann wurde, in seiner Nähe zu sein, als er starb – das war beinahe mehr gewesen, als sie ertragen konnte.

Aber jetzt war er von den Lebenden gegangen und hatte seinen Frieden gefunden, davon war sie überzeugt. In diesem Moment, sein Erbe hatte die Trauerrede noch nicht beendet, nahmen die Frauen ihr Gespräch über das Schicksal der Familie wieder auf. Diesmal hielt Lily den Kopf ein wenig schräg und hörte aufmerksam zu.

„Vielleicht wird der neue Lord Balfour ihnen ein wenig helfen. Er scheint ein gutes Herz zu haben“, meinte die eine der beiden Matronen mitfühlend, aber die andere schnaubte nur verächtlich.

„Das würde Lady Clarissa niemals zulassen. Die beiden Zweige der Familien haben seit Jahren kein freundliches Wort mehr miteinander gewechselt. Ich dachte, das wäre allgemein bekannt.“

„Nun, er kann sie nicht verhungern lassen. Ach, das ist alles so traurig“, klagte ihre Begleiterin leise. „Zuerst stirbt Master Langdon in Indien, dann der Neffe in diesem schrecklichen Duell. Vielleicht ist doch etwas dran an dem alten Fluch der Balfours.“

„Unsinn. Es ist ihre eigene Schuld, wenn sie so stolz sind. Wären sie nicht so hochnäsig, würden sie erkennen, dass die Lösung ihrer Schwierigkeiten direkt vor ihrer Nase liegt.“

„Welche Lösung? Was meinen Sie?“

Ja, was meinte sie? fragte sich auch Lily.

„Eine der Balfour-Frauen könnte immer noch eine gute Partie machen“, erklärte die resolutere der beiden Damen flüsternd. „Nun, vielleicht nicht die älteste Cousine“, räumte sie ein. „Miss Pamela ist fast vierzig und recht seltsam. Aber die jüngere, Lily. Makellose Erziehung, und sie hat das Aussehen ihrer Mutter geerbt. Ich denke, ein wenig Gold vom Heiratsmarkt könnte die Lage im Handumdrehen entscheidend verbessern.“

Lily spürte, wie sie bei diesen Worten erbleichte. Ihr ganzer

Körper spannte sich an, verkrampfte sich bei diesem Vorschlag, und sie ballte die Finger, mit denen sie ihr Taschentuch hielt, zur Faust. Nein!

„Aber Liebes, sie könnten es sich nie leisten, ihr eine Saison zu verschaffen. Ich weiß nicht einmal, wovon sie dieses Begräbnis bezahlen."

„Nun, jetzt oder nie, wenn du mich fragst. Das Mädchen ist fast fünfundzwanzig. Wenn die Trauerzeit für ihren Großvater vorüber ist, kann sie sich eine alte Jungfer nennen. Ehrlich gesagt, verstehe ich nicht, warum sie noch nicht verheiratet ist. Es kann ihr nicht an Anträgen fehlen."

Das geht euch nichts an, dachte Lily und presste die Lippen zusammen.

„Vielleicht erscheint Lady Clarissa keiner der Verehrer fein genug für das alte Blut der Familie Balfour."

„So wird es sein. Wie auch immer, sie ist über das Alter hinaus, in dem sie den Rat ihrer Mutter braucht, oder? Ich kann nicht für dich sprechen, Liebes, aber ich an ihrer Stelle würde das Gefühl haben, meine Pflichten zu vernachlässigen."

„Ach, komm schon."

„Nein, wirklich! Worauf wartet sie, auf einen Prinzen? Einen Ritter in schimmernder Rüstung? Als ich in ihrem Alter war, hatte ich drei Kinder."

Bei diesen nur allzu wahren Bemerkungen verzog Lily das Gesicht und warf einen prüfenden Seitenblick auf ihre Mutter.

Mit ihren vierundvierzig Jahren war Lady Clarissa Balfour noch nicht willens, den Rang als eine der schönsten Frauen im Süden Englands abzugeben. Viele hielten sie außerdem für die energischste.

Ihre kerzengerade Haltung in der hölzernen Kirchenbank bestätigte ihrer Tochter, dass auch sie das Gewisper gehört hatte. Aber anders als die schüchterne und gehorsame Lily drehte sie nur allmählich das blonde Haupt und bedachte ihre plaudernden Nachbarinnen schließlich mit einem vernichtenden Blick. Dieser musste die Damen gleichsam wie ein eiskalter Windstoß getroffen haben.

Wie – können – Sie – es – wagen?

Lily hörte hinter sich unterdrückte, erschrockene Laute, was sie aber nicht weiter überraschte. Sie kannte diese Reaktion nur zu gut.

Sie sank auf ihrem Platz leicht in sich zusammen, wohl vertraut mit der Wirkung, die dieser Blick ihrer Mutter hatte. Sie war nur froh, dass diesmal nicht sie damit bedacht wurde.

Ihre Mutter war die Tochter eines Earls – eine Tatsache, die zu vergessen niemandem in ihrer Nähe gestattet wurde. Sie war viel zu gut erzogen, um – Gott bewahre! – jemals ihre Stimme zu erheben. Dazu bestand natürlich auch keine Notwendigkeit, wenn sie doch in der Lage war, allein mit ihren Augen Macht über die Menschen zu haben.

Als Lady Clarissa Balfour sich wieder nach vorn wandte, wirkte ihr makelloses Gesicht wie eine Maske aus Marmor, hart und weiß über der schwarzen Spitze ihres hochgeschlossenen Trauerkleides. Nachdem sie dem unangemessenen Verhalten der Nachbarinnen ein Ende gesetzt hatte, warf sie Lily einen kurzen zufriedenen Seitenblick zu.

Das sieht Mutter ähnlich, dachte Lily.

Sie erwiderte den Blick mit einem kurzen Nicken. Danach versuchte sie, sich wieder auf die Trauerrede zu konzentrieren, aber tatsächlich war es schwer, den nichtssagenden Floskeln des neuen Lord Balfour zu folgen. Es war nicht zu überhören: Er sprach über einen Mann, den er kaum gekannt hatte, einen Mann, den Lily und alle anderen Menschen im Umkreis von mehreren Meilen geliebt hatten.

Abgesehen vielleicht von ihrer Mutter. Lady Clarissa war dem alten Viscount eine pflichtbewusste Schwiegertochter gewesen, aber selbst als Kind hatte Lily bemerkt, wie sich die beiden einander die Schuld am Tod ihres Vaters gaben. Stets hatte sie sich zwischen ihnen wie gefangen gefühlt. Tatsächlich hatte sie hier, ganz in Gedanken versunken, ehe die Nachbarinnen sie so grob unterbrachen, eine Entscheidung treffen wollen, welches Begräbnis schlimmer war – dieses oder das ihres Vaters.

Tatsächlich war das keine wirkliche Frage. Heute war ihr Herz gebrochen, doch nichts ließ sich vergleichen mit dem Verlust, den sie vor fünfzehn Jahren erlitten hatte, als sie ein neunjähriges Kind war. Obwohl sie ihren Großvater innig geliebt und ihn jeden Tag gepflegt hatte, als er immer schwächer wurde, hatte sie ihrem Vater näher gestanden – zwei wie Pech und Schwefel, hatte ihr Kindermädchen immer gesagt.

Außerdem war ihr Großvater alt und krank gewesen, und Lily hatte gewusst, dass er sterben würde. Als kleines Mädchen hatte sie noch nichts vom Tod geahnt, und sie hatte geglaubt, ihr wunderbarer Vater würde in Indien ein herrliches Abenteuer erleben, auf Elefanten reiten und prachtvoll gewandete Maharadschas treffen. Das hatte er ihr jedenfalls erzählt.

Er hatte versprochen, mit einem Sack voller Rubine für ihre Mutter und einem voller Diamanten für sie zurückzukommen. „Meine kleine Prinzessin. Prinzessin Lily! Eines Tages wirst du das reichste und vornehmste Mädchen im ganzen Land sein …“ Gut aussehend, charmant und ein Träumer, hatte Langdon Balfour immer eine Neigung zu maßlosen Übertreibungen gehabt, aber mit neun Jahren hatte Lily ihrem Vater noch jedes Wort geglaubt.

Ungefähr ein Jahr später hatte die Nachricht, dass ihr Vater am Monsun-Fieber gestorben war, ihre ganze Welt zum Einsturz gebracht.

Vielleicht fiel es ihr deshalb so schwer, der Rede des neuen Lord Balfour zuzuhören. Papa sollte dort stehen und allen von seinem Vater erzählen, dachte Lily. Papa hätte den Titel erben und seine Stellung als männliches Oberhaupt der Familie einnehmen sollen. Sie mochten dann noch immer bankrott sein, und der Niedergang ihrer Familie wäre demütigend gewesen, aber zumindest wären sie zusammen.

Stattdessen war ihr nichts von ihm geblieben als die Erinnerungen an die Märchen, die er ihr erzählt hatte, und an einen Gartenpavillon, den er nicht mehr hatte fertigstellen können, da ihm das Geld ausging – und die Zeit.

Jetzt waren sie ein Haushalt von Frauen mit sehr bescheidenen Einkünften, von denen sie leben mussten.

Gott stehe uns bei, dachte Lily und ließ den Kopf sinken.

Vermutlich hatte die unbekannte Nachbarin recht, und sie waren dem Untergang geweiht.

Schuldgefühle kamen in ihr hoch. Vertraute Schuldgefühle. Vielleicht lagen die Frauen mit ihrem Gerede auch nicht so falsch, was diesen besonders schmerzhaften Punkt betraf. Du kannst all das lösen, wenn du nicht so selbstsüchtig wärest, sagte ihr Gewissen. Warum solltest du nicht heiraten, wenn das die Lösung für alles wäre? Sieh dir nur deine arme Mutter an. Sie hat schon genug durchgemacht. Sieh dir an, wie stolz sie ist. Sie ist nicht dafür geboren, arm zu sein.

Du kannst das, sagte ihr das Gewissen und versuchte, sie zu ermutigen. Du kannst sie retten. Du weißt, du kannst es, wenn du nur die Vergangenheit vergisst und deine Angst überwindest.

Aber sie hatte Angst. Die Erfahrung hatte sie gelehrt, dass ein gesundes Misstrauen gegenüber anderen Menschen und der Welt zum Überleben nötig war. Wenn ihr Vater ein gesundes Maß an Furcht besessen hätte, wäre er vielleicht noch am Leben. Furcht war auch etwas Gutes.

Die Trauerzeremonie war nun vorüber. Die Klatschbasen waren geflohen, ehe die Gemeinde sich umwandte, um zu verfolgen, wie die Träger hinausgingen und mit ernsten Mienen den Sarg ihres geliebten Herrn mit sich nahmen.

Während die Gentlemen in den angrenzenden Kirchhof hinausgingen, um den Viscount zu beerdigen, stiegen die Damen in ihre Kutschen für die kurze Fahrt hinüber nach Balfour Manor, wo Lilys Familie einen bescheidenen Empfang gab.

In königlicher Haltung ging ihre Mutter voraus, hob die Säume ihrer schwarzen Röcke über die Schlammlachen, während einer der treuen Diener – der schon seit Monaten nicht mehr bezahlt worden war – ihr nachlief, um einen Schirm über ihr unter der schwarzen Haube sorgfältig frisiertes Haupt zu halten.

„Komm mit, Lily", rief Lady Clarissa. „Wir müssen für unsere Gäste bereit sein."

Lily machte keine Anstalten, ihr zu folgen. „Eigentlich würde ich lieber laufen. Ich brauche …" Sie verstummte, als sie den empörten Blick ihrer Mutter sah.

„Lily, es regnet. Sei nicht albern."

„Ich habe meinen Schirm dabei. Ich würde wirklich gern einen Moment allein sein. Wenn es dir nichts ausmacht, Mutter."

Lady Clarissa starrte sie an. „Natürlich macht es mir etwas aus! Ich brauche dich, um die Gäste zu empfangen, sobald sie angekommen sind. Ich werde im Salon Tee einschenken. Du wirst in der Eingangshalle stehen."

„Tante Daisy sagte, sie würde meinen Platz einnehmen. Ich werde gleich da sein."

Lady Clarissa warf einen zweifelnden Blick zu ihrer untersetzten und gewöhnlich hilflosen, wenn auch gutherzigen Schwägerin.

„Ja, ich werde an der Tür stehen", ließ sich Tante Daisy vernehmen.

Lady Clarissa blickte gen Himmel.

„Oh, lass sie doch, Clarissa. Das arme Mädchen will sich verabschieden."

Lady Clarissa warf einen hochmütigen Blick zum Friedhof, anschließend zuckte sie die Achseln. „Trödle nicht", befahl sie Lily. „In zwanzig Minuten werden wir ein Haus voller Gäste haben, und ich brauche dich dort."

„Jawohl, Madam." Lily nickte und warf Tante Daisy einen dankbaren Blick zu, als ihre Mutter sich umwandte. Dann stiegen Lady Clarissa und die beiden verbliebenen Mitglieder ihrer Entourage – die beständig plappernde Tante Daisy und Lilys Cousine Pamela, der Bücherwurm, die die Nase rümpfte und ihre von Regentropfen bespritzte Brille putzte – in die schwarze Kutsche und brachen auf nach Balfour Manor.

Das große Backsteinhaus lag nur einen Steinwurf von der Landstraße entfernt. Von hier aus war das Giebeldach zwischen den Baumwipfeln zu sehen.

Es ist keine Ruine, dachte Lily abwehrend. Das Dach hatte vielleicht ein oder zwei Löcher. Na und?

Während sie zusah, wie sich die Reihe der Kutschen langsam dorthin bewegte, dachte sie noch immer erstaunt über den Letzten Willen ihres Großvaters nach. Darin war Erstaunliches zutage getreten. Er hatte ihre Mutter übergangen und Balfour Manor, das einzige Erbstück, das nicht an den Titel und damit an die Erbfolge gebunden war, Lily hinterlassen.

Natürlich wusste sie, warum er das getan hatte. Nicht, weil sie sich um ihn gekümmert hatte, nicht einmal, weil sie mit ihm blutsverwandt war, während ihre Mutter nur seine Schwiegertochter war. Er hatte es getan, weil er dafür sorgen wollte, dass Lily immer einen Platz zum Wohnen hatte, wenn sie wirklich ihr Versprechen wahr machte und nicht heiratete. Was nach dem, was ihr zugestoßen war, durchaus verständlich wäre.

Nicht einmal ihre Mutter würde sie hinauswerfen können, wie sie es einmal angedroht hatte. Die Erinnerung an ihre kalte Zurückweisung ließ Lily noch immer erzittern, obwohl das vor beinahe zehn Jahren geschehen war, als sie noch ein verängstigtes fünfzehnjähriges Mädchen war. Noch immer litt sie unter der Schande, die sie über ihre stolze Familie gebracht hatte. Aber aufgrund der strikten Anweisung ihres Großvaters hatten sie sich zusammengeschlossen und all die Jahre jeden Hauch von Skandal von der Familienehre ferngehalten.

Jeder Einzelne von ihnen hatte sein Möglichstes getan, um die ganze Angelegenheit unter den Teppich zu kehren. In den letzten acht Jahren hatte nicht einmal ihre Mutter es erwähnt. Aber das Wissen über ihren Sündenfall war immer da, lauerte unter der Oberfläche der höflichen und vornehmen Krisenzone ihres Heims. Das Leben ging weiter, aber Lily fragte sich immer noch, ob man ihr wohl jemals ihren Fehltritt verzeihen würde.

Das war der eigentliche Grund, warum sie zurückgeblieben war und nachdenken wollte – es war nicht der Verlust ihres Großvaters, sondern das nagende Schuldgefühl, das sie quälte, seit sie die Worte ihrer Nachbarin gehört hatte.

„Ein wenig Gold vom Heiratsmarkt könnte die Lage im Handumdrehen entscheidend verbessern."

Wieder einmal stand die Familienehre der Balfours auf dem Spiel, diesmal nicht gefährdet durch einen Skandal, sondern durch den drohenden Ruin. Vor Jahren war sie es gewesen, durch die der gute Name der Familie bedroht gewesen war, aber die Verwandten hatten sie beschützt. Nun, da sie wieder an der Schwelle zur Schande standen, schuldete sie es da nicht ihrer Familie, sie davor zu bewahren, wenn sie die Möglichkeit dazu hatten? Schuldete sie das ihrem Großvater?

Während die Kutschen sich vorwärtsbewegten, warf sie über die Schulter einen Blick zurück zu den Männern auf dem Kirchhof.

Tränen stiegen ihr in die Augen, als sie zusah, wie der Sarg in die Erde gesenkt wurde. Sie hob die Fingerspitzen an die Lippen und schaute wieder nach vorn, während der Regen sanft auf ihren schwarzen Schirm fiel.

Dann ging sie weiter in Richtung auf ihr Zuhause, setzte jeden Fuß vorsichtig auf die rutschigen Wegplatten, die ihre Schuhe kaum vor dem Schlamm schützten.

Was soll ich tun? Ich will nicht selbstsüchtig sein …

Als sie daran dachte, wie sie für die Erhaltung von Balfour Manor sorgen sollte, wusste sie kaum, wo sie anfangen sollte. Es wäre mit enormen Ausgaben verbunden, selbst wenn die Bewohner sich einschränkten. Jetzt gehörte das alles ihr. Es zu verkaufen, kam nicht infrage, aber sie hatte keine Vorstellung davon, wie sie die Steuern bezahlen, geschweige denn das undichte Dach reparieren sollte.

Vielleicht sollte ich mich tatsächlich nach einem Ehemann umsehen, dachte sie voller Unbehagen. Was immer geschehen mochte, den Gedanken, dass ihr auch noch ihr Zuhause abhandenkommen könnte, vermochte sie kaum zu ertragen. Ihr baufälliges Haus und das verschlafene Dorf waren die einzigen Orte, in denen sie sich wirklich sicher fühlte.

Außerdem stand der lächerliche Pavillon, den ihr Papa halb fertig zurückgelassen hatte, im hinteren Teil des überwucherten Gartens. Wenn sie das Haus verkaufen musste, würden die neuen Besitzer ihn vermutlich abreißen, und das wäre, als würde sie ihren Vater ein zweites Mal verlieren, zusammen mit all ihren Kindheitserinnerungen, dem unschuldigen Teil ihrer Jugend.

Andererseits – wenn sie nicht bald etwas unternahm, würde sie das Haus mit Sicherheit verlieren.

„Eines der Mädchen könnte noch immer eine gute Partie machen …"

In diesem Augenblick hörte Lily eine Kutsche herannahen, und sie drehte sich um, während sie gleichzeitig zur Seite trat.

Durch den Dunstschleier sah sie vier weiße Pferde, die eine rosafarbene gedrungene Barouche zogen. Als Lily das farbenfrohe Gefährt sah, lächelte sie zum ersten Mal an diesem Tag. Ihre Patin, Mrs Clearwell, hatte den weiten Weg von Mayfair auf sich genommen, um hierherzureisen.

Sie wusste, dass die treue Kindheitsfreundin ihrer Mutter eingeladen war, ein paar Tage mit ihnen zu verbringen. Und auch wenn sie recht exzentrisch war, so kam Mrs Clearwell doch stets in Krisenzeiten, um zu helfen.

Wie durch Zauberhand schien der Regen nachzulassen, als Gerald, der Kutscher, sein Gespann neben Lily zum Stehen brachte. Er tippte sich an den Hut und sagte heiter: „Guten Tag, Miss Lily."

Als sie ihm zunickte, zeigte sich plötzlich das graue Haupt ihrer Patin. „Oh beim Zeus, ich komme zu spät! Lily, Liebste, wie schrecklich von mir. Habe ich die ganze Zeremonie verpasst? Komm herein, mein Mädchen. Dummes Gänschen, was tust du da? Gehst du etwa im Regen spazieren?"

„Ich genieße den Regen, und ja, ich fürchte, Sie haben den Gottesdienst verpasst. Aber das macht nichts." Lily konnte ein Lächeln nicht unterdrücken. „Sie kommen gerade rechtzeitig zum Tee."

„Zum Glück!" Mrs Clearwell entstieg der Kutsche und kauerte sich unter Lilys Schirm.

Die kleine, rundliche und mit Schmuck behängte Dame umfasste einen Moment lang Lilys Schultern, musterte ihr Gesicht mit einem Blick voller Mitgefühl, und dann, in einer plötzlichen Gefühlsaufwallung, umarmte sie sie fest. „Mein liebes, liebes Mädchen. Armes Geschöpf! Du hast die ganze Last seiner Krankheit getragen, nicht wahr? Natürlich hast du das“, sagte sie und schniefte ein wenig. „Warst du dabei, als er dahinschied?“

„Ja.“ Angesichts der Freundlichkeit ihrer liebevollen Patin traten Lily die Tränen in die Augen. „Er wollte seine Medizin nicht mehr nehmen. Er sagte, er wollte dem Tod mit klarem Verstand entgegentreten.“

„Oh – noch am Ende ein Held.“

Lily nickte. „Er hatte solche Schmerzen.“

„Nun, jetzt ist er im Himmel bei deinem Vater. Na, na, liebes Kind. Geht es dir gut?“

Lily brachte ein Nicken zustande und wischte sich eine Träne ab.

„Tapferes Mädchen.“ Mrs Clearwell tätschelte ihr die Wange. Sie war die Cousine ihrer Mutter und der einzige Mensch, den Lily kannte, der mit Lady Clarissa umgehen konnte. Ihre Freundschaft hatte Lily immer erstaunt. Die beiden Frauen waren so verschieden, wie es nur irgend denkbar war.

Ihre Mutter hätte zum Beispiel niemals die sternenförmigen Nadeln getragen, die im Haar von Mrs Clearwell funkelten. Vor allem nicht zu einem Begräbnis.

„Oh!“, rief die ein wenig korpulente Witwe plötzlich aus. „Lily, Kind, lass mich dich von diesem düsteren Ort fortbringen. Ich weiß, dass du eine Stubenhockerin bist, aber komm mit mir nach London. Ich bestehe darauf.“

Lily lächelte matt. „Ich glaube, mir stehen sechs Monate Trauerzeit bevor, so verlangt es der Brauch.“

„Der Brauch“, höhnte ihre Patin mit funkelnden Augen. „Du bist in Trauer, seit du neun Jahre alt bist. Jetzt ist Schluss damit. Keinen Tag länger, sage ich dir! Lord Balfour hätte nicht gewollt,

dass du unglücklich bist, genauso wenig wie ich."
„Ach, Sie waren immer so freundlich zu mir."
„Weil ich Großes in dir sehe, Lily."
Lily schüttelte den Kopf bei diesen unsinnigen Worten ihrer Patin, wischte sich die feuchte Wange ab und redete sich ein, es wäre nur ein Regentropfen gewesen.
„Also schön", schloss Mrs Clearwell plötzlich. „Das ist damit geklärt. Du wirst mich in die Stadt begleiten, und wir werden eine großartige Zeit miteinander verbringen. Es gibt Konzerte, Dinner, Bälle und Soireen ..."
„Ehrlich gesagt, ich habe nichts anzuziehen", unterbrach Lily sie, ein wenig schockiert, dass ihre Patin davon sprach, sie in die Gesellschaft einzuführen, so kurz nach einem Todesfall in der Familie.
„Das Leben ist für die Lebenden", sagte Mrs Clearwell, als hätte sie Lilys Gedanken erraten. „Und was deine Kleider angeht, so mache dir darüber keine Sorgen. Wir werden dir im Nu ein paar besorgen. Kein Wort über die Kosten – ich versichere dir, diese spielen keine Rolle. Ich bin deine Patin, und wenn ich will, kann ich dich verwöhnen. Und du weißt, dass mein Norbert sehr reich verstorben ist."
Lily sah sie unsicher an. „Es ist nicht leicht, Ihre Barmherzigkeit anzunehmen."
„Ach was, Mädchen. Eine große Schönheit ein wenig in London herumzuführen, wird das wunderbarste Vergnügen sein, das mir seit Jahren vergönnt wurde. Nun sei nicht so stolz wie deine Mama oder so starrköpfig, wie Seine Lordschaft es immer war. Komm, Lily, ich weiß, du bist praktisch veranlagt – und du weißt, dass ich stets auf deiner Seite war."
Die Tränen traten Lily erneut in die Augen, aber sie wandte sich ab und versuchte, sie wegzublinzeln. „Nun gut – ich werde darüber nachdenken. Sie müssen mir nur eines versprechen ..." Sie sah ihre Patin von der Seite her an.
„Was?"
„Sie haben doch nicht vor, die Ehestifterin zu spielen, oder?"

Mrs Clearwell strahlte. „Nun, ehrlich gesagt – jetzt, da du es erwähnst, Liebes, es könnte ein oder zwei junge Gentlemen geben, die mir in London begegnet sind, von denen ich meine, sie wären perfekt für dich."

Lily stöhnte, dann überlegte sie es sich anders und platzte mit einer Frage heraus: „Sind sie reich?"

„Wie Prinzen. Sonst würde ich nicht deine Zeit mit ihnen vergeuden."

„Hm", murmelte Lily und warf einen Blick auf das große, düstere, kalte Balfour Manor. Vermutlich regnete es gerade jetzt durchs Dach hinein.

Als Mrs Clearwell einladend auf ihre Kutsche deutete, sah Lily sie aufmerksam an. Dann schloss sie ihren Schirm und stieg ein.

Als dieser sehr anstrengende Tag zu Ende ging, hatte Lily eine Entscheidung getroffen. Nachdem alle Gäste gegangen waren – außer Mrs Clearwell, die sich gerade im Gästezimmer im oberen Stock aufhielt –, rief sie ihre weiblichen Verwandten im Salon zusammen.

Sie stand vor dem Kamin, die Hände hinter dem Rücken verschränkt, und sah sie alle der Reihe nach an. „Es gibt etwas, das ich euch sagen will. Etwas Persönliches."

„Ja, Tochter?" Die Mutter sah auf.

Lily straffte die Schultern und holte tief Atem. „Ich habe beschlossen, Mrs Clearwells Einladung nach London anzunehmen. Es hat keinen Sinn zu widersprechen", erklärte sie. „Wir alle wissen, dass etwas getan werden muss."

Tante Daisy runzelte die Stirn und warf einen ängstlichen Blick zu Lady Clarissa, danach schaute sie wieder zu Lily. „Aber was ist mit der Trauerzeit, Liebes?"

„Ich denke, in diesem Fall würde Großvater es verstehen", sagte sie leise. Dann zögerte sie. „Als neue Eigentümerin dieses Hauses muss ich etwas unternehmen, damit wir alle ein Dach über dem Kopf haben. Daher werde ich nach London gehen, um einen Ehemann zu finden – keine von uns sollte sich länger als nötig sorgen müssen“, schloss sie hastig, als die anderen erstaunt die Köpfe hoben.

Alle drei Damen starrten sie entsetzt an.

„Du – wirst heiraten?“, stieß ihre altjüngferliche Cousine hervor.

„Gott segne dich, Lily, mein liebes, tapferes Mädchen“, flüsterte Tante Daisy und tupfte sich die Augen mit dem Taschentuch ab. „Ich fürchtete schon, wir müssten ins Armenhaus.“

Lily sah ihre Mutter an, um festzustellen, wie diese reagierte. Gespannt wartete sie ab.

Lady Clarissa schwieg eine ganze Weile. Dann ließ sie ihre Stickarbeit sinken. „Bist du sicher, dass du das schaffst?“

Lily wappnete sich für ihre Antwort. „Ich kann es“, sagte sie.

Die Mutter kniff die saphirblauen Augen zusammen. „Alles? Ein Ehemann hat – gewisse Erwartungen.“

„Ja. Das ist mir bewusst, Madam. Ich werde darauf gefasst sein.“

„Aber Mutter! Tante Clarissa! Das könnt ihr doch nicht zulassen“, platzte Cousine Pamela heraus.

Niemand sagte etwas.

„Ich weiß, dass wir arm sind. Aber ihr könnt doch nicht zulassen, dass Lily sich verkauft wie – wie ein unaussprechliches Frauenzimmer. Das ist makaber.“

„Makaber?“, wiederholte Tante Daisy und runzelte die Stirn.

„Es muss eine andere Möglichkeit geben“, beharrte Cousine Pamela. „Ich weiß!“ Ihre Miene hellte sich auf. „Ich könnte einen meiner Romane verkaufen!“

„Nein“, riefen beide Mütter wie aus einem Munde.

„Liebe Güte, du und deine Gruselromane, du wirst die Familie noch um den Rest ihres Ansehens bringen“, murmelte Lady Clarissa erschauernd. „Davon will ich nichts mehr hören. Damen schreiben keine Romane.“

„Aber ich könnte ihn unter einem Pseudonym veröffentlichen …“

„Wir würden immer noch wissen, dass du es warst, Pamela“,

sagte Lady Clarissa mit einem tiefen Seufzer. „Ehre ist Ehre. Eine Ehe ist zumindest eine respektable Beschäftigung für eine Frau. Du hättest es versuchen können, wenn du deine Jugend nicht an dein sinnloses Gekritzel vergeudet hättest“, fügte sie leise hinzu.

„Ja, Madam“, erwiderte Cousine Pamela matt. Sie senkte den Blick hinter ihren Brillengläsern wieder einmal schweigend und demütig.

Ganz kurz runzelte Lily die Stirn. So war ihre Mutter. Immer korrekt und geradeheraus.

Gefühllos und grausam.

„Sorge dich nicht, Pam“, sagte sie und versuchte, ihrer blassen, bedauernswerten Cousine ein aufmunterndes Lächeln zu schenken. „Es erscheint ein wenig, nun ja, makaber, aber es macht mir nichts aus“, schwindelte sie. „Und außerdem haben unsere Mütter recht. So ist nun mal der Lauf der Welt.“

„Nun, mich hat die Welt noch nie sehr gekümmert.“ Nachdem Pamela sich nach dieser kleinen Ermutigung wieder gefasst hatte, stand sie auf und legte das Buch beiseite, in dem sie gerade gelesen hatte.

Sie ging hinüber zu Lily und starrte ihr ins Gesicht, die braunen Augen aufmerksam und durchdringend hinter den runden, rahmenlosen Gläsern. Ihr Atem roch nach Kaffee – sie trank niemals Tee. „Du wirst es also wirklich tun?“, fragte sie fasziniert. „Selbst nach dem, was geschehen ist? Du wirst uns alle retten, indem du einen reichen Mann heiratest?“

Lily hob den Kopf ein wenig. „Einen sehr reichen Mann.“

„Nun, dann suche dir am besten einen Dummen aus“, riet ihr Pamela. „Die sind leichter zu täuschen.“

Lady Clarissa lachte kurz auf. „Sie sind, genau genommen, alle ziemlich dumm, Liebes.“

Die trockene Bemerkung erinnerte alle Anwesenden daran, dass Lady Clarissa ihrem Mann nie den Plan verziehen hatte, nach Indien zu gehen, um das Vermögen der Familie zu retten. Nicht weil sie eine so hingebungsvolle Gemahlin gewesen war, sondern weil sein Tod bedeutete, dass sie niemals den Titel erlangen würde, um dessentwillen sie ihn geheiratet hatte. Hätte er weitergelebt, wäre sie Viscountess geworden. Jetzt blieb ihr nur der Titel, der ihr der Höflichkeit halber als Tochter eines Earls zustand.

„Ja, Lily, höre auf deine Cousine", fuhr sie fort. „Reich und dumm. Genau die Sorte Mann, die jedes Mädchen braucht."

„Richtig", stieß Lily hervor und verbarg ihre Missbilligung. Sie war entschlossen, der unsentimentalen Kühle ihrer Mutter nachzueifern, als sie dem unbekannten Schicksal entgegensah, das London für sie bereithielt. Sie wusste sehr genau, dass dies ihre einzige Chance war, sich in den Augen ihrer Familie zu bewähren.

Reich und dumm sollte er sein.

Welcher kluge Mann würde sie schließlich auch nehmen?

2. KAPITEL

London, zwei Monate später

Er war nicht das, was der Ausschuss erwartet hatte. Die neun würdevollen Gentlemen des Bewilligungskomitees für die Erweiterung des Ostens nahmen ihre Plätze an dem langen Tisch vor der noch aus dem Mittelalter stammenden Kammer ein und bereiteten sich auf die parlamentarische Anhörung vor, die sie durchführen sollten. Jeder von ihnen genoss insgeheim die Aussicht, den Nachmittag mit ihrem Lieblingsspiel zu verbringen. Ach, es bereitete ja immer so viel Vergnügen, sich die Zeit zu vertreiben mit dem Befragen, Beleidigen, Einschüchtern und Bedrängen irgendeines unglückseligen Offiziers, der das Pech hatte, von der Front hierhergeschickt zu werden, um ihnen, der zivilen Behörde, Bericht zu erstatten, ihre Fragen zu beantworten, Erklärungen abzugeben, kurzum: nach ihrer Pfeife zu tanzen.

Schließlich waren sie es, die das Budget der Armee in Händen hielten. Außerdem boten solche Gelegenheiten die Möglichkeiten zu ausführlichen Ansprachen, denen kein Politiker widerstehen konnte.

Da sie dies schon viele Male getan hatten, wussten die Gentlemen, welche Sorte von schwachen jungen Burschen die Kommandeure ihnen aus dem Feld zu schicken pflegten: zweifellos einen gehorsamen Gecken, einen jüngeren Sohn des Adels, der lieber am Spieltisch bei White's gesessen hätte. Die Sorte wichtigtuerischer, dandyhafter Adjutanten, die sorgfältig darauf achteten, sich nahe am Zelt des Generals aufzuhalten, sobald die Kugeln flogen.

Aber so einen hatte Colonel Montrose ihnen diesmal nicht von der Front des hässlichen kleinen Krieges in Indien geschickt – jenen Krieg, den sie am liebsten vergessen würden.

Nein, ganz und gar nicht.

Der Vorsitzende nickte dem bewaffneten Türsteher zu und

bedeutete damit ihre Bereitschaft, das Spiel beginnen zu lassen. Der seinerseits öffnete die alte, knarrende Tür, als wollte er einen armen, verängstigten Christen den Löwen vorwerfen.

Aber dann kündeten die lauten, rhythmischen Schritte draußen auf dem alten Fußboden dem Ausschuss an, dass sie sich möglicherweise in ihren Erwartungen getäuscht haben könnten.

Und plötzlich erschien er in der Tür – und die Hälfte der Mitglieder wich entsetzt zurück. Ein paar schrien sogar auf. Alle starrten sie ihn an, ließen verwirrt die Blicke über ihn hinweggleiten. Sie wussten sofort, dass dieser kampferprobte Krieger, der geschickt worden war, um mit ihnen zu verhandeln, dass dieser sonnenverbrannte, hochgewachsene Wilde nicht eher fortgehen würde, als bis er durchgesetzt hatte, weswegen er gekommen war.

Ein prachtvolles Exemplar der Gattung Mann in voller Kavallerieuniform, so betrat Derek Knight die Kammer, und während er an dem langen Tisch entlangschritt, hinter dem die Ausschussmitglieder aufgereiht saßen, waren sie gezwungen, seine groß gewachsene Gestalt zur Kenntnis zu nehmen. Denn obwohl ihr Tisch auf einem Podest stand, befand er sich noch immer auf Augenhöhe mit ihnen. Während er ging, blickte er nach vorn, aber er war nicht zu bescheiden, um dem gerissenen alten Vorsitzenden, Lord Sinclair, direkt ihn die Augen zu sehen, als er an ihm vorbeikam.

Es war ein kühler, stahlharter, warnender Blick – ein kurzer Blick voller Abscheu. Er achtete nicht auf das gemurmelte „Na so etwas!“ des Earls, sondern ging weiter, voll beherrschter Kraft und Anmut, sehnig und muskulös.

Als er den kleineren, niedrigeren Tisch erreicht hatte, der den Gentlemen gegenüberstand, machte er Halt und drehte sich mit einer präzisen Bewegung herum. Er salutierte zwar nicht vor den Komiteemitgliedern, blieb aber in Habachtstellung, den Helm mit der Feder unter dem Arm – fast wie ein römischer Zenturio, wie einige von ihnen dachten.

Eine ganze Weile wusste keiner der Gentlemen etwas zu sagen. Nicht einmal der betagte Vorsitzende. Sie musterten ihn nur eindringlich und waren gegen ihren Willen erstaunt, als ihnen einfiel, dass draußen an der Front Männer wie dieser hier ihren Dienst taten.

Der indigoblaue Rock des Majors schmiegte sich eng um seine breite Brust, während er wartete. Auf seinen Schultern schimmerten Goldepauletten. Um die Taille trug er eine schwarze Seidenschärpe, die langen Enden hingen an einem seiner kräftigen Schenkel, die in cremefarbenen Hosen steckten. Sein glattes schwarzes Haar trug er in einem Zopf gebunden. Seine von der Sonne gebräunte Haut war dunkel, und mit den feinen Linien um die hellen, raubtierartigen Augen wirkte er wie ein Wüstennomade, der oft in die Ferne hinausspähte. Sein markantes Kinn, der feste Blick, ganz zu schweigen von den ausgeprägten Armmuskeln, das alles zeugte davon, dass er ein Krieger war, mit dem auf dem Schlachtfeld gerechnet werden musste.

Und auch außerhalb davon.

„Ähm“, sagte er und schreckte damit die Gentlemen aus ihren Gedanken.

Der Vorsitzende hustete leise, während einige der anderen auf ihren Plätzen hin- und herrückten, als ihnen voller Widerwillen zu Bewusstsein kam, dass sie Männern wie diesem hier ebenfalls Rechenschaft schuldeten. Sie waren verantwortlich für das Geld, das die Armee brauchte, um in Indien tätig werden zu können – und vielleicht waren sie in dieser Hinsicht etwas nachlässig gewesen.

Während er sie geduldig ansah, hoffte Derek Knight inständig, dass die Männer vor ihm sich in ihrer Haut äußerst unbehaglich fühlten.

Doch diese verdammten Kerle kannten nicht einmal die Bedeutung dieses Wortes. Unbehaglich fühlte es sich an, in die Schlacht zu ziehen in dem Wissen, nicht genügend Munition dabeizuhaben, sodass sie nach ein paar Schüssen ihre Waffen mit kleinen Steinen laden und zu Gott beten mussten, dass es funktionierte. Und vielleicht war es auch unbehaglich zu nennen, wenn einem der Arzt eine Kugel aus dem Rücken schnitt, ohne dass es auch nur einen Schluck Whisky gab, um sich zu betäuben. Nun, was ist los, meine lieben Gentlemen? dachte er und verbarg seine zynische Belustigung, während er auf jedem der Gesichter eine Spur von Schuldbewusstsein entdeckte.

Beinahe glaubte er die Entschuldigungen zu hören, die durch ihre gierigen kleinen Köpfe gingen. Natürlich war es für keinen Mann leicht, sich von drei Millionen Pfund Sterling zu trennen, und schließlich waren sie auch nur Menschen. Zweifellos waren die Bitten um ein größeres Budget leicht aus den Augen zu verlieren und zu verlegen, bei den vielen Dingen, um die diese wichtigen Gentlemen sich jeden Tag kümmern mussten.

Hin und wieder bekamen sie eine Auflistung der Todesfälle, aber die wurde unbeachtet beiseitegeschoben zugunsten der Berge von Schätzen, die die britischen Generäle aus Indien zurückbrachten, zusammen mit neuen Landkarten, auf denen die kürzlich eroberten Gebiete gekennzeichnet waren.

Für all dies heimsten die Gentlemen gern Lob ein. Aber tatsächlich muss der ständige Erfolg der Armee in Indien sie zu dem Schluss geführt haben, dass die Aufgabe, die feindlichen Maharadschas zu unterwerfen, nicht allzu schwierig sein konnte. Und in diesem Fall hatte es keine Eile, der Armee das Gold und den Nachschub zu senden, nach denen sie so dringend verlangten, oder?

Derek vermutete, diese Burschen hier waren sämtlich fest davon überzeugt, dass die Armee in Indien auch in nächster Zeit das tun würde, was sie immer getan hatte – sie würde zurechtkommen, mit oder ohne das Gold, das das Parlament ihr versprochen hatte.

Und das würde die Armee auch. Aber darum ging es nicht.

Das Unglück in diesem Raum voller Politiker, denen er sich gegenübersah, bestand jetzt darin, dass einem Mann wie Derek Knight ein Versprechen etwas bedeutete. Sein alter Kommandant, Colonel Montrose, hatte ihn geschickt, um „die verdammten Erbsen zählenden Bürokraten“ darüber zu informieren, dass eine ganze Armee auf dem Zahnfleisch kroch, anstatt auf ihren Füßen zu marschieren, und dass die Männer bezahlt werden wollten.

Derek seinerseits war nicht glücklich. Seinen Männern war Gold versprochen worden, und sie hatten es nicht bekommen.

Irgendjemand hier hatte einiges zu erklären.

Höflich zog er die Brauen hoch. „Mylords. Sirs. Soll ich anfangen?"

„Äh – ja. Bitte tun Sie das."

Allem Anschein nach würden sie die Höflichkeiten heute weglassen. Wie schade, dachte er trocken. Wie es aussah, hatte er die reizenden Gentlemen schockiert. Als er seinen Helm weglegte und seine Finger in den weißen Handschuhen auf die Akten legte, die er von den Horse Guards als Beweis für seine Argumente mitgebracht hatte, verstärkte sich das Räuspern.

Nun fuhr er damit fort, ihnen ihre Köpfe auf einem Silbertablett zu präsentieren.

Gern hätten die Gentlemen festgestellt, dass er ein schlechter Redner war. Zweifellos wäre es tröstlich gewesen, den in den Kolonien geborenen Barbaren zu der Tötungsmaschine zu machen, die er zu sein schien, zu nichts anderem fähig, als Befehle zu befolgen. Doch der Wilde machte diese Hoffnung rasch zunichte, als er begann, ihnen die Natur des Feindes zu erklären, dem sie sich gegenübersahen. Er berichtete ihnen vom Maratha-Reich und dessen beachtlichen kriegerischen Ressourcen, die es möglich machten, die Angriffe der Briten zurückzuwerfen. Was für das Reich bei alledem auf dem Spiel stand. Die Folgen eines Scheiterns und die Segnungen, die ein Erfolg mit sich bringen würde, und warum das Ganze überhaupt wichtig war.

„Gentlemen", schloss Derek Knight endlich und fasste das Gesagte für all jene zusammen, die bei den vielen Fakten die Übersicht verloren hatten. „Das Maratha-Reich ist kein schwacher Gegner. Es wurde von Hindu-Kriegern der königlichen Kaste gegründet, und derzeit wird es von einem Wahnsinnigen angeführt, von Baji Rao. Baji Rao ist berühmt für seine Wildheit, er hat mehrere Mitglieder seiner eigenen Familie getötet, um seine

Macht zu stärken und zu behalten. Sein eigenes Volk lebt in Angst vor ihm, und jetzt zieht er so viele Truppen zusammen, wie er nur kann, um die Briten aus Indien zu vertreiben. Wir können das nicht ignorieren. Unsere Kolonien sind bedroht. Die Armee muss den Nachschub bekommen, der ihr versprochen wurde, damit wir unser Volk und unseren Handel beschützen können."

Langsam sah er jeden einzelnen der Männer an.

„Man hat mich informiert, dass Generalgouverneur Lord Hastings seine erste Eingabe für diesen Fonds vor fast einem Jahr einreichte, doch in Kalkutta hat man von diesem Geld noch nichts gesehen. Ich möchte dem Ausschuss verdeutlichen, dass es keine Zeit mehr zu verlieren gibt. Wenn wir uns nicht ganz diesem Kampf widmen, könnten wir unseren Stützpunkt in Indien vielleicht verlieren – und wenn das geschieht, werden unsere Rivalen in der Region froh sein, das an sich zu nehmen, was wir nicht halten konnten."

„Major", sagte das nächsthöchste Mitglied vorwurfsvoll, „Lord Wellington hat die Bedrohung durch die Maharadschas vor Jahren niedergeschlagen. Wenn man sie damals schon aus dem Verkehr gezogen hat, wie konnten sie sich dann wieder zusammenfinden?" Der Mann sah Derek mit gerunzelter Stirn so finster an, als wäre das alles seine Schuld.

Derek musterte ihn eine Weile, überzeugt davon, dass er diese Frage schon ein paar Mal beantwortet hatte. Aber geduldig, wie er nun einmal war – nein, er war in dieser Hinsicht fast ein Heiliger! –, unterdrückte er den Impuls, hinzugehen und dem Mann einen Schlag zu versetzen, der die anderen dazu bringen würde, ihm zuzuhören.

Bei den neuen Rekruten pflegte es Wirkung zu zeigen. Vielleicht sollte er es hier einmal versuchen.

Aber natürlich war England nicht Indien. Die Zivilisation war so lästig. Es hätte ihm Vergnügen bereitet, sie alle anzuschreien, wie es an der Front üblich war. Aber schon aus Prinzip gestattete Derek es sich nicht, mit Männern zu streiten, deren Schädel er unter anderen Umständen mit bloßen Händen zerdrücken könnte.

Das wäre nicht fair.

Schließlich waren sie nur Zivilisten. Zivilisierte Diener des Staates, die nicht verstanden, warum er nicht vor ihnen im Staub kroch und sie anflehte. Warum sollte er das tun? Für ihresgleichen empfand er nicht viel Respekt. In seiner Welt musste man sich Respekt verdienen.

Und außerdem rühmte er sich der Eigenschaft, jedermann stets die Wahrheit ins Gesicht zu sagen – also war er in gewisser Weise perfekt für diese Aufgabe. Er hatte die unverblümte Wahrheit immer jedem Versuch vorgezogen, die Gefühle der Menschen zu schützen, und nie hatte er sich von einem Titel einschüchtern lassen.

Wie auch immer – es gelang ihm, nicht herumzubrüllen, und er schlug ihnen auch nicht die Köpfe ein. Stattdessen setzte er sein freundlichstes, vornehmstes Lächeln auf – denn schließlich war er von adeliger Herkunft – und beantwortete die ihm gestellte Frage mit großer Langmut ein weiteres Mal.

Er wünschte sich nichts sehnlicher, als irgendwo anders zu sein, am liebsten bei seinen Männern mitten in einem Kampf, aber leider war diese Mission in London seine Strafe. Vor ein paar Monaten war es ihm gelungen, seinen Kommandeur Colonel Montrose zu verärgern, und für diese Unverschämtheit war es ihm jetzt auferlegt worden, diese demütigende Aufgabe, in London um Geld zu betteln, erfolgreich zu erledigen. Nur dann würde er den Rang zurückbekommen, den er einst innegehabt hatte.

Verdammt – er sollte auf seinem Pferd an der Spitze seiner Kavallerieeinheit reiten, seiner Truppe, die er persönlich ausgebildet hatte. Sein älterer Bruder Gabriel Knight führte eine ähnliche Schwadron an, und häufig hatten sie diesen Umstand genutzt, um den Feind einzukesseln, ein klassischer Zug der Kavallerie.

Aber jetzt war alles anders.

Wenn er sich seine Soldaten da draußen ohne sie beide vorstellte, zeitweilig unter dem Kommando von anderen Offizieren, die unmöglich dieselben Fähigkeiten wie die Gebrüder Knight besitzen konnten – nun, es war am besten, nicht zu sehr darüber nachzudenken, denn solche Überlegungen verfinsterten ernsthaft sein heiteres Gemüt.

Hol dir einfach das Geld, riet ihm eine innere Stimme, die wilde Seite in ihm, die in den Jahren des Kampfes stark genug geworden war, um ihm beim Überleben zu helfen. Bald bist du fort von hier. Du wirst deine Chance bekommen, um es diesen Maratha-Bastarden heimzuzahlen.

Als wäre es nicht schon schlimm genug, dass einige seiner Kameraden aus dem Regiment ihr Leben in den Kämpfen verloren hatten, so war bei dem letzten Zusammentreffen mit Baji Raos Helfershelfern um ein Haar auch sein Bruder getötet worden – und das war ein Unrecht, das Derek nicht verzeihen konnte. Ja, im Krieg gab es ernsthafte Verwundungen, aber dies hier war etwas anderes.

Er wollte Blut sehen.

Je eher er den Unterausschuss dazu brachte, das Budget der Armee aufzustocken, desto eher würde er sein altes Kommando zurückerhalten. Wenn er erst wieder dort war, wohin er gehörte, konnte er diese Maratha-Bastarde jagen und zur Rechenschaft ziehen.

Nach östlicher Sitte.

Wenn du meinen Bruder anrührst, werde ich deinen Kopf auf einen Spieß stecken.

Ein paar Stunden später, als er durch die Türen von Althorpe's trat, die passende Adresse, unter der er und sein Bruder Quartier bezogen hatten, stieg Derek der vertraute Duft von Gewürzen in die Nase, die die indischen Dienstboten mit der Familie Knight nach England gebracht hatten. Die Gerüche boten ihm etwas Trost nach diesem unerfreulichen Tag. Schwarzer Pfeffer, Kreuzkümmel, Koriander – die Düfte, die durch das Appartement mit seinen fünf Zimmern zogen, zeigten ihm, dass die gute alte Purnima wohl ihr berühmtes Hühnchencurry kochte. Er seufzte und stieß die Tür hinter sich zu.

„Du bist zurück? Wie war es?"

Derek sah sich um und erblickte seinen älteren Bruder, der auf dem Sofa vor dem Kamin lag und die *London Times* las. Als der verwundete Krieger sich langsam und vorsichtig zu einer sitzenden Position aufrichtete, trat Derek näher und warf die Akten von den Horse Guards auf den nächsten Tisch. „Erinnerst du dich daran, wie wir uns in der Wüste westlich von Lucknow verirrten?"

„Ja. Warum?"

„Das heute war trockener. Ich brauche etwas zu trinken! Ich bediene mich selbst", sagte er zu seinem Diener Aadi, der gerade hereinkam, barfuß und mit einem Turban. Wenigstens das war wie immer.

Derek schob sich die weißen Manschetten hoch und ging zum Kabinettschrank. „Möchtest du auch?", fragte er über die Schulter hinweg seinen Bruder.

Gabriel lehnte kopfschüttelnd ab. „Purnima hat mir verboten, Alkohol zu trinken. Sie hat mir stattdessen Tee zubereitet. Irgendetwas, das mit Ayurveda zu tun hat."

„Nun, dann machst du besser, was sie sagt. Purnima kennt sich aus", meinte Derek. „Ich für meinen Teil brauche etwas Stärkeres." Damit trank er einen großen Schluck von einem französischen Brandy.

Vielleicht schätzte kein englischer Offizier Frankreich als Nation, aber so ein feines Getränk ließ sich in der übrigen Welt nur schwer finden. Derek hatte vor, die angenehmen Seiten Europas zu genießen, solange er nur konnte. Vor allem den weiblichen Teil.

„Lief es so schlecht, ja?", fragte Gabriel.

„Eigentlich nicht." Derek drehte sich zu ihm um, hob sein Glas und trank. „Es war anstrengend, aber ich bin glücklich, sagen zu können, dass diese Mission erfolgreich beendet wurde."

„Was, schon?", rief der Bruder aus.

Derek nickte, und ein Lächeln breitete sich auf seinem Gesicht aus. „Es wurde abgesegnet. Die Armee wird demnächst ihr Gold bekommen."

Gabriel sah ihn erstaunt an. „Gut gemacht, kleiner Bruder."

„Ach, diese Burschen mussten nur ein wenig überredet werden", sagte Derek bescheiden.

„Ich kann nicht glauben, dass du das an einem Tag geschafft hast."

„Und ich kann nicht glauben, dass sie in dem ganzen Ausschuss nur einen einzigen Mann mit militärischer Erfahrung haben", fuhr Derek fort. „Edward Lundy, ein Nabob, Mitglied der East India Company. Er war einmal Offizier bei deren Streitkräften, aber jetzt sitzt er hinter dem Schreibtisch. Ziemlich weit oben, soweit ich es verstanden habe. Vergleichbar mit dem Rang unseres Vaters."

„Sie haben also Leute von der Company dort."

Derek nickte. „Drei. Es gibt insgesamt neun Mitglieder, drei aus dem Oberhaus, drei aus dem Unterhaus und drei aus den oberen Rängen der Company. Soweit ich das beurteilen kann, entscheiden vor allem die Lords. In ein oder zwei Tagen soll ich bei Lord Sinclair, dem Vorsitzenden, nachfragen, wann das Geld transportbereit sein wird."

„Die Armee wird so froh sein, es endlich zu erhalten. Drei Millionen Pfund Sterling, sagst du?" Gabriel dachte laut nach. „Es muss sie umbringen, uns das zu überlassen."

„Ich weiß." Derek lächelte. „Natürlich haben sie kein Recht, es an sich zu halten. Das Parlament hat ihnen nur die Aufgabe übertragen, das Geld der Armee zu verwalten. Ich denke, sie würden es gern solange behalten, wie es nur geht. Vermutlich hoffen sie, alle vergessen irgendwann, dass sie es haben", fügte er spöttisch hinzu.

„Hoffen wir nur, dass ihr Zögern nicht zu vielen unserer Männer das Leben kostet", murmelte Gabriel.

Die Brüder tauschten einen finsteren, wissenden Blick.

„Für sie ist das nicht wirklich", meinte Derek gleich darauf und schwenkte den Inhalt seines kristallenen Glases. Dann schüttelte er die gedrückte Stimmung ab. „Verdammte Zivilisten."

„Richtig", stimmte Gabriel zu, und Derek schenkte sich noch

mehr von dem Brandy ein. Er verdrängte die Erinnerungen an seine letzte Schlacht und den Pfeil, der den Leib seines Bruders durchschlagen hatte. Jener Pfeil, der für ihn bestimmt war.

In der Hitze des Gefechts war Derek an jenem Tag mit drei anderen Schwertkämpfern beschäftigt gewesen, ohne auf die Bogenschützen zu achten. Gabriel hatte die Gefahr erkannt, aber er hatte Derek nicht schnell genug wegstoßen können. Stattdessen hatte er das einzig Mögliche getan, um ihn zu schützen: Er hatte sich in die Flugbahn des Pfeils gestellt.

Derek war nicht sicher, ob er sich je würde verzeihen können, dass er das nicht hatte kommen sehen. Gabriel war nicht nur sein Bruder und Mitoffizier. Er war auch sein engster Freund, und insgeheim war er für ihn immer eine Art Idol gewesen.

Monatelang hatte Derek ihn tagein, tagaus gepflegt, vor allem nachdem die Wunde sich infiziert hatte. Er hatte gebetet wie nie zuvor in seinem Leben und sich gefragt, wie er es überstehen sollte, wenn Gabriel um seinetwillen starb. Es interessierte ihn keinen Deut, anstelle seines älteren Bruders seinen Vater zu beerben.

In den folgenden Monaten hatte Gabriel mit seinem eisernen Willen keinen Zweifel daran gelassen, dass er noch nicht vorhatte, den Styx zu überqueren. Aber die ganze Angelegenheit hatte in Derek gefährliche Fragen geweckt. War das Soldatenleben all das wert? Was bedeutete es wirklich für ihn?

Das waren Fragen, über die er nicht gern nachdenken wollte, nun, da das alles hinter ihnen lag.

Am besten, er vergaß die ganze Angelegenheit.

Er schob die Zweifel energisch beiseite, trank noch einen Schluck von der samtigen Flüssigkeit, dann wandte er sich seinem Bruder zu. „Wie fühlst du dich heute?"

Gabriel zuckte die Achseln.

Derek wartete, den Kopf erwartungsvoll schräg gelegt.

Der Bruder warf ihm einen flüchtigen Blick zu. „So gut, wie man es erwarten kann von einem Mann, der eigentlich tot sein sollte." Danach wechselte er das Thema. So wenig wie Derek seine seelischen Qualen eingestehen wollte, so wenig wollte Gabriel dies bei seinem körperlichen Leid tun.

„Also, was machen wir jetzt?“, fragte Gabriel.

Na schön, das ist fair.

„Die Marine wird eine Flotte zusammenstellen, die den ganzen funkelnden Schatz nach Indien schafft, wohin er gehört.“

„Das bedeutet wohl, dass du uns bald verlassen wirst.“

Derek sah seinen Bruder an, sagte aber nichts.

„Du hast immer noch vor, dich an Bord eines dieser Marineschiffe zu begeben, oder?“

Warum fragt er das? überlegte Derek. Er wusste die Antwort doch schon. Dieselbe Schule, dasselbe Regiment. Sie waren bisher kaum je einen Tag getrennt gewesen. Unangenehm war es, den bevorstehenden Abschied zu besprechen.

„Du weißt, wir alle wünschen, dass du bleibst“, meinte Gabriel leise. „Vater, Georgiana und ich.“

„Geht nicht.“

„Das ist kein gutes Geschäft, Mann. Wir hatten Glück, lebend dort herausgekommen zu sein.“ Gabriel verstummte, verzog das Gesicht und presste eine Hand auf den Bauch, dort, wo der Pfeil eingedrungen war.

„Geht es dir gut?“, fragte Derek sofort.

„Ja.“ Gabriel achtete nicht mehr auf den Schmerz. „Ich habe das Gefühl, wir hätten eine zweite Chance bekommen. Warum sollten wir die aufs Spiel setzen?“

Derek betrachtete ihn. Bei jedem anderen Mann hätte er vermutet, dass die Begegnung mit dem Tod ihn verändert hätte, aber das galt nicht für Gabriel Knight. Lange Zeit hatte sein Bruder als einer der gefürchtetsten Krieger Indiens gegolten, berühmt für sein Motto: „Keine Gnade.“

Derek galt als der Nettere von beiden.

„Muss ich dich daran erinnern, Bruder, dass du der Erstgeborene bist?“ Er schlug einen leichten Tonfall an, um die Ernsthaftigkeit der Frage zu überspielen. „Du wirst Vaters Vermögen erben. Als jüngerer Sohn bleibt mir nur die Soldatenlaufbahn, um zu Ruhm und Ehre zu gelangen. Du wirst mich doch nicht zur Erfolglosigkeit verdammen wollen?"

„Besser zur Erfolglosigkeit verdammt – als einfach nur verdammt."

„Hast du keinen Ehrgeiz mehr?"

„Ich bin nur froh, noch am Leben zu sein."

„Natürlich. Trotzdem sollten wir nicht vergessen, wer wir sind. Du und ich, wir sind nicht für die Mittelmäßigkeit geschaffen, Bruder – und mehr als diese kann das Leben eines Zivilisten nicht bieten."

„Zum Teufel mit dem Ehrgeiz!" Gabriel wollte aufspringen, was ihm aber nicht gelang. Doch eine Spur seines alten Temperaments spiegelte sich dabei auf seinem Gesicht wider. „Es gibt noch mehr im Leben, Derek, als Ruhm und Ehre."

„Wie bitte?"

„Du schiebst deine Entscheidung immer dem Umstand zu, dass du der jüngere Bruder bist. Aber wir wissen beide, dass deine Zuwendung durchaus ausreicht, um etwas anderes zu versuchen. Du musst nur wollen."

„Was zum Beispiel?"

„Ich weiß nicht – du könntest etwas Land kaufen. Eine Farm oder so etwas."

Bei diesem Rat seines Bruders lachte Derek nicht sehr freundlich auf. „Ich? Auf einer Kuhweide? Tut mir leid, Freund, da bist du an den Falschen geraten. Gütiger Himmel, Hafer und Gerste. Ich bin nicht gerade ein Landmann."

„Woher willst du das so genau wissen? Du hast nie etwas anderes versucht."

„Ich kann meine Männer nicht im Stich lassen."

„Aber deine Familie?"

Derek zuckte zusammen und wandte sich ab.

„Vater ist alt, das weißt du", sagte Gabriel. „Er wird nicht immer da sein. Und was ist mit unserer Schwester? Bist du nicht wenigstens ein bisschen neugierig auf deine Nichte oder deinen Neffen? Immerhin bekommt Georgiana ihr erstes Kind. Und was ist mit Griffs kleinem Jungen? Matthew bewundert dich."

„Es ist ja nicht so, dass ich nicht wiederkommen werde."

„Nun", sagte Gabriel langsam, „vielleicht ist es aber doch so."

Derek sah seinen Bruder lange an, schließlich verfinsterte sich seine Miene. „Ich habe in Indien noch etwas zu erledigen. Eher werde ich nicht ruhen."

„Meinetwegen musst du das nicht tun", sagte Gabriel warnend und schüttelte den Kopf. „Wirklich nicht. Lass es auf sich beruhen."

„Auf sich beruhen?" Dereks Gesicht wurde rot vor Zorn.

„Es war ein fairer Kampf. Du willst dich nur rächen, weil du dir Vorwürfe machst. Aber ich mache dir keinen Vorwurf, Derek, nicht wegen dem, was mir zugestoßen ist. Ich habe es freiwillig getan. Du bist mein Bruder. Natürlich gebe ich mein Leben für dich."

„Du bist so unerträglich edelmütig", murmelte Derek und betrachtete die Zimmerdecke, während er um Geduld rang.

„Du würdest für mich dasselbe tun." Mit leisem Lachen lehnte sich Gabriel zurück. Er sah wieder müde aus. „Ich habe dich nicht gerettet, damit du sofort wieder aufs Schlachtfeld zurückkehrst und dich abknallen lässt. Aber genug jetzt. Ich habe alles gesagt. Mach, was du für richtig hältst."

Derek sah ihn nur an. „Ist die Post schon gekommen?", fragte er und wechselte wieder das Thema.

„Da drüben."

Derek trank noch einen Schluck Brandy und ging dann hinüber zu dem kleinen Tisch, wo er die Akten von den Horse Guards auf das Silbertablett mit der Post geworfen hatte. Er schob die Akte beiseite und nahm den Stapel mit Einladungen, Rechnungen und einem halben Dutzend säuberlich geschriebener Briefe auf feinem pastellfarbenem Papier, die nach verschiedenen teuren Parfüms dufteten.

Er achtete auf nichts davon, sondern runzelte die Stirn. Verdammt. Keine Nachricht von Colonel Montrose. Er wartete auf Neuigkeiten von seinen Männern, doch zwischen England und

Indien wurde die Post nur langsam befördert. Wie es schien, musste er sich noch eine Weile in Geduld fassen. Nun, bestimmt konnte er sich in der Zwischenzeit mit anderen Dingen amüsieren.

Die Rechnungen und Einladungen ließ er liegen, nahm aber die bunten Briefe von seinen neuen Freundinnen und fächerte sie auf. Danach ging er zurück zu seinem Bruder, jetzt in mehr heiterer Stimmung, atmete die Düfte ein und lächelte spöttisch.

„Was, noch mehr von deinen verdammten Liebesbriefen?", fragte Gabriel und zog eine Braue hoch.

„Liebe?" Derek lachte. „Das nicht gerade." Er hielt seinem Bruder den Kartenfächer hin. „Zieh eine. Na los."

„Warum?"

„Wie soll ich sonst entscheiden, mit wem ich die Nacht verbringen will?"

„Du bist unverbesserlich."

„Das Leben ist kurz", sagte Derek.

Gabriel sah ihn seltsam an, dann zog er aus der Mitte einen hellgrünen Brief hervor und reichte ihn dem Bruder.

„Ah, eine ausgezeichnete Wahl", sagte Derek, als er den Namen las. „Lady Amherst also. Das ist in Ordnung."

„Was ist mit den anderen?"

„Oh, die schaffe ich auch noch, ehe ich die Stadt verlasse, vertrau mir." Mit einem respektlosen Lächeln warf Derek die übrigen Briefe erst einmal zur Seite. Sie fielen wie Konfetti zu Boden. Er ließ sich lässig auf den Stuhl gegenüber seinem Bruder sinken, wo er den kurzen, aber skandalösen Brief von der hinreißenden Lady Amherst aufriss.

Beim Lesen lachte er leise über ihre geistreichen Anspielungen auf und streckte die Beine von sich.

„Oh verdammt", sagte er dann, als er den letzten Absatz erreicht hatte. „Ich habe den Maskenball vergessen, zu dem wir gehen wollten. Er findet heute statt."

„Wir?"

„Habe ich es nicht erwähnt? Du kommst mit."

„Den Teufel werde ich tun."

„Gabriel, du kannst dich nicht für immer hier einschließen", erklärte ihm Derek. „Außerdem müssen wir meinen Sieg über diese Erbsenzähler feiern. Ich habe nicht gesagt, dass wir im Kostüm gehen müssen, falls es das ist, was dir Sorgen bereitet. Es wird dich aufheitern."

„Im Gegenteil, ich bin sicher, es wird mich unsäglich verstimmen. Ein Maskenball?" Gabriel lachte verächtlich. „Nein, vielen Dank. Du gehst ohne mich. Ich bin sicher, du wirst Vergnügen genug für uns beide haben", fügte er hinzu und deutete mit einer Kopfbewegung auf die Liebesbriefe von Dereks neuesten Verehrerinnen.

„Darum geht es nicht. Sag mir, Bruder." Er beugte sich vor, und in seinen Augen erschien ein boshaftes Funkeln. „Wusstest du, dass vor ein paar Jahren eine Volkszählung stattfand? Sie haben über eine Million Seelen hier in London gezählt."

Gabriel sah ihn misstrauisch an. „Und?"

„Stell dir vor, die Hälfte davon ist weiblich, und wiederum davon die Hälfte in dem Alter, da sie umworben werden dürfen. Das macht zweihundertfünfzigtausend Damen, die da draußen auf uns warten." Er deutete auf die Tür und lächelte seinen Bruder an. „Das macht für jeden von uns mehr als hunderttausend Mädchen. Ich denke, wir sollten anfangen."

Gabriel sah ihn kopfschüttelnd an, dabei wirkte er teils belustigt, teils verärgert. Derek kannte diesen Blick.

„Komm schon", widersprach er lachend. „Ehrlich, wenn ich du wäre, würde ich mich vergewissern wollen, dass wirklich alles in Ordnung ist, wenn du verstehst, was ich meine."

Gabriels strenger Blick wich einem Stirnrunzeln.

„Ach, egal." Derek winkte ab und stand auf, um noch etwas zum Trinken zu holen. „Aber ich werde nicht zulassen, dass du hier allein herumsitzt. Weißt du, was ich tun werde? Ich werde ein hübsches Frauenzimmer ganz ohne jede Moral engagieren, das sich um dich kümmert. Das wäre doch lustig! Eine kleine Krankenschwester, die sich ganz dir widmet. Ich bin ein sehr aufmerksamer und fürsorglicher Bruder, nicht wahr?“

Gabriel sah ihn quer durch das Zimmer an und sagte nichts.

Derek lachte, drängte aber nicht weiter. Er trank noch einen Schluck. „Spielverderber.“

„Derek, ich wäre fast gestorben“, sagte Gabriel. „Genau genommen, bin ich sogar gestorben. Ich war mehrere Minuten …“

„Gabriel, das ist unmöglich. Wie oft haben wir schon darüber gesprochen?“

„Der Armeearzt sagte mir, ich hätte keinen Puls gehabt.“

„Nun, dann muss er sich geirrt haben.“

„Nein, das hat er nicht. Ich habe euch alle um meinen Leichnam herumstehen sehen, während ich von oben zusah …“

„Nein, hast du nicht. Offenbar ein Traum.“

„Das war kein Traum.“

„Was immer es war, ich will nichts mehr davon hören. Ich bekomme dabei eine Gänsehaut, verdammt. Tot ist tot.“

„Sagt wer?“

„Oh, ich weiß nicht – ein Naturgesetz? Die Tatsache, die du dabei zu übersehen scheinst, Bruder, ist, dass du nicht gestorben bist. Du lebst. Ich weiß, es liegt noch ein langer Weg vor dir, bis du wieder ganz bei Kräften bist. Aber früher oder später würde ich dich gern wieder richtig leben sehen.“

„Ich weiß, Derek.“ Gabriel seufzte. „Aber wenn er von den Toten zurückkehrt, dann denkt ein Mann schon mal über sein Leben nach.“

Derek senkte den Blick. Er sorgte sich nicht nur um die Gesundheit seines Bruders, sondern auch um dessen Geisteszustand. Und er wusste nicht, was er sagen sollte. Er blickte zu Boden, dann sah er wieder seinen Bruder an. „Du wirst wieder gesund, Gabriel.“

„Natürlich. Und du auch.“

„Ich?“, fragte Derek überrascht. „Du bist es, der verwundet wurde.“

„Genau.“ Gabriel sah ihn wissend an.

Derek senkte den Blick und fühlte sich unbehaglich in der

Stille, die nun folgte. Was nur war es, das sein Bruder zu sagen versuchte? Ihm ging es gut.

Oder wenigstens würde es ihm gut gehen, wenn er wieder da war, wo er hingehörte. Bei seinen Truppen. Im Kampf.

In der Hölle.

3. KAPITEL

Nach zwei Monaten in London verlief Lilys Jagd nach einem reichen Ehemann planmäßig.

Durch Mrs Clearwells sorgfältig ausgesuchte Einladungen verschaffte ihr der große Name Balfour manchen Zugang zu Londons angesehensten Häusern, wo sie während der Saison – auf Bällen, bei Dinners, Konzerten und Soireen – zahllosen Junggesellen vorgestellt worden war, die meisten von ihnen reich, viele aus adligen Familien, einige sogar mit einem Titel. Sie machte es sich zur Routine, jeden von ihnen mit kühler Höflichkeit zu behandeln, während sie sie gleichzeitig misstrauisch begutachtete, ob sie ihre beiden Hauptkriterien für einen Ehemann erfüllten: reich und dumm.

Zum Glück herrschte daran kein Mangel in der Stadt. Es gab etwa genügend geistlose Dandys, die ständig bei White's am Fenster herumlungerten oder sich in jedem Spiegel bewunderten, an dem sie vorüberkamen.

Unglücklicherweise fiel es ihr inzwischen nicht leicht, sich vorzustellen, einen nicht eben klugen Mann zu heiraten. Einen liebenswürdigen Dummkopf mit einem reichen Erbe auszunutzen, erschien ihr unfair und ihrer nicht würdig. Ihr Großvater hätte das nicht gutgeheißen.

Sie fühlte sich schlecht, weil sie nichts als Gegenleistung anzubieten hatte und nur das Vermögen eines Mannes suchte, um sich und ihre Familie zu retten.

Vielleicht verdienten es die eitlen Müßiggänger, ausgenutzt zu werden, aber andererseits war sie nicht sicher, ob sie es ertragen würde, Tag für Tag zu erwachen und für den Rest ihres Lebens in so ein Gesicht zu sehen.

Vielleicht, überlegte sie weiter, lässt sich der mangelnde Verstand durch etwas anderes ersetzen, einen erträglicheren Makel. Tatsächlich glaubte sie, die perfekte Lösung gefunden zu haben …

Jedenfalls hatte sie in den vergangenen Wochen ihre Liste von möglichen Partnern methodisch zusammengestrichen, bis nur noch einer übrig war.

„Oh, sieh mal!“, rief Mrs Clearwell aus und deutete auf dem Maskenball in die Menge. „Da ist Mr Lundy.“

Zuerst sah Lily ihn nicht, besser gesagt, sie erkannte ihren Verehrer nicht. Wahrscheinlich lag es an seinem Kostüm.

Der überfüllte Ballsaal war voll von mythologischen Vögeln und anderen Tieren, Ungeheuern und Sensenmännern, zahllosen personifizierten Allegorien und mehr Göttern und Göttinnen, als sie zu zählen vermochte. Selbst die Diener waren veranlasst worden, sich als Harlekine zu verkleiden, in Gold und Purpur und dazu passenden, mit Glöckchen verzierten Narrenkappen.

Einer von ihnen kam gerade mit einem silbernen Tablett zu den Damen und bot ihnen Konfekt mit buntem Zuckerguss an.

„Ah, wie reizend.“ Mrs Clearwell, als Hera verkleidet, nahm sich ein Stück, das wie eine Birne geformt war.

Lily nahm einen der kleinen Äpfel und dankte dem Diener mit einem Nicken, dann sah sie ihre Patin fragend an. „Sind Sie sicher, dass Sie Edward gesehen haben?“

„Natürlich bin ich sicher.“

„Aber wo?“

Mrs Clearwell lachte. „Du siehst ihn nicht?“

„Nein“, sagte Lily verwirrt und suchte in der Menge nach ihrem großen, kräftigen Beau.

„Schau noch einmal genau hin, Liebes. Ich will dir die Überraschung nicht verderben.“

„Hm.“ Wieder ließ Lily den Blick durch den Ballsaal gleiten. Sie war entschlossen, nach außen hin heiter zu wirken, aber tatsächlich war ihre Stimmung an diesem Abend ein wenig seltsam. Sie war froh über ihre helle Halbmaske, die ihr half, ihre Miene zu verbergen.

Was nur stimmte nicht mit ihr an diesem Abend? Alles, was es hier zu sehen, zu hören und zu schmecken gab, sollte dem Vergnügen dienen. Aber aus irgendeinem Grund konnte sie ein unbehagliches Gefühl nicht abschütteln.

Am ehesten konnte sie sich noch vorstellen, dass es Heimweh war, vor allem, nachdem sie den Pavillon in dem weitläufigen Garten der Gastgeber von der langen, gewundenen Auffahrt her gesehen hatte. So viele Wochen war sie von dem düsteren, baufälligen Balfour Manor noch nie fort gewesen, und als sie den Pavillon neben dem künstlichen See gesehen hatte, wurde durch diesen Anblick Wehmut in ihr geweckt.

„Nun?", drängte Mrs Clearwell. „Siehst du deinen Märchenprinzen noch immer nicht?"

„Warte einen Augenblick, gleich finde ich ihn", erwiderte Lily, ohne auf den Spott im Tonfall ihrer Patin einzugehen. Sie hätte es um nichts in der Welt eingestanden, aber tatsächlich hatte Lily es nicht eilig, ihrem Verehrer zu begegnen.

Ein paar ernst aussehende Mönche kamen vorbei, zweifellos zu ihren Kostümen angeregt von einem der gotischen Romane, die Cousine Pamela so liebte. Sie sah einen sarazenischen Kriegsherrn samt Turban und eine komplette Schiffsbesatzung von Piraten, junge Männer, die sich betranken, während das Orchester spielte.

Dann, ganz plötzlich, entdeckte Lily ihren Verehrer – und hätte sich um ein Haar an ihrer Süßigkeit verschluckt. „Liebe Güte", stieß sie hervor.

Mrs Clearwell lachte herzlich, denn sie befanden sich außer Hörweite ihres hünenhaften Beaus. „Was ist, Liebes? Gefällt dir Edwards Kostüm nicht?"

„Es ist grässlich", flüsterte Lily entsetzt. „Warum nur hat er mich nicht vorher gefragt? Was glauben Sie – was soll das darstellen?"

„Nun, offensichtlich den Minotaurus."

„Ja, das muss es sein." Lily erbleichte, nahm einen großen Schluck Champagner und bereitete sich darauf vor, ihren Verehrer zu begrüßen. Ganz offenbar gab es noch einiges zu tun, wenn sie diesen Mann heiraten wollte.

Sie starrte Edward in einem fort an, während sie zusammen mit Mrs Clearwell auf ihn zuging.

Ed Lundys Kostüm als Minotaurus war gelungen. Vielleicht ein wenig zu gelungen. Die erschreckende Größe und den breiten Stiernacken des Ungeheuers besaß er bereits, aber mit den riesigen, schimmernden Hörnern an seinem bemalten Kopf und dem Messingring an seiner Nase wirkte die Ähnlichkeit ein wenig beängstigend.

Er hatte sie noch nicht bemerkt und stand einfach nur da, halb Mann, halb Stier – oder auch halb Riese. Er trank einen Schluck aus seinem Bierkrug und versuchte, ein lautes Rülpsen zu unterdrücken, als die Damen zu ihm traten. Lily bemühte sich nach Kräften, ihren Abscheu zu verbergen, aber Mrs Clearwell gelang das nicht.

Edward verneigte sich vor ihnen und äußerte ein paar ungeschickte Komplimente, doch Lily beschloss, sich nicht erschüttern zu lassen. Dann war er eben zuweilen ein wenig vulgär. Nach dem verkniffenen Anstand ihrer Mutter genoss ein Teil von ihr sogar die Derbheit des ehemaligen Soldaten. Außerdem würde sie nach ihrer Heirat Zeit haben, an seinen Manieren zu arbeiten.

Der große, grobschlächtige Edward würde in den Augen ihrer Mutter nie gut genug für sie sein, aber Lilys Vorstellungen erfüllte er voll und ganz. Er hatte in der privaten Armee der East India Company ganz unten angefangen und vor Jahren in der Nähe von Bombay bei einem Besuch des britischen Würdenträgers Lord Fallow jenem das Leben gerettet, als es einen blutigen Überfall von Pindari-Banditen gab.

Nachdem Edward ihn vor Folter und Tod bewahrt hatte, hatte Lord Fallow ihm diese mutige Tat gedankt, indem er ihm half, in der Gesellschaft aufzusteigen, und innerhalb von zwanzig Jahren hatte er einen der obersten Posten in der East India Company erreicht. Doch obwohl er dabei reich geworden war, wurde Edward von dem größten Teil der guten Gesellschaft noch immer ignoriert aufgrund seiner niederen Herkunft.

Nun, Lord Fallow hatte nicht vor, seinen Liebling ausgeschlossen zu sehen. Nachdem er sich kürzlich aus dem öffentlichen Leben zurückgezogen hatte, setzte der Earl durch, dass

Edward ein wichtiges Amt in einem parlamentarischen Ausschuss übernahm, sodass er überall empfangen werden musste.

Auf diese Weise hatte er Einlass in die Gesellschaft gefunden, doch jetzt, da er dort angelangt war, konnte er jede nur denkbare Hilfe brauchen, um sich in ihr zurechtzufinden. Welche bessere Verbündete könnte es da für ihn geben, dachte Lily, als eine Braut, deren aristokratische Herkunft ausreichte, um die arrogantesten Snobs in London zu beeindrucken?

Natürlich würden alle denken, sie würde ihr Leben einfach wegwerfen, wenn sie sich an Edward Lundy band. Aber da ihre edle Familie dem finanziellen Ruin zutrieb, erschien ihr diese Verbindung wie ein Geschenk des Himmels.

Edward besaß Geld, und Lily besaß Klasse. Er war nicht vollkommen dumm, dabei sehr reich, und als gesellschaftlicher Aufsteiger brauchte er eine Braut wie sie, so wie sie ihn brauchte – ein fairer Handel. Deswegen konnte Lily ihm vertrauen – wenigstens mehr als den glatten Schürzenjägern vornehmer Herkunft, die in Londons Ballsälen nach jungen Damen suchten, um sie zu verderben.

Die Erfahrung hatte sie gelehrt, solchen Männern zu misstrauen. Edward mochte von niederer Abkunft sein, aber er behandelte sie wie ein Juwel oder zumindest wie eine Art zerbrechliche Porzellanfigur. Er hielt ehrfürchtigen Abstand von ihr, vielleicht auch wegen ihrer vornehmen Herkunft und der Aura von Würde und Kühle, die ihre Mutter ihr so erfolgreich eingetrichtert hatte, und das war Lily nur recht. Er berührte sie nicht, und sie wollte nicht berührt werden.

Als er ihr ein Kompliment machte zu dem schimmernden rosafarbenen Kleid, das zu ihrem Feenkostüm gehörte, bemerkte Lily die Gäste in der Nähe, die sie hochmütig betrachteten.

Edward folgte ihrem Blick und wies die anderen mit seinem Mienenspiel zurecht. Sie fügten sich seiner stummen Warnung, wandten sich rasch ab, und Lily war zufrieden. Einige Mitglieder der Gesellschaft mochten sich insgeheim über Edward lustig machen, wenn sie glaubten, er würde nicht zuhören. Aber kaum jemand wagte es, dem harten Mann, der sich zum Millionär hochgearbeitet hatte, offen entgegenzutreten. Wenn sie seinen Cockney-Akzent vernahmen und sich sein militärischer Hintergrund zeigte, dann wussten alle, sie hielten sich besser zurück, denn dieser Stier würde sie zweifellos mit seinen Hörnern aufspießen.

Obwohl Edward ein so dickes Fell hatte, wie sein Kostüm es vermuten ließ, wusste Lily, dass jede gesellschaftliche Kränkung ihn treffen musste. Er war fest entschlossen, diese Leute dazu zu bringen, ihn zu respektieren, und eine Heirat mit ihr war nur ein Teil dieser Strategie.

Sie für ihren Teil hasste es, zu sehen, wie dieser große, ungeschlachte Bursche ein Objekt des Spottes für jene wurde, die mit Reichtum und Privilegien zur Welt gekommen waren und keine Ahnung hatten, was es hieß, arm zu sein. Es machte sie wütend und nur noch entschlossener, Edward dabei zu helfen, Anerkennung zu erringen. Das war das Mindeste, was sie im Tausch gegen sein Geld tun konnte.

Er sah sie bedauernd an, als die Aristokraten mit eingezogenen Köpfen zurückwichen. Sie lächelte ihm zu.

Beinahe augenblicklich wurde das Schweigen unbehaglich. Edward ließ den Kopf sinken und wandte sich ab, dann winkte er einem Diener, der ihm noch einen Krug Bier bringen sollte. Lily fragte ihn nicht, wie viel er schon getrunken hatte, ehe sie an ihn herangetreten waren. Edward trank gern.

„Eine nette Gesellschaft, nicht wahr?“, begann sie vorsichtig.

„Ja, sehr nett.“

Schweigen.

„Ich bin froh, dass das Wetter sich gehalten hat. Ich dachte, es würde regnen.“

„Vielleicht morgen.“

„Ja.“ Edward räusperte sich, Lily blickte zur Decke des Saales, und während sie darauf warteten, dass der Diener zurückkehrte, verstummte ihr Gespräch ganz und gar.

Edward ließ die Fingerknöchel knacken, während er mit dunklen Augen den Ballsaal betrachtete, und plötzlich fragte sich Lily, ob wohl irgendwelche Sorgen ihn bedrückten. Sie erinnerte sich, dass er gesagt hatte, der Ausschuss, in dem er sei, hätte an diesem Tag eine wichtige Anhörung gehabt. Vielleicht war es nicht gut gelaufen.

Ein Anflug von Neugier packte sie, und sie sah ihn fragend an. Aber vermutlich gehörte es sich nicht für eine junge Dame, ein Interesse an derlei Dingen zu zeigen.

Sie senkte den Blick, weil ihr kein neues Gesprächsthema einfiel. Als die quälende Stille anhielt, warf sie Mrs Clearwell einen flehenden Blick zu – diese gesprächige Frau verspürte niemals einen Mangel an Worten –, doch diesmal ließ sie sie zappeln und lächelte nur.

Das Schweigen wurde unerträglich.

Lily sehnte sich danach, in die Stille des Gartens zu entkommen. Wie schön wäre es, gerade in diesem Moment im Gartenpavillon zu sein!

Natürlich war das nichts, um das sie Edward bitten konnte. Zweifellos würde er ihre Absichten missdeuten, und das wäre das Letzte, was sie wollte.

Zumindest zeigte er keine Anzeichen, sie um einen Tanz zu bitten. Beim letzten Mal hatte er sie über den Tanzboden geschwenkt, nahezu geworfen und geschleudert, als wäre sie eine Stoffpuppe. Sie hatte Glück gehabt, dieses akrobatische Vorgehen ohne Knochenbrüche überstanden zu haben.

Endlich brachte der Diener den Krug mit Bier, und Edward begann sofort zu trinken. Bei dieser Geschwindigkeit würde er gleich wieder Nachschub brauchen. Himmel, dachte Lily und beobachtete ihn beklommen. Vielleicht bedrückte ihn an diesem Abend wirklich etwas.

In diesem Augenblick erschien zum Glück eine Ablenkung in Gestalt von Edwards hochgewachsener exzentrischer Mutter.

Mrs Lundy stürmte in ihre Mitte und rettete die Lage mit ihrer gewöhnlichen Schwatzhaftigkeit. „Ach, wie sehen Sie schön aus, meine liebe, liebe Miss Balfour! Ist sie nicht entzückend, Edward? Ach, Sie sind so reizend! Wäre ich in meiner Jugend nur halb so hübsch gewesen, ich hätte mir alles erlaubt. Ach, was muss es hier drinnen nur so heiß sein. Mrs Clearwell, auf der Terrasse ist es viel kühler." Während die heitere große Dame sich das Gesicht und den dicken Hals mit einem Tuch abtupfte und strahlte, wenn auch leicht außer Atem, weil sie wie üblich so schnell gesprochen und überhaupt äußerst lebhaft war, musste Lily erstaunt ihr Kostüm anstarren.

Mrs Lundys rundliche Gestalt wurde von einer Woge in Türkis umgeben, doch ihr Kopfschmuck war es vor allem, der die Blicke auf sich zog. Sie trug einen Turban, auf dem künstliche Früchte befestigt waren: Bananen, Orangen, selbst eine kleine Ananas war zu sehen. Von ihren Ohren hingen große bunte Ringe.

Inzwischen sprach sie schon weiter, scheinbar ohne Luft zu holen. „Haben Sie je ein eleganteres Haus gesehen? Ich ganz gewiss nicht. Wirklich nicht. Aber vergessen Sie nicht, morgen um ein Uhr – Sie werden doch beide kommen, um mir bei der Planung der Gartenparty zu helfen, oder?"

„Ja, natürlich", warf Lily ein.

„Welch Glück! Ausgezeichnet! Dann also um ein Uhr. Schließlich geschieht das alles zu Ihren Ehren, nicht wahr, Liebes?", fügte sie mit einem Augenzwinkern hinzu und stupste Lily an, sodass diese um ein Haar das Gleichgewicht verloren hätte.

Lily errötete und stammelte etwas Unverständliches, aber sie verstand, worauf die Frau anspielte.

Die Lundys gaben ihre erste Gesellschaft, und wenn Lily und Mrs Clearwell bei der Gartenparty behilflich waren, würde man davon Kenntnis nehmen und anfangen, Lilys Namen mit dem von Edward in Verbindung zu bringen. Es war eine respektierte und diskrete Art, auf die Möglichkeit einer zukünftigen Verbindung zwischen zwei unverheirateten Menschen hinzuweisen.

„Dann, meine lieben Damen, werden Sie all die Eleganz sehen, die ich für meine Abschiedsparty geplant habe. Alles wird von ausgezeichneter Qualität sein und äußerst stilvoll, das versichere ich."

„Davon bin ich überzeugt", sagte Mrs Clearwell belustigt und mit nur schlecht verhohlener Ironie, doch Lily runzelte die Stirn.

„Abschiedsparty? Ich dachte, es sollte ein Gartenfest sein."

„Oh ja, nun – es wird beides zugleich sein, Liebes."

„Wohin gehen Sie?", fragte Lily überrascht.

„Jamaika." Mrs Lundy deutete begeistert auf ihren obstverzierten Kopfschmuck und brach in Gelächter aus. „Haben Sie das nicht erraten?"

„Nein", murmelten Lily und Mrs Clearwell gleichzeitig.

„Nun, jetzt wissen Sie es. Um ehrlich zu sein, ich kann es selbst kaum glauben. Ich in Westindien! Sie müssen wissen, ich bin noch nie dort gewesen – Jamaika! Ich bin überhaupt nur selten aus Middlesex herausgekommen, aber mein Arzt sagt, es würde zu meiner Gesundheit beitragen, wenn ich den Winter auf den Inseln verbringe. Aber ich bin sicher, es wird viel zu heiß sein."

„Meeresbrisen, Mum."

„Ja, Eddie, ich weiß, das sagst du, aber …"

„Ich wusste nicht, dass es Ihnen nicht gut geht", unterbrach Lily besorgt. „Können wir irgendetwas tun?"

„Ach, wie nett Sie sind, meine Liebe. Durch und durch eine Lady. Nein, nein. Es ist nur die Gicht", flüsterte sie lautstark. „Kein Grund zur Beunruhigung."

„Zum Glück."

„In der Tat", stimmte Mrs Clearwell zu.

„Mein Arzt sagt, wenn mein Eddie es sich leisten kann, seine alte Mum in die Tropen zu schicken, damit sie dem verdammten Winter hier entgeht, warum nicht?"

„Ja, warum nicht?" Lachend drängte sich jemand zwischen sie.

„Bess!", rief Mrs Lundy aus.

„Ich komme mit Ihnen auf die Inseln, wirklich!" Als die hochgewachsene junge Frau Mrs Lundy umarmte, stieß Edward einen tiefen Seufzer aus, wohl wissend, dass er das eigentliche Objekt ihrer Aufmerksamkeit war.

Lily wusste es ebenfalls und knirschte mit den Zähnen.

Als Tochter eines reichen Kaufmanns, der sich gerade den Titel eines Baronets erworben hatte, war Bess Kingsley es nicht gewohnt, dass man ihr etwas abschlug. Zu ihrem Unglück war nicht einmal Edward dumm genug, das laute, verwöhnte und vulgäre Mädchen anziehend zu finden. Zu seinem Unglück allerdings verfolgte ihn Bess nur noch hartnäckiger, je mehr er ihr zu entkommen versuchte.

Jetzt stellte sie sich direkt vor Lily auf und drängte sie damit aus dem Gespräch.

Lily warf ihrer Anstandsdame einen spöttischen Blick zu. Mrs Clearwells Augen funkelten, als wollte sie sagen: ein perfektes Paar!

Da Lily nicht bleiben und um Edwards Aufmerksamkeit buhlen wollte, murmelte sie ein paar entschuldigende Worte und verabschiedete sich mit einem Nicken.

Sie wandte sich ab und ging ruhigen Schrittes zu der großen, gewundenen Treppe. Im Grunde war sie froh über eine Unterbrechung.

Als sie nach oben stieg, fand sie den mit seidenen Vorhängen drapierten Erfrischungsraum für die Damen überfüllt vor. Kaum gelang es ihr, bis zum Spiegel vorzudringen, daher überprüfte sie nur ihr Äußeres, so gut es eben ging. Ihr Kostüm mit den rosafarbenen Tüllröcken und den silbernen Pailletten hier und dort gefiel ihr. Eigentlich war nicht viel Feenhaftes daran, aber es war hübsch, leicht und gab ihr das Gefühl, reizvoll zu sein.

Sie überprüfte die Verschlüsse der diamantenen Ohrringe, die sie an diesem Abend trug – das Paar war eines der letzten noch nicht versetzten Stücke, die einst zum Familienschmuck der Balfours gehörten. Vorsichtig drückte Lily die Rückseite jedes Ohrrings und versicherte sich, dass sie fest verschlossen waren. Drei Generationen hatten sie schon getragen, und sie neigten dazu, sich zu lockern. Wenn sie einen davon verlor, würde sie sich das nie verzeihen.

Gleich darauf war sie dem Gedränge des Erfrischungsraums entkommen, trat an das Geländer am oberen Treppenabsatz und warf einen Blick hinunter auf die farbenprächtige Menschenmenge. Sie sah die kleine Gruppe, mit der sie eben zusammengestanden hatte, und erkannte, dass Bess sich nicht so bald würde fortschicken lassen, jetzt, da sie Edward in die Enge getrieben hatte.

Lilys Blick schweifte zu den Flügeltüren, die von dem Ballsaal auf die darunterliegende Terrasse führten. Vielleicht war dies der richtige Zeitpunkt, um hinauszuschlüpfen und den Pavillon zu besichtigen ...

In ihrem Verlangen, den mondbeschienenen Garten zu erkunden, und mit einem Anflug von Kühnheit beschloss sie, es zu riskieren. Sie raffte die rosafarben schimmernden Röcke ein wenig und wollte die marmorne Treppe hinuntereilen, auf der sich die Gäste dicht drängten. Sie sammelte allen Mut, den sie aufbringen konnte, fest entschlossen, sich von ihren Begleitern nicht erwischen und von ihrem Vorhaben abbringen zu lassen.

Aber als sie ihren Plan realisieren wollte, hatte sich zwischen den weiblichen Gästen auf der Treppe ein Gemurmel erhoben.

„Nein, das kann unmöglich stimmen. Er hat sie dazu gebracht, vor Lust zu schreien."

„Ich hörte, die Dienstboten waren sich nicht ganz sicher, ob sie das Paar in Ruhe lassen oder den Konstabler rufen sollten, bei all den Schreien, die aus den oberen Gemächern zu vernehmen waren."

„Schreie? Nein!"

„Sie hat mir erzählt, unter ihm sei das Bett zusammengebrochen."

„Wie – lebendig."

„Er darf gern meines zusammenbrechen lassen", meinte eine andere und wandte sich dem Ballsaal zu.

„Pass auf, dass dein Gemahl dich das nicht sagen hört."

„Als würde ihn das interessieren. Er glaubt immer noch, ich wüsste nichts von seiner letzten Mätresse, der Narr."

Entsetzt schlich Lily auf Zehenspitzen an der kleinen Gruppe vorüber, bemüht, die Damen nicht merken zu lassen, dass sie ihrem indiskreten Klatsch gelauscht hatte.

Von wem nur mochten sie reden?

„Hast du von seinem Schäferstündchen mit Lady Campbell gehört?“

„Was? Nein!“

„Erzähl!“

„Die Ärmste, sie konnte wegen dieses herrlichen Wilden nicht einmal mit uns in der letzten Woche im Hyde Park ausreiten.“

„Du meinst doch nicht …?“

„Doch. Ich weiß nicht, was er mit ihr gemacht hat, aber sie konnte kaum gehen, geschweige denn an jenem Nachmittag auf ihrem Pferd sitzen.“

Aufgeregtes Gelächter.

„Glaub mir, Liebes, es schien ihr nichts auszumachen.“

Verblüfft von diesem sündhaften Gespräch folgte Lily der Richtung, in die die Damen blickten, nämlich hinunter in die Mitte des Ballsaals. Und als sie den Grund für all diese Aufregung sah, blieb sie abrupt auf der Treppe stehen.

Oh!

Lily legte die Fingerspitzen an den Mund und stand da, wie betört von dem gefährlich aussehenden Mann, der angekommen war. Sie starrte ihn genauso an, wie alle anderen Damen es taten.

Kein Wunder, dass die Frauen den Verstand verloren hatten.

Er war – wunderschön. Von der Sonne gebräunt und schwarzhaarig, mehr als sechs Fuß groß und durchtrainiert. Seine Uniform trug er mit so viel Stolz, dass es keinen Zweifel darüber geben konnte, dass dies kein Kostüm war. Er hielt sich auch wie ein Soldat – gerade, die Brust vorgestreckt, die Schultern zurückgenommen, das markante Kinn gereckt. Und die Selbstsicherheit, mit der er sich bewegte – ein wachsames Gleiten –, schien darauf hinzudeuten, dass er in mehr als nur einer Hinsicht ein Eroberer war.

„Wer ist das, Mary?“, fragte eine Frau ihre Freundin.

Nachdem sie wie in Trance die Treppe ein paar Stufen hinuntergegangen war, hörte Lily das aufgeregte Gespräch einer anderen Gruppe von Frauen mit.

„Wie denn, Liebes, das weißt du nicht? Er ist doch der Hengst dieser Saison."

Kichern folgte auf diese Bemerkung, hell und mädchenhaft.

„Pst! Willst du, dass alle dich hören?"

„Es ist Major Derek Knight", verriet die erste Frau zufrieden. „Cousin des Duke of Hawkscliffe, soeben aus Indien eingetroffen."

Indien? Jetzt war Lilys Aufmerksamkeit erst recht erregt. Von diesem verfluchten Land, das ihr den Vater genommen hatte?

„Ach, die Knights, natürlich."

„Himmel, die! Ja, nun, da du es gesagt hast, sehe ich die Ähnlichkeit. Sind es nicht zwei Brüder?"

„Ja, er ist der jüngere. Der ältere zeigt sich nie in der Gesellschaft. Ich habe gehört, dass sie beide vollkommen furchtlos sind und in zahllosen Schlachten gekämpft haben."

„Zu welchem Regiment gehören sie?"

„Ich weiß es nicht, aber sie dienen auf jeden Fall in der Kavallerie."

Kavallerie? dachte Lily und schluckte. Die Männer von der Kavallerie standen in dem Ruf, außerordentlich wild zu sein. Viele waren die jüngeren Söhne aus adligen Häusern, gut ausgebildet und ritterlich, lebenslustig und heißblütig, schnell bereit, sich auf einen Kampf um die Ehre einzulassen. Sie wusste, dass die Kavallerie mit ihren vielen adligen Offizieren als die glamouröseste der bewaffneten Streitkräfte galt, Englands militärische Crème de la Crème.

Als Major Derek Knight durch den Ballsaal schritt, schien jeder ihn kennenlernen zu wollen, angezogen von dem Charisma, das ihn zu umgeben schien. Männer schüttelten ihm begeistert die Hände, während die Frauen ihn hier und da aufhielten, um ihn mit Küssen auf die glatt rasierten Wangen zu begrüßen. Die Verehrung schien ihm nichts auszumachen, aber er wirkte ein wenig geistesabwesend.

Unruhig ließ er den Blick über die Menge schweifen, sehr konzentriert, wie jemand, der auf der Jagd war. Aber nach welcher

Beute hält er Ausschau? fragte sich Lily. Dann, ohne jede Vorwarnung, blickte er nach oben und bemerkte sie – und sie fand sich direkt dem aufmerksamen Blick aus seinen stahlblauen Augen ausgesetzt.

Im selben Moment erstarrte Lily.

Sie konnte sich nicht bewegen, vermochte kaum noch zu atmen.

Unter seiner aufmerksamen Beobachtung erschauerte sie. So viel Sinnlichkeit strahlten seine Augen aus! Quer durch den Raum schien sie seine Leidenschaft zu spüren. Dann umspielte die Andeutung eines Lächelns seine Lippen, und ihr wurden die Knie weich.

Gütiger Himmel! Sie richtete sich auf, entsetzt von sich selbst und ihrem heftig klopfenden Herzen. Nie zuvor hatte sie eine solche Reaktion auf einen Mann erlebt. Dies war überaus verblüffend – und mehr als nur ein wenig unangenehm.

Auf der Stelle entschied sie, dass es ihr nicht gefiel. Wofür hielt er sich, dass er sie so anlächelte? Das gehörte sich nicht. Jetzt fügte er alldem noch eine weitere Beleidigung hinzu, indem er sich quer durch den Saal vor ihr leicht verneigte.

Ihr Herz schlug schneller, doch sofort wurde ihre Haltung kühl und abweisend – eine gewohnheitsmäßige Reaktion.

Wie dreist! Ihre Mutter wäre entsetzt, und genau dasselbe empfand auch Lily. Zumindest versuchte sie, sich das einzureden. Sie reckte das Kinn, konnte es aber nicht über sich bringen, den Blick ganz von ihm abzuwenden.

Ihr Herz raste.

Ich brauche das nicht, sagte sie sich. „Jüngerer Sohn" bedeutete dasselbe wie „kein Geld". Sie war nach London gekommen, um einen reichen Gemahl zu finden – reich und dumm! –, nicht um sich von einem hübschen Soldaten verführen zu lassen, dessen wissendes Lächeln keinen Zweifel an dem ließ, was er im Sinn hatte.

Lächeln Sie mich nicht an, warnte sie Major Derek Knight stumm und sammelte all ihre mühsam erworbenen moralischen

Grundsätze zusammen. In mein Bett werden Sie nicht kommen, das verspreche ich Ihnen. Nicht in einer Million von Jahren.

Oh nein.

Er lächelte jetzt breiter, den Blick weiterhin auf sie gerichtet, auch wenn jetzt eine andere Frau zu ihm kam und die Arme um seinen Hals schlang, um ihm etwas ins Ohr zu flüstern.

Er legte den muskulösen Arm um die schmale Taille der Frau, aber noch immer sah er Lily an, geduldig und nachdenklich. Als könnte er sie durchschauen, sie und ihre Scharade jungfräulichen Anstands.

Als würde ihm alle Zeit der Welt zur Verfügung stehen, um sie für sich zu gewinnen.

Und er konnte es schaffen. Sie wusste es in dem Moment, da sie ihn ansah. Sie hatte eine Schwäche für diese Art Männer, und wenn der Klatsch stimmte, dann war er ein geschickter Verführer. Ihr Herz schlug so schnell, dass es ihr eine Warnung sein sollte: Dieser Mann konnte alles verderben. Er war gefährlich.

Gefährlich, unmoralisch und schlecht.

Wie verlockend.

Völlig verwirrt, löste sie den Blick von ihm und verschwand in der Menge der Gäste, floh zu den Flügeltüren, die hinaus auf die Terrasse führten.

Also wirklich, in Stiefeln auf einen Ball zu gehen! Welch ein Barbar! So viel wusste selbst Edward, dachte sie und suchte nach irgendeinem Fehler am „Hengst der Saison“, nur um sich nicht zu ihm hingezogen zu fühlen.

Die ganze Zeit über beobachtete er sie mit einem Anflug von Belustigung.

Niemand sonst auf dem ganzen Maskenball bemerkte, als sie lautlos hinausschlüpfte und sich dem aufmerksamen Blick des Majors entzog. Sie atmete schwer. Als sie sich etwas beruhigt hatte, sog sie die kühle Nachtluft tief in sich ein, erleichtert, nicht länger seinem Blick ausgesetzt zu sein. Und doch war sie seltsam erregt davon.

Es war, als hätte sie seit Jahren niemand mehr wirklich angesehen, bis jetzt, da Derek Knight sie betrachtet hatte. Sie richtig angesehen hatte.

Wie viele Jahre lang hatte sie nun schon versucht, sich nahezu unsichtbar zu machen? Wie oft hatte sie sich zu Hause in Balfour Manor hinter ihrer willensstarken Mutter versteckt? Und was war der Grund? Tat sie es nur aus Scham?

Er hatte sie verwirrt. Er schien bis in ihr Innerstes zu sehen. Es gab nichts, dessen sie sich schämen musste – aber diese Überreaktion war wirklich lächerlich. Er kannte sie nicht einmal, so wenig wie sie ihn.

Und das war auch gut so.

So sollte es bleiben.

Innerhalb von Sekunden hatte sie die Terrasse überquert und war in den Garten geeilt, genoss die Dunkelheit, die Einsamkeit, die Stille der Nacht.

Sie lief an Terrassen und Blumenbeeten vorbei, an raschelnden Bäumen, ging zu dem kleinen Pavillon, der zuerst ihre Aufmerksamkeit erregt hatte, während über ihr Wolkenfetzen den Mond verbargen.

Welch seltsame kleine Person, dachte Derek. Aber zu seiner Verwunderung war die bezaubernde Blondine im Nu in der Menge verschwunden. Dass Frauen vor ihm davonliefen, war nicht gerade die Reaktion, die er gewohnt war.

Doch für den Augenblick schob er den Gedanken an das geheimnisvolle Mädchen beiseite. Lady Amherst schmiegte sich an ihn und verlangte nach seiner Beachtung.

„Guten Abend, Major“, flüsterte sie ihm ins Ohr. „Sie sehen – kräftig aus.“

„Nun, danke, meine Liebe. Ich fühle mich auch voller Kraft“, murmelte er und ließ einen Blick über ihre wohlgeformte Gestalt gleiten. Sie kicherte, und Derek beugte sich hinunter, um einen Kuss auf die Wange zu empfangen.

Hinter der goldenen Halbmaske sah sie ihn verzückt an. Fast sah es aus, als lechzte sie nach ihm.

„Nun, was stellen Sie heute dar?“, fragte er, hob die Hand der eleganten jungen Witwe und trat einen Schritt zurück, um ihr Kostüm zu begutachten. Es war ein leichtes helles Gewand mit tiefem Ausschnitt, das ihre schönsten Attraktionen gezielt zur Wirkung brachte.

„Was meinen Sie?“, rief sie und deutete auf den hohen, gebogenen Stab, den sie in der Hand hielt.

Derek zuckte die Achseln.

„Ich bin eine Schäferin, Sie Dummkopf.“

„Ich sehe keine Schafe.“

„Eines habe ich mitgebracht, ein Spielzeug, aber ich hatte keine Lust mehr, es den ganzen Abend mit mir herumzutragen.“

„Das hier können Sie ebenfalls weglegen.“ Er nahm ihr den langen Stab ab und lehnte ihn gegen eine Säule. Danach beugte er sich vor und flüsterte ihr ins Ohr. „Ich hätte einen anderen Stab, mit dem Sie spielen können.“

Sie unterdrückte ein Lachen, und ihr hübsches Gesicht wurde rot unter dem weißen Puder. „Sie sind so sündhaft.“

„Deshalb lieben Sie mich.“

„Sie sind herzlos, Major.“

„Tanzen Sie mit mir“, befahl er und nahm ihre beiden Hände.

„Nein, warten Sie. Ich habe eine bessere Idee.“ Mit einem verführerischen Lächeln winkte sie ihn zu sich.

Derek hob interessiert eine Braue. Er beugte sich vor und hörte, was sie ihm ins Ohr flüsterte.

„Ah ja. Gute Idee“, murmelte er.

„Ich dachte mir, dass Ihnen das gefällt.“ Sie legte eine Hand auf seine Schulter und sprach wieder leise in sein Ohr, diesmal stupste sie mit der Zungenspitze sein Ohrläppchen an, als sie fertig war.

Derek erschauerte. „Wann?“

„Jetzt, Dummerchen. Sie gehen zuerst“, fügte sie kaum vernehmbar hinzu. „Ich komme in ein paar Minuten nach. Auf diese Weise wird niemand bemerken, dass wir fort sind.“

„Oh, man wird es gewiss bemerken“, versicherte er, doch sie warf den Kopf zurück.

„Das ist mir egal. Sollen sie reden."

Derek lächelte, belustigt von ihrer kühnen Unabhängigkeit.

„Gehen Sie", drängte sie, offenbar begierig auf die privaten Lektionen in der fernöstlichen Kunst der Liebe.

Nichts lag ihm ferner, als eine Countess warten zu lassen. Nur zu gern gehorchte Derek ihr, verneigte sich diskret und zog sich zurück.

Er ging hinaus auf die Terrasse, blieb dort kurz stehen, sah sich um und ging dann die wenigen flachen Stufen zu dem Kiesweg hinunter, der rechts und links von kunstvoll geschnittenen Büschen gesäumt wurde. Von dort aus begab er sich zu dem Gartenpavillon, den seine neueste Geliebte als Treffpunkt für ihr Rendezvous genannt hatte …

4. KAPITEL

Jasminranken wuchsen an den dunkelgrünen Buchsbaumwänden des Gartenlabyrinths empor und verbreiteten einen süßen Duft, als Lily daran vorbeieilte. Sie fühlte sich leicht, als sie das kühle, seidenweiche Gras unter ihren Schuhen spürte.

Aus der Ferne drangen Musik und Gelächter von dem Ball bis in den Garten heraus, doch sie blickte nicht zurück.

Sie glitt durch die Schatten und lief über die hügelige Parklandschaft in einem atemlosen Gefühl der Freiheit.

Am schwarzen, samtenen Himmelszelt funkelten Sterne, und als sie näher kam, hörte sie das Plätschern des Springbrunnens in der Mitte des Sees. Im schilfbewachsenen Ufer schaukelte eine kleine Gondel.

Da.

Zu ihrer Rechten hoben sich die Umrisse des Pavillons vor dem Sternenhimmel ab. Lächelnd schritt sie darauf zu, die Röcke gerafft. Als sie dort ankam, blieb sie mit wild klopfendem Herzen davor stehen und schob die Halbmaske aus hellem Satin langsam über die Stirn hoch, um das kleine, frei stehende Gebäude mit kindlichem Staunen und Entzücken anzusehen.

Märchenhaft. Der Pavillon war geformt wie eine riesige Ananas.

Wie lächerlich albern.

Bezaubernd. Sie schüttelte den Kopf und trat näher. Tatsächlich war dieses runde Bauwerk ganz anders als jenes, in dem sie als Kind gespielt hatte – aber das Gefühl war dasselbe. Ihre eigene kleine geheime Welt.

Eine Zeit voller Träume und voller Unschuld.

Eine Hand auf das Geländer gelegt, ging Lily in stummer Freude die drei kleinen Stufen hinauf. Drinnen drehte sie sich auf dem Holzboden einmal um sich selbst, sodass ihr schimmernder rosafarbener Rock um sie herumflog.

Plötzlich warf sie den Kopf zurück und lachte laut. Sie lief zu dem zierlichen Geländer und blickte hinaus auf den künstlichen See. Sie dachte daran, wie ihr Vater sie Prinzessin Lily genannt hatte, und zum ersten Mal tat die Erinnerung daran nicht weh.

Sehnsüchtig lehnte sie sich an eine der Säulen, die das kronenartige Dach des Ananaspavillons trugen. Sie genoss diesen geraubten Augenblick, freute sich an dem herrlichen Garten, an der süßen Sommernacht und der Einsamkeit und Stille.

Bald würde sie wieder zu Edward zurückgehen müssen, aber noch nicht.

Mit einem verträumten Lächeln beugte sie sich vor und stützte die Ellenbogen auf das Geländer. Dann fiel ihr etwas ein, und sie zog sich die Maske wieder vor das Gesicht, für den Fall, dass jemand vorbeikam. Aber ihre Gedanken weilten in der Vergangenheit, versunken in nostalgischen Träumereien. Was für ein kleiner Dummkopf sie doch gewesen war, versonnen wie ihr Vater.

Damals konnte sie mithilfe ihrer Fantasie einen schön gelegenen Felsbrocken in ihr persönliches Camelot verwandeln, einen Baumstumpf in einen Feuer speienden Drachen und eine Reihe von großen Stauden in eine Kavallerie tapferer Ritter, die ausgeschickt worden waren, das Ungeheuer zu vertreiben. Damals hatte sie noch an Helden geglaubt, und sie hatte mindestens drei Methoden gekannt, wie sich Wünsche erfüllen ließen.

Aber diese magischen Prozeduren hatten sich als trügerisch erwiesen, weil sie nicht genug taugten, um ihren Vater zurückzubringen. Das hatte sie als tragisch empfunden, und mit gebrochenem Herzen musste sie ihre Träume und Wünsche aufgeben. Inzwischen hatte sie ihre selbst erfundenen Zauberformeln vergessen, und was die Helden betraf, so hatte sie gelernt, dass diese noch seltener zu finden waren als echte Drachen.

Nein, dachte sie mit einem Seufzen, während sie über die dunkle Landschaft blickte, die Kavallerie traf nicht ein. Niemand kam zu ihrer Rettung herbeigeritten. Ihr fiel die Aufgabe zu, ihre Familie zu schützen.

Edward kam ihr in den Sinn, er hatte sich als Minotaurus gezeigt, und eine Woge der Verzweiflung erfasste sie. Ach, wenn doch wenigstens nur eine der alten Zauberformeln wirken würde …

Wohl wissend, wie lächerlich das war, schloss sie die Augen und dachte einen Moment lang – nur um der alten Zeiten willen – an einen ihrer Wünsche, dachte daran mit all ihrer Kraft.

Vielleicht flog ihr Wunsch bis hinauf zu den Sternen oder hinaus über den See. Wenn auch so unbedeutend wie eine Pusteblume, dennoch konnte man ja nie wissen …

Sie lauschte.

Sie wartete.

Sie hielt den Atem an.

Nichts.

Nun, natürlich nicht.

Aber dann – die Augen noch immer geschlossen – stand sie stocksteif da und fühlte auf einmal, dass jemand in der Nähe war.

Sie hörte das kaum wahrnehmbare Knarren der Bodenbretter hinter sich.

„Wie konntest du vor mir hierher gelangen?“, hörte sie eine tiefe Stimme heiter fragen, die sich ganz plötzlich ganz nahe an ihrem Ohr befand. Sie erstarrte, als jemand mit starken Armen ihre Taille umfasste.

Erstaunt riss sie die Augen auf und blickte nach unten. Große, sonnengebräunte Hände hielten sie in einer zärtlichen Geste, und zu den Händen gehörten kräftige Unterarme in Ärmeln mit schönen, goldverzierten Manschettenknöpfen.

Fassungslos starrte sie sie an.

Wie konnte das sein?

Ihr Wunsch konnte unmöglich wahr geworden sein. Sie war nicht einmal sicher, was genau sie sich gewünscht hatte. Ist dies hier Wirklichkeit?

Konnte es das geben? Die große männliche Gestalt hinter ihr fühlte sich stark und mächtig an, strahlte Wärme aus, ganz leicht lehnte sie sich dagegen, nur um sicherzugehen.

Hinter ihr stand ein Mann!

Sie lag in den Armen von irgendeinem Mann! Und es war nicht Edward!

Sie holte tief Luft. Eigentlich wollte sie sich empört herumdrehen, doch sie hielt abrupt inne, voller Angst, der Traum könnte sich auflösen. Und dann erlebte sie den größten Schrecken überhaupt: Sie kam zu der Erkenntnis, dass es sich wunderbar anfühlte, so umfasst zu werden.

Wie viele Jahre war es her, seit jemand sie so festgehalten hatte?

„Du solltest doch warten, mein Mädchen", schalt er zärtlich flüsternd und bückte sich, um mit den Lippen ihr Ohr zu berühren. „Aber ich vermute, du warst zu ungeduldig, oder?"

Lily erstarrte, sie war ebenso sprachlos wie verblüfft. Das Herz schlug ihr wie wild in der Brust, knapp über den Schmetterlingen in ihrem Bauch.

Oh weh.

In ihrer Erregung erkannte sie, dass ihr Besucher offenbar die falsche Lady im Arm hielt und es noch nicht bemerkt hatte. Ja, nicht umsonst veranstaltete man Kostümbälle. Welch außerordentlich unangenehme Situation. Vielleicht sollte sie ungehalten sein, aber seine Berührung fühlte sich ach so gut an!

Die großen sonnengebräunten Hände hatten begonnen, an ihren Armen hinauf und hinunter zu gleiten, langsam und verführerisch. Sie schluckte und unterdrückte ein Erschauern. Liebe Güte! Seine Berührung zeugte von großer Selbstsicherheit, und sollte sie irgendwelche Zweifel gehabt haben, wer sie da umfangen hielt, so verflogen die, als sie den Duft nach exotischen Gewürzen, der in seiner Uniform hing, wahrnahm. Vielleicht Sandelholz …

Gerade aus Indien eingetroffen …

Himmel, sie befand sich hier draußen ganz allein mit dem „Hengst der Saison".

Major Derek Knight.

„Also, wirst du mich nun küssen oder nicht?", flüsterte er, und Lily schmolz bei dieser Frage geradezu dahin. Ihre Antwort war ein noch schneller klopfendes Herz. Warum sollte sie es eigentlich nicht tun?

Das war Wahnsinn.

Sie war nicht die Frau, um derentwillen er hierhergekommen war. Aber in diesem Moment gehörte seine Aufmerksamkeit ganz ihr, und – mochte Gott ihr beistehen – sie fühlte sich geradezu schmerzhaft zu ihm hingezogen. Oh ja. In diesem Augenblick traf sie die Entscheidung, alles geschehen zu lassen. Wie sündhaft, wie herrlich, welch perfekte Erfüllung eines Traumes, von einem schönen Fremden im Mondschein geküsst zu werden, von einem kühnen Helden aus fremden Ländern. Nur dieses eine Mal, diese eine Gelegenheit ergreifen, ehe sie ihre Pflicht gegenüber ihrer Familie erfüllen und jemanden heiraten musste, den sie niemals lieben konnte.

Es besteht keine Gefahr, dass er herausfindet, wer ich wirklich bin, ich trage eine Maske – diese Gedanken gingen ihr durch den Kopf, während ihr Puls immer heftiger schlug. Edward musste nie davon erfahren, und auch sonst niemand in London, wo es so viele Gerüchte gab. Wozu sonst wurden Maskenbälle veranstaltet, wenn nicht für diese sündhaften kleinen Abenteuer? Es tat niemandem weh. Sie konnte dieses Geheimnis genießen, die heftige Neugier befriedigen, die dieser Mann auf den ersten Blick in ihr geweckt hatte. Danach würde sie die Erinnerung in ihrem Herzen verschließen, um die langen, kalten Jahre zu überstehen, die vor ihr lagen.

Nur dieses eine Mal …

Mit sanftem Druck auf ihre Taille begann Major Knight, sie herumzudrehen. Willig fügte sie sich seiner Führung, während ihr Herz vollkommen unkontrolliert schlug. Als sie sich ihm zugewandt hatte, sah sie ihn an. Oh ja, das war er: Derek Knight. Er sah aus wie eine wahr gewordene Fantasie jeder Frau.

Nun, da sie so nahe beieinanderstanden, konnte sie würdigen, wie unglaublich gut dieser Mann wirklich aussah. Sie ließ den Blick über sein Gesicht mit den markanten Zügen gleiten. Seine Brauen waren schwarz und dicht, seine anmutig geschwungenen Lippen wie geschaffen für die Versuchung. Am beeindruckendsten jedoch waren die Augen, durchdringend, hell und blausilbern in der Nacht, schienen sie viele Geheimnisse zu bergen. Sie sah in deren schimmernde Tiefen, und so entging ihr nicht der Moment, da Derek Knight seinen Irrtum bemerkte.

Er runzelte die Stirn, während er einen Schritt zurücktrat. Dann zog er eine Braue hoch und sah sie verblüfft an. „Sie", stieß er hervor.

Lily lächelte ihm belustigt zu, und auf einmal blitzten seine Zähne in der Dunkelheit auf, als er lachte. „Welch glücklicher Irrtum!"

„Nicht die, die Sie erwartet haben, Major?", neckte sie ihn und reckte das Kinn.

„Besser. Viel besser." Er ließ den Blick über ihre Gestalt gleiten, aber er schien zu zögern, ob er sich ihr wieder nähern sollte. Aus irgendeinem Grund gefiel ihr seine plötzliche Zurückhaltung.

„Ich sah Sie auf der Treppe", erklärte er ihr.

„Ich weiß. Sie haben mich angestarrt."

Er runzelte die Stirn, spöttisch, leugnend. „Sie sind vor mir davongelaufen."

Lily hielt seinem Blick stand. „Nun, jetzt laufe ich nicht davon."

„Wer sind Sie?", flüsterte Derek, vollkommen bezaubert. Er konnte den Blick nicht von ihr abwenden.

Lily zuckte mit den zarten Schultern und lehnte sich ein wenig gegen das Geländer hinter ihr. Dann bewegte sie leicht den Fächer, der geschlossen von ihrem Handgelenk hing. „Niemand Besonderes."

„Das glaube ich nicht", erwiderte er in unverhohlener Bewunderung, betört von der anmutigen Bewegung ihrer Hand. Plötzlich beugte er sich vor und küsste ihr schmales Handgelenk. „Haben Sie einen Namen?"

Sie lächelte. „Natürlich."

„Ich verstehe. Aber Sie wollen ihn mir nicht sagen."

Sie schüttelte den Kopf, die Augen hinter der hellen Halbmaske blitzten. „Es würde keine Rolle spielen, oder?“

„Warum sagen Sie das?“

„Ihr Ruf eilt Ihnen voraus.“

„Hm“, bemerkte er spöttisch und erkannte, dass das vieles bedeuten konnte. Derek fühlte sich bezaubert von ihrer Weigerung, ihm ihren Namen zu nennen. Jede Form von Zurückweisung eines weiblichen Wesens war etwas Neues für ihn. Im Ballsaal hatte ihre Schönheit zuerst seine Aufmerksamkeit erregt, aber jetzt, da sie einander gegenüberstanden, gefielen ihm vor allem ihre Selbstsicherheit und ihre kühle Anmut.

Er verschränkte die Arme vor der Brust und musterte sie kühn. „Dann wissen Sie mehr als ich.“

„Ja. Sie sind Major Derek Knight, gerade aus Indien eingetroffen.“

„Bald werde ich wieder dorthin zurückkehren“, entgegnete er und deutete damit recht direkt an, dass sie sich beeilen musste, wenn sie ihn besser kennenlernen wollte.

„Warum?“, wollte sie wissen.

„Für Ruhm und Ehre, da bin ich wie jeder andere Mann, Miss …?“

Sie schüttelte bedächtig den Kopf.

„Eigensinnig“, murmelte er und lächelte. „Na schön. Bewahren Sie Ihr Geheimnis, wenn Sie das wünschen.“ Wenn er ihn aus ihr herausküssen musste, würde er ihren Namen irgendwann erfahren, aber im Moment konnte er es genießen, mit ihr zu flirten. Tatsächlich sprach diese Situation die sündhafte Seite seines Wesens an – er war zu einem heimlichen Schäferstündchen hierhergekommen, nur um festzustellen, dass der Pavillon bereits besetzt war.

Muss ein beliebter Ort sein.

Unauffällig warf er einen Blick über seine Schulter, doch er sah noch keinen eifersüchtigen Verehrer herbeieilen, auch nicht die Dame, mit der er selbst verabredet war. Ganz plötzlich war es ihm nicht wichtig, dass Lady Amherst allzu bald eintraf.

Es würde gewiss nicht mehr lange dauern, bis sie in Erscheinung trat, doch in der Zwischenzeit, entschied Derek, hätte er nichts dagegen, dieses reizende Biest zu erforschen, gesetzt den Fall, dass ihm das gelang. Ein reizvoller Genuss, eine köstliche Vorspeise, ehe das Hauptgericht serviert wurde.

Er vermutete, dass die Unbekannte aus demselben Grund hier war wie er, verabredet zu einer heimlichen Liebelei im Garten. Und er schloss daraus, ohne lange darüber nachzudenken, dass sie entweder eine Witwe war wie Lady Amherst oder die vernachlässigte junge Frau eines alternden Peers.

Wie auch immer, sie stand zur Verfügung.

Welch eine Schönheit. Er ließ genießerisch den Blick über ihre Gestalt gleiten. Das Mondlicht verlieh ihrem hellblonden Haar einen silbrigen Schimmer, ihre Hochsteckfrisur wirkte außerordentlich elegant, ein paar Locken streiften ihren Nacken. Über den weiten Röcken lenkte das Mieder sein Augenmerk auf ihre schmale Taille und die reizenden, vollen Brüste. Es war ein verlockender Körper voll von sinnlichen Versprechungen. Wenn er sich nicht täuschte, schien auch er ihr zu gefallen, die Art, wie sie sich ihm zuwandte, schien ihm zu sagen, er sollte sich ihr nähern – trotz ihrer Weigerung, ihm ihren Namen zu nennen.

Nun, das kann ich ihr kaum vorwerfen, dachte er. Dass er sie für eine andere Frau gehalten hatte, war nicht gerade hilfreich, einen guten Eindruck zu machen. Er fühlte sich wegen dieses Fehlers ein wenig albern, aber sie schien nicht gekränkt zu sein.

„Sie tragen kein Kostüm, Major?"

„Ich würde mich niemals als etwas darstellen, das ich nicht bin. Bei mir weiß man, was man bekommt."

„Ah, ein ehrlicher Mann? Sieh mal einer an!"

„Unerträglich ehrlich, behauptet meine Schwester. Warum scheinen Sie deswegen so skeptisch zu sein? Haben Sie nicht viele ehrliche Männer getroffen, Miss …?" Er versuchte noch einmal, ihren Namen herauszufinden.

„Nonesuch", erklärte sie und hob das Kinn. „Mary Nonesuch. Zu Ihren Diensten."

„Mary Nonesuch?", wiederholte er spöttisch und schüttelte den Kopf über ihren Scherz. „Na schön, Miss Nonesuch. Da Sie hier stehen und mich mit einem so reizenden Lächeln anlügen, nehme ich an, Sie werden mir sagen, alle Männer sind Lügner?"

„Vielleicht nicht alle, aber bestimmt einige."

„Zumindest sind Sie eine faire Nonesuch."

„Major", sagte sie leise.

Der Klang ihrer Stimme erregte seine Aufmerksamkeit. „Ja, Liebes?"

„Werden Sie mich jetzt küssen oder nicht?", flüsterte sie. „Ich habe nicht den ganzen Abend lang Zeit."

Er starrte sie an.

Dreistes Mädchen, seine eigenen Worte an ihn zurückzugeben. Worte, die für Lady Amherst bestimmt waren.

Nun, vielleicht war er zuweilen ein Lügner, denn wenn er ganz ehrlich wäre, müsste er zugeben, dass das zögernde Lächeln dieser schönen Fremden ihn um den Verstand brachte.

Nein, ihren Namen kannte er nicht. Aber wenn sie glaubte, dass diese kleine Maske das Verlangen in ihrem Blick verbarg, dann irrte sie sich. Ihre Maske verbarg gar nichts, nicht vor ihm. Er registrierte ihre Unsicherheit, erkannte ihre Sehnsucht nach einer Berührung, und er spürte, wie sie zitterte vor Verlangen. Auch war es nicht schwierig, zu erraten, wie viel Mut es sie gekostet haben musste, diese Bitte scheinbar so gelassen auszusprechen.

Sie will einen Kuss? überlegte er. Dann sollte sie ihn haben.

Er würde ihr einen Kuss schenken, den sie niemals vergessen würde.

Sein Herz klopfte. Mit einem Schritt war Derek bei ihr, umfasste ihr Gesicht mit beiden Händen und presste gierig die Lippen auf ihren Mund.

Als seine warmen, weichen Lippen sie berührten, schlang Lily die Arme um Derek Knight in einer Mischung aus hilflosem Verlangen und wilder Erleichterung. Sein Kuss ließ die Grenze zwischen Wirklichkeit und Fantasie verschwimmen, aber wenn dies nur ein dekadenter Traum war, warum fühlte sie sich dann so hellwach wie seit Jahren nicht mehr?

Ein Gefühl von Freiheit durchströmte ihre Adern. Freude ließ ihr Herz schneller schlagen und ihre Nerven vibrieren. Dabei konnte sie die ganze Zeit über nicht glauben, dass sie das hier wirklich tat.

Behutsam umfasste er mit einer Hand ihren Nacken, die sanfte Berührung wirkte so gekonnt und beruhigend, dass er damit den Widerstand jeder noch so zurückhaltenden Jungfrau gebrochen hätte. Langsam bewegte er seine Lippen auf den ihren, erkundete sie so zart, dass sie den Kopf in den Nacken legte und den Mund öffnete für die leichte und doch zugleich drängende Berührung seiner Zunge. Während sie sich an ihn schmiegte, schlug ihr Herz in einem wilden, harten Rhythmus. Aber sie spürte auch den schnellen Schlag seines Herzens an ihrer Brust.

Sie sehnte sich so sehr nach dem, was hier geschah, obwohl sie wusste, dass sie das nicht tun sollte. Als er geschickt mit seiner Zunge ihren Mund erforschte, stieg ein erregender Schwindel in ihr auf, gleichzeitig empfand sie ein großes Begehren – und Verwirrung. Die heftige Lust, die aus den Tiefen ihres Wesens emporzusteigen schien, traf sie vollkommen unerwartet.

So lange Zeit hatte sie die Sehnsucht nach Berührungen in ihrem Innern verdrängt, das Verlangen nach Liebkosungen, danach, in den Armen gehalten zu werden. Genauso wie jetzt wollte sie umschlungen werden. So gefährlich. Er schien exakt zu wissen, wonach ihr Körper verlangte. Mit allen Sinnen reagierte sie auf seinen festen, männlichen Leib. Sie genoss es, von ihm zu kosten, und sie ließ ihre Hände über seine breiten Schultern gleiten, die mit goldenen Epauletten geschmückt waren. Unwillkürlich seufzte sie auf, als er sie plötzlich hochhob und auf das Geländer setzte. Mit seinen Hüften zerdrückte er ihren Tüllrock, als er sich zwischen ihre Schenkel schob.

Sie flüsterte seinen Namen, während er sich von ihren Lippen löste und ihren Hals zu küssen begann. Sie strich über seine

Brust und seinen flachen Bauch, während er die Haut über dem Ausschnitt ihres Kleides mit Küssen bedeckte. Dies hier wurde leidenschaftlicher und ging entschieden weiter, als sie es erwartet hatte. Aber sie brachte es nicht fertig, jetzt aufzuhören.

Sie schob die Finger in sein seidiges schwarzes Haar, verschob das Band, das es zusammenhielt. Es schien ihm nichts auszumachen, denn er war ganz und gar auf ihr Dekolleté konzentriert. Dieser Mann wusste genau, was er wollte.

Betört von seiner Leidenschaft, ließ sie es zu. Das eigene Verlangen benebelte ihr die Sinne, und sie stützte sich an einem Pfosten ab, während sie sich ihm leicht entgegendrängte. Er seufzte, das Gesicht noch immer an ihre Brust geschmiegt. „Oh, bitte, tun Sie das nicht!“

„Gefällt es Ihnen nicht?“

„Es gefällt mir viel zu gut.“ Er richtete sich wieder auf und umfasste ihr Gesicht mit beiden Händen, küsste wieder ihren Mund.

Lily glaubte, innerlich zu brennen. Er fasste sie so behutsam an, dass er in ihr den Wunsch weckte, sich auf ihn zu stürzen.

„Gehen wir weg von hier“, schlug er mit heiserer Stimme vor. „Da vorn liegt ein Boot. Ich könnte Sie auf den See hinausrudern.“

Sie sah in seine glühenden Augen und wünschte sich nichts so sehr, wie mit ihm zu gehen. Doch sie wagte es nicht. „Ich – ich glaube nicht, dass das eine gute Idee wäre.“

„Natürlich ist es das.“ Er lächelte ein wenig schief, noch immer schwer atmend. „Ich rudere, Sie navigieren.“

Es war so gar nicht leicht, diesem Lächeln zu widerstehen.

„Major, eine Gondel rudert man nicht“, erklärte sie. Sie versuchte klar zu denken, um ihn nicht einfach zu packen und wieder zu küssen. „Man stößt sie ab. Mit einem Stab.“

„Stimmt. Hatte ich vergessen.“

Noch immer außer Atem, schlug Lily ihren Fächer auf und begann, ihn hin und her zu bewegen, um sich abzukühlen. „Ich glaube, Gesang gehört auch dazu – auf Italienisch.“

„Singen? Nein, das gehört nicht dazu.“

„Sie würden nicht für mich singen?"

„Sie wollen mir nicht einmal Ihren Namen sagen. Das ist ziemlich grausam von Ihnen. Ich kann nicht singen, und ich spreche kein Wort Italienisch. Nur ein wenig Latein. *Tempus fugit*, meine Liebste", sagte er fordernd. Die Zeit vergeht. „Wenn Sie einverstanden sind, sollten wir uns beeilen."

„Oh, ich vergaß", neckte sie ihn und drängte einen Anflug von Eifersucht beiseite. „Sie hatten ja schon eine andere Verabredung."

„Die kann ich absagen, glauben Sie mir. Gehen wir, ehe sie hier ist. Wir fahren zum anderen Seeufer hinüber. Und nehmen ein mitternächtliches Bad. Nackt", wie er mit einem vielsagenden Blick hinzufügte.

Sie lachte über die besondere Betonung, die er diesem Wort verlieh, obwohl sie das Gefühl hatte, dass er es ernst meinte.

„Sie sind ein richtiger Frauenheld, nicht wahr, Major?", rief sie plötzlich aus, als er sie vom Geländer und auf seine Arme hob. „Lassen Sie mich hinunter", schimpfte sie halbherzig.

„Nein. Ich nehme Sie mit", erklärte er und trug sie quer durch den Pavillon. „Jemand muss Ihnen schließlich bei der Flucht helfen."

„Flucht vor wem?"

„Sagen Sie es mir. Ich weiß nur, dass ich hier bin, um Sie zu retten."

„Wie kommen Sie darauf, dass ich gerettet werden muss?"

War das so offensichtlich? „Sie können sich auf dem Ball nicht sehr amüsiert haben, wenn Sie hierhergekommen sind", erklärte er.

„Nun, Sie haben mich ertappt. Jetzt lassen Sie mich um Himmels willen herunter!", befahl sie und lachte. „Ich kann unmöglich mitten in der Nacht mit Ihnen schwimmen gehen. So verlockend dieser Vorschlag auch sein mag, ich kann nicht. Ich muss zurück."

Er blieb stehen und sah sie an, hielt sie noch immer auf den Armen. „Zu wem?"

Lily seufzte nur.

„Ehemann? Liebhaber?"

„Derek? Liebling? Wo bist du?" Eine Frauenstimme, die von irgendwoher im Garten leise seinen Namen rief, unterbrach sie und wies sie darauf hin, dass sie Gesellschaft bekamen.

Gütiger Himmel, dachte Lily und erkannte erst jetzt, welche Gefahr ihrem Ruf drohte.

„Verdammt", stieß der Major leise hervor.

„Lassen Sie mich hinunter", flüsterte Lily.

Er gehorchte, hielt sie aber am Handgelenk fest. „Warten Sie."

„Lassen Sie mich gehen, ehe wir gesehen werden. Ich muss zurück in den Ballsaal."

„Sagen Sie mir wenigstens Ihren Namen", drängte er leise. „Ich will Sie wiedersehen."

„Nein." Hinter der Maske erbleichte Lily. „Ich kann nicht."

„Warum nicht?"

„Ich – ich kann einfach nicht."

Er sah sie nur an. Lily erwiderte den Blick.

Spannung entstand zwischen ihnen, doch als er die Hand ausstreckte und behutsam den Rand ihrer Satinmaske berührte, legte Lily eine Hand auf seine. „Nein."

Sie brauchte ihre Maske dringender, als er es ahnte.

„Sie wollen also einfach fortgehen, und ich sehe Sie nie wieder? Sie wollen mir nicht Ihren Namen sagen. Wenn Sie mir nicht gestatten, Ihr Gesicht ohne diese alberne Maske zu sehen, dann kann ich in Zukunft unmittelbar an Ihnen vorbeigehen und Sie trotzdem nicht erkennen."

„Es tut mir leid. Es ist am besten so."

Sein Blick schien nach dem Grund dafür zu fragen, doch er schüttelte den Kopf und schien damit abzuschütteln, was ihm offenbar wie eine Zurückweisung erschien. „Na schön. Wie Sie wollen."

„Derek, Liebling, bist du da?" Seine Verabredung war noch nicht in Sichtweite, aber sie hörten beide, wie die andere Frau quer durch den Garten lief und sich ihnen näherte.

Lily warf einen schuldbewussten Blick in die Richtung, aus der die Stimme der Frau kam. Wenn diese Lady sie hier draußen allein mit dem „Hengst der Saison“ antraf, konnte das zu Klatsch, ihrem Ruin und dem Ende aller Heiratspläne führen. Sie würde scheitern. Wie sollte sie das je ihrer Mutter erklären?

Als sie sich ihm voller Panik zuwandte, sah er sie an, so aufmerksam, als wollte er sich jede Einzelheit von dem wenigen einprägen, was er von ihrem Gesicht und ihrem Haar sehen konnte. Sie schüttelte den Kopf, um ihn zu entmutigen. „Nein“, flüsterte sie.

Dann löste sie sich aus seinem leichten Griff und lief davon.

Mit gerunzelter Stirn sah Derek dem ebenso geheimnisvollen wie reizvollen Mädchen nach, das vor ihm davonrannte.

Alles in ihm drängte ihn dazu, ihr zu folgen. Aber er wusste, das würde sie nur beunruhigen, und außerdem war er noch immer über ihre Zurückweisung gekränkt. Er lief keiner Frau nach.

Am Labyrinth verschwand sie um eine Ecke, und selbst als sie schon längst nicht mehr sichtbar war, sann er noch über sie nach. Welch exzentrische junge Dame!

Zweifellos befand sie sich in Schwierigkeiten. Ihre Geheimnistuerei weckte in ihm den Verdacht, dass sie eine Schwindlerin war. Offenbar hatte sie etwas zu verbergen.

Na schön, sie wollte ihn also nicht. Egal, dachte Derek verächtlich. Ihm standen genug andere zur Verfügung.

Er war nicht sicher, warum er den letzten Augenblick mit ihr dazu benutzt hatte, sich alles einzuprägen, was über der Maske zu sehen war: der weizenblonde Farbton ihres Haars, der elegante Schwung des Halses, die Form ihrer honigsüßen Lippen, ihr bezauberndes Lächeln. Jetzt sah er sie vor sich – und wie schön sie war! Er glaubte nicht, dass er jemanden wie sie jemals vergessen konnte.

Tatsächlich würde er sie vielleicht sogar erkennen, wenn sie einander das nächste Mal in der Gesellschaft begegneten – auch wenn sie zweifellos versuchen würde, sich vor ihm zu verstecken.

Er seinerseits, verstimmt von ihrer Abfuhr, war nicht sicher, wie er reagieren würde. Ob er so tun würde, als wüsste er nicht, wer sie war, oder ob er ihr sein Wissen heimlich mitteilen und sie damit ein wenig quälen würde – nur so zum Spaß.

Die zweite Möglichkeit gefiel ihm weitaus besser.

„Derek! Oh, Liebling!"

Er seufzte tief und gelangweilt, als er Lady Amhersts Stimme ganz in der Nähe hörte. Er erwog, das Weite zu suchen, ehe sie ihn sah, doch dann bemerkte er plötzlich etwas Glitzerndes auf dem Boden des Pavillons.

Es lag auf dem Holz unterhalb des Geländers, an dem er und Mary Nonesuch sich beinahe in der Leidenschaft verloren hätten.

Er ging dorthin, den Blick auf das kleine metallene Ding geheftet. Dann bückte er sich, um es aufzuheben.

Schau, schau, was haben wir denn da?

Er säuberte es ein wenig, hielt es zwischen Daumen und Zeigefinger und inspizierte es im Licht des Mondes – ein diamantenbesetzter Ohrring. Oh ja, er erkannte ihn wieder. Als er ihr Ohr küsste, hätte er ihn fast verschluckt. Er erschauerte, als er daran dachte, wie er ihr süßes kleines Ohrläppchen mit der Zunge liebkost hatte.

Ob sie wohl schon bemerkt hatte, dass sie dies verloren hatte?

Das würde sie in Panik versetzen!

Ein leicht boshaftes Lächeln breitete sich auf seinem Gesicht aus, als ihm klar wurde, was diese kleine Spur, die sein geheimnisvolles Mädchen unfreiwillig zurückgelassen hatte, bedeutete. Früher oder später würde ihr auffallen, dass ihr Schmuck fehlte. Sie würde beginnen, nach dem Ohrring zu suchen, und diese Suche würde sie zwingen, zum Pavillon zurückzugehen. Und wenn sie nicht wagte, dorthin zurückzukehren, würde der Weg mit Sicherheit zu ihm führen.

Sie wusste schließlich, wer er war. Er trug keine Maske, und er war nicht schwer zu finden. Er lachte leise. Oh, das würde lustig werden. Wenn sie den Schmuck zurückhaben wollte, dann sollte sie ihn zurückbekommen. Aber natürlich müsste sie ihn dann ganz lieb bitten.

„Da bist du!" In diesem Moment erschien die Countess.

Als sie auf ihn zulief, steckte er den glitzernden Ohrring in seine Tasche.

„Liebling – endlich!" Er lächelte sie an, aber als sie ihn umarmte, blickte er über ihre Schulter. Er war nicht konzentriert. Weit weg, am anderen Ende des Gartens, sah er einen Hauch von Rosa auf das Haus zuschweben. Sein Lächeln wurde breiter.

Gut. Dann war sie also sicher zurückgelangt. Sein geheimnisvolles Mädchen hatte die Terrasse erreicht. In diesem Augenblick verschwand sie durch die Flügeltüren in den Ballsaal. Aber zu wem?

Zu wem gehörte sie?

So ein Glückspilz.

„Derek?"

„Hm?" Er lenkte seine Aufmerksamkeit zurück zu Lady Amherst und stellte fest, dass sie ihn aufmerksam betrachtete. Ihre Miene wirkte misstrauisch.

Sie trat zurück, legte den Kopf schief und stemmte eine Hand in die Hüfte.

„Stimmt etwas nicht?", fragte er im Tonfall reinster Unschuld.

Lady Amherst sah sich jetzt wachsam im Pavillon um, danach blieben ihre Augen wieder an ihm heften, eine zarte Augenbraue hochgezogen.

„Liebling", sagte sie und ließ den Blick über sein zerzaustes Haar und die vom Küssen geschwollenen Lippen gleiten, „was genau hast du hier draußen getan?"

5. KAPITEL

Am nächsten Morgen erwachte Lily nach einer unruhigen Nacht, in der sie sich unentwegt umhergewälzt hatte. Sie hatte kaum die Augen geöffnet, als alle Sorgen und Nöte, die sie fast bis zum Tagesanbruch wachgehalten hatten, ihr wieder einfielen. Ihr erster Gedanke galt Derek Knight, der zweite dem fehlenden Ohrring.

Sie befand sich in einem Zustand heller Aufregung seit dem entsetzlichen Moment, da sie vom Maskenball nach Hause zurückgekehrt war und festgestellt hatte, dass der Ohrring fehlte.

Mitten in der Nacht hatten Mrs Clearwells Dienstboten ihr geholfen, die Kutsche und den Boden abzusuchen, den sie auf dem Weg von der Tür über die Treppe bis zu dem kleinen Schlafzimmer, in dem sie untergebracht war, betreten hatte. Aber sie hatten den Diamanten nicht gefunden, und Lily war nun fest davon überzeugt, dass er ihr auf dem Maskenball abhandengekommen war.

Ihre größte Furcht bestand in der Vorstellung, dass sie ihn im Pavillon verloren hatte – vermutlich als göttliche Strafe für ihre heimliche Begegnung mit Derek Knight! Sie redete sich ein, dass sie ihn ohne den fehlenden Ohrring im Nu vergessen hätte. Unglücklicherweise gab es jetzt irgendwo da draußen einen Beweis dafür, dass sie ohne Anstandsdame ungehörige Dinge mit einem Mann getan hatte, den sie gar nicht kennen sollte. Wie hatte sie nur so ein Risiko eingehen, ihren Ruf so leichtsinnig gefährden können? Hatte sie denn den Verstand verloren?

Sie konnte nur hoffen, dass der Major oder jemand anderes das Schmuckstück gefunden und es den Gastgebern jener Nacht, Mr und Mrs Brooks, übergeben hatte. Allein der Erinnerungswert des Ohrrings war unermesslich, aber selbst wenn es nur ein beliebiger Diamant wäre, könnte sie es sich niemals leisten, ihn zu ersetzen.

Später am Tage, während der üblichen Besuchszeiten, würde sie Mrs Brooks aufsuchen und sich bei ihr erkundigen, ob jemand das Schmuckstück gefunden hatte. Aber der erste Punkt auf ihrer Tagesordnung war der versprochene Besuch in Edwards Haus, um Mrs Lundy bei der Planung ihrer Gartenparty zu helfen. Oh je!

Lily seufzte, starrte zur Decke hoch und legte einen Arm über ihre Stirn. Sie hoffte, dass es leichter sein würde, Edward heute gegenüberzutreten, als es das gestern gewesen war – als sie in den Ballsaal zurückgekehrt war, nachdem sie Derek Knight geküsst hatte.

In jenem Moment war die Halbmaske mehr wert gewesen als ihr Gewicht in Gold. Sie war fest davon überzeugt, dass ihr das Schuldbewusstsein für jeden deutlich sichtbar ins Gesicht geschrieben stand. Soweit sie es beurteilen konnte, war Edward aber nicht aufgefallen, dass irgendetwas nicht stimmte. Zum Teil war dies dem Umstand zu verdanken, dass er zu viel getrunken hatte, und zum Teil der Tatsache, dass er wegen der Anhörung vor dem Ausschuss zerstreut war. Und natürlich der Maske.

Der Major musste mit seiner Freundin im Garten geblieben sein, denn sie hatte ihn nicht mehr im Ballsaal entdecken können. Heute, wenn sie Edwards großes schlossartiges Heim besuchte, musste sie versuchen, unbefangener mit ihrem Verehrer umzugehen. Unabhängig davon sollte sie sich auf jeden Fall langsam dafür fertig machen.

Sie erhob sich aus ihrem Bett, ging durch das kleine Gemach mit den pastellfarbenen Wandbespannungen und den ebenfalls hellen Chintzvorhängen und goss etwas Wasser aus einer Kanne in die Waschschüssel. Danach bückte sie sich und spritzte sich ein paar Tropfen davon ins Gesicht, um munter zu werden, während sie erneut über all das nachdachte, was geschehen war.

Wie seltsam, dass sie sich eine Möglichkeit gewünscht hatte, die Heirat mit Edward zu vermeiden – und dass dann gerade in diesem Moment Derek Knight aufgetaucht war. Sie musste über sich selbst lachen. Zweifellos wäre die Aussicht auf eine Ehe mit Edward nicht mehr gegeben gewesen, hätte der Major ihren Ruf ruiniert.

Aber das war nicht ganz das, was sie mit ihrem Wunsch gemeint hatte.

Sie nahm ein Handtuch und tupfte sich das Gesicht trocken, dann betrachtete sie sich stirnrunzelnd im Spiegel und bemerkte die dunklen Ringe unter ihren Augen. Nach der schlaflosen Nacht fürchtete sie immer noch, dass ihr jemand auf die Schliche kam und entdeckte, wer sie war, entweder der Major selbst oder die unermüdlichen Klatschmäuler der tonangebenden Gesellschaft, wenn sie von dem Kuss erfuhren. Was war in der vergangenen Nacht nur in sie gefahren? Wie hatte sie nur ein solches Risiko eingehen können, vor allem, da sie doch wusste, wie knapp sie schon einmal dem Ruin entgangen war?

Manchmal fühlte sie sich, als wäre ihr ganzes Leben auf einer Lüge errichtet. Aber Derek Knight schien sie zu durchschauen. Ein ehrlicher Mann.

„Unerträglich ehrlich, sagt meine Schwester."

Lily verzog das Gesicht, als sie sich seiner Worte entsann. Es klang gut, aber sie traute ihm nicht weiter, als sie den großen Krieger werfen könnte. Auf gar keinen Fall hätte sie die Maske abgenommen, und wenn er sie auf Knien darum angefleht hätte.

Sie hatte durchaus Grund, zu fürchten, dass er immer noch herausfinden konnte, wer sie war. Und wenn er sich dann nicht wie ein Gentleman verhielt, konnte er auf viele schreckliche Arten sein Wissen gegen sie verwenden. Sie etwa erpressen, damit sie tat, was er wollte …

Lily erschauerte – aber nicht nur vor Grauen – und warf das Handtuch voller Abscheu vor sich selbst zur Seite. Was war sie doch für eine Närrin! Was für eine sündhafte Närrin!

Indem sie Derek Knight küsste, hatte sie ihre Zukunft aufs Spiel gesetzt, ihren guten Namen und das Wohlergehen ihrer Familie. Und doch, aus irgendeinem Grund konnte sie es nicht über sich bringen, ihr Verhalten zu bedauern.

Träume von grausamen Kriegsgeschehnissen störten seinen Schlaf.

Derek warf den Kopf auf dem Kissen hin und her, die Muskeln unter der leichten Decke spannten sich an.

Der verdammte Wagen brach, mitten auf dem Schlachtfeld. Er musste irgendetwas bringen. Zu irgendjemandem. Vielleicht Nachschub für die Männer. Aber die verschreckten Pferde gehorchten nicht, und immer wieder fielen die Räder von dem Wagen ab.

Er könnte sie befestigen. Er konnte alles reparieren, er war der geschickteste Mann in seinem Regiment, aber die Reise nahm kein Ende, und Derek war mit seiner Weisheit am Ende, wusste er doch genau, dass sein Weg nirgendwohin führte.

Nirgendwohin.

Dabei donnerten die Kanonen die ganze Zeit über so laut, dass er seine eigenen Gedanken nicht hören konnte. Und die Männer waren nicht in der Lage, seine Befehle zu verstehen, sodass er nur hoffen konnte, sie würden auch ohne ihn wissen, was sie tun sollten. Hatte er sie auch gut genug ausgebildet? Was, wenn es für sie ohne ihn nicht möglich war zu überleben? Bei all dem Rauch konnten sie kaum atmen, und er reparierte mitten in der Schlacht einen verdammten Nachschubwagen. Warum half ihm denn niemand?

Wolken von schwarzem Pulverdampf umgaben ihn, als er sich umdrehte, um jemanden zu suchen, der ihn bei seinem Tun unterstützte. Doch als er sich umdrehte, musste er sehen, wie einem jungen Gefreiten die Beine weggeschossen wurden. Er unterdrückte einen Laut, und sein erster Gedanke war, den Jungen in seinen Wagen zu legen. Er rannte auf ihn zu. Er hörte die Schreie des jungen Gefreiten durch den Pulverdampf, aber er konnte ihn nicht finden. Und dann bemerkte er auf einmal, dass er unbewaffnet war.

Gütiger Himmel, musste er ausgerechnet jetzt seinen Degen vergessen?

Er wachte auf, fuhr entsetzt im Bett hoch und griff automatisch nach seiner Waffe. Schwer atmend ließ er den Blick durch den Raum gleiten. Erst jetzt bemerkte er, dass er nicht in seinem Zelt lag, dass er nicht im Krieg war und dass heute keine Maratha-Bastarde kommen würden, die versuchen wollten, ihn umzubringen.

Nicht hier.

London.

Genau.

Für einen Moment schloss er die Augen, rieb sich das Gesicht, stieß erschöpft Luft aus und bemühte sich nach Kräften, die schläfrige Benommenheit abzuschütteln. Es war nur ein Traum. Derselbe wie immer.

Er erschauerte, schließlich fuhr er sich langsam mit der Hand durchs Haar.

Lady Amherst schlief friedlich neben ihm und ahnte nichts von seiner persönlichen Hölle.

Derek lehnte sich zurück an den Kopfteil des Bettes, mit zerzaustem Haar und nacktem Oberkörper, das Laken über seine Hüften gebreitet.

Er bemühte sich weiterhin, in die Wirklichkeit zurückzufinden. Er rieb sich nachdenklich das Kinn, das eine Rasur benötigte, aber die schrecklichen Bilder lauerten noch immer in seinen Gedanken. Um sich abzulenken, richtete er seine Aufmerksamkeit auf die Frau neben sich, konzentrierte sich auf ihre leisen Atemgeräusche. Er betrachtete sie gründlich.

Im fahlen Morgenlicht konnte er ihre üppigen Rundungen erkennen, aber Lady Amhersts Gesicht war in den Kissen und hinter ihrem Haar verborgen. Neben der fest schlafenden Frau fühlte er sich umso einsamer.

Die Spuren ihrer Vergnügungen waren überall im Zimmer verteilt. Auf dem Boden lagen Kleidungsstücke. Die kleine Flasche mit dem exotisch duftenden Öl, das er in ihre Haut einmassiert hatte und sie in seine. Leere Weinflaschen. Kerzen, die zu kleinen Teichen geschmolzen waren und jetzt harte Wachsplatten bildeten.

Sie hatte all seine Wünsche erfüllt und ihn befriedigt. Aber wenn er sich in der vergangenen Nacht so ganz hatte ausleben dürfen, warum fühlte er sich dann augenblicklich wieder so leer?

Derek seufzte leise, dann sah er sich um, rastlos und voller Unbehagen, bis er seine Weste auf dem Boden neben dem Bett entdeckte.

Er streckte den Arm aus und holte den Diamantohrring des geheimnisvollen Mädchens aus der Innentasche. Er lehnte sich wieder im Bett zurück, und der Anblick, wie der Stein in seiner Hand wie ein Stern funkelte, die Erinnerung an Mary Nonesuch zauberte die Spur eines sehnsüchtigen Lächelns auf seine Lippen.

Verdammt, wer mochte sie nur sein? Und was hatte sie überhaupt da draußen im Gartenpavillon zu suchen, wenn sie nicht auf einen Liebhaber wartete? Er wusste es nicht. Und ebenso wenig konnte er erklären, warum der Gedanke an sie ihm Linderung verschaffte. Sie erschien ihm wie ein beruhigendes Elixier für seine wunde Seele.

Ich werde dich finden, wer immer du sein magst, dachte er. Sich solange zu gedulden, bis sie zu ihm kam, erschien ihm nicht mehr so verlockend wie noch am gestrigen Abend. Er kannte nicht einmal ihren Namen, doch aus irgendeinem Grund fühlte er sich ihr näher als der Frau in seinem Bett.

Als ihm plötzlich ein Duft aus Purnimas Küche in die Nase stieg, knurrte ihm unweigerlich der Magen. Derek warf die Decke zur Seite, vorsichtig darauf achtend, seine Bettgefährtin nicht zu wecken.

Er stand auf und stieg in ein Paar weite weiße Hosen. Als er sie über der Taille schloss, hielt er inne und bemerkte erschrocken die leichten Bissspuren, die Lady Amherst auf seinem Bauch hinterlassen hatte, direkt an seinem Nabel. Verflixt, das hatte er vergessen.

Mit einem spöttischen Lächeln schlüpfte er in einen weiten Morgenmantel aus dunkler Seide, dann verließ er lautlos das Zimmer und schloss die Tür hinter sich zu.

Er hatte einiges zu erledigen. Aber er hatte, wenn er ehrlich war, auch keine Lust, hier zu sein, wenn seine neueste Eroberung erwachte. Sofern es sich vermeiden ließ, wollte er ihr aus dem Weg gehen. Nicht, dass er ein Gespräch mit ihr scheute, aber die Erfahrung hatte ihn gelehrt, dass die Trennung umso leichter war, je diskreter er seine Geliebten verließ. Er mochte es, wenn die Dinge nicht zu kompliziert wurden, und er mochte einen sauberen Schnitt. Und jetzt wollte er den Tag damit beginnen, indem er bei Lord Sinclair vorsprach, dem Vorsitzenden des Ausschusses.

Er hoffte, dass der aufgeblasene Earl ihm sagen konnte, wie schnell die Frachtschiffe der Marine mit dem Gold der Armee nach Indien segeln würden.

„Guten Tag, Sahib."

Hastig bedeutete Derek seinem eilig auf ihn zukommenden Diener Aadi, möglichst leise zu reden. Dabei warf er einen Blick zu der geschlossenen Schlafzimmertür. Es war wirklich nicht nötig, die Tigerin zu wecken. „Guten Morgen, Aadi", erwiderte er in einem Flüsterton. „Ist das Frühstück fertig?"

„Ja, Major. Ihr Bad ebenfalls. Wir – äh – nahmen an, Sie würden heute Morgen ausgehen."

„Ja", sagte Derek und war froh, dass seine treue Dienerschaft seinen Tagesablauf kannte. „Du wirst dich an meiner Stelle um die Dame kümmern, wenn sie erwacht, ja? Dafür sorgen, dass sie alles hat, wenn ich fort bin?"

„Oh ja, Sahib. Wie immer."

Derek sah den Diener, der sich verbeugte, mit hochgezogener Augenbraue an. Er unterließ es aber, diese Bemerkung zu kommentieren, stattdessen ging er an dem Inder vorbei und folgte seiner Nase Richtung Küche.

„Major, was soll ich der Lady sagen, wenn sie uns fragt, wohin Sie gegangen sind?", fragte Aadi ihn auf Bengalisch und deutete mit einer Kopfbewegung auf die verschlossene Schlafzimmertür.

„Ach, ich weiß nicht – sag ihr, ich wäre in Angelegenheiten der Armee unterwegs", erwiderte er in der Muttersprache seines Dieners und zuckte die Achseln. „Sag ihr, was immer du willst, sorge nur dafür, dass sie nicht mehr da ist, wenn ich zurückkehre. Und komm ihr nicht zu nahe", fügte er mit einem letzten Blick über die Schulter hinzu, während er mit wehendem Mantel den Gang hinunterschritt. „Sie beißt."

Es dauerte nicht lange, dann hatte er sich angezogen und etwas gegessen. Jetzt schritt er über den Haymarket in Richtung des eleganten Stadthauses, in dem Lord Sinclair wohnte. Er ging zu Fuß, denn es war nicht sehr weit, und wenn er ehrlich war, so wollte er sich auf keinen Fall zu sehr beeilen. Seine Dienstboten sollten genügend Zeit haben, um Lady Amherst aus dem Haus zu bekommen.

An einer Straßenecke blieb er stehen. Ungeduldig trat er von einem Fuß auf den anderen, darauf wartend, dass endlich eine Kutsche an ihm vorbeifuhr. In diesem Moment bemerkte er einen Blumenladen, der sich direkt hinter ihm befand. Seinen Weg setzte er nicht fort, sondern er machte kehrt und ging in das Geschäft hinein.

Er bestellte Blumen für Mrs und Mr Brooks, um seine Dankbarkeit für die Einladung zum gestrigen Maskenball auszudrücken, aber tatsächlich diente diese höfliche Geste noch einem anderen Zweck. Während der Florist den Strauß hübsch anordnete, beugte sich Derek über den Ladentisch und schrieb eine kurze Nachricht, die zusammen mit den Blumen überbracht werden sollte.

Nachdem er seine Dankbarkeit ausgedrückt und den Gastgebern zu dem gelungenen Abend gratuliert hatte, erschien ein gewitztes Lächeln auf seinem Gesicht. Er überlegte, wie er den Ohrring zur Sprache bringen sollte. Schließlich tauchte er die Feder ins Tintenfass und schrieb:

Ich glaube, einer Ihrer Gäste hat im Garten einen Ohrring verloren, denn gestern Abend fand ich einen, als ich Ihren Besitz bewunderte. Dummerweise vergaß ich, ihn bei Ihnen abzugeben, ehe ich ging. Seien Sie versichert, dass ich ihn gut aufbewahrt habe. Ich nehme an, dass sich die rechtmäßige Eigentümerin bald bei Ihnen melden wird. Wenn Sie die Freundlichkeit besäßen, mir Namen und Adresse der betreffenden Lady zu übermitteln, werde ich dafür sorgen, dass sie ihn umgehend zurückerhält.

Nochmals vielen Dank für die Freundlichkeit, die Sie einem Neuankömmling in London erwiesen haben. Ganz der Ihre, Major D. Knight."

Zufrieden mit seiner Anfrage, lachte er leise in sich hinein, bezahlte den Floristen und begab sich weiter zu Lord Sinclairs Haus. Mary Nonesuch würde sehr verstimmt sein, wenn sie herausfand, dass sie so überlistet worden war.

Er dachte darüber nach, wie wohl ihr richtiger Name lauten mochte. Doch damit musste er aufhören, als er das ansehnliche Haus des Vorsitzenden erreichte, sechs Stockwerke hoch, mit nicht weniger als vier Fensterreihen mit grünen Läden. Er schritt durch das schmiedeeiserne Tor, stieg die vordere Treppe hinauf und bediente den löwenköpfigen Türklopfer.

Als der Eingang geöffnet wurde, reichte er dem großen, weißhaarigen Butler seine Karte und stellte sich mit knappen, höflichen Worten vor: „Würden Sie bitte Seiner Lordschaft sagen, dass ich in einer Angelegenheit des Ausschusses gekommen bin?"

Der Butler warf einen Blick auf seine Karte, danach betrachtete er Derek unauffällig, aber eindringlich. „Gut, Sir. Sie kommen zu dem Treffen?"

„Treffen?" Derek sah ihn an. „Nein."

„Oh! Ich verstehe. Verzeihen Sie." Der Butler wurde ein wenig blasser und räusperte sich. „Bitte, verzeihen Sie meinen Irrtum, Sir."

„Kein Problem. Ich bin sicher, der Earl wird mich in jedem Fall zu sehen wünschen. Erst gestern habe ich vor dem Ausschuss gesprochen", fügte er hinzu. Üblicherweise rechtfertigte er sich nicht vor einem Butler, aber der Versprecher des Mannes, bei dem er ein Treffen erwähnt hatte, hatte seine Aufmerksamkeit erregt und ihm angedeutet, dass hier irgendetwas vor sich ging. Da war es besser, das Vertrauen dieses Mannes zu gewinnen. Schließlich lag es in der Macht des Butlers, ihn daran zu hindern, Lord Sinclair zu sprechen.

„Natürlich, Major. Treten Sie ein. Ich werde Lord Sinclair melden, dass Sie hier sind."

„Danke", sagte Derek wachsam und musterte den Mann.

Der Butler wirkte noch immer ein wenig angespannt, aber Derek wurde immerhin ins Haus gelassen. Als er über die Türschwelle trat, nahm er den Hut ab und folgte dem Butler über den schwarz-weißen Marmorboden der Eingangshalle zu einem eleganten Vorzimmer.

Hier sollte er warten.

Irgendetwas Merkwürdiges ging hier vor, er fühlte ein vertrautes Kribbeln im Nacken, wie er es gewöhnlich im Kampf vor einem Hinterhalt verspürte.

Der Ausschuss hielt also ein Treffen ab, und zwar hier in Lord Sinclairs Haus. Wie schade, dass er dazu nicht eingeladen worden war.

Während der Butler davonging, um Seiner Lordschaft von dem neuen Gast zu berichten, sah Derek sich mit wachsendem Misstrauen in dem freundlich eingerichteten Vorzimmer um. Auf einmal hörte er aus dem oberen Stockwerk wütende Stimmen.

Er hob den Kopf und blickte hinauf zur Zimmerdecke, versuchte, die gedämpften Worte zu verstehen, die aus dem Raum direkt über ihm zu kommen schienen. Es klang wie bei einem Streit.

„Antworten Sie!", brüllte jemand.

Derek zog die Brauen hoch, als verschiedene Stimmen sich in die für ihn unverständliche Erwiderung einmischten. In diesem Moment musste der Butler den Earl und die anderen Gentlemen des Ausschusses aufgesucht haben, denn plötzlich verstummten alle. Derek nahm mit großem Unbehagen auf einem der Sessel Platz und versuchte, möglichst gelassen zu wirken.

Er wartete. Ein paar Minuten waren seit dem obigen Verstummen vergangen. Derek machte sich darauf gefasst, dass der Butler zurückkam und ihm zu verstehen gab, Seine Lordschaft würde nicht zu Hause sein. Doch nichts dergleichen geschah. Stattdessen ging die Tür auf, und der stämmige alte Sinclair selbst kam mit rotem Gesicht hereingestürmt. Offenbar hatte ihn etwas aus der Fassung gebracht.

Derek erhob sich, als der Earl auf ihn zutrat und sich den Schweiß von der Stirn wischte.

„Major, was führt Sie hierher? Viel Zeit habe ich nicht."

„Selbstverständlich, Sir. Dennoch vielen Dank, dass Sie mich empfangen." Derek neigte respektvoll den Kopf, wobei er den Vorsitzenden jedoch nicht aus den Augen ließ. Etwas sagte ihm, dass es nichts bringen würde, sich nach der gerade stattfindenden Sitzung zu erkundigen. Deshalb fragte er vorsichtig: „Ich wollte nur wissen, ob Sie schon gehört haben, wann die Transportschiffe nach Indien aufbrechen werden?"

„Wie das? – Seit unserer Anhörung ist erst ein Tag vergangen." Der ältere Mann konnte seinen Unmut kaum verbergen. „Fassen Sie sich in Geduld. Ich weiß, Ihr von der Kavallerie seid nicht gerade berühmt für diese Tugend. Aber es gibt einen ordnungsgemäßen Ablauf, der eingehalten werden muss, ehe das Geld freigegeben wird. Ehrlich gesagt, ich an Ihrer Stelle würde mit einigen Verzögerungen rechnen."

„Verzögerungen? Warum das, Sir? Gibt es ein Problem?"

„Ich bin kein Zauberer, der ein Kaninchen aus dem Hut ziehen kann. Natürlich gibt es Schwierigkeiten. Dinge wie diese brauchen einfach ihre Zeit."

„Mit wie viel Zeit rechnen Sie?"

„Wochen! Monate? Schwer zu sagen."

„Monate?", wiederholte Derek entsetzt. „Ich verstehe."

Aber tatsächlich verstand er gar nichts.

Er konnte sich nicht vorstellen, warum es Monate dauern sollte, der Armee den nötigen Nachschub zu schicken. Drei Millionen Pfund Sterling waren für die militärischen Operationen in Indien vorgesehen. Sie lagen auf einem Konto bei der Bank of England und warteten auf den Tag, an dem sie gebraucht wurden.

Oder etwa nicht?

Ganz plötzlich verspürte er ein übles Gefühl in der Magengegend. Sein Mund wurde trocken, während er den alten Sinclair ansah. „Sir“, platzte er heraus. „Die Männer rechnen mit diesem Geld.“

„Ja, Major, das haben Sie uns allen gestern sehr deutlich zu verstehen gegeben.“

Derek dachte über eine sinnvolle Erklärung nach. Was war es, das Sinclair ihm nicht sagte? Irgendetwas stimmte hier nicht. „Sir, ist mit dem Geld etwas passiert?“, fragte er plötzlich, so direkt wie immer, der Tonfall gereizt.

Der Vorsitzende sah ihm in die Augen. „Ich würde Ihnen raten, nicht Ihre Stellung zu vergessen – Major.“

„Sir?“

„Ich sehe, dass Sie darauf brennen, Ihren alten Posten zurückzubekommen. Ja, ich hörte davon. Ihre Schwierigkeiten mit Colonel Montrose, das Debakel in Jaipur. Wenn Sie je Ihr Kommando zurückerhalten wollen, dann vergessen Sie nicht, wo Sie stehen.“

Derek starrte ihn misstrauisch und zugleich verblüfft an, unerwartet verletzt durch diese Kränkung. Mehr noch: Er verstand, dass ihm soeben damit gedroht worden war, seine Karriere zu beenden.

„Ich werde Sie benachrichtigen, wenn es Neuigkeiten gibt“, sagte der Vorsitzende grob, wobei er sich von dem Major wegdrehte und zur Tür ging.

„Mylord?“ Derek machte einen Schritt auf ihn zu.

„Was gibt es noch?“ Der rundliche ältere Politiker blieb stehen und sah ihn an.

Derek zögerte, vollkommen überrascht von dieser unvorhergesehenen Wendung der Ereignisse – was vielleicht naiv von ihm gewesen war. Vorsicht! Er wagte es nicht, sein bisher Erreichtes aufs Spiel zu setzen, schon gar nicht bei einem Mann, der bislang nichts weiter als eine Drohung von sich gegeben hatte. „Wenn es irgendetwas gibt, das diesen Prozess voranbringt, Sir, dann stehe ich zu Ihrer Verfügung.“

Seine zurückhaltenden Worte und der beruhigende Tonfall schienen ihre Wirkung nicht zu verfehlen, den Earl dahin gehend zu beruhigen, dass dieser Wilde aus den Kolonien möglicherweise doch keine Schwierigkeiten bereiten würde.

„Sehr klug, Major. Aber momentan können Sie nichts tun." Der Earl räusperte sich und sprach in einem freundlicheren Ton weiter. „Wie ich schon sagte, wenn es Neuigkeiten gibt, werde ich Sie benachrichtigen. Bis dahin betrachten Sie sich als jemanden, der auf Heimaturlaub ist. Amüsieren Sie sich in der Stadt, so wie es auch andere junge Männer tun. Ich hörte, Sie sind ein Liebling der Damen."

Derek senkte den Blick, von dieser Bemerkung ebenso gekränkt wie von all den anderen.

Dieser Mann nahm ihn nicht ernst.

Dieser Mann hielt ihn für einen Dummkopf. Er sah in ihm nichts weiter als Kanonenfutter, dafür bestimmt, Befehle zu empfangen.

Na schön. Wir werden sehen. Ruhig blickte er auf und nickte dem Vorsitzenden zu. „Jawohl, Sir."

„Guter Mann." Der Earl schlug die Tür hinter sich zu, und gleich darauf erschien der Butler und führte Derek hinaus.

Was zum Teufel ist hier los? fragte er sich, während er mit langsamen Schritten zurück zum Haymarket ging. Offenbar stimmte etwas nicht, aber was? Gab es Schwierigkeiten mit dem Geld?

Als er Althorpe erreichte, dachte er noch immer über dieses Rätsel nach. Nachdem er das hintere Tor fast passiert hatte, rief ihm jemand von der Straße her etwas zu.

„Major! Major Derek Knight?" Es war eine Männerstimme mit einem Cockney-Akzent. Der Mann sprach mit gedämpfter Stimme, als wollte er nicht, dass andere ihn hörten.

Derek blieb stehen und drehte sich vorsichtig um. „Ja?"

Er entdeckte einen Kutscher, der an einer schwarzen Kalesche lehnte, die auf der anderen Straßenseite stand. Er schien dort schon eine ganze Weile zu warten. Auf ihn?

Der Kutscher, ein sehniger Mann mittlerer Größe, stieß sich von dem Wagen ab und ging langsam auf Derek zu. Der bemerkte, dass der lange, dunkle Carrick, den der Mann trug, jede erdenkliche Waffe verbergen konnte, obwohl es aussah, als trüge er nur eine lange Pferdepeitsche unter dem Umhang. Unter der langen, gebogenen Krempe seines schwarzen Hutes hatte er das wettergegerbte Gesicht eines Mannes, dem man nicht unbedingt im Dunklen begegnen wollte.

„Kann ich etwas für Sie tun?“

„Mein Name ist Bates, Sir. Mein Herr schickt mich, Sie abzuholen.“

„Mich abholen?“, wiederholte Derek. Verdammt. Welche seiner letzten Bettgefährtinnen hatte ihm verschwiegen, dass sie verheiratet war? Er hob den Kopf. „Wer ist Ihr Herr, und was will er von mir?“

„Ich arbeite für Mr Edward Lundy, einer der Männer, die in der East India Company das Sagen haben, Sir.“ Der Kutscher schwieg einen Moment. „Er ist der Meinung, Sie würden mit ihm vielleicht über Angelegenheiten des Ausschusses sprechen wollen.“

Derek war sofort interessiert. Aber natürlich konnte das auch eine Falle sein.

Edward Lundys gefährlich aussehender Bediensteter blickte die Straße hinunter, als wollte er überprüfen, ob auch niemand in der Nähe war. „Mr Lundy könnte gewisse Informationen für Sie haben, Major.“

„Nun, also dann. Verlieren wir keine Zeit.“ Derek nickte ihm zu, bereit, das Risiko einzugehen.

Gott wusste, dass er einige Erfahrung darin besaß, sich zu verteidigen, wenn jemand vorhatte, ihn in den Hinterhalt zu locken. Er vertraute auf seine Fähigkeiten im Umgang mit dem Degen sowie der Pistole und stieg in die Kutsche. Falls Lundy Hinweise besaß und mit ihm reden wollte, war Derek bereit zuzuhören. Vielleicht erhielt er tatsächlich ein paar Antworten auf einige Merkwürdigkeiten. Das erschien ihm besser, als befohlen zu bekommen, abzuwarten und sich in der Stadt zu amüsieren, wie irgendein hergelaufener Schürzenjäger.

Es herrschte Krieg. Seine Männer waren in Gefahr. Verdammt, er wollte Antworten hören, falls Lundy welche hatte.

Mit einem hörbaren Knall schlug der Kutscher die Tür zu, und gleich darauf waren sie unterwegs.

Vor den geteilten Fenstern von Edwards neugotischem Haus zeigte sich der Tag sehr klar.

Von Lilys Sitzplatz in der großen Halle aus konnte sie auf dem Rasen die gezackten grauen Schatten der Türme und Türmchen und der spitzen Giebel des Gebäudes erkennen.

Ihr zukünftiges Heim vermittelte ihr das Gefühl, in einen Käfig gesperrt zu sein. Besonders die Innenräume verstärkten diese Empfindung. Vielleicht lag es an all den Streben, die die schmalen Fenster unterteilten. Außerdem war die Einrichtung düster und schwer, sie wirkte regelrecht bedrückend. Cousine Pamela, dachte sie, würde all das gotische Zeug zweifellos lieben. Die dunkle Wandvertäfelung reichte bis zur gewölbten Decke aus cremefarbenem Stuck, durchbrochen wurde diese aber von massiven Dachbalken. Die drei schmiedeeisernen Kerzenleuchter, die aus großer Höhe hinabhingen, sahen aus, als kämen sie direkt aus einem Verlies.

Die Sitzmöbel mit ihren tiefbraunen Samtbezügen waren um den leeren Kamin gruppiert. Dort hatten sich die Damen niedergelassen.

Lily, die ein Nachmittagskleid in einem dezenten Beigeton mit elfenbeinfarbenen Spitzenverzierungen trug, saß neben ihrer Patin, während Mrs Lundy sich begeistert über ihre Pläne für die Gartenparty ausließ.

„Wir werden alle möglichen Sportarten anbieten, Kricket für die Herren, Bogenschießen für die Damen, Tennis für beide – nicht zu vergessen Bowling auf dem Rasen. Vielleicht möchten Sie den Menüplan für den Tag sehen, Mrs Clearwell? Ich habe ihn hier."

„Darf ich?" Lilys Gönnerin nahm das Blatt Papier höflich entgegen.

Mrs Lundy beobachtete sie gespannt, während sie es las. Lily dagegen fiel es schwer, nicht ständig auf den großen, bunten, mit Edelsteinen verzierten Hahn zu starren, der als Brosche das Kleid ihrer zukünftigen Schwiegermutter verzierte. Es sah aus, als würde ihr ein riesiges, schimmerndes Insekt über die Schulter kriechen. Das grässliche Ding war vermutlich ein Vermögen wert.

„Wenn der Tag sehr warm ist, könnten Sie ein Problem mit der Eiscreme bekommen", meinte Mrs Clearwell warnend. „Das Mandelhühnchen klingt reizvoll. Und der Salat ebenso."

„Oh, vielen Dank, dass Sie das gesagt haben!" Mrs Lundy tupfte sich ihre schweißbedeckte Wange mit einem Taschentuch ab. „Ich wünsche mir so sehr, dass alles perfekt ist, um Eddies Willen. Er arbeitet so hart, müssen Sie wissen."

Auch jetzt war er mit einer Angelegenheit beschäftigt und durfte nicht gestört werden, hatte sich eingeschlossen in seinem Arbeitszimmer irgendwo an einem anderen Ende dieses weitläufigen Hauses.

Lily machte das nichts aus. Sie würde ihren Verehrer noch früh genug sehen, und hoffentlich war es ihr bis dahin gelungen, Derek Knight aus ihren Gedanken zu verbannen.

Mrs Clearwell reichte den vorgesehenen Menüplan an Lily weiter, damit sie ihn begutachten konnte. Unterdessen holte Mrs Lundy eine kleine Skizze hervor, die zeigte, wie die Tische unter dem großen gestreiften Zeltdach aufgestellt werden sollten, das für den Tag des großen Picknicks auf dem Rasen errichtet werden würde.

Während die beiden Matronen fortfuhren, jede Einzelheit der Gartenparty zu besprechen, starrte Lily auf das Geschriebene in ihrer Hand. Ihre Gedanken schweiften umher.

Vergiss ihn.

Von dem ersten Moment an, da sie ihn gesehen hatte, war ihr bewusst, dass Derek Knight gefährlich war. Dass er nichts als Ärger bedeutete. Das Einzige, was dieser gestohlene Kuss bewirkt hatte, war, dass er ihre Begeisterung, Edward zu heiraten, noch mehr gedämpft hatte.

Ihre Pflicht.

Derek Knight war nicht für sie bestimmt. Schon einmal hatte ihr Herz sie verraten, also bedeutete diese dumme Reaktion auf ihn überhaupt nichts. Außerdem – selbst wenn sie ihn irgendwie einfangen könnte, würde ihre Mutter sie umbringen, wenn sie mit einem gut aussehenden Berufsoffizier nach Hause käme. Reich und hirnlos sollte der Auserwählte sein, so lautete ihr Befehl. Warum sollte sie sich mit etwas quälen, was nicht sein sollte? Wenn sie nicht Edward heiratete oder irgendjemanden, der ebenso reich war, dann würde sie Balfour Manor verkaufen müssen, und das würde ihr das Herz brechen. Das wäre so, als würde sie eine Niederlage eingestehen, zugeben, dass sie ruiniert war. Ihre Familie im Stich ließ. Es wäre der Untergang der Balfours.

Alles hing von ihrem Erfolg ab.

Wenn sie nur nicht immer an Derek Knights Hände denken müsste. Diese großen, sonnengebräunten Hände, mit denen er durch ihr Haar gestrichen war. Fest, stark und geschickt – und doch auch so zärtlich. Noch immer konnte sie den Zauber seiner Berührungen spüren, als er ihr Gesicht umfasst hatte, ihren Hals liebkost, ihre Arme. Wie es schien, hatten ihre Wünsche, die sie noch in dem Gartenpavillon gehegt hatte, eine andere Richtung genommen. Es waren nicht mehr die Tagträume eines Kindes, sondern die Bedürfnisse und Sehnsüchte einer Frau.

Himmel. Sie rutschte unruhig auf ihrem Stuhl hin und her und fuhr sich mit der Zunge über die Lippen. So ging das nicht! Sie wünschte wirklich, sie wäre besser darin, ihre Gefühle unter Kontrolle zu halten.

„Wie ist Ihre Meinung dazu, meine liebe Miss Balfour?“

Lily zuckte zusammen und räusperte sich schuldbewusst. „Wie bitte?“

„Ah, was war das?“, scherzte Mrs Lundy. „Unsere junge Lady hing wohl ein paar romantischen Träumereien nach, was?“

„Oh – es tut mir leid.“

„Mrs Lundy fragte, ob du die Blaskapelle für das mittägliche

Unterhaltungsprogramm bevorzugen würdest."

„Was immer Sie entscheiden, Madam, wird richtig sein. Davon bin ich überzeugt." Lily zwang sich zu einem etwas schiefen Lächeln. „Vielleicht sollten wir Edward fragen, was ihm lieber wäre."

„Das ist es also, wovon Sie träumen, oder sollte ich lieber sagen: er?" Mrs Lundy strahlte, als sie meinte, herausgefunden zu haben, dass Lily an ihren großen, starken Sohn dachte. „Wo ist der Junge überhaupt? Er sollte herkommen und Sie sehen. Das ist zu unhöflich."

„Oh, ich will ihn nicht stören ..."

„Unsinn!" Mrs Lundy läutete die silberne Glocke, die neben ihr lag. „Vermutlich ist er in seine Buchhaltung vertieft. Vielleicht sollte man ihn daran erinnern, dass Sie hier sind."

Auf das Läuten hin erschien gleich darauf ein Diener. Lily verstand nicht, warum Edwards Diener sämtlich wie Boxkämpfer aussahen, aber Mrs Lundy hatte keine Hemmungen, die kräftigen Männer herumzukommandieren.

„Würden Sie bitte meinem Sohn sagen, dass er den Damen seinen Respekt zollen soll? Man kann nicht erwarten, dass sie den ganzen Tag ausharren, bis er seinen Hintern hierherbewegt."

„Jawohl, Madam", erwiderte der Diener, während Mrs Clearwell sich umdrehte und Lily bei der Wortwahl dieser Frau mit großen Augen ansah. Lily hüstelte diskret in ihren weißen Handschuh.

„Nun, wir werden ihn gewiss bald sehen, da bin ich ganz sicher", fuhr Mrs Lundy heiter fort.

In diesem Moment war zu hören, wie eine Kutsche die Einfahrt hinauffuhr, vorbei an den bedrohlich wirkenden steinernen Löwen, die vor dem Tor zu Edwards Anwesen aufgestellt waren. Alle drei Damen blickten zum Fenster hinaus, die Sonne brachte die makellos geputzte Kutsche zum Glänzen, als sie im Hof direkt vor den Fenstern zum Stehen kam.

„Ich frage mich, wer das wohl ist", murmelte Mrs Clearwell.

Sie wurden unterbrochen von der Rückkehr des Dieners, dessen laute Schritte von der hohen Decke widerhallten.

Er blieb stehen, die Hände hinter dem Rücken verschränkt. „Der Herr hat mir aufgetragen zu sagen, dass er gleich eine Besprechung hat, Madam. Er entschuldigt sich und meinte, er käme so schnell wie möglich. Es würde wohl nicht lange dauern, aber er möchte den Damen keine Unannehmlichkeiten bereiten."

„Bringen Sie uns Erfrischungen", befahl Mrs Lundy dem stämmigen Mann. „Tee und Kekse. Schokolade, meine Damen? Limonade? Etwas Stärkeres. Zum Glück haben wir noch ein paar Dinge wegen der Party zu besprechen. Sagen Sie meinem Sohn, er soll sich beeilen." Beim letzten Satz hatte sie sich an den Diener gewandt. „Er kann seinen Gast gern zum Tee mit uns mitbringen. Natürlich nur, solange der Gast respektabel ist", fügte sie hastig hinzu.

„Jawohl, Madam."

Mrs Clearwell blickte Lily diskret mit hochgezogener Augenbraue an und schien zu fragen, ob Edward tatsächlich andere akzeptable Menschen kannte außer ihnen beiden.

Inzwischen schaute Mrs Lundy wieder zum Fenster hinaus. „Oh! Oh – oh meine Güte", murmelte sie bewundernd.

Lily sah ihre Gastgeberin fragend an, aber auch Mrs Clearwell konzentrierte sich jetzt auf die Einfahrt zum Haus. Sie machte große Augen.

„Himmel", stieß ihre Patin hervor, „wenn ich doch dreißig Jahre jünger wäre ..."

„Ich kann Ihnen sagen, das ist der reizvollste Bursche, den ich je gesehen habe", stimmte Mrs Lundy mit lüsternem Lächeln zu.

Etwas erstaunt von dieser Reaktion sah Lily die beiden Frauen irritiert an, doch dann sah sie selbst aus dem Fenster, um diesen „reizvollen Burschen" mit eigenen Augen zu betrachten.

In dem Moment, da ihr Blick auf ihn fiel, hätte sie um ein Haar aufgeschrien und wäre fast vom Stuhl gefallen – wenn es ihr nicht den Atem verschlagen hätte. Dadurch vermochte sie sich nicht zu bewegen. Nicht einmal zu blinzeln.

Derek Knight.

Sie erbleichte.

Oh lieber Gott im Himmel – was konnte er hier nur wollen?

Ein Dutzend verschiedene Erklärungen gingen ihr durch den Kopf. Kaum eine davon ergab einen Sinn, und eine war sonderbarer als die andere. Ihr Herz raste, ihr Gesicht war aschfahl, und die einzigen sinnvollen Worte, die ihr einfielen, waren: oh nein, oh nein! Warum ist er hier? Ich bin verdammt!

Er trug Zivil und sah zehnmal besser aus, als sie ihn von der vergangenen Nacht her in Erinnerung hatte. Aber sosehr sie alles versuchte, um diese Halluzination zu vertreiben, es gelang ihr nicht.

Er war es wirklich, er war hier – und sie war verdammt.

Offenbar war ihr Fehltritt bekannt geworden. Aber wie war das möglich?

Als wäre seine Ankunft allein noch nicht schlimm genug, verwandelte sich ihr Erschrecken in pures Entsetzen, als sie sah, wie Edward ihm entgegenging und ihn begrüßte.

Keiner der beiden Männer lächelte, und sie schüttelten einander nicht die Hände.

Gütiger Himmel, dachte sie. Sie werden doch nicht zu Waffen greifen, oder?

Ihr stellte sich gar nicht die Frage, wer von den beiden Männern gewinnen würde, wenn es zu einem Duell käme. Sie aber brauchte Edward lebendig! Tot nützte er ihr nichts.

Ach, das war schrecklich!

Gemeinsam gingen er und Derek Knight nun davon, der Ausdruck ihrer Gesichter war unmöglich zu deuten. Sie begaben sich zu den Stallungen und überließen es Lily, herauszufinden, was hier vor sich ging. Ihr Verstand beeilte sich, verschiedene Möglichkeiten durchzugehen, eine entsetzlicher als die andere. Jemand musste sie in der vergangenen Nacht zusammen gesehen und es Edward gesagt haben. Vielleicht hatte die andere Lady, die in den Garten gekommen war, um sich mit Derek zu treffen, den Kuss beobachtet und anderen Gästen des Maskenballs davon erzählt.

Vielleicht hatte Edward Derek hierher bestellt, um ihm deutlich die Meinung zu sagen – oder, nein!

Es ging um etwas Schlimmeres.

Etwas viel Schlimmeres!

Beide Männer hatten Zeit in Indien verbracht. Wenn sie einander nun schon von dort kannten – Derek und Edward? Was war, wenn die blauen Augen und das Engelsgesicht des Majors die Seele eines Dämons verbargen? Wenn er und Edward gemeinsame Sache machten?

Vielleicht hatte Edward Derek auf sie angesetzt – um sie zu prüfen. Das würde ihrem Minotaurus gar nicht so unähnlich sehen. Er hatte diese gnadenlose Natur. Vielleicht hatte Edward gespürt, dass sie gar nicht so rein und keusch war, wie sie aussah.

Liebe Güte.

Sie war in eine Falle getappt.

Wie erstarrt saß Lily da, vollkommen hilflos, während der Diener der Lundys den Teewagen mit ihren Erfrischungen hereinbrachte.

Ich bin so gut wie tot, entschied sie. Sie fühlte sich hilflos einer höheren Gewalt ausgeliefert. Wie einer dieser armen französischen Adligen, die mit anderen Verurteilten in einer Reihe standen und darauf warteten, dass sie den Weg zur Guillotine antreten mussten. Jetzt ist alles vorbei. Mein Schicksal ist besiegelt. Jetzt gab es nichts mehr zu tun, als darauf zu warten, dass sich alles in nichts auflöste.

Einer Ohnmacht nahe, entschied sie, dass sie genauso gut einen Schluck Darjeelingtee trinken und versuchen konnte, sich zu beruhigen. Aber noch immer saß sie kerzengerade da und versuchte, ihre Verzweiflung zu verbergen. Was könnte sie sonst tun? Fortlaufen? Was sollte das nützen, wenn ihre leidenschaftliche Natur bekannt geworden war.

Die skandalöse Wahrheit würde sie überallhin verfolgen.

Das war der Grund, warum sie sich all die Jahre in Balfour Manor versteckt, warum ihr Großvater ihr das Haus hinterlassen hatte – damit sie einen sicheren Ort besaß, an dem sie sich verstecken konnte, wenn ihre Welt wieder einmal zusammenstürzte.

Sie hatte nur nicht erwartet, dass dieser Tag so bald kommen würde.

Für den Augenblick allerdings konnte sie nichts anderes tun, als ihren Mut zusammenzunehmen. Ihr Herz schlug viel zu schnell. Seltsam konzentriert sah sie zu, wie Mrs Lundy den Tee einschenkte.

Aber als Lily eine Tasse nahm und sie an ihre Lippen hob, verschüttete sie um ein Haar den Tee, so sehr zitterten ihre Hände.

6. KAPITEL

Major", grüßte ihn Lundy, und der Kies knirschte unter seinen Stiefeln, als er quer über den Hof ging, um ihn zu empfangen. „Gut, dass Sie gekommen sind."

„Ich wusste nicht, dass ich eine Wahl gehabt hätte." Derek schlug die Wagentür hinter sich zu und sah sich wachsam um.

Mit finsterer Miene deutete Lundy auf die Stallungen. „Gehen wir."

Als sie sich der Scheune näherten, erfüllte lautes Gebell die Luft.

„Ihr Wachhund?"

„Nein, ein Ungeheuer", stieß Lundy hervor. „Keine Sorge, er ist eingesperrt. War Ihr Besuch beim Vorsitzenden angenehm?" Er hielt den Blick weiterhin auf die offene Stalltür vor ihnen geheftet.

Derek sah ihn überrascht an. „Sie wissen davon?"

„Natürlich. Ich habe den Befehl, mich mit Ihnen anzufreunden."

„Wirklich? Warum?"

Lundy warf ihm einen kurzen Blick zu und nickte dann spöttisch. „Warten Sie. Ich kann bei dem Lärm nicht denken. Maguire! Bringen Sie den Hund zum Schweigen", befahl er einem Burschen, als sie den Stall betraten.

Der junge Mann erbleichte. „Sir, bei allem Respekt, ich gehe nicht in die Nähe von dem da."

„Nein, tun Sie das nicht? Sie haben Glück, dass ich Sie nicht an ihn verfüttere. Wo ist dann Jones?"

Mit hochgezogener Braue blickte Derek von dem eingeschüchterten Stallburschen zu Lundy, überrascht, dass dieser die Verweigerung einer Anordnung hinnahm.

„Er ist im Kutschenhaus. Soll ich ihn holen?"

„Egal. Der Hund hört sowieso nur auf mich. Maguire", fügte Lundy belustigt hinzu und deutete mit einer Kopfbewegung auf

Derek. „Zeigen Sie dem Major, was Brutus mit Ihrer Hand gemacht hat."

Der Stallbursche schob die Forke, die er hielt, in seine Linke und hielt die rechte Hand hoch, an der zwei Finger fehlten.

Lundy warf Derek einen vielsagenden Blick zu. „Kommen Sie, und sehen Sie selbst."

Während sie den Mittelgang des erstklassigen Stalls entlangschritten, staunte Derek insgeheim über die edlen Pferde seines Gastgebers. Wer immer Lundys Tiere aussuchte, er verstand etwas von dem, was er tat. Da mussten zwei Dutzend der prächtigsten Hengste stehen, die Derek je gesehen hatte. Araber, Vollblüter, Hannoveraner, irische Jagdpferde.

Eifersucht war etwas, das Derek nur selten empfand, aber als Kavallerist waren Pferde seine Leidenschaft. Und als er sich hier umsah, bedrückte es ihn, zu erkennen, dass dieser grobe Klotz Lundy all das schon erreicht hatte, was er sich im Leben am meisten wünschte. Vermutlich konnte der Kerl nicht einmal reiten.

Nun, er könnte auch seine Seele verkaufen und sich einen Posten bei der Company suchen. Aber wer sollte dann für die Sicherheit seiner Männer draußen auf dem Feld sorgen und sie ordentlich für den Kampf ausbilden?

Trotzdem, er war nur ein Mensch.

Ach, verdammt. Nach einem Seufzer über das, was er noch nicht haben konnte, schüttelte Derek den Anflug von Neid ab und folgte seinem Gastgeber zu der offenen Tür am Ende des Stalls.

„Brutus! Sei still!", brüllte Lundy dem großen schwarzen Hund zu, der in einem großen stählernen Käfig eingesperrt war. Dann bemerkte er eine kleine Gruppe seiner Diener in einer dunklen Ecke, in der sie rauchten und Karten spielten. „Ihr da, zurück an die Arbeit", rief er. „Wie oft habe ich euch schon gesagt, ihr sollt nicht in meinem Stall rauchen."

„Entschuldigung, Sir. Entschuldigung." Die Karten verschwanden in den Taschen, die Zigaretten wurden rasch in der nächsten Pferdetränke gelöscht.

„Hört auf, euch zu entschuldigen. Irgendwann werdet ihr das ganze verdammte Ding hier abbrennen, und dann lasse ich euch aufhängen!“

Lundys wild aussehende Männer liefen in verschiedene Richtungen auseinander, während ihr Dienstherr Derek auf den Rücken schlug. „Also dann! Ich glaube, wir haben einiges zu besprechen.“

„Stimmt“, erwiderte Derek misstrauisch.

Als sie den Weg wieder zurückgingen, schien sein Gastgeber der Versuchung, ein wenig anzugeben, nicht widerstehen zu können. Stolz zeigte er all seine Prachtexemplare vor und verkündete dabei, wie viel er für jedes einzelne Pferd bezahlt hatte. Abgesehen davon, schien Lundy nicht viel über seine Tiere zu wissen, aber Derek hielt den Mund.

Der Nabob war offenbar fest entschlossen, ihm zu imponieren – oder ihn zu foltern –, und wenn er ein paar Antworten von ihm hören wollte, dann war es wohl das Vernünftigste, dem Mann zu gehorchen und sich sehr beeindruckt zu geben.

Das fiel ihm nicht einmal schwer.

Die Pferde konnten einem in der Tat den Atem rauben. Vor der Box eines gescheckten grauen Arabers blieben sie stehen. Das Tier knabberte an Dereks Rocktasche auf der Suche nach einer Karotte. Der strich dem Pferd über den Nacken und lenkte das Gespräch vorsichtig auf die Geschäfte zurück. „So, Sie wurden also angewiesen, sich mit mir anzufreunden. Von wem?“

„Was glauben Sie?“, gab Lundy zurück.

„Lord Sinclair.“

„Richtig. Ein Punkt für den Gentleman.“

„Ich habe ihn besucht, ehe Ihr Mann mich hierherbrachte. Er hielt eine Art Besprechung ab.“

„Ich weiß. Ich war auch dort.“

„Ah. Warum aber will er, dass Sie sich mit mir anfreunden?“

„Ganz einfach: Damit Sie keine Schwierigkeiten machen. Damit Sie beschäftigt sind und keine Gelegenheit haben, die kleine finanzielle Notlage des Ausschusses zu entdecken.“

„Finanzielle Notlage?“

Lundy starrte ihn an. „Die halten mich für einen Dummkopf. Aber das werden sie mir nicht anhängen können. Ich habe damit nichts zu tun.“

„Was wollen sie Ihnen anhängen?“

Lundy sah ihn prüfend an, dann wandte er sich ab. Noch immer ließ er sich nicht in die Karten schauen. „Sinclair hofft, dass Sie sich damit zufriedengeben, sich in der Stadt zu betrinken und zu amüsieren, Major. Dass Sie Ihre Zeit in London damit verbringen, den Frauen nachzulaufen und die Stadt aufzumischen, so wie jeder andere Kavallerist auf Urlaub das tut.“

„Denken Sie das auch?“

„Nein. Aber es ist nützlich, dass Sinclair es denkt.“

„Stimmt“, pflichtete Derek bei, auch wenn er nicht genau wusste, worauf das alles hier hinauslaufen sollte.

Lundy stemmte einen seiner fleischigen Arme gegen die Wand der Pferdebox. „Sie müssen wissen, ich kenne aus eigener Erfahrung die Loyalität, die zwischen den Männern der kämpfenden Truppen herrscht. Gestern bemerkte ich diese Loyalität bei Ihnen, als Sie bei Ihrer leidenschaftlichen Ansprache auf die Bedürfnisse der Armee hinwiesen. Sehr überzeugend. Das erinnerte mich an meine eigene Zeit bei der Armee. Die Männer in meiner Einheit waren nicht anders. Ich selbst habe ebenfalls in Indien gedient, wenn auch nur bei der Company.“ Er hielt inne, und in seinen Augen funkelte eine Spur der alten Rivalität zwischen den beiden Truppen auf.

Die stolzen Berufssoldaten, die unter dem Befehl der englischen Krone standen, waren immer Gegenstand des Neides jener, die den privaten Sicherheitstruppen der East India Company angehörten. Diese Truppen waren eingesetzt worden, um die Handelskarawanen der Londoner Kaufleute in Indien zu beschützen. Wann immer ihre Sicherheitsaufgaben sich zu einem regelrechten Krieg auswuchsen, wurden die Berufssoldaten dazugeholt. Die Armee der Krone wurde von allen – vor allem von den Sicherheitstruppen selbst – als die überlegenere angesehen. Sie galt als Elitearmee. Standen die Berufssoldaten mit den angeheuerten Söldnern der Company Seite an Seite in Kriegsauseinandersetzungen, war es meist so, dass die Streitkräfte der Krone das Kommando innehatten. Natürlich waren sie disziplinierter, aber nach Dereks Ansicht bestand der hauptsächliche Unterschied in ihrem Corpsgeist.

Für Berufsoffiziere wie Derek und seinen Bruder Gabriel ging es im Krieg immer um die Ehre, um König und Vaterland, für die Soldaten der Handelsgesellschaft, zu denen einst Ed Lundy zählte, stand der Sold im Vordergrund. Daher kam es, dass die Soldaten der britischen Krone dazu neigten, auf die Truppen der East India Company hinabzublicken, während jene die glamourösen Berufsoffiziere mit einer Mischung aus Abneigung und Bewunderung betrachteten. Beides spiegelte sich jetzt in Lundys Augen.

„Ich kenne Männer wie Sie", fuhr er fort und erwiderte Dereks prüfenden Blick. „In Indien halten Männer nicht durch, wenn sie nicht kühn genug sind, um die Initiative zu ergreifen. Ein Mann lernt entweder, selbst zu denken, oder er ist tot. Und keineswegs glaube ich, dass Sie nur herumsitzen, sich betrinken und die Damen umschwärmen werden, während Sie auf eine Nachricht von Lord Sinclair warten. Aber Seine Lordschaft hofft natürlich, dass Sie genau das tun werden."

„Warum? Was ist los?"

Lundy lächelte ihn an und sagte nichts.

„Reden Sie!"

„Na, na, Major. Wir sind nicht in Indien. Sie sind nicht in der Position, mir Befehle zu erteilen."

Derek sah den Mann aus zusammengekniffenen Augen an. „Hören Sie auf, meine Zeit zu vergeuden. Es gibt ein Problem mit dem Geld, oder?"

Lundy warf einen Blick über seine Schulter. „Nach der Abstimmung gestern Abend trat der Ausschuss zusammen, um die Bücher durchzugehen und den Fonds abzurechnen. Aber als wir die Zahlen überprüften, stellten wir fest, dass dreihunderttausend Pfund Sterling fehlten."

Derek starrte ihn entsetzt an. „Dreihunderttausend?"

„Genau. Irgendjemand hat sich die Sahne abgeschöpft. Das war es, was Lord Sinclair Sie nicht wissen lassen wollte."

Dereks Gedanken überschlugen sich bei diesem Verrat an den Männern, die an der Front kämpften, aber er bemühte sich, seine Überraschung zu verbergen. „Warum erzählen Sie mir das?"

„Weil Sie mir helfen werden herauszufinden, wer von den anderen das Geld genommen hat."

„Ach, tatsächlich? Warum?"

„Weil uns beiden dasselbe wichtig ist – die Männer. Außerdem weiß ich, wo ich in diesem Ausschuss stehe", sagte Lundy nachdenklich. „Ich bin das neueste Mitglied, und ich bin ein Außenseiter. Ich war nie einer von denen. Einer der Hochwohlgeborenen. Die glauben, ich hätte kein Recht, dort zu sein. Sie hassen mich für das, was ich in meinem Leben erreicht habe, für das Vermögen, das ich erwerben konnte. Oh ja, ich weiß es genau. Ich weiß, wie es in der Welt zugeht. Wer immer es getan hat, er will es mir in die Schuhe schieben. Das spüre ich in den Knochen. Mit Freuden werden sie den niedrig geborenen Burschen zum Sündenbock machen, wenn sie damit einen von ihresgleichen schützen können. Ich brauche Sie, um die Wahrheit herauszufinden."

„Was genau schlagen Sie vor?"

„Nachforschungen, bei denen wir uns zusammentun. Keinem von uns trauen sie so ganz. Wir sind beide Außenseiter in dieser Stadt. Aber wenn wir das ausnutzen und zusammenarbeiten, können wir der Sache tatsächlich auf den Grund gehen und enthüllen, wohin das Geld verschwunden ist."

„Eine Ermittlung."

„Ja. Mir sagten sie, dass ich mich darum kümmern soll, damit Sie nicht im Wege stehen. Wir lassen die in dem Glauben, dass das genau das ist, was ich tue. In der Zwischenzeit sammle ich alle Informationen, die ich in Erfahrung bringen kann, und reiche sie an Sie weiter, damit Sie sie näher untersuchen können. Aber ich will nicht direkt damit zu tun haben. Das würde ihr

Misstrauen wecken, und von innen kann ich mehr erreichen."

„Stimmt", murmelte Derek und musterte ihn.

„Wenn wir ein paar hieb- und stichfeste Beweise zusammentragen können, dann ist es ihnen nicht möglich, mir ungerechterweise die Schuld für das fehlende Geld zu geben. Wer immer es nahm, wird es zurückgeben müssen. Das Gold war für die Männer bestimmt. Je eher wir es finden, desto früher können wir ihnen das Geld zukommen lassen."

„Nun, in einem Punkt haben Sie verdammt recht", sagte Derek finster. „Ich werde ganz gewiss nicht herumsitzen und nichts tun."

„Das dachte ich mir. Allerdings sollten Sie vorsichtig sein", sagte Lundy warnend. „Die gehen bei Ihnen kein Risiko ein. Die werden zurückschlagen, wenn ihnen zu Ohren kommt, dass wir beide daran arbeiten, den wirklichen Schuldigen auszumachen."

Derek verschränkte die Arme vor der Brust und rang mit sich.

„Sie sind so still, Major. Ich habe mich doch nicht in Ihnen getäuscht?"

„Nein", erwiderte er schroff und bedachte Lundy mit einem warnenden Blick. Allerdings hatte er nicht vor, Lundy zu sagen, wie Lord Sinclair ihn erst vor Kurzem kaum verhohlen damit bedroht hatte, dass er sein Kommando auf Dauer verlieren könnte. Es war verdammt richtig, dass er die Wahrheit herausfinden wollte – aber er konnte dabei auch eine Menge verlieren.

Mehr als Lundy ahnte.

Derek war still und überlegte genau, was er sagen sollte. „Woher weiß ich, dass nicht Sie es waren, der das Geld nahm?"

„Sie dürfen jederzeit meine Konten einsehen. Sprechen Sie mit meinem Bankier, wenn Sie wollen. Ich habe nichts zu verbergen. Wir werden sehen, ob die anderen dasselbe von sich sagen können." Lundy hielt inne. „Ich hörte, die Marathas haben beinahe Ihren Bruder umgebracht."

Derek sah ihn ein wenig überrascht an. Aber es war davon auszugehen, dass die Geschichte in der Gesellschaft die Runde gemacht hatte.

„Sie wissen verdammt gut, dass wir diese Bastarde schlagen können, vorausgesetzt, unsere Armee hat alles, was sie braucht", sagte Lundy. „Wollen Sie nun also, dass wir die Marathas schlagen, oder nicht?"

Derek sah ihn an. Natürlich wollte er die Marathas schlagen, aber Lundys Versuche, ihn zu beeinflussen, gefielen ihm nicht.

„Ähm – Sir?"

Beide drehten sich zu dem Diener herum, der die Stallungen betreten hatte.

„Was gibt es?", fragte Lundy.

„Sir, Mrs Lundy fragt, ob Sie und der andere Gentlemen jetzt herüberkommen und Erfrischungen nehmen möchten."

Lundy blickte zur Decke. „Gütiger Himmel."

„Ich wusste nicht, dass Sie verheiratet sind", bemerkte Derek.

„Er spricht von meiner Mutter."

„Mrs Lundy sagte mir, Miss Balfour und ihre Begleiterin hätten noch etwas anderes vor. Die Damen können nur noch etwa eine Viertelstunde bleiben, falls Sie sie sehen möchten."

„Na schön. Ich komme gleich", murmelte Lundy und wandte sich dann mit einem gequälten Blick an Derek. „Erfrischungen, Major?"

Derek zog eine Braue hoch und zuckte die Achseln. „Warum eigentlich nicht?"

„Hier entlang." Als sie den Stall verließen und über den kiesbestreuten Hof gingen, dachte Derek über die von Lundy vorgeschlagenen Ermittlungen nach.

Er war weit davon entfernt, diesem Mann zu vertrauen, aber sich ihm entgegenzustellen, schien nicht viel Nutzen zu haben. Genauso gut konnte er zustimmen und sehen, wohin das Ganze führte. Der Mann schien einigermaßen ehrlich zu sein, und außerdem, verglichen mit Sinclair und den übrigen Zivilisten im Ausschuss, konnte Derek nicht anders, als eine leichte Voreingenommenheit Lundy gegenüber zu empfinden, denn dieser war einst ein Soldat gewesen, zudem hatte er auch noch in Indien gedient.

Mit einem hatte Lundy zweifellos recht: Sie waren beide Außenseiter.

„Also, wer ist diese Miss Balfour?", fragte er und schob die ernsthafteren Angelegenheiten beiseite, als er sich an die Worte des Dieners erinnerte.

„Ein sehr schönes Geschöpf und meine besondere Freundin."

„Tatsächlich?"

„Genau genommen, ist sie meine zukünftige Braut", gestand Lundy mit einem seltsamen, beinahe geheimnisvollen Lächeln.

„Sie sind verlobt?", rief Derek aus.

„Ich habe sie noch nicht gefragt, aber das werde ich bald tun."

„Glauben Sie, sie wird Ja sagen?"

„Das sollte sie." Lundy lachte. „Sie halten meine Pferde für schön? Warten Sie, bis Sie sie sehen. Mein kleines Juwel", prahlte er. „Selbst einige dieser Gesellschaftshexen nannten sie einen lupenreinen Diamanten. Sie ist hinreißend, Mann."

„Wirklich?"

„Mehr als das. Eine echte Lady. Alte Familie, so alt wie Ihre", fügte er hinzu. „Erste Klasse."

„Was sieht sie dann in Ihnen?", fragte Derek.

„Meinen Charme", konterte Lundy. „Was glauben Sie? Ihre Familie ist bankrott."

„Sie heiraten also wissentlich eine Mitgiftjägerin?"

Lundy zuckte die Achseln. „Altes Blut, wie ich sagte."

Derek erschauerte. „Sie sind sehr tapfer."

„Bates!", rief Lundy seinem Kutscher zu. „Richten Sie die Kutsche her, damit der Major bald nach Althorpe zurückgebracht werden kann. Hier entlang", murmelte Lundy nun zu dem Major gewandt, als sie durch die Tür traten. Dann winkte er Derek in die große Halle.

Etwas entfernt saßen vor einer Reihe von Fenstern drei Damen zusammen, sie waren deshalb nur in Umrissen erkennbar.

Derek wurde Mrs Lundy vorgestellt, der strahlenden Dame des Hauses, die eine hässliche Hahnenbrosche an der Brust trug, anschließend der Anstandsdame des Mädchens, eine Mrs Clearwell, eine sympathische Matrone mit sternenförmigen Nadeln im Haar. Und zuletzt stellte ihn Lundy einer eleganten jungen Dame vor, die ruhig und reglos wie eine Gartenstatue dagesessen hatte, von dem Augenblick an, da er die Halle betreten hatte.

„Dies ist Miss Lily Balfour", erklärte ihm Lundy mit unverhülltem Stolz. Er trat an ihren Stuhl und nahm besitzergreifend ihre weiß behandschuhte Hand in die seine. „Miss Balfour, dies ist Major Derek Knight, der gerade aus Indien eingetroffen ist. Er ist ein Cousin des Duke of Hawkscliffe", fügte Lundy hinzu und versäumte keine Gelegenheit, seine ganz besondere Freundin darauf hinzuweisen, dass er Bekannte mit so guten Beziehungen hatte.

„Major", stieß sie hervor und sah nicht einmal zu ihm auf.

Ach! Sie ist also eine von den Hochnäsigen, dachte Derek, verstimmt über ihre kühle Begrüßung. Hielt sie sich für zu fein, um ihn überhaupt nur anzusehen, trotz seines Cousins, des Duke? Derek unterdrückte ein verächtliches Lachen. Egal. Diese verdammten Londoner Debütantinnen. Solche von ihrer Art hatte er schon öfter getroffen. Mitgiftjägerinnen. Sie nahmen immer nur den Erstgeborenen.

Sie vergeudeten keine Zeit mit Männern, die nicht mindestens Hunderttausend auf der Bank hatten. Dennoch begrüßte er sie mit einer höflichen Verneigung. „Miss Balfour."

Sie beachtete ihn immer noch nicht, sondern betrachtete den Fußboden mit einer hochmütigen Miene, die keinerlei Gefühle ausdrückte.

Als Lundy ihre Hand losließ, ließ sie sie auf den Schoß sinken und verschränkte die Finger.

Die älteren Damen zogen Derek auf einen Stuhl zwischen sich und begannen, ihn mit unzähligen Fragen zu bombardieren.

„Was führt Sie nach England, Major?"

„Ich wurde hergeschickt, um vor dem Ausschuss über den Zustand der Armee in Indien zu sprechen, Madam."

„Vor Eddies Ausschuss?"

„Jawohl, Madam."

„Und sind Sie verheiratet?"

Er musste lachen, denn Mrs Clearwell vergeudete keine Zeit damit, um den heißen Brei herumzureden. „Ich doch nicht, Madam."

„Nun, dann müssen wir jemanden für Sie finden."

„Mrs Clearwell!", rief Miss Balfour aus, den Kopf offenbar vor Scham gesenkt.

„Richtig", stimmte Lundys Mutter ein, sehr zu Dereks Belustigung. „Major, Sie müssen unbedingt zu meiner Gartenparty kommen. Dort wird es jede Menge schöner Damen geben."

„Dann werde ich das auf keinen Fall versäumen", erwiderte er. „Wäre es Ihnen recht, wenn ich meinen Bruder mitbringe?" Seine unschuldige Frage rief neues Entzücken hervor.

„Sie haben einen Bruder?" Sie schrien es geradezu.

„Aber natürlich muss er kommen!"

„Ist er ebenfalls Junggeselle?"

„Ja, Madam, ich fürchte, das ist er. Keiner von uns hatte bisher Glück in der Liebe." Derek unterdrückte ein boshaftes Grinsen. Für das hier würde Gabriel ihn umbringen wollen. Aber er würde den Mann irgendwie aus dem Haus locken. „Ehe wir Indien verließen, wurde er im Kampf verwundet."

„Oh, wie schrecklich!"

„Der arme Mann!"

„Ja, ich weiß. Ich habe mich um ihn gekümmert, aber ich kann natürlich nicht mit den zärtlichen Händen der Damen mithalten."

„Natürlich nicht, Major. Wie traurig."

„Nun, wir werden dafür sorgen, dass Ihr Bruder auf der Party auf das Beste versorgt wird."

„Sie sind sehr liebenswürdig."

Zu seiner Belustigung fuhren die beiden Matronen fort, ihn anzuhimmeln. Er war an solche Behandlung gewöhnt, die meisten weiblichen Wesen wollten entweder das Bett mit ihm teilen oder ihn bemuttern.

Er war nicht daran gewöhnt, ignoriert zu werden.

Doch Miss Balfour ignorierte ihn weiterhin.

Also wirklich, was war so faszinierend da draußen auf dem Rasen? Sie starrte derart konzentriert aus dem Fenster, dass man glauben konnte, auf den Blumenbeeten vor dem Haus würde ein Einhorn grasen. Misstrauisch sah Derek zu, wie sie den Blick vom Fenster löste und den Kopf neigte, um in ihre Tasse zu blicken, als würden ihr die Teeblätter die Geheimnisse des Universums verraten.

Dieses Mädchen war unglaublich unhöflich – oder vielleicht hat sie nur Zahnschmerzen, dachte er spöttisch. Oder vielleicht kränkte es auch nur seine männliche Eitelkeit, dass eine hübsche Frau ihn nicht beachtete, selbst wenn sie kurz vor ihrer Verlobung mit Edward Lundy stand.

Und doch schien ihm etwas an ihr vertraut zu sein. Er wünschte, sie würde den Kopf heben und ihn ansehen, damit er feststellen konnte, wo er sie schon einmal gesehen hatte.

Während er Mrs Clearwells nächste Fragen nach der kürzlich erfolgten Heirat seiner Schwester Georgiana mit dem Marquess of Griffith beantwortete, musterte er heimlich Miss Balfours kerzengeraden Rücken und ihre verschränkten, weiß behandschuhten Finger.

Als sie getrunken hatte, stellte sie Tasse und Untertasse hin und verschränkte wieder die Hände im Schoß.

Irgendwie rührte ihn ihr scheues, verschlossenes Verhalten.

Ihre Figur war schlank und anmutig, das hellblonde Haar trug sie zu einem festen Knoten verschlungen. Einzelne Strähnen lockten sich um ihr Gesicht und ihren Nacken, der ganz in Spitze gehüllt war.

Sehr hübsch, musste er sich eingestehen. Wer hätte gedacht, dass ein grober Klotz wie Lundy einen so ausgezeichneten Geschmack besaß? Er war beeindruckt.

In diesem Augenblick, als hätte sie seinen prüfenden Blick die ganze Zeit über gespürt und konnte es jetzt nicht mehr aushalten, hob Miss Balfour den Kopf und schaute vorsichtig in Dereks Richtung.

Ihre Blicke begegneten sich.

Sie sahen einander in die Augen.

Er holte tief Luft.

Gütiger Himmel.

Mit einem Schlag erkannte er sie.

Sie war es! Mary Nonesuch – das geheimnisvolle Mädchen aus dem Gartenpavillon.

Bestimmt täuschte er sich.

Er konnte es nicht fassen.

Die beiden älteren Damen plauderten weiter. Lundy fingerte an seinem Daumennagel, und Lily Balfour starrte Derek furchtsam an, warnend, mit der stummen Bitte um Gnade, während ihr Gesicht so weiß war wie Alabaster.

Er glaubte seinen Augen nicht trauen zu können.

Verblüfft betrachtete er den eleganten Schwung ihres Halses, dieses wundervollen Halses, an den er sich von der letzten Nacht her so genau erinnerte. Er liebkoste ihren Hals mit Blicken, ihre blonden Locken, die klare Haut.

Sie war Lundys Verlobte?

Aber wie …?

Er wollte es nicht glauben, doch je länger er darüber nachdachte, desto deutlicher wurde ihm, dass ein Trugschluss unmöglich war. Nein, er erkannte den Glanz dieser lavendelblauen Augen, die er hinter der Halbmaske aus Satin gesehen hatte. Die Erinnerung an ihren strahlenden Glanz war seinem Gedächtnis eingebrannt. Und ihr Mund. Zu sehr hatte er sich dessen Form eingeprägt, um sich irren zu können. Die Form – und den Geschmack.

Er ließ den Blick auf ihren Lippen ruhen, die sie ihm in der vergangenen Nacht angeboten und von denen er so leidenschaftlich gekostet hatte.

Sie warf ihm einen warnenden Blick zu, als könnte sie seine Gedanken lesen. Jetzt war es an Derek, den Kopf zu senken.

Sein Herz schlug wie rasend, als er sich nach Kräften bemühte, seine wachsende Verwirrung zu verbergen. Was zur Hölle war hier los?

Wenn er an diesen Morgen zurückdachte und an all die Leute, die versucht hatten, ihn zu manipulieren, so konnte er nicht anders, als auch sie misstrauisch zu betrachten. War die letzte Nacht eine Art List gewesen? Eine geplante Falle, um ihn zu betören? War sie Teil des Komplotts? Wusste sie davon, dass es bei diesem um eine gewaltige Summe ging, die dem Armeefonds fehlte?

Lundy hatte ihm schon verraten, dass ihre Familie bankrott war.

Er erinnerte sich an den Diamantohrring, den er für sie aufbewahrte. Nun, wenn sie ihn zurückwollte, dann würde sie ein paar Fragen beantworten müssen. Ganz einfach.

Als Derek einen weiteren Blick in ihre Richtung warf, sah sie ihn mit flehender Miene an, mit der sie darum bat, sie nicht zu verraten. Er sah sie an und verbarg seinen Mund wie zufällig hinter seiner Hand. Er war sicher, dass sein Verlangen für jeden im Raum offensichtlich sein musste, aber niemand schien etwas davon zu bemerken. Jetzt amüsierte ihn die Erkenntnis, dass sie dagesessen und ihn keineswegs ignoriert hatte, sondern dass sie verzweifelt versucht hatte, seiner Aufmerksamkeit zu entgehen, als könnte sie sich vor ihm verbergen.

Nun, jetzt wusste er zumindest, warum sie ihm in der letzten Nacht nicht ihren Namen verraten hatte. Mary Nonesuch hatte sich einen reichen Nabob geangelt – und hatte das alles für ein paar Küsse mit ihm aufs Spiel gesetzt.

Diese Erkenntnis gefiel Derek, und sie half ihm plötzlich, etwas von seinem Misstrauen zu zerstreuen. Aber er würde erst zufrieden sein, wenn er die Gelegenheit bekommen hatte, sie persönlich zu befragen.

„Sie sollten ein paar Erfrischungen zu sich nehmen, Major. Lily, macht es dir etwas aus ...?“

„Äh – natürlich nicht.“

„Ist schon gut, ich kann mich selbst bedienen“, sagte er und stand auf, um zu ihr an den Tisch mit den Erfrischungen zu gehen, der ein kleines Stück abseits stand. Vermutlich war das die einzige Möglichkeit, ihr etwas näher zu kommen.

Spannung lag zwischen ihnen, als er sich gelassen neben sie an den Tisch stellte und den Blick über die verschiedenen Kekse und Sandwiches gleiten ließ. Den anderen hatten sie den Rücken zugekehrt.

„Es sieht alles ganz köstlich aus“, murmelte er, wohl wissend, dass es keiner weiteren Worte bedurfte, damit sie die Doppeldeutigkeit verstand.

Sie rückte ein Stück von ihm ab.

„Was empfehlen Sie mir, Miss Balfour?“

Mit hochmütigem Blick wandte sie sich dem Tablett zu. „Ihnen schmeckt vermutlich das meiste davon, Major. Sie scheinen nicht sehr wählerisch zu sein. Edward, mein Lieber, was darf ich Ihnen bringen?“

„Geben Sie mir dasselbe wie dem Major“, erwiderte jener.

Derek zog eine Braue hoch und sah sie an, denn er bezweifelte, dass sie Lundy jemals das gegeben hatte, was sie letzte Nacht ihm geschenkt hatte. Lily Balfour bedachte ihn mit einem kühlen, warnenden Blick.

Derek unterdrückte ein boshaftes Lächeln. „Bekomme ich Limonade?“

„Ich hoffe, Sie ersticken daran“, sagte sie leise, als sie ihm den Krug reichte, und ein engelsgleiches Lächeln huschte dabei über ihr Gesicht.

„Sie sollten lieber nett zur mir sein, Miss Nonesuch“, flüsterte er.

Sie schloss die Augen, als hätte sie bis eben noch die stille Hoffnung gehegt, dass er sie doch nicht erkannt hatte.

„Ich hätte gern etwas mehr Zucker in der Limonade“, ließ sich ihr Verehrer vernehmen. „Ich mag Süßes.“

Derek reichte ihr wortlos einen Löffel, damit sie der Aufforderung ihres Zukünftigen nachkommen konnte. Aber als sich ihre Finger berührten, riss sie die Hand zurück, und der Löffel fiel klappernd auf den Boden.

„Oh je“, stieß sie hervor.

„Macht nichts“, sagte Derek beruhigend. Sie bückten sich

beide gleichzeitig, um den Löffel aufzuheben, und stießen um ein Haar mit den Köpfen zusammen.

Lundy lachte darüber laut und mit hörbarem Vergnügen.

„Sie haben eine Begabung darin, Dinge zu verlieren, nicht wahr?“, flüsterte Derek, als er den Löffel aufhob und ihn ihr reichte.

Sie sah ihn aufmerksam an. In ihrem Blick lag eine Frage.

Er lächelte ihr kaum merklich zu und bestätigte damit den Fund im Gartenpavillon. „In einer Stunde im Hyde Park“, flüsterte er.

Sie bestätigte das mit der Andeutung eines Nickens, obwohl sie misstrauisch wirkte.

Dann erhoben sie sich beide wieder.

Er legte den heruntergefallenen Löffel beiseite, und sie nahm einen sauberen und ließ ein weiteres Stück Zucker in die Limonade ihres Verehrers fallen. Geräuschvoll rührte sie anschließend um, während Derek sich ein paar Kekse und ein Gurkensandwich nahm.

Äußerlich wirkten sie gelassen, als sie zu ihren Plätzen zurückkehrten, doch es dauerte nicht lange, da stand Derek auf und verabschiedete sich. Es schien ein geschäftiger Tag zu werden.

Während er seinen Gast zur Vordertür geleitete, wo dieselbe Kutsche mit dem Kutscher darauf wartete, ihn nach Althorpe zurückzubringen, konnte Lundy der Versuchung nicht widerstehen, ein wenig zu prahlen. „Sie ist etwas Besonderes, nicht wahr?“, meinte er und grinste von einem Ohr zum anderen. „Eine Schönheit, wie ich Ihnen schon sagte, und durch und durch eine Lady.“

„Das ist sie“, bestätigte Derek und stieg in die Kutsche. Dann schloss er die Tür hinter sich.

Sie haben ja keine Ahnung.

Die Damen brachen kurz nach ihm auf und fuhren mit offenem Verdeck in Mrs Clearwells pinkfarbener Barouche, um den Sommertag besser genießen zu können.

Lily hielt sich einen Sonnenschirm über den Kopf, während die Kutsche in Richtung Stadt über die Landstraße rumpelte. Es war ja gut und schön, die Sonne zu genießen, aber eine Dame, die sich auf dem Heiratsmarkt umsah, musste auf ihren Teint achten.

Schließlich hatte sie sonst nur wenig zu bieten.

Mrs Clearwell deutete beim Vorbeifahren auf einen hübschen See, der halb verborgen hinter ein paar Bäumen mitten zwischen den Wiesen lag. Doch während Lily nickte und ein Lächeln zustande brachte, schlug ihr Herz noch immer wie rasend nach dieser unerwarteten Wiederbegegnung mit Derek Knight.

Oh, sie konnte es nicht ertragen. Diese Spannung war nicht auszuhalten. Sie musste unbedingt wissen, ob er die Absicht hatte, Edward von ihrer Indiskretion im Pavillon letzte Nacht zu erzählen.

Was immer geschehen mochte, er durfte auf keinen Fall ihre Heiratspläne zunichtemachen – und das würde sie ihm bei dem bevorstehenden Treffen im Hyde Park zu verstehen geben.

Natürlich war es gefährlich, sich in der Öffentlichkeit mit einem so berüchtigten Frauenhelden zu treffen. Aber wenn sie unter vier Augen miteinander sprechen und alles klären konnten, würde sie vielleicht wieder ruhiger werden.

Es schien Anlass zur Hoffnung zu geben. Immerhin hatte er sie vorhin in Edwards Haus nicht verraten, obwohl er die Gelegenheit dazu gehabt hätte. Anscheinend war er ähnlich erschrocken gewesen, sie dort zu sehen, wie sie es war, als er aus der Kutsche stieg. Vielleicht musste sie gar keine Angst vor ihm haben. Aber sie durfte kein Risiko eingehen.

Schlimm genug, dass sie sich so seiner Gnade ausgeliefert hatte. Offenbar hatte das Pech der Balfours wieder zugeschlagen.

Himmel, sie konnte es nicht glauben, dass dieser Schuft es geschafft hatte, eine Einladung zu der Gartenparty zu bekommen. Jetzt würde der Tag noch unerfreulicher werden.

„Was hältst du von dem Major, Liebes?“, fragte Mrs Clearwell auffallend beiläufig.

Lily hatte nicht bemerkt, dass ihre Anstandsdame sie die ganze

Zeit über mit Adleraugen beobachtet hatte. Aber jetzt drehte sie sich herum und entdeckte, dass Mrs Clearwell sie musterte, so als könnte sie hören, wie schnell ihr Herz schlug.

Lily erbleichte und senkte den Blick. Sie versuchte, ihre Worte harmlos klingen zu lassen. „Er scheint – ganz nett zu sein."

„Nett? Ich hielt ihn für außerordentlich charmant. Ehrlich, ich weiß nicht, warum du nicht einen Mann wie ihn finden kannst anstelle von Edward. Tapfer, aus guter Familie und so unglaublich gut aussehend …"

„Mrs Clearwell", unterbrach Lily ihre Patin, die deren Lobeshymne auf den Major unerträglich fand, „wissen Sie denn nicht, dass er einen wirklich entsetzlichen Ruf hat?"

Das Stirnrunzeln ihrer Begleiterin verschwand, und auf einmal lachte sie leise. „Und wenn schon, meine Liebe. Und wenn schon."

Lily sah sie entsetzt an. „Mrs Clearwell, ich fürchte, Sie sind dem Charme dieses Schurken erlegen", erklärte sie ernst.

„Hast du noch nichts davon gehört, Mädchen? Es ist eine bekannte Tatsache: Aus bekehrten Schurken werden die besten Ehemänner."

Lily räusperte sich. „Lächerliches Klischee", murmelte sie, während Mrs Clearwells Kutsche die freundliche Umgebung von Mayfair erreichte.

Statt einer Antwort hörte sie von ihrer Patin nur weiteres heiteres Lachen.

Als sie Mrs Clearwells Haus betreten hatten, lief Lily augenblicklich in ihr Schlafzimmer und stellte sich vor den Frisiertisch, wo sie sich eingehend im Spiegel betrachtete. Nun, dachte sie und sah ihrem Spiegelbild in die Augen, jetzt hat er mich demaskiert.

Sie konnte nicht leugnen, dass sie sich zu ihm hingezogen fühlte, aber das spielte keine Rolle. Sie wünschte nur, sie wäre nicht so begierig darauf, sofort loszurennen und Derek Knight wiederzusehen.

Es war nicht mehr viel Zeit bis zu ihrem Treffen. Sie würde sich beeilen müssen, sonst käme sie zu spät.

Während sie sich einredete, dass sie sich nur deshalb beeilte, um ihren armen Ohrring aus den Händen dieses Barbaren zu befreien, glättete sie ihr Haar, kniff sich in die Wangen, damit sie rosiger schimmerten, dann lief sie mit etwas weichen Knien die Treppe hinunter.

Mrs Clearwell sah sie überrascht an. „Wohin willst du, Liebes?“

„Ich möchte meinen täglichen Spaziergang machen“, schwindelte sie und versuchte, das vertraute schlechte Gewissen wegen ihrer Unehrlichkeit zu ignorieren. „Bei den Lundys habe ich zu viele Kekse gegessen. Ein wenig Bewegung wird mir guttun.“

„Ja, die Energie der Jugend. Was mich angeht, so werde ich ein Schläfchen halten. Diese Mrs Lundy ist eine nette Person, aber sie hat mich mit ihrem Gerede fast um den Verstand gebracht.“ Mrs Clearwell bot Lily die Wange, die sie pflichtgemäß küsste. „Vergiss nicht, Eliza mitzunehmen“, wies ihre Anstandsdame sie an. Wir sind nicht auf dem Land, wo du allein umherlaufen kannst.“

„Ja, Madam.“

Als Mrs Clearwell sich in ihr Gemach zurückgezogen hatte, rief Lily das sommersprossige Hausmädchen Eliza, das ihr persönlich zu Diensten war.

Es dauerte nicht lange, dann hatten sie und das Mädchen Hyde Park erreicht. Sie begaben sich mitten in das Gewirr und Gedränge des Kutschenkorsos, wenn es dort auch noch nicht so voll war, wie es gegen fünf Uhr sein würde. Sie blieben am Geländer stehen, um die elegant gekleideten jungen Männer und Frauen zu bewundern, die in ihren schönen Equipagen vorüberfuhren.

Lily suchte im Park nach Derek Knight.

Es dauerte nicht lange, dann sah sie ihn. Er ritt auf einem herrlichen schwarzen Hengst. Gegen ihren Willen erschien ein Lächeln auf ihrem Gesicht, als sie ihn beobachtete. Der vollendete Kavallerieoffizier wirkte ebenso stolz wie das Vollblut, auf dem er saß. Das Pferd schien unter ihm zu tanzen.

Aber sie brauchte keinen Helden in schimmernden Stiefeln und mit goldenen Epauletten. Die einzige Rettung, die sie benötigte, war die für das schwindende Bankkonto ihrer Familie. Und da sie bezweifelte, dass Zeus jemals zu ihr in Gestalt eines goldenen Regens kommen würde, musste sie sich mit Edward Lundy begnügen.

„Himmel, sehen Sie nur“, sagte das Mädchen neben ihr, als das herrliche Paar näherkam. „Wie schön er ist, Miss.“

„Ja“, murmelte Lily und schob das Verlangen beiseite, das sie durchfuhr, verärgert darüber, dass sie überhaupt so empfand. Sie wandte sich ab, um ihn nicht länger anzustarren. „Ehrlich gesagt, Eliza, ich fürchte, er ist der eigentliche Grund, warum wir hier sind.“

„Um ihn anzusehen, meinen Sie?“

„Mehr als das. Ich muss mit ihm reden.“

Eliza wandte den Blick von dem Major ab und sah Lily aus großen Augen an. „Ist das anständig, Miss?“

Lily warf ihr stumm einen verzweifelten Blick zu.

Eliza fügte sich. Sie senkte den Kopf und gab damit zu verstehen, dass niemand vom Personal erfahren würde, dass Miss Balfour jemals etwas nicht ganz Anständiges getan hatte. „Nun“, meinte sie, „wenn Sie mit diesem Gentleman sprechen müssen, dann haben Sie bestimmt einen guten Grund dafür.“

„Danke, Eliza“, sagte Lily leise. „Es wird nicht lange dauern.“

Nach einem weiteren vorsichtigen Blick in seine Richtung sah Lily, dass Derek Knight sie entdeckt hatte. Genau wie im Ballsaal hatte er sie in der Menge ausfindig gemacht und ließ seine Augen nun auf ihr ruhen.

Ihr Herz schlug schneller.

Er sah sie vielsagend an, dann wendete er das Pferd und ritt im Schritt auf einen kiesbestreuten Fußweg zu, der zu einer Schneise im Park führte.

Lily sah, welchen Platz er für ihr Treffen auserkoren hatte. Hohe Büsche und einige Bäume verbargen Teile des Weges, der um einen künstlichen See führte. Es war nicht ganz so abgelegen wie der Pavillon, aber schließlich würde es auch keine Küsse geben.

Schade, flüsterte eine wagemutige Stimme in ihr. Sie unterdrückte sie erschrocken. „Gut", sagte Lily schließlich und nahm eine geschäftsmäßige Haltung an. Sie holte tief Luft und wappnete sich für das Treffen.

Während Eliza gehorsam zurückblieb, ging Lily auf die Schneise zu, bereit für den Kampf mit Derek Knight.

7. KAPITEL

„Soso, Miss Lily Balfour", begrüßte sie Derek und genoss es, ihren Namen auszusprechen, jetzt da er ihn endlich kannte. „Wir sehen uns also wieder." Er hielt die Zügel seitlich und beugte sich ein wenig vor, um sie wohlwollend zu mustern, während sie auf ihn zuging.

Nachdem er sich von seinem anfänglichen Schock darüber, Mary Nonesuch in Edward Lundys Haus entdeckt zu haben, erholt hatte, nahm Derek sich die Zeit, seine frühere Vermutung zu überprüfen, dass Lily Balfour etwas mit dem Geld zu tun haben könnte, das dem Ausschuss fehlte. Sinclairs seltsames Benehmen und Lundys erschreckende Enthüllungen mussten ihn für eine Weile paranoid gemacht haben, doch jetzt vermochte er wieder klarer zu denken.

Nun da er sie als das sah, was sie war – eine verarmte Adlige auf dem Heiratsmarkt –, erkannte er, dass sein früherer Verdacht absurd war. Was wussten Damen aus guter Familie schon über Unterschlagungen?

Außerdem war das Mädchen, mit dem er in der letzten Nacht auf dem Ball geflirtet hatte, viel zu unschuldig, um in etwas so Böses verwickelt zu sein.

Nein, sie ist nur eine Mitgiftjägerin, dachte er spöttisch. Kleine Närrin.

Natürlich beging sie einen großen Fehler, sich an einen solchen Grobian wegzuwerfen. Doch die Vorstellung, dass Miss Balfour irgendetwas über Angelegenheiten des Ausschusses wissen konnte, konnte er endlich verwerfen. Er entschied auf der Stelle, ihr gegenüber nichts davon zu erwähnen. Wenn er das Thema zur Sprache brachte, würde er vermutlich gar nichts erreichen. Sie würde nur einen Grund haben, zu ihrem lieben Edward zu gehen und Fragen zu stellen, und das wiederum würde nur Lundys Misstrauen ihm gegenüber wecken.

Am besten, er hielt sie aus der Sache heraus.

„Darf ich hoffen, Sie sind gekommen, um sich noch einen

Kuss zu holen?“, neckte er sie mit einem wachsamen Lächeln.

„Wohl kaum.“ Die beiden Silben klangen schroff und sehr ernst. Ein paar Schritte von seinem Pferd entfernt blieb sie stehen und sah zu ihm auf. „Wie Sie sehr wohl wissen, bin ich erschienen, um meinen Ohrring zurückzuholen.“

„Sie sollen ihn haben“, versicherte er und schwang sich vom Pferd. Dann drehte er sich zu ihr um und sah ihr tief in die Augen. „Sobald wir uns ein wenig unterhalten haben.“

Sie erstarrte. „Major, bitte. Diese Ohrringe gehörten meiner Urgroßmutter.“

„Geduld, meine Liebe. Vertrauen Sie mir etwa nicht?“

Misstrauisch sah sie ihn an. „Woher weiß ich, dass Sie das Schmuckstück wirklich haben?“

Derek holte ihn aus seiner Tasche und zeigte ihn ihr. Erleichterung spiegelte sich in ihren lavendelblauen Augen, als sie den Diamanten ansah, der zwischen seinem Daumen und seinem Zeigefinger funkelte. Aber dann hob sie den Kopf und räusperte sich streng.

Er unterdrückte ein Lächeln. „Kommen Sie. Gehen wir spazieren.“ Er bot ihr den Arm, aber sie nahm ihn nicht.

Sie blieb zurück, als er einige Schritte machte. „Es ist mir nicht möglich weiterzugehen“, sagte sie. „Meine Zofe wartet. Sie wird meiner Gönnerin Bericht erstatten, wenn ich zu lange fortbleibe.“

„Oh, ich glaube nicht, dass Mrs Clearwell darüber verärgert sein würde“, sagte er mit wissendem Lächeln.

Lily Balfour warf ihm einen empörten Blick zu.

Derek lachte. „Sie machen sich zu viele Sorgen.“ Sanft zog er an den Zügeln seines Pferdes, dann begann er über den kiesbestreuten Weg zu schlendern. Seine Begleiterin verstimmte er damit, aber ihr blieb nichts anderes übrig, als ihm zu folgen.

Als Miss Balfour neben ihm war, sah Derek sie nicht an, sondern hielt den Blick streng geradeaus gerichtet. Er sprach mit gedämpfter Stimme. „Sie haben sich also entschieden, Ihre Angel nach dem Giftpilz auszuwerfen, nach Edward Lundy.“

„Nennen Sie ihn nicht so", gab sie abweisend zurück. „Ich dachte, Sie wären sein Freund."

Dazu sagte Derek nichts.

„Außerdem, ob ich mir nun jemanden angle oder nicht, es geht Sie nichts an."

„Natürlich tut es das. Seit letzter Nacht geht es mich etwas an."

Sie senkte den Blick. In der darauffolgenden Stille fühlte er die Spannung, die zwischen ihnen immer aufgeladener wurde.

„Jetzt weiß ich wenigstens, warum Sie sich so bemühten, Ihre Identität geheim zu halten", bemerkte er.

„Sie behaupten, ein ehrlicher Mann zu sein, Major, warum rücken Sie nicht einfach mit der Sprache heraus und sagen mir, was Sie wollen?", fragte sie, blieb stehen und sah ihn aufgebracht an.

Er zuckte die Achseln. „Ich will nur verstehen."

„Was verstehen?", rief sie aus und warf dann einen beunruhigten Blick auf die anderen Besucher im Park.

„Sie, Miss Balfour."

„Was ist mit mir?"

„Ich habe das seltsame Gefühl, dass das Mädchen, das ich heute bei den Lundys sah, die Gestalt ist, in der Sie sich gewöhnlich zeigen, so keusch und brav. Aber letzte Nacht, als Sie maskiert waren, zeigten Sie mir Ihr wahres Gesicht, nicht wahr? Ich vermute, das ist ein seltenes Privileg."

„Ich verstehe nicht, wovon Sie reden", erwiderte sie.

„Ich glaube, Sie verstehen sehr wohl", flüsterte er mit einem spöttischen Lächeln. „Böse kleine Schwindlerin."

Sie trat zurück und nahm eine würdevolle Haltung ein. „Haben Sie mich hierher bestellt, um mich zu beleidigen?"

„Wenn hier jemand das Recht hat, beleidigt zu sein, dann ich", gab er zurück.

„Wie bitte?"

„Sie haben mich benutzt", warf er ihr vor.

„Sie haben angefangen. Ich habe Sie nicht aufgefordert, sich anzuschleichen und mich von hinten zu packen."

„Nein, aber Sie baten mich, Sie zu küssen."

Sie wurde rot und wandte sich ab. „Kann ich bitte meinen Diamanten zurückhaben?"

„Warum heiraten Sie Lundy?"

„Warum kehren Sie zurück nach Indien?", konterte sie und warf ihm einen verächtlichen Blick zu.

„Ich gehöre nach Indien."

„Nun, ich gehöre zu Edward."

„Ach, kommen Sie, das ist Unsinn, und Sie wissen es. Letzte Nacht haben Sie den Ballsaal verlassen, um von ihm fortzukommen, nicht wahr? Deshalb fand ich Sie draußen im Garten."

„Hören Sie, ich werde das nicht mit Ihnen diskutieren. Ich will nur die Wahrheit. Werden Sie Edward erzählen, was letzte Nacht geschah, oder nicht?"

„Sie glauben, das würde ich tun?", fragte er leise und sah ihr in die Augen. „Misstrauen Sie allen Männern, oder liegt das nur an mir?"

Als er ihr Gesicht sah, erkannte er, dass er vielleicht zu weit gegangen war. „Von mir haben Sie nichts zu befürchten", flüsterte er. „Ich möchte nur nicht zusehen, wie Sie einen schweren Fehler begehen."

„Welchen Fehler?", fragte sie wachsam. „Was meinen Sie?"

„Die Wahl Ihres Ehemannes", rief er aus. „Das Mädchen, das mich in der letzten Nacht so betört hat, war keine kalte, berechnende Mitgiftjägerin. Zwingt Ihre Familie Sie dazu, das zu tun? Denn ich kann nicht glauben, dass so ein schmutziger Plan von Ihnen stammt."

„Schmutziger Plan?"

„Miss Balfour, ich weiß, dass Ihre Familie bankrott ist. Das hat Lundy selbst mir heute Morgen gesagt. Ich nehme an, das ist einer der Gründe, warum dieser Diamant Ihnen so viel bedeutet. Aber Sie sollten wissen, dass er Sie durchschaut hat. Sie können ihm nichts vormachen. Er weiß, Sie sind nur hinter seinem Geld her, und ehrlich gesagt, scheint er nicht besonders viel Mitleid aufzubringen. Er braucht Sie für seine eigenen Zwecke."

Sie schwieg einen Moment und blickte auf den See hinaus.

Dann sah sie ihn an. „Sie glauben, das wüsste ich nicht?"

„Ich verstehe. Aber für Sie ist das in Ordnung, weil Sie ihn ebenfalls ausnutzen."

„Es gibt keinen Grund, das alles in einem so ungünstigen Licht erscheinen zu lassen, Major. Sie sind doch gewiss welterfahren."

Er schüttelte nur den Kopf – so ein Mädchen, das ihm etwas von der Welt erzählen wollte.

Sie runzelte die Stirn, als sie seine finstere Miene bemerkte. „Zu Ihrer Information, Mr Lundy ist zufällig ein sehr angenehmer Mann", platzte sie heraus. Ihr Unmut breitete sich sichtlich aus, offenbar konnte sie sich selbst ebenso wenig überzeugen, wie sie Derek überzeugen konnte. „Er ist ein guter Mann. Ein zuverlässiger Mann. Sehen Sie sich an, was er im Leben alles erreicht hat, und er ist gerade erst vierzig Jahre alt. Edward ist ein Überlebenskünstler, und das ist etwas, was ich ehrlich bewundere."

„Nun, das mag stimmen." Derek sah sie an. „Aber ich glaube nicht, dass Sie ihn je so geküsst haben, wie Sie mich geküsst haben."

Sie stieß einen sehr undamenhaften Fluch aus und wandte sich ab.

„Habe ich Sie wieder bloßgestellt?", flüsterte er und betrachtete ihr schönes Profil. „Gestern Abend, wissen Sie, das habe ich genossen. Sehr sogar. Ich hätte gern mehr davon gehabt."

„Warum quälen Sie mich so?"

„Ich möchte wissen, was wir in dieser Sache tun werden."

„In welcher Sache?"

„In dieser", flüsterte er, und als er mit einem Finger über ihren Arm strich, erbebte sie. Dann sah sie ihn angstvoll an und wich zurück, als wüsste sie, dass die Art, wie sie auf ihn reagierte, nur unterstrich, dass sie Lundy nicht wollte.

Sie konnte nicht verhehlen, dass sie Derek wollte.

Und er wollte sie.

„Sie machen sich nichts aus Lundy und er sich nichts aus Ihnen", erklärte ihr Derek. „Das ist nicht die Situation, in die ein kluges Mädchen wie Sie sich bringen sollte. Die Schwierigkeiten

Ihrer Familie bedauere ich, aber ist es wirklich so schlimm, dass Sie sich an jemanden wie ihn verkaufen müssen?"

„Wie bitte?" Sie sagte das, um ihn zurechtzuweisen, doch er war nicht so leicht zu verschrecken.

„Sie sind nicht so, Lily Balfour. Verkaufen Sie sich nicht. Jemand, der so reizend ist wie Sie, sollte sich nicht auf eine Stufe stellen mit abgebrühten kaltherzigen Mitgiftjägerinnen ..."

„Wie können Sie es wagen?", stieß sie hervor. Sie trat einen Schritt zurück und funkelte ihn an. Seine Worte schienen sie erschüttert zu haben. Sie war kreidebleich geworden. „Wofür halten Sie sich, so über mich zu urteilen? Ausgerechnet Sie. Ein Abenteurer in Uniform! Sie müssen gerade reden. Vielleicht bin ich willens zu heiraten, um meine Zukunft zu sichern, aber wenigstens verdiene ich meinen Lebensunterhalt nicht damit, Leute umzubringen."

Bei diesem Gegenangriff fiel Derek nichts mehr ein. Er starrte sie mit offenem Mund an.

„Sie denken, Sie sind besser als ich?", fuhr sie fort. „Glauben Sie mir, ich weiß, warum Männer nach Indien gehen, um zu kämpfen. Ich weiß es besser als jede andere, also steigen Sie von Ihrem moralischen Ross herunter, Major. Gier, das ist der Grund! Ruhm und Ehre! Zweifellos werden Sie behaupten, Sie täten das für König und Vaterland. Aber der wirkliche Grund, warum Männer wie Sie ihren Kopf in Indien riskieren, ist der, um das Gold der Hindus in die Hände zu bekommen und um zu plündern."

In dem Moment, da sie das sagte, wusste Lily, dass sie zu weit gegangen war. Aber was machte das schon, es war die Wahrheit.

Außerdem hatte auch er die Grenzen verletzt, als er sie eine berechnende Mitgiftjägerin nannte und ihr das Gefühl gab, eine Dirne aus einem Bordell zu sein, die meistbietend versteigert wurde. Er hatte einen wunden Punkt von ihr berührt, der wunder war, als er es sich jemals vorstellen konnte. Sie hatte zu viele Jahre in Scham verbracht, um sich jetzt von ihm schelten und mit Schuld beladen zu lassen.

Aber er war nicht glücklich mit ihrem Verhalten, so viel war sicher, und als er sprach, war sein Tonfall kalt. „Wäre es Ihnen lieber, wenn England bankrottgeht? Eine leichte Beute seiner Feinde wird? Im Ganzen betrachtet, meine Liebe, töte ich – wenn ich töte – für England. Und für Sie …“

„Ich glaube Ihnen nicht.“

„Sie wollen mir nicht glauben, ohne Zweifel, denn dann wäre all das Blut auch an Ihren Händen statt nur an meinen und denen meiner Männer. Zivilisten“, sagte er voller Abscheu und schüttelte den Kopf, als wäre das die Bezeichnung für etwas ganz Abscheuliches und Unnützes.

Sein Blick war hart geworden, die Augen wirkten jetzt verschlossen. „Ehe Sie mir vorwerfen, eine Art bezahlter Söldner zu sein, denken Sie daran, dass es Indiens Reichtümer waren, die das Land durch den Krieg gegen Napoleon gebracht haben. Unsere Nation hat ein Recht, ja sogar eine Pflicht, das zu tun, was nötig ist, um zu überleben.“

„Und das habe ich auch“, erklärte sie fest.

„Miss Balfour“, sagte er mit erstickter Stimme, das Gesicht verzerrt vor Zorn, „Sie haben Glück, dass ich ein Gentleman bin.“

Er nahm ihre Hand, drückte den Ohrring hinein, dann schwang er sich ohne weitere Umstände aufs Pferd.

Der Blick, den er ihr zuwarf, als er die Zügel nahm, hätte sie zu Staub verwandeln müssen.

Mit klopfendem Herzen sah Lily zu, wie er das Pferd geschickt wendete und danach mit einem Schnalzen und leichtem Schenkeldruck in Bewegung setzte.

In ungeduldigem Trab ritt er davon und ließ sie allein zurück.

Lily drückte den Ohrring so fest, dass die scharfe Spitze in ihre Handfläche stach. Der kurze Schmerz brachte sie zurück ins Hier und Jetzt, und die dunkle Wirklichkeit hatte die müßigen Fantasien vertrieben, die seit ihrer kurzen Begegnung im Gartenpavillon wie kleine Rauschschwaden in ihrem Kopf herumgeschwirrt waren.

Der Hauch von Glück, den sie für einen Moment gespürt hatte, löste sich auf wie ein Traum. Sie zitterte, aber sie wollte nicht bedauern, dass sie sich mit Derek Knight entzweit hatte. Sie hatten keinen Grund, überhaupt nur miteinander zu reden.

Nun, dachte sie und machte sich Mut, indem sie wieder den Kopf hob und versuchte, die aufsteigenden Tränen zurückzudrängen. Das war's.

Wenigstens hatte sie zurückerhalten, weswegen sie hierhergekommen war.

Nie zuvor in meinem Leben bin ich so gekränkt worden.

Derek war immer noch außer sich, als er sein Appartement in Althorpe betrat und die Tür hinter sich zuschlug.

Gabriel sah ihn erstaunt an. „Was ist los?", stieß er schwer atmend hervor. Er war mit seinen Trainingseinheiten beschäftigt, um wieder zu Kräften zu kommen.

Derek brummte nur, statt ihm eine Antwort zu geben, dabei warf er seinen Überrock an den Haken.

Gabriel legte die Eisenstangen ab und wischte sich den Schweiß vom Gesicht. Mit gerunzelter Stirn sah er zu, wie Derek ruhelos zum Fenster ging und wieder zurück, offenbar erregt und sichtlich wütend.

„Zur Hölle mit ihr!", platzte er plötzlich heftig heraus. Am liebsten hätte er gegen die Wand geschlagen, doch er tat es nicht, sonst hätte er noch für die Reparaturen aufkommen müssen. Schließlich war er nicht reich.

„Zur Hölle mit wem?", fragte Gabriel.

Derek sah ihn an, während er sich zum Kamin begab, wo er aber auch nicht stehen blieb. „Lily Balfour. Noch keine Frau hat mich je so wütend gemacht."

„Warum? Was hat sie getan?"

„Sie", stieß er hervor, „hat mich in meiner Ehre verletzt."

„Oh, ich verstehe. Wirst du sie zu einem Duell fordern?"

Wäre sein Bruder nicht verletzt gewesen, hätte er ihn für diese Bemerkung zum Kampf aufgefordert, wie früher, als sie noch klein waren. Er kniff die Augen zusammen.

Gabriel lachte, und Derek warf seinem Bruder einen finsteren Blick zu, ehe er mit dem Fuß die Ottomane aus dem Weg stieß. Anschließend verließ er das Zimmer und stapfte in sein eigenes, um seinen Zorn unter Kontrolle zu bringen.

Undankbares Frauenzimmer!

Auf seinem Kissen sah er einen Abschiedsbrief von Lady Amherst liegen, aber er verspürte keinerlei Interesse daran, ihn jetzt zu lesen. In diesem Moment wollte er mit Menschen ihrer Spezies nichts zu tun haben.

Er stützte sich auf den Rand des Waschtisches und starrte sich im Spiegel an.

Es war eine Sache, von Politikern respektlos behandelt zu werden, die Gelder an sich nahmen, die für die Truppen bestimmt waren. Aber dies hier war noch schmerzlicher und persönlicher. Sie war nicht irgendwer für ihn. Sie hatte ihn in seinem Innersten getroffen, und mit ihren Worten hatte sie alles infrage gestellt, was ihm lieb war.

Sie hatte ihm das Gefühl gegeben, nichts wert zu sein, weder er noch seine Männer, nur nutzloses Kanonenfutter, als wären all ihre Opfer bedeutungslos gewesen.

Nun, dachte er nach einer Weile, was interessierte es ihn, wen sie heiratete? Vermutlich würde Lundy sie schlagen, aber das war nicht sein Problem, oder? Sie schien fest entschlossen zu sein, diese Ehe einzugehen, und wie man sich bettet, so liegt man – also sollte sie das tun. Es war ja nicht so, als hätte er den Wunsch, selbst um die kleine Mitgiftjägerin anzuhalten. Sie oder andere ihrer Art hätten sowieso nie einen Antrag von einem jüngeren Sohn angenommen.

Gabriel – nun, er mochte eine Chance bei der hochwohlgeborenen kühlen Lily Balfour haben, aber er kannte die Abläufe. Er hatte sein Leben lang damit zu tun gehabt – und sein Bruder wunderte sich, woher sein Ehrgeiz rührte. Ach, es war die alte Geschichte, der uralte Kampf des jüngeren Sohnes.

Noch auf dem Schoß seiner Mutter hatte er gelernt, wie hart

es auf der Welt zuging. Gabriel, der Erstgeborene, könnte es sich leisten, einfach nur herumzusitzen und nichts zu tun, doch diesen Luxus gab es für Derek nicht. Und da ein jüngerer Sohn naturgemäß immer die schlechtere Wahl sein würde, war er in dem Glauben erzogen worden, dass keine Frau ihn jemals lieben könnte, wenn er ihr nicht einen besonderen Grund dafür gab, gerade ihn zu erwählen, etwa Vorteile wie Ruhm, Ehre und Reichtum, um sie über den Makel seiner niedrigen gesellschaftlichen Position hinwegzutrösten.

Tatsächlich hatte es eine Zeit gegeben, da hätte er alles für die wahre Liebe getan. Sie war aber eine Illusion, eine Illusion, an die sein dummes Herz lange geglaubt hatte. Selbst als Junge hatte Derek sich nichts Schlimmeres vorstellen können, als nie von einem wunderbaren Mädchen geliebt zu werden. Mädchen hatten ihn schon immer fasziniert, selbst wenn andere Jungen in seinem Alter sich über sie lustig gemacht hatten. Es hatte ihm keine Schwierigkeiten bereitet, mit diesen zauberhaften Wesen zu sprechen. Nie hatte er gestottert, Steine geworfen oder war, wenn sie in seine Nähe kamen, davongelaufen. Und das Einzige, was für ihn als Jugendlicher noch besser war, als auf einem schnellen Pferd zu reiten, bestand darin, ein hübsches Mädchen zum Lachen zu bringen. Oh ja, er hatte die Absicht, eines Tages geliebt zu werden. Das war der Grund, der ihn vor Jahren an den Anfang seiner Karriere geführt hatte.

Wenn er Leib und Leben riskieren musste, um die Reichtümer zu erlangen, die ihm die Liebe bringen würden, wenn er dem Tod gegenübertreten musste bei den wundervollen Taten, die ihn zum Helden machten, dann, so hatte er sich gesagt, wäre es das wert.

Andernfalls könnte er genauso gut unsichtbar sein.

Nun, jetzt waren scheinbare Heldentaten zur Gewohnheit geworden, und was seinen Glauben an die wahre Liebe betraf, so war der längst entschwunden. Mit jeder verheirateten Frau, die er verführte, war das geschehen.

Dann war er vergangene Nacht Mary Nonesuch begegnet, und für ein paar Stunden hatte er zu hoffen gewagt, dass sie anders sein könnte als die anderen Frauen. Aber jetzt erkannte er, dass er sich etwas vorgemacht hatte. Sie war genauso wie die, mit denen er bislang das Bett geteilt hatte. Hinter ihrem hübschen Gesicht lauerte nur Berechnung. Ihr Kuss war wunderbar gewesen, doch eine junge Dame, die fremde Männer in Gartenpavillons küsste, war nicht das, was er von seiner zukünftigen Ehefrau erwartete.

Nun gut. Jetzt rechnete er sowieso nicht mehr damit, aus Liebe zu heiraten, ebenso wenig wie das Lily Balfour und ihr vulgärer Nabob taten. In ihm war keine Spur mehr von dem romantischen Jungen von einst. Er war jetzt älter, klüger, vom Leben abgehärtet, und er verstand besser, was Liebe bedeutete.

Würde er immer noch an die wahre Liebe glauben, dann würde er auf jemanden hoffen, der ihn von Herzen liebte, und zwar jetzt, da er nur ein kleines Vermögen besaß und ansonsten nichts weiter als Ehrgeiz und bestimmte Fähigkeiten. Oftmals behaupteten Frauen, ihn zu lieben, doch keine von ihnen würde den Beweis antreten wollen. Keine würde mit ihm das Leben teilen wollen, ehe er reich war. Keine würde dem Klang der Trommeln folgen und den Krieg sehen wollen, wie es manche Offiziersfrauen taten. Das war Liebe.

Eine Frau, die ihn liebte, sollte mit eigenen Augen die tägliche Hölle sehen, die er kannte. Sie sollte ihm helfen, seine Männer zu versorgen, und sie sollte ein Pferd erschießen können, das sich das Bein gebrochen hatte, um ihm die Qualen zu ersparen. Sie sollte zusehen, wie er ein paar Burschen im Kampf den Schädel einschlug und mit seinem rasiermesserscharfen Säbel zerhackte. Danach erst könnte man wissen, ob irgendeine wohlerzogene junge Dame den Mut hatte, einen Mörder zu heiraten – denn das zu sein, hatte Lily Balfour ihm vorgeworfen.

Nein, Derek versuchte nicht einmal, diese Form von Liebe zu finden. Er würde sie auch gar nicht finden. Er glaubte einfach nicht, dass es sie überhaupt gab.

Außerdem würde er von keiner Frau ein solches Opfer verlangen. Zu groß war sein Wunsch, sie zu beschützen, um das zuzulassen. Er wusste, dass allein der Anblick eines Krieges ein Gewaltakt gegen die Seele war.

Er hatte gelernt, dass es meistens besser war, wenn die Mädchen nur die Uniform bewunderten. Die Uniform war ihm Maske genug.

Außerdem hatte er bereits einen realistischeren Plan für seine zukünftige Heirat ins Auge gefasst. Eines Tages, wenn er sein Vermögen in Indien gemacht hatte, würde er die beste Braut kaufen, die er sich leisten konnte – die hochmütigste, mit der vornehmsten Abkunft, die reinste.

Bis dahin gab es für ihn die lustigen Witwen und die Frauen anderer Männer. Und wenn das Lily Balfour nicht gefiel, dann sollte sie zur Hölle fahren.

Unglücklicherweise machte ihre gemeinsame Bekanntschaft mit Edward Lundy es unvermeidlich, dass sie die Gesellschaft des jeweils anderen bald wieder ertragen mussten.

Am Abend von Lord und Lady Fallows musikalischer Soiree hatte Lily es beinahe geschafft, sich einzureden, dass sie Major Derek Knight vergessen hatte.

Das war keine leichte Aufgabe in Anbetracht der Tatsache, dass er begonnen hatte, sich regelmäßig mit Edward zu treffen, ganz zu schweigen von der Häufigkeit, mit der ihre Gönnerin den Schuft erwähnte.

Während Edward davon sprach, sich mit ihm in Angelegenheiten des Ausschusses zu treffen, schien Mrs Clearwell beschlossen zu haben, dass Major Derek Knight ein Held war. Und zu Lilys Entsetzen hatte ihre Patin mehr als einmal erwähnt, dass dieser Kerl, der „Hengst der Saison“, der Mann war, den sie jagen, fangen und heiraten sollte.

Nur über meine Leiche, sagte Lily zu sich selbst. Aber eine solche heftige Ablehnung hätte ihrer gewitzten Gönnerin nur noch gefallen. Daher lief sie auch nicht schreiend hinaus, sobald sein Name erwähnt wurde, wie sie es am liebsten getan hätte, sondern lächelte ihre Patin nur an und schwieg. Alles, was sie sagte, würde gegen sie verwendet werden. Einmal jedoch, in einem schwachen Moment, hatte sie tatsächlich vorgeschlagen, Mrs Clearwell sollte den Schurken selbst jagen, fangen und heiraten. Immerhin schien er reiche Witwen zu bevorzugen.

Aber Lily war für ihren Teil fertig mit ihm. Nachdem sie ihren Ohrring aus seinen bösen Fängen befreit hatte, gab es für sie keinen Grund, überhaupt nur an Derek Knight zu denken, und sie wollte es auch nicht.

Unglücklicherweise tat sie es dennoch.

Noch immer war sie wegen seiner Äußerungen, die er im Hyde Park gemacht hatte, gekränkt. Woher nahm er das Recht, sie zu beschämen, nur weil sie den Plan hatte, Edward Lundy zu heiraten? Er hatte sie eine Mitgiftjägerin genannt, eine Spezies, die er mit gefallenen Mädchen auf eine Stufe zu stellen schien. Falls andere sie genauso sahen. Seitdem sie in London war – eine verarmte Adlige auf der Suche nach einem wohlhabenden Ehemann –, so war Major Knight als Einziger unhöflich genug gewesen, es ihr ins Gesicht zu sagen. Was sie betraf, so konnte er zum Teufel gehen.

Es war nicht schwer für ihn, sie zu verurteilen. Für Männer gab es unzählige Möglichkeiten, ihr Leben zu gestalten. Sie konnten eine umfassende Ausbildung erhalten oder ein angesehenes Handwerk erlernen, aber Frauen war dies nicht erlaubt, und Damen schon gar nicht. Was hatte ihre Mutter gesagt? Für Damen von Stand gab es nur einen einzigen Weg, und das war der einer vorteilhaften Eheschließung.

Mochte Derek Knight sie verspotten, wenn er so ungalant sein wollte. Ihm stand mit seinen zahllosen Vorteilen, der reichen Familie, den mächtigen Verbindungen und seinen Talenten die ganze von Männern regierte Welt offen. Ruhm und Ehre – als wenn es darum wirklich gehen würde.

Würde er es noch ein einziges Mal wagen, auch nur ein unhöfliches Wort ihr gegenüber zu äußern, dann würde sie ihn so zurechtweisen, dass er es niemals vergessen würde. Und es wäre ihr egal, wer zuhörte.

Damit verbannte sie Derek Knight aus ihren Gedanken und konzentrierte sich auf Edward Lundy.

An diesem Abend war sie recht beeindruckt von ihrem Verehrer. Edward benahm sich hervorragend, wohl auch deshalb, weil der Gastgeber, Lord Fallow, sein langjähriger Gönner war.

Edward sah gut aus in seinem pflaumenblauen Frack und den cremefarbenen Hose. So elegant hatte Lily ihn noch nie gesehen. Er schien sich etwas unbehaglich zu fühlen – vielleicht hatte sein Kammerdiener das Halstuch zu sehr gestärkt –, aber alles in allem war Lily zufrieden und hätte sich am liebsten selbst auf die Schulter geklopft, weil sich sein Erscheinungsbild so sehr verbessert hatte. Offenbar hatte sie einen guten Einfluss auf ihn.

Als Paar, das sich anerkannt in der Zeit der Werbung befand, spazierten sie durch eine Halle mit Statuen. Der Fußboden mit dem Schachbrettmuster erstreckte sich in weiter Entfernung unter den weißen Säulen, die durch hochgewölbte Bögen miteinander verbunden waren. Die Architektur der Halle hatte man betont schlicht und sachlich gehalten. Die Wände waren in einem hellen Graublau, sodass sie einen unauffälligen Hintergrund für die Heldenstandbilder aus Bronze bildeten. Die dargestellten Männer boten sich den Blicken der Gäste in dramatischen Posen dar, während die griechischen Philosophen in Form von antiken Alabasterbüsten aus ihren Wandnischen alles zu beobachten schienen.

Die Halle ging in einen sorgfältig angelegten Garten über, die Verbindung bildete ein rechteckiger Hof, um den das Haus errichtet worden war. Kniehohe Büsche waren zu kunstvollen Gebilden gestutzt worden, dazwischen konnte man Pflanzen mit üppigen Blüten ausmachen. Die Abenddämmerung hatte eingesetzt, aber zierliche Laternen beleuchteten den Platz, an dem der Pianist und seine Begleitung demnächst ihr Konzert unter dem Sternenhimmel veranstalten würden. Das große Pianoforte war bereits mitten im Garten aufgestellt worden, und die Papierlampions spiegelten sich auf der glänzenden Oberfläche.

Im Augenblick spielte noch ein Harfenist in der Halle, seine

Musik war eine elegante Untermalung für den Beginn des Abends. Die Gäste gingen leise umher, tranken leichten moussierenden Wein oder andere Erfrischungen, bevor das Privatkonzert anfangen sollte.

Lily zog Edward beiseite, um einen Mosaiktisch zu bewundern. Unter Glas zeigte der Tisch Intarsienarbeiten mit den verblassenden, aber immer noch farbenfrohen, antiken römischen Scherben. Lily konnte es kaum fassen, als Edward sein Weinglas darauf abstellen wollte, aber dann hielt er inne und sah sie mit einem Zwinkern in seinen haselnussbraunen Augen an, sodass sie erkannte, dass er nur scherzte.

„Erschrecken Sie mich nicht so", flüsterte sie mit einem tadelnden Lächeln und legte die Hand auf ihr Herz.

Lachend wandte er sich ab. „Na, endlich ist da jemand, den ich kenne", sagte er und sah mit zusammengekniffenen Augen zum fernen Eingang des Ballsaals.

Lily folgte seinem Blick, aber als sie sah, wen Edward meinte, erstarrte sie.

Es war Derek Knight – mit einer anderen Frau.

Er trug keine Uniform, sondern elegante Abendkleidung in Schwarz und Weiß. Sie heftete ihre Augen auf seine wilde schwarze Mähne, die er an diesem Abend offen trug – ein gewaltiger Kontrast zu seinem eleganten Anzug.

Sein langes Haar, schimmernd und kräftig, reichte ihm bis zu den breiten Schultern. Es verlieh ihm ein völlig unzivilisiertes Aussehen, und Lily konnte nichts dagegen tun, sie musste ihn einfach ansehen.

Edward schien ihre Erregung nicht zu bemerken und winkte dem gut aussehenden Schurken zu, doch zu ihnen zu kommen.

Missbilligend sah Lily ihn an, aber sie vermutete, sie sollte nicht allzu viel dagegen haben. Derek Knight gehörte zu den wenigen Männern aus guten Familien, die Edward wirklich anzuerkennen schienen. Ihre Sympathie beruhte zweifellos auf ihrer gemeinsamen Armee-Erfahrung in Indien.

Sie fragte sich, ob der Major sie grüßen oder sie nach ihrer

Meinungsverschiedenheit im Hyde Park ignorieren würde. Jetzt nahm Lily die anziehende Schönheit in Augenschein, die er an diesem Abend begleitete, eine üppige Brünette in violettem, mit schwarzer Spitze verziertem Satin. Sie trug also Halbtrauer. Wie es schien, hatte er sich noch eine weitere gut situierte Witwe geangelt. Aber natürlich. Wie praktisch für ihn, dass so viele schöne Bräute der Gesellschaft einst an alte Männer verheiratet worden waren, die bald nach der Hochzeit starben.

Auf ihrer weißen Brust ruhte ein kunstvoll gearbeiteter Amethyst. Auch die Lady trug ihr mahagonibraunes Haar ohne haltende Nadeln und Bänder, offenbar wollte sie es dem Major mit diesem neuen unzivilisierten Trend gleichtun. Das schöne Paar schien seine gemeinsame Rebellion zu genießen.

Lily wandte sich ab und wünschte, sie hätte die Wangen der Frau nicht gesehen, die noch von der frisch empfundenen Leidenschaft glühten. Sie konnte sich gut vorstellen, dass dieser Kerl sie noch auf dem Weg hierher in der Kutsche geliebt hatte. Als sie einen Anflug von Eifersucht verspürte, senkte sie den Blick, verfluchte alle Männer, vor allem Derek Knight, und noch mehr sich selbst, weil es ihr nicht gelang, sich ihm gegenüber gleichgültig zu verhalten.

Als er das Haus des Earls mit seiner aktuellen Begleiterin betrat, sah Derek, wie Edward Lundy ihm zuwinkte. Er erwiderte den Gruß, aber als er Miss Balfour neben ihm stehen sah, die sich bemühte, gelassen zu wirken, fühlte er sich wie gelähmt.

Für kein Geld der Welt hätte er das zugegeben, aber nachdem er sie ein paar Tage nicht gesehen hatte, verursachte der Anblick von Lily Balfour bei ihm ein merkwürdiges Gefühl in der Magengegend. Es fiel ihm schwer zu atmen, und sein Herz schlug viel zu schnell, was ihn sehr ärgerte. Was soll das? fragte er sich ungeduldig, verwirrt und ein wenig verstimmt über sich selbst. *Ich mag sie nicht einmal, dieses kleine Frauenzimmer.*

Für einen Mann, der sich viel auf seine Ehrlichkeit zugutehielt, war dies natürlich eine dreiste Lüge. Aber schließlich besaß er einige Übung darin, seine eigenen Gefühle zu ignorieren. Alles, was er sich zugestand, war eine widerstrebende Bewunderung ihrer Schönheit.

Das Mädchen sah gut aus.

Zum Anbeißen.

Sehnsucht pulsierte durch seine Adern beim Anblick ihrer schlichten Schönheit, die so ganz anders war als die der Verführerin an seinem Arm.

Miss Balfour war in hellblaue Seide gekleidet, mit einem federgeschmückten Hütchen im Haar. Helle Korkenzieherlocken spähten unter der kleinen Kopfbedeckung hervor. Ihre hellen Satinhandschuhe standen am Ellenbogen etwas ab, eine verlockende Stelle für einen Mann, um sie dort mit dem Finger zu berühren.

Derek sah für einen Moment vor sich, wie das Mädchen nichts außer ihren Diamantohrringen trug. Dann erinnerte er sich daran, dass die kleine Harpyie seine Ehre verletzt und seinen Militärdienst in den Schmutz gezogen hatte.

Ein Söldner, also wirklich, dachte er und entsann sich noch sehr gut an ihr Wortgefecht im Hyde Park. Unglücklicherweise bedeutete der Umstand, dass sie beide mit Edward zu tun hatten, dass ihre Wege sich wieder kreuzen würden.

Wie es schien, waren sie gezwungen, höflich zueinander zu sein – zumindest in der Öffentlichkeit. Anders als ihr Verehrer waren sie schließlich beide von exzellenter Herkunft.

Derek war sicher, dass er aufmerksam zu ihr sein konnte, zumindest oberflächlich betrachtet. Tatsächlich hatte er sich schon seit Tagen darauf gefreut, eine neue Gelegenheit zu bekommen, um sie zu necken, wenn auch nur in allen Ehren. Er suchte einfach eine neue Möglichkeit, sie ein wenig zu quälen, die kleine Lügnerin.

Zweifellos fürchtete sie sich fast zu Tode, dass er ihrem teuren Edward von dem leidenschaftlichen Kuss in der Nacht des Maskenballs erzählen könnte.

Leider dachte Derek noch oft daran zurück. Selbst jetzt durchströmte das Verlangen seine Adern, aber er weigerte sich, auch nur im Geringsten eifersüchtig auf ihren grobschlächtigen Verehrer zu reagieren.

Sollte im Gegenzug Miss Balfour Zeichen von Eifersucht gegenüber der kurvenreichen Göttin an seinem Arm zeigen, nun, dachte Derek mit einem stillen Lächeln, dann werde ich das, glaube ich, durchaus genießen.

Er unterdrückte seine Freude auf ein weiteres Wortgefecht mit ihr, schenkte seiner neuen Flamme ein Lächeln, schob ihre Hand in seine Armbeuge und begab sich mit ihr zu dem glücklichen Paar.

8. KAPITEL

Lily betrachtete die Medaillons an der Decke und fächelte sich Luft zu. Sie gab sich gelangweilt, als der „Hengst der Saison“ sich in Begleitung seiner neuesten Eroberung zu ihnen gesellte.

Er nickte ihr zu, als er sie begrüßte, und dann sah er ihr mit einem kühlen Blick in die Augen. Er wirkte spöttisch belustigt. „Miss Balfour“, sagte er beinahe unerträglich höflich.

Sie hielt den Atem an und stieß ein „Major“ hervor.

Anschließend übernahm Derek die Vorstellungen und nannte als Namen seiner Freundin Mrs Fanny Coates.

Edward bemühte sich sehr, in Gegenwart dieser Schönheit nicht zu stammeln und zu stottern. Inzwischen bemerkte Lily, dass mehrere Frauen in der Halle die Neuankömmlinge anstarrten, darunter auch die elegante Blondine, die sich auf dem Maskenball an der Seite des Majors befunden und ihr Zusammensein im Gartenpavillon unterbrochen hatte.

Arme Frau, dachte Lily. Noch eine andere unglückliche Sklavin seiner Liebe, die er am Wegesrand zurückließ. Sie war froh darüber, mehr Verstand besessen zu haben als diese Frauen. Ihre Mutter hatte recht gehabt. Reich und dumm war die richtige Entscheidung, und Edward war mit beiden Eigenschaften ausgestattet. In geschäftlichen Dingen zeigte er sich keineswegs einfältig, sonst wäre er nicht so reich geworden, aber in Bezug auf Frauen war er wirklich recht naiv. Weit davon entfernt, wegen der Art und Weise, wie er Mrs Frances Coates ansah, eifersüchtig zu werden, begann Lily allmählich zu erkennen, wie sie seine Unerfahrenheit im Umgang mit Frauen zu ihrem Vorteil nutzen konnte.

In jedem Fall hätte sie es nicht ertragen, wenn er so gewandt gewesen wäre wie sein neuer Freund. In dieser Beziehung, so hoffte sie, würde Derek Knight keinen schlechten Einfluss auf ihren Verehrer nehmen.

In diesem Moment hatte Mrs Clearwell die Ankunft ihres Lieblings bemerkt. Sie eilte fort von dem Gespräch, das sie gerade mit einigen Bekannten geführt hatte, äußerte sich lautstark über den exotischen Major und machte so viel Aufhebens um ihn wie eine aufgeregte Glucke um ihre Küken.

„Mein lieber Junge! Wie schön, Sie wiederzusehen!"

„Mrs Clearwell." Er verbeugte sich und küsste rasch die ihm dargebotene Wange. „Wie ich sehe, brauchen Sie noch etwas Wein, Madam. Rot oder Weiß?"

„Champagnerpunsch, wenn Sie mich so fragen."

Er erkundigte sich auch bei seiner Begleiterin, was sie denn trinken wolle, doch als er ging, um das Gewünschte zu holen, begleitete ihn Mrs Clearwell.

Lily war sehr beunruhigt, als sie feststellte, wie ihre Gönnerin mit dem Major in der Menge verschwand. Oh je. Der Himmel allein mochte wissen, was ihre Patin ihm über sie erzählte. In der Zwischenzeit blieb die göttliche Mrs Coates bei Edward und Lily. Mit leidenschaftlichem Blick sah sie ihrem Liebhaber nach.

Genieße es, solange es dauert, dachte Lily und sah die Frau prüfend an. Danach wird er sich der Nächsten zuwenden.

„So." Die hinreißende Witwe wandte sich nun mit einem bezauberten Lächeln ihnen zu. „Und woher kennen Sie Derek?"

Lily zuckte ein wenig zusammen angesichts der Art und Weise, wie die Frau seinen Namen aussprach – ihr Unterton konnte nur als sinnlich bezeichnet werden –, aber Edward erklärte ihre Bekanntschaft rasch mit seinem wichtigen Posten bei dem Ausschuss. Offenbar konnte er der Versuchung nicht widerstehen, hinzuzufügen, dass er ebenso wie der großartige Major auch in Indien gedient hatte.

„Wirklich?", wiederholte Mrs Coates und betrachtete ihn mit neu erwachtem Interesse.

„Ja, Madam", erwiderte er feierlich.

Lily erkannte, dass die Aufmerksamkeit der eleganten Schönheit ihm gefiel, eine Tatsache, die sie seltsamerweise mehr amüsierte als verstimmte.

„Ich stelle es mir sehr exotisch vor", sagte Mrs Coates atemlos.

„Vor allem, Madam, ist es heiß", erklärte Edward wie immer

geradeheraus. „Zumindest da, wo ich war."

„Hm." Mrs Coates wickelte sich eine Locke ihres dunklen Haars um den Finger, zugleich kräuselte sich ein wenig ihre Stirn. „Wissen Sie, ich habe nie verstanden, wie das geht – wie es kommt, dass so tapfere Burschen wie Sie aus Indien mit so königlichen Reichtümern zurückkehren."

Edward lachte. „Nun, das kann ich Ihnen erklären, Mrs Coates. Es funktioniert nicht anders als wie bei der Königlichen Marine, die ihre Männer für ihr Tun entschädigt, wenn sie ein feindliches Schiff in ihre Gewalt bekommen haben."

„Ja?"

„In diesem Fall erhalten Offiziere wie auch die Mannschaft einen Anteil des Wertes dieses Schiffes – und in Indien wird das bei jedem errungenen Sieg genauso gehandhabt. Unsere Belohnung wird aus den Schatztruhen der besiegten Gegner genommen."

„Richtig", stimmte Derek Knight zu, der sich wieder zu ihnen gesellte und Mrs Coates einen Kelch mit sprudelndem Champagnerpunsch reichte.

Die Frau strahlte ihn an.

Lily wandte sich ab.

„Das Belohnungssystem lockt Talente an und hält die Moral hoch", erklärte der Major und setzte mit den Ausführungen fort, die Edward begonnen hatte.

„Für mich klingt das, als würde es nur den Auslöser für ein großes Blutvergießen schaffen", murmelte Lily.

Die anderen drehten sich um und starrten sie überrascht an. Der Major bemerkte etwas unbehaglich: „Es ist mehr als das, Miss Balfour."

Als sie gewahr wurde, dass man ihre unbedachte Bemerkung gehört hatte, zuckte Lily nur die Achseln. Obwohl sie ein wenig errötete, gab sie nicht nach. „Wenn Sie es logisch betrachten, ermutigt das Belohnungssystem, wie Sie es beschreiben, nur zu Gewalttätigkeiten, selbst in Fällen, wo es vielleicht gar nicht notwendig ist. Ich will damit nur sagen, dass es bessere Wege geben muss, seinen Lebensunterhalt zu bestreiten."

„Zweifellos“, meinte Derek mit einem Lachen, „würde es mein Leben erleichtern, wenn ich mir einfach eine reiche Frau nehme, um den Lebensstil aufrechtzuerhalten, den ich gewohnt bin.“ Er legte einen Arm um Mrs Coates' schlanke Taille und drückte sie an sich. „Was sagst du dazu, mein kleiner Liebling?“, murmelte er. „Warum überschreibst du dein Vermögen nicht mir? Wir könnten heiraten!“

„Tut mir leid“, erwiderte sie heiter. „Du ahnst ja nicht, was ich durchgemacht habe, um es zu erlangen.“

Die kecke Antwort löste die unbehagliche Spannung, die Lilys ernste Äußerungen geschaffen hatte. Doch das Funkeln in Dereks Augen, als er sie ansah, zeigte ihr deutlich, dass seine scheinbar flapsige Andeutung sich an sie gerichtet hatte. Und dann, um alles noch unerfreulicher zu machen, erschien in solchen Augenblicken wie immer Bess Kingsley. „Eddie, wie gut Sie heute aussehen! Wo ist Ihre Mutter?“

„Sie – äh – ist nicht eingeladen.“

Bess stieß einen empörten Schrei aus. „Sie machen Witze!“

„Nein.“

„Und wer ist diese reizende junge Dame?“, fragte der Major und ließ den Blick über den lauten, stämmigen Wildfang gleiten.

Oh nein, dachte Lily. Nicht auch noch sie. Sicherlich hatte selbst ein hitziger Kater wie Derek Knight einen besseren Geschmack.

Edward beeilte sich, den Major und die lärmende Erbin miteinander bekannt zu machen, während Lily im Stillen entsetzt war.

Schließlich, wenn Dereks Worte von eben kein Scherz gewesen waren und er tatsächlich nach einer reichen Ehefrau Ausschau hielt, dann konnte er keine bessere finden als diese reiche Barbarin, Miss Kingsley. Ein charmanter, redegewandter Schürzenjäger wie er konnte ein schlichtes Geschöpf wie Bess Kingsley mühelos um den kleinen Finger wickeln.

„Wir sprachen gerade darüber, wie die Dinge in Indien laufen“, erklärte ihr Edward.

„Nein! So grausam können Sie nicht sein, Eddie, Sie dummer Kerl."

„Äh – wie bitte?"

„Von solchen Dingen werden Sie doch nicht in Gegenwart von Miss Balfour sprechen. Das können Sie doch nicht tun!"

„Warum nicht?", fragte Derek.

„Weil ihr Vater dort gestorben ist", erklärte Bess, ehe Lily sie daran hindern konnte, „als er versuchte, das Vermögen der Balfours zu retten."

Die offene Schilderung der Lage ihrer Familie verschlug Lily zuerst die Sprache, dann den Atem und versetzte sie schließlich in nicht geringe Verlegenheit.

„Arme Kleine", fügte Bess hinzu, mit mitleidigem Lächeln und grausamem Blick. „Jedermann weiß, dass Langdon Balfour mittellos an jenem gottverlassenen Ort starb. Eddie, Eddie, das war böse von dir, hier darüber zu sprechen."

Edward murmelte unbeholfen eine verspätete und nutzlose Entschuldigung für seine unbedachten Worte, aber Derek Knight sagte nichts, sondern sah Lily nur an. Dann blickte er zu Bess hinüber.

„Wie aufmerksam von Ihnen, uns alle darüber aufzuklären, Miss Kingsley", sagte er leise und in schmeichelndem Ton, in dem sich nur unzureichend eine Drohung verbarg.

„Ich bedaure Ihren Verlust", sagte Mrs Coates und nickte Lily zu, eine elegante Geste, die Lily erwiderte.

„Danke. Es ist lange her." Sie suchte nach einer Ausrede, um gehen zu können, fand aber keine. „Würden Sie mich bitte entschuldigen? Ich muss …"

Sie verstummte.

„Lily?", fragte Mrs Clearwell leise, als sie sich zum Gehen wandte.

„Ich hole mir nur ein Glas Punsch, ehe – ehe das Konzert anfängt."

„Soll ich …", setzte Edward an.

„Nein", entgegnete sie. „Ich bin gleich wieder da."

Lily konnte es nicht länger ertragen, seinen fragenden Blick zu spüren.

Ihr Unglück ging ihn nichts an. Ihr Familienstolz ertrug kein Mitleid, weder von ihm noch von sonst einem Menschen. Sie hielt sich kerzengerade, als sie zu dem Tisch mit den Erfrischungen ging, aber tatsächlich hätte sie am liebsten geweint.

Es war alles so sinnlos.

Der wunderbarste Mann, den sie je gekannt hatte, war auf einem fernen Kontinent gestorben, ganz umsonst. Und wenn der charmante Major sich auch für unbesiegbar halten mochte, so würde auch er vermutlich irgendwann das Schicksal ihres Vaters teilen.

Bald begann die Musik.

Derek war verwirrt. Als er herkam, hegte er noch immer einen Groll gegen Lily Balfour, darauf gefasst, von allem gekränkt zu sein, was sie sagte.

Er hatte nicht diesen Stich in seinem Herzen erwartet.

Ihm war nicht bekannt gewesen, dass sie in Indien ihren Vater verloren hatte, aber es war nicht schwer zu erraten, dass sein Tod die Familie in schwere Zeiten gestürzt hatte und dass ihr Plan, einen reichen Mann zu heiraten, die Folge davon war. Ganz bestimmt hatte das Schicksal ihres Vaters auch mit ihrer schlechten Meinung über Engländer zu tun, die in Indien ihr Glück machen wollen.

Du bist nicht mit mir böse, nicht wahr, Lily? überlegte er und beobachtete sie, während das Konzert begann. Es geht eigentlich um deinen Vater.

Er ging nach Indien und ließ dich zurück. Überließ es dir, mit den Problemen fertig zu werden, die er nicht zu lösen vermochte.

Nun, da er mehr über ihre Lage wusste, fühlte er sich wie ein verdammter Schurke, weil er sie wegen ihrer Jagd nach einem reichen Ehemann gescholten hatte. Ihr Plan, Ed Lundy zu heiraten, gefiel ihm noch immer nicht, aber sie hatte recht – es stand ihm nicht zu, über sie zu urteilen, wenn er die Umstände nicht kannte.

Er konnte nicht aufhören, sie während des Konzerts anzusehen, ihr feines Profil zu betrachten. Es schmerzte ihn, ihre behandschuhten Hände zu sehen, die sie so reizend im Schoß gefaltet hielt. Im Licht der Kerzen funkelte der Diamant in ihrem Ohr wie ein Stern und erinnerte ihn an das Geheimnis, das sie miteinander teilten. Und er wollte mehr.

Wenn er doch nur noch einmal mit ihr allein sein könnte, dann würde er es anders anstellen. Er würde sanfter mit ihr sein, denn als er sie beobachtete, wurde ihm klar, dass sie eine sanfte Person war. Selbst zu Lundy war sie freundlicher, als sie es sein musste.

Während der Klaviersonate hatte er bemerkt, dass sie nie auch nur zuckte, selbst wenn ihr Verehrer wenig Feingeist zeigte. Ihr Verhalten war stets geduldig und von taktvoller Ruhe. Derek bewunderte ihre unerschütterliche Anmut.

Vielleicht mochte sie Lundy wirklich, aber sie verdiente etwas Besseres. Bei Gott, das tat sie.

Zumindest verdiente sie es, von ihm besser behandelt zu werden.

Als der Pianist und seine Begleitung die Sonate beendet hatten, applaudierte Derek genauso höflich wie der Rest des Publikums. Den Gästen wurde nun eine Pause gewährt. Mit scharfem Blick bemerkte er, wie Lundy sich von seinem Platz neben Miss Balfour erhob und zu Lord Fallow ging. Als er Miss Balfour allein mit ihrer liebenswürdigen Anstandsdame sah, wandte Derek sich an Mrs Coates.

„Würdest du mich bitte entschuldigen, Liebes?"

„Willst du mich schon verlassen?", murmelte sie.

Er küsste ihr die Hand. „Ganz im Gegenteil. Aber – ich fürchte, meine Worte vorhin könnten die junge Miss Balfour beleidigt haben."

„Wirklich?"

Er nickte ernst. „Ich möchte nicht, dass es zwischen uns irgendeinen Missklang gibt, da ich mit ihrem zukünftigen Ehemann zu tun habe. Ich werde kurz mit ihr und Mrs Clearwell sprechen. Meine Absicht ist es, die Gemüter etwas zu besänftigen."

„Soll ich mitkommen?"

„Äh – nein. Das wird nicht nötig sein", sagte er mit raschem Lächeln. „Ich bin gleich zurück. Wenn du mich bitte entschuldigen würdest."

„Natürlich", erwiderte sie und schenkte ihm einen wissenden Blick.

Derek erhob sich und verneigte sich höflich vor ihr. Anschließend machte er sich, ohne sich umzudrehen, auf, um sich zu Lily Balfour zu gesellen.

Als er sich den Weg durch die Menge bis zu ihrem Platz gebahnt hatte, fand er jedoch ihre Begleiterin allein vor.

Mrs Clearwell schickte ihn zu den hohen, weißen Spalieren, an denen rosafarbene Rosen emporwuchsen, wo er Miss Balfour allein stehen und die üppigen Blüten bewundern sah. Derek dankte der liebenswürdigen alten Dame mit einem Nicken, danach schlenderte er auf Lily zu. Gerade wollte sie sich vorbeugen, um den erlesenen Duft der Blüten einzuatmen.

„Eine Lilie zwischen Rosen", scherzte Derek statt einer Begrüßung, als er sich ihr näherte.

Überrascht drehte sie sich um, dann lächelte sie ein wenig unsicher, als sie ihn sah. „Sie sind schön. Riechen Sie." Sie umfasste eine Blüte und zog sie behutsam zu ihm, soweit der zarte grüne Stiel es erlaubte.

Ohne den Blick von ihr zu wenden, vollkommen benommen von ihrer Anmut, beugte er sich gehorsam hinunter und atmete den süßen Duft ein.

Als er sich wieder aufrichtete, lächelte er sie mit einem Seufzer des Wohlbehagens an.

Doch wie sollte er nun anfangen? Himmel, warum brachte er bei diesem Mädchen kein Wort heraus?

Sehr ungewöhnlich.

„Wie ich sehe, tragen Sie Ihre Ohrringe", sagte er mit einem leichten Necken in der Stimme. „Beide."

„Ja." Rasch berührte sie die Diamanten, um sicherzugehen, dass sie noch an ihren Ohren saßen. „Ich habe sie zu einem Juwelier gebracht, um die Verschlüsse fester machen zu lassen. Ich – ich will nicht wieder einen verlieren."

„Wenn das passiert, dann helfe ich Ihnen suchen", sagte er mit einem etwas schiefen Lächeln. „Sehen Sie, ich bin nicht sehr gut darin, mich zu entschuldigen, aber ich weiß, wenn ich etwas falsch gemacht habe. Neulich im Hyde Park war ich etwas leichtsinnig mit meiner Meinung. Ich hatte kein Recht, über Sie zu urteilen. Ich wusste nichts über Ihren Vater. Würden Sie – meine Entschuldigung annehmen?"

„Nur dann, wenn Sie meine annehmen", erwiderte sie leise.

Er sah sie fragend an.

Sie zuckte die Achseln und senkte den Blick. „Ich sehe Sie nicht wirklich als Söldner, Major. Natürlich ist Ihr Militärdienst vollkommen ehrenhaft, und Sie hatten die Pflicht, darauf hinzuweisen, dass die Vorgänge in Indien uns bei dem Konflikt mit Napoleon halfen. Ich glaube, meine Wut rührte daher, dass ich Angst hatte, Sie könnten enden wie mein Vater. Und", räumte sie ein, „ich war gekränkt. Ich wollte, dass auch Sie sich gekränkt fühlen."

„Nun, das ist Ihnen gelungen", meinte er und zog eine Braue hoch.

Sie sah ihn an und hielt die Hand vor den Mund, als sie beide zu lachen begannen – sowohl über den jeweils anderen als auch über sich selbst.

„Frieden also?", fragte er. „Sind wir fertig mit dem Austausch von Beleidigungen? Oder sollte ich besser meinen Schwager, einen Diplomaten, dazuholen, damit er einen Vertrag zwischen uns aushandelt?"

„Frieden", erwiderte sie entschlossen und hielt ihm die Hand hin.

Derek nahm ihre Hand und schüttelte sie belustigt.

Unter normalen Umständen hätte er einer Frau eher die Hand geküsst als sie geschüttelt, aber aus irgendeinem Grund schien die Galanterie, die er sonst Damen gegenüber an den Tag legte, bei Lily Balfour nicht passend zu sein.

Als sie seine Hand losließ, deutete er auf den Gartenweg. „Sollen wir ein wenig auf Forschungsreise gehen, Miss Balfour?"

Sie sah ihn aus großen Augen an. „Wie bitte?"

„Ich meinte den Garten", schalt er sie. „Jemand sagte mir, dieser Weg führte zum Fluss hinunter."

„Die Themse?", fragte sie mit einem nervösen Blick.

„Nein, der Nil", erwiderte er spöttisch. „Glauben Sie mir, ich werde nicht mehr versuchen, Sie zu verführen. Ich dachte nur, ich könnte einen Blick aufs Wasser werfen. Wenn Sie möchten, können Sie mich begleiten."

„Oh. Ja. Gut." Sie nickte und räusperte sich. „Das klingt sehr angenehm, aber ich weiß nicht, ob meine Anstandsdame ...?" Ein Blick auf Mrs Clearwell beantwortete ihre Frage, ehe sie sie stellen konnte.

Mrs Clearwell war in ein Gespräch mit einer anderen älteren Frau vertieft, während sie gleichzeitig Lily und Derek im Auge behielt. Als sie die fragenden Augen ihres Schützlings bemerkte, drohte sie ihnen scherzhaft mit dem Finger, wirkte aber keineswegs besorgt um die Tugend ihres Patenkindes.

„Mrs Clearwell scheint nichts dagegen zu haben", murmelte sie scheu. „Ich glaube nicht, dass ein paar Minuten schaden werden."

„Nein."

Nachdem das geklärt war, entspannte sie sich. Sie nickte ihm zu, und dann gingen sie gemeinsam den Pfad entlang.

Als er neben ihr schritt, hätte er ihr um ein Haar den Arm geboten, entschied sich dann aber dagegen. Sie war so zurückhaltend in seiner Gegenwart, wirkte so schutzlos – er wollte nichts tun, das sie verschrecken konnte oder sie wieder aufregte. Sie sollte wissen, dass sie bei ihm sicher war.

Seltsamerweise wollte er, dass sie ihm vertraute.

Sie schlenderten durch den steinernen Bogen, der aus dem Hof in die Gärten führte. Hier und da standen andere Gäste und warteten, dass der nächste Teil des Konzerts begann. Vor ihnen wand sich der kiesbestreute Weg zwischen den Bäumen bis zum

Fluss hinunter, der im Mondschein silbrig glänzte.

„Macht es Mrs Coates nichts aus, wenn Sie nicht da sind?", fragte sie und sah ihn belustigt an.

„Ich sagte ihr, dass ich mit Ihnen sprechen wollte."

„Ich fühle mich geschmeichelt", meinte sie, dann hielt sie inne. „Sie ist sehr schön. Aber das sind sie alle, nicht wahr?"

Derek zuckte die Achseln, lachte spöttisch und hielt seinen Blick auf den Weg vor ihnen gerichtet. „Hat die Sonate Mr Lundy gefallen?", neckte er sie und schob die Hände in die Taschen.

„Bitte." Sie unterdrückte ein Lachen. „Ich fürchte, Mr Lundy weiß die musischen Künste nicht recht zu würdigen. Wir arbeiten daran", fügte sie hinzu. „Ich bin ziemlich sicher, dass er sich zu Tode gelangweilt hat. Ich für meinen Teil fand es sehr schön."

„Ja." Derek strich sich das Haar aus dem Gesicht und erwog den nächsten Schritt. „Ich – ich frage mich, ob ich Ihnen wohl eine persönliche Frage stellen darf, Miss Balfour."

„Als könnte ich Sie daran hindern." Sie warf ihm einen belustigten Blick zu. „Na schön, Major. Sie dürfen fragen, auch wenn ich vielleicht nicht antworte."

„Warum er?"

„Wie bitte?"

„Warum Lundy? Und erzählen Sie mir nicht diesen Unsinn über all seine guten Eigenschaften, wie Sie es damals im Park getan hatten. Reiche, gebildete Männer aus guter Familie haben Sie den ganzen Abend beobachtet. Sagen Sie nicht, Sie hätten das nicht bemerkt."

Sie verzog das Gesicht.

„Warum nicht einen jungen Lord anstelle dieses Aufsteigers?"

Sie ging eine Weile schweigend neben ihm her, während sie überlegte, wie viel sie ihm erzählen durfte. „Die Männer, von denen Sie da sprechen – ja, ich habe sie bemerkt. Die Schürzenjäger, die Spieler, jene, die bei White's ein- und ausgehen. Ehrlich gesagt, Major, ich finde sie allesamt ganz schrecklich."

„Schrecklich?", rief er aus und lachte, erstaunt über ihre Heftigkeit. „Warum?"

„Es ist eben so."

„Na schön. Was ist dann mit Ihnen und Lundy? Ich sehe, dass er Ihnen offiziell den Hof macht, aber Sie sind noch nicht verlobt?"

„Ja, das stimmt." Sie sah ihn misstrauisch an. „Warum fragen Sie?"

Derek zuckte die Achseln. „Ich frage mich, warum er noch nicht um Ihre Hand angehalten hat."

„Das wird er, wenn er dafür bereit ist", versicherte sie.

„Sind Sie dafür bereit?", erwiderte er und sah sie an.

Sie straffte die Schultern und hob den Kopf. „Natürlich bin ich das."

Stirnrunzelnd betrachtete er sie. Er konnte der Versuchung, sie zu berühren, nicht widerstehen und hob sacht ihr Kinn mit den Fingerspitzen an. „So viel Entschlossenheit", sagte er leise. „Ich habe diesen Blick schon öfter gesehen. Bei meinen jungen Soldaten, wenn sie in den Kampf zogen."

Sie zog die Stirn in Falten, aber er nahm die Hand zurück, ehe sie ihn wegen der leichten Berührung zurechtweisen konnte.

Sie gingen nebeneinander weiter.

„Wann haben Sie Ihren Vater verloren?", fragte er.

„Vor fünfzehn Jahren."

„Da waren Sie noch ein Kind."

„Ja."

„Wirklich, ich bedaure Ihren Verlust. Indien ist – ein hartes Land."

„Sie müssen es wissen."

„Er fiel im Krieg?"

„Nein. Nein." Sie seufzte. „Nichts so Ruhmreiches. Er starb am Monsunfieber."

Wieder sah er sie aufmerksam an. „Der Tod in der Schlacht ist nicht immer so ruhmreich, wie Sie es vielleicht gehört haben", bemerkte er, dann hielt er zögernd inne. „Dennoch ist es seltsam, dass dasselbe Phänomen uns beide zu Waisen machte."

Überrascht blickte sie zu ihm hoch.

„Meine Mutter starb während eines Monsuns. Mit dem Hochwasser kommt das Fieber. Es bricht immer während der Monsunzeiten aus", erklärte er als Antwort auf ihren fragenden Blick. „All das Wasser, das zurückbleibt, wenn die Regenwolken schon längst weitergezogen sind. Die Ärzte sagen, es ist die Ursache für die Epidemien."

Sie erschauerte. „Und das geschieht jedes Jahr?"

„Jedes Jahr."

„Das hört sich äußerst unerfreulich an."

„Das ist es", stimmte er mit leisem Lachen zu. „Es gibt dort aber auch Insekten von der Größe eines Kaninchens. Menschenfressende Tiger. Maharadschas, die einen Feuerregen auf uns niederprasseln lassen. Indien ist ein endloses Vergnügen."

Sie lächelte schief. „Nun, dann müssen Sie den Tod ja regelrecht herbeisehnen, Major. Neulich im Hyde Park schienen Sie fest entschlossen zu sein, in dieses Land zurückzukehren."

„Es ist meine Heimat", erwiderte er. „Außerdem findet dort ein Krieg statt. Meine Männer brauchen mich."

„Und Sie wollen die Gelegenheit nutzen", erinnerte sie ihn mit einem kecken kleinen Lächeln.

Derek störte sich nicht daran. „Oh, ich denke, Sie verstehen etwas von Ehrgeiz, Lily Balfour." Es schien ihm der richtige Zeitpunkt zu sein, ihr seinen Arm anzubieten, und als er das tat, nahm sie zögernd an. „Tatsächlich", fuhr er fort, erfreut, dass sie sich ihm gegenüber entspannte, „glaube ich, wir haben mehr gemeinsam, als wir beide zugeben wollen."

„Wie das?"

„Wir sitzen im selben Boot. Wir wollen in London Geld für ein Projekt auftreiben, das nicht uns allein betrifft. Sie, um Ihre Familie zu retten, ich, um das Geld für die Armee zu holen. Trotzdem ist es eine recht unerfreuliche Aufgabe, oder?"

Stumm blickte sie ihn an.

„Na schön." Er hielt es nicht für gut, dieses Thema allzu sehr zu vertiefen. „Jetzt, da ich das von Ihrem Vater weiß, kann ich verstehen, warum Sie Indien so sehr hassen, aber ich versichere

Ihnen, trotz all seiner Gefahren ist es ein Land von verblüffender Schönheit."

„Das ist auch einer der Gründe, warum mein Vater so sehr davon besessen war. Er hatte versprochen, meiner Mutter einen Sack voller Rubine mitzubringen und für mich einen mit Diamanten", sagte sie spöttisch.

„Ach, so einer war er? Nun, ich glaube, jetzt kann ich ihn mir vorstellen." Derek schüttelte den Kopf. „Würde ich einen Schilling für jeden neuen Rekruten bekommen, dessen Träume über die Schätze des Ostens ich zerstören muss, dann würde ich …"

„Ja, mein Vater hatte ebenfalls nicht viel Sinn für die Wirklichkeit, Major. Das war der Hauptpunkt seiner Probleme. Er war ein Träumer – und deshalb hätte meine Familie ihn niemals gehen lassen dürfen. Meine Mutter, mein Großvater. Sie hätten beide wissen müssen, dass er nicht der Mann war, der das überleben würde. Mein Vater war nicht – wie Sie", fügte sie zögernd hinzu. „Er hatte nicht Ihre Qualitäten."

„Welche Qualitäten?", fragte er, und als sie nur irgendetwas Unverständliches vor sich hinmurmelte, bedrängte er sie weiter: „Nein, jetzt möchte ich es wissen", erklärte er belustigt. „Welche Qualitäten meinen Sie, Miss Balfour?"

„Nun, zum einen Rücksichtslosigkeit."

Das war nicht gerade ein Kompliment. „Ich? Rücksichtslos?", fragte er mit unschuldiger Miene.

Sie begannen beide zu lachen.

„Vielleicht nicht durch und durch, aber Sie müssen zugeben, dass Sie eine rücksichtslose Seite besitzen."

„Niemals!"

„Schwindeln Sie nicht. Man sieht es Ihnen an, dass Sie diese Eigenschaft besitzen", versicherte sie. „Manchmal kann ich Sie mir sehr gut im Kampf vorstellen."

„Tun Sie das lieber nicht. Es könnte Ihnen Albträume verursachen."

„Meinen Vater kann ich mir jedoch überhaupt nicht in einer Schlacht vorstellen. Es ist komisch. An jenem Abend im Pavillon dachte ich an ihn. Als ich ein kleines Mädchen war, baute er mir ein solches Gartenhäuschen, damit ich darin spielen konnte. Er begann zumindest mit dem Bau, das sollte ich besser sagen. Mein Vater führte selten etwas zu Ende."

Abrupt verstummte sie, woraufhin Derek sich bückte und ihren Scheitel küsste.

„Es wird wieder gut", flüsterte er völlig grundlos. Meistens glaubte er selbst nicht daran, aber irgendwie schienen diese wenigen Worte immer zu wirken. Sie schenkte ihm dankbar ein kleines Lächeln.

Lily ließ seinen Arm los und blieb neben ihm stehen, als sie zum Flussufer kamen und die Strömung beobachteten.

„Das Leben, Miss Balfour", sagte Derek nach einer langen Pause, „ist nichts für schwache Gemüter, nicht wahr?"

„Nein", flüsterte sie und erwiderte seinen ernsten Blick.

Ganz plötzlich, ohne dass er es erwartet hätte, überkamen ihn heftige Gefühle. Tränen, die er nicht vergossen hatte und die ihn jetzt zu ersticken drohten, das Echo von tausend Schreien, die er nie von sich gegeben hatte, die unendliche Verzweiflung, die nach heftigen Gewaltausbrüchen zurückblieb. Manchmal fragte er sich, wie es möglich war, dass er sich noch aufrecht hielt. Der Nachthimmel schien sich zu drehen, wie überhaupt alles um ihn herum. Er stand einfach nur da, neben ihr, und fühlte sich vollkommen hilflos.

Nach einer Weile streckte sie behutsam die Hand aus und ergriff die seine.

Sie hielt den Blick weiterhin unverwandt auf sein Gesicht gerichtet, als wollte sie seine Seele erforschen, mit unendlicher Behutsamkeit.

„Kommen Sie", flüsterte sie. Sie drückte seinen Arm fester und drehte ihn in Richtung Haus, von wo wie aus weiter Ferne Musik und Lichter zu ihnen drangen.

Derek sah sie an.

Er sagte kein Wort mehr zu ihr, während sie langsam zurückgingen.

Sie dagegen schon.

Sie plapperte so lebhaft wie ein Papagei, als wüsste sie, dass er nur ihrer Stimme folgen musste, um den Weg aus der Finsternis zurückzufinden. Beiläufig plauderte sie über die Blumenbeete hier, das verzierte Vogelbad dort, die Hors d'œuvre, die sie im Haus erwarteten. Er achtete nicht sehr auf ihre Worte, aber irgendwie führte ihn ihr beruhigender Tonfall fort von den trostlosen Orten in seinem Innern, die dort mit den Jahren ganz von selbst entstanden waren.

Als sie den Steinbogen erreichten, der sie wieder in den Hof führte, zurück in das lebhafte Treiben der Zivilisation, brachte er endlich ein Lächeln zustande.

Und dann kehren wir wieder zu unseren Partnern zurück.

Sie blieb stehen und drehte sich ihm zu, betrachtete ihn mit einem forschenden Blick, der ihre Sorge um ihn nicht verhehlen konnte. Dadurch spürte er den Schmerz etwas weniger. Warum es heute Abend überhaupt schmerzte? Er war so gut darin geworden, seine Gefühle zu ignorieren, aber in ihrer Gegenwart fiel es ihm nicht so leicht wie gewöhnlich.

„Wissen Sie, Major", sagte sie mit einem Lächeln, „ich habe mich bisher noch gar nicht dafür bedankt, dass Sie meinen Ohrring gerettet haben. Danke schön."

Er verneigte sich, völlig bezaubert von ihr. „Wenn noch irgendetwas gerettet werden soll, Miss Balfour, lassen Sie es mich wissen."

„Das werde ich. Und, Major …", fügte sie hinzu, als er sich zum Gehen wandte.

Derek blieb stehen und sah sie fragend an.

Sie biss sich auf die Lippen. „Ich glaube, Sie wissen, dass Sie mich Lily nennen dürfen."

Er zog die Brauen hoch. „Darf ich das wirklich?"

„Nun – natürlich nur, wenn niemand dabei ist."

„Natürlich – Lily", wiederholte er und genoss dieses kleine Geschenk. Er wollte sie nicht verlassen, aber er konnte nicht anders. Er gab sich damit zufrieden, den Blick über ihre schlanke

Gestalt gleiten zu lassen. Dann lächelte er etwas schief. „Beste Grüße an Edward."

„Viel Spaß mit Mrs Coates."

Er schnipste mit den Fingern. „Stimmt. Ich konnte mich beim besten Willen nicht mehr an ihren Namen erinnern."

Sie schüttelte den Kopf, machte aber keine Anstalten, ihn noch länger aufzuhalten.

Er nickte und ging davon, überzeugt davon, dass seine unbekümmerte und sorglose Maske wieder an der richtigen Stelle saß.

Lily sah ihm ebenso besorgt wie liebevoll nach, als er in den Hof zurückkehrte.

Es dauerte nicht lange, dann befand sie sich wieder in Edwards Gesellschaft, mit Mrs Clearwell in der Nähe, die sie mit unverhohlener Neugier betrachtete. Sie wusste, ihre Gönnerin brannte darauf, sie zu fragen, worüber sie mit Derek auf ihrem Weg hinunter zum Fluss gesprochen hatte. Aber Lily war sich nicht sicher, was sie sagen sollte.

Sie hatte mehr über das erfahren, was diesen Mann trieb, und was sie gesehen hatte, war – Schmerz. Sie fühlte mit ihm.

Sie wusste aus eigener Erfahrung, wie schrecklich weh es tat, in jungen Jahren einen Elternteil zu verlieren. Aber darüber hinaus hatte Derek auch noch das Entsetzen des Krieges durchlebt. Offensichtlich hatte sein tapferer Dienst ihn ebenso viel – wenn nicht noch mehr – gekostet, wie es ihm gebracht hatte. Sie fühlte sich etwas unwohl wegen ihrer früheren Anschuldigung, er wäre nur aus selbstsüchtigen Gründen zum Militär gegangen.

Aber es war für ihren Seelenfrieden einfacher gewesen, als sie Derek Knight als hedonistischen Schürzenjäger oder doch zumindest als bezahlten Abenteurer ansehen konnte.

Nun, da sie die dunklen Tiefen hinter seinem schneidigen Äußeren entdeckt hatte, konnte sie sich der Erkenntnis nicht entziehen, dass all seine amourösen Eroberungen von mehr als nur sinnlichem Genuss getrieben waren. Er benutzte diese Frauen, um seinen Dämonen zu entfliehen, als wäre die Liebe eine Art

Betäubungsmittel, als könnte er seinen Geist mit der körperlichen Leidenschaft besänftigen.

Das zu wissen, machte es ihr jedoch nicht leichter, am Ende des Abends zu sehen, wie die eifrig lächelnde Mrs Coates noch immer an seinem Arm hing.

Lily zuckte zusammen, als das strahlende Paar durch die Tür hinaustrat. Aber dann senkte sie den Blick. Denn das Schlimmste war, dass sie das nur zu gut kannte – Trost zu suchen in den Armen von jemandem, dem nicht wirklich etwas an einem lag. Auch wenn es für den Augenblick den Schmerz dämpfte, so fühlte man sich am Ende doch nur noch schlechter.

Derek …

Auf dem ganzen Weg nach Hause hatte Lily, während ihre Patin plauderte, nur wenig zu sagen.

Aus Gründen, die er selbst nicht verstand – Gründe, die infrage zu stellen er nicht wagte –, setzte Derek die hinreißende Mrs Coates vor ihrem eleganten Stadthaus ab. Ihre Einladung in ihr Bett lehnte er ab. Er wusste, dass seine Zurückweisung sie schockierte. Um genau zu sein, hatte es ihn selbst schockiert, aber verdammt – er hatte an diesem Abend keine Lust, irgendwem zu Diensten zu sein. War das so falsch?

Er weigerte sich, zu glauben, dass der plötzliche Abscheu vor einer Liebesnacht mit Fanny Coates irgendetwas mit Lily Balfour zu tun haben könnte.

Stattdessen wandte er seine Aufmerksamkeit praktischen Dingen zu. Er hatte Verschiedenes zu erledigen. Er fühlte sich ruhelos und noch immer bedrückt, aber er wollte sich nichts anderes als Grund eingestehen, als dass dies der richtige Zeitpunkt war, um mit seinen Ermittlungen fortzufahren.

Die nächtliche Dunkelheit eignete sich hervorragend für ein paar heimliche Nachforschungen, eine ideale Gelegenheit, die Häuser der Ausschussmitglieder zu beobachten. Im Schutz der Dunkelheit konnte er ihnen leicht nachspionieren, ohne Gefahr zu laufen, entdeckt zu werden.

Damit ging er zurück nach Althorpe, legte vollkommen schwarze Kleidung an und sattelte sein Pferd. Es dauerte nicht lange, dann war er zum Nordwesten Londons unterwegs, wo der höchstrangige Magnat der East India Company in einer eleganten Villa residierte.

Unterwegs, während sein Pferd, das er von Tattersall's hatte, in gleichmäßigem Trab förmlich durch die Dunkelheit glitt, ging er noch einmal die Ereignisse des Abends durch. Es war eine ergebnisreiche Nacht gewesen, selbst ohne die neuen Entwicklungen zwischen ihm und Lily.

Er hatte Lord Sinclair beim Konzert getroffen und dessen scharfsinnige, aber glücklicherweise falsche Einschätzung seines Charakters durch die Anwesenheit der heißblütigen Schönheit an seinem Arm nur noch unterstrichen. Zuerst hatte Derek sich gekränkt gefühlt, dass der Earl ihn für einen typischen Angeber hielt, so wie sie in der Kavallerie üblich waren, aber inzwischen hatte er das Gefühl abgeschüttelt.

Es schadete nie, wenn der Feind einen unterschätzte. Sich bei gesellschaftlichen Anlässen mit Damen wie Mrs Coates zu zeigen, die einem am Ohrläppchen knabberten, hielt eine nützliche Illusion aufrecht. Wenn Sinclair ihn für einen beschränkten Wilden hielt, der sich sinnlichen Genüssen hingab und daher leicht zu beeinflussen war, dann ließ er vielleicht in seiner Wachsamkeit nach. Vielleicht war es Derek dadurch möglich, die Wahrheit herauszufinden. Was war mit den dreihunderttausend Pfund Sterling passiert?

Bisher hatte er weder eine Antwort darauf noch das Geld gefunden. Aber auch wenn Lord Sinclair vermutlich nicht derjenige war, der für die Unterschlagung verantwortlich gemacht werden konnte – für jeden fehlenden Betrag trug er als Vorsitzender die Verantwortung –, traute Derek dem alten Burschen trotzdem nicht.

Im Lauf der Woche hatte Lundy ihn über alles informiert, was im Ausschuss hinter verschlossenen Türen vor sich ging. Ihm zufolge war Sinclair immer noch entschlossen, die Angelegenheit zu klären, ohne das Innenministerium einzuschalten, das zweifellos eine förmliche Ermittlung verlangen würde. Und dies wiederum hätte nur einen langsamen und ermüdenden Prozess zur Folge.

Für solchen Unsinn hatten sie aber keine Zeit. Die Männer brauchten das Geld jetzt, um den Nachschub finanzieren zu können.

Lundy hatte ihm auch von einem weiteren privaten Treffen erzählt. Sinclair hatte die Ausschussmitglieder zusammengerufen und wiederholt seinem Abscheu über die Tat Ausdruck verliehen. Er hatte verlangt, dass derjenige – wer auch immer es war – das „geborgte" Geld augenblicklich zurückgab, in diesem Fall würden keine weiteren Fragen gestellt werden.

Derzeit warteten sie ab, denn sie hatten dem Betrüger eine Woche gegeben, um das Gestohlene aufzubringen und zurückzugeben. In der Folge wollte man das gesamte Geld der Armee zurückgeben und so die Schande vermeiden, dass irgendein Fehlen von Geldern bekannt wurde.

Sinclairs Anweisung konnte vielleicht schnelle Ergebnisse erbringen, doch Derek hatte begonnen, sich darauf vorzubereiten, dass das nicht geschah. Wenn niemand sich meldete, würde es seine Aufgabe sein, den finanziellen Hintergrund jedes einzelnen Ausschussmitglieds zu erforschen.

Wie er dabei vorgehen sollte, wusste er auch nicht. Er war an offenere Konflikte gewöhnt, solche, die sich mit dem Degen regeln ließen. Dies hier machte subtilere Talente erforderlich.

Alle Männer des Ausschusses schienen reich zu sein, aber das Offensichtliche konnte täuschen. Irgendwie musste er einen Weg finden, hinter deren Fassade zu blicken. Er musste in Erfahrung bringen, welcher von ihnen kürzlich in finanzielle Schwierigkeiten geraten war. Wer von den Männern so verzweifelt war, um sich an dem Fonds zu vergreifen, der ihnen von der Regierung anvertraut war.

Das Beste, was ihm für den Anfang einfiel, war, einen Blick auf die Häuser und Anwesen der Männer zu werfen, die Anzahl der Diener, die sie beschäftigten. Er musste die größeren Anschaffungen, die sie in der letzten Zeit getätigt hatten, Kredite, Investitionen und so weiter, überhaupt alle größeren Ausgaben unter die Lupe nehmen.

Lundy stellte für ihn eine Liste mit den Namen jener zusammen, die den Ausschussmitgliedern dabei halfen, ihre eigenen Finanzen zu klären: Anwälte, Sekretäre, Landvermittler, Bankiers. Derek hatte vor, diese Leute zu befragen, wenn es nötig werden sollte. Es würde nicht leicht werden, sie zum Reden zu bringen, aber wenn er sie von der Ernsthaftigkeit der Angelegenheit überzeugte und von ihrer möglichen Schuld an einem Vergehen, das ein ordentliches Gerichtsverfahren nach sich ziehen könnte, würden sie sich vielleicht als ausgezeichnete Informanten erweisen.

Oh ja, er hatte vor, jeden Mann im Ausschuss zu studieren, alle nacheinander zu überprüfen, bis er jene ausschließen konnte, die vermutlich nichts mit dem Betrug zu tun hatten. Auf diese Weise konnte er seine Liste durch einen logischen Auswahlprozess auf jene beschränken, die als mögliche Schuldige infrage kamen.

Er war sich noch immer nicht sicher, welchen Platz Ed Lundy auf dieser Liste einnahm. Ob er seinem vermeintlichen Verbündeten vertrauen konnte, war eine Frage, die er nicht so einfach zu beantworten vermochte. Der Mann war ihm nützlich, aber das konnte natürlich auch eine List sein, um ihn abzulenken.

Um Lily Balfours willen betete Derek zu Gott, dass Ed Lundy nichts damit zu tun hatte. Er wollte sie nicht einmal in der Nähe einer solchen Gefahr wissen.

Es war beruhigend gewesen, Lord Fallow an diesem Abend zu treffen, den Gastgeber der Soiree, wenn auch nur kurz. Der schlanke, grauhaarige Earl, der sich erst kürzlich aus dem öffentlichen Leben zurückgezogen hatte, war bekannt für seine Integrität. Und wenn ein Mann wie Fallow Ed Lundy sein Vertrauen aussprach, dann bedeutete das etwas, genau wie Lundys Militärdienst.

Vielleicht war die Sympathie für einen Kameraden einer von

Dereks Schwachpunkten, aber den anderen traute er ganz gewiss nicht, und irgendwo musste er anfangen. Irgendjemandem musste er vertrauen, zumindest ein wenig.

Wenn das Leben bei der Armee ihn eines gelehrt hatte, dann das, dass man allein nicht sehr weit kam. Nur durch Zusammenarbeit konnte ein Ziel erreicht werden.

Aus diesem Grund hatte er Lundy ganz ans Ende seiner Liste gesetzt.

Vielleicht würde diese Nacht ihm einen anderen Verdächtigen offenbaren.

Er hoffte es, schon allein wegen Lily.

Schließlich konnte er nicht zulassen, dass sie einen Betrüger heiratete, der am Ende am Galgen landete. Ihr guter Name würde es nicht überleben, wenn sie mit einem Dieb in Zusammenhang gebracht wurde, geschweige denn, wenn sie gar Heiratsabsichten hatten. Ihr Ruf wäre zerstört, und wer würde sie dann ehelichen und ihre Familie retten?

Derek konnte nicht zulassen, dass ihr so etwas zustieß. Er würde jeden ihrer Schritte überwachen, das war das Mindeste, was er für sie tun konnte.

Und wenn Lundy sich als schuldig erwies, dann, dachte Derek, würde er dem Rat seines großen Bruders folgen und die kleine Goldgräberin selbst heiraten müssen.

In der Ferne sah Derek nun die Villa. Er lenkte sein Pferd zu ein paar Bäumen, sprang aus dem Sattel und band das Tier an einer sicheren Stelle fest.

Voller Freude über diese Gelegenheit, etwas zu tun, nachdem er lange nicht mehr an der Front gewesen war, berührte er gewohnheitsgemäß die vielen Waffen, die er angelegt hatte. Danach schlich er durch die Dunkelheit auf das weitläufige Anwesen des Ausschussmitglieds zu.

Alles war still.

Bald darauf kletterte er über die Mauer, die das Haus umgab, mit sicheren Bewegungen, wie er sie in zahllosen Schlachten erworben hatte. Obwohl er in dieser Nacht ohne seine Männer auskommen musste, hatte das Gefühl der Einsamkeit, das ihn bisher gequält hatte, sich zurückgezogen.

Diesmal wurde er nicht von einem Entsetzen geplagt, sondern von der Erinnerung an ein Lächeln und ein Paar strahlender Augen von der Farbe englischer Glockenblumen …

9. KAPITEL

Derek Knight entwickelte sich zu einem Problem.

In dem Augenblick, da Lily am nächsten Morgen erwachte, erinnerte sie sich an sein spöttisches Lächeln. Sie seufzte ein wenig und starrte zur Decke hoch.

So ging es nicht.

Sie wollte nicht nach etwas verlangen, das sie nicht haben konnte. Sie dachte an Edward, holte tief Luft und stand auf. Sie weigerte sich, ihre Entscheidung infrage zu stellen.

Sobald sie angezogen war, ging sie nach unten, um mit ihrer liebevollen Gönnerin zu frühstücken. Ganz plötzlich, bei Eiern und Toast, überraschte Lily sie beide, indem sie eine Einkaufstour vorschlug.

Tatsächlich half ihr ein Bummel durch die luxuriösen Geschäfte in der Bond Street, die Dinge aus der richtigen Perspektive zu sehen. Eines Tages würde der große Clan der Balfours Reichtum und Würde zurückerlangt haben, dank ihres Opfers. Ihr Gewissen würde endlich wieder rein sein, ihre Sünde getilgt, und wenn sie Edward heiratete, würden all die schönen Dinge, die hier ausgestellt waren, für sie zu haben sein und nicht mehr unerreichbar. Und dann würde ihre Mutter sicher nicht mehr schlecht von ihr denken.

Eine ganze Weile hielt Lily sich in den gut besuchten Läden von Londons ersten Schneiderinnen auf, die sich darauf spezialisiert hatten, Brautkleider für Londons eleganteste Hochzeiten zu entwerfen.

Worauf wartet Edward noch? fragte sie sich und erinnerte sich mit einem Anflug von Unbehagen an Dereks Erkundigung am Abend zuvor, warum ihr Verehrer noch nicht um sie angehalten hatte. Lily befühlte einen Ballen herrlicher elfenbeinfarbener Seide, schüttelte die Zweifel ab und setzte sich an den niedrigen Tisch in der Mitte des eleganten Geschäfts, wo sie sich in die Skizzenbücher der Schneiderin vertiefte, in denen diese ihre schönsten Entwürfe zeigte.

Zweifellos würde Edward bald vorsprechen, beruhigte sie sich. Inzwischen würde sie sich einen Plan zurechtlegen, und welche junge Dame genoss es nicht, ein wenig von ihrem Hochzeitstag zu träumen?

Es galt, Schleier und juwelenbesetzten Haarschmuck auszusuchen, die perfekten Satinschuhe, schöne weiße Seidenstrümpfe, Spitzenstrumpfbänder und Satinmieder sowie weite Unterröcke, die dem Kleid die richtige Form verliehen.

Während sie langsam die Seiten umblätterte, kamen ihr die Worte von Dereks neuester Eroberung, der Witwe, in den Sinn. Als er Mrs Coates vor dem Konzert wegen einer Heirat ansprach und ihr scherzhaft vorschlug, sie sollte ihm ihr Vermögen überschreiben, hatte sie geantwortet: „Du ahnst ja nicht, was ich durchgemacht habe, um es zu erlangen."

Lily wollte nicht daran denken, was Mrs Coates vielleicht auf sich genommen hatte, um den Reichtum ihres verstorbenen Ehemannes zu erben.

Inzwischen hatte Mrs Clearwell die Schneiderin dazu überredet, sie beide dazu einzuladen, einen Blick auf die Kleider zu werfen, an denen sie gerade arbeitete. So etwas zu erschaffen, erklärte die Frau ihnen, konnte mit all den Perlen und kunstvollen Rosetten, Schleiern und Zierborten Wochen dauern.

Und doch fand Lily keines der feinen Muster ansprechend. Zu ihrem Unmut war es nicht Edwards Gesicht, das ihr in den Sinn kam, als sie auf eines der prachtvollen Brautkleider blickte, sich selbst darin sah und sich dann den Mann vorstellte, der sich neben ihr am Altar befand.

Um Himmels willen!

Sie stand ihr nicht einmal zu, Weiß zu tragen, verflixt.

„All das ist für meinen Geschmack etwas zu üppig", meinte sie leise zu ihrer Patin, als die Schneiderin davongeeilt war, um sich um andere Damen zu kümmern, die sich im Vorderraum aufhielten. Mrs Clearwell betrachtete ein kostspieliges rosafarbenes Kleid, das die Schneiderin für eine Brautmutter aus bester Familie nähte. „Ich brauche mehr Auswahl", sagte Lily unruhig.

Ihre Gönnerin warf ihr einen vielsagenden Blick zu. „Die brauchst du in der Tat."

„Warum gehen wir nicht hinüber in den Buchladen? Die Zeitschriften dort bieten vielleicht weitere Vorschläge."

„Eine gute Idee, Liebes. Gehen wir."

Sie dankten der Frau und verließen das Geschäft. Lily nahm den Arm ihrer Patin und half ihr, die betriebsame Straße zu überqueren.

Heirate Derek Knight, dachte sie und verspottete sich selbst wegen dieses tollkühnen Gedankens, der ihr beim Anblick der Brautmoden plötzlich in den Sinn gekommen war.

Welch ausgezeichnete Methode, sich das Leben zu ruinieren!

Zweifellos würde er es im Ehebett wert sein, aber das wäre auch das Einzige, was sie davon hätte.

Außerdem war er bereits verheiratet – mit der Armee. Der wilde Major zeigte nicht das geringste Interesse daran, gezähmt zu werden, trotz seines Vorschlags, den er gegenüber der reichen Mrs Coates geäußert hatte.

Wenn er sich aber trotzdem dazu überreden lassen würde und Lily verrückt genug wäre, diesen Barbaren zu heiraten, dann würde das nicht nur bedeuten, dass sie arm bleiben würde und ihre Familie enttäuscht hätte, schlimmer noch, sie würde ihm in dieses schreckliche Land mit seinen Monsunregen und menschenfressenden Tigern folgen müssen. Sie müsste ihnen beiden mitten in einem Armeelager ein Heim schaffen und ihn nach jeder blutigen Schlacht zusammenflicken.

Gütiger Himmel, und wenn sie mit ihm ging und er in diesem Krieg getötet würde? Sie würde in Indien festsitzen und keine andere Menschenseele dort kennen.

Das war die schlechteste Idee der Welt. Wirklich, sollte sie jemals das geringste Anzeichen dafür zeigen, so etwas zu tun, dann sollte man sie in der Irrenanstalt einsperren.

Sie war eine Lady, und eine Lady wohnte nicht in einem Zelt.

Vor ihnen stand die Tür zum Buchladen einladend offen, der durch eine dunkelgrüne Markise mit goldenen Lettern erkennbar war. Einige Spaziergänger scharten sich um das Schaufenster und lachten über die neuesten satirischen Zeichnungen, die der Inhaber täglich aushängte, um Kunden hineinzulocken.

Zusammen mit Mrs Clearwell betrat sie den betriebsamen Laden, und sie suchten nach Modezeitschriften sowie Musterheften mit der letzten Brautmode.

Als sie sich zwischen den vielen Kunden hindurchschoben, knabberte Lily an ihrer Unterlippe. Ein weiterer Grund war ihr eingefallen, warum allein der Gedanke, Derek Knight zu heiraten, vollkommen unsinnig war.

Hinter ihrer Absicht, einen reichen, aber dummen Mann zu heiraten, verbarg sich nicht nur der Wunsch, Zugang zu seinem Vermögen zu erlangen. Sie hoffte, einem solchen Mann auch nicht erklären zu müssen, warum sie keine Jungfrau mehr war. Da Derek Knight, der erfahrene Kämpfer, weder reich noch dumm war, wusste sie, dass er als ihr Ehemann eine genaue Erklärung verlangen würde. Aber wie sollte sie ihm ihren Fehler verständlich machen? Es gab keine annehmbare Rechtfertigung.

Sie erschauerte bei der Vorstellung, das ganze Thema überhaupt anzuschneiden und nach so langer Zeit ans Tageslicht zu zerren. Bei diesem Gedanken wurde ihr beinahe übel.

Dennoch fragte sie sich tief in ihrem Innern, wie er die Geschichte aufnehmen würde. Sie war von einem gut aussehenden, aber gewissenlosen Schurken verführt worden. Es war nicht schwer, sich vorzustellen, wie ein Mann wie der Major darauf reagieren würde. Vermutlich würde er Lord Owen Masters jagen, ohne weitere Fragen zu stellen, und ihm jedes Glied einzeln ausreißen.

Ach ja. Obwohl dieser Einfall ihr eine gewisse Befriedigung verschaffte, wusste Lily, dass er nichts als eine dunkle Fantasie war. Sie war Christin und hatte genügend Predigten gehört, um zu wissen, dass Rache nur Gott allein zustand.

Außerdem, dachte sie finster entschlossen, hatte sie es überlebt. Sie hatte ihre Lektion gelernt und traute niemandem mehr.

Nicht wirklich.

„Ah, hier ist das, wonach du suchst." Mrs Clearwell blieb stehen, zog ein Magazin aus dem Regal und reichte Lily eine Ausgabe von *La Belle Assemblée*. „John Bells Kolumne über die neueste Mode könnte eine Hilfe für dich sein. Und hier ist noch etwas, das dich interessieren könnte." Mrs Clearwell hatte soeben einen Stapel der neuesten *Lady's Monthly Museum* entdeckt. „Hast du eigentlich Hunger, Liebes? Ich hätte ein wenig Appetit. Da war so ein kleines Kaffeehaus um die Ecke …"

Ganz plötzlich wurde sie unterbrochen und wäre um ein Haar vornüber gefallen, als ein kleiner Junge gegen sie rannte, der schnell wie ein Blitz um die Ecke gebogen und den Gang zwischen den Regalen entlanggelaufen war.

„Oh!", rief Mrs Clearwell aus, als Lily sie rasch auffing.

Der Junge, der ihnen kaum bis zur Taille reichte, rannte weiter, doch sie hörten schon jemanden, der ihn einfangen wollte.

„Matthew! Komm zurück! Entschuldigen Sie, meine Damen. Es tut mir so leid. Mein Neffe ist ein wenig ungestüm …"

Lily, die noch immer Mrs Clearwell stützte, drehte sich um und wollte den Störenfried empört ansehen, doch dann machte sie große Augen.

„Miss Balfour! Mrs – Mrs Clearwell", stotterte Derek Knight überrascht. Er zögerte. „Einen Moment, bitte – ich muss auf meinen Neffen aufpassen. Wenn er fortläuft, wird meine Schwester mir den Kopf abreißen. Gehen Sie nicht weg. Ich bin gleich wieder da."

„Brauchen Sie Hilfe?", bot Lily an, aber Derek war bereits verschwunden.

Mrs Clearwell und sie lächelten einander verwundert und etwas unsicher zu.

„Das Kind seiner Schwester?", flüsterte Lily.

„Der kleine Teufelsbraten soll ein zukünftiger Marquess sein?", wunderte sich ihre Gönnerin.

Sie lachten und folgten der Richtung, in die der offenbar überforderte Onkel Derek gegangen war. Schon bald entdeckten sie die beiden. Diesmal hielt der Major den Fünfjährigen fest an der Hand.

Er stellte den Damen Matthew Prescott vor, Lord Aylesworth. „Matthew“, fügte er dann streng hinzu, „entschuldige dich bei den Damen dafür, dass du sie so grob angerempelt hast.“

Matthew sah seinen Onkel aus großen braunen Augen fragend an, Derek erwiderte den Blick mit eindringlicher Miene.

Lily bemühte sich, nicht zu lächeln, als Matthew seufzte. „Es tut mir leid.“

Sie nickte ihm zu, als Zeichen dafür, dass sie ihm verzieh, aber Mrs Clearwell reagierte weniger förmlich. „Nichts passiert, junger Herr. Aber pass auf, wenn du so herumstürmst. Du kannst fallen und dir den Hals brechen.“

Lily und Derek lächelten einander zu, und sie sahen einander vielleicht länger in die Augen, als sie sollten.

Lilys Herz raste bei seinem Anblick. Sie konnte nicht glauben, wie sehr sie sich darüber freute, ihn zu sehen. Sie fürchtete, rot zu werden.

Inzwischen freundete ihre Patin sich mit Matthew an. „Du musst ein sehr kluger Junge sein, wenn dein Onkel mit dir hierher geht, um dir Bücher zu kaufen.“

„Wir suchten nach, äh, einem ruhigeren Zeitvertreib“, mischte Derek sich ein. „Meine Schwester fühlte sich nicht gut, daher sagte ich, ich nehme ihn mit, damit sie sich ausruhen kann. Sonst wäre er ihr nie von der Seite gewichen.“

Lily sah ihn an. Seine Zuneigung seiner Familie gegenüber wärmte ihr das Herz.

„Hast du etwas zum Lesen gefunden, Matthew?“, fragte Mrs Clearwell den Jungen.

Matthew sah sie ernst an. „Ich kann bis zum obersten Regal klettern“, erklärte er, was eigentlich keine Antwort auf ihre Frage war, aber das war egal. Er deutete nach oben und setzte dabei eine wichtige Miene auf.

„Nein, Matthew“, sagte Onkel Derek mit Nachdruck, „ich habe dir ein solches Treiben nicht erlaubt.“ Bedauernd sah er die Damen an. „Wir suchten nach einem Buch über Tiere.“

„Ich bin ein Tiger. Uaahh!“

Mrs Clearwell tat so, als ängstigte sie sich. „Oh Schreck!“

Derek sah das Kind an. „Ja, ich weiß, es ist schwer vorstellbar, dass er einmal einer der führenden Männer des Reiches sein wird.“

„Wir waren alle einmal jung, Major“, antwortete Lily und lachte leise. „Er ist das Kind Ihrer Schwester, sagten Sie?“

„Lord Griffith war verwitwet, ehe er meine Schwester heiratete. Matthews Mutter war die erste Frau des Marquess.“

„Ach, das arme Kind ist eine Waise?“, fragte Mrs Clearwell voller Mitgefühl.

„Nicht mehr“, erwiderte Derek. „Er hat jetzt eine neue Mutter, und er liebt sie von Herzen.“

Matthew grinste.

Lily lächelte, ihr gefiel der freudige Glanz in Dereks Augen, wenn er von seiner Familie sprach. Offensichtlich mochte er sie sehr. Sie wandte sich dem Jungen zu. „Was würdest du tun, wenn du ein Tiger wärest, Matthew? Wenn es mir gestattet ist, diese Frage zu stellen.“

„Ich würde die bösen Menschen von den kleinen Kindern wegscheuchen“, erwiderte er sehr ernst. Dann hellte sich seine Miene wieder auf. „Und danach würde ich sie auffressen.“

„Nicht doch!“, rief Mrs Clearwell aus und presste eine Hand an ihr Herz.

„Er hat in der letzten Zeit einiges durchgemacht“, erklärte Derek den beiden Frauen mit leiser Stimme. „Vor nicht einmal einem Monat wäre er um ein Haar entführt worden.“

Lily machte große Augen. „Wie entsetzlich“, stieß sie hervor.

Er nickte. „Im Zuge seiner diplomatischen Karriere hat sein Vater sich einige gefährliche Feinde gemacht. Aber jetzt ist alles wieder gut. Wir hoffen nur, Matthew versteht, dass ihm nun nichts mehr passieren kann und dass das Leben wieder normal verläuft. Jedenfalls kommt er wieder aus seinem Schneckenhaus heraus, wie Sie ja auch bemerkt haben.“

„Ich bin überzeugt davon, dass er sich bei Ihnen sicher fühlt,

Major“, meinte Mrs Clearwell und strahlte Derek an.

Nicht sicher fühlt, dachte Lily, er ist bei Derek sicher. Darin besteht ein Unterschied.

Der Major schenkte Mrs Clearwell ein bescheidenes Lächeln, dann bemerkte er, dass Lily ihn ansah. Als sein Blick auf ihre Ohrringe fiel, die sie auch an diesem Tag wieder trug, lächelte er wissend und ein wenig schief, es war ein sehr intimes Lächeln. „Wie ich sehe, haben die Damen ein paar Bücher zum Kaufen gefunden“, bemerkte er und wechselte damit das Thema.

Lily errötete. „Nur ein paar alberne Modemagazine.“ Sie versuchte, sie hinter ihrem Rücken zu verstecken.

„Voller Hochzeitskleider“, fügte Mrs Clearwell in süßlichem Tonfall hinzu.

Lily verzog das Gesicht.

„Ah.“ Derek sah sie aufmerksam an.

„Was ist mit Ihnen, Major? Ist es das, wofür ich es halte?“ Froh, die Aufmerksamkeit auf etwas anderes lenken zu können, bedeutete Lily ihm, ihr das kleine, etwas billig gebundene Buch zu reichen, das er unter seinen Arm geklemmt hatte.

„Was – dies?“, erwiderte er ausweichend. „Oh, das ist nichts Besonderes.“

„*The Castle of Otranto*“, las sie laut den Titel des Schauerromans vor. „Aber nicht doch! Major, und ich dachte, Sie wären ein vernünftiger Mann.“

„Sie sind diejenige, die alberne Modemagazine liest“, konterte er, als beide Damen über seine nicht gerade kluge Wahl seiner Lektüre lachten – als hätten sie ein Recht dazu!

„Zu Ihrer Information – zufällig mag ich diese kleinen Bücher“, verteidigte er sich. „Vielleicht ist das Werk nicht gerade eine geistige Herausforderung, aber es ist eine nette Bettlektüre. Und hilft beim Einschlafen.“

„Einschlafen? Wer kann denn nach einer so blutrünstigen Lektüre ruhig schlafen?“, erwiderte Lily, die diese seltene Gelegenheit genoss, ihn zu necken.

Offenbar war es dem stolzen Major sehr unangenehm, bei dieser Schwäche für Gruselromane ertappt zu werden.

Lily stieß Mrs Clearwell an. „Cousine Pamela wäre entzückt."

„Ich weiß."

„Wer ist Cousine Pamela?"

„Meine Cousine", antwortete Lily spöttisch. „Ihr Name ist Pamela."

Er legte den Kopf schief und sah sie warnend an.

„Sie schreibt unglaubliche Gruselromane", fügte sie im Flüsterton hinzu. Es war so schwer, der Versuchung zu widerstehen, ihn ein wenig auf den Arm zu nehmen.

„Wirklich?" Sein Interesse war nicht geheuchelt. „Sind ihre Geschichten veröffentlich worden?"

„Himmel, nein", erklärte Lily ironisch. „Damen schreiben keine Romane."

„Aber Sie sagten gerade …"

„Glauben Sie nicht alles, was ich sage."

Er presste die Lippen zusammen und zog eine Braue hoch. „Wenn Ihre Cousine ihre Romane unter einem Pseudonym veröffentlicht, würde das dann nicht die finanzielle Lage der Familie verbessern?"

Offenbar waren sie jetzt so vertraut miteinander, dass sie über das Unglück der Balfours offen sprechen konnten.

Lily war jedenfalls nicht beleidigt, als er auf diese Möglichkeit hinwies.

„Mein lieber Major", gab sie in gespielt hochmütigem Ton zurück, „wenn die Familienehre alles ist, was einem bleibt, dann muss die mit äußerster Anstrengung gewahrt werden."

„Ja, aber bringen Sie das begierige Publikum nicht um seine Unterhaltung. Sind die Geschichten Ihrer Cousine gut?"

„Sie sind erschreckend. Entsetzlich. Makaber!"

„Ausgezeichnet!"

„Auf jeden Fall sind sie besser als diese hier." Lily lächelte ihm zu, voller Stolz auf ihre ungewöhnliche Cousine, und reichte ihm sein Buch zurück. „‚Und wenn Sie, verehrter Leser, unter Albträumen leiden'", hob sie an, „‚dann empfehlen wir eine

Tasse warmer Milch.'"

„Sie sind verrückt." Er lachte, aber in seinem Blick lag ein leichtes Unbehagen.

Beinahe hätte Lily es nicht bemerkt. „Nur ein wenig", meinte sie.

„Äh – Matthew", rief Mrs Clearwell und lenkte die Aufmerksamkeit des Majors auf seinen unartigen Neffen.

Hastig zog Derek den Jungen von dem Regal, das er gerade hochkletterte, dann setzte er ihn auf seine Schultern, wo er nicht weglaufen konnte.

Lächelnd sah Lily zu dem Kind auf.

Vage erinnerte sie sich an längst vergangene Jahre, als ihr Vater sie so auf seinen Schultern getragen hatte.

Derek Knight so unerwartet in der Rolle eines Familienmenschen zu sehen, versetzte sie in Unruhe.

„Oh, ich bin fast verhungert von all diesen Einkäufen", erklärte Mrs Clearwell plötzlich. „Major, waren Sie schon beim berühmten Gunter's, seit Sie in die Stadt kamen?"

„Nein, aber ich habe davon gehört."

„Matthew, essen Tiger Eiscreme?"

Der zukünftige Marquess stieß seine kleine Faust triumphierend in die Luft. „Gunter's, hurra!"

Im Herzen des eleganten Mayfair drangen die süßen Düfte des beliebtesten Eissalons bis hinaus auf den Berkley Square. Es war unmöglich, an Gunter's vorüberzugehen, ohne sich diesem berühmten Geschäft nähern zu wollen.

Allen vieren lief das Wasser im Munde zusammen, als sie den gedrängt vollen Laden betraten. Sofort waren sie wie betäubt von den intensiven Düften nach Vanille und Zimt, die in der Luft hingen. Aus der Bäckerei, wo geschäftig Kuchen und Konfekt ausgegeben wurden, drangen weitere himmlische Gerüche zu ihnen, während von einer anderen Theke die Würze von geräucherten Wurstwaren und Käse dazukam – ganz zu schweigen von den sinnesbetäubenden Aromen der Tees und Kaffees, die verkauft wurden.

Schon allein die Luft bei Gunter's einzuatmen, war pure Dekadenz. Aber die meisten, die sich an diesem warmen, sonnigen Frühnachmittag in dem Geschäft drängten, waren wegen der üppigen Auswahl an Eiscremes und Sorbets gekommen.

Sie zögerten nicht, sich anzustellen.

„Sehen Sie, Miss Balfour." Derek zeigte mit dem Finger in Richtung der Bäckerei, als sie ihre Plätze in der Schlange einnahmen. „Sie haben auch Hochzeitskuchen." Er warf ihr einen boshaften Blick zu. „Passend zu Ihren Erkundigungen heute, wenn ich richtig gehe?"

„Oh ja, Gunter's ist berühmt für seine Hochzeitskuchen", erklärte Mrs Clearwell, während Lily Derek einen strafenden Blick zuwarf.

Ohne Vorwarnung sprang Matthew aus der Schlange und lief zu der Glastheke, wo ein herrlicher mehrstöckiger Hochzeitskuchen ausgestellt war.

„Oh!", rief er, beeindruckt von dem hohen Gebäck. Er presste seine Nase an das Glas und bestaunte all die Köstlichkeiten, die es da gab: Pflaumen- und Kornelkirschkuchen, alle möglichen anderen Gebäckstücke und auch eine pastellfarbene Auswahl an Bonbons.

„Die Pflicht ruft", bemerkte Derek sarkastisch, entschuldigte sich und ging davon, um seinen Neffen zurückzuholen.

Während die Damen geduldig in der Schlange ausharrten, führte Derek seinen Neffen in dem gedrängt vollen Laden herum, um ihn zu beschäftigen.

Lily beobachtete, wie die beiden Männer stehen blieben, um eine weitere glänzende Glasvitrine zu bewundern, wo in einem Tafelaufsatz aus Silber, unter dem sich eine Flamme befand, Käsefondue angeboten wurde. Dazu wurden kleine Brotstückchen in die goldene Flüssigkeit getaucht. Neben dem Fondue stand eine Theke, auf der alle Variationen von Gunter's berühmten Speisen zum Mitnehmen für Picknicks und Feste im Freien ausgestellt waren.

Matthew zeigte immer wieder auf irgendetwas, stellte seinem Onkel zahllose Fragen, während die Mitarbeiter umherliefen und Bratenscheiben einpackten, Käsestücke, Weintrauben und Champagner, alles kunstvoll arrangiert in einer Schachtel, die zum Schluss dem wartenden Diener eines reichen Kunden gereicht wurde. Lily sah zu, wie einer der Dienstboten davoneilte.

Die weit geöffneten Doppeltüren des Ladens boten den Blick dar auf endlose Scharen hungriger Gäste sowie einen schier unermüdlichen Strom flinker Ober, die hinein- und hinauseilten, um bestelltes Eis zu den Leuten zu bringen, die in dem Park auf der anderen Straßenseite warteten. Andere sammelten auf ihren Tabletts die gebrauchten Löffel und leeren Glasschalen ein, von jenen Kunden, die ihre Süßigkeit aufgegessen hatten.

Derek und sein Schützling kamen wieder, als Lily und Mrs Clearwell gerade mit ihrer Bestellung an der Reihe waren.

„Sieh dir nur all die Geschmacksrichtungen an", sagte er erstaunt und hielt Matthew hoch, damit er sehen konnte, wie das Eis aus großen, gefrorenen Metallbehältern in zierliche Glaskelche gefüllt wurde. „Was nehmen wir?"

Mrs Clearwell hatte sich schnell entschieden. „Ich werde das Pfirsichsorbet nehmen."

„Pfefferminz", rief Matthew begeistert.

„Miss Balfour?" Derek lächelte sie an.

„Hm, ich fühle mich unternehmungslustig. Ich werde die weißen Johannisbeeren versuchen."

Bei ihrer Wahl verzog Derek das Gesicht, dann wandte er sich an den Kellner. „Für mich Mandel und Pistazie."

„Du bekommst zwei?", rief Matthew.

„Nur für den Fall, dass Miss Balfour das Gewählte nicht so gut gefällt, wie sie glaubt. Wo ist eigentlich Edward?", fügte er leise hinzu.

Lily schüttelte den Kopf und lachte über seine untergründige Boshaftigkeit. „Wenn ich es recht bedenke, wähle ich lieber Vanille", sagte sie dem Kellner.

„Vanille?", spottete Derek. „Wie langweilig."

„Vanille hat einen wunderbaren Geschmack, nur damit Sie Bescheid wissen."

„Ich glaube nicht, dass sie weiß, was sie überhaupt will, Mrs Clearwell."

„Nein, wirklich nicht Major, wirklich nicht." Ihre Gönnerin lachte heiter, so sehr amüsierte sie sich.

„Wenn ihr zwei aufhört zu reden, kann ich vielleicht denken." Lily beachtete die beiden, die über sie lachten, nicht mehr und versuchte ernsthaft herauszufinden, worauf sie Appetit hatte.

Jede Geschmackssorte klang so verlockend!

„Ananas", erklärte sie plötzlich.

„Ah, die elegante Ananas", sagte Derek zustimmend.

„Ein Symbol der Gastfreundschaft", stimmte Mrs Clearwell mit ernsthaftem Nicken zu.

„Würdet ihr zwei bitte aufhören, euch über mich lustig zu machen", schimpfte Lily.

„Wir werden es sofort bringen", sagte der verstimmte Kellner schroff, offenbar froh, sie los zu sein und sich entscheidungsfreudigeren Kunden zuwenden zu können.

Derek winkte ab, als Mrs Clearwell in ihr Retikül greifen wollte. Er weigerte sich, sie bezahlen zu lassen, und übernahm die Rechnung. Sie dankten ihm, als sie den Laden verließen, um sich in Mrs Clearwells offene Barouche zu setzen und darauf zu warten, dass ihre Bestellung hinausgebracht wurde. Der Kutscher hatte das Gefährt neben einem Rasenstück im Schatten üppiger Platanen abgestellt.

Dies sei, erklärte ihnen Mrs Clearwell, eine angemessene Art, in London Eiscreme von Gunter's zu essen.

Lily spürte die neugierigen Blicke jener Mitglieder der guten Gesellschaft, die ebenfalls im Park ihr Eis aßen. Offenbar erstaunte es die Klatschmäuler, den berüchtigten Major Derek Knight in Begleitung eines kleinen Jungen, einer jungen Dame aus guter Familie und ihrer Anstandsdame zu sehen. Man war gewohnt, Anrüchigeres an seiner Seite zu sehen.

Oh je, dachte Lily. Das wird Gerede geben.

Aber hier geschieht nichts Ungehöriges, ermahnte sie sich. Natürlich wäre ohne die Gegenwart Mrs Clearwells ihr Ruf ruiniert, ehe die Eiscreme auch nur angetaut wäre – jene Eiscreme, die ihnen soeben gebracht wurde.

Als der Kellner heraneilte, sprang Derek mühelos über den Rand der Barouche.

„Wo wollen Sie hin, Major?“, fragte Lily.

Mit einem Lächeln nahm er die Portionen der Damen von dem Tablett des Kellners und reichte ihnen die zierlichen Gläser hinauf.

„Hallo, Matthew“, rief er danach seinem Neffen zu und hielt dem Jungen die Arme entgegen. „Wir werden unser Eis im Stehen essen. Sonst werden nachher überall in der hübschen Kutsche Flecken sein, glaube mir.“ Schwungvoll hob er den Jungen aus dem Gefährt, stellte ihn auf den Bürgersteig und gab ihm sein Eis.

Matthew stürzte sich darauf, doch dann wurde seine Aufmerksamkeit von einem glänzenden Käfer abgelenkt, der über den Boden krabbelte.

Er beugte sich vor, um ihn näher zu betrachten, dabei rollte seine Eiscremekugel aus dem Glas und landete zu seinen Füßen.

Entsetzt blickte Matthew zu seinem Onkel, während der Käfer, der nur knapp verfehlt worden war, die Flügel ausbreitete und davonflog.

„Oh nein“, sagte Mrs Clearwell mitfühlend.

Der Junge sah nun von Derek zu den Damen, und seine Unterlippe zitterte, als würde er gleich anfangen zu weinen.

„Hier, Matthew, du kannst meine haben“, sagte Lily leise und bot ihm ihr Glas an, doch Derek sagte: „Unsinn.“

Ohne zu zögern, bückte er sich, hob die leicht angeschmolzene Kugel mit bloßen Fingern hoch und ließ sie in Matthews Schale fallen.

Der Junge sah ihn beunruhigt an.

Lily machte große Augen.

Ihre Mutter wäre auf der Stelle in Ohnmacht gefallen, hätte

sie das gesehen, aber Derek nahm nur ein Taschentuch aus seinem Rock heraus und wischte sich die Hände ab. „Was ist? Sie ist noch gut", sagte er zu seinem entgeistert dreinblickenden Neffen. „Glaubst du mir nicht?"

Matthew beobachtete mit offenem Mund jede seiner Bewegungen.

„Hier", befahl Derek. „Ich versichere dir, ich habe im Krieg bedeutend schlechter gegessen." Er nahm einen Löffel voll Eis aus Matthews Schale und schob ihn sich in den Mund.

Lily und Mrs Clearwell verzogen das Gesicht.

Derek schlug seinem Neffen liebevoll auf den Rücken. „Iss auf, Junge. Du wirst es überleben."

„Sind Sie da ganz sicher?", murmelte Lily und sah das Kind zweifelnd an, als Matthew beschloss, seine Ängste zu überwinden und sich ebenso glücklich wie zuvor über sein Eis herzumachen. „Ich hoffe, er wird nicht krank."

„Ach, es wird ihm gut gehen. Ein bisschen Dreck wird ihm nicht schaden."

Männer. Lily sah den Major an. „Sie sind schon ein wenig merkwürdig, nicht wahr?"

„Eiscreme von einem Londoner Bürgersteig hat noch niemanden das Leben gekostet. Man sollte einen Jungen, der etwas auf sich hält, nicht zu sehr verhätscheln. Nicht wahr, Matt?"

„Ja, Sir!" Der Junge sah auf und schenkte ihm mit seinem verschmierten Mund ein Lächeln. Offenbar gefiel es ihm, dass dieser Onkel es wagte, die Regeln zu überschreiten. Aber Lily bezweifelte, dass das Kind wusste, worüber sie sprachen.

Sie wandte sich wieder an Derek und hatte das Vergnügen zu sehen, wie er sein Eis genoss und sich dabei entspannt an die Kutsche lehnte. „Sie haben also eine ganz eigene Philosophie entwickelt, wie man Kinder aufzieht, ja?"

Seine Augen blitzten. „Sie unterscheidet sich nicht so sehr von der, mit der Truppen ausgebildet werden." Er zuckte die Achseln. „Ich mache aus unbedarften jungen Männern Soldaten, Miss Balfour. Natürlich ist Matt ein bisschen jünger als die Burschen, die man mir gewöhnlich schickt. Sehen Sie ihn an.“ Voller Stolz schüttelte er den Kopf. „Ein junger Tiger, der heranwächst.“

„Er hat Glück, Sie zu haben“, sagte sie leise.

Derek sah zu ihr auf und schwieg einen Moment lang. „Bald muss ich ihn zu meiner Schwester zurückbringen. Ich habe mir überlegt – warum kommen Sie beide eigentlich nicht mit, damit ich Sie vorstellen kann?“

„Ich dachte, Sie sagten, Ihre Ladyschaft fühlt sich nicht wohl?“

„Ihre Ladyschaft?“ Er lachte. „Stimmt. Ich vergaß. Ich habe mich noch nicht daran gewöhnt, dass sie jetzt einen Titel hat. Zu Hause ist sie einfach Georgie. Lady Griffith. Großartig.“

Lily lachte. „Stehen Sie beide sich sehr nahe?“

„Ehrlich gesagt, waren meine Schwester und ich einander immer eine Plage, aber Sie mögen sie vielleicht.“ Er neckte sie wieder. Der funkelnde Glanz in seinen hellblauen Augen zog sie wie magisch an.

Sie schüttelte den Kopf. „Ich will Ihre Schwester nicht stören, wenn sie krank ist.“

„Sie ist nicht krank, Miss Balfour.“ Er senkte die Stimme und beugte sich vor. „Sie ist schwanger.“

Lily errötete, als er ihr tief in die Augen sah. „Oh“, sagte sie matt.

Sein Lächeln verriet, wie sehr ihn ihr Unbehagen amüsierte. „Jedenfalls ist der Morgen längst vorüber, daher sollte es ihr inzwischen besser gehen. Oder, Mrs Clearwell?“

„Schwer zu sagen.“ Die ältere Frau zuckte die Achseln. „Das ist bei jeder Frau anders.“

„Begleiten Sie mich wenigstens, wenn ich Matthew nach Hause bringe, und wir finden heraus, ob Ihre Ladyschaft heute Besucher empfängt.“ Er warf einen Blick auf Lily und stellte fest, dass sie noch immer unsicher war.

„Miss Balfour, waren Sie schon einmal im Londoner Stadthaus eines Marquess?“

„Nein.“

Er nickte. „Dies hier müssen Sie sehen. Es würde Sie zumindest ermutigen, etwas höher hinaus zu wollen.“ Er zwinkerte ihr zu und nahm noch einen großen Löffel voll Eiscreme, während Lily ihm einen Schubs versetzte.

„Sie Scheusal!“

Mrs Clearwell lachte heiter.

„Ich scherze nur“, meinte er. „Tatsächlich würde es mir viel bedeuten, wenn Sie mitkommen und meine Schwester kennenlernen.“

„Warum? Damit sie sich mit Ihnen zusammen über mich lustig machen kann?“

„Nein, natürlich nicht.“ Er hielt inne und beugte sich vor. „Weil Georgie über Indien sogar noch mehr weiß als ich. Und ich dachte, es würde Sie nach dem Verlust Ihres Vaters etwas trösten, mehr über das Land zu erfahren, das ihn auf dem Gewissen hat. Das Gute ebenso wie das Schlechte. Wenn Sie mit ihr sprechen und unsere indischen Diener sehen, die praktisch zur Familie gehören, dann erhaschen Sie vielleicht einen Blick auf die Schönheit, die Ihren Vater dazu veranlasst hat, das Land aufzusuchen. Und“, fügte er mit charmantem Lächeln hinzu, „wenn Sie sich besonders tapfer fühlen, dann bitte ich Purmina, Ihnen an irgendeinem Abend eines ihrer besonders gewürzten Currys zu kochen. Danach werden Sie Ihre Vanille brauchen.“

Lily sah ihn an und wusste nicht, was sie sagen sollte. Tatsächlich konnte sie gar nicht sprechen, so sehr hatte sie sein Wunsch überrascht, ihr zu helfen, mehr über das Land herauszufinden, das ihren Vater gefordert hatte.

Es war eine so freundliche Geste, dass sie nicht zu antworten vermochte, sondern erschrocken schwieg, als sie erkannte, dass er sich tatsächlich um ihre Gefühle sorgte.

Sie warf ihrer Gönnerin einen hilflosen Blick zu.

Mrs Clearwell übernahm die Entscheidung mit einer wahrlich eleganten Geste. „Es ist uns eine Ehre, Major, Lady Griffiths Bekanntschaft zu machen, wenn es ihr denn gut genug geht.“

„Ausgezeichnet. Matt, bist du fertig mit deiner Eiscreme und bereit für deine Mutter?“

Matthew nickte eifrig, drückte Derek die leere Schale und den Löffel in die Hand und stieg in die Kutsche.

Lily hielt den Kopf gesenkt, die Hände im Schoß gefaltet. Lord und Lady Griffiths Haus von innen zu sehen oder Dereks Schwester zu begegnen, das war im Augenblick vollkommen zweitrangig.

Es lag ihm etwas an ihr.

So etwas hatte sie nie zuvor empfunden.

Als Derek ihr gegenüber in der Kutsche Platz nahm, schlug Lilys Herz viel zu schnell. Sie war bis tief in ihr Inneres erschüttert.

Der Himmel stehe mir bei, dachte sie und wagte kaum zu atmen.

Sie begann allmählich, ihm zu vertrauen.

Gleich darauf lenkte Mrs Clearwells Kutscher die Barouche weg von dem belebten Berkley Square in Richtung Green Park, wo der Marquess of Griffith lebte.

Die Kutsche fuhr mehrere Blocks entlang, und die ganze Zeit über plauderte Mrs Clearwell mit dem kleinen Lord.

Währenddessen hielt Lily den Kopf immer noch schüchtern gesenkt und versuchte, ihre heftige Reaktion auf Dereks Großzügigkeit zu verbergen.

Als sie es endlich wagte, in seine Richtung zu blicken, stellte sie fest, dass er sie beobachtete, die Wange auf die Faust gestützt, einen Ellenbogen auf den Rand der Kutsche gelehnt.

Sie fühlte seinen eindringlichen Blick bis unter die Haut.

Edward sah sie niemals so an.

Sie war wie erstarrt. Sie errötete, dann erbleichte sie, vielleicht auch beides zugleich. Und auf jeden Fall war sie aufgeregt. Sie versuchte, woanders hinzuschauen, aber es gelang ihr nicht.

Derek lächelte ihr zu.

Seine hellen Augen wirkten beruhigend, und ihr fiel ein, dass sie unbedingt wieder atmen musste.

Das ist Wahnsinn, dachte sie.

Ich werde dir nicht wehtun, versicherte ihr sein Blick.

Das stumme Versprechen seiner behutsamen, rücksichtsvollen Annäherung erschütterte sie.

Ganz langsam begann sie sich zu entspannen.

Himmel, wenn er schon eine solche Wirkung auf sie hatte, ohne sie auch nur zu berühren …

Lily schluckte schwer und richtete ihre Aufmerksamkeit auf Green Park, während sie weiterfuhren.

10. KAPITEL

Da ist mein Haus", rief Matthew aus und zeigte auf ein hohes, repräsentatives Stadthaus, dessen Fassade aus hellem Naturstein errichtet war, Vordertür und Fensterläden waren burgunderrot gestrichen.

Mit neu erwachtem Interesse richtete Lily sich auf.

Weiter vorn bogen sie um eine Kurve, umrundeten den Park, und gleich darauf bedeutete Derek Mrs Clearwells Kutscher, am Vordereingang zu halten. Er stieg zuerst aus, danach achtete er darauf, dass Matthew beim Hinunterspringen aus der Barouche nichts passierte, schließlich war er den Damen behilflich. Unterdessen rannte sein Neffe ins Haus.

Noch ehe der junge Herr klopfen konnte, wurde die Tür geöffnet, und da stand ein kleiner, untersetzter Butler, der den Jungen anstrahlte wie ein freundlicher Zwerg.

„Mr Tooke", rief Matthew und lief auf ihn zu.

„Guten Tag, Lord Aylesworth. Major." Mr Tooke öffnete den Eingang weiter, während Derek Lily und Mrs Clearwell zu den Stufen führte.

„Bei unseren heutigen Abenteuern haben Matthew und ich ein paar Streuner aufgelesen", erklärte er dem Butler augenzwinkernd. „Dies sind Freunde von mir, Mrs Clearwell und Miss Balfour. Empfängt meine Schwester Besucher? Ich würde sie gern miteinander bekannt machen."

„Ich denke schon, Sir, aber ich bin nicht ganz sicher. Meine Damen, würden Sie bitte hereinkommen, während ich nachfrage?" Er lächelte und winkte sie in die marmorne Eingangshalle. Lily machte große Augen, als sie diese sah.

Die zurückhaltende Eleganz des Äußeren hatte sie nicht auf die Opulenz im Innern vorbereitet.

Es war ein Palast.

Zwei Säulenreihen in korinthischem Stil flankierten die Eingangshalle und wiesen den Weg zu einer doppelten Treppe, die zu einem sehr hoch liegenden Obergeschoss hinaufführte. Ihr

Mut sank, als Mr Tooke die Tür hinter ihnen schloss und sie an die Löcher im Dach von Balfour Manor denken musste.

Ihrer stolzen Mutter würde das alles sehr gefallen, wenn sie das hier sehen würde, überlegte Lily weiter. In all dieser Herrlichkeit lief nun ein mit Eiscreme verschmierter kleiner Junge quer durch die Halle zu einem gefleckten Hundewelpen, der zu seiner Begrüßung herbeitapste. Das Fiepen des kleinen Hundes und Matthews Freudenrufe hallten durch den großen Raum.

„Wer ist für diesen Krach verantwortlich?“, ließ sich eine tiefe, wohlklingende Stimme von der großen Treppe her vernehmen.

Überrascht sah Lily auf, Matthew tat dasselbe.

„Großpapa“, rief der Junge.

Ein hochgewachsener, kräftiger Mann in den Sechzigern kam die Treppe herunter. Seine Haare waren schon ergraut, aber ansonsten sah er gesund und stark aus. Mit fast königlicher Würde schritt er die Stufen hinab, wobei seine blauen Augen blitzten. „Komm her zu mir, kleiner Racker!“

Matthew lief zu ihm und wurde auf den Arm genommen.

Derek führte die Damen zu dem Gentleman.

„Vater“, begrüßte er ihn freundlich.

Dereks Vater?

Der ältere Mann sah ihn an. „Mein Sohn.“

„Ich hatte nicht damit gerechnet, dich noch hier anzutreffen.“

„Mich selbst verwundert es, aber du weißt, wie gern wir alle reden.“

Lily wusste nicht, warum es sie so überraschte, dass dieser beeindruckende Mann Dereks Vater war. Aber was hatte sie erwartet? Er mochte zwar wie ein Halbgott aussehen, doch dem Kopf von Zeus konnte er kaum entsprungen sein.

Dieselbe Überraschung las sie in den blauen Augen des älteren Knight, als er seine Aufmerksamkeit auf die Damen lenkte, die zusammen mit seinem zweitgeborenen Sohn angekommen waren.

Rasch stellte Derek sie seinem Vater vor, Lord Arthur Knight, der jüngere Bruder des vorherigen Duke of Hawkscliffe. Nachdem der Matthew abgesetzt, ihm übers Haar gestrichen und ihn anschließend zu seinem Hund geschickt hatte, verbeugte sich Lord Arthur vor den Damen.

„Wo ist Mama?“ Matthew wandte sich an seinen Großvater, der mit dem Hund auf dem Arm zu ihm zurückgekehrt war. Dabei zupfte er ihn an seinem weiten weißen Hemdsärmel, anscheinend hatte er seinen Rock im Obergeschoss gelassen.

„Im blauen Salon“, erklärte er dem Jungen.

„Meinst du, sie würde Besucher empfangen?“, fragte Derek.

Sein Vater sah ihn aufmerksam an. „Warum gehst du nicht hin und fragst sie?“

„Das werde ich tun. Komm, Matt. Gehen wir deine Mama suchen. Ich bin gleich wieder da“, sagte er lächelnd zu den Damen.

„Verzeihen Sie, Miss Balfour“, Lord Arthur wandte sich an Lily, nachdem die beiden Männer gegangen waren, „sind Sie vielleicht mit Viscount Balfour verwandt? Er war vor vielen Jahren ein Freund von mir.“

Sie sah ihn an. „Meinen Sie Noah Balfour, Mylord?“

„Ja, Noah. Sind Sie mit ihm verwandt?“

„Er war mein Großvater“, rief sie überrascht aus.

„Ihr Großvater“, rief er. „Himmel, es ist Jahre her, seit ich ihn gesehen habe. Der gute alte Balfy. Wir haben zusammen bei White’s Karten gespielt, ehe ich von England fortging und nach Indien segelte, um mein Glück zu machen.“

Ungläubig sah sie ihn an.

Balfy?

Sie lachten über diese unerwartete Entdeckung gemeinsamer Bekanntschaften, aber dann stellte Lord Arthur die unvermeidliche Frage. „Wie geht es dem alten Burschen jetzt?“

Lilys Miene wurde traurig. „Ach, Lord Arthur.“ Sie konnte sich kaum vorstellen, wie ihr knurriger alter Großvater in jungen Jahren bei White’s mit übermütigen Freunden Karten gespielt hatte. „Es tut mir leid, Ihnen sagen zu müssen, dass er uns vor zwei Monaten verlassen hat.“

„Nein.“ Seine Miene wirkte bekümmert. „Es ist sehr schade,

das zu hören. Welch ein Verlust."

Sie nickte. Mrs Clearwell tätschelte ihr die Schulter, aber erst Dereks Rückkehr in die Eingangshalle vertrieb den Kloß in ihrer Kehle.

„Gute Nachrichten", verkündete er, als er mit großen Schritten näherkam. Lily konnte der Versuchung nicht widerstehen, den Blick bewundernd über seine Gestalt gleiten zu lassen. „Georgie fühlt sich zumindest für einen kurzen Besuch wohl genug."

Lilys Patin zögerte: „Sind Sie sicher, Major? Wir wollen Lady Griffith nicht stören …"

„Nein, sie möchte Sie gern kennenlernen. Glauben Sie mir, Mrs Clearwell, wenn meine Schwester nicht bei Kräften wäre, dann würde sie es sagen."

„Das stimmt", pflichtete Lord Arthur ihm seufzend bei. „Meine Tochter hat schon immer gesagt, was sie dachte."

„Nur nicht, als sie sich in Griffith verliebte", meinte Derek. „Ohne mich wären die beiden nie zusammengekommen."

„Stimmt das?", fragte Lily, die sich nicht sicher war, ob er nicht schon wieder scherzte. Sie folgte dabei Derek zum blauen Salon, wo die junge Marchioness wartete.

„Natürlich stimmt das", rief er. „Ich brachte ihn auf die Idee, sie zu heiraten."

„Jetzt übertreibt er", sagte Lord Arthur. „Bei ihm müssen Sie sich in Acht nehmen, meine Damen."

Derek lachte. „Warte nur, Vater. Eines Tages werde ich meine Fähigkeiten als Ehestifter vielleicht noch mal einsetzen, um eine Lady für dich zu finden."

Sie erinnerte sich, dass Derek gesagt hatte, seine Mutter wäre gestorben, als er ein Kind war. Erstaunt registrierte sie den Blick, den der Major nun Mrs Clearwell zuwarf. Ihre Gönnerin sah ihn überrascht an – und errötete.

Da Lord Arthur den Abschluss der kleinen Gruppe bildete, hatte er es nicht bemerkt. „Nun, das ist sehr aufmerksam von dir, mein Sohn", meinte er spöttisch. „Aber zuerst solltest du jemanden für dich selbst finden."

Jetzt war die Reihe an Lily zu erröten. Offenbar wusste Lord Arthur nicht, dass sie so gut wie verlobt war.

Derek sagte nichts dazu. Er ging voraus zu einer Tür und wartete dort, bis alle eingetreten waren.

Dass Lady Griffith sich für den blauen Salon entschieden hat, um uns zu empfangen, sagt viel über sie aus, dachte Lily. Er war schlicht und gemütlich, ganz anders als all die eleganten offiziellen Räume, an denen sie eben vorbeigekommen waren.

Ihr erster Eindruck von Dereks Schwester war der einer schwarzhaarigen Schönheit mit porzellanheller Haut. Matthew saß auf ihrem Schoß. „Du bist ganz klebrig“, schalt sie liebevoll, während er seine Nase an ihrer rieb. Der Junge hatte die Arme um sie gelegt, und hinter Lady Griffith stand ihr gut aussehender Gemahl, die Ellenbogen auf ihren Stuhl gestützt.

Er beobachtete die beiden, und auf seinem Gesicht lag ein liebevoller Ausdruck. Doch als die Gäste eintraten, blickte er auf und lächelte ihnen höflich zu.

Die Vorstellung war schnell vorüber, aber als Derek seiner Schwester Lily vorstellte, entging ihr nicht der fragende Blick, mit dem Georgiana ihren Bruder bedachte. Offensichtlich kam es nicht sehr häufig vor, dass er seiner Familie ein weibliches Wesen vorstellte.

Lily konnte nicht umhin, sich darüber zu freuen.

„Wir bleiben nicht lange“, sagte Mrs Clearwell. „Wir wollen Ihnen nur sagen, was für einen reizenden Jungen Sie haben. Wir haben Lord Aylesworths Gesellschaft heute sehr genossen.“

„Wirklich?“ Lady Griffith freute sich offensichtlich über das Lob, während sie Matthew über das Haar strich. „Ich wünschte, ich hätte heute mit ihm ausgehen können. Oh, ich bin nicht immer so müde. Es ist nur“, sagte sie errötend, „dass wir in Erwartung sind.“ Sie hob den Arm und berührte die Hand ihres Gemahls, die auf ihrer Schulter ruhte.

Als sie dem strahlenden Paar gratulierten, sah Lily, wie Lord Griffith heimlich die Hand seiner Frau drückte, und das versetzte ihrem Herzen einen Stich.

Eine richtige Ehe.

Keine Farce, wie die von ihr und Edward es sein würde.

„Ist es sehr schwer für Sie, Mylady?“, fragte Mrs Clearwell teilnahmsvoll.

„Oh, es ging mir ganz schlecht“, gestand sie und lachte. „Mein Arzt versichert mir, dass es in ein paar Wochen vorbei sein wird.“ Sie schüttelte den Kopf. „Aber das dauert mir zu lange.“

Nun, da sie es erwähnt, dachte Lily, sieht sie tatsächlich sehr bleich aus, auch wenn das blaue Kleid mit der hohen Taille noch keine Zeichen der frühen Schwangerschaft verrät. Ihre Gestalt war noch immer schlank, von biegsamer Geschmeidigkeit und Stärke. Aber auf dem kleinen Tischchen neben ihr stand die verräterische Tasse Pfefferminztee mit einem halb verzehrten trockenen Toast.

Die arme Frau.

Wenigstens hatte sie einen Ehemann, der sich um sie kümmerte. Lord Griffith wartete nur darauf, ihr jeden Wunsch von den Augen abzulesen.

„Aber egal“, sagte Georgiana entschlossen. „Die Belohnung am Ende wird das alles wert sein, nicht wahr, Liebster?“

„Hört, hört“, meinte er ruhig und küsste ihren Handrücken.

Gerührt von der Zuneigung, die sie offensichtlich füreinander empfanden, blickte Lily zu Derek hinüber.

Sie ertappte ihn dabei, dass er sie beobachtete. Diesmal raubte ihr sein durchdringender Blick den Atem.

Als sie einander in die Augen sahen, war sie beinahe sicher, dass ihm dieselben wilden Gedanken durch den Kopf gingen wie ihr. Einen flüchtigen Augenblick lang schien es möglich zu sein, dass auch sie dieses Band spüren würden – miteinander.

Er wandte sich ab.

Lily senkte den Kopf, beunruhigt, weil sie zum ersten Mal eine Spur des Glücks erhascht hatte, auf das sie nie zu hoffen gewagt hatte.

Aber offenbar war das nur ein dummer Traum. Wie konnte sie so etwas mit Derek Knight teilen, wenn sie beide das nur erreichen konnten, indem sie aufgaben, was ihnen am meisten am Herzen lag?

Wenn sie einen gut aussehenden Offizier heiratete, würde sie vermutlich davon Abschied nehmen müssen, Balfour Manor zu behalten. Es stimmte, dass der Knight-Clan ein Vermögen besaß, aber ihr war nicht entgangen, dass das, was Lord Arthur unten gesagt hatte, die Einstellung der Familie zu jüngeren Söhnen zusammenfasste. Als junger Mann war der zweitgeborene Arthur Knight nach Indien gegangen, um sich ein Vermögen zu erschaffen, und zweifellos wurde von Derek dasselbe erwartet.

Lily hatte nicht die Absicht, mit ihm dorthin zu gehen. Um mit ihr zusammen zu sein, würde Derek bereit sein müssen, in England zu bleiben, und das wollte er offenbar nicht.

Die Rolle als großartiger Held der Kavallerie aufgeben? Ein Zivilist werden, ein einfacher Bursche? Sie bezweifelte ernsthaft, dass er bereit sein würde, dieses Opfer zu bringen.

„Derek“, fragte Lord Griffith, „hast du über den neuen Posten nachgedacht, über den wir letzte Woche sprachen?“, erkundigte er sich wie beiläufig.

„Griffith, mein Entschluss steht fest“, erwiderte Derek. „Es ist ein gutes Angebot, aber ich bin nicht bereit, die Kugel für irgendeinen beschränkten Politiker abzufangen. Meistens sind sie es nicht wert – Anwesende natürlich ausgenommen.“

„Wir geben uns alle Mühe, meinen Bruder in England zu behalten“, sagte Georgiana zu den Damen. „Ian hat versucht, ihn zu überreden, einen Posten im Innendienst des Außenministeriums zu übernehmen. Er müsste Würdenträgern, die den Hof von St. James besuchen, die diplomatische Sicherheit garantieren.“

„Ich verstehe“, murmelte Mrs Clearwell, aber Derek schnaubte verächtlich.

„Sie wollen, dass ich den Palast umrunde wie eine Art überfütterter Pudel. Das kommt für mich nicht infrage.“

„Vielleicht können Sie uns helfen, ihn zu überreden, Miss Balfour.“

„Sie darf es jederzeit gern versuchen“, meinte er und lächelte Lily an.

„Derek“, rief seine Schwester und hielt Matthew die Ohren zu. „Solche Anspielungen nicht vor dem Jungen. Ich entschuldige mich für meinen Bruder, Miss Balfour. Er hielt sich schon immer für den Narren in der Familie. Vielleicht kann der Hof von St. James einen neuen Hofnarren gebrauchen, hm?“

„Ich bitte dich“, protestierte er und runzelte die Stirn, aber Lily lächelte zart.

„Ehrlich gesagt, Mylady, das scheint mir keine schlechte Idee zu sein. Eine Narrenkappe steht ihm bestimmt.“ Sie lächelte ihn weiterhin an, während sein Vater und seine Schwester laut lachten.

„Seht ihr, was ich alles durchmachen muss?“, rief er aus und tat sehr empört. „Und da wundern Sie sich, dass ich nach Indien zurückgehe.“

Lily lachte leise und sah ihn kopfschüttelnd an.

„Nun“, schloss Mrs Clearwell endlich, „wir sollten jetzt wirklich gehen.“

Lily nickte, denn sie wollten ihre Gastgeberin nicht ermüden.

„Ich mache mich auch auf den Weg“, erklärte Derek. „Ich begleite Sie, meine Damen.“ Er bückte sich und küsste seine Schwester auf die Wange, zerzauste seinem Neffen das Haar, verabschiedete sich von seinem Vater und seinem Schwager und führte schließlich Lily und ihre Anstandsdame die Treppe hinunter. Als sie das Haus verlassen hatten, begab er sich zur Straße, um eine Mietkutsche anzuhalten. Als die beiden Frauen nach dem Grund dafür fragten, erklärte er ihnen, dass er zu Fuß gekommen sei. Mrs Clearwell bestand nun darauf, ihn mitzunehmen.

„Wohin wollen Sie, Major?“

„Nach Hause. Ich wohne in Althorpe.“

„Dann müssen Sie uns erlauben, Sie dort abzusetzen.“

„Ich möchte keineswegs …“

„Gar nicht – Haymarket, nicht wahr? Genau wie ich’s dachte.

Es liegt direkt auf unserem Weg."

„Oh! Na dann." Heiter stimmte er zu, und es dauerte nicht lange, dann war die Barouche wieder unterwegs.

Er zeigte auf Knight House am Ende von Green Park, ein außerordentlicher Stadtpalast, neben dem Lord Griffiths elegantes Haus geradezu winzig wirkte.

Das, erklärte Derek, sei das offizielle Hauptquartier der Knights, wo sein Cousin residieren würde, das Oberhaupt des Clans, Robert Knight, Duke of Hawkscliffe. Seit vielen Generationen würde es der Familie gehören.

Während sie seinen Worten lauschte, dachte Lily an all den Spaß, den sie an diesem Tag gehabt hatte, und sie fragte sich, wann sie wohl wieder Zeit mit ihm verbringen könnte. Sie fragte sich ebenso, was sie wohl Edward sagen würde, wenn ihn die Nachricht erreichte, dass sie in London mit seinem gut aussehenden neuen Freund gesehen worden war.

Es war nichts auch nur annähernd Ungehöriges passiert, aber dennoch glaubte sie nicht, dass Edward das mögen würde. Dennoch empfand sie seltsamerweise kein Schuldgefühl.

Dann merkte sie, dass die Barouche langsamer geworden war. Lily blickte die Straße hinunter und sah, dass die Kreuzung ein Stück weiter vorn von einer Reihe Kutschen versperrt wurde.

Der Verkehrsfluss war zum Erliegen gekommen. Sie versuchten zu erkennen, was geschehen war.

„Vermutlich ist eine Kutsche zusammengebrochen, sodass die anderen zum Halten gezwungen wurden", mutmaßte Derek.

Lily schüttelte besorgt den Kopf. „Ich hoffe, es hat keinen Unfall gegeben."

„Nun, das wäre kein Wunder, so rasant wie ein paar von den jungen Hitzköpfen ihre Damen durch die Straßen kutschieren", sagte Mrs Clearwell missbilligend. „Vermutlich hat einer von ihnen jemanden überfahren, arme Seele."

Derek hörte ihr mit ernster Miene zu, dann stand er plötzlich auf. „Ich werde nachsehen, ob jemand verletzt ist. Vielleicht wird Hilfe gebraucht."

„Hilfe?“, wiederholte Lily erschrocken.

„Meine lieben Damen, wenn Sie wüssten, wie viele Notoperationen ich auf dem Schlachtfeld durchgeführt habe ...“ Seine Worte verloren sich, als er über die Seite der Barouche sprang.

Mit raschen Schritten eilte er auf die Kreuzung zu und verschwand in der Menge.

Lily wandte sich erstaunt an Mrs Clearwell. „Operationen?“

Ihre Patin zuckte die Achseln und wirkte ebenfalls sehr überrascht über die verborgenen Talente des Majors.

Natürlich schien es verständlich, dass er über ein gewisses Maß an ärztlichen Fähigkeiten verfügte. Zweifellos gab es nach einer Schlacht mehr Verwundete, als Ärzte zur Hand waren.

Dieser Mann hat Menschenleben gerettet, dachte Lily verwundert. Bisher hatte sie nur daran gedacht, dass er als Soldat Leben genommen hatte.

Die Barouche setzte sich bald darauf wieder in Bewegung, froh darüber, zumal sich die geschäftigen Londoner nicht gern von einem Verkehrsunfall aufhalten ließen.

Falls wirklich jemand von einer Kutsche überfahren worden war, so war Lily nicht sicher, ob sie es sehen wollte. Beim Anblick von Blut wurde ihr gewöhnlich übel. Doch unabhängig davon konnte sie es nicht erwarten, Derek in Aktion zu sehen.

Sie kamen voran, wenn auch im Schneckentempo. Die Kutschen vor ihnen fuhren einfach einen Bogen um das liegen gebliebene Vehikel. Jetzt wurde auch der Grund für die Störung sichtbar: eine Postkutsche, die überladen von Passagieren und Gepäckstücken war. Wütende Gesichter blickten aus den Fenstern der daran vorbeijonglierenden Gefährte, während die ungeduldigen Reisenden sich beim Kutscher beschwerten.

„Los jetzt! Weiter!“

„Setzen Sie Ihren Klepper in Bewegung!“

Lily war erstaunt, als sie Derek neben einem der Kutschpferde stehen sah. Das dürre, abgemagerte Tier war in einem erbärmlichen Zustand. Es war krank oder verletzt und nicht in der Verfassung, seinen Pflichten nachzukommen. Hilflos gefangen in seinem Geschirr, zitterte es und hatte vor Angst weit aufgerissene Augen. Es drängte sich an Derek, als könnte es spüren, dass endlich eine freundliche Seele zu seiner Rettung gekommen war.

Das rötliche Fell des Tieres war dunkel von Schweiß, und sein Rücken blutete von den brutalen Hieben, die der Kutscher ihm mit der Peitsche versetzt hatte.

„Aus dem Weg!“, rief der stämmige Fahrer von seinem hohen Sitz aus Derek zu.

Etwas an dem untersetzten Mann erinnerte Lily sofort an Edward, aber der Mann hatte offenbar keine Ahnung, mit wem er es zu tun hatte. Als Derek aufsah, war sein Gesicht rot vor Zorn.

Er warf dem Mann einen drohenden Blick zu und zeigte auf ihn. „Wenn Sie dieses Tier noch einmal schlagen, dann werde ich Ihnen zeigen, wie sich das anfühlt.“

„Wagen Sie es nicht, mir zu drohen! Gehen Sie von meinem Pferd weg!“

„Ich nehme die Stute aus ihrem Geschirr. Dieses Pferd kann heute nichts mehr ziehen.“

„Den Teufel werden Sie tun! Glauben Sie, Sie können mir mein Eigentum stehlen? Ich werde Sie als Pferdedieb aufhängen lassen!“

Der Verkehr wurde wieder langsamer, als die Zuschauer interessiert dem aufkommenden Streit zusahen. Fußgänger waren zur Kreuzung spaziert, um dem Geschehen zuzusehen. Gerald, Mrs Clearwells Kutscher, zog die Barouche auf die gegenüberliegende Straßenseite, damit die anderen Wagen sich an ihnen vorbeidrängen konnten.

„Dann kaufe ich sie Ihnen ab“, sagte Derek zu dem Kutscher. In seiner Stimme lag jetzt ein Klang, den sie noch nie zuvor an ihm gehört hatte.

„Sie ist nicht zu verkaufen. Ich warne Sie, Mister, gehen Sie mir aus dem Weg.“ Wütend deutete der Kutscher mit dem Daumen über die Schulter auf die schimpfenden Passagiere. „Ich muss einen Fahrplan einhalten.“

„Nun, dann werden Sie zu spät kommen“, konterte Derek und

griff seelenruhig nach den Ledergurten, um das Tier zu befreien.

„Verdammt!“, brüllte der Kutscher.

Lily stockte der Atem, als er ausholte, um mit der Peitsche zuzuschlagen. Aber Derek streckte einfach die Hand aus und fing die Peitsche ab. Mit einem Ruck zog er daran, und der Fahrer fiel vom Kutschbock.

Der Major trat zu ihm, als er neben dem Vorderrad landete.

Sofort sprangen der Pferdebursche und der Mann, der die Post bewachte, von ihren Sitzen auf dem Dach der Kutsche und liefen fluchend auf Derek zu.

In der Menge brach ein Chaos aus, als die Leute gewahr wurden, was hier vor sich ging.

Postkutschen wurden immer von bewaffneten Wachen begleitet, aber dieser Wachmann besaß zum Glück genug gesunden Menschenverstand, um auf einer überfüllten Straße nicht zu schießen.

Stattdessen benutzte er seine Waffe als Knüppel und holte damit aus, um Dereks Kopf zu treffen.

Derek blockte den Hieb mit seinem linken Arm ab, streckte den Wächter mit einem Schlag mit der Rechten zu Boden und wandte sich anschließend dem Pferdeknecht zu. Der junge Mann wich langsam zurück, schien aber vor so einem großen Publikum nicht wie ein Feigling davonlaufen zu wollen und versuchte, gegen Dereks Knie zu treten.

Der packte den Absatz des Mannes und entzog ihm auf diese Weise den Boden.

Der Bursche schrie auf, als er flach auf den Rücken fiel, direkt auf das Pflaster. All dies geschah sehr zur Freude des Publikums. Er entschied sich dafür, liegen zu bleiben, selbst wenn er hätte aufstehen können.

Lily konnte das nachvollziehen. Würde er sich aber auf einem Schlachtfeld befinden, so hätte ihm diese Entscheidung einen gezielten Degenstich eingebracht. Der Major verhielt sich jedoch so entspannt gegenüber diesem Burschen, dass er sie an eine Katze erinnerte, die mit einer Maus spielte, ehe sie ihr beiläufig den Kopf abbiss.

Die Menge genoss das Schauspiel und jubelte Derek begeistert zu. Der ersparte seinem zweiten Opfer aber weitere Strafen und wandte seine Aufmerksamkeit wieder dem Kutscher zu, der sich von dem Sturz erholt hatte.

Er wird es wirklich tun, dachte Lily und runzelte die Stirn, während ihr Herz wie wild schlug. Er wird ihn wirklich auspeitschen.

Der brutale Kutscher stand langsam auf und wirkte dabei wie ein wütender Stier.

„Los, hoch!“, rief Derek und ging auf den Mann zu. „Auf die Füße! Schneller!“

Lily sah mit großen Augen zu, wie der Major mit dem Arm weit ausholte, und dann schlug er den stämmigen Kutscher mit dessen eigener Peitsche.

Der Mann schrie auf und hielt sich an einem Wagenrad fest, obwohl Derek ihm kaum wirklich etwas angetan haben konnte. Nicht einmal seine Kleidung war zerrissen.

„Was, das gefällt Ihnen nicht?“, spottete Derek mit wachsendem Zorn. „Vielleicht hatte ich es nicht richtig ausgeführt.“ Er schlug noch einmal, fester diesmal. „Hoch mit Ihnen! Mal sehen, wie gut Sie gegen jemanden kämpfen, der sich wehren kann.“

„Derek!“, rief Lily.

Ihr erschrockener Ruf schien ihn zurückzuholen von einem finsteren Ort in seinem Innern, an dem er sich viel zu sehr zu Hause fühlte. Als er sie ansah, war sein Gesicht rot vor Wut, und in seinen hellen Augen loderte der Zorn.

Es waren die Augen eines Fremden.

Der Ausdruck auf seinem Gesicht erinnerte sie an die undurchdringliche Düsternis, die sie in der vergangenen Nacht an ihm bemerkt hatte, als sie am Fluss standen.

Dort hatte er sie beunruhigt, jetzt verwirrte er sie.

Vielleicht sah er seine eigene Wildheit in ihren entsetzten Augen spiegeln, denn im nächsten Moment schien er seinen Zorn wieder unter Kontrolle zu haben. Er warf einen verächtlichen

Blick auf den Kutscher. „Er verdient es."

Dann hörte er auf, den Kutscher weiter einzuschüchtern. Er wickelte die Pferdepeitsche auf, trat zurück und warf sie hoch, wo sie sich wie eine Schlange entrollte und auf einem der Wagendächer liegen blieb.

Derek klopfte sich die Hände ab, sah noch einmal den Kutscher an, dann widmete er sich wieder der Aufgabe, das Pferd aus seinem Geschirr zu nehmen.

Schnell war dies erledigt. Sanft legte er der Stute eine Hand auf den Hals und sprach leise mit ihr. Zum Schluss ergriff er die Zügel und führte das hinkende Tier fort.

Die Stimmung der Menge war seltsam ernst geworden, als die Aufmerksamkeit sich wieder der leidenden Kreatur zuwandte.

Lautlos gingen die Zuschauer auseinander, um für Derek und die Stute Platz zu machen.

Aber ehe Derek davonging, drehte er sich kurz um und warf Lily einen entschuldigenden Blick zu.

Zärtlich schüttelte sie den Kopf.

Er senkte den Kopf und ging weiter.

Innerhalb weniger Augenblicke hatte sich die Menge wieder hinter ihm geschlossen.

Erst jetzt kamen drei Konstabler dazu, und der Kutscher verlor keine Zeit, sie hinter Derek herzuschicken.

„Haltet den Dieb! Haltet ihn! Mörder!" Bisher hatte er neben dem Wagenrad gehockt, jetzt richtete er sich auf und begann aus Leibeskräften zu schreien, wobei er eifrig in die Richtung wies, in die Derek gegangen war. „Er ist da entlanggegangen. Ein Wahnsinniger hat uns gerade angegriffen und ist mit einem meiner Pferde abgehauen. Großer Kerl, langes schwarzes Haar. Worauf warten Sie noch? Er entkommt – und er nimmt mein Pferd mit! Sehen Sie?" Er hielt die leeren Lederbänder hoch, wo die Stute eben noch im Geschirr gestanden hatte.

„Stimmt das?", fragte der erste Konstabler und blickte in die Runde.

„Ja, Sir." Der Pferdeknecht stand seinem Herrn bei. Der drahtige Bursche lag noch immer auf dem Boden. Er hatte sich auf die Seite gedreht und rieb sich die Hüfte. „Er warf mich um, und jetzt habe ich mir etwas gebrochen."

Der Wachtposten ein paar Schritte weiter war in kaum besserer Verfassung und schüttelte benommen den Kopf, während er langsam wieder ins Bewusstsein zurückfand. Er wischte sich einen Tropfen Blut von der Nase.

Die Miene des Polizisten wurde hart. „Gut." Er sah seine Männer an. „Männer, Sie wissen, was zu tun ist. Ihm nach!"

Lily sah mit großen Augen zu, wie sie davonliefen, um Derek festzunehmen.

Sie tauschte einen furchtsamen Blick mit Mrs Clearwell. Sie wussten beide, dass er und das hinkende Pferd nicht weit gekommen sein konnten. Sie konnte nur hoffen, dass Dereks Respekt vor Autoritäten ihn daran hindern würde, die Konstabler ebenfalls zu schlagen.

Vielleicht konnte er sich mit seinem Charme aus der unangenehmen Situation herausreden. Aber ihre Hoffnungen wurden zunichtegemacht, als jemand in der Menge rief: „Sie nehmen ihn fest!"

Das war zu viel.

Unfähig, sich länger zurückzuhalten, sprang Lily aus der Barouche, raffte die Röcke mit beiden Händen, um nicht darüber zu stolpern, und lief auf den Konstabler zu.

„Officer, warten Sie!"

Der Polizist drehte sich zu ihr um. „Miss? Was gibt es?"

„Was dieser Mann da behauptet, ist Unsinn."

„Ach ja? Es sieht aber aus, als hätte irgendwer diese Männer angegriffen."

„Ich versichere Ihnen, sie haben es beide verdient – vor allem er", rief sie und deutete auf den Kutscher.

Die Menge begleitete ihre Verteidigungsrede mit zahlreichen: „Ja, ja, so war ess." und „Hört, hört!"

„Der Mann, den sie beschuldigen, ist ein bewährter Kavallerieoffizier. Er wollte diesem Narren nicht das Pferd stehlen, das ist eine lächerliche Behauptung. Warum sollte jemand dieses armselige Knochengestell stehlen? Der Major hat all das nur getan, um das Tier vor der Grausamkeit dieses Mannes zu schützen."

„Meine Grausamkeit?", rief der Kutscher. „Er hat versucht, uns alle umzubringen! Dieser Mann ist gefährlich. Er sollte eingesperrt werden."

„Sie Narr, wenn er Sie hätte töten wollen, dann hätte er es getan. Sie sollten dankbar sein, dass er Sie am Leben gelassen hat."

„Der Bursche, um den es geht, Madam", der Konstabler wandte sich an Lily, „ich nehme an, es handelt sich um Ihren Gemahl?"

„Nein!" Die Frage traf sie unverhofft. „Er ist – ein Freund."

Der Kutscher lachte spöttisch. „Ihr Freund, ja? Nun, meine feine Dame, dann suchen Sie sich besser einen neuen Freund, denn dieser wird nach Newgate gehen, wohin er gehört."

„Ich bitte Sie! Konstabler, ich bin eine anständige Frau. Meine Anstandsdame sitzt dort drüben." Sie deutete auf Mrs Clearwell und sah dann den Konstabler mit flehenden Blicken an. „Der Major bot an, ihm das Pferd abzukaufen, aber aus reinem Eigensinn hat der Mann es abgelehnt."

„Ha!", rief der Kutscher triumphierend. „Sie geben also zu, dass der Schuft mit meinem Eigentum davongegangen ist. Diebstahl ist Diebstahl!"

„Das habe ich nicht gemeint …", stotterte Lily und fürchtete, genau das Falsche gesagt zu haben.

Der Konstabler blickte von ihr zu dem Kutscher. „Sie wollen den Mann also anzeigen?"

„Da haben Sie verdammt recht!"

Wütend drehte Lily sich zu ihm um. Aber als sie sah, wie die beiden Männer sich aufmachten in Richtung des Gefangenen, brachte sie es irgendwie fertig, ruhig zu bleiben. „Warten Sie."

Beide sahen sie fragend an.

Sie würde nicht zulassen, dass das Derek angetan wurde – ihn einsperren und vielleicht sogar aufhängen. Das war Wahnsinn! Es war absolut ungerecht. Er war kein Pferdedieb, aber selbst wenn ein Richter ihn freisprechen würde, dann wäre dieser Arrest ein Fleck auf seinem Lebenslauf, der seiner Karriere dauerhaft schaden könnte.

Sie wollte nicht, dass Derek zurückging nach Indien, aber sie wollte auch nicht, dass dieser üble Bursche ihm die Möglichkeit dazu nahm.

„Was wollen Sie?", fragte der Kutscher mürrisch und wartete darauf, dass sie etwas sagte.

„Ehe Sie noch weitergehen", erwiderte sie, „würde ich gern ein Wort unter vier Augen mit Ihnen sprechen, Mr …?"

„Jones", knurrte er. „Schön, aber machen Sie schnell."

Der Konstabler nickte, als sie beiseitetraten.

Kutscher Jones war ein unangenehm groß gewachsener Mann, und er roch überdies streng, aber Lily sah ihm direkt in die Augen. „Was ist zu tun, damit Sie diesem Unsinn ein Ende setzen?"

„Unsinn? Ich bin im Recht. Ein Diebstahl ist ein Diebstahl, wie ich schon sagte."

„Seien Sie vernünftig. Sie wissen, dass Sie das Pferd falsch behandelt haben. Sie tun das nur, weil er Sie vor all den Leuten geschlagen hat."

„Ich habe einen Anspruch auf Entschädigung – und Schmerzensgeld! Sonst zeige ich ihn an."

Der Mann war abscheulich, aber was er sagte, ermutigte sie. „Gut. Dann sollen Sie entschädigt werden. Ich werde Sie jetzt bezahlen, dann können wir diese ganze unangenehme Geschichte hinter uns lassen. Was ist das Pferd wert?", fragte sie. „Ich denke, höchstens ein paar Silbermünzen, in Anbetracht der Tatsache, dass es halb tot ist. Hier!" Sie schob eine Hand in ihr Retikül und holte heraus, was sie bei sich hatte.

Er betrachtete die wenigen Silbermünzen auf ihrer Handfläche und begann zu lachen. „Ist das alles, was Ihnen die Freiheit Ihres feinen Majors wert ist, Püppchen?"

Lily sah ihn entsetzt an, als er die stämmigen Arme vor der Brust verschränkte.

Dann sah sie ihr Geld an. „Das ist alles, was ich habe.“

Er kniff die Augen zusammen. „Was ist mit den Ohrringen, die Sie da tragen?“

11. KAPITEL

Von einer Anzeige war abgesehen worden.

Als die Barouche kurz darauf in die Straße einbog, in der Mrs Clearwell wohnte, war Lily noch immer wie betäubt. Sie konnte nicht glauben, dass sie die Ohrringe ihrer Urgroßmutter weggegeben hatte, um Derek Knight zu retten.

Aber wenigstens hatte es geklappt.

Der Kutscher war zufrieden fortgegangen, und Derek war freigelassen worden, ohne zu ahnen, was sie getan hatte. Es war ihr egal, ob er es herausfand. Als sie ihm nachgesehen hatte, wie er mit dem verletzten Pferd davonging, hatte sie mehr Zufriedenheit empfunden als je zuvor in ihrem Leben, nur durch das Wissen, ihm geholfen zu haben.

Das war es wert.

Das war der Teil, der ihr am meisten Furcht einflößte – nämlich die Tatsache, wie sehr sie ihn mochte.

Dennoch, indem sie ihre Ohrringe weggegeben hatte, war ihr noch weniger Besitz geblieben, und sie hatte einen Grund mehr, Edward zu heiraten.

Zumindest hatte sie Vorkehrungen getroffen, um ihren Ruf zu schützen. Sie hatte den Handel mit dem Kutscher auch unter der Voraussetzung abgeschlossen, dass er nichts davon verriet, die Ohrringe bekommen zu haben. Die Gier hatte seine Bereitschaft zur Diskretion geweckt. Er hatte nicht einmal nach ihrem Namen gefragt, aber das war Lily nur recht.

Es war nicht nötig, dass Edward von ihrem Opfer erfuhr, und was Derek betraf – wenn er nicht von ihrer großherzigen Gabe wusste, dann würde das seinen Stolz schonen und er würde nicht merken, welch dumme Zuneigung sie für ihn zu entwickeln begann.

Dennoch bedauerte sie nicht, was sie getan hatte, denn sie konnte sich unmöglich vorstellen, dass ein entscheidungsfreudiger, freier Geist wie er irgendwo in Newgate eingesperrt war.

Ihr gegenüber saß Mrs Clearwell und sah sie an, als wären

ihr plötzlich zwei Köpfe gewachsen. „Wenn wir zu Hause sind, meine Liebe, dann werde ich wohl eine Kanne Tee kochen, und wir zwei werden uns einmal unterhalten."

Oh je! „Ja, Madam", murmelte sie, erschüttert von dem missbilligenden Tonfall, den sie so selten von ihrer Patin hörte – nicht dass sie ihr nach diesem Spektakel noch einen Vorwurf deswegen machte.

Aber als die Barouche vor dem gemütlichen Haus ihrer Gönnerin zum Stehen kam, sah Lily, dass ihre Probleme unglücklicherweise noch längst nicht vorüber waren.

Edward war schon da. Und er wartete auf sie.

Oh Gott! Sie war den ganzen Tag über mit Derek unterwegs gewesen. Und dann das Debakel auf der Straße! War sie bereits ertappt? Aber wie konnte das geschehen?

Was sollte sie sagen?

Sie wusste nur, dass der Anblick seiner großen schwarzen Kutsche vor Mrs Clearwells kleinem Haus ihr Übelkeit verursachte.

Panik erfasste sie, als sie sich den zweifellos zornigen Anfall von Eifersucht bei ihrem kräftigen Verehrer vorstellte. Sie warf ihrer Patin einen erschrockenen Blick zu. Mrs Clearwell erwiderte den Blick mit einem aufmunternden Nicken. Ihre Unterstützung half Lily, die Panik zu unterdrücken, doch ein Gefühl, dem Verhängnis nahe zu sein, überkam sie – und Schuldbewusstsein.

Vertrautes Schuldbewusstsein. Es war wieder da. Edward würde sie jetzt zurückweisen, davon war sie überzeugt. Und was sollte sie dann ihrer Mutter sagen? Sie war nicht sicher, vor wem sie sich in diesem Augenblick mehr fürchtete: Edward oder Lady Clarissa mit dem durchdringenden Blick.

Aber jetzt war es zu spät. Ach, verdammt sollte er sein. Sie hatte auf den ersten Blick erkannt, dass Derek Knight ihr Leben zerstören würde. Wie war sie nur auf die Idee verfallen, ihr Anliegen mit Edward durchzuziehen, wenn sie doch vor Jahren schon bewiesen hatte, dass sie sich nicht beherrschen konnte?

Als Gerald die Kutschentür für sie öffnete und die kleine

Treppe herunterließ, schloss Lily kurz die Augen und stellte sich vor, wie man in der Gesellschaft über sie lachen würde, wenn das hochmütige Balfour-Mädchen von einem groben Klotz wie Edward Lundy sitzen gelassen worden war.

Das geschieht einer, die sich ein Vermögen angeln will, würden sie sagen. Und wie Bess Kingsley sich freuen würde, wenn sie die Nachricht von ihrem Unglück erfuhr.

Aber dann war es eben so.

Langsam stieg Lily aus der Kutsche und ging mit wild klopfendem Herzen zum Haus. Sie konnte nichts anderes mehr tun, als sich wappnen und ihrem Schicksal mit Würde entgegentreten.

Der Butler hatte Edward in den Salon geführt, wo das Satinsofa unter seinem massigen Körper winzig klein wirkte.

Lily zwang sich zu einem tapferen Lächeln, als sie eintrat, um ihn zu begrüßen. Er erhob sich, den Hut in der Hand. Aus dem Augenwinkel sah sie im Spiegel über dem Kaminsims ihr Bild, im Gesicht ein starres Lächeln.

Sie war entsetzt darüber, wie ähnlich sie jetzt ihrer Mutter sah.

Nur dass ihr die Ohrringe fehlten.

Ich bin verdammt, dachte sie.

Edward verneigte sich. „Miss Balfour."

„Mr Lundy." Sie wollte ihm die Hand reichen, bis sie merkte, dass sie immer noch die Modezeitschriften darin hielt.

Die mit den Brautkleidern.

Stattdessen nickte sie nur zur Begrüßung. „Wie geht es Ihnen heute?", fragte sie vorsichtig, als sie sich betont anmutig ihm gegenüber hinsetzte.

Mrs Clearwell blieb an der Tür stehen und bedachte sie beide mit einem fragenden Blick, nicht sicher, ob Lily wünschte, dass sie blieb, um sie moralisch zu unterstützen.

Gewöhnlich konnten Paare, die sich in der Werbungszeit befanden, eine Viertelstunde allein gelassen werden. Lily nickte ihr diskret zu und bedeutete ihr damit, dass sie unter vier Augen mit Edward zu sprechen wünschte. Sie wollte nicht, dass ihre geliebte Patin dabei war, wenn sie gedemütigt wurde.

Sollte Edwards Zorn außerdem Furcht einflößende Ausmaße annehmen, so wäre Mrs Clearwell nicht weit entfernt, um ihn mithilfe des Butlers und einiger Diener hinauszuwerfen.

„Ich – werde gehen und Tee bereiten“, sagte Mrs Clearwell zögernd. Mit einem besorgten Lächeln zog sie sich zurück. Aber sie ließ die Tür offen.

Während sie die üblichen, bedeutungslosen Höflichkeiten austauschten, spürte Lily eine dunkle Anspannung bei Edward, dieselbe, die sie am Abend des Maskenballs wahrgenommen hatte, obwohl er offenbar versuchte, sie zu verbergen. Zweifellos beschäftigte ihn etwas. Als er sich nach ihrem Ausflug erkundigte, antwortete sie ihm nur vage, da sie nicht sicher war, wie viel er wusste. Es war nicht nötig, ihren Untergang zu beschleunigen.

Dann räusperte Edward sich. „Miss Balfour, ich möchte Ihnen heute eine besondere Frage stellen. Deswegen bin ich hier.“

„Ja?“, erwiderte sie ernst und faltete die Hände im Schoß. Ihr Herz schlug schneller.

Edward rieb sich das Kinn. „Beim Konzert kürzlich bemerkte ich, dass Sie ein Weilchen mit Derek Knight zusammen abwesend waren.“

Ihr stockte der Atem. Er sah sie an.

Sie versuchte, sich zu konzentrieren. „Das stimmt. Er befürchtete, mich gekränkt zu haben, als sich das Gespräch dem Tod meines Vaters in Indien zuwandte. Der Major wollte sich bei mir entschuldigen.“ Was mehr ist, als ich von Ihnen sagen kann, dachte sie.

„Ich verstehe“, murmelte Edward.

„Sie standen mit Lord Fallow zusammen. Daher ging ich mit dem Major zum Fluss hinunter.“

Während er darüber nachdachte, empfand Lily etwas höchst Unerwartetes.

Ärger.

Vielleicht war die Angst, mit der sie in das Zimmer getreten war, zu viel für sie gewesen – oder vielleicht verlieh der Gedanke an den furchtlosen Derek Knight ihr Mut. Aber es war mehr als das. Das Schuldgefühl, das sie jahrelang eingeschnürt hatte wie ein zu enges Korsett, begann nachzulassen, als sie hier saß, unter dem misstrauischen und kritischen Blick ihres Verehrers.

Zum ersten Mal seit Jahren fühlte Lily sich wie eine Frau, die bereit war, ihre Ehre zu verteidigen.

„Was wollen Sie damit andeuten, Edward?", fragte sie in kühlem Ton. „Wollen Sie mir sagen, dass Sie eifersüchtig sind?"

„Nein", sagte er abweisend und verärgerte sie damit erneut. „Nichts dergleichen. Ich weiß, dass Sie zu vernünftig sind, um sich von einem mittellosen Gecken wie ihm den Kopf verdrehen zu lassen."

Seine Antwort verwirrte sie. Sie starrte ihn an. Wenn er nicht eifersüchtig war, warum wirkte er dann so unwirsch? Lily war nicht mehr sicher, worauf er hinauswollte. Reglos wartete sie ab, was er ihr sagen wollte – wachsam und etwas verwundert.

„Ich wollte wissen, ob er Ihnen irgendwelche Fragen über mich gestellt hat."

Lily legte den Kopf schief, als das Gespräch diese geheimnisvolle neue Richtung einschlug.

„Meine Geschäfte, meinen Besitz", sagte Edward drängend. „Meine Arbeit beim Komitee. So etwas in der Art. Ich muss alles wissen, was Sie ihm über mich erzählt haben."

Warum? fragte sie sich sogleich. Aber die perfekte und höfliche junge Lady, als die sie sich Edward immer gezeigt hatte, würde niemals eine so unverschämte Frage stellen.

Vollkommen verwirrt, entschied Lily sich für ihr übliches Verhalten Edward gegenüber: Sie wollte gehorsam sein. In Maßen.

Kein Wunder, dass er sie heiraten wollte.

„Major Knight hat mich nichts dergleichen gefragt", erwiderte sie ruhig. Um nichts in der Welt würde sie zugeben, dass Derek sie gefragt hatte, warum Edward noch nicht um ihre Hand angehalten hatte.

„Denken Sie nach, Lily. Sind Sie sicher?"

Sie nickte kühl. „Das Einzige, was er über Sie wissen wollte,

war, ob Sie meiner Meinung nach das Konzert genossen hätten."
Er betrachtete sie aufmerksam. „Wirklich?"
„Ja, ich bin sicher." Sie zögerte, dann fragte sie: „Warum?"
„Weil ich ihm nicht traue, deshalb", erwiderte Edward. Er stand auf und trat zum Kamin.
Lily sah ihn erstaunt an. „Aber – Edward, ich dachte, er wäre Ihr Freund."
„Vielleicht ist er das, vielleicht aber auch nicht. Das wird sich noch zeigen", sagte Edward schroff und stützte einen Moment lang die Hand auf den Sims. Er dachte nach. „Sie müssen ihm gegenüber vorsichtig sein, Miss Balfour."
Das Gespräch entwickelte sich zusehends merkwürdiger. „Sie kennen mich, ich bin immer vorsichtig. Aber", fuhr sie fort, „darf ich fragen, warum Sie mir diesen Rat geben?"
„Ich möchte nicht, dass er Sie benutzt, um an mich heranzukommen." Er drehte sich um und sah sie so sachlich an, dass Lily fast das Herz stehen blieb.
Derek – sie benutzen?
Sie fühlte sich übel. Aber – nein! Das ergibt keinen Sinn, versicherte sie sich und versuchte, nicht an das letzte Mal zu denken, als sie ausgenutzt worden war. Und auch nicht daran, wie sie sich um seinetwillen so bereitwillig von ihren Ohrringen getrennt hatte.
„An Sie herankommen?", wiederholte sie mit erstickter Stimme. „Was meinen Sie damit?"
Ein seltsamer Ausdruck erschien ganz kurz in seinen Augen, bevor er sich von ihr abwandte und mit der Hand eine abwehrende Geste mache. „Ach, Sie kennen doch diese jüngeren Söhne des Adels. Allesamt Betrüger und Schwindler. Nur Überheblichkeit und nichts dahinter. Vor allem die von seiner Sorte, die Berufsoffiziere", fügte er hinzu. „Sie sollten sehen, wie sie durch Kalkutta stolzieren und sich für etwas Besseres halten. Der einzige Grund, warum er zu mir so freundlich ist, liegt darin, dass er hofft, von mir einen Kredit zu erhalten, wenn er sich an den Spieltischen übernimmt."

Nein, das ist unmöglich, wollte sie ihm sagen, hielt sich aber mit dieser Äußerung zurück.

Nachdem sie sich gerade in dem eleganten Haus seines Schwagers, des Marquess, aufgehalten und von Weitem das Haus seines Cousins, des Duke, in Green Park gesehen hatte, wusste Lily, dass Edwards Verdacht gegen Derek in diesem Punkt ungerechtfertigt war.

Sie schob jeden weiteren Gedanken an ihre Ohrringe beiseite, als sie voller Entsetzen erkannte, dass sie sie vielleicht gar nicht hätte weggeben müssen. Seine reiche Familie hätte ihn mühelos aus Newgate freikaufen und die besten Anwälte zu seiner Verteidigung engagieren können.

Aber der Arrest wäre in seinem Lebenslauf vermerkt worden und hätte seiner brillanten Militärkarriere geschadet, erinnerte sie sich. Wenigstens davor hatte sie ihn bewahrt.

Und was Edward behauptete, so kam sie schnell zu dem Schluss, dass das nicht mehr war als das Misstrauen eines Selfmademan jenen gegenüber, die er noch immer als ihm überlegen ansah. Es hatte sie lange Zeit verwirrt, wie Edward hin und her wechselte zwischen dem Wunsch, die Billigung der Adligen zu finden, mit denen er sich jetzt in der Gesellschaft auf gleicher Höhe bewegte, und dem Hass, den er ihnen gegenüber empfand. Beide Impulse schienen in seinem Verhältnis zum Major zusammenzukommen.

Lily wagte es nicht, Edward von den Ohrringen zu erzählen oder von irgendeinem anderen Aspekt der Freundschaft – wenn man es so nennen konnte –, die sie für Derek Knight unabhängig von ihm entwickelt hatte. Wie es schien, konnte sich Edwards zorniges Interesse in Bezug auf den Major als gefährlich erweisen.

Lily versuchte, seine Ängste zu zerstreuen, und schenkte ihm ein gewinnendes Lächeln. „Edward, ich bin sicher, wenn der Major in Schwierigkeiten gerät, wird er nicht Sie damit belasten, sondern sich an seine Familie wenden. Sie denken immer, jeder hat es auf Sie abgesehen. Ich glaube eher, dass er Sie ehrlich mag.

Wie sollte er nicht? Sie sind beide Soldaten, haben beide in Indien gedient …"

„Oberflächlich betrachtet ist er sehr nett, daran zweifle ich auch nicht", meinte Edward und beruhigte sich ein wenig. „Aber ich habe weiterhin ein Auge auf den Kerl, und ich schlage Ihnen vor, dasselbe zu tun."

„Na schön …"

„Und wenn er beginnt, Ihnen Fragen darüber zu stellen, wie viel Geld ich habe, dann will ich, dass Sie mir das sagen."

„Ohne ein Zögern", erklärte sie.

Er seufzte tief und ließ den Kopf sinken. „Es ist gut zu wissen, dass Sie auf meiner Seite sind."

Sie lächelte ihm zu, doch tief in ihrem Innern regte sich das erste Erstaunen darüber, dass Edward gar nicht darauf kam, eifersüchtig zu sein hinsichtlich seines Freundes, immerhin galt er als „Hengst der Saison". Derek hatte sie davor gewarnt, dass Edward wüsste, sie hätte es nur auf sein Vermögen abgesehen. Aber war ihr Verehrer so überzeugt von ihrer finanziellen Notlage, dass er glaubte, nichts würde ihm ihre Gunst entziehen? Dass er so sicher war, sie in der Hand zu haben, stachelte ihren Familienstolz an.

Edward warf einen Blick zur Tür, um sich zu vergewissern, dass ihre Anstandsdame noch nicht wieder da war. Dann setzte er sich neben sie auf das Sofa. „Meine liebe Miss Balfour." Kühn ergriff er ihre Hand. „Wissen Sie, all diese Fragen sind nicht der einzige Grund für mein Kommen."

Sie sah ihn zweifelnd an. „Es gibt noch mehr?"

„Natürlich! Ich wollte Sie sehen. Aber das kann ja keine Überraschung für Sie sein. Ich denke, Sie wissen sehr wohl, dass Sie meine bevorzugte Lady sind."

„Bin ich das?"

„Natürlich sind Sie das. Vergleichbar nur meiner Mutter. Bevorzugt und einzig."

„Nicht zu vergessen Miss Kingsley."

„Die?" Er schnaubte verächtlich, doch zu Lilys Erstaunen errötete der große Mann ein wenig.

„Und was ist mit Ihrer neuen Bekannten, Mrs Coates?“, fragte sie weiter und tat so, als wäre sie eifersüchtig. „Gestern Abend schienen Sie sehr beeindruckt zu sein von ihrer Schönheit.“

Er lachte unbehaglich. „Nun, keine von ihnen hat mein Interesse so geweckt wie Sie, meine liebe Lily.“ Tapfer versuchte er sich an ihrem Vornamen und drückte ihre Hand ein wenig fester. „Lassen Sie mich Ihnen zeigen, wie sehr ich Sie bewundere. Darf ich ...“ Seine heiseren Worte verklangen, als er aufhörte, um Erlaubnis zu fragen, und sie plötzlich küsste.

Entsetzt riss Lily die Augen auf, aber Edwards waren zum Glück geschlossen, als er seine kalten Lippen auf die ihren presste.

Sie hielt ganz still und hoffte, dass Mrs Clearwell jetzt nicht hereinkam. Es war zu peinlich. Himmel, dachte sie und wartete geduldig darauf, dass er fertig war. Einen Moment lang versuchte sie, einen Hauch der Faszination aufzubringen, die sie bei Dereks Kuss in dem Gartenpavillon erlebt hatte, aber das Bemühen war vergeblich.

Da war nichts.

Von Edward ließ sich das nicht sagen. Unfähig, noch mehr von seinen Aufmerksamkeiten zu ertragen, gelang es ihr, ihn endlich wegzuschieben. Seine Augen waren glasig.

„Liebste“, stieß er hervor, „verzeih mir.“

„Keine Ursache“, sagte sie kurz und wischte sich die Lippen ab, nachdem sie sich diskret abgewandt hatte.

Als Mrs Clearwell sich vor der Salontür laut räusperte, stand Edward auf. „Ich wünsche Ihnen einen guten Tag, Miss Balfour“, sagte er zögernd.

Wieder faltete Lily die Hände im Schoß. „Auch Ihnen einen guten Tag, Mr Lundy.“

Auf seine Verbeugung antwortete sie mit einem Nicken, dann sah sie ihm nach, wie er aus dem Salon ging, Mrs Clearwell höflich einen guten Nachmittag wünschte und schließlich zur Tür stapfte.

Als sie hörte, wie die Haustür sich hinter ihm schloss, ließ Lily sich in die Kissen hinter ihrem Rücken sinken und presste eine Hand auf ihr wild klopfendes Herz. Sie war ganz matt vor Erleichterung, ihm so knapp entkommen zu sein.

„Er hat die Ohrringe nicht erwähnt – zum Glück", berichtete sie, als Mrs Clearwell mit dem Tee hereintrat.

„Ich habe alles gehört", sagte ihre Gönnerin streng.

„Haben Sie?" Lily sah sie überrascht an.

„Ich bin deine Anstandsdame. Es ist mein von Gott gegebenes Recht, ja – meine Pflicht, zu lauschen. Also." Mrs Clearwell stellte eine Tasse vor Lily und setzte sich ihr gegenüber auf die Tischkante. „Du hast erlaubt, dass er dich küsst?"

„Ja", gab sie zu. „Es war schrecklich."

„Da bin ich aber froh. Trink deinen Tee, Liebes. Du bist bleich wie ein Laken."

„Das ging aber schnell mit dem Tee", murmelte Lily und nahm die Tasse, die vor ihr stand.

„Eliza kennt uns gut. Sie hatte schon das Wasser zum Kochen gebracht."

Tatsächlich half ihr der Tee mit Zucker und Milch, sich zu beruhigen, was ein Glück war, denn Lily würde einen klaren Verstand brauchen.

Mrs Clearwell schüttelte den Kopf. „Sehr bald schon wirst du eine sehr wichtige Entscheidung treffen müssen, mein Mädchen. Erst ein Kuss, darauf folgt ein Heiratsantrag. Du musst dir ganz sicher sein."

Aber ich bin sicher, und meine Entscheidung ist getroffen, wollte Lily sagen. Doch sie stellte fest, dass sie das nicht konnte.

War sie sich wirklich sicher?

„Lily, Liebes", Mrs Clearwell legte in mütterlicher Zuneigung für einen Moment eine Hand an Lilys Wange. „Du weißt, ich habe dich sehr lieb, aber du kannst nicht einen Mann heiraten, wenn dein Herz einem anderen gehört. Das wäre falsch."

Lily konnte sie nur hilflos ansehen.

„Nun, du hast für einen Tag schon genug durchgemacht, daher werde ich jetzt nichts mehr sagen. Ich vertraue darauf, dass du das Richtige tun wirst.“

„Madam, es tut mir leid, wenn ich Sie mit meinem Benehmen in Verlegenheit gebracht habe.“

Mrs Clearwell stand auf. „Ja, die Liebe bringt Menschen dazu, seltsame Dinge zu tun.“

„Liebe!“

„Du hast richtig gehört.“ Mrs Clearwell nahm ihre Teetasse mit und begab sich wieder zur Tür. „Ich bin erschöpft von unseren Einkäufen. Ich werde ein Schläfchen machen.“

„Aber Mrs Clearwell, er geht zurück nach Indien“, platzte Lily heraus, ehe ihre Gönnerin den Salon verlassen hatte.

„Ach, Kind. Pläne lassen sich ändern“, versicherte ihr die Patin und zwinkerte ihr zu.

Lily ließ den Kopf sinken, als sie darüber nachdachte. „Sie dürfen ihm auf keinen Fall von den Ohrringen erzählen. Das würde ihm peinlich sein, stolz wie er ist.“

Mrs Clearwell tat so, als wären ihre Lippen versiegelt. „Ich könnte versuchen, sie für dich zurückzubekommen, weißt du.“

„Nein, Madam.“ Lily schüttelte den Kopf. „Das würde ich Ihnen niemals zumuten. Es war meine Entscheidung, und ich war verantwortlich dafür, als ich sie weggab. Ich bedaure das nicht.“

„Ah, ich verstehe. Aber du bist nicht in ihn verliebt?“

„Nein!“

Mrs Clearwell lachte leise, als sie sich abwandte. „Ich treffe dich dann beim Essen. Dieser Lord Arthur, welch gut aussehender Mann. Es ist nicht zu verkennen, woher der Major sein gutes Aussehen hat …“

Lily lächelte, als ihre Gönnerin davoneilte, um ihr tägliches Nachmittagsschläfchen zu halten.

Eine ganze Weile blieb sie auf der Couch sitzen, blickte ins Nichts, weiterhin benommen von dem, was geschehen war. Sie seufzte tief, trank einen zweiten Schluck Tee und lehnte den Kopf in die Kissen. Also hatte sie Edward noch immer am Haken. Eine Stimme in ihrem Kopf fragte spöttisch: Dachtest du wirklich, du kämest da so schnell heraus?

Es war einfach unmöglich, sich Derek Knight und Edward Lundy nebeneinander vorzustellen und sich dann für den Letzteren zu entscheiden. *Was soll ich tun?* Ihre Gefühle waren durcheinander. Das Herz schmerzte, als sie sich an den Verlust ihrer Ohrringe erinnerte. Zugleich war sie darüber erstaunt, wie viel sie tatsächlich für Derek empfand. Aber war das nach seinen kämpferischen Fähigkeiten, die sie beobachten konnte, wirklich verwunderlich? Danach breitete sich in ihr ein Unbehagen aus, als sie daran dachte, wie übertrieben ängstlich Edward geklungen hatte, als er wissen wollte, ob sein Freund Fragen über ihn gestellt hatte. Zum Schluss kam Missmut in ihr auf, als sie sich vorstellte, dass sie den Rest ihres Lebens damit verbringen musste, wie Edward seine kalten Lippen auf ihre presste.

Vielleicht sollte sie dieser Verbindung wirklich ein Ende setzen.

Leider war sie nicht tapfer genug, um von dieser Klippe zu springen, solange sie nicht sicher war, ob jemand mit starken Armen unten stand, um sie aufzufangen.

Aber dieser Jemand setzte andere Schwerpunkte, auch wenn ihre Gönnerin etwas Entgegengesetztes behauptete. Dieser Jemand empfand nicht für sie, was sie für ihn empfand.

Voller Zorn und Enttäuschung schloss Lily die Augen. Sie fühlte sich wie gefangen. *Derek. Ich will Derek sehen.*

Ja …

Als ihr ein Einfall kam, durchströmte sie auf einmal neue Energie.

Sie sollte gehen und nachsehen, wie es dem armen Pferd ging.

Die Stute war in einem bedauernswerten Zustand, aber er hatte schon Tiere, denen es weit schlechter ging, gesund gepflegt.

In dem Stall, der zu Althorpe gehörte, stand das Pferd mit dem verletzten Vorderhuf in einem Eimer, in dem sich Wasser versetzt mit Bittersalz befand. Derek saß mit aufgerollten Hemdsärmeln auf einem niedrigen Hocker neben dem betroffenen Bein und sorgte dafür, dass die Stute ruhig hielt und nicht versuchte, den Eimer wegzutreten.

Er und zwei Stallburschen hatten sie in der großen Box am Ende des Ganges untergebracht, etwas entfernt von den anderen Tieren, bis sie sicher sein konnten, dass sie nicht krank war. In den wenigen Stunden, die inzwischen vergangen waren, hatte sie sich erstaunlich gut gemacht. Mit einem von Derek selbst zubereiteten Kräuterumschlag auf dem Rücken, dort, wo der Kutscher sie geschlagen hatte, um das Risiko einer Infektion abzuwenden, und einer großen Portion Hafer hatte sich der Gesamtzustand des Tieres erstaunlich schnell verbessert.

Während dieser Zeit hatte der Major seinen früheren Zorn abgelegt. Der Stall war immer der Ort gewesen, an den er sich am liebsten zurückgezogen hatte. Hier sinnvolle Arbeit zu leisten, hatte dazu beigetragen, dass er sich erheblich entspannte.

Trotzdem war er noch immer in bedrückter und nachdenklicher Stimmung.

Er vermutete, dass man die Anzeige gegen ihn wegen ihrer Unsinnigkeit fallen gelassen hatte. Trotzdem hatte der Versuch des Kutschers, ihn verhaften zu lassen, ihn sehr verärgert.

Hundert Zeugen hatten gesehen, wie grausam dieser Bastard das Tier behandelt hatte. Das Einzige, was er getan hatte, war, dem Manne Gleiches mit Gleichem zu vergelten.

Es hatte ihm gutgetan.

Bis zu dem Augenblick, da ihm eingefallen war, dass Lily ihm zusah.

Jetzt musste er ständig daran denken, wie sehr er sie vielleicht mit seinen Taten verschreckt hatte – und es bereitete ihm einiges Unbehagen, als er überlegte, warum es ihm so viel ausmachte.

Wieder war die Unruhe zurückgekehrt, um ihn mit all den unangenehmen Fragen zu quälen, die er bisher nach Kräften ignoriert hatte. Die wichtigste Frage war, was der Beruf, den er gewählt hatte, möglicherweise mit seiner Seele anrichtete.

Der entsetzte Ausdruck auf Lilys Gesicht, als sie gesehen hatte, wie er den Kutscher auspeitschte, hatte all diese Gedanken zurückgebracht. Aber wenn sie das schon für schlimm hielt – das war nichts im Vergleich zu irgendeiner Schlacht.

Verdammt, was hatte er überhaupt mit diesem Mädchen zu tun? Er setzte nur seine Verbindung zu Lundy aufs Spiel.

Und doch schien er sich nicht von ihr fernhalten zu können. Er fühlte sich auf seltsame Weise zu ihr hingezogen.

Ach, es war albern, nur daran zu denken. Selbst wenn er nicht nach Indien zurückging – ihre Familie brauchte Geld, und er war nicht reich. Nicht so wie Lundy. Sein eigener Clan war sehr wohlhabend, natürlich, aber lieber würde er seinen Degen verschlucken als zu seinem Vater gehen und um eine Zuwendung bitten wie irgendein grüner Junge.

Als ihn warmer Atem von ein paar weichen Nüstern streifte, sah er auf und lächelte. Die Stute rieb ihre Nase an ihm. „Ich weiß, Süße. Keine Ursache."

Er strich dem Tier über die Flanke und fühlte dann nach, ob das Wasser in dem Eimer noch warm war.

Es zeigte sich, dass sein Findling mit der blonden Mähne über ein liebenswürdiges Wesen verfügte. Als er die Umschläge auflegte, hatte es ihn angenehm überrascht, zu sehen, dass das Pferd trotz der Misshandlung freundlich und zutraulich war. Seiner Erfahrung nach mochten die meisten Tiere es nicht, wenn Menschen ihre Wunden berührten, vor allem nicht, wenn sie schlecht behandelt worden waren. Aber die Stute hatte ihn gewähren lassen, ohne sich besonders zu wehren. Ihr Gehorsam veranlasste ihn, zu vermuten, dass sie jemandem gehört hatte, von dem sie liebevoll behandelt worden war, ehe das Schicksal sie dazu auserkoren hatte, vor eine Postkutsche gespannt zu werden. Vermutlich war dies über den Weg einer Auktion geschehen.

Falls dies zutraf, dann war auch verständlich, warum sie sich nicht gut in das Gespann des Kutschers eingefügt hatte. Die Stute war ein Reitpferd! Er konnte nicht genau erkennen, welcher Rasse sie angehörte, aber die gleichmäßige Entwicklung ihrer Muskulatur deutete an, dass sie vorher geritten worden war. Natürlich brauchte sie mehr Fleisch auf den Knochen, aber sie besaß jetzt schon erkennbar eine schöne, klare Körperform.

Sogar Dereks Pferd fand, dass die Stute seiner Aufmerksamkeit wert war. Der schwarze Hengst von Tattersall's hatte sie bei ihrer Ankunft mit verliebtem Wiehern begrüßt. Er hatte den Kopf aus seiner Box gereckt und die Mähne zurückgeworfen, um ihre Aufmerksamkeit zu erregen.

Die Stute schien diesen Verehrer jedoch für etwas aufdringlich zu halten.

Derek seinerseits hatte schon eine Vorstellung davon, wem das Tier gehören sollte. Die Stute wäre ein nützliches Geschenk für Lily. Wenn sie ein eigenes Pferd besäße, würde sie weniger vom Wohlwollen anderer abhängig sein – ob es nun ihre Gönnerin oder ihr Verehrer war. Er wusste, dass es ihren Stolz verletzte, in so vielen Dingen auf andere angewiesen zu sein. Er entschied, dass es ein großartiger Plan war, das Tier ihr zu übergeben. Sie würde es niemals misshandeln, das wusste er. Er musste es nur noch aufpäppeln.

Derek ließ nun die Stute das kranke Vorderbein aus dem Eimer mit dem Bittersalzwasser heben, danach rieb er es mit weichen, sauberen Tüchern trocken. Anschließend bückte er sich, warf noch einen Blick auf die Unterseite des Hufes, die verletzte Stelle, und zuckte die Achseln. Die Zeit würde es zeigen.

Als das Bein wieder normalen Stallboden unter sich hatte, richtete er sich auf und tätschelte ihr den Hals.

„Wie geht es Ihrem Patienten, Major?", hörte er plötzlich eine leise Stimme hinter sich.

Überrascht drehte Derek sich um. „Lily!"

Er hoffte, dass seine Freude ihm nicht allzu deutlich ins Gesicht geschrieben stand, daher beherrschte er sich und wischte sich die Hände an einem Handtuch ab. „Was machen Sie hier?", fragte er freundlich und leichthin.

„Einen Krankenbesuch", sagte sie. „So etwas machen wir Damen von Adel."

Ihre schlanke Gestalt, die sich deutlich vor dem Sonnenlicht abhob, das durch die Stalltore einfiel, kam näher. Sie nahm ihre Strohhaube ab und ließ sie an den Bändern über den Rücken hängen. Danach zog sie ihre Handschuhe aus, griff in den Korb, der über ihrem Arm hing, und nahm eine Karotte heraus. „Ich bringe Geschenke. Darf ich?"

„Bitte." Unfähig, den Blick von ihr zu wenden, deutete Derek auf das Pferd. „Sie sind allein?" Er war überrascht, als keine Zofe hinter ihr auftauchte und auch keine Mrs Clearwell.

„Nur für einen kurzen Besuch."

„Wie gewagt von Ihnen, Miss Balfour."

Sie warf einen kurzen Blick auf seine Brust, die unter dem offenen Hemd zu sehen war. „Ich hoffe, es macht Ihnen nichts aus."

„Gar nichts", murmelte er.

Sie wandte ihre Aufmerksamkeit wieder dem Pferd zu. „Also, wie geht es ihr?"

„Vor allem würde ich sagen, sie ist froh, dies hier los zu sein." Er hob den scharfen, spitzen kleinen Stein auf, der im rechten Vorderhuf des Tieres gesteckt hatte. „Das war der Grund, warum sie gehumpelt hatte."

„Sieh einer an! Damit würde ich auch humpeln. Armes Mädchen. Wird sie wieder gesund?"

Er musste den Blick von ihrer Hand losreißen, mit der sie das weiche Fell des Tieres streichelte. Zu gern hätte er gewusst, wie sich diese sanfte Liebkosung wohl auf seiner Haut anfühlen würde. „Schwer zu sagen." Er drehte sich weg, die Hände in die Hüften gestemmt, und hoffte, dass sein Verlangen nach ihr nicht allzu sichtbar war. „Jede Wunde in den weichen Partien unter dem Huf kann sich als ernsthaft erweisen. Aber ich bin optimistisch, dass wir es rechtzeitig entdeckt haben."

„Sie sieht glücklich aus."

Er lächelte Lily an, bezaubert von ihren rosigen Wangen, die sie auf dem Weg hierher von der frischen Luft bekommen hatte. Sie stellte den Korb beiseite, anschließend löste sie die Bänder ihrer Haube und legte sie dazu.

Während Lily begann, sich mit der Stute anzufreunden, indem sie ihr ein paar Karotten hinhielt und einen der Äpfel aus dem Korb, ließ Derek den Blick bewundernd über ihre schlanke

Gestalt gleiten. Sie hatte etwas Schlichteres angezogen, ein einfaches blaues Nachmittagskleid mit einer kleinen, offenen, beigefarbenen Pelerine, die ihre Figur umspielte und bis zu den Knien reichte. Er hatte sie schon in Ballkleidern gesehen, aber er entschied, dass sie ihm so am besten gefiel.

Warm. Zugänglich. Selbst ihr Lächeln wirkte entspannter.

Die Maske und ihr glitzerndes Kostüm lagen jetzt weit hinter ihnen. Er bekam das Gefühl, dass er endlich die echte Lily sah.

Er ertappte sich dabei, die einzelnen Strähnen zu betrachten, die sich aus ihrem lockeren Knoten gelöst hatten und ihren Nacken umspielten.

„Sagten Sie etwas?“, fragte Lily.

Völlig von ihr bezaubert schüttelte er den Kopf. „Ich bin nur überrascht, Sie zu sehen. Ich meine, es besteht ein gewisses Risiko für Ihren Ruf, oder?“

„Ich musste nach ihr schauen. Und nach Ihnen“, fügte sie mit einem forschenden Blick auf ihn hinzu. Dann ließ sie die Stute noch einen anderen Apfel aus ihrer Hand fressen, und er fragte sich, was sie wohl meinte, als sie ihn so bewusst erwähnte. „Ich kann nicht glauben, wie viel besser es ihr schon geht. Sie ist wunderbar. Sind Sie sicher, dass es dasselbe Pferd ist?“

„Das ist es“, erwiderte er, als er sich abwandte und den Eimer mit dem Bittersalzwasser durch das Stallfenster goss.

„Sie haben mich beeindruckt, Major. Tierarzt, Chirurg, Hüter eines Kindes, engagierter Krieger …“

„Äh, ja – was das angeht“, sagte er schuldbewusst und stellte den leeren Eimer beiseite. „Es tut mir wirklich leid …“

„Das muss es nicht.“ Mit einem leisen, verständnisvollen Lachen streckte sie die Hand aus und berührte ihn sanft und beruhigend am Arm. „Das ist schon in Ordnung. Deswegen bin ich eigentlich gekommen. Ich hatte das Gefühl, Sie glaubten, ich sei verärgert.“

„Sie sollten verärgert sein.“ Verwirrt runzelte er die Stirn. „Ich habe mich wie ein Barbar benommen.“

„Vielleicht. Aber es wäre Heuchelei, wenn ich Sie verurteilen würde, ich, eine Mitgiftjägerin, erinnern Sie sich?“

Derek erinnerte sich.

„Wie auch immer. Als wir wieder in dem Haus von Mrs Clearwell ankamen, was glauben Sie, wer mich da erwartete?“

Derek hielt inne. „Lundy?“ Sein Atem schien zu stocken. „Hat er endlich um Ihre Hand angehalten?“

„Nein.“ Sie lächelte ihn traurig an und tätschelte weiterhin das Pferd. „Er benahm sich seltsam. Hat Fragen gestellt. Seltsame Dinge gesagt.“

Er sah ihr in die Augen. „Was für Dinge?“

„Er hörte von unserem Spaziergang gestern.“

„Sind Sie sicher, dass das alles ist, was er gehört hat?“

„Ich denke schon.“ Lily hielt inne. „Es war ihm wichtig, darauf hinzuweisen, dass er nicht eifersüchtig war. Warum sollte er auch?“, fügte sie hinzu. „Er kennt meine Lage.“

Die Hände in die Hüften gestemmt, biss Derek die Zähne zusammen und sah zu Boden. „Also, was wollte er?“

„Er wollte wissen, ob Sie mir Fragen über sein Vermögen und seinen Besitz gestellt haben.“ Sie zuckte die Achseln. „Ich denke, er befürchtet, Sie würden nur so tun, als wären Sie sein Freund. Aus dem einfachen Grund, weil er viel Geld besitzt und Sie nur ein jüngerer Sohn sind. Aufgrund seines Reichtums hat er sich wohl daran gewöhnt, benutzt zu werden. Aber Sie und ich, wir wissen beide, dass Sie so etwas nie tun würden.“

Sie sah ihn an, und in ihren großen blauen Augen las er Schuldbewusstsein, weil auch sie den Nabob ausnutzte. „Können Sie sich irgendeinen anderen Grund vorstellen, warum Edward Ihnen nicht trauen sollte, Derek?“

Natürlich konnte er das. Die Ermittlung. Auch wenn er ihr das nicht sagen durfte.

Soso, dachte Derek, mein mutmaßlicher Verbündeter Lundy traut mir also nicht. Ebenso wenig wie er ihm vertraute. Lundy konnte sich vorstellen, dass er ihn noch nicht von der Liste der Verdächtigen gestrichen hatte.

Aber das Mädchen ins Spiel zu bringen, das war eine Grenze,

die Derek nicht überschreiten wollte.

Sie wartete auf eine Antwort, aber er umging die Frage.

„Hat er sonst noch etwas Bemerkenswertes gesagt?“

„Nur, dass ich ihm davon berichten sollte, sollten Sie jemals fragen, wie hoch sein Vermögen ist. Ich war einverstanden“, erklärte sie ernst.

„Nun, wie es aussieht, bin ich gewarnt worden“, meinte er trocken.

„So hatte ich es nicht gemeint.“

„Wie haben Sie es dann gemeint?“ Er löste das Pferd von den Halteschnüren.

Sofort ging es zu der entgegengesetzten Ecke der Box und senkte den Kopf, um das frische Heu zu untersuchen, das Derek gebracht hatte.

Lily war rot geworden. „Ich weiß nicht. Jedenfalls müssen Sie sich keine Sorgen machen. Es ist mir gelungen, Edwards Befürchtungen zu zerstreuen.“

„Ich habe mir keine Sorgen gemacht. Und wie ist Ihnen das gelungen?“

Sie ging auf seine eifersüchtige Frage nur mit einem ungeduldigen Kopfschütteln ein. „Sie sollten nur wissen, dass er Ihnen gegenüber nicht so offen ist, wie er sich gibt.“

„Nun“, meinte Derek philosophisch, während ihm das Herz bis zum Hals schlug, „das ist selbstverständlich, oder?“

„Was meinen Sie?“

„Ich meine, ich stehe in einer Pferdebox zusammen mit seiner zukünftigen Frau, und ich kann an nichts anderes denken als daran, wie gern ich sie küssen würde. Er wäre ein Narr, würde er mir trauen.“ Derek schwieg, wickelte langsam einen der Stricke um seine Hand und hängte die Rolle dann an einen Haken. „Und Sie auch.“

Ihre Wangen waren noch eine Spur dunkler geworden bei seinen kühnen Worten. Sie sah ihn sehnsüchtig an, dann senkte sie den Blick.

Derek schloss die Augen. *Denk nach.*

„Sie sollten gehen", sagte er mit belegter Stimme.

„Das will ich aber nicht", flüsterte sie und trat näher zu ihm. „Derek, ich bin verwirrt."

„Ich auch."

Er atmete schwer, hätte sie am liebsten ins Heu gelegt, aber er hielt sich zurück und dachte an ihr entsetztes Gesicht bei dem Kampf. Und jetzt stand sie hier und bot sich ihm an. Er wusste nicht, was er von ihr halten sollte.

„Lily, einen Mann wie mich wollen Sie nicht", erklärte er und fuhr sich mit der Hand durchs Haar. „Ich weiß, wie Sie mich auf der Straße ansahen, aber Sie haben ja keine Ahnung."

„Ich habe keine Angst", stieß sie hervor und trat einen Schritt näher. „Derek – ich will Ihnen helfen."

Sofort wurde er wachsam. „Mir helfen?"

Ihre sanften Worte erinnerten ihn an die Verzweiflung, die er während seiner Albträume empfand, jene Welt aus Tod und Feuer, in der er so allein war.

„Gestern Abend am Fluss, da wirkten Sie auf einmal so weit entfernt, als hätte etwas in Ihren Gedanken Ihnen die Ruhe genommen. Und dann heute – da entdeckte ich denselben Ausdruck in Ihrem Gesicht, denselben wilden, gehetzten Blick. Ich glaube – Sie leiden."

Er fühlte sich bloßgestellt. Nackt. Er wusste nicht, was er sagen sollte.

Ihre Feinfühligkeit verwirrte ihn so sehr, dass er in diesem Moment nur lügen konnte. „Es geht mir gut, wirklich."

„Nein", drängte sie weiter. „Das stimmt nicht. Sie sagten mir, Sie wären ein ehrlicher Mann, also beweisen Sie das. Sagen Sie mir, was nicht in Ordnung ist."

„Was wollen Sie von mir hören?", rief er und wich bis zur hinteren Boxenwand zurück. „Offenbar befinde ich mich hier auf unbekanntem Terrain."

„Was meinen Sie damit?"

„Diese Stadt, dieses Land, dieser Kontinent! Ich gehöre nicht hierher. Natürlich bin ich froh, Sie getroffen zu haben, aber ehrlich gesagt, hatte ich nie den Wunsch, nach England zu kommen. Es war ein Befehl und etwas, das meine Familie von mir wollte."

„Sie haben Heimweh? Ist es das? Weil, Derek, glauben Sie mir, ich weiß, wie das ist ..."

„Nein, das ist es nicht."

„Was dann?"

„Dort herrscht Krieg. Warum kann denn niemand hier daran denken? Ich sollte in Indien sein, bei meinen Männern. Ich bin krank vor Sorge um sie. Ohne meine Führung ..." Er schüttelte den Kopf und wandte sich ab. „Meine Mission, den Nachschub zu organisieren – es war eine Strafe, keine Belobigung, wenn Sie es genau wissen wollen."

„Wirklich?"

Er nickte. „Die Verbindungen meiner Familie wurden als Vorteil angesehen, aber der wahre Grund, warum ich mit dieser Aufgabe beauftragt wurde, war, dass mir eine Lektion erteilt werden sollte. Mir wurde für einige Zeit das Kommando entzogen, und ein anderer Offizier nahm meinen Posten ein. Ich weiß nicht, ob er gut ist, und die einzige Möglichkeit, zurückzukehren, wohin ich gehöre, ist die, diesen verdammten Nachschub dorthin zu bringen."

„Warum? Was haben Sie getan?"

„Was ich getan habe?" Er sah sie an und wusste nicht, wie sie reagieren würde. Dann zuckte er die Achseln. „Ich habe ein paar Wachen in der Festung eines Maharadschas getötet."

Ihre Augen sahen ihn fragend an.

„Mir blieb keine Wahl. Der Prinz bedrängte meine Schwester. Wir mussten sie beschützen – mein Bruder Gabriel und ich. Unglücklicherweise wurde das nicht gut aufgenommen. Um ein Haar hätte unser Colonel uns dem Maharadscha ausliefern müssen, weil wir die Gesetze der Hindus gebrochen hatten."

Verwirrt starrte sie ihn an. Er merkte, dass er ihr die Situation besser erklären sollte.

„Sie haben ja den Gemahl meiner Schwester kennengelernt, Lord Griffith. Er kam in einer diplomatischen Mission nach Indien, um einen Friedensvertrag mit dem Maharadscha von Jaipur auszuhandeln. Gabriel und ich wurden ausgewählt, um für seine Sicherheit zu garantieren. Dazu stellten wir eine Eskorte von Soldaten zusammen, die ihn begleitete, als er für seinen Auftrag feindliches Territorium betreten musste. Lassen Sie es mich so ausdrücken: Meiner Schwester folgt das Chaos stets auf dem Fuße. Also taten Georgie und ich, was unsere Pflicht war. Das bedeutete aber auch, dass Menschen dabei ums Leben kamen", sagte er finster. „Gabriel tötete den Prinzen, ich die meisten seiner Leibwächter. Ihr Tod kostete mich mein Kommando und meinen Bruder um ein Haar das Leben. Um den Maharadscha zu beschwichtigen, wurden wir beide abgezogen. Hätte Georgie nicht herausgefunden, dass der Prinz ein Komplott gegen unseren Vater geplant hatte, hätte man meinen Bruder und mich schon vor Monaten geköpft."

Sie verzog das Gesicht.

Er zuckte die Achseln. „Was hätten wir tun sollen? Zulassen, dass der königliche Bastard unserer Schwester schadet? Wir hatten keine Wahl. Sie oder wir."

„Himmel", sagte sie matt. „Und Ihr Bruder – will er nach alledem auch zurück nach Indien?"

„Nein." Derek verstummte. „Am Ende unseres Kampfes wäre er beinahe getötet worden. Er ist noch nicht wieder ganz der Alte. Bisher zeigte er kein Interesse, seinen früheren Posten zurückzubekommen. Er sagt, seine Berührung mit dem Tod hätte ihn veranlasst, über sein Leben nachzudenken."

„Ich verstehe." Lily legte den Kopf schief und sah ihn an. „Und auf Sie hatte es keine Wirkung dieser Art?"

„Nein", erwiderte er heftig. Er wollte nichts hören von den Zweifeln, die ihn seit Monaten plagten.

„Oh, ich verstehe." Sie sah ihn misstrauisch an.

„Ich kenne den Krieg, Lily. Ich will nicht von vorn anfangen. Ich bin Soldat. Dafür bin ich ausgebildet, und ich bin gut darin. Das versuche ich Ihnen zu erklären. Ich weiß, Sie glauben, ich hätte mich heute wie ein Barbar benommen – und Sie haben recht. Aber in Wahrheit haben Sie nur einen Bruchteil von dem gesehen, zu dem ich fähig bin, von dem, was ich schon viele Male getan habe. Deshalb wurde ich im Hyde Park auch so ungehalten, als Sie mich einen Mörder nannten. Unglücklicherweise …“, er holte tief Luft, „steckt ein Körnchen Wahrheit darin. Wie soll ich das alles plötzlich vergessen und Zivilist werden? Ich glaube gar nicht, dass das für mich überhaupt möglich ist.“

„Natürlich ist es möglich, Derek.“ Mitfühlend sah sie ihn an. „All die Dinge, die Sie getan haben – das muss eine schwere Last sein. Wie können Sie mit all dem leben?“

„Man denkt einfach nicht daran“, sagte er.

Sie senkte den Blick. „Meinen Sie nicht, es hat Sie schon genug gekostet? Vielleicht hat Ihre Familie recht. Es kann nicht gut für Sie sein, zurückzugehen.“

„Meine Männer sind noch dort. Es ist auch für sie nicht gut. Warum sollte ich es leichter haben?“

„Derek.“

Er schluckte schwer. „Ich gehöre nicht hierher, Lily. Der heutige Tag hat das deutlich gezeigt. Vielleicht bin ich zu weit gegangen, um in die Zivilisation zurückzugehen. Zumindest an der Front, da passe ich zu den anderen Wilden.“

„Derek, der Kutscher heute war der wahre Wilde“, gab sie zurück und deutete auf die Stute. „Genau wie die anderen Leute, die einfach vorbeifuhren, ohne zu helfen. Es war ihnen egal. Sie nennen sich einen Barbaren, aber Sie waren der Einzige, der überhaupt bemerkt hat, durch welche Hölle das arme Tier ging.“

„Und jetzt kennen Sie meine Hölle“, erwiderte er ruhig und sah ihr in die Augen. „Was soll ich nur tun?“

Zurückzugehen bedeutete die Rückkehr in die Hölle. Hierzubleiben brachte ihn um den Verstand. In beiden Fällen war er verdammt.

„Wie kann ich Ihnen helfen?“, flüsterte sie, als sie langsam näher kam.

„Haben Sie ein Gewehr?“, murmelte er mit einem schiefen Lächeln, dabei öffnete er sein Hemd und zeigte auf sein Herz.

„Das ist nicht lustig", schalt sie ihn. „Machen Sie nicht so düstere Scherze." Dennoch legte sie erst die Hand und danach die Lippen auf seine Brust, und die Zärtlichkeit, die sie ihm schenkte, erschütterte ihn bis ins Innerste.

Derek schloss die Augen und legte den Kopf zurück. Er fand keine Worte, als sie mit den Lippen seine Brust berührte, als wollte sie das gebrochene Herz darin küssen. Ihre Schönheit war zu viel für ihn.

Er streckte die Arme aus, umfasste ihren Hinterkopf und zog sie an sich. Dann küsste er sie wie im Fieber.

Auf einmal lag sie in seinen Armen, den Körper an ihn gepresst. Sie umklammerte seine Schultern und streichelte sein Gesicht, erwiderte seinen Kuss mit derselben Leidenschaft, die er ihr entgegenbrachte. Derek legte die Hände an ihre Taille, und sie strich über seine nackte Brust, bis er zitterte. Schließlich schob er sie sanft auf das weiche Lager aus Heu und legte sich auf sie.

Sie küsste ihn, immer und immer wieder. Nicht einen Moment kam es ihr in den Sinn, sich zurückzuhalten. Er war vollkommen gefangen vom Geschmack ihrer Zunge, dem erregenden Rhythmus ihrer Lippen. Sein Körper schien zu glühen.

Mit den Fingerspitzen strich er über ihren zarten Nacken, und sie grub die Hände in sein Haar. Leise seufzte sie, als er ihre Brust umfasste.

„Oh Derek …"

„Ich begehre dich so sehr." Die Worte waren heraus, ehe er etwas dagegen tun konnte.

Er küsste sie wieder.

„Vielleicht solltest du hierbleiben", flüsterte sie und hielt inne, um ihm in die Augen zu sehen. Sie strich ihm über die Wange, und in ihrem schönen Gesicht stand die Sehnsucht. „Vielleicht solltest du bei mir bleiben."

„Vielleicht sollest du mit mir nach Indien kommen", erwiderte er.

Die Leidenschaft verschwand aus ihren Augen, als sie begriff, was er da gesagt hatte. Er fühlte, wie sie plötzlich unter ihm starr wurde. „Du weißt, dass ich das nicht kann.“

„Nicht kannst oder nicht willst?“

Sie schüttelte den Kopf und flüsterte: „Nein.“

Ihre Antwort brachte ihn wieder zu Verstand. Er senkte den Kopf und sah zur Seite. „Dies ist keine gute Idee. Jemand könnte uns sehen. Du solltest gehen.“

Er erkannte, dass sie plötzlich sehr verlegen war. „Ich – ich nehme an, dass du recht hast.“

Schweigend reichte er ihr eine Hand, um ihr beim Aufstehen zu helfen, aber sie nahm sie nicht. „Derek, es tut mir leid …“

„Macht nichts. Es war nur ein Gedanke.“ Er vermied es, sie anzusehen. Er hatte das Gefühl, als hätte er einen Schlag in die Magengrube erhalten.

Warum überraschte ihn ihre Ablehnung? Es war ein unsinniger Vorschlag gewesen.

Aber ein Teil von ihm, der geheime, wilde, romantische Teil, der alles tun würde für die Frau, die er liebte, wenn er sie einmal gefunden hatte, verstand ihre Ablehnung nicht.

Ihm war bewusst, dass sie Geld brauchte, aber bei der wahren Liebe sollte Geld keine Rolle spielen.

Er begann zu glauben, dass er für immer allein sein würde.

Dann spürte er, dass Lily ihn ansah. Aber er brachte es nicht über sich, sie anzusehen. Stattdessen hielt er sie auf Abstand. Ein Versuch, sich zu schützen. „Sie sollten gehen“, wiederholte er und versuchte vergeblich, die leise Ironie aus seinem Tonfall zu verbannen, die seinen Schmerz verriet. „Es ist nicht nötig, dass Edward mich fordert.“

Einen Moment lang zögerte sie, als wäre sie verwirrt über seine plötzlich so kühle Haltung. Schließlich schien sie zu denken: Zur Hölle mit dir.

Ohne seine immer noch ausgestreckte Hand zu ergreifen, stand sie auf und ging betont würdevoll an ihm vorbei, wobei sie die Heuhalme von ihrem Kleid entfernte. Zum Schluss zog sie ihr Mieder zurecht.

Sie nahm ihre Haube, ließ aber den Korb mit den Leckereien

für das Pferd zurück. Auf dem Weg nach draußen blieb sie stehen und sah sich mit Tränen in den Augen nach ihm um. „Auf Wiedersehen, Derek. Bitte sei vorsichtig – in Indien."

„Vorsichtig?", wiederholte er mit einem schiefen Lächeln. „Damit gewinnt man keinen Ruhm."

Als sie bei seinen Worten zusammenzuckte, bedauerte er sofort, was er gesagt hatte, und fügte hinzu: „Auf Wiedersehen, Lily." Vielleicht traf er sie noch einmal in der Stadt, aber er wusste, es würde zwischen ihnen nie wieder so sein wie zuvor. Dies war der Abschied. „Ich hoffe, Ihre Familie weiß es zu schätzen, was Sie für sie tun, denn Sie sind …", er zögerte und senkte den Kopf, „die bezauberndste Person, die ich je getroffen habe. Und es tut mir verdammt leid, dass ich nicht reicher bin."

Sie sah ihn noch einen Moment lang an, dann war sie fort.

Derek kniff die Augen zu und murmelte den schrecklichsten Fluch, den er in irgendeinem indischen Dialekt kannte.

„Gütiger Himmel, wer ist gestorben?", rief Gabriel, als er Dereks Gesicht erblickte. Wenige Minuten nachdem Lily gegangen war, hatte Derek die Stute allein gelassen und das Appartement aufgesucht, das er sich mit seinem Bruder teilte.

Derek sah ihn nur an. „Du begleitest mich nächste Woche zu Lundys Gartenparty", erklärte er.

„Tue ich das?", fragte Gabriel und beugte sich besorgt nach vorn, als Derek mit versteinerter Miene an ihm vorüberging. „Warum sollte ich das?"

„Du sollst für Ablenkung sorgen, damit ich von der Party verschwinden und Lundys Akten einsehen kann. Er bewahrt sie zu Hause auf."

„Wie kommst du auf die Idee, dafür das Fest auszuwählen?"

„Weil das die beste Gelegenheit für mich ist", erklärte Derek. „Ich will verdammt sein, wenn ich zulasse, dass sie ihn heiratet, solange ich nicht sicher bin, dass er nicht ein verdammter Dieb ist."

Wenn er sie schon nicht haben konnte, dann wollte er sie wenigstens beschützen.

12. KAPITEL

Sie hatte es nicht zugeben wollen, aber der eigentliche Grund, warum Lily in die Stallungen gegangen war, lag darin, dass sie herausfinden wollte, ob es irgendeine Möglichkeit für sie und Derek gab. Sie musste wissen, ob er mit ihr zusammen sein wollte, ob er ihre Gefühle erwiderte.

Die Antwort hatte sie nun.

Es war nicht die, die sie hatte hören wollen. Aber sich zu verlieben hatte ohnehin nicht zu ihrem Plan gehört.

Und daher hatte sie jetzt beschlossen, Derek Knight ein für alle Mal zu vergessen. Es war entschieden, sie würde an ihrem ursprünglichen Vorhaben festhalten und Edward heiraten.

Wenn er sie doch nur fragen würde!

Worauf wartete er nur? Allmählich gefiel es ihr nicht mehr, so an der langen Leine gehalten zu werden. Er wusste sehr gut, dass er sie am Haken hatte. Aber aus irgendeinem Grund quälte er sie und ließ sich Zeit dabei, die Schnur einzuholen. Sie wünschte, er würde dem Ganzen ein Ende setzen.

An dem Tag, an dem die Gartenparty stattfand, spielte das Blasorchester fröhlich im Schatten einiger Bäume. Unter dem großen gestreiften Zelt gab es reichlich zu trinken, Schalen mit spritzigem Früchtepunsch und Fässer mit bernsteinfarbenem Ale. Das Essen für das Picknick, köstlich und reichlich, stand auf den langen Tischen ausgebreitet.

Selbst das wechselhafte englische Wetter war angenehm.

Überall auf Edwards Anwesen waren Spiele und Wettkämpfe im Gange, während der Sommer sich seinem Höhepunkt näherte. Kricket und Bogenschießen, Tennis und Rasenbowling, Rudern auf dem kleinen See – und natürlich wurden die Spiele von vielen Koketterien und lebhaften Gesprächen begleitet. Jene Angehörigen der guten Gesellschaft, die angekommen waren und sich erst einmal unbehaglich umgesehen hatten, um festzustellen, ob ihr Gastgeber ihrer vielleicht gar nicht würdig war, entspannten sich sehr schnell angesichts all des Vergnügens und der Fröhlichkeit.

Lily war erleichtert für die Lundys – und für sich selbst als seine zukünftige Gemahlin. Sie hoffte, dass weder Edward noch seine Mutter sich blamierten, und bisher ging bei ihrem ersten Versuch, Gastgeber bei einem gesellschaftlichen Ereignis zu sein, alles glatt.

Sie für ihren Teil allerdings fand die Vorstellung, Derek auf diesem Fest wiederzusehen, nahezu unerträglich. Es war beinahe eine Woche her, seit sie sich zuletzt im Stall gesehen hatten – und seine Weigerung, mit ihr in England zu bleiben, schmerzte noch immer.

Es schmerzte schrecklich.

Aber sie konnte unmöglich mit ihm nach Indien gehen! Gewiss wusste er das. Sie war nicht einmal sicher, ob seine Frage ernst gemeint war. Vielleicht war diese erschreckende Erklärung nur seine Art und Weise, junge Damen loszuwerden, die sich zu sehr zu ihm hingezogen fühlten.

Er war noch nicht fort, aber dennoch hatte sie das Gefühl, als wäre sie wieder verlassen worden, genauso wie damals, als ihr Vater fortgesegelt und niemals zurückgekommen war. Gerechterweise musste sie zugeben, dass sie nicht sicher war, inwieweit ihr Zorn in der letzten Woche mit Derek zu tun hatte und wie viel davon mit dem Verschwinden ihres Vaters aus ihrem Leben – aber das war jetzt kaum noch wichtig.

Die schlichte Wahrheit war, dass seine militärische Karriere ihm wichtiger war als ein Leben, eine Liebe und eine Zukunft mit ihr, und das gab ihr das Gefühl, dass sie überhaupt nicht zählte.

Wenigstens war sie für Edward wichtig.

Nun, es ist Pech für Derek, wenn er nicht klug genug ist zu begreifen, was ihm entgeht, dachte sie, als sie im strahlenden Sonnenschein stand und seine Ankunft halb herbeisehnte und halb fürchtete. Die Ohrringe ihrer Urgroßmutter waren das Mindeste, was sie für die wahre Liebe geben würde, aber der strahlende Kavallerist war geblendet von Reichtum und Ehre und wollte an so etwas nicht glauben.

Natürlich hoffte sie, dass er niemals davon erfuhr, dass sie die Ohrringe geopfert hatte, denn es wäre beschämend für sie, wenn er wüsste, wie viele Gefühle sie inzwischen für ihn entwickelt hatte.

Und noch etwas anderes ging Lily seit dem kleinen Zwischenspiel im Stall nicht aus dem Sinn.

Während es leicht war, Dereks Pläne, England zu verlassen, mit denen ihres Vaters zu vergleichen, war es ebenso einfach, sein Benehmen in Gegensatz zu dem von Lord Owen Masters in ihrer Vergangenheit zu stellen.

Letzte Woche in der verflixten Pferdebox hatte die Leidenschaft sie beide mitgerissen, aber anders als ihr Verführer vor vielen Jahren hatte Derek sie nicht bedrängt, ihm mehr zu geben. Tatsächlich war er es gewesen, der allem ein Ende gesetzt hatte. Lily hätte mit Vergnügen weitergemacht, doch Derek hatte sich dazu gezwungen, aufzuhören.

Das hatte sie überrascht.

Owen hatte sie nicht nur angebettelt, sondern ihr auch erklärt, dass „er in seiner Anatomie“ einen solchen Schmerz empfinden würde, wie keine Frau ihn je verstehen könnte, wenn sie sich jetzt nicht hinlegte und ihn seine körperlichen Bedürfnisse befriedigen ließ.

Fünfzehn Jahre alt und viel zu vertrauensselig, hatte Lily ihm alles geglaubt und die Vorstellung nicht ausgehalten, dass ihr „Geliebter“ um ihretwillen litt. Also hatte sie es ertragen – obwohl das, was er getan hatte, ihrer „Anatomie“ Schmerz zugefügt hatte. Sie war es gewesen, die am Ende geblutet hatte.

Dereks Zurückhaltung hatte sie zu der peinigenden Überlegung geführt, ob das nur noch eine weitere von Owens Lügen gewesen war. Doch dies gehörte nicht zu den Dingen, über die sie ihre Mutter hätte befragen können.

In jenem Moment sah sie, dass Derek eintraf, und sie erstarrte. Zuerst nahm sie voller Entsetzen an, dass er zwei Frauen bei sich hatte, doch dann erkannte sie, dass eine der Damen in Begleitung seines Bruders gekommen war.

Himmel, dachte sie und betrachtete den anderen großen und schwarzhaarigen Mann. Gabriel Knight absolvierte seinen lange erwarteten Auftritt in der Gesellschaft. Wenn das keine Feder am Hut der Lundys war!

Als sie nähertraten, erstaunte es sie, zu sehen, dass die beiden Brüder einander zum Verwechseln ähnlich sahen – nur dass Gabriel das Haar kurz geschnitten trug. Sein zögernder Gang und die leichte Andeutung einer Spannung in seiner Haltung und seinen Zügen erinnerte sie daran, wie Derek erzählt hatte, dass Gabriel um ein Haar in ihrem letzten Kampf sein Leben verloren hätte. Ganz in Schwarz gekleidet, wirkte er sehr düster.

Lily stellte fest, dass die elegante Blondine an Gabriels Seite dieselbe Frau war, die Derek in jener Nacht im Gartenpavillon gesucht hatte. Wie es schien, hatte er sie an seinen Bruder weitergereicht.

Was den zweitgeborenen Knight betraf, so führte er wieder die strahlende Mrs Coates am Arm.

Lily beobachtete Derek mit seiner sorglosen Geliebten, während sie kaum auf Edward hörte, der vor einem männlichen Gast prahlte. Es war nicht leicht zu ertragen, wie Derek lachte und so charmant war wie immer mit nicht nur einer, sondern sogar mit zwei seiner Eroberungen.

Nachdem sie in der vergangenen Woche um ein Haar selbst mit ihm im Heu gelandet wäre, hatte sie entschieden, wie sie sich an diesem Tag verhalten würde. Sie würde Distanz wahren, jawohl!

Am liebsten hätte sie sich selbst dafür getreten, weil sie ihm erlaubt hatte, sich ihr gegenüber solche Freiheiten herauszunehmen – vor allem, weil sie wusste, dass sie das selbst herausgefordert hatte. Nun war Lily umso entschlossener, sich in seiner Nähe zu beherrschen.

Derek seinerseits schien zu beabsichtigen, seine Interessen auf andere Ziele zu richten. Zweifellos würde Mrs Coates sehr geneigt sein, überlegte Lily eifersüchtig.

Na großartig, dachte sie weiter und sah den beiden Brüdern mit ihren Begleiterinnen zu. Sie kommen hierher. Ihr dummes Herz schlug schneller.

Allerdings wurden sie aufgehalten. Sie schienen Schwierigkeiten zu haben, sich den Weg durch die Menge zu bahnen. Die Ankunft dieses berüchtigten Quartetts hatte Unruhe auf Edwards gepflegtem Boden verursacht. Wenn schon einer der Brüder Knight allein einiges Aufsehen erregte, so lösten sie zusammen beinahe einen Aufstand aus.

Lily wusste jedoch, dass es nur eine Frage der Zeit war, bis sie Derek gegenüberstehen musste, es war üblich, dass Gäste ihre Gastgeber begrüßten.

Die Lundys hatten sich zusammen mit Lily und Mrs Clearwell, die an diesem Tag den Gastgebern beistanden, in einer zwanglosen Reihe im Schatten einer gewaltigen Eiche aufgestellt, wo es angenehm für sie war, jeden ankommenden Gast zu empfangen.

Obwohl Lily sich intensiv bemühte, sich auf das zu konzentrieren, was Edward gerade sagte – meist Unwichtiges –, konnte sie nicht anders, als Derek anzusehen, wenn auch nur aus dem Augenwinkel.

Die Brüder hatten alle Hände damit zu tun, die Schar ihrer weiblichen Verehrerinnen zu handhaben, aber immerhin gelang es ihnen, ohne militärische Kommandos auszukommen.

Nachdem sie sich von ihrem bewundernden Gefolge gelöst hatten, traten die Majors und ihre eleganten Begleiterinnen zu Lily und den anderen unter die Eiche.

Lily wusste nicht, wohin sie sehen sollte, als zuerst die beiden gut aussehenden Brüder in den Schatten traten. Ihr Herz schlug schneller, als Grüße ausgetauscht wurden.

Edward stand neben ihr, und sie wusste, sie lief Gefahr, sich durch ihre Reaktionen zu verraten. Würde es ihr gelingen, ihre höfliche Maske zu wahren?

Ihre Nerven waren zum Zerreißen gespannt, als sie zusah, wie der Mann, den sie heiraten wollte, freundschaftlich die Hand dem

Mann schüttelte, dem sie sich vor einer Woche in einer Pferdebox an den Hals geworfen hatte.

Anschließend stellte Derek seinen Bruder vor, und als der zu ihr kam, knickste Lily automatisch vor dem älteren Knight.

„Miss Balfour, ich habe schon viel von Ihnen gehört“, sagte Gabriel Knight und verbeugte sich.

Tatsächlich? Vor Freude machte sie große Augen – und vor Unsicherheit und der plötzlichen Angst, dass Gabriel vor Edward etwas Falsches sagen könnte. Himmel, was mochte Derek ihm von ihr erzählt haben? Skandalöse Dinge?

Dank Mrs Clearwells raschem Eingreifen blieb ihre Reaktion unbemerkt. Sie lenkte die Aufmerksamkeit auf die Unterhaltungskünstler am Zelt. Lilys Erleichterung über die schnelle Reaktion ihrer Gönnerin währte aber nicht lange, denn im nächsten Moment spürte sie, wie jemand sie ansah.

Dereks Bruder musterte sie. In den meerblauen Augen Gabriel Knights lag eine überirdische Intensität. Es war, als könnte er in das Innere eines Menschen hineinsehen. Die kurze, geheimnisvolle Musterung des Erstgeborenen beunruhigte sie. Sie hatte das Gefühl, dass Gabriel sie inspizierte, als wollte er feststellen, ob sie seines kleinen Bruders wert war oder nicht.

Sie wurde nicht gern so prüfend angesehen.

Als sie zu Derek hinüberschaute, um einen stummen Protest zum Ausdruck zu bringen, stellte sie fest, dass er sie ebenfalls beobachtete. Seine silberhellen Augen schienen im Gegensatz zu denen seines Bruders die eines Raubtiers zu sein.

Widerstrebend musste sie zugeben, dass sie ein Verlangen spürte.

Die Röte stieg ihr in die Wangen, als sich ihre Blicke begegneten. Edward war damit beschäftigt, Gabriel zu erzählen, welche Biersorten sie unter dem Zelt bereithielten. Inzwischen mischten sich in Dereks Blick Feindseligkeit und Begehren zugleich.

Völlig durcheinander senkte Lily den Kopf. Himmel, ihr Doppelleben begann kompliziert zu werden.

Da steht sie nun in all ihrer Pracht, die kleine Mitgiftjägerin, dachte Derek, und soll sie doch ihr Treiben fortsetzen. Er hatte sich gelöst von Lily Balfour.

Jedenfalls hatte er sich das die ganze Woche über einzureden versucht.

Sie jetzt zu sehen, in ihrem blassgrünen Kleid mit einer rosafarbenen Rose in ihrem seidigen blonden Haar, gab ihm das Gefühl, einer besonderen Folter ausgesetzt zu sein. Aber es war egal. Es hatte keinen Sinn, etwas zu verlangen, was er nicht haben konnte. Sie stand nicht ohne Grund neben Lundy.

Derek erinnerte sich daran, dass er später noch anderes vorhatte. Damit legte er einen Arm um Fannys Taille und begegnete ihrem Seitenblick mit einem Lächeln. Frauen wie sie bereiteten so viel weniger Schwierigkeiten.

Zum Glück hatten seine Ermittlungen ihn zu sehr beschäftigt – bei Tage jedenfalls –, um über das weibliche Geschlecht als solches zu viel nachzudenken.

Er war gut vorangekommen. Gerade hatte er seine Aufstellung über den Besitz jedes einzelnen Ausschussmitglieds fertiggestellt und detaillierte Listen angelegt mit allem, was er beobachtet hatte. Er hatte außerdem entschieden, sein Glück zu versuchen und ein paar persönliche Gespräche mit vier der Männer zu führen, die ihm völlig unschuldig erschienen.

Alle drei Gentlemen vom Unterhaus sowie den niedrigsten Angehörigen des Oberhauses hatte er von der Liste seiner Verdächtigen gestrichen. Damit blieben fünf übrig: der Vorsitzende Lord Sinclair sowie der nächstrangige Lord und sämtliche drei Mitglieder der East India Company.

Lundy befand sich damit auch weiterhin auf der Liste.

Tatsächlich war er sogar ein paar Plätze weiter nach oben gerutscht, nachdem er sich als ein guter Schauspieler erwiesen hatte.

Dank Lily wusste Derek jetzt, dass Lundy ihm nicht traute. Ihr Verehrer hatte ihr das rundheraus gesagt, und Lily hatte ihm diese Nachricht übermittelt.

Aber in Dereks Gegenwart hätte man glauben können, sie wären Blutsbrüder. Lundys unerwartete Fähigkeit, sich zu verstellen, ließ in Dereks Kopf sämtliche Alarmglocken läuten.

Heute wollte er einige Antworten finden, wenn die Zeit gekommen war, sich heimlich von der Party zu entfernen und Lundys Akten durchzusehen. Er und sein Bruder hatten alles genau geplant. Gabriel würde den Gastgeber um eine Tour durch die großartigen Stallungen bitten. Derek hatte sie ja schon gesehen und erinnerte sich sehr gut an Lundys Vergnügen, seine Zuchtpferde zu zeigen. Er selbst würde nicht mehr mitgehen.

In der Zwischenzeit hatte Derek für seinen nächsten Schritt in der Ermittlung fachliche Hilfe angefordert. Er war klug genug, um seine Grenzen zu erkennen, und abgesehen von dem heutigen Abenteuer, sich in Lundys Haus zu schleichen, bewegten sich seine weiteren Nachforschungen nicht mehr auf dem Gebiet der tatkräftigen Handlung. Es ging nun in eine Richtung, die Derek ganz und gar nicht schätzte, eine Richtung, bei der er sich mit keinerlei Erfahrungen rühmen konnte – und er hatte auch nicht vor, welche auf diesem Gebiet zu erwerben.

Verdammter Papierkram.

Genau kannte er sich damit nicht aus, aber er nahm an, dass kluge Männer ihre Sondereinnahmen verbergen und die Wahrheit in all den verwirrenden Aufstellungen von Zahlen verstecken konnten. Daher bestand das nächste Vorgehen darin, nach den Diskrepanzen zwischen den sorgfältig von ihm erstellten Listen mit ihren Besitztümern zu suchen und dem, was in den Büchern stand.

Er war Patriot – und er würde sich durch nichts daran hindern lassen, der Armee den versprochenen Nachschub zu schicken. Aber alte Bankauszüge durchzusehen, Steuerformulare und Quittungen, Grundstücksurkunden, Schenkungen und Stiftungen, der ganze endlose Papierkrieg – das genügte schon, um einen Mann der Tat um den Verstand zu bringen.

Und daher hatte er Knight House einen Besuch abgestattet und seine Londoner Cousins gebeten, ihm jemanden zu empfehlen, der etwas von Buchhaltung verstand.

Sie hatten ihn mit Charles Beecham bekannt gemacht, ihrem ordentlichen Anwalt und in Geschäftsangelegenheiten der Mann für alle Fälle, der das Vertrauen des gesamten Knight-Clans besaß.

Und der kurz angebundene, kahl werdende und pedantische Charles hatte an Dereks Mission mit einer Hingabe teilgenommen, die zu seinem bleichen Gesicht und der kleinen Statur nicht passen wollte.

Der Mann sah aus, als würde er beim Anblick von Blut in Ohnmacht fallen, aber bisher hatte Charles sich als Geschenk des Himmels erwiesen. In seinen Dienstjahren für eine Handvoll ausgewählter Männer von Vermögen, ehe er sich ganz den Knights widmete, hatte er alle schmutzigen Tricks gesehen, derer unehrenhafte Gesellen sich bedienen konnten.

Derek vertraute ihm auf den ersten Blick, und nachdem er Charles hatte schwören lassen, Geheimhaltung zu wahren, hatte Derek ihm die ganze unerfreuliche Angelegenheit erzählt.

Der Anwalt hatte sofort das Problem und die Konsequenzen erkannt und sich die Ärmel hochgerollt sowie seine Brille aufgesetzt wie ein Mann, der sich für einen Kampf wappnet. „Keine Angst, Major. Wenn hier etwas Böses vonstattengeht, dann werden wir es finden." Nach dieser Bemerkung hatte er sich vor Dereks Augen mit wilder Entschlossenheit auf den Papierberg gestürzt, getrieben von dem festen Vorsatz, herauszufinden, welche Korruption sich hinter all diesen verwirrenden Zahlenreihen verbergen mochte.

Derek hatte ihm beeindruckt zugesehen.

Charles besaß in Dereks Familie gesellschaftlich hochstehende Gönner, aber es war ihm doch außerordentlich erschienen, dass dieser harmlos wirkende Mann, der aussah, als könnte er sich nicht einmal gegen den kleinsten Wasserträger im Regiment behaupten, dass dieser ungewöhnliche kleine Held nicht die leisesten Anzeichen von Furcht zeigte, den mächtigen Gentlemen des Ausschusses entgegenzutreten.

Das war für Derek eine neue Art von Mut, und dieser erschien ihm bei einem Zivilisten sehr beeindruckend. Wer hätte das geahnt? Hinter dem nichtssagenden Gesicht und der rundlichen Gestalt schlug das Herz eines Löwen.

In den vergangenen Tagen hatte Charles einen Heiligen Krieg gegen die Bücher geführt. Er hatte sich sogar einverstanden erklärt, die Regeln ein wenig zu beugen und den Einfluss zu nutzen, den er durch seine Beziehungen zu den Männern in den Büros der Bank of England hatte. Dank Charles' Rolle als Verwalter für eine der reichsten Familien, die ihr Geld dort unterbrachten, gelang es ihm, einige Angestellte der Bank, mit denen er bekannt war, zu überreden, ihn einen kurzen Blick in die Konten der verdächtigten Komiteemitglieder werfen zu lassen.

Derek wusste, dass sie dafür in große Schwierigkeiten geraten konnten, aber es war keine Zeit vorhanden, um nach all den notwendigen Genehmigungen zu fragen. Das Wohl der Nation stand auf dem Spiel. Wenn die Truppen kein Gold bekamen, verloren sie vielleicht den Krieg, und dann würden die Kolonien in Indien wie die Dominosteine fallen. Und wer konnte sagen, welche Vorteile die Franzosen dadurch bekamen oder irgendeine andere rivalisierende Macht?

Jedenfalls halfen ihm diese nicht ganz legalen Nachforschungen, ein paar weitere Namen von der Liste zu entfernen.

Da die Ergebnisse seiner Erkundungen hauptsächlich allein von Charles ausgewertet werden konnten, fand Derek, dass er in diesem speziellen Teil der Ermittlungen nicht von großem Nutzen war.

Nach der Ruhelosigkeit, die ihn nach dem Zwist mit Lily erfasst hatte, war jede müßige Stunde schwer zu ertragen. Er begann, das Zaumzeug für die Pferde zu reinigen und sein Gepäck zum wiederholten Mal für die Heimreise umzupacken. Noch immer gab es keine Nachricht, keinen Brief von Colonel Montrose. Derek sorgte sich um seine Männer, fragte sich, wohin es sie verschlagen hatte, wie sie unter dem neuen Major zurechtkamen, ob sie bereits in den Kampf ziehen mussten und ob es bereits Zwischenfälle zu verzeichnen gab.

Lundy wusste nichts Neues über die Bemühungen Lord Sinclairs zu berichten, den Betrüger innerhalb des Ausschusses zu finden. Derek hatte Lundy nichts davon gesagt, dass er Charles hinzugezogen hatte, natürlich nicht. Er führte die letzten Spionagetätigkeiten aus und tat, was nötig war, um Charles zu helfen. Damit jedenfalls verbrachte er seine Tage. Mit den Nächten sah es etwas anders aus.

Die Nächte waren schwierig.

Er lag wach und dachte beständig nur an Lily, und selbst wenn er schlief, erschien sie in seinen Träumen. In den stetig wiederkehrenden Träumen, in denen er auf einem Schlachtfeld war, konnte er hören, wie sie über den Kanonendonner und den schwarzen Qualm hinweg nach ihm rief. In seinen Träumen versuchten sie verzweifelt, einander zu finden, damit sie beide diesem höllischen Ort entfliehen und überleben konnten.

Tatsächlich hatten seine Albträume über vergangene Gefechte ihn dazu gebracht, seine Meinung über seine Einladung an Lily, ihn nach Indien zu begleiten, zu ändern. Zum Glück hatte sie Nein gesagt. Denn wenn er nüchtern darüber nachdachte, wie es wäre, wenn sie dort wäre, dann wusste er, dass er sie nicht in der Nähe seines Daseins in der Armee haben wollte.

Der Tod lauerte überall. Wenn sie ums Leben käme, würde er sich das niemals verzeihen. Und dann war da die beständige Bedrohung, in Gefangenschaft zu geraten, was für eine Frau noch bei Weitem schlimmer war als für einen Mann. Ein goldhaariges englisches Mädchen würde als äußerst exotische Bereicherung jedes Harems angesehen werden. Allein durch ihre Schönheit wäre sie begehrtes Ziel – und das würde die Gefahr für seine ganze Schwadron nur noch verstärken.

Er konnte Lily beschützen, er konnte auch einen Krieg führen. Aber er war nicht sicher, ob ein Mann beides tun konnte, jeden Tag, rund um die Uhr. Heute schätzte er sich schon glücklich, nur neben ihr zu stehen, in Hörweite ihrer sanften, melodischen Stimme, und er fragte sich, ob sie wohl wusste, dass er sie fasziniert beobachtete.

Vorhin, als er ankam, hatte er versucht, ihr Verhalten zu deuten. Aber alles, was er erkennen konnte, war, dass sie nicht glücklich war, ihn wieder mit Fanny zu sehen.

Na schön. Soll sie doch ein bisschen von ihrer eigenen Medizin kosten.

Sie schien entschlossen zu sein, ihn genauso zu behandeln wie alle anderen, aber insgeheim amüsierte sich Derek, zu verfolgen, wie Lily mit jeder neuen Herausforderung umging, die ihr in die Quere kam.

Als Mrs Lundy wieder von ihrer bevorstehenden Reise nach Jamaika zu sprechen begann, bemerkte Derek bei Lily einen kurzen Anflug von Verzweiflung, als sie glaubte, es würde sie niemand wahrnehmen. Es war kaum zu bemerken, nur ein kleiner Blick gen Himmel, als schickte sie ein Stoßgebet hinauf, damit sie nicht losschrie, wenn sie das alles noch einmal anhören musste.

Er lächelte verstohlen. Als er sie zum ersten Mal gesehen hatte, war sie maskiert gewesen. Inzwischen las er in ihr wie in einem offenen Buch, eines, von dem er wusste, dass es ihm nie langweilig werden würde. Er schaute sie erneut an.

Sie hielt den Blick auf den Rasen gerichtet, und jetzt bemerkte er, wie ihre zarten Züge sich verhärteten. Sie schien sich auf einen Angriff gefasst zu machen, und Derek erkannte auch rasch den Grund dafür. Bess Kingsley kam auf sie zu, und ihre Röcke und Unterröcke flogen bei jedem ihrer weit ausholenden Schritte.

Das könnte interessant werden, dachte Derek.

Oh, nicht die schon wieder!

Überzeugt davon, dass innerhalb weniger Momente diese Rachegöttin einen neuen Weg finden würde, sie vor allen anderen zu blamieren, blieb Lily kaum genügend Zeit, um sich zu wappnen. Bess würde sich wie üblich in den Mittelpunkt der Party stürzen, Mrs Lundy mit Beschlag belegen und laut zu erzählen beginnen. Und tatsächlich: Sofort tat sie ihre Meinung kund, kritisierte das Essen, die Getränke, das Zelt, die Musiker, als würde es irgendjemanden interessieren, was ihr nicht gefiel.

Gabriel sah das Mädchen überrascht an.

Ich glaube, ich bekomme Kopfschmerzen, dachte Lily. Aber dann bemerkte sie die Andeutung eines mitfühlenden Lächelns von Derek. Diese leichte Bewegung seiner Lippen beschwichtigte ihr Gemüt so sehr, dass die Sonne wieder herauskam und ihr überfließendes Herz Miss Kingsleys Wortschwall ignorierte. Alles, was sie hörte, war der Gesang einer kleinen Amsel hoch oben in den Zweigen der großen Eiche über ihr.

Dann hob der Vogel seine Schwanzfedern und ließ etwas genau in Lilys Glas mit dem Champagnerpunsch fallen.

Mrs Clearwell stockte der Atem.

Der Vogel flog davon, ohne sich weiter darum zu kümmern. Lily seufzte nur, eigentlich wenig überrascht, während Edward und Bess vor Lachen brüllten.

„Oh Eddie, sehen Sie nur, der Fluch der Balfours hat wieder zugeschlagen."

„Wie gut dieses Tier zielen konnte", meinte Lily trocken, als sie den Kelch dem nächsten Diener reichte.

„Es heißt, das bringt Glück", meinte Mrs Clearwell und sah ihr Patenkind mitfühlend an.

„Das habe ich auch schon gehört", sprang Derek bei, während Mrs Coates das Gesicht verzog. Lady Amherst murmelte auch nur: „Wie grässlich."

Die Männer waren da härter im Nehmen. Derek und Gabriel unterdrückten ein Lächeln, während sie gleichzeitig vortraten und ihre Taschentücher anboten.

„Schon gut, Major", meinte Lily. „Der Kleine hat mich nicht getroffen."

„Aber beinahe", platzte Bess heraus, die vor Vergnügen über das Missgeschick ein ganz rotes Gesicht hatte. Sie stieß Edward mit dem Ellenbogen an. „Ich sagte Ihnen schon, halten Sie sich besser von ihr fern, sonst wird Ihnen noch etwas Schreckliches zustoßen. Sie bringt Unglück. Arme Miss Balfour. Es muss eine solche Last sein, verflucht zu sein."

Ganz plötzlich war Lily mit ihrer Geduld am Ende und

schenkte Bess ein breites Lächeln. „Eigentlich, Miss Kingsley, gibt es in allen guten Familien einen Fluch. Vielleicht kann Ihr Vater einen kaufen, wenn er den Titel abbezahlt hat."

„Holla", sagte Derek.

Bess machte große Augen. „Wie unhöflich!"

Mrs Coates und Lady Amherst kicherten, wie nur wahre Damen der Gesellschaft es vermochten, doch Mrs Lundy sah aus, als fiele sie gleich in Ohnmacht. „Aber – aber, meine lieben jungen Damen, Sie können doch nicht …"

Mit bebenden Lippen drehte Bess sich zu Edward um. „Haben Sie gehört, was sie zu mir gesagt hat?"

„Das war ziemlich unhöflich, Lily", sagte er leise.

Entsetzt sah Lily ihn an.

„Nein, nein", mischte Derek sich ein, der belustigt zugehört hatte. „Unsere Miss Balfour hat eben erst gelernt, sich zu wehren. Und es wird höchste Zeit", fügte er leise hinzu.

„Oh, das konnte ich schon immer, Major." Lily sah erst ihn an, dann Bess. „Ich habe eine umfassende Erziehung genossen."

„Bisher haben Sie es nicht einmal gewagt, ‚buh' zu mir zu sagen."

„Wissen Sie, Miss Kingsley, das nennt man gute Manieren."

„So! Was sind Sie doch für eine feine Dame! Kommen Sie, Eddie. Mein Vater will mit Ihnen reden." Bess packte Edward an den Rockaufschlägen.

„Edward", stieß Lily hervor und sah ihm in die Augen. *Wagen Sie es nicht!*

„Ich bin gleich wieder da", murmelte er. „Mr Kingsley und ich handeln ein Geschäft aus."

Bess warf Lily einen schadenfrohen Blick zu und zog Edward mit sich, als sie davoneilte.

„So etwas", murmelte Gabriel.

„*Au revoir*, Miss Kingsley!" Mrs Coates winkte ihr mit einer eleganten Bewegung nach.

Lady Amherst stimmte ein. „Besuchen Sie uns bald wieder!"

„Oh je, ich bin sicher, nun, das …" Mrs Lundy plapperte noch einen Moment lang unzusammenhängende Dinge, dann eilte sie den anderen nach.

„Liebling, deine Mutter wäre so stolz auf dich", murmelte Mrs Clearwell augenzwinkernd.

Lily warf ihr einen vielsagenden Blick zu.

Ihr Triumph über Bess hielt nicht lange an, denn sie war es, die zurückgelassen worden war. Sie war nun ohne Verehrer – und in Gegenwart von Derek und seiner schönen Geliebten. Es war außerordentlich unangenehm, eine überzählige Frau zu sein, und es war zu ärgerlich, dass diese verwöhnte Bess immer das zu bekommen schien, was sie haben wollte.

„Reizendes Mädchen", sagte Mrs Coates in ihrer unnachahmlich hochmütigen Art und Weise und brach damit die Stille.

„Verzeihen Sie", entschuldigte sich Lily. „Wir mögen uns nicht sehr."

„Ich kann mir gar keinen Grund dafür vorstellen", meinte Lady Amherst ironisch.

Lily wollte kein Mitleid von Dereks weltgewandten Bettgespielinnen, aber sie wusste deren Verständnis zu schätzen.

„Miss Balfour, Sie haben nie erwähnt, dass ein Fluch auf Ihrer Familie liegt. Wie exotisch", meinte Derek, ohne zu ahnen, dass dies ein sensibles Thema war.

„Glauben Sie an Flüche, Major?"

„Nein."

„Ich auch nicht. Der einzige Fluch unserer Familie ist der tollkühner Balfour-Männer, die falsche Entscheidungen treffen, die auf direktem Wege in ihren eigenen Untergang führen."

„Ich verstehe", murmelte er, und an seinem scharfen Blick erkannte sie, dass er ihre Botschaft tatsächlich aufgenommen hatte. „Aber Ihr Großvater erreichte ein hohes Alter, nicht wahr?"

„Er besaß Vernunft", erwiderte sie. *Was mehr ist, als ich von Ihnen behaupten kann.*

„Äh, Major ..." Mrs Clearwell hatte besorgt von Lily zu Derek und wieder zurück zu ihrem Patenkind geblickt und fürchtete zweifellos, dass ihre Bemühungen als Ehestifterin endgültig gescheitert waren. Zum Glück war sie eine Meisterin auf dem Gebiet, Dinge zu glätten. „Wie geht es Ihrem reizenden Neffen? Und dem Rest der Familie?“

„Sehr gut, Madam. Es geht ihnen allen gut. Vor allem mein Vater lässt Sie grüßen.“

„Oh, tatsächlich?“, fragte sie überrascht. „Wie reizend!“

Lily lächelte, als sie die Freude auf dem Gesicht ihrer Patin sah.

„Übermitteln Sie Lord Arthur meine besten Wünsche, Major.“

„Das werde ich tun. Und wie geht es Ihrer Familie, Madam?“

„Oh, ich habe keine Familie außer ihr.“ Liebevoll legte Mrs Clearwell einen Arm um Lilys Schulter.

Deren Lächeln wirkte etwas angespannt, denn von ihrem Platz aus konnte sie beobachten, wie Edward mit den Kingsleys sprach.

Es sah alles sehr einvernehmlich aus.

„Da Sie gerade die Familie erwähnt haben – Lily bekam gestern einen Brief von ihrer Cousine, nicht wahr?“ Mrs Clearwell nickte ihr ermutigend zu und versuchte, sie dazu zu bringen, mit Derek zu reden.

„Cousine Pamela?“, fragte er amüsiert. „Und wie ist das werte Befinden der Schriftstellerin in der Familie?“

„Erzähl von dem Brief, Lily. Deine Cousine Pamela schreibt die unterhaltsamsten Briefe.“

„Sind sie gruselig?“ Derek tat so, als würde er erschauern.

„Nur ein wenig makaber“, meinte Lily und lächelte widerstrebend.

„Geben Sie uns etwas zum Besten.“

Die Begleiterinnen der Knight-Brüder sahen die beiden an, ohne die leiseste Ahnung zu haben, worum es überhaupt ging.

Erfreut, dass er sich an ihre Roman schreibende Cousine erinnerte – obwohl dies eigentlich lächerlich war –, befriedigte Lily nur zu gern seine Neugier. „Cousine Pamela ist geradezu ekstatisch über die ungeladenen Gäste, die sich auf dem Dachboden im Nordflügel von Balfour Manor niedergelassen haben.“

„Balfour Manor?"

„Mein Zuhause."

„Ihr Großvater, der frühere Lord Balfour, hat es ihr testamentarisch hinterlassen", prahlte Mrs Clearwell und nickte Lily zu.

„Oh?" Als Derek seinen Blick wieder auf sie richtete, erschien ein seltsamer Ausdruck in seinen Augen.

„Es ist das Haus, in dem ich aufwuchs. Wir hatten Glück, dass es nicht an die Erbfolge gebunden war. Jedenfalls haben wir diesen Flügel des Hauses seit Jahren nicht benutzt", erklärte Lily und bemerkte kaum, welche Veränderung in Derek vorging. „Unglücklicherweise scheinen im Dach einige Löcher zu sein, denn unsere Gäste wurden dabei beobachtet, wie sie nach Einbruch der Dunkelheit ein- und ausflogen."

„Schwalben?", fragte Mrs Coates.

„Fledermäuse", riet Derek ganz richtig, der mit Pamelas Vorlieben vertrauter war.

„Sie haben eine Kolonie von Fledermäusen in Ihrem Dachboden, und Ihre Cousine ist froh darüber?", fragte Gabriel verwirrt.

„Es ist sehr stimmungsvoll, Major", sagte Lily achselzuckend. „Unsere Pamela ist ein wenig seltsam. Aber wir lieben sie. Das Problem ist, dass niemand weiß, was wir gegen diese Fledermäuse tun können."

„Ich weiß es."

Lily sah Derek mit hochgezogenen Augenbrauen an. „Warum überrascht mich das nicht bei all Ihren verborgenen Talenten?"

Mrs Coates und Lady Amherst vermochten ihre kecke Bemerkung offenbar nicht zu schätzen.

Lily presste die Lippen aufeinander, als ihr klar wurde, dass ihre Worte gewagter geklungen hatten als sie gemeint waren.

„Was wäre eine richtige Methode, Major?", fragte Mrs Clearwell und blieb bei diesem Thema, ehe ihr Schützling in ein weiteres Wortgefecht geraten konnte, bei dem sie diesmal zahlenmäßig unterlegen wäre. „Sie mit brennendem Pech ausräuchern?"

„Nein. Es ist sehr viel einfacher als das." Derek sah Lily an.

Er wirkte nicht sehr glücklich, und sie verstand nicht, warum.

Sie dachte, die Geschichte mit den Fledermäusen würde ihn amüsieren. Stattdessen zeigte seine Miene, dass er über irgendetwas verstimmt war, sich sogar ärgerte.

Welch ein rätselhafter Mann!

Als er sich an Mrs Clearwell wandte, war sein Tonfall noch immer höflich. „Zuerst müssten Sie die Löcher im Dach schließen."

„Leichter gesagt als getan." Kopfschüttelnd mischte Lily sich wieder ein. „Der letzte Bursche, der kam, um unser Dach zu begutachten, sagte, das Ganze müsste erneuert werden. Es ist beinahe ein halber Morgen Dachfläche, und das Haus stammt aus der Tudorzeit. Die Reparaturen müssen entsprechend der damaligen Zeit angepasst werden."

Entsetzt starrte er sie an. „Gütiger Himmel, das wird ein Vermögen kosten! Haben Sie das Edward erzählt?"

„Derek!", rief Gabriel aus, der seinen überaus interessierten Bruder ein wenig bremsen wollte.

Lily war an Dereks Neugierde gewöhnt. Sie störte sich nicht daran. „Stimmt etwas nicht damit?", fragte sie ihn ruhig.

„Nein", rief er aus, und es war offenbar, dass er log. „Ich bin nur überrascht. Ich höre zum ersten Mal von Balfour Manor. Ich ahnte nicht, dass Ihnen ein großes Haus im Tudorstil gehört."

Verwirrt sah Lily ihn an. „Und?"

„Egal. Ich gehe jetzt besser Kricket spielen." Als Derek an ihr vorbeiging, um sich zu den drei jungen Männern zu gesellen, die ihm zuwinkten, warf er Lily einen finsteren Blick zu.

„Was ist?", rief sie ihm nach.

„Sie könnten das verdammte Ding verkaufen."

Sie starrte ihm nach.

„Major, Liebling, ich verdurste", erklärte Lady Amherst und schenkte Gabriel ein bezauberndes Lächeln. „Sollen wir uns etwas zum Trinken holen?"

„Ich komme mit." Mrs Coates schien ebenfalls genug von Lilys Gesellschaft zu haben.

„Äh – ja, natürlich", erwiderte Gabriel gehorsam. „Miss Balfour, Mrs Clearwell, wenn Sie uns bitte entschuldigen."

„Gewiss, Major. Meine Damen“, sagte ihre Gönnerin höflich. „Genießen Sie das Picknick.“

Gabriel nickte Lily zum Abschied ein wenig unbeholfen und entschuldigend zu, dann wurde er von den beiden eleganten Damen fortgezogen, von denen je eine an seinen Armen hing.

Sobald sie außer Hörweite waren, konnte Lily ihre Empörung nicht länger zurückhalten. „Er hat mich gescholten! Derek meine ich.“

„Ja, das habe ich gehört.“

„So ein ungehobelter Kerl! Er ist empörend.“

Mrs Clearwell sah sie an. „Vor allem, wenn er recht hat.“

„Was?“

Sie zuckte die Achseln. „Wenn du das Haus verkaufst, brauchst du Edwards Geld nicht, oder?“

„Das Haus verkaufen? Sie scherzen.“

„Ich bin nie in meinem Leben ernster gewesen. Es ist Zeit für dich, aufzuwachen und der Realität ins Auge zu sehen.“

„Aber …“

„Aber, aber … Natürlich! Der Stolz der Balfours! *Au revoir*, meine Liebe. Aber vergiss nicht, wenn du dir dein Bett bereitest, bist du die Einzige, die darin liegen muss.“ Mit einer eleganten Bewegung ihres Fächers ging Mrs Clearwell davon, um sich zwischen die anderen Gäste zu mischen. Lily blieb allein zurück.

Stirnrunzelnd sah sie zu, wie ihre Patin sich zu einer Gruppe von Freundinnen gesellte.

Jeder hatte sie verlassen!

Sie ließ den Blick über den Rasen schweifen und sah, dass Edward noch immer mit Bess Kingsley und ihrem Vater, dem Fabrikbesitzer, zusammenstand.

Sie wäre gern zum Zelt gegangen, um sich ein frisches Glas Punsch zu holen, doch da stand noch immer der arme Gabriel mit den beiden schrecklichen Frauen.

Widerstrebend blickte sie zum Kricketfeld hinüber.

Derek hatte den Schläger auf seine Schulter gelegt, während er mit einer Hand den Ball ungeduldig hochwarf und wieder auffing. Er wartete darauf, dass das Spiel begann. Seine Mannschaftskameraden scharten sich um ihn und warteten auf seinen Rat, was die Strategie anging, was ihn, wie sie vermutete, zu ihrem Kapitän machte. Natürlich.

Es dauerte nicht lange – und das Spiel fing an.

Lily schützte ihre Augen vor der Sonne und sah zu, wie der Werfer ausholte und den Ball durch die Luft schleuderte, wie der Ball flog, dann einmal aufkam und zu dem anderen Spieler sprang, der schlagbereit dastand. Dahinter befand sich der Tormann, und der Schiedsrichter, der sich in dessen Nähe hielt, beobachtete alles mit Argusaugen.

Der harte Ball prallte von dem Kricketschläger ab und flog zu einer Stelle, wo keiner der Feldspieler ihn erwartet hatte. Unter den anfeuernden Rufen der Zuschauer liefen die beiden Schläger los und tauschten die Plätze.

Dereks ausgewählte „Elf" begann zu laufen.

Lily wollte nicht zugeben, wie viel Vergnügen es ihr bereitete, ihm zuzusehen. Aber seine hohe, elegante und sportliche Gestalt strahlte Sicherheit und Selbstvertrauen aus. Eine Locke seines schwarzen Haars hatte sich aus dem Zopf gelöst und umrahmte sein schönes Gesicht, als er jetzt in die Sonne blinzelte. Ungeduldig schob er sie sich hinter das Ohr, doch gleich darauf hatte sich die Strähne wieder gelöst und bewegte sich leicht im Wind.

Er trug eine hellbraune Hose und ein weites weißes Hemd, dessen Ärmel er für das Spiel bis zum Ellenbogen aufgerollt hatte. Den Rock hatte er abgelegt, aber nicht das rote Tuch, das er locker um den Hals gebunden trug.

Als Derek in den Streifen, den Pitch, trat, blickte er dem Ball entschlossen entgegen und schlug ihn in einen unbewachten Teil des Spielfelds.

Die Mannschaft im Feld lief hinterher. Ehe sie ihn zu fassen bekamen, war der Ball aufgeprallt, weitergesprungen und über die mit Kreide gezeichnete Linie gerollt. Damit hatte Dereks Seite vier Läufe gewonnen.

Fasziniert sah Lily zu, wie er zum Ende des Feldes rannte.

So wie er den Kricketschläger in der Hand hielt, konnte sie sich mühelos vorstellen, wie er mit dem Degen auf einen Feind losstürmte und sich in die Schlacht stürzte.

Der Anblick raubte ihr den Atem, aber er erinnerte sie auch an seine Entschlossenheit, nach Indien zurückzukehren und dort im Krieg zu kämpfen. Aber was würde geschehen, wenn er starb? Sie glaubte nicht, dass sie das ertragen könnte. Aber er wollte nicht auf sie hören.

Stattdessen tadelte er sie. Balfour Manor verkaufen? Empört verschränkte sie die Arme vor der Brust. Dreihundert Jahre vornehmste Familiengeschichte an den Meistbietenden verschachern?

Ich glaube nicht, Major.

Er musste Familienstolz doch kennen.

Als seine Bewunderer ihm gratulierten, winkte er seinen weiblichen Anhängern zu, und Lily entschied, dass es an der Zeit war, sich anderswo zu amüsieren.

Eitler Geck.

Sie wollte nicht zu den Frauen gehören, die jede seiner Bewegungen begeistert beobachteten. Lily begab sich zu dem Feld der Bogenschützen, um sich abzulenken und ihrem Unmut durch Nutzung von Pfeil und Bogen Luft zu verschaffen.

Ein Diener reichte ihr einen zierlichen Damenbogen von dem Tisch, auf dem die Sportgeräte lagen. Anschließend gab er ihr einen Pfeil und deutete höflich auf die Zielscheiben.

Rechts und links von Lily amüsierten sich bereits andere Damen bei diesem Sport. Sie richtete ihre Aufmerksamkeit auf die Zielscheibe, auf keinen Fall wollte sie noch einmal zu dem Kricketfeld blicken, wo Dereks Harem weiterhin hingerissen von ihm war.

Sie spannte den zierlichen Bogen – und zielte. Der Pfeil schlug ziemlich nahe am Ziel ein. Ah! Es lag etwas so Befriedigendes in dem Geräusch, das der Pfeil verursachte, wenn er traf.

Nicht schlecht.

Lily senkte den Bogen und nahm einen weiteren Pfeil von dem

Diener entgegen, fest entschlossen, sämtliche Männer aus ihren Gedanken zu verbannen – wenigstens für eine Weile.

Nachdem sie mehr als ein Dutzend Pfeile verschossen hatte, wurde sie von einigen Damen in ein höfliches Gespräch gezogen, die ihre Mutter kannten. Nach einer Weile bemerkte sie, dass die Kricketspieler entweder mit ihrem Spiel aufgehört hatten oder eine Pause machten. Ganz unauffällig warf sie einen Blick zum Spielfeld und sah, wie Derek zum Haus der Lundys ging. Sie suchte nun nach seinem Bruder. Als sie sich überall umgeschaut hatte, bemerkte sie, dass Gabriel mit Edward bei den Stallungen stand.

Natürlich, dachte sie. Edward war ja so stolz auf seine Vollblüter. Er konnte der Gelegenheit nicht widerstehen, seine Pferde dem adligen Kavalleristen vorzuführen.

Aber dann bedeutete Edward mit einer Geste, dass Gabriel noch einen Moment warten solle.

Lily hob den Kopf, als ihr Verehrer ihr winkte. Hm. „Ich glaube, Mr Lundy benötigt meine Unterstützung“, gab sie den Damen zu verstehen und entschuldigte sich.

„Zweifellos“, meinte eine leise.

Lily tat so, als hätte sie die Bemerkung nicht gehört, und eilte zu Edward. Er kam auf sie zu. Gabriel hatte er bei den Stallungen stehen lassen.

Derek war im Haus verschwunden.

„Ja, Edward?“, fragte sie, als sie sich ihm näherte. „Kann ich etwas für Sie tun?“ Als Lily bei ihm war, nahm er ihren Ellenbogen und beugte sich zu ihr. Er roch nach zu viel Bier.

„Würden Sie mir einen Gefallen tun?“

Sie nickte hoheitsvoll. „Sie wünschen?“

„Gehen Sie ins Haus, und behalten Sie Derek Knight im Auge.“

Sie holte bei dieser Bitte tief Atem, denn ihr erster Gedanke war, dass Edward etwas ahnte.

„Ich kann meine Gäste nicht im Stich lassen“, murmelte er. Seine Worte klangen undeutlich, wahrscheinlich durch den übermäßigen Biergenuss. „Daher müssen Sie das für mich übernehmen. Beobachten Sie den Schurken. Sorgen Sie dafür, dass er nichts tut, was er nicht sollte."

Sie hoffte, dass ihr das Schuldbewusstsein nicht allzu deutlich ins Gesicht geschrieben stand. Ein kalter Schauer überlief sie, während sie sich fragte, ob das irgendein Trick war.

Hatte jemand sie zusammen gesehen? Ihm davon erzählt?

Aber das war unmöglich. Edward würde hier nicht stehen, ihr in die Augen sehen und ungeduldig auf eine Antwort warten, wenn er wusste, wie verzweifelt sie Derek Knight begehrte.

„Das Personal wird Ihnen keine Fragen stellen", sagte er. „Sie wissen, dass Sie mein Vertrauen besitzen. Sie erinnern sich, was ich Ihnen neulich sagte."

„Ja. Doch ich bin sicher, Major Knight ist nicht hinter Ihrem Gold …"

„Lily, kann ich auf Sie zählen oder nicht?", unterbrach er sie. „Werden Sie das für mich tun? Jetzt?"

Als sie ihn ansah, erkannte sie, dass er sie ohne jeden Zweifel aufforderte, ihm ihre Loyalität zu beweisen, indem sie das machte, worum er sie bat.

Sie schluckte und unterdrückte ihre ängstliche Verwirrung. „Betrachten Sie es als erledigt."

Edward sah sie zufrieden an.

Lily nickte und ging mit klopfendem Herzen und ohne ein weiteres Wort zu sagen davon. *Verdammt, ich will das nicht. Was ist, wenn Derek sieht, dass ich ihm folge? Was wird er glauben?*

Aber welche Wahl blieb ihr? Dies war ihre Chance, dem unsteten Edward zu zeigen, wie wertvoll sie für ihn sein konnte. Außerdem, je eher sie die Paranoia ihres Verehrers zerstreuen konnte, desto eher würde sie Frieden finden.

Dann fiel ihr etwas Schreckliches ein.

Oh je – sie wollte ihn nicht in den Armen seiner neuesten Eroberung finden. Was, wenn er sich fortgeschlichen hatte, um sich mit seiner Geliebten zu treffen? So wie auf dem Maskenball, an jenem Abend, als sie sich kennengelernt hatten?

Aber vielleicht wäre das das Beste. Ihn in einer eindeutigen

Umarmung mit Mrs Coates zu sehen, würde es ihr sicher leichter machen, Derek Knight ein für alle Mal aus ihren Gedanken zu verbannen. Vielleicht hatte Edward bemerkt, wie fasziniert sie von dem Major war, und nötigte sie auf die ihm eigene grausame Weise, den Tatsachen ins Auge zu blicken.

Der Tatsache, dass Derek viele Frauen hatte und das vermutlich immer so bleiben würde.

Aber noch als sie das dachte, wollte ihr Herz es nicht glauben. Sie hatte ihn mit dem kleinen Matthew gesehen. Sie hatte gesehen, wie liebevoll er mit dem Pferd umging …

Als sie das riesige, schlossartige Gebäude der Lundys betrat, stellte sie fest, dass sich an diesem schönen Tag nur wenige Gäste und Dienstboten im Innenbereich aufhielten. Eine Gruppe älterer Besucher war vor der Sonne geflüchtet und nun damit beschäftigt, die Schwächen der jüngeren Generation zu beklagen. Die Gäste achteten nicht darauf, als Lily an ihnen vorbeieilte und in verschiedene Räume spähte auf der Suche nach dem Major.

Speisesaal, roter Salon, Bibliothek und Musikzimmer waren leer. Auch im Ballsaal war niemand. Um ganz sicherzugehen, warf sie sogar einen Blick in das große gläserne Gewächshaus. Keine Spur von ihm, bis sie an dem Erfrischungsraum für die Gentlemen vorbeikam und Wasser plätschern hörte.

Ah, dachte sie, er musste ins Haus gegangen sein, um sich nach dem anstrengenden Kricketspiel ein wenig zu reinigen. Als das Plätschern aufhörte, wusste Lily, dass er jeden Moment herauskommen würde.

Sie hastete in den gegenüberliegenden Salon, verbarg sich hinter der weiß gestrichenen Tür und spähte durch den winzigen Spalt zwischen den Türangeln. Sie hörte ein kurzes, melodisches Pfeifen, dann wurde die Tür zum Erfrischungsraum aufgestoßen.

Mit federnden Schritten trat Derek auf den Gang, zog seinen Rock zurecht, den er wieder angelegt hatte, und zupfte an seinen Manschetten. Das lange, schwarze Haar hatte er ordentlich zu einem Zopf gebunden. Anscheinend war er allein.

Mit angehaltenem Atem linste Lily durch den Türspalt. Sie

sah ihn vorübergehen.

Ein wenig zögernd durchquerte er die Halle. Sie wartete, bis sein Vorsprung groß genug war, dann schlüpfte sie aus ihrem Versteck und schlich lautlos hinter ihm her.

Jetzt ging er zum Speisesaal – und erst in diesem Augenblick begann Lily zu ahnen, was er tatsächlich vorhatte.

Lily, die sich hinter einer Säule verschanzt hatte, sah stirnrunzelnd zu, wie Derek sich prüfend umdrehte, um sich davon zu überzeugen, dass niemand ihn beobachtete. Danach durchquerte er den Speisesaal, wo er auf der anderen Seite durch eine weitere Tür verschwand.

Lily stand da und konnte es nicht glauben. Wohin geht er? Hatte Edward recht gehabt?

Es sah tatsächlich so aus, als hätte Derek nichts Gutes vor.

Lautlos schlich Lily, wie ihr Verehrer es ihr befohlen hatte, ihm nach.

Immer weiter drang er ins Innere des Hauses vor. Sie kniff die Augen zusammen und folgte ihm misstrauisch. Sie hatte nicht die geringste Ahnung, was er vorhatte. Aber dieses Eindringen in die privaten Teile des Hauses war außerordentlich unhöflich – und sehr verdächtig.

Als ein Diener den Gang entlangkam, wich der Major ihm aus, indem er in einem der seitlich gelegenen Salons Deckung suchte. Es war die Bibliothek. Lily hatte keine Gelegenheit gefunden, ihm auszuweichen, und tat so, als betrachtete sie eines der Gemälde an der Wand.

Als der Diener näherkam, erkannte er in ihr die zukünftige Dame des Hauses und grüßte sie mit einem respektvollen Nicken. Sie lächelte ihm etwas abwesend zu, aber da sie nicht nach seiner Aufmerksamkeit verlangte, ging er weiter seinen Pflichten nach.

Sobald er außer Sichtweite war, suchte sie sich eine Nische, um nicht entdeckt zu werden. Derek sollte keine Gelegenheit haben, ihrer ansichtig zu werden. Was immer der Major auch vorhatte, sie wollte jetzt weniger denn je, dass er merkte, wie sie ihm nachspionierte. Mit klopfendem Herzen presste sie ihren Rücken in den kleinen Alkoven neben dem Gang und wartete darauf, dass er seinen Weg fortsetzte.

Ein Stück weiter vorn schlüpfte Derek aus seinem Versteck in der Bibliothek. Er sah sich um, dann ging er weiter.

Sie wusste nicht, dass er sich so bewegen konnte. Er glitt durch das Haus wie ein Geist, wie ein Schatten.

In einiger Entfernung folgte ihm Lily den Gang entlang und beobachtete, wie er um die nächste Ecke bog.

Sie näherte sich dem Winkel und lauschte mit schief gelegtem Kopf, versuchte zu hören, wo er sich befand. Als sie nichts vernahm, folgte sie ihm.

In genau diesem Moment fuhr Derek herum, drängte sie gegen die Wand, erstickte ihren Schrei mit einer Hand und hielt ihr mit der anderen die Handgelenke über den Kopf.

Es geschah viel zu schnell, als dass sie sich hätte wehren können. Doch als sie seine Kraft spürte, bezweifelte sie, dass es ihr überhaupt etwas genutzt hätte.

Entsetzt sah sie ihn an, doch als Derek sich niederbeugte, funkelten seine Augen.

„Kann ich etwas für Sie tun, Miss Balfour?“

13. KAPITEL

Sie war eine verdammt unbequeme Frau.

Er war sicher, dass Lundys Arbeitszimmer sich hier irgendwo in der Nähe befand, aber Lily schaffte es natürlich, ihm die einzige Chance zu rauben, die Informationen zu erlangen, die er brauchte.

Sieh zu, dass du sie loswirst, und erledige deine Aufgabe.

Er hatte keine weiteren Dienstboten gesehen, aber sicherheitshalber zog er sie hinter den Vorhang eines Alkovens.

Danach wandte er sich wieder ihr zu und wusste kaum, wo er anfangen sollte.

Er war noch immer wütend wegen Balfour Manor. Tatsächlich besaß sie, wenn sie nur wollte, die Mittel, für sich selbst zu sorgen, ohne Lundy heiraten zu müssen. Aus welchem Grund auch immer hatte sie das nie erzählt.

Es gab so vieles, das er ihr sagen wollte – und wie es schien, war dieses Gefühl gegenseitig. Ihre Augen schienen Funken des Zorns zu sprühen, während unter seiner Hand erstickte Proteste zu hören waren. Derek fühlte, wie ihre vollen Lippen sich unter seiner Handfläche bewegten. Aber als er sie so gegen die Wand des Alkovens drängte und sich jeder Teil ihres verlockenden Körpers an ihn presste, verschwanden all die wütenden Worte aus seinen Gedanken. Was blieb, war Begehren.

Heißes, glühendes, brennendes Begehren.

Wie sehr er nach ihr verlangte. Nun, er wollte verdammt sein, ehe er sie das wissen ließ. Denk nach, Dummkopf, befahl er sich selbst.

Es war schwer, sich zu konzentrieren, wenn seine hübsche Gefangene in ihm solche Lust weckte. Aber er weigerte sich, irgendetwas zu tun, das sie seine wahren Gefühle erraten ließ.

Er wollte nicht, dass sie in seine Ermittlungen verwickelt wurde, in welcher Weise auch immer. Und außerdem war er nach ihrem Streit in der vergangenen Woche nicht sicher, dass sie sich, wenn sie die Wahrheit erfuhr, nicht umdrehen und ihrem kostbaren Edward erzählen würde, dass er herumschnüffeln wollte. Seine Absichten waren klar. Seine Mission musste also warten, bis er dieses verflixte Frauenzimmer los war.

Dennoch war sein Verlangen groß, noch ein letztes Mal mit ihr allein zu sein.

Er wollte sie nicht verscheuchen, nachdem er eine ganze Woche lang seine Gedanken an sie unterdrückt hatte. Allein ihre Gegenwart war köstlich. „Ich dachte, wir wollten das nicht mehr tun", murmelte er heiser.

Als er hinter seiner Hand zwei Silben hörte, die sie in ihrem Ärger hervorstieß, lächelte er. Er vermutete, dass sie soeben seine Herkunft in Zweifel gezogen hatte. Ihr Zorn belustigte ihn, während sie versuchte, sich gegen seinen unerbittlichen Griff zu wehren.

„Beiß mich nicht", warnte er sie, als er ihre Zähne an seinem Finger spürte.

Sie hörte damit auf, vermutlich war ihr eingefallen, dass Damen niemanden bissen, jedenfalls nicht vor Wut.

„So ist es besser", flüsterte er. Er genoss diesen kleinen Ausflug in die Fesselspiele mehr, als er sollte. Umso fester hielt er ihre Handgelenke. „So, können wir jetzt miteinander reden wie zivilisierte Menschen, oder wollen wir auf dem Boden einen Ringkampf austragen? Ich wäre für das Letztere."

Sie sah ihn an wie eine Frau, die einen Mord plante. Tod durch ihre Hand, das wäre kein schlechter Weg, aus der Welt zu gehen, dachte er. Während er sie mit wachsendem Verlangen ansah, ärgerte es ihn enorm, dass er seine Leidenschaft für dieses Mädchen offenbar nicht in Schach halten konnte, obwohl sie ihn verletzt hatte. Wenn überhaupt, dann hatte ihre Ablehnung sein Begehren nur noch mehr angestachelt. Hm, was tun? Lily Balfour war seiner Gnade ausgeliefert, und er wurde immer erregter, als er sich vorstellte, wie er ihre Lippen mit seinem Mund berührte. Natürlich war es möglich, dass der kleine Teufelsbraten in seine Zunge biss. Doch dann würde er sie übers Knie legen.

Er erschauerte, aber sie schien noch immer über die Art und

Weise, wie er sie festhielt, wütend zu sein.

Vorsichtig ließ Derek sie los – Gentleman, der er nun einmal war.

„Unmöglicher Mensch“, fuhr sie ihn an und zerrte seine Hand weg von ihrem Mund. „Bilden Sie sich nur nichts ein! Was immer Sie denken – deswegen bin ich nicht hier.“

„Ach, wirklich? Warum folgen Sie mir dann?“

„Warum schnüffeln Sie in Edwards Haus herum?“

„Ich weiß es nicht“, entgegnete er achselzuckend, erfahren darin, wie man sich beim schönen Geschlecht herausreden kann. „Vermutlich wollte ich mich einfach nur einmal in Ihrem zukünftigen Käfig umsehen. Lily Lundy – das klingt irgendwie nicht gut, oder? Aber vermutlich sind das nicht Ihre größten Sorgen. Schwer vorstellbar, dass Sie hier in trauter Zweisamkeit mit dem guten alten Edward leben. Sie wollen wirklich die Herrin über diese Monstrosität hier werden, oder?“

Sie sah ihn unbehaglich an, schnappte jedoch nach dem Köder und schien seine Ausrede zu akzeptieren. „So schlimm ist es nicht.“

„Ich für meinen Teil denke, zu Hause bei den Fledermäusen hätten Sie es besser.“

„Nun, niemand hat nach Ihrer Meinung gefragt.“

Ihre Kühnheit erstickte jedes weitere Wort. Er schüttelte den Kopf. „Sie sind schon eine.“

„Was?“

„Sie sind so enervierend! Sie und Ihr Haus!“

„Balfour Manor?“

„Oh, Entschuldigung – ein Herrenhaus, nicht einfach ein Haus. Wie praktisch, dass Sie es mir gegenüber nie erwähnten. Ich frage mich, warum nicht.“

„Was ist los mit Ihnen?“

„Sie besitzen ein Tudor-Haus, das so groß ist, dass es verschiedene Flügel hat und einen halben Morgen an Dachfläche, und doch behaupten Sie, dass die finanzielle Lage Ihrer Familie so prekär ist, dass Sie Lundy heiraten müssen.“

„Beides ist richtig."

„Lily!" Mit zwei Fingern tippte er an ihren Kopf. „Denk nach, Mädchen! Benutze deinen Verstand!"

„Ich muss doch sehr bitten!"

„Verkauf das verdammte Ding, anstatt dich für Lundys Gold zu opfern."

„Das kann ich nicht", erwiderte sie.

„Natürlich kannst du das."

„Ich will nicht, dass man sich an mich erinnert als an die Balfour, die den Familiensitz verloren hat. Außerdem ..." Sie seufzte. „Das ganze Anwesen ist in einem so schlechten Zustand, ich glaube nicht, dass irgendjemand es erwerben will."

„Das weißt du nicht. Vielleicht doch – und wenn nicht, dann kannst du es an ein paar Architekten veräußern, die es abreißen und das Material für neue Gebäude verwenden. Dabei könntet ihr genug Geld herausschlagen, du und deine Familie."

„Wie das?"

„Es gibt Firmen, die alte Gemäuer abreißen, um die Teile weiterzuverwenden", erklärte er, nachdem er rasch einen Blick aus dem Alkoven an dem roten Vorhang vorbeigeworfen hatte, um sicherzustellen, dass niemand kam. „Sie können die Steine oder Ziegel wieder verarbeiten, die Schornsteine in neue Häuser einbauen. Sie nehmen die Vertäfelungen, die Balken, das Glas aus den Fenstern. Alles kann von ihnen neu genutzt werden, und sie zahlen gutes Geld dafür ..."

„Oh, wie entsetzlich! Hör auf, bitte! Genug davon!" Sie winkte ab, als wollte sie Fliegen verscheuchen. „Balfour Manor ist mein Zuhause. Es war seit dreihundert Jahren im Besitz unserer Familie. Ich würde eher den Leichnam meines Großvaters Medizinstudenten zur Obduktion hergeben als mein armes altes Haus einreißen zu lassen."

„Nun, wenn du es so siehst, verstehe ich, was du meinst", sagte er mit gerunzelter Stirn und verschränkte die Arme vor der Brust. „Aber wir sprechen von deinem Überleben hier, das ist dir wohl klar. Zum Teufel mit deinen toten Ahnen. Die Vergangenheit ist vorüber – nur du bist jetzt am Leben. Du bist das, was zählt. Es ist unsinnig, freiwillig das eigene Leben für ein paar Geister zu ruinieren."

Empört schüttelte sie den Kopf. „Du sprichst wie ein echter Kolonist. Vergesst die Vergangenheit. Kümmert euch um die Zukunft."

„Besser, die Vergangenheit zu vergessen, als zu versuchen, darin zu leben."

„Ach, du bist mir der Richtige. Ich soll meiner Familie den Rücken kehren? Du bist ja auch nicht gerade bereit, aufzugeben, was dir wichtig ist. Vielleicht solltest du auf deinen eigenen Rat hören. Zeig mir, wie du deinen Truppen den Rücken zukehrst."

„Meine Männer sind menschliche Wesen. Dein Haus ist ein toter Gegenstand. Menschen sind es, die zählen, Lily. Du bist es, die zählt. Himmel, warum musst du so eigensinnig sein? Hast du je daran gedacht, dass dein Besitz per Gesetz an Lundy übergeht, wenn du ihn heiratest?", fuhr er fort. „Wie willst du ihn daran hindern, Balfour Manor unter deiner Nase weg zu verkaufen, wenn du erst mit ihm verheiratet bist? Was, wenn er keine Lust hat, die Reparatur für das Dach zu bezahlen? Hast du je daran gedacht?"

„Natürlich habe ich daran gedacht. Edward wird Balfour Manor nicht veräußern, weil er genau weiß, dass er mit all seinem Gold das Ansehen einer alten Familiengeschichte wie unserer nicht kaufen kann. Was glaubst du, warum er mich heiratet?"

Derek ließ den Blick vielsagend über ihre verführerische Gestalt gleiten. „Ich habe nicht die geringste Ahnung."

„Er versucht verzweifelt, seine Stellung im Leben zu verbessern", erklärte sie, ohne auf seine Blicke einzugehen. „Außerdem hat er keinen Grund, Balfour Manor zu versetzen. Es ist nicht so, dass er das Geld braucht – und außerdem werde ich einen Anwalt beauftragen, Papiere vorzubereiten, um sicherzugehen, dass Edward mein Haus nicht auf den Markt tragen kann, selbst wenn er das will."

„Ah! Siehst du?", sagte Derek. „Du traust ihm ebenso wenig

wie ich. Das ist der Kern des Problems, Lily. Ich vertraue diesem Mann nicht. So – jetzt habe ich es ausgesprochen. Es tut mir leid, aber es stimmt. Ich traue ihm nicht, was dich betrifft, und das bringt mich um den Verstand. Ich muss wissen, dass du in Sicherheit bist."

„Oh Derek." Sein Ausbruch überraschte sie. Sie streckte den Arm aus und schob sanft eine Strähne hinter sein Ohr. „Was soll ich nur mit dir machen?"

„Ein paar Dinge würden mir schon einfallen", murmelte er. Ihre Berührung gefiel ihm. Er nahm ihre Hand und drückte einen Kuss auf ihr Handgelenk. „Hat er dich schon gefragt? Bist du verlobt?"

„Nein", gab sie bedauernd zu. „Was ist mit dir – Nachrichten von deinem Vorgesetzten?"

„Nein." Er seufzte und ließ ihre Hand los. „Wie es scheint, liegen wir beide in einer Flaute", sagte er, dann lächelte er etwas schief. „Vielleicht besteht die einzige Möglichkeit, dem zu entgehen, darin, den Kurs zu ändern. Die Segel neu zu setzen."

„Zu welchem Hafen?", murmelte sie und lächelte matt.

„Der Himmel allein weiß, wohin der Wind uns wehen kann." Plötzlich kam ihm ein Gedanke. „Ein Skandal könnte das Richtige sein! Ein Sturm des Klatsches könnte uns von hier wegtragen!" Er zog die Brauen hoch und lächelte sie vielsagend an. „Wie viele Gäste haben wir hier?"

„Wage es nicht", sagte sie warnend und wich ein Stück zurück.

„Ach, aber es wäre so leicht und so wirkungsvoll." Er trat näher und streichelte ihre Arme. „Du weißt, ich könnte dich hier und jetzt ruinieren. Dich vor dir selbst retten. Ich sollte es außerdem tun, um dich von diesem Wahnsinn abzubringen."

„Oh ja, großartige Idee", erwiderte sie und begegnete seinem spöttischen Tonfall mit einem warnenden Blick. „Tut mir leid, Major, aber nachdem ich deinen Bruder und deinen Vater getroffen habe, bin ich ziemlich sicher, dass sie dich in diesem Fall zwingen würden, mich zu heiraten – und dann hättest du das Nachsehen."

„Vielleicht wäre es kein Nachsehen.“ Plötzlich sah er ihr in die Augen. „Soll ich es tun? Soll ich dich zwingen, mich zu heiraten?“

Erstaunt sah sie ihn an. „Derek! Du hast mich doch nicht gerade gefragt, ob ich dich heiraten …?“

„Nein! Nicht so. Ich meine …“ *Was meine ich denn?* Er verstummte und war von seinem plötzlichen Einfall selbst überrascht. „Ich – ich versuche nur zu helfen.“

Sie legte den Kopf schief und sah ihn zweifelnd an.

Sein Herz schlug wie rasend. Dann zuckte er die Achseln und wandte sich ab, versuchte das, was er eben gesagt hatte, herunterzuspielen. „Wir würden bekommen, was wir beide wollen“, meinte er.

„Stimmt“, erwiderte sie und sah ihn misstrauisch an. „Wenn du mich heiratest, dann müsstest du nach Indien zurückgehen und dich in all die Freuden der Kriegsführung stürzen, bis du deine Seele verlierst. In der Zwischenzeit schickst du alles Gold, das du verdienst, zu mir, damit ich mein Anwesen halten kann. Und vielleicht, aber nur vielleicht, gewinne ich eines Tages die Anerkennung meiner Mutter.“

Er verstummte und sah sie aufmerksam an. „Darum also geht es.“

Er hörte zum ersten Mal von ihrer Mutter, aber in dem Moment, da sie das sagte, fügten sich so viele unerklärliche Einzelheiten zusammen.

Er war froh über diesen Themenwechsel und erleichtert, dass die Reihe jetzt an ihr war, verlegen zu werden. Sie hatte sich abgewandt und wirkte peinlich berührt nach ihrem leichthin geäußerten Bekenntnis. Sie war errötet.

„Ich hätte das nicht sagen sollen“, murmelte sie. „Es war respektlos.“

„Keine Sorge. Deine Mutter ist nicht hier, und ich verspreche dir, ich werde nichts erzählen. Außerdem“, bekannte er leise und beugte sich zu ihrem Ohr, „ich hatte auch eine von diesen Müttern.“

„Wirklich?“ Sie sah ihn überrascht an.

„Lily", sagte er langsam und umfasste ihre Wange. „Jeder, der dich nicht liebt, ist ein Dummkopf. Vor allem deine Mutter. Und das gilt auch für Lundy."

„Und was ist mit dir, Major?", fragte sie kaum hörbar und hob das Kinn. Sie sah ihm in die Augen. „Gilt das nicht auch für dich?"

„Ich bin kein Dummkopf", flüsterte er.

Die süße Sehnsucht, die er in ihren lavendelblauen Augen las, spiegelte sein brennendes Verlangen.

Er umfasste ihre Schultern, schloss kurz die Augen, nicht länger fähig, sich zu verleugnen. „Himmel, es ist so – ich kann nicht zulassen, dass du das tust. Ich werde einen Skandal verursachen, der die Gesellschaft bis in die Grundfesten erschüttert und dich befreit aus diesem verdammten Gefängnis, in das du dich selbst begeben hast."

„Nein! Wage es ja nicht!" Ihre Wangen waren von Leidenschaft gerötet, als sie die Hände gegen seine Brust stemmte und ihn von sich fernhielt. „Ich werde dich nicht heiraten!"

„Warum nicht?", fragte er empört.

„Weil wir uns das nur dann leisten könnten, wenn du entweder deine Familie bittest, uns zu helfen, oder nach Indien zurückgehst, um zu kämpfen. Ich weiß, dass du das Erste niemals tun wirst – und das Zweite würde ich nicht ertragen. Nicht, nachdem ich selbst gesehen habe, welchen Schaden dein Herz schon erlitten hat."

„Ich würde es für dich tun", flüsterte er voller Sehnsucht.

Sie umfasste sein Gesicht und sagte sehr ernsthaft: „Aber ich würde es nicht zulassen."

Sie sahen einander an, und die Zeit schien stehen zu bleiben.

Er lächelte. „Willst du mich etwa beschützen?", murmelte er. Dieses kleine Persönchen wollte ihn beschützen? Das war das Lächerlichste und Schönste, was er je gehört hatte.

Aber er hatte etwas in ihren Augen gesehen, eine Antwort auf seine Frage, als hätten seine Worte sie an etwas Dringendes erinnert. Sie nahm die Hand von seiner Wange. „Sieh mal, Derek, ich weiß nicht, warum du heute hier ins Haus gegangen bist, und ehrlich gesagt, ich glaube nicht, dass ich es wissen will. Aber was den Grund betrifft, warum ich hier bin – ich sollte dich vermutlich warnen. Edward bat mich, dir zu folgen."

„Nun", murmelte er und überlegte. „Das war ziemlich dumm von ihm."

Obwohl seine Stimmung ein wenig sank und es seine männliche Eitelkeit kränkte, zu hören, dass sie ihm nicht aus freien Stücken gefolgt war, am besten aus reiner Liebe, wusste er diese Information zu schätzen – und sein Verlangen nach ihr war ungestillt.

Langsam ließ er die Fingerspitzen über ihre Brust gleiten. „Der alte Edward hätte daran denken sollen, was aus seiner kleinen Spionin werden könnte, wenn sie erwischt wird."

Lily erschauerte, und ihre blauen Augen wirkten dunkler, als die Spannung zwischen ihnen stieg.

Im Stall war es ihnen gelungen, dem zu widerstehen. Aber jetzt war es zu stark. Er spürte, wie ihrer beider Widerstand schwand, wie ein Felsbrocken, der einen Berghang hinunterrollte und schneller und schneller wurde.

Die Trennung hatte ihr Verlangen nacheinander nur noch gesteigert. Er sah es in ihren Augen, und er fühlte es in seinem Blut. Langsam neigte er den Kopf und presste die Lippen in ihre Halsbeuge.

Ihr ganzer Körper erbebte vor süßem Schauder. „Oh Derek, bitte – nicht. Ich will dich so sehr. Ruiniere nicht meinen Ruf. Mehr als das habe ich nicht." Sie hatte seine Schultern umfasst, aber er war nicht sicher, ob sie ihn näher zu sich heranziehen oder ihn wegstoßen wollte. „Einen Skandal kann ich nicht aushalten. Ich kann einfach nicht", flüsterte sie.

„Psst", beschwichtigte er sie, beunruhigt von der Angst in ihrer Stimme. Er wollte sie auf keinen Fall aufregen.

Zwar spürte er instinktiv, dass sie Wachs in seinen Händen wäre, wenn er sich ihr nur noch ein bisschen mehr nähern würde. Aber mit geradezu heldenhafter Anstrengung gelang es ihm, sie loszulassen.

Langsam trat er einen Schritt zurück. „Wie du willst, Lily." Am wichtigsten war jetzt, dass sie ihm vertraute. „Ich würde dir nie wehtun oder deine Gefühle ignorieren oder sonst irgendetwas machen, was du nicht willst." Er schluckte schwer und fügte hinzu: „Ich bin nicht Edward."

„Nein, das bist du nicht", wiederholte sie mit einem Anflug von Bitterkeit in der Stimme. „Ich wünschte, du wärest es."

„Nun geh", sagte er und deutete mit einer Kopfbewegung zum Korridor. „Geh zurück zu ihm. Ich halte dich nicht auf."

Gekränkt sah sie ihn an.

Dereks Puls raste, während er ihrem Blick standhielt.

Sie machte keine Anstalten zu gehen.

„Aber wenn du bleiben willst", fügte er leise hinzu, „dann weißt du schon, dass ich sehr diskret sein kann. Wenn das alles ist, was ich mit dir haben kann, dann werde ich mich damit begnügen."

Sie sah ihn an, die Augen wie blaue Flammen. Dann trat sie auf ihn zu und streckte ihm die Arme entgegen. Sie packte die Aufschläge seines Rockes und zog ihn mit einer plötzlichen Bewegung zu sich heran. Er folgte ihr, als wäre er ihr Sklave, als sie seinen Nacken umfasste, ihn zu sich hinabzog und mit verzweifelter Leidenschaft küsste. Bereitwillig tat er es ihr gleich, ausgehungert nach ihren Lippen. Sie schlang die Arme um seinen Hals, stellte sich auf die Zehen und presste die Lippen auf seinen Mund, mit einer Gier, die glühendes Verlangen in ihm weckte und jede Vernunft zerstreute. Er streichelte sie, verblüfft von dieser Gefühlsexplosion.

Als sich ihre Zungen trafen, spürte er, sie brauchte dies offenbar genauso sehr wie er. Derek seufzte und hielt ihre schmale Taille fester.

Es war sinnlos, sich dagegen zu wehren. In diesem Augenblick gab es keine Antworten, nur eine Begierde, die alle Gründe beiseitedrängte, warum sie sich voneinander fernhalten sollten.

Die Leidenschaft gewann die Oberhand, und sie gaben ihr einfach nach. Er nahm ihre Hände überall auf seinem Körper wahr, und es fühlte sich herrlich an.

Derek wusste, dass das Wahnsinn war. Lundy hatte sie hierher geschickt und wartete jetzt auf sie. Himmel, sie befanden sich im Haus dieses Mannes. Aber sie erregte ihn so sehr, dass er sich nicht mehr in der Lage sah, daran zu denken. Die Verzweiflung über das Wissen, dass sie ihm nie ganz gehören würde, verlieh jeder ihrer Berührungen etwas Drängendes, Unaufschiebbares.

Derek schob kurz den Vorhang beiseite, um sich davon zu überzeugen, dass niemand in der Nähe war. Dabei stellte er fest, dass die nächste Tür sich nicht weit von ihnen befand, nur ein paar Schritte. Er zog sie dorthin, ohne den Kuss zu unterbrechen. Die Tür führte zu einem verdunkelten Salon, das hatte er kurz zuvor bei seiner Suche nach Edwards Arbeitszimmer herausgefunden.

Er drängte Lily in das Zimmer, während ihm das Herz heftig gegen die Brust schlug. Sie stolperte hinein, begierig darauf, ihm in den dämmerigen Raum zu folgen, wo zum Schutz vor dem Licht die Vorhänge zugezogen waren.

Derek schloss die Tür ab.

Sie stießen gegen die Möbel, als sie durch das Zimmer gingen und dabei an der Kleidung des jeweils anderen zerrten, gefangen in blinder Leidenschaft. In seinen Lenden pochte es, sodass er es kaum noch ertragen konnte, während er sie auf die breite, runde Ottomane schob. Er sank vor ihr auf die Knie und zögerte dann einen Moment, verblüfft darüber, dass er so viel Bewunderung für sie empfand. Beinahe zitterte er, als er sie berührte. Aber als sie leise seufzte, wusste er, dass auch sie ihn begehrte. Behutsam hob er ihre Röcke.

Sie sank zurück auf die mit Samt bezogene Ottomane und schaute ihm zu, wie er ihr Dekolleté küsste und ihre reizvollen Brüste durch das eng geschnittene Mieder ihre Kleides hindurch liebkoste. „Du bist so schön. Alles an dir." Dabei streichelte er ihre schlanken Beine und schmalen Hüften unter den üppigen Stoffmengen von Unterröcken und Röcken, die sich über ihre Schenkel hochgeschoben hatten.

„Ah." Sie legte den Kopf zurück und genoss seine Zuwendung. Ihre porzellanweiße Haut war gerötet, die Lippen waren geschwollen und rosig von seinen Küssen.

Berauscht sah er sie an, dann beugte er sich tiefer und küsste ihr Knie. Sie lachte leise, als er seine Lippen an ihrer milchweißen Haut höher gleiten ließ.

An einer weichen Stelle ihres Schenkels hinterließ sein Kuss einen kleinen roten Fleck, dort, wo nur sie ihn sehen könnte. In ein paar Tagen würde er verschwunden sein, aber bis dahin hatte sie eine kleine Erinnerung an ihn. Dann berührte er sie zwischen den Schenkeln und schob die blonden Locken behutsam auseinander.

Seine zärtliche Liebkosung entlockte ihr einen Seufzer. Derek erzitterte, als er ihren Duft bemerkte. Er rückte näher, angelockt von dem feinen Moschusgeruch. Zu riechen, dass sie für ihn bereit war, raubte ihm fast den Verstand.

Er presste die Finger in ihre Hüften, überwältigt von Freude, danach schob er ihre Schenkel weiter auseinander. Er wollte sie schmecken. Als sein Mund sie berührte, schrie sie leise auf. Sie fühlte sich weich und hart zugleich an und so süß, als er sie küsste und immer wieder seine Zunge spielen ließ. Er trank von ihr, liebkoste ihren seidenweichen Körper, genoss ihre Unschuld und verlor sich darin.

An ihren Seufzern, ihrem leisen Stöhnen und an der Art, wie sie die Hüften bewegte, erkannte er, dass sie sich wünschte, er sollte nicht aufhören. Er machte es zu seiner Aufgabe, ihr genau das zu geben, wonach sie verlangte. Während er seine Zunge bewegte, umfasste er eines ihrer Beine und legte es auf seine Schulter, sodass sie sich noch weiter für ihn öffnen musste.

Es dauerte nicht lange, dann waren die letzten Reste ihrer kühlen Fassade dahingeschmolzen, und sie fühlte sich warm und feucht an wie ein kristallklarer Bach. Er trank und trank von ihr, angeregt von jeder Bewegung, mit der sie sich ihm entgegenhob.

Er sehnte sich danach, sie ganz zu besitzen, von den zierlichen Füßen bis zu den Spitzen ihrer zarten Finger und den seidigen Wellen ihres kühlen blonden Haars. Aber er bezweifelte, dass das möglich war, solange sie nicht verheiratet war.

Den Gedanken daran ertrug er kaum, aber er schob ihn beiseite, als ihre Seufzer lauter wurden. Sie presste die Finger in seine Schultern, in seinen Rücken. „Oh Derek!“ Als sie den Höhepunkt erreichte, war die Anspannung so heftig, dass sie ganz nass wurde und er ihren Geschmack tief in sich aufnehmen konnte. Seine Erregung wurde nahezu unerträglich.

Es dauerte nicht lange, dann streckte sie sich auf der Ottomane aus und lachte leise.

Dieser Laut ihrer Zufriedenheit gefiel ihm. Lächelnd sah er sie an. Noch immer vor ihr kniend, zog er ihre Röcke wieder zurecht und sorgte dafür, dass seine Dame wieder brav und sittsam aussah.

„Ach, Derek, das war so herrlich. Nie hatte ich mir so etwas vorstellen können.“

„Willst du noch immer Edward heiraten?“

Benommen lächelte sie, während sie noch das köstliche Gefühl der Entspannung genoss. „Du bist unmöglich“, flüsterte sie sehr zufrieden.

„Und du bist sehr schön“, flüsterte er, sah sie an und streichelte ihren Arm.

„Wir sollten nicht hier sein, oder? Ich nehme an, wir sind beide schlecht.“

„Du, niemals. Ich – vielleicht. Aber niemand kettet dich hier an, solltest du das so empfinden.“

Sie stützte sich auf die Ellenbogen und warf ihm einen empörten Blick zu.

„Da ist die Tür.“ Er lächelte sie vielsagend an. „Wir wissen beide, dass du sie nicht benutzen willst.“

Mit leicht gerunzelter Stirn richtete sie sich in eine sitzende Position auf und schlang die Arme um seinen Hals. Schmollend sah sie ihn an. „Und da dachte ich, wir hätten uns letzte Woche verabschiedet.“

„Das dachte ich auch. Und doch sind wir jetzt wieder hier. Es scheint keinen Sinn zu haben, sich dagegen zu wehren.“

„Nein.“ Sie streichelte ihn, sah ihn liebevoll an und ahnte offenbar nichts von dem Verlangen, das noch immer in ihm schlummerte.

Derek sah sie lange an, dann fiel ihm plötzlich auf, dass eine wohlbekannte Einzelheit fehlte. „Keine Diamantenohrringe heute, Miss Balfour?“, flüsterte er und neigte den Kopf, um an ihrem Ohrläppchen zu knabbern.

Sie lächelte geheimnisvoll und zog den Kopf zurück. „Nein, mein Major. Nicht heute.“

„Ist das deine Art zu zeigen, dass du mir nicht wohlgesonnen bist?“ Er lächelte sie ein wenig schief an und dachte daran, wie ihre Diamanten der Mittelpunkt ihres Umgangs miteinander geworden waren.

„Nicht ganz“, erwiderte sie, und in ihren Augen lag ein übermütiges Funkeln. Dann zuckte sie die Achseln. „Ich fürchte nur – sie haben nicht zu meinem Kleid gepasst.“

„Ich dachte, ihr Frauen legt Wert darauf, zu behaupten, dass Diamanten zu jedem Gewand passen?“

„Ich habe dich vermisst“, sagte sie plötzlich und strich ihm übers Haar. „Es ist, als würde ich schlafwandeln an den Tagen, an denen ich dich nicht sehe.“

Er schüttelte den Kopf, noch immer voller Verlangen. „Ich denke ständig an dich. Ich habe mich so sehr bemüht, mich von dir fernzuhalten.“

Eine ganze Weile sahen sie einander an.

„Das hier sollte nicht passieren, oder?“, meinte er.

„Ich bin froh, dass es passiert ist. Küss mich. Jetzt.“ Sie zog ihn an sich, und er gehorchte lächelnd.

Er beschloss, dass diese junge Dame noch ein bisschen mehr genießen sollte. Ja. Sie mussten noch genug Zeit haben für ein schnelles …

„Hm, das ist besser.“ Ihre Reaktion auf seinen leichten Kuss unterbrach Dereks Überlegungen. „Es scheint eine Ewigkeit her zu sein, seit ich dich das letzte Mal gesehen habe. Wie geht es dir?“, murmelte sie. „Und bei der Gelegenheit – wie geht es dem vierbeinigen Patienten?“

„Dem Pferd?"

„Natürlich", erwiderte sie lächelnd.

„Um Längen besser. Sie hat sogar einen Namen."

„Tatsächlich?"

Er stupste ihr leicht die Nase. „Ich habe sie dir zu Ehren Mary Nonesuch genannt."

„Ich fühle mich sehr geschmeichelt."

„Das solltest du auch. Ich denke, du wirst sehr beeindruckt sein, wenn du Miss Mary wiedersiehst. Gabriel und ich haben sie gestern gesattelt und an der Longe geführt. Sie bewegt sich gut, und ich freue mich, sagen zu dürfen, dass ich sie bald ihrer neuen Eigentümerin übergeben darf."

„Du hast Mary Nonesuch verkauft?", fragte sie empört.

„Nein, Liebling. Ich schenke sie dir."

Sie sah ihn aus großen Augen an. „Mir?"

Er lachte leise über den Ausdruck kindlicher Freude in ihrem Gesicht. „Ja, Lily, das war von vornherein meine Absicht. Ich hoffe doch, dass du sie nimmst? Sie braucht ein schönes Zuhause. Ich kann es nicht riskieren, sie jemandem zu überantworten, der sie misshandelt, wenn ich fort bin."

Bei der Erwähnung seiner bevorstehenden Abreise aus London veränderte sich ihre Miene so schnell wie das englische Wetter. Ihr Gesicht wurde ernst, und eine sehnsuchtsvolle Traurigkeit trat in ihre Augen.

„Oh, Liebling, mach nicht so ein Gesicht", flehte er, und sein Herz schmerzte.

„Ich kann nicht anders." Sie wandte sich ab. „Es ist nicht fair."

„Warum ist es nicht fair?"

„Weil du fortgehst, um nach Geld und Ruhm zu streben, und dich nicht darum kümmerst, was aus mir wird."

„Natürlich kümmert mich das."

Sie hob die Hände. „Die ganze Zeit über wirfst du mir vor, dass ich eine Mitgiftjägerin bin. Aber ich finde, das ist heuchlerisch von dir. Und zwar in Anbetracht der Tatsache, dass du bei unserer ersten Begegnung sagtest – und ich zitiere –, dass du gehst, um Ruhm und Reichtum zu erlangen. Predige mir nichts über die Jagd nach dem Gold, wenn du exakt das Gleiche tust."

„Nun – ich vermute, ich habe das gesagt." Er starrte zu Boden, dann sah er sie wieder an. „Aber meine Situation ist eine ganz andere als deine."

„Wie das?"

Er sah sie lange an und überlegte, wie viel er ihr sagen sollte. Schließlich zuckte er die Achseln, schüttelte den Kopf und schob seine Bedenken beiseite. Seufzend setzte er sich neben sie auf die Ottomane. „Als ich ein Junge war, hat meine Mutter mich ständig angetrieben, mich mehr anzustrengen, besser zu sein, mehr zu erreichen. Das Schlimmste, was jemandem in meiner Lage passieren könnte, wäre Mittelmäßigkeit."

„Deine Lage?"

„Jüngerer Sohn. Selbst der Tod wäre einem gewöhnlichen Leben vorzuziehen. Das Ideal des Helden. Weißt du, sie hat sehr deutlich gezeigt, dass ich, wenn ich nichts Besonderes aus mir mache, irgendetwas Weltbewegendes bewirke, dann würde ich dazu verdammt sein, übersehen zu werden – und niemand würde mich jemals lieben."

Einen Moment lang schwieg er. Er fühlte, dass Lily ihn ansah, aber er vermied ihren Blick und sah zu Boden. „Wenn ich also Leib und Leben für Hindu-Gold riskiere, wie du es bezeichnet hast, dann nur, weil ich zu beweisen versuche, dass ich dessen wert bin, was ich wirklich haben will."

„Und was ist das?", flüsterte sie.

Stumm drehte er sich zu ihr um und sah ihr in die Augen „Liebe."

„Oh Derek." Mit einem zärtlichen Blick schlang sie die Arme um seinen Hals, und die Art, wie sie ihn küsste, hätte auch dem unschuldigsten jungen Mann gezeigt, dass sie sich ihm am liebsten hingegeben hätte.

Derek sehnte sich danach, dieses Geschenk anzunehmen, aber er wusste nur zu gut, dass ihm die Zeit davonlief. Lundy würde nach ihr Ausschau halten, und auch andere konnten sich fragen, wohin sie gegangen waren. Nein, dies war nicht der richtige Ort – und er war nicht der richtige Mann.

Jedenfalls nicht so, wie die Dinge jetzt lagen.

Es gefiel ihm nicht, dass sie zu Lundy zurückging. Aber er war erfahren genug, um zu wissen, welche Regeln gefahrlos gebrochen werden konnten und welche als unumstößlich galten. Es war ihm nicht erlaubt, sie ganz zu besitzen, ehe sie nicht ihrem Gemahl gehört hatte.

Er spürte, wie bei diesem Wissen seine Stimmung augenblicklich sank. Doch was sollte er tun? Sosehr er auch nach ihr verlangte, er musste die Risiken in Betracht ziehen – Risiken für Lily und für seine Ermittlungen. Verdammt, er fühlte sich so hilflos, irgendetwas zu ändern – und jetzt hatte er noch vor ihr seine Seele bloßgelegt wie ein Narr. Wozu?

Soweit er es beurteilen konnte, war nichts anders geworden. Sie saßen noch immer an derselben Stelle fest. Er hatte sie noch nicht überreden können, einen neuen Kurs einzuschlagen. Und er hatte sich noch nicht dazu durchringen können, ihren Wunsch zu übergehen und ihre Pläne zu zerstören. Nun, was hatte er erwartet? Mit einem Höhepunkt den Willen einer Frau zu revidieren?

Die Lust verwirrte noch immer seinen Verstand, und zusammen mit seinem Unmut bildete sich dadurch in seinem Inneren eine explosive Mischung. Tatsache war, dass er wütend war. Nicht weil er Lily nicht lieben durfte, sondern weil der Tag kommen würde, an dem Lundy das tun durfte – seine kleine Braut.

Derek bekam das Gefühl, als würde alles nur noch verworrener werden. Daher umfasste er ihre Arme und schob sie ein Stück von sich weg, sodass er ihrem Kuss ein Ende bereitete. Er sah sie an, während er sie auf Armeslänge von sich weghielt.

„Was ist los?“, flüsterte Lily und ließ ihren Blick über sein nachdenkliches Gesicht gleiten.

„Wir müssen aufhören“, sagte er mit belegter Stimme. Welch heroische Anstrengung, welch edle Selbstverleugnung, dachte er und verspottete sich damit selbst, während sie ihn irritiert ansah. Aber seine Mutter wäre stolz auf ihn gewesen. „Du solltest zurückgehen."

„Oh."

Er sah, dass er sie in Verlegenheit gebracht hatte, und in ihrer Unschuld tat sie ihm leid. „Ich will nichts übereilen, Lily. Und ehrlich gesagt ist es nicht nötig, dass einer von Lundys Dienern hereinkommt."

„Nein. Ich bin sicher, dass du recht hast. Aber was ist mit deinen Bedürfnissen?", fragte sie schüchtern. „Ich meine, wenn wir nicht … nimmt dann deine … nun ja, deine Anatomie Schaden?"

Er zog die Braue hoch. „Nicht, solange du mir nicht einen Tritt versetzt."

„Nein, natürlich nicht." Sie wurde rot.

Derek musste lächeln. „Schaden an meiner Anatomie, ja? Und woher hast du eine solche Idee?"

Sie senkte den Blick und verbarg ihre mädchenhafte Scham hinter ihren langen Wimpern. „Es – es ist nur etwas, das ich gehört habe."

„Nein, Lily", sagte er leise und fand ihre Verlegenheit bezaubernd. „Enttäuschung ist ein Teil im Lebens eines Mannes. Du musst mir keinen Gefallen tun."

Sie sah ihn ein wenig unsicher an, dann murmelte sie ein „Gut" und erhob sich, um den Salon zu verlassen. Sie trat zu einem kleinen Spiegel, strich sich das Kleid und das Haar glatt. „Ich an deiner Stelle würde nicht zu lange warten, um zur Party zurückzukehren", sagte sie über die Schulter hinweg. „Edward wird nach dir Ausschau halten."

„Und ich nehme mal an, Fanny Coates wird sich einsam fühlen", erwiderte er knapp.

Aber als Lily sich umdrehte und ihn missbilligend ansah, während ihre hellgrünen Röcke anmutig um ihre schlanke Gestalt flogen, biss er die Zähne zusammen und bedauerte seine eifersüchtige Bemerkung.

Sie runzelte die Stirn und versuchte offenbar, die kleine Kränkung abzuschütteln sowie die Eifersucht, die auch sie empfand.

Ohne etwas zu sagen, holte sie nur tief Luft und marschierte zur Tür.

Noch immer voller Verlangen, sah Derek ihr nach. „Was wirst du Edward berichten?"

„Ich weiß es nicht. Ich werde mir etwas ausdenken." Eine Hand lag auf dem Türknauf, aber sie zögerte noch. „Vermutlich werde ich sagen, dass – du mit einer Frau zusammen warst."

Er lächelte spöttisch. „Nun, das ist nicht einmal gelogen." Er wusste nicht, warum er den scharfen Klang aus seiner Stimme nicht vertreiben konnte. Aber er verfluchte sich noch einmal dafür und senkte den Kopf. Natürlich war er frustriert, dass es ihm beinahe den Verstand raubte, aber das war keine Entschuldigung.

Sie sah ihn durchdringend an. „Ich gehe jetzt. Leb wohl – wieder einmal."

„Nun da du bekommen hast, was du wolltest."

„Derek!" Noch einmal blieb sie stehen. „Was ist los mit dir?"

„Nichts. Gar nichts."

Nur, dass ich dich liebe. Diese Erkenntnis entsetzte ihn, als sie ihm durch den Kopf schoss.

Er schluckte. Und hoffte, dass sie ihn nicht dafür hasste, dass er es so schwer nahm.

Von der anderen Seite des Zimmers her sah sie ihn an, und langsam wurde ihre Miene sanfter. Ein wissendes Lächeln erschien auf ihrem Gesicht, als könnte sie seine Gedanken lesen, seine Verwirrung, seinen Ärger, seine Unzufriedenheit mit sich selbst. Seine Gefühle für sie. „Derek?"

Er sah sie an.

„Wegen meiner Ohrringe habe ich dich belogen", sagte sie sanft. „Natürlich hätten die Diamanten zu meinem Kleid gepasst. Ich trage sie nicht, weil ich sie nicht mehr habe."

Er runzelte die Stirn. „Warum nicht?"

Eine Weile sah sie ihn nur an, wobei ein geheimnisvolles Lächeln ihre Lippen umspielte. „Ich habe sie dem Kutscher gegeben, den du auf der Straße mit der Peitsche geschlagen hast.

Dadurch zog er seine Anzeige zurück, und du musstest nicht ins Gefängnis."

Er starrte sie mit offenem Mund an. „Was?"

Er machte einen Schritt nach vorn, aber Lily warf ihm eine Kusshand zu, schlüpfte aus der Tür und schloss sie mit einem leisen Klick hinter sich.

Er wusste nicht, was er denken sollte.

„Gütiger Himmel", murmelte er, verwirrt von der eigentümlichen Mischung aus Zorn, Lust und Entzücken, die nur sie in ihm hervorrufen konnte.

Das konnte sie unmöglich getan haben. Aber am liebsten hätte er bei der Vorstellung, dass sie es getan hatte, laut gelacht.

Himmelhochjauchzende Freude erfüllte ihn.

„Nun muss ich sie", sagte er leise zu sich, „umgehend für sie zurückholen."

Endlich sprang er auf, brachte seine Kleidung in Ordnung und ging dann zurück zu der Party wie ein Mann, der ein köstliches Geheimnis hütet.

„Uff", sagte Kutscher Jones, als Derek ihn gegen die Wand der Taverne drängte, wo er noch immer seinen unverhofften Glücksfall feierte.

Es war leicht gewesen, den Kerl ausfindig zu machen.

Die Konstabler hatten Derek den Namen des Mannes genannt, der ihn hatte einsperren lassen wollen, und aus alter Soldatengewohnheit hatte er sich die Postkutschengesellschaft eingeprägt, für die Jones arbeitete. Die hatte in Blockbuchstaben auf der Seite der Kutsche gestanden.

Nachdem er am späten Nachmittag die Gartenparty der Lundys verlassen hatte, war Derek in den betriebsamen Hof der Postkutschengesellschaft gegangen und hatte mit freundlichem Lächeln gefragt, wo er Mr Jones finden könnte.

Von da an war es nicht schwierig gewesen, den Schurken aufzutreiben. Gegen elf Uhr abends hatte er den Kutscher gefunden, als er sich in seiner liebsten Taverne betrank. Mit roten

Wangen und schmierig von dem Essen im Pub, das er hinuntergeschlungen hatte, war Jones in einen neuen Anzug gekleidet und gab Runden für seine Freunde aus. Er war regelrecht in Hochstimmung.

Ein kleiner Kampf war entstanden, aber Derek genoss es, ein wenig den Krieger in sich zu spüren, gerade nach dieser langen Zeit eines verdammten Zivillebens.

Er warf seine glücklosen Gegner – die Freunde des Kutschers hatten sich loyal zeigen wollen und sich mit eingemischt – über die Tische, ließ sie über Stühle stolpern und über die Bar gleiten. Als sie endlich aufgaben und vor ihm flohen, zog er seine Kleidung zurecht und erteilte Kutscher Jones eine Lektion darüber, was passierte, wenn man eine Lady ausnutzte.

Als der Wirt mit einer geladenen Muskete auftauchte und Derek nahelegte, das Lokal zu verlassen, war er längst friedlich geworden. Inzwischen hatte er nämlich den Namen und die Adresse der Pfandleihe in Erfahrung gebracht, wo Jones Lilys Ohrringe versetzt hatte.

Das war sein nächstes Ziel.

Um diese späte Stunde war der Laden natürlich geschlossen, aber der Besitzer lebte über dem Laden und kam schließlich die Treppe hinuntergeeilt, nachdem Derek unermüdlich an die Tür geklopft und nach Bedienung verlangt hatte.

Die Leute, die vorüberkamen, hielten ihn vermutlich für außerordentlich betrunken, vor allem, da man ihm während der Prügelei Bier über den Kopf geschüttet hatte und er jetzt nach abgestandenem Ale roch.

Doch sein Verstand arbeitete messerscharf. Seine Gedanken waren auf Lily Balfour konzentriert, und selbst wenn er nicht bewusst an sie dachte, war sie in seinem Herzen, in seinen Adern. Das Band zwischen ihnen schien ein Eigenleben entwickelt und jede Faser seines Selbst durchdrungen zu haben.

Es würde ihm auf jeden Fall gelingen, ihre Ohrringe zurückzuholen. Er verstand nur zu gut, was dieses Opfer bedeutete, das sie für ihn gebracht hatte. Und jedes Mal wenn er daran dachte, erstaunte es ihn aufs Neue. Er konnte nur immer wieder den Kopf schütteln über die Freude und Erfüllung, die er darüber empfand.

Während er vor dem Laden auf und ab ging und darauf wartete, dass der Inhaber sich zeigte, sah er sich um und bewunderte die Schönheit, die ihn umgab. Die ganze Welt erschien ihm auf einmal eine andere zu sein, wie sie da so im Mondlicht glänzte. Selbst die schmale, schmutzige Gasse und das staubige Fenster leuchteten in einem silbrigen Schein.

Als er die Gartenparty wieder mit seiner Anwesenheit beehrte, war Fanny Coates die Einzige gewesen, die den wahren Grund für seine Abwesenheit erahnte. Schließlich hatte sie auch mitbekommen, als er in der Konzertpause im Garten von Lord Fallow mit Lily verschwunden war. Aber mit einem wissenden Lächeln hatte die erfahrene Lady ihre neckenden Fragen nur ganz leise gestellt, und Derek hatte nichts verraten.

Obwohl ihn das lustvolle Erlebnis mit Lily von seinem eigentlichen Plan abgebracht hatte – was er keineswegs bedauerte –, blieb doch die Tatsache bestehen, dass er seine eigentliche Aufgabe, Lundys Akten durchzusehen, nicht erfüllt hatte. Noch immer brauchte er diese Information. Hinzu kam, dass es bestimmt nicht mehr lange dauern würde, bis Lundy die Zuneigung – um nicht zu sagen die glühende Leidenschaft, die zwischen ihm und Lily bestand – zu erahnen begann.

Derek gefiel es nicht, einen Mann zu hintergehen, aber er ging davon aus, dass er die Freundschaft noch eine Weile vortäuschen musste, bis er ihrem ungehobelten Verehrer einige Antworten entlocken konnte. Sobald nämlich Lundy herausfand, was zwischen ihnen beiden war, würde er sich sämtlichen Fragen seinerseits zweifellos entziehen.

Er hatte schon einige Ideen, wie er ihn überreden könnte. Edward trank gern, und wenn Derek ihn völlig betrunken machen musste, um ihm Hinweise über das Komitee zu entlocken, dann würde er das tun.

In diesem Moment sah er durch das Ladenfenster, wie jemand einen Kerzenleuchter trug. Gleich darauf wurde unter Glockengeläut die Vordertür geöffnet.

„Ich bedaure sehr, Sie in Ihrer Ruhe stören zu müssen, Sir“, sagte Derek zu dem Ladeninhaber. Der war ein kleiner, etwas zerzauster Mann, damit beschäftigt, sich seine Brille aufzusetzen. „Einer jungen Lady in meiner Bekanntschaft ist ein großes Unrecht zugefügt worden, und, äh, es verlangt danach, sofort korrigiert zu werden.“

„Ah, sehr gut, Sir.“ Der verschlafene Ladeninhaber bemerkte Dereks Kleidung, die die eines Gentleman war, und sein aristokratisches Benehmen. Sofort wurde er sehr entgegenkommend. „Treten Sie nur herein.“

Es dauerte nicht lange, dann hatte der Mann die Samtkissen mit den Schmuckstücken aus seinem Safe geholt. Mit unendlicher Erleichterung erblickte Derek sofort die Ohrringe von Lilys Urgroßmutter und zahlte freudig die genannte Summe.

Als er dem Mann einen Scheck ausschrieb, sprach er ein stummes Dankgebet. Immerhin hätte in der Zwischenzeit jemand anderes die Ohrringe erwerben können. Jetzt musste er nur noch den richtigen Moment abwarten, um sie ihr zurückzugeben.

„Möchten Sie noch etwas für eine ganz besondere Lady, Sir?“ Der Ladeninhaber lenkte seine Aufmerksamkeit auf ein anderes Kissen mit Ringen und Armbändern, Halsketten, Ohrringen und edelsteinbesetzten Haarnadeln.

Derek betrachtete zögernd die goldenen Ringe, auf die der Mann zeigte. Er lächelte ein wenig spöttisch. „Ich habe ihr heute schon einen Antrag gemacht“, sagte er leichthin. „Sie hat mich ausgelacht.“

Außerdem, wenn er einen Ehering kaufte, würde er kaum einen gebrauchten nehmen.

Der Ladeninhaber nickte. „Dann vielleicht etwas weniger Verbindliches. Etwas Glitzerndes.“ Der Mann reichte ihm ein zierliches Silberarmband, das mit Diamanten und Rubinen besetzt war.

„Hmm. Sehr hübsch. Aber um ehrlich zu sein, ich bin nicht sicher, wie sie reagieren würde“, sagte Derek, während er das Armband betrachtete. Er überlegte, ob sie wohl gekränkt sein würde, wenn er ihr nach der Episode auf der Ottomane ein Schmuckstück schenkte.

Da er Lily und ihren Stolz kannte, konnte es durchaus sein, dass sie wütend wurde und dachte, das wäre seine Art, ihr für ihre Gunst zu danken. Es war durchaus möglich, dass sie sich weigerte, in dem Geschenk einen Ausdruck seiner Zuneigung zu sehen.

Er legte das Armband wieder hin. „Vielleicht sollte ich auf Nummer sicher gehen."

„Wie seltsam. So sehen Sie gar nicht aus."

Derek lachte und betrachtete eine edelsteinbesetzte Haarnadel, die er für eine etwas konservativere Wahl hielt. Doch der Ladenbesitzer sah ihn besorgt an. „Schlechte Idee?"

„Wenn es meine Frau wäre, würde sie es vermutlich etwas armselig nennen."

„Oh. Gut." Derek runzelte die Stirn. Er war nicht so reich wie Lundy oder Lord Griffith oder sogar sein Vater, natürlich nicht, aber er konnte es sich leisten, extravagant zu sein – wenn es um Dinge ging, die ihm ehrlich eine Freude bereiteten. Wie zum Beispiel sein ausgezeichneter Hengst von Tattersall's.

Er legte die Haarnadel zurück und rieb sich hilflos die Stirn.

„Ich glaube, wir haben hier noch ein paar schöne Halsketten, die Ihrer jungen Lady vielleicht gefallen …"

„Warten Sie!" Als er unentschlossen den Blick über die Samtkissen hatte gleiten lassen, war Derek plötzlich das größte, bunteste, geschmackloseste Stück in der Sammlung des Ladenbesitzers aufgefallen. „Gütiger Himmel", murmelte er verblüfft, als er es erkannte, und griff danach. „Darf ich?"

Der Mann nickte und warf ihm einen zweifelnden Blick zu.

„Ich habe das schon einmal gesehen." Dereks Herz klopfte plötzlich ganz schnell, als er die große, mit Juwelen besetzte Brosche in der Form eines Hahnes hochhob.

Mrs Lundys hässliche Hahnenbrosche, dachte er verwirrt. Aber nein, das konnte unmöglich dieselbe Brosche sein. Andererseits konnte es davon nicht allzu viele in der Stadt geben. Aber verflixt, wenn es wirklich die von Mrs Lundy war, was machte sie dann hier? Er sah den Ladeninhaber misstrauisch an. „Woher haben Sie die?"

„Dieses Stück kam vorletzte Woche herein. Beeindruckend, nicht wahr? Ich wage zu behaupten, dass sie einmalig ist. Sind Sie – äh – interessiert an dieser Brosche, Sir?"

„Ehrlich gesagt bin ich mehr interessiert daran, zu erfahren, wer sie hierher gebracht hat."

„Oh, es tut mir leid, es steht mir nicht zu, Ihnen das zu sagen. Unsere Geschäftspolitik …"

„Ich verstehe. Aber ich glaube zu wissen, wem diese Brosche gehörte, und da ich weiß, wie viel sie der Dame bedeutete, bin ich in Sorge, dass sie gestohlen sein könnte. Ich meine …"

„Oh Sir, ich bin kein Hehler, das kann ich Ihnen versichern", erwiderte der Ladeninhaber und wirkte bekümmert. „Wir führen keine gestohlenen Dinge."

„Vielleicht ohne Ihr Wissen."

„Oh je."

„Ein einfaches Ja oder Nein würde mich beruhigen. Wurde die Brosche von jemandem mit Namen Lundy gebracht?" Derek musterte sein Gesicht.

Der Mann mit der Brille runzelte die Stirn und sah ihn unsicher an. Dann hob er das Kissen, griff darunter und zog ein Stück Papier hervor. Er betrachtete es, dann schüttelte er den Kopf. „Nein", sagte er in vertraulichem Ton. „Ein Mr Bates hat es gebracht."

„Bates", flüsterte Derek und runzelte die Stirn.

Lundys Kutscher.

14. KAPITEL

Wirklich, Edward, ich habe keine Ahnung, wer diese Frau war."

Während der nächsten zwei Tage hatte Lily ein schlechtes Gewissen, was ihre Darstellung gegenüber ihrem Verehrer nach der Rückkehr zum Picknick anging, als sie versucht hatte, unschuldig auszusehen.

Eigentlich war es ja auch keine richtige Lüge gewesen. Es stimmte – sie hatte die leidenschaftliche Frau in dem dunklen Salon kaum als sich selbst erkannt: Lady Clarissa Balfours kühle und anständige Tochter, die sich unter Derek Knights erfahrenen Küssen wand. Himmel, ihre Mutter würde sie enterben, wenn Ihre Ladyschaft von diesem schamlosen Verhalten erfuhr.

Was Edward betraf, nun, so hatte er ihre Loyalität getestet, und Lily wusste, auch wenn er keine Ahnung davon hatte, dass sie in diesem Fall kläglich versagt hatte. Und am schlimmsten war, dass sie es nicht einmal bedauerte.

Die schreckliche Wahrheit lautete, dass das Einzige, was sie in dem dunklen Raum daran gehindert hatte, Derek zu lieben, der Umstand war, dass sie sich schämte, ihm gegenüber zuzugeben, dass sie keine Jungfrau mehr war.

Ihm lag etwas an ihr.

Seine Zuneigung für sie hatte ihm deutlich in das schöne Gesicht geschrieben gestanden. Aber wenn er feststellte, dass sie nicht so rein war, wie er es vermutete, dann, das konnte Lily vorausahnen, würde sie seine Zuneigung verlieren. Sie begehrte ihn so sehr, dass sie dies in eine unmögliche Situation brachte.

Gleichzeitig begannen ihre Pläne, Derek zu heiraten, in sich zusammenzufallen. Alles erschien ihr jetzt so unsicher. Sie wusste, der Zeitpunkt war gekommen, um den Kurs zu ändern, wie Derek es so scherzhaft genannt hatte. Aber am meisten wünschte sie sich jetzt, dass sie beide einen neuen Weg fanden – gemeinsam.

Bisher hatten sie beide ihre Pläne fest in der Hand gehabt,

und keiner von beiden war willens gewesen, einen Kompromiss einzugehen. Aber was zwischen ihnen in dem dämmerigen Salon geschehen war, das hatte Lily gezeigt, dass das, was sie miteinander haben konnten, es wert war, etwas Boden preiszugeben.

Noch immer weigerte sie sich, ihre Habseligkeiten zu packen und mit ihm nach Indien zu ziehen, und noch immer war sie der Meinung, dass eine Rückkehr in den Krieg für Derek das Schlimmste war. Aber vielleicht gab es eine Möglichkeit für sie, sich in der Mitte zu treffen. Es musste eine Möglichkeit geben, wenn sie beide es nur wollten. Die neuesten Entwicklungen waren schließlich sehr ermutigend.

Offensichtlich brauchte er Geld und Ruhm nicht, um die Liebe zu finden. Und Lily liebte ihn schon jetzt. Sie fürchtete sogar, sich augenblicklich verliebt zu haben, als sie den fremdartigen Außenseiter vor Wochen auf dem Maskenball das erste Mal gesehen hatte.

Aber wenn seine Vorstellungen von dem, was er im Leben erreichen musste, um die Liebe zu gewinnen, so falsch gewesen waren, dann hatte vielleicht auch sie sich vertan.

Vielleicht würde sie sich ihre früheren Sünden verzeihen können, ohne eigenhändig die Familienehre zu retten. Derek wusste nicht alles über sie, aber nachdem sie sich jahrelang selbst kasteit hatte, brachte allein die Tatsache, dass jemand, der so wundervoll war wie er, sie mochte, Lily dazu, sich daran zu erinnern, was das Beste an ihr war. Sie war nicht mehr so begierig darauf, sich für ihre Sünden zu bestrafen.

Und sie erkannte immer deutlicher, dass eine Heirat mit Edward Lundy in der Tat der Gipfel des Selbstbetrugs war. Genau das hatte Derek – und außerdem auch Mrs Clearwater – ihr schon die ganze Zeit über sagen wollen.

Unglücklicherweise war sie nicht tapfer genug, um ihre Pläne aufzugeben, ohne zuerst herauszufinden, ob sie und Derek über diesen Richtungswechsel ähnlich dachten. Er war der Tapfere. Ehe sie es wagte, Edward gehen zu lassen, musste sie mit Derek sprechen und herausfinden, ob er der Ansicht war, dass sie beide es miteinander versuchen sollten.

Natürlich hatte sie keine Garantie dafür, dass es so kam. Das verstand sie sehr wohl. Sie hatte schon einmal versucht, sich ihm zu nähern, an jenem Tag, als sie zu den Stallungen gegangen war. Und obwohl sie einander einiges anvertrauten – und ein paar Küsse geteilt hatten –, hatte er ihr doch schon bald gesagt, dass sie gehen sollte. Es würde eine Menge Mut erfordern, das noch einmal zu wagen. Aber im Moment brauchte sie eine neue Gelegenheit, sich ihm mit ihren Fragen zu nähern.

Sie wartete auf diese.

Doch dann meldete am Tag nach der Gartenparty Edward seinen Besuch in Mrs Clearwells Haus an, und wieder wurde Lily von Schuldgefühlen überwältigt und dachte, er hätte von ihrem Abenteuer auf der Ottomane erfahren. Oder schlimmer noch – dass er gekommen war, um ihr einen Heiratsantrag zu machen!

Aber er war nur erschienen, um ihr zu sagen, dass seine Mutter jetzt nach Jamaika aufgebrochen wäre und dass er für seinen Teil die Stadt wegen geschäftlicher Angelegenheiten für ein paar Tage verlassen würde. Ihr hatte das Herz bis zum Hals geschlagen, und dann hatte sie höflich genickt und ihm eine gute Reise gewünscht.

Kaum war er gegangen, jubelte sie innerlich über diese Neuigkeit. Sie erkannte sofort den günstigen Umstand, mit Derek bei dem bevorstehenden Ball zu sprechen, ohne sich sorgen zu müssen, dass Edward sie zusammen sah oder ihnen im Weg stand.

Die Zukunft, das Geld, die hohen Erwartungen ihrer Mutter – sie würde all das hintanstellen, bis sie wusste, was Derek tun wollte.

Mehr oder weniger hatte er ihr einen Heiratsantrag gemacht, doch an dem Abend, als das Konzert bei Lord Fallow stattfand, hatte er auch Mrs Coates im Scherz einen solchen Antrag gemacht. Daher wusste sie, dass sie das nicht ernst nehmen durfte. Unabhängig davon war sie jedoch zu der Erkenntnis gelangt, dass seine Scherze oft nur dazu dienten, seine wahren Gefühle zu verbergen.

Ihre Unsicherheit strapazierte ihre Nerven bis zum Zerreißen, aber wenigstens würde ihr der kommende Ball eine Aussicht geben, mit Derek einige Worte zu wechseln.

Als Lily sich am nächsten Abend für das festliche Ereignis vorbereitete, frisierte die Zofe ihr das Haar in einem außergewöhnlichen Stil und steckte es mit edelsteinbesetzten Nadeln auf, wobei sie ein paar Strähnen an Nacken und Schläfen frei herunterhängen ließ. Zum ersten Mal gefiel Lily das Aussehen, das sie von ihrer Mutter geerbt hatte. Es hatte Zeiten gegeben, da hatte sie ihr Gesicht und die Figur verflucht, die die unerwünschte Aufmerksamkeit unanständiger und aufdringlicher Männer erregten. Doch mit jedem Tag schien dieser Teil ihres Lebens weiter in der Vergangenheit zu verschwinden. Und jetzt schien ihr alles, was Derek an ihr gefiel, ein Grund zur Dankbarkeit zu sein. Ihr wurde leicht ums Herz.

Ein paar Stunden später ging sie Seite an Seite mit Mrs Clearwell durch den Ballsaal und suchte insgeheim in der Menge nach einem Zeichen von Dereks Anwesenheit. Hier und da nickte sie verschiedenen Bekannten zu, knickste vor einigen der höherrangigen Gäste, die vorübergingen, und raffte die Röcke aus dem Weg eines sich besonders ungeschickt vorbeidrängenden Gentleman.

Als die Katastrophe auf diese Weise knapp verhindert worden war, ließ sie den Blick, verborgen hinter ihrem Fächer, durch den Ballsaal gleiten. Nicht ganz ohne Bosheit suchte sie nach einer verräterischen Gruppe schöner Frauen, denn ganz gewiss würde der Schuft sich genau in deren Mitte befinden.

Stattdessen erblickte sie aber den anderen Knight, der an einer der ionischen Säulen des Ballsaals lehnte.

Gabriel stand allein da, offenbar war er in Gedanken verloren. Wie verschieden die beiden Brüder doch sind, dachte sie. Gewöhnlich war Derek der strahlende Mittelpunkt eines Festes, während Gabriel abweisend die Stirn runzelte und aussah, als wäre er lieber an einem anderen Ort.

Lily stieß Mrs Clearwell an und deutete auf den älteren Knight.

Ihre Gönnerin lächelte ihr zu. „Vielleicht können du und ich ihn etwas aufheitern."

„Wir können es versuchen", sagte Lily und lachte leise. Während sie auf ihn zugingen, besserte sich bereits ihre Stimmung. So nahe, wie die Brüder sich standen, konnte Derek nicht weit sein.

Sie begrüßten den älteren Knight und tauschten ein paar Höflichkeiten. Doch es dauerte nicht lange, dann fragte Lily: „Wo ist Ihr Bruder heute?"

„Ehrlich gesagt, er ist nicht hier."

„Oh." Sie hielt einen Moment lang erschrocken inne. „Kommt er später?"

„Nein, er hat für ein oder zwei Tage die Stadt verlassen."

Lily starrte ihn an. „Die Stadt verlassen?" Genau das hatte Edward am Vortag über seine eigenen Pläne gesagt. Ganz plötzlich spürte sie ein unbehagliches Gefühl in der Magengegend. „Hat – hat er vielleicht gesagt, wohin er wollte?"

„Nicht zu mir. Ich hatte einen Termin bei meinem Arzt, und als ich zurückkam, fand ich nur eine kurze Nachricht vor. Irgendeine Armeeangelegenheit, denke ich. Stimmt etwas nicht, Miss Balfour?"

„Nein, danke. Ich …" Sie verstummte, als sie Gabriel noch einmal ansah, und Besorgnis verwandelte sich in eine dunkle Vorahnung. Natürlich konnte das ein Zufall sein. Aber wenn Edward etwas über ihr Schäferstündchen im Salon herausgefunden hatte …

Liebe Güte. Ihre Gedanken überschlugen sich, als ihr alle unangenehmen Eigenschaften, die sie so gern an Edward ignoriert hatte, zu Bewusstsein kamen.

Die Rücksichtslosigkeit. Die Brutalität.

„Meine Liebe, Sie sind so weiß wie die Wand." Gabriel nahm ihren Arm, um sie zu stützen. „Ist Ihnen nicht wohl?"

Lily schluckte schwer. Sie zog ihn zur Seite, während Mrs Clearwell, ohne etwas von ihrer Verzweiflung zu ahnen, einige Bekannte begrüßte.

„Was ist?“, fragte Gabriel leise und betrachtete ihr verängstigtes Gesicht.

„Major, ich fürchte, Ihr Bruder könnte sich in großer Gefahr befinden.“

„Was?“

Innerlich wand sie sich vor Verlegenheit, doch sie zwang sich, es zu gestehen. „Wir – wir waren zusammen an einem Ort, an dem wir nicht sein sollten. Wenn Edward das herausgefunden hat …“

Gabriel kniff die grünen Augen zusammen.

Lily schluckte noch einmal. „Edward war gestern bei mir und sagte, dass auch er für ein paar Tage die Stadt verlassen würde. Wenn er das über mich und Derek in Erfahrung gebracht hat … es könnte eine Falle sein.“

Gabriel nickte ihr ruhig zu, sein finsteres Gesicht wirkte todernst. „Versuchen Sie, sich keine Sorgen zu machen. Mein Bruder kann ganz gut auf sich selbst aufpassen.“

„Sie verstehen nicht. Edward kämpft nicht immer – fair“, brachte sie heraus.

Gabriel lächelte. „Das tun die Marathas auch nicht. Warten Sie hier. Zuerst werde ich mit seinem Diener sprechen. Derek würde Aadi über seine Pläne informieren. Er sollte uns sagen können, wohin er gegangen ist.“

„Major, wir müssen dafür sorgen, dass er in Sicherheit ist.“

„Das werden wir. Vielmehr – ich werde es tun. Sie bleiben hier …“

„Nein. Ich begleite Sie.“

Er runzelte die Stirn. „Ich weiß nicht …“

„Ich weiß, wie man mit Edward umgeht.“

Er musterte sie einen Moment lang. „Nur eine Frage noch. Weiß mein Bruder, dass Sie in ihn verliebt sind?“

Sie holte tief Luft. „Hat er etwas zu Ihnen gesagt?“, fragte sie zögernd, aber Gabriel lächelte nur.

„Wie auch immer – ich werde mich da nicht einmischen. Kommen Sie.“

Lily fasste ihre Gönnerin am Ärmel und zog sie weg von den

Leuten, mit denen sie sich noch immer unterhielt. Zusammen eilten sie Gabriel nach.

„Was ist los, Liebes?“, rief Mrs Clearwell.

„Ich erzähle es Ihnen unterwegs“, entgegnete Lily finster.

In vino veritas.

Im Wein liegt die Wahrheit – und aus diesem Grund hatte Derek sich der Weintraube sowie Hopfen und Malz zugewandt, in der Hoffnung, einige Erkenntnisse über die fehlenden Armeegelder aus Ed Lundy herauspressen zu können.

Mit der Ausrede, er wollte unbedingt dem steigenden Druck der Nachforschungen für ein oder zwei Tage entgehen und ein bisschen mehr von England sehen als nur London, hatte er seinem „Freund“ Lundy diese Zechtour vorgeschlagen, und dieser hatte zugestimmt.

Aber in Anbetracht seiner eigentlichen, heimlicheren Motive hatte sich das Unternehmen als ein wenig schwieriger erwiesen, als er es erwartet hatte, nicht zuletzt deshalb, weil in der zweiten Nacht ihrer Zechtour, nach unzähligen Landgasthöfen, Flaschen und Stunden, Derek selbst betrüblicherweise nicht ganz unbeeinflusst geblieben war von den großen Mengen an Alkohol.

Das bedeutete im Klartext: Major Derek Knight war schlichtweg betrunken.

Dennoch: Lundy war in beträchtlich schlechterer Verfassung. Er lachte so laut, dass er keuchte, als er bei Dereks letzter spöttischer Bemerkung auf den Tisch klopfte. Derek hatte eine übertriebene Version der Geschichte zum Besten gegeben, wie er vor Wochen auf der Straße von Lundys Helfershelfern entführt worden war. Lundy gefiel diese Version, und er fiel nahezu vom Stuhl und unter den Tisch, trotz der Bemühungen der Schankmädchen, ihn aufrecht- und damit weiterhin freigiebig zu halten.

Die gesamte Schar der üppigen Frauen hatte Geld gewittert, und zwar von dem Augenblick an, da er und Lundy das „Bull’s Head Inn“ betreten hatten. Die Damen bemühten sich nun nach

Kräften, die zwei Männer weiter mit ihrem ordinären Charme einzuwickeln.

„Himmel, ich dachte, ich würde Prügel beziehen“, sagte Derek. „Was für eine Begrüßung in London! Wo zum Teufel haben Sie so eine Ansammlung von Schlägern aufgetrieben?“

„Ach, die meisten von ihnen sind seit den alten Zeiten mit mir zusammen.“ Lundy wischte sich eine Lachträne aus den Augen und nahm noch einen großen Schluck Ale. „Jones, Maguire …“

„Liegt es nur an mir, oder mögen die auch sonst niemanden?“

„Oh, vermutlich würden sie diese hübschen Mädchen hier mögen“, erwiderte Edward mit einem lüsternen Schimmer in seinen Augen, während er den Blick über die üppige Rothaarige gleiten ließ. Diese versuchte, die beiden Trinkkumpanen für sich einzunehmen, indem sie die Röcke höher schob und ihnen die Stickereien auf ihren Strümpfen zeigte.

„Und was ist mit Bates?“, fragte Derek, ohne seine eigentlichen Absichten zu verraten. „Kennen Sie ihn auch schon so lange?“

Lundy winkte ab. „Bates und ich sind als Kinder in derselben Straße aufgewachsen.“

„Ein treuer Kamerad also.“

„Wie ein Bruder.“

Derek nickte, senkte den Blick und versuchte, sich nichts von seinem Triumph über diese Information anmerken zu lassen.

Endlich hatte er genau das, was er hatte wissen wollen.

Zum Glück.

Obwohl er sich kaum noch auf den Beinen halten konnte, hatte sich Lundy weiterhin allen Fragen über das Komitee entzogen. Derek hatte das geahnt, und deswegen hatte er seinen Angriff aus einer anderen Ecke gestartet. Lundy erkannte nicht, was es damit auf sich hatte, als der Major begann, sich nach seinen Männern zu erkundigen.

Seine Helfershelfer.

Seit er wusste, dass Bates, Lundys wild aussehender Kutscher, die scheußliche Hahnenbrosche verpfändet hatte, war von Derek die Möglichkeit in Erwägung gezogen worden, dieser könnte das Schmuckstück von seinem Dienstherren gestohlen und dann versetzt haben, um an Geld zu kommen. Doch indem Lilys Verehrer Bates' Loyalität unterstrich, hatte Lundy ihm gerade den Grund gegeben, zu vermuten, dass dieser selbst dem Kutscher befohlen hatte, das Schmuckstück seiner Mutter zu Geld zu machen. Was wiederum bedeuten konnte, dass Lundys so zur Schau gestellter Reichtum möglicherweise eine Lüge war, um das Gegenteil zu verheimlichen.

Wenn Lundy wirklich in finanziellen Schwierigkeiten war, so konnte das bedeuten, dass er hinter dem fehlenden Armeegeld steckte.

„Wollt ihr noch einen Krug?" Eine andere Kellnerin, die die Hand in die Hüfte gestemmt hatte, unterbrach ihr Gespräch. Das eng geschnürte Mieder lenkte die Aufmerksamkeit der Männer auf sich, während sie auf eine Antwort wartete und dabei zum Takt der Musik – in einer Ecke spielten Musikanten auf Trommeln und Flöten – mit den Füßen wippte und kokett die Röcke schwenkte.

Sie hielt den Blick auf Derek gerichtet, der sie amüsiert beobachtete. Lundy bedeutete ihr nun mit einer Handbewegung, noch einen Krug zu bringen. „Und hol uns auch etwas zu essen", befahl er. „Himmel, ich mag bei einer Frau einen dicken Hintern wie diesen", fügte er hinzu, als sie sich umdrehte. Das Mädchen kreischte, als Lundy ihr einen Klaps versetzte, um seine Worte zu unterstreichen. Danach wandte er sich grinsend an Derek.

Reizend.

„Mir gefallen mehr lange Beine", meinte dieser. Unabhängig davon kreisten seine Gedanken aber noch immer um die Möglichkeit, dass Lundy den Diebstahl zu verantworten hatte.

Vielleicht hatte er das Armeegeld eingestrichen und verloren, überlegte Derek. Oder vielleicht hatte er es so investiert, dass er jetzt Schwierigkeiten hatte, es flüssig zu machen. In jedem Fall musste er sich zweifellos sehr anstrengen, das geborgte Geld zu ersetzen, entsprechend Lord Sinclairs Forderung. Denn nur bei einer schnellen Zurückgabe konnte er seinen Hals aus der Schlinge ziehen, nur dann war ihm Anonymität garantiert.

Wenn seine gegenwärtigen Vermutungen stimmten, hatte Lundy Dereks Zeit verschwendet und ihn zum Narren gehalten, indem er ihn durch die ganze Stadt schickte, um den Betrüger zu finden. Denn wenn Lundy die Unterschlagung selbst vorgenommen hatte, konnte man es nur so nennen. Natürlich hatte auch Derek Lundy zum Narren gehalten, zumindest was Lily betraf. Immer wieder wanderten seine Gedanken zu ihr und in diesem Moment nicht nur, weil er verliebt war.

Warum nur hatte Lundy noch nicht um die Hand der hinreißenden Miss Balfour angehalten?

Derek erinnerte sich an all die Male, da die unausstehliche Bess Kingsley dazugekommen war, wenn Lily mit Lundy zusammenstand. Das schlimmste Beispiel dafür hatte er beim Gartenfest miterlebt, als Miss Kingsley Lundy fortführte, nachdem dieser hinreißende Singvogel so unbekümmert in Lilys Glas gekleckst hatte. Derek erinnerte sich an sein eigenes Missfallen über die Art und Weise, wie Lundy sich gegen Lily auf Bess' Seite geschlagen hatte. Was hatte Edward doch gleich noch gesagt?

„Ich bin gleich wieder da. Mr Kingsley und ich handeln ein Geschäft aus."

Ganz plötzlich kam ihm ein Verdacht. Ein Geschäft, ja?

Wenn Lundy tatsächlich insgeheim mit finanziellen Problemen kämpfte, dann lag vielleicht der Grund, warum er Miss Balfour noch nicht gebeten hatte, ihn zu heiraten, darin, dass er sich alle Möglichkeiten offenhielt und abwartete, ob er nicht vielleicht Lily aufgeben und Bess Kingsley wegen ihrer Mitgift heiraten müsste.

Himmel, was, wenn Bess Kingsley Lundys Ersatzplan war?

„Ich überlege, ob ich lieber in England bleiben soll, anstatt nach Indien zurückzukehren", erklärte er plötzlich und achtete darauf, dass seine Worte möglichst beiläufig klangen.

„Wirklich?"

Er nickte. „Ich denke, ich habe der Armee genug von meinem

Blut und Schweiß gegeben. Zeit, sich niederzulassen und eine reiche Frau zu heiraten, nicht wahr?"

„Ah – eine Frau wie die hinreißende Fanny Coates?"

Derek schnaubte verächtlich. „Sie ist zu gewitzt, um einen wie mich zu heiraten. Ich dachte an eine leichtere Beute. Ich habe überlegt, vielleicht um die Hand anzuhalten von – Miss Kingsley."

„Bess?", rief Lundy und beugte sich vor.

Derek nickte.

„Sie scherzen!"

„Aber nein. Ganz und gar nicht. Natürlich ist sie ein Albtraum, aber ich bin ein jüngerer Sohn, Lundy. Ich bin nicht so reich wie Sie. Warum soll ich mein Blut für Ruhm und Reichtum geben, wenn wohlhabende Angehörige des schönen Geschlechts zu verführen eine viel leichtere und wesentlich vergnüglichere Methode ist, ein Vermögen zu machen?" Er trank einen Schluck. „Ich muss praktisch denken, und ihre Mitgift ist erheblich. Außerdem ist es nicht schwer, sie in meinem Landhaus festzusetzen, während ich mich in der Stadt amüsiere. Mit Fanny Coates", fügte er augenzwinkernd hinzu.

Lundy starrte ihn entsetzt an. „Sie wollen Bess gar nicht."

„Warum? Sie haben doch keine Absichten mit ihr, oder? Schließlich", fuhr er schmeichelnd fort, „sind Sie sich doch einig mit Lily Balfour, oder?"

„Ja, aber …"

„Aber was?"

„Nichts."

„Wissen Sie, das ist wirklich eine edle Geste, Lundy. Ihre Familie mit all ihren Schulden und dem ruinierten Familiensitz zu retten. Die meisten Männer würde es grausen bei der Vorstellung, für eine Dame eine solche finanzielle Bürde auf sich zu nehmen, aber nicht Sie. Ich weiß, Sie haben mir gegenüber eingestanden, Sie heiraten sie nur, um mehr Ansehen zu gewinnen. Aber trotzdem hat sie Glück, Sie zu bekommen."

„Ja, aber – das ist nicht der einzige Grund."

„Nicht? Was, alter Mann, Sie sind doch nicht verliebt?“, meinte Derek.

„Kaum. Ich will sie nur in mein Bett holen“, sagte Lundy und lachte.

„Ich verstehe“, erwiderte Derek kühl.

„Tatsächlich? Ganz unter uns – ich hatte schon immer den Wunsch, eine echte Dame zu besitzen, wissen Sie? Schnell und hart, bis sie schreit wie eine Seemannshure. Man könnte sagen, das ist so eine kleine Fantasie von mir. Viel blaublütiger als meine vornehme Lady Lily geht es nicht mehr. Und sehen wir den Tatsachen ins Auge: Wie sonst sollte ich ein Mädchen wie sie in mein Bett bekommen? Ihre Armut bietet mir die Möglichkeit.“

Derek starrte ihn entsetzt an.

Ich fürchte, dafür muss ich dich umbringen, dachte er und erinnerte sich an ihre Unschuld, ihre Zartheit, ihre Anmut und ihr Vertrauen. Und an die Zurückhaltung, mit der er selbst sie berührt hatte. Er war außer sich, aber er begriff, dass seine Tarnung auffliegen würde, wenn er das zeigte.

Als er den Glanz in Lundys Augen sah, kam ihm der Gedanke, dass dies vielleicht die Art und Weise war, wie der Nabob sich an Derek für dessen vorgetäuschtes Verlangen nach Bess Kingsley rächte.

Eigentlich hätte Lundy etwas von der Anziehung zwischen ihm und Lily gespürt haben müssen, um anzunehmen, dass diese Taktik irgendeine Wirkung auf ihn hatte.

Entschlossen, ganz ruhig zu bleiben, schob er seinen Zorn beiseite und lächelte. „Wirklich, alter Junge“, sagte Derek in so sanftem Ton, dass von dem Unmut dahinter nichts zu bemerken war, „so redet man nicht über seine zukünftige Gemahlin.“

Lundy lachte.

„Ich spiele die Dame für dich, Eddie“, bot der Rotschopf an ihrem Tisch an.

„Das bezweifle ich, meine Kleine. In deinen Augen liegt zu viel lüsterner Glanz.

„Wirklich?“

„Ja." Lundy schob einen Finger unter ihr Strumpfband und entlockte ihr ein trunkenes Kichern. „Gib uns einen Kuss, Süße."

Als er die Rothaarige tiefer zog, um von ihren Waren zu kosten, kam die Brünette zurück und ließ sich auf Dereks Schoß fallen.

„Hallo. Ich heiße Polly." Derek achtete wenig auf sie, als sie begann, seine Wange zu küssen und mit den Fingern durch sein offenes Haar zu streichen, während sie ihm Koseworte ins Ohr flüsterte.

„Du bist so reizvoll, mein Major, willst du nicht mit nach oben kommen und dich ein bisschen amüsieren?"

Es gelang ihm nicht, sie von seinem Schoß zu schieben, doch er entschuldigte sich höflich, während er an etwas anderes dachte. Noch immer plagte ihn die Frage, die ihm nicht aus dem Kopf ging, nach den hässlichen Dingen, die Lundy über Lily gesagt hatte. *Hat er das nur gesagt, um mich wütend zu machen, oder will er sie wirklich so missbrauchen?*

Es gab keine Möglichkeit, dessen ganz sicher zu sein, aber als er an Pollys Taille vorbei den Arm ausstreckte, um nach der Flasche auf dem Tisch zu greifen, erkannte er, dass es keine Rolle spielte.

Denn in diesem Moment beschloss er, Lundy solle zur Hölle gehen. Unter keinen Umständen würde er es zulassen, dass dieser brutale Bastard auch nur einen Finger an sie legte. Er musste es irgendwie unterbinden, dass er sich auch nur in einem Umkreis von zehn Meilen ihr näherte.

Sie würde Lundy nicht heiraten. Punkt.

Plötzlich ertönte ein Schrei, als die Rothaarige sich auf Lundys Schoß setzte und die beiden mit dem Stuhl umkippten. Unter trunkenem Lachen fielen sie zusammen auf den Boden, wo sie auch liegen blieben.

„Himmel", rief das gefallene Mädchen gleich darauf empört aus. „Der Kerl ist so betrunken, dass er das Bewusstsein verloren hat. Eddie! Aufwachen!"

Die einzige Antwort war ein ohrenbetäubendes Schnarchen.

Von den anderen Schankmädchen, dem Wirt und den weiteren Gästen im Pub war schallendes Gelächter zu hören. Edward Lundy merkte nichts davon; er lag ausgestreckt und ohne jegliche Würde halb unter dem Tisch.

Würde es den ehrenwerten Herrschaften des Ausschusses wohl gefallen, das hier zu sehen? überlegte Derek. Doch es war ihm nicht möglich, weiter darüber nachzudenken, denn Polly wurde fordernder. Sie legte ihm einen Arm um den Hals, während sie den anderen über seinen Körper gleiten ließ. „Major, mein Lieber, ich lasse Sie einmal umsonst. Sie brauchen es, das spüre ich. Und außerdem glaube ich, er mag mich."

Derek zog ihre tastende Hand von seinem Schenkel. „Er – äh – hat so etwas wie einen eigenen Willen. Meine liebe Miss Polly ..." Er wusste, dass sie entschlossen war, ihn zu überreden, aber er dachte an Lily Balfour, und da Lundy besinnungslos war, war es nicht nötig, die Scharade aufrecht zu halten. „Vielleicht können Sie den Wirt für mich holen, damit ich mich darum kümmern kann, ein Zimmer für meinen bewusstlosen Freund zu bekommen."

„Was ist mit einem Zimmer für Sie und mich?", flüsterte sie.

„Ich glaube nicht."

„Warum nicht?"

„Ich bin verheiratet", log er.

„Oh, Major", murmelte Polly und deutete mit einer Kopfbewegung zur Tür. „Ich glaube, gerade kommt Ihre Frau."

Lily stand in der Tür und starrte ihn ungläubig an.

„Gütiger Himmel", murmelte Gabriel, der neben ihr in der Tür auftauchte. Lily wurde zusehends blasser.

Sie glaubte, ihren Augen nicht trauen zu dürfen.

Edward lag schnarchend auf dem Boden, während Derek sich mit der bemalten Hure auf dem Schoß zu amüsieren schien. Als er aufsah und Lily und Gabriel bemerkte, wirkte er erstaunt – aber er war kaum überraschter als sie.

In diesem Moment bot ihr heldenhafter Kavallerieoffizier ein Abbild an Ausschweifungen, Trunkenheit und Lüsternheit – mit zerknitterter Kleidung und offenem Hemd. Das schwarze Haar hing ihm über die Schulter, lang, zerzaust und wild. Ein Zweitagebart ließ seine Wangen dunkel wirken.

Seine silbergrauen Augen waren rot unterlaufen und müde, aber als er sie erblickte, riss er sie weit auf. „Lily!" Sofort schob er das Schankmädchen zur Seite und sprang so heftig auf, dass sein Stuhl polternd umkippte. „Was tust du hier?"

Kopfschüttelnd sah sie ihn an, und ihre Erleichterung darüber, dass er in Sicherheit war, mischte sich mit kaltem Zorn. „Offenbar meine Zeit vergeuden."

Damit machte sie auf dem Absatz kehrt und ging umgehend wieder hinaus. Die Tür des Pubs ließ sie wütend gegen die Wand poltern.

Während sie auf den Hof hinaustrat, wo sie Edwards große schwarze Kutsche von der Straße aus gesehen hatten, überschlugen sich Lilys Gedanken.

Aber ihr Herz war – gebrochen.

Mrs Clearwell steckte aufgeregt den Kopf aus ihrer Barouche hervor. „Lily! Ist er hier? Ist er in Sicherheit?"

„Er ist hier. Er ist in Sicherheit. Sie sind beide hier", stieß sie hervor. „Sie sind betrunken."

„Oh! Oh Liebes …"

„Lily!" Sie vernahm seinen tiefen, vom Bier heiseren Bariton, aber sie drehte sich nicht um, sondern ging direkt zur Kutsche. „Lily, warte! Hör mir wenigstens zu!"

Sie registrierte seine schnellen Schritte, als er ihr nachlief. Aber als sie seine Hand sanft auf ihrer Schulter fühlte, fuhr sie herum und schlug die Hand weg.

„Fass mich nicht an!"

„Ich kann dir erklären …"

„Oh, aber das ist gar nicht nötig", rief sie und versuchte, gleichgültig zu klingen, was ihr nicht gelang, weil sie aufgebracht war. „Bitte, lassen Sie sich von mir nicht von Ihren Vergnügungen abhalten, Major."

„Das ist nicht das, wonach es aussieht."

„Behalte deine Lügen für dich", erwiderte sie. „Ich kehre zurück nach London."

„Lily, würdest du bitte stehen bleiben?"

„Wozu, du herzloser Schuft? Wozu sollte das gut sein?" Tränen traten ihr in die Augen, und ganz plötzlich war sie so zornig, dass sie kaum noch sprechen konnte. „Ich habe Augen im Kopf. Ich sehe, dass alles, was du noch vor zwei Tagen zu mir gesagt hast, nur ein Spiel für dich war. Hast du ihr auch einen Antrag gemacht? Machst du jeden Tag einer anderen Frau einen Antrag?"

Er holte tief Luft und fuhr sich mit der Hand durchs Haar. „Offenbar bin ich im Moment nicht in bester Verfassung", stieß er zwischen zusammengebissenen Zähnen hervor. „Aber ich schwöre dir, es ist nicht so schlimm, wie es ausschaut."

„Halte dich nicht mit Erklärungen auf." Sie schüttelte den Kopf. „Ich kann nicht glauben, dass ich dir vertraut habe. Auf Wiedersehen, Derek. Ich habe lange genug zugelassen, dass du meine Pläne durchkreuzt, und ehrlich gesagt, du bist all die Schwierigkeiten nicht wert."

Seine silberblauen Augen funkelten ergrimmt, als sie sich abwenden wollte. Er streckte die Hand aus und packte ihren Arm. „Du hörst mir zu. Deine Pläne wurden geändert."

„Du hast kein Recht …"

„Lundy ist bankrott."

„Was?"

„Er ist pleite. Ich bin mir ziemlich sicher, und wenn ich recht habe, dann wird er dich so bald wie möglich fallen lassen zugunsten von Bess Kingsley und ihrer Mitgift."

„Das ist unmöglich. Wie kann Edward bankrott sein?"

„Ich weiß nicht, wie er das angestellt hat. Vermutlich hat er sich bei seinem Versuch, die Gesellschaft zu beeindrucken, übernommen. Das Haus, die Stallungen, die Pferde, die Juwelen." Er runzelte die Stirn und betrachtete prüfend ihr Gesicht, dann schüttelte er den Kopf. „Du wolltest wissen, was ich vorhatte, als du mich neulich in seinem Haus erwischtest. Ich habe dich belogen – ich hatte keine andere Wahl. Ich versuchte, in sein Arbeitszimmer zu gelangen, um meine Vermutungen bestätigt zu sehen, indem ich mir einen Einblick in seine Bücher verschaffen wollte."

„Und das soll ich dir jetzt glauben?"

„Ja! Lily, du bist der Grund, warum ich das alles tue", rief er aus und deutete auf den Pub hinter sich. „Mein Ziel ist es, die Wahrheit zu verstehen, damit ich dich beschützen kann. Ich habe Lundy hierher gebracht, damit er sich betrinkt, in der Hoffnung, dass ich ihn in einem unachtsamen Moment erwische und herausfinde, was hier eigentlich los ist."

„Hat es geklappt?"

Die Hände in die Hüften gestemmt, seufzte er und zuckte die Achseln. „In gewisser Weise, ja. Du wirst ihn nicht heiraten, Lily. Auf keinen Fall."

„Dazu brauche ich kaum deine Erlaubnis."

„Himmel, Frau – hör mir zu! Würde der Umstand, dass er kein Geld hat, nicht erklären, warum er noch nicht um deine Hand angehalten hat? Nach dieser Nacht glaube ich zu wissen, woran es liegt. Er weiß, dass er sein Vorhaben ändern und Bess Kingsley um ihrer Mitgift willen heiraten muss, nicht dich." Er schwieg, während Lily einfach nur dastand, hilflos, verwirrt und überrascht. Sie versuchte, ihm zu folgen und seine Enthüllungen zu verstehen. „In Anbetracht der Tatsache, wie sehr du darauf bedacht bist, deinen Ruf zu schützen", fügte Derek hinzu, „schlage ich vor, dass du dich in der Gesellschaft von Lundy so weit wie möglich distanzierst. Seine Schwierigkeiten sind noch nicht vorüber. Möglicherweise fangen sie gerade erst an."

„Was soll das heißen?"

„Ich kann es dir nicht sagen." Als sie das Gesicht verzog, gab er ein wenig nach. „Lily – es hat mit dem Ausschuss zu tun, in dem er tätig ist. Der, vor dem ich aussagte. Für die Armee. Du wirst mir in dieser Sache vertrauen müssen. Es ist nicht gut." Er zögerte. „Na schön. Ich glaube, er hat vielleicht Geld aus dem Fonds gestohlen."

Sie war entsetzt. Sie schlang die Arme um ihre Taille und wandte sich kopfschüttelnd ab. „Na, wenn das nicht das alte

Pech der Balfours ist."

„Liebste …" Derek streckte den Arm nach ihr aus, aber sie wich zurück.

„Lass mich in Ruhe."

„Ich habe fast den Verstand verloren bei meinen Bemühungen, einen Weg zu finden, dich aus alldem herauszuhalten."

„Wie kann ich sicher sein, ob du die Wahrheit sagst oder ob das nur irgendein verrücktes Spiel ist?", fragte sie. Sie hatte das alles schon einmal durchlebt.

Tatsächlich erinnerte sie das hier viel zu sehr an den Zorn und die Enttäuschung, die sie empfunden hatte, als sie erfuhr, dass ihr „geliebter" Lord Owen Masters nichts als ein Lügner war.

„Ein Spiel?" Dereks Gesicht wurde rot vor Wut. „Wenn ich dieses Geld nicht finde, bekomme ich meinen Posten nicht zurück. Glaubst du wirklich, ich spiele, wenn meine Karriere gefährdet ist?"

Seine Worte schreckten sie auf und erinnerten sie wieder daran, dass er fest entschlossen war, nach Indien zurückzugehen – und an ihre eigenen lächerlichen Hoffnungen, die sie noch auf dem Ball gehegt hatte. „Nein, Derek, das würdest du wohl nicht", entgegnete sie mit gepresster Stimme. „Ich kann mir nicht vorstellen, dass du für irgendetwas deine Karriere ruinieren würdest." Kopfschüttelnd machte sie kehrt und wollte zur Kutsche zurückkehren. „Ich muss fort."

„Lily, warte!"

Sie beachtete ihn gar nicht. „Bitte, sag Edward nicht, dass wir hier waren. Ich bezweifle, dass er sich daran erinnern wird. Aber die Situation ist, da wirst du mir sicher zustimmen, schon peinlich genug. Major, kommen Sie mit uns?" Sie blickte an Derek vorbei zu dem älteren Knight.

„Ich bleibe bei meinem Bruder", erwiderte Gabriel aus einiger Entfernung.

„Es tut mir leid, dass ich Sie hierher geschleppt habe, Major", fügte sie hinzu. „Wie es scheint, war meine Furcht unbegründet."

„Kann ich dich morgen sehen?", fragte Derek drängend und

hielt sie am Arm fest, damit sie nicht weggehen konnte. „Übermorgen?“

„Ich weiß es nicht“, erwiderte sie abweisend.

Er sah sie eine Weile an, dann schüttelte er den Kopf. „Warte“, murmelte er. „Ich wollte das eigentlich unter besseren Bedingungen tun, aber – hier.“ Er griff in seine Tasche. „Streck die Hand aus.“

„Was ist das?“ Misstrauisch gehorchte Lily.

„Ich hatte sie als Glücksbringer dabei, aber da du nun vor mir stehst …“ Derek öffnete die Faust und ließ die Diamantohrringe in ihre Hand fallen.

Überrascht blickte sie sie an. Sie hob sie dichter vor ihr Gesicht und stellte mit einem Blick fest, dass es tatsächlich die Ohrringe ihrer Urgroßmutter waren, die sie dem Kutscher Jones gegeben hatte. „Woher hast du …“

Er sah ihr in die Augen. „Glaubst du immer noch, ich spiele?“

Sie wusste nicht, was sie antworten sollte. „Ich muss nachdenken“, stieß sie hervor und vermied es, ihn anzusehen. „Du hörst von mir, wenn ich bereit bin, dich zu empfangen.“

Mit diesen Worten griff sie nach der Kutschentür. Derek öffnete sie für sie und trat zur Seite, als sie einstieg. Mrs Clearwell rückte weiter, um für Lily Platz zu machen. Dann schaute sie Derek an und schüttelte enttäuscht den Kopf.

Er senkte den Blick und schloss die Kutschentür hinter den Damen.

Sofort klopfte Lily laut gegen den Wagen, als Zeichen für Gerald, den Kutscher. Gleich darauf setzte die Barouche sich in Bewegung. Derek blieb zurück auf dem gepflasterten Hof.

„Verdammt“, flüsterte er und drehte sich zu seinem Bruder um. „Was hast du dir dabei gedacht?“

„Sprich nicht in diesem Ton mit mir. Woher sollte ich wissen, was du vorhast?“

„Warum zum Teufel hast du sie hierhergebracht?“

„Sie machte sich Sorgen um dich. Sie dachte, dir droht Gefahr – und als sie es mir erklärte, dachte ich das auch."

„Verdammt, Gabriel." Er rieb sich den Nacken und drehte sich kopfschüttelnd wieder zum Pub um.

„Weißt du, du wärest ein Dummkopf, wenn du nach Indien zurückgehst. Hier ist eine Frau, die dich …" Abrupt brach Gabriel ab. Er senkte den Kopf. „Egal. Ich mische mich da nicht ein. Ich habe etwas für dich." Er griff in seine Westentasche und zog einen Brief heraus. „Aadi bat mich, dir dies zu geben, als ich ihm sagte, ich müsste dich finden. Das Schreiben kam heute an. Es ist nicht von Colonel Montrose, aber Aadi meinte, du würdest es trotzdem lesen wollen."

Mit einem knappen Nicken zum Dank nahm Derek den Brief und ging näher zu dem schwachen Licht, das über dem Eingang der Taverne hing.

Er konnte keinen Absender entdecken, aber als er den Umschlag aufriss, war ihm sofort klar, dass die kurze Nachricht von Charles war, seinem vertrauten Ratgeber:

Major,
ich habe etwas gefunden. Meine Suche führte mich zu einem Taugenichts namens Philip Kane. Bitte suchen Sie mich nach Ihrer Rückkehr auf, dann werde ich Ihnen alles erklären.
Stets zu Diensten etc., C. Beecham, Esqu.

„Guter Mann", murmelte Derek. Diese Nachrichten bedeuteten zweifellos einen weiteren Nagel zum Sarg des armen Edward.

Gabriel sah ihn fragend an, als Derek den Brief zusammenfaltete und in seine Tasche schob.

„Komm", sagte er in leichterem Tonfall, schlug seinem älteren Bruder auf die Schulter und deutete auf den Pub.

„Wirst du mir ein Pint spendieren?", fragte Gabriel spöttisch.

Derek sah ihn an. „Nachdem du mir geholfen hast, Lundy aufzuheben."

15. KAPITEL

Ich bin gekommen, um die Stute abzuholen", sagte Lily am nächsten Morgen zu den Stallburschen bei Althorpe's. Sie reckte das Kinn. „Major Knight hat mir erlaubt, mit dem Pferd auszureiten, wann immer ich möchte."

Die beiden Jungen hörten den autoritären Klang ihrer Stimme, warfen einen Blick auf ihr elegantes Reitkleid und beeilten sich, den Wünschen der Dame nachzukommen.

„Ich sattle Ihnen das Pferd, Miss."

„Danke. Sind die beiden Majors zu Hause?"

Als einer der Knechte davoneilte, um die Stute für einen Austritt fertig zu machen, warf der andere einen Blick auf die Box, in der gewöhnlich Dereks großer schwarzer Hengst stand. „Ich glaube nicht, Miss."

Gut. Wenn Derek noch nicht aufgetaucht war, dann würde aller Wahrscheinlichkeit nach Edward es um diese frühe Stunde auch noch nicht nach Hause geschafft haben.

Nach Dereks schockierenden Enthüllungen der vergangenen Nacht wollte Lily diese Gelegenheit nutzen und selbst herausfinden, was los war. Die ganze Nacht über hatte sie nachgedacht. Nein, sie würde sich nicht zum Narren halten lassen. Am Morgen wusste sie, was sie zu tun hatte. Worte und Behauptungen von den beiden Männern würden sie nicht mehr überzeugen. Sie brauchte Beweise.

Sie wollte sich in Edwards Abwesenheit in sein Haus schleichen und in sein Arbeitszimmer einbrechen – was Derek während der Gartenparty nicht gelungen war. Nur so konnte sie entweder die Theorie des Majors, dass der Nabob bankrott war, widerlegen oder bestätigen. Wenn Edward sie tatsächlich zugunsten von Bess Kingsley abblitzen lassen wollte, wie Derek es behauptete, dann war dies vielleicht ihre letzte Möglichkeit, die Wahrheit herauszufinden.

Während sie rastlos im Mittelgang des Stalls auf und ab schritt und darauf wartete, dass der Bursche das Pferd brachte, wusste sie, dass sie gute Voraussetzungen dafür hatte, diese Aufgabe zu meistern. Als Edwards angehende Braut und zukünftige Dame des Hauses würden seine Dienstboten und all die wilden Helfershelfer nicht übermäßig überrascht sein, sie zu sehen – für den Fall, dass sie entdeckt wurde. Dennoch würde sie aufpassen, dass das nicht geschah.

Sie wusste, wie sie in das schlossartige Gebäude gelangen konnte, ohne gesehen zu werden, und sie wusste, wo er seine privaten Papiere aufbewahrte. Es war gefährlich, aber sie war wütend genug, um das zu riskieren. Sie brauchte Antworten. Sie hatte die gehorsame junge Dame viel zu lange gespielt.

Den Plan hatte sie schon vor dem Frühstück gefasst, und sie wartete nur ab, bis Mrs Clearwell zu einem morgendlichen Besuch aufgebrochen war. Sie mied die Begegnung mit den Dienstboten und ließ sie in dem Glauben, sie läge noch immer hinter verschlossenen Türen im Schlafzimmer. In der Zwischenzeit war sie im Reitkleid zum Hinterausgang hinausgeschlüpft.

„Hier ist sie, Miss. Gestriegelt und geputzt, gefüttert und getränkt – und bereit zum Aufbruch."

Als sie das rhythmische Klappern der Hufe hörte, drehte Lily sich um. Um ein Haar hätte sie das Pferd mit offenem Mund angestarrt, jenes Tier, das Derek ihr als Geschenk versprochen hatte. Sie glaubte ihren Augen kaum zu trauen. Das war ein Wunder!

Nach kaum einer Woche unter Dereks geschickter und kundiger Pflege strotzte die vorher so zerschundene und gequälte Stute vor Gesundheit. Ihr Fell glänzte wie ein neuer Kupferpfennig, in die blonde Mähne war ein rotes Band geflochten, das zu der dicken roten Satteldecke passte, die weich war und ein Monogramm trug: MN.

Mary Nonesuch. Ihre Namensschwester.

Ein kleines Lächeln umspielte Lilys Lippen, als sie die behandschuhte Hand über den glatten, starken Nacken des Pferdes gleiten ließ. „Gutes Mädchen. Erinnerst du dich an mich? Ja, das tust du, oder? Ich habe dir all die herrlichen Äpfel und Karotten gegeben", murmelte sie. „Er hat gut für dich gesorgt, nicht wahr?

Du siehst jetzt aus wie die Ballkönigin."

Derek hatte neues Zaumzeug für die Stute gekauft sowie einen Damensattel von hervorragender Qualität. Rote Stickereien verzierten das tiefdunkle Braun. Lily nahm sich einen Moment lang Zeit, damit sich das Pferd an sie gewöhnen konnte, streichelte die Wange des Tieres und kraulte den weißen Stern auf dessen Stirn.

Der liebenswürdige, ruhige und vertrauensvolle Ausdruck in den großen braunen Augen der Stute stand völlig im Widerspruch zu dem Leid, das sie hatte ertragen müssen.

Es versetzte ihr einen Stich, dann nickte sie dem Stallburschen zu, als Zeichen, dass sie jetzt bereit war aufzusitzen.

Er half ihr in den Damensattel. Lily strich ihre Röcke glatt und nahm die Zügel in die Hände. Sie hatte nicht mit dem überwältigenden Gefühl gerechnet, was es bedeutete, auf ihrem eigenen Pferd zu sitzen.

Als kleines Mädchen hatte sie ein kleines stämmiges Pony besessen, um auf dem Anwesen ihres Großvaters umherzureiten. Aber seitdem waren Jahre vergangen, und nie wieder hatte sie die Gelegenheit bekommen, zu reiten, wohin sie wollte und wann sie wollte. Sie fühlte, wie eine neue Kraft und Selbstvertrauen sie durchströmten. Wo waren diese Gefühle während der letzten Jahre geblieben?

„Nun, diese Verbindung wurde im Himmel geschlossen", sagte der erste Stallbursche mit einem bewundernden Lächeln. Dabei nahm er seine Mütze ab und fuhr sich durch das zerzauste blonde Haar.

Der andere Junge hielt ihr eine Reitgerte hin, doch Lily dachte daran, wie der grausame Kutscher die Peitsche benutzt hatte. Sie schüttelte den Kopf. „Ich denke, wir werden auch ohne die gut zurechtkommen."

„Sie werden nicht zu lange mit ihr draußen sein, nicht wahr, Miss …?"

„Balfour."

Der Bursche nickte. „Miss Balfour. Der Major sagte, es wäre gut, es langsam angehen zu lassen, bis sie sich stärker fühlt."

„Ich weiß nicht, wie lange ich unterwegs sein werde, aber ich werde darauf achten, sie regelmäßig auszuruhen zu lassen." Mit einem leichten Druck ihrer Fersen versetzte Lily das Tier in Bewegung.

Als die Stute durch den Gang schritt, drehte sich Lily noch einmal um. „Wenn Sie den Major sehen, richten Sie ihm bitte – meinen Dank aus."

„Mache ich, Miss."

Lily ritt durch das Stalltor, draußen strahlte die Sonne. Sie ließ den Hof von Althorpe's hinter sich und lenkte ihr Pferd durch die Straßen Londons.

Freiheit! Ihr Herz schien einen Freudentanz zu vollführen. Abgesehen davon, dass ein Bursche oder eine Anstandsdame fehlten, wirkte sie von Kopf bis Fuß wie eine junge Lady, die zu einem Ausritt in den Hyde Park unterwegs war. Aber das war nicht ihr Ziel, daher zog sie den Schleier ihres kecken Reithutes über ihr Gesicht, um ihre Identität zu verbergen. Immerhin konnte es passieren, dass sie jemandem begegnete, der sie kannte.

Schnell hatte sie auf ihrem Pferd die geschäftige Stadt hinter sich gelassen und erreichte die Vororte Londons. Die Herrenhäuser waren von Wäldern und Gärten umsäumt – wie auch das von Edward, das direkt an der Themse lag.

Unterwegs überlegte sie, was sie tun sollte, würde Edward nach Hause zurückkehren, während sie noch ihrer Mission nachging. Sie vermutete, dass ihr etwas einfallen würde. Aber in Anbetracht der Verfassung, in der sie ihn in dem Pub angetroffen hatte, würde er vermutlich den Tag in dem Gasthaus verbringen und sich auf seinem Zimmer erholen.

Sie hoffte, dass es ihm richtig schlecht ging. Er verdiente es.

Es dauerte nicht lange, bis Lily den hohen Eisenzaun erreichte, der Edwards Anwesen umgab. Sie entdeckte eine Stelle mit viel Gebüsch, in dem sie ihr Pferd verbergen konnte. Dort band sie es an einem der Querstreben des Zauns an. Anschließend stieg sie wieder auf das Pferd, stellte sich auf den Sattel und kletterte vorsichtig über die schmiedeeisernen Spitzen der Umfriedung.

Nach einem kleinen Sprung befand sie sich auf Edwards Anwesen. Sie strich sich die Röcke glatt und begann mit klopfendem Herzen auf das Haus zuzugehen.

Da sowohl der Hausherr als auch seine Mutter fort waren, schienen die Dienstboten ihren täglichen Aufgaben in gemächlicherem Tempo nachzugehen. Denn statt des üblichen Treibens herrschte vor dem Gebäude Stille.

Beim Näherkommen sah sie einige von Edwards Helfershelfern an der Stallwand herumlungern. Sie rauchten und spielten Karten. Die Männer bemerkten sie nicht.

Lily umging einen großen blühenden Busch und begab sich zu einer Tür, von der sie wusste, dass sie vermutlich nicht verschlossen war. Die Tür zum Gewächshaus, die auf die Gartenterrasse hinausführte, stand gewöhnlich offen, da es im Sommer unter dem Glas zu heiß wurde. Mrs Lundy hatte sich mehrmals darüber beschwert, dass die Hitze sich im ganzen Gebäude ausbreitete.

Tatsächlich konnte sie, sobald sie die Terrasse erreicht hatte, in das Kaldarium hineinschlüpfen. Als ein Hausmädchen vorbeieilte, verbarg sie sich hinter einer riesigen Pflanze. Das Dienstmädchen hastete in Richtung Küche. Lily wartete und lauschte, bis sie sicher sein konnte, dass es fort war.

Danach schlich sie leise durch die große Halle, wo zwei weitere Mädchen sich beim Abstauben unterhielten und kichernd darüber sprachen, welcher der Diener am besten aussah. Lily durchquerte nun auf Zehenspitzen den glanzvollen Speisesaal und bog in denselben stillen Korridor ein, in den sie Derek während der Gartenparty gefolgt war.

Nun, da sie wusste, was er an jenem Tag tatsächlich vorgehabt hatte, war sie beeindruckt, zu sehen, wie weit er gekommen war, ehe sie ihn gestört hatte. Edwards Arbeitszimmer lag am Ende des Ganges. Sie sah die geschlossene Tür. Aber dann unterdrückte sie einen Aufschrei und zog sich rasch hinter den Vorhang eines Alkovens zurück, als einer von Edwards finster aussehenden Gehilfen auftauchte.

Sie vermutete, dass es sich um Mr Bates handelte.

Lily presste sich an die Wand, und ihr Herz klopfte wie wild. Vielleicht war dieses ganze Unternehmen nur ein verrückter Einfall von ihr – aber jetzt war es zu spät, um umzukehren. Ihr Ziel war in Reichweite, nur ein paar Schritte entfernt.

Sie spähte aus dem Alkoven vorsichtig hervor und sah, dass Bates weitergegangen war.

Dann verließ sie ihr Versteck und huschte an dem Salon vorbei, in dem Derek so wunderbare Dinge mit ihr gemacht hatte. Unwillkürlich überlief sie ein wohliger Schauer, als sie sich daran erinnerte. Aber sie bemühte sich, nicht daran zu denken, sondern weiter ihr Vorhaben zu verfolgen. Ohne zu zögern, bewegte sie sich vorwärts, ihre Schritte waren auf dem gewachsten Boden kaum zu hören. Endlich hatte sie die Tür zu Edwards Arbeitszimmer erreicht. Behutsam öffnete sie diese und linste durch einen Spalt ins Zimmer.

Leer.

Ihre Röcke wirbelten um sie herum, als sie hineinhuschte, die Tür hinter sich zuzog und abschloss. Sie legte eine Hand auf ihre Brust und seufzte erleichtert. Dabei klopfte ihr Herz so laut, dass sie sich wunderte, warum es nicht das gesamte Personal alarmierte. Der Einzige, der zu bemerken schien, dass etwas nicht stimmte, war Edwards wilder Wachhund Brutus. Sie hörte das Tier bellen.

Aber abgesehen von einem lauten, ungeduldigen „Sei still!“, schien niemand dem Beachtung zu schenken. Nun, der ständige Lärm des Höllenhunds war nichts Ungewöhnliches. Lily war nur froh, dass sie Brutus niemals aus seinem Käfig ließen. Wenn er die von ihm gejagten Kaninchen innerhalb kürzester Zeit töten konnte, dann wollte sie nicht gern sehen, was er einem Menschen anzutun vermochte.

Sie vergeudete keine Zeit damit, sich mit dieser wenig erfreulichen Frage zu beschäftigen. Die schweren Samtvorhänge vor den Fenstern tauchten den Raum trotz des strahlenden Sonnenscheins in dämmeriges Zwielicht. Aber es war hell genug, um ihre Durchsuchungsaktion durchzuführen. Sie sah sich in dem staubigen, mit Eiche vertäfeltem Zimmer um.

In einem Schrank mit Glastüren wurden die in rotes Leder gebundenen Foliobände aufbewahrt, die mit schwarzen Bändern verschlossen waren und Edwards Akten enthielten – seine geschäftliche Korrespondenz, Aufzeichnungen und dergleichen. Die ledernen Bände waren ordentlich nach dem Alphabet sortiert, auf jedem Rücken stand ein golden schimmernder Buchstabe.

Aber dann fiel ihr Blick auf den großen Safe an der Wand. Nun, das war der Ort, wo Edward sicher seine wichtigsten Dokumente unterbrachte. Eilig lief sie dorthin, um ihn sich anzusehen, doch der Schrank war verschlossen. Die eiserne Tür gab nicht nach.

Sie begab sich zu Edwards großem Schreibtisch und machte sich daran, ihn nach einem Schlüssel zu durchsuchen. Was sie nicht alles darin fand: ein kleines Stundenglas, ein Sortiment ungespitzter Schreibfedern, Fässchen mit indigoblauer und sepiafarbener Tinte, Siegelwachs, ein silbernes Tablett mit pulverisiertem Löschsand, ein Brieföffner, ein paar Schreibblätter, Kerzen und eine große Messingöllampe.

Die Uhr auf dem Sims über dem Kamin tickte pausenlos. Die Zeit verrann, sie musste sich mit ihrer Suche beeilen.

Ah! Plötzlich entdeckte sie einen kleinen Schlüssel unter dem kleinen Tablett mit Löschpuder. Sie lief zu dem Safe, aber ehe sie sich zu ihren Fähigkeiten als Spionin gratulieren konnte, hielt sie stirnrunzelnd inne.

Der Schlüssel passte nicht. Nun, wofür war er dann? Irgendetwas musste sich damit öffnen lassen.

Sie machte kehrt und ließ den Blick wieder durch das Arbeitszimmer schweifen. Plötzlich erspähte sie ein zusammengefaltetes Stück Papier, das unter der ledernen Schreibtischauflage hervorsah.

Vorhin war es nicht zu sehen gewesen, aber sie musste die Unterlage bei ihrer Durchstöberungsaktion verrutscht haben. Sofort zog sie das Papier hervor. Sie faltete es auseinander. Es war ein Brief an „Eddie“, geschrieben von seiner Mutter.

Mrs Lundy hatte eine Menge liebevoller Ratschläge hinterlassen, wie ihr Junge während ihrer Abwesenheit ordentlich auf sich aufpassen sollte. Sich ausruhen. Gemüse essen. Lily konnte nicht anders, sie musste die Augenbrauen hochziehen. Edward Lundy erschien zwar wie ein ungeschlachter Riese, aber anscheinend gab es eine Seite an ihm, da war er einfach nur ein ausgewachsenes Muttersöhnchen. Während sie weiter über den geheimnisvollen Schlüssel nachdachte, las sie einen Abschnitt, der sie in Erstaunen versetzte.

Du musst Vertrauen haben und stark sein, bis ich zurück bin. Sorge dich nicht allzu sehr, und tröste dich damit, dass ich dich nicht im Stich lassen werde. Wenn dieses Wiesel von Anwalt hört, dass ich unterwegs bin, um persönlich deine Interessen in der Angelegenheit zu vertreten, wird er es nicht wagen, auch nur einen Moment länger mit uns zu spielen. Du darfst deine Karten nicht auf den Tisch legen, mein Lieber, und du musst sie alle in London beschäftigt halten. Keine Angst. Sobald der Verkauf der Plantagen unter Dach und Fach ist, werde ich sofort zu dir zurückkommen, und dann kann Sinclair zum Teufel gehen. Ich verspreche dir, alles wird wieder gut …

Verwirrt runzelte Lily die Stirn. War Mrs Lundy nicht wegen ihrer Gicht nach Jamaika gereist? Aber dieses hier schien ein Hinweis auf eine ganz andere Erklärung zu sein. Aber der Rest des Briefes enthielt keine weiteren Hinweise darüber, nur noch weitere Ratschläge einer Glucke.

Nachdem sie ihn zu Ende gelesen hatte, schob Lily ihn zurück unter die Unterlage. Sie versicherte sich, dass sie alles so in Edwards Schreibtisch zurückgelegt hatte, wie sie es vorgefunden hatte. Was konnte sie als Nächstes inspizieren? Ah ja, Edwards Akten in den Lederbänden.

Eine Herausforderung. Sie unterdrückte einen Seufzer, legte den kleinen Schlüssel auf die Schreibtischkante und ging hinüber zum Schrank. Sie griff nach dem kleinen Holzknopf an der verglasten Tür, aber als sie diese öffnen wollte, hielt sie den Knauf in der Hand. Kaputt! Sie fluchte leise, als die kleine Schraube, die ihn halten sollte, mit einem leisen Klappern zu Boden fiel.

„Verflixt", flüsterte sie und bückte sich, um die Schraube aufzufangen, ehe sie unter den nächsten Bücherschrank rollte. Sie warf einen Blick zur Tür des Arbeitszimmers und hoffte, dass niemand das leise Geräusch gehört hatte.

Als sie die Schraube aufheben wollte, fiel ihr Blick auf eine Buchreihe, die sich auf Augenhöhe mit ihr befand. Ein spöttisches Lächeln umspielte ihre Lippen, als sie bemerkte, dass die Titel Lateinisch waren. Das ist ja der Gipfel der Schwindelei. Edward verstand kein Wort dieser alten Sprache.

Plötzlich runzelte sie die Stirn. Etwas an diesen Büchern schien ihr merkwürdig. Sie waren zu – perfekt. Sie griff nach einem und wollte es aus dem Regal nehmen, dann stockte ihr der Atem. Es war gar kein richtiges Buch.

Nachdem sie die falschen Buchrücken mit einem Griff entfernt hatte, wurde ein langer, schmaler Safe sichtbar. Ein geheimes Versteck! Edward, du Teufel! Sie bemerkte das Schlüsselloch in der Mitte des Safes und lächelte spöttisch. Danach begab sie sich zum Schreibtisch, um den kleinen Schlüssel zu holen, den sie dort gesehen hatte.

Er passte perfekt.

Im Innern des Safes fand sie noch mehr Akten. Die richtigen Bücher, wie sie vermutete. Auf den ersten Blick schienen sie identisch zu sein mit jenen, die in dem Glasschrank so deutlich zu sehen waren. Aber ihr Inhalt musste weitaus gewagter sein, um dieses Versteck zu rechtfertigen.

Sie zog den ersten Band mit der Aufschrift A-B heraus, legte ihn in ihren Schoß und löste das Band. Dann öffnete sie den Deckel und blätterte hastig durch die Sammlung loser Blätter und alter Briefe. Sie war ein wenig nervös über ihr unerlaubtes Tun und begann, etwas wie Verzweiflung zu fühlen – schließlich wusste sie nicht einmal genau, wonach sie überhaupt suchte. Als sie damit anfing, die Sachen durchzublättern, die unter dem Buchstaben B abgelegt worden waren, erstarrte sie.

Balfour, Lily.

Sie zog ein sorgfältig geschlossenes Bündel hervor, glaubte ihren Augen nicht zu trauen. Edward hatte einen Privatdetektiv angeheuert, der in ihrer Vergangenheit herumschnüffelte!

Ihre Kehle wurde trocken. Ihre Hände begannen zu zittern, und ungläubig überflog sie die Seiten.

Himmel, da standen Daten und Einzelheiten nicht nur über sie, sondern auch über ihren Großvater, seine Besitztümer, das Datum seines Todes, das Datum der Hochzeit ihrer Eltern, die Kirche, in der sie getauft worden war – selbst der Name ihrer ersten Gouvernante!

Lily war entsetzt.

Sie wusste, dass es unter den Reichen und Mächtigen nicht unüblich war, Nachforschungen über die zukünftige Braut anzustellen. Aber selbst das Ziel solcher Ermittlungen zu sein, war furchtbar für eine Frau, die – die Geheimnisse hütete.

Aber allmählich normalisierte sich ihr Herzschlag, und ihr Entsetzen begann nachzulassen. Wie durch ein Wunder wurde Lord Owen Masters in diesem Bericht nicht erwähnt. Der Familienkodex, Stillschweigen zu bewahren, musste genügt haben, um ihren Ruf sogar vor einem professionellen Ermittler zu wahren.

Schlimm genug, dass Edwards privater Spitzel herausgefunden hatte, dass ihr hitzköpfiger Cousin David, Pamelas jüngerer Bruder, betrunken bei einem Duell um die Ehre sein Leben verloren hatte. Wäre der arme David nicht so hitzköpfig gewesen, hätte er von Großvater den Titel geerbt. Aber da er in der Tradition der glücklosen Balfours die Selbstzerstörung gesucht hatte, warf der Junge dem falschen Mann vor, beim Kartenspiel zu betrügen. Er war getötet worden, nachdem er seinen Gegner schwer verwundet hatte.

Als sie von dem Hinscheiden ihres letzten Cousins las, legte sich ein Schatten auf ihr Gemüt. Hätte sie mehr Zeit gehabt, hätte sie die Balfour-Akte gründlicher gelesen. Doch plötzlich kam ihr ein neuer Gedanke.

Sofort legte sie die Papiere in die Akte zurück, schloss die schwarze Schleife und beeilte sich, den Folioband wegzuräumen. Sie übersprang die anderen Buchstaben und ging direkt zu K – L. Was, wenn Edward in seiner übersteigerten Angst einen ähnlichen Bericht über Derek hatte anfertigen lassen?

Schließlich war der Major nicht Edwards Freund, so wie er es zu sein vorgab, eine Tatsache, die Derek Lily vor dem „Bull's Head Inn" verraten hatte. Aber wusste Edward das auch?

Wenn dieser einfach nur mitspielte, wohl wissend, dass Derek tatsächlich sein Feind war, dann konnte das für den Major Schwierigkeiten bedeuten. Lilys Motive, nach einer solchen Akte zu suchen, waren aber nicht ausschließlich edler Natur. Ihr Ziel war es keineswegs, ihn nur zu beschützen.

Sie war schon einmal von einem gut aussehenden Schwindler hintergangen worden, und nach der letzten Nacht, als sie Derek in der Taverne in nicht gerade anständiger Begleitung vorgefunden hatte, war sie sich ihrer Verletzlichkeit nur zu bewusst geworden. Falls Derek ein Lügner war, dann war es am besten, dieser Tatsache jetzt ins Auge zu sehen.

Edwards Paranoia hatte ihr eine Gelegenheit verschafft, wie sie sie möglicherweise nie wieder erhielt. Auf diese Weise konnte sie Geheimnisse über Derek herausfinden, von denen er vielleicht gar nicht wollte, dass sie sie entdeckte.

Sie öffnete den entsprechenden Band und untersuchte die einzelnen Einträge.

Kane, Philip. Die erste Akte war ziemlich dick, voller Papiere, bei denen es um Geld zu gehen schien …

Sie ging zu den nächsten Papieren über.

Kingsley, Miss Elizabeth. Aha! Wie es schien, erwog Edward tatsächlich eine Ehe mit Bess, wenn er die Mühe auf sich genommen hatte, auch über sie Nachforschungen anzustellen. Beruhigt darüber, dass Bess dieselbe Demütigung hatte ertragen müssen, ließ Lily die Gelegenheit aus, private Einzelheiten über ihr Leben zu erfahren.

Sie blätterte weiter und hielt inne.

Knight, Major D.

Sie nahm all ihren Mut zusammen und öffnete seine Akte. Sie wusste nicht, welche Dinge sie erwarten würden, aber als sie den Blick rasch über die wenigen Seiten schweifen ließ, in denen seine beeindruckende militärische Karriere zusammengefasst war sowie seine verschiedenen familiären Verbindungen, stiegen ihr die Tränen in die Augen.

Denn alles entsprach genau dem, was er ihr erzählt hatte.

Es gab keine Lügen.

Selbst die Geschichte, wie er zusammen mit Gabriel gegen die königlichen Wachen im Palast des Maharadschas gekämpft hatte, war in dieser Akte niedergelegt. Das Einzige, was er ihr nicht erzählt hatte, war, dass er und sein Bruder gegen eine feindliche Übermacht angetreten waren. Das brachte Lily dazu, zu erkennen, welch gefährlicher Krieger er sein musste, wenn er in seinem Element war. Sie blinzelte die Tränen weg und lächelte, denn nie wäre sie darauf gekommen, Bescheidenheit zu Dereks Tugenden zu zählen.

Sie wollte den Band gerade wieder zurückstellen, als sie beim Zurückblättern Einträge von größeren Geldbeträgen bemerkte.

Was ist das? Sie kniff die Augen zusammen und betrachtete die Seiten unter *Kane, Philip* genauer. Die Zeit verging, und ihre anfängliche Neugier verwandelte sich in Unglauben. Diese Akte führte enorme Summen auf, die Monat für Monat an eine Firma namens Warwickshire Canals & Co. gezahlt wurden. Insgesamt waren dabei mehr als dreihunderttausend Pfund zusammengekommen.

Dazu entdeckte sie mehrere Briefe von einem Mr Philip Kane, der anscheinend der Präsident dieser Firma war. In diesen wurden in langen, erschöpfenden Einzelheiten die Fortschritte beschrieben, die in einem umfangreichen und, wie es schien, sehr unglücklichen Kanalprojekt gemacht wurden. Ein rascher Blick auf Mr Kanes Korrespondenz zeigte eine endlose Reihe von Schwierigkeiten auf, die beim Bau dieser Kanäle aufgetreten war – eine Flut, eine Preissteigerung beim Holz, ein Ingenieur, der an einem schwachen Herzen gestorben war.

Lily schüttelte den Kopf, entsetzt zu erfahren, dass Edward sich auf solche Spekulationen eingelassen hatte.

Sie wusste, er hatte in Handelsdingen Erfahrung, aber dennoch: dreihunderttausend Pfund!

Nicht einmal der verschwenderische König konnte über eine solche Summe im Handumdrehen verfügen. Natürlich war sie keine Expertin in Geldangelegenheiten, aber sie konnte sich nicht vorstellen, wie Edward ein solches Vermögen in diese dubiosen Kanäle versenken konnte und dennoch ein Dach über dem Kopf hatte. Ein sehr großes Dach noch dazu.

Als sie weiter die Akte durchsah, erreichte sie den letzten Eintrag, der vor ziemlich genau einem Jahr datierte. Sie zuckte zusammen, denn dort gab es keine Erklärung für Edwards Investitionen, und auch keine Stellungnahme des Präsidenten Philip Kane.

Die Zahlungen hatten einfach aufgehört.

Hm. Eines wusste sie mit Sicherheit: Derek würde dies hier sehen wollen.

Ganz plötzlich störten laute, schwere Schritte draußen auf dem Gang ihre Gedanken.

Lily sah auf.

Sie erstarrte. Sie hatte Philip Kanes Papiere noch immer in der Hand, und es kam jemand. Sie erbleichte. Edward! Ein schroffer Ruf zu einem Dienstboten räumten jeden Zweifel darüber aus, wer es war. Er war zu Hause.

Augenblicklich faltete Lily die Papiere aus der Akte zusammen und schob sie in das Mieder ihres gut geschnittenen Reitkleides. Sie stellte den Band zurück an seinen Platz, schloss den Safe, verschloss die Tür, schob die falsche Bücherfront zurück und hastete dann zum Schreibtisch, um den Schlüssel unter das Tablett mit dem Löschsand zu deponieren.

Anschließend sah sie sich mit wild klopfendem Herzen im Zimmer um, damit sie sicher sein konnte, dass alles an seinem

Platz war. Aber wie sollte sie hier herauskommen? Es gab nur eine Tür, keinen anderen Ausgang, kein Versteck.

Vielleicht konnte sie aus dem Fenster springen, aber sie wusste, dass ihr dafür nicht genügend Zeit blieb. Er musste gleich da sein. Die Schritte wurden immer lauter. Nachdem sie seinen Verrat herausgefunden hatte, wusste Lily, dass Edward sie umbringen würde, wenn er sie hier entdeckte. Ihr musste sofort etwas einfallen. Sie hatte nicht geahnt, in was sie durch ihre Aktion hineingeraten würde.

Plötzlich fiel ihr ein, dass sie die Tür abgeschlossen hatte, und sie lief dorthin, um sie zu öffnen. Edward sollte keinen Verdacht schöpfen, wenn er sein Arbeitszimmer betrat. Inzwischen hatte sie beschlossen, dass ihre einzige Hoffnung, hier unversehrt herauszukommen, darin bestand, das zu tun, was nach jahrelanger Übung ihre Stärke geworden war.

Sie würde ihre kühle Maske aufsetzen.

Als er die Tür aufmachte, saß sie auf seinem Schreibtisch, die Arme hinter sich aufgestützt, die Beine übereinandergeschlagen. Sie schwang ihren Fuß ungeduldig hin und her.

Als er in der Tür zögernd stehen blieb und sein benommener Ausdruck sichtbarer Verblüffung wich, sah sie ihn von oben herab an. „Lily!"

„So", sagte sie schroff. „Da sind Sie also. Endlich."

Er räusperte sich schuldbewusst, doch schlug er sogleich einen missbilligenden Tonfall an. „Was machen Sie hier, meine Liebe?"

„Auf Sie warten natürlich!", erwiderte sie mit kühlem Lächeln.

„Oh. Haben Sie – äh – mich vermisst?"

„Nicht im Geringsten."

Er räusperte sich ein weiteres Mal und schlich geradezu zu ihr hin, nachdem er die Tür hinter sich geschlossen hatte.

„Haben Sie sich amüsiert bei Ihrer Geschäftsreise? Wirklich, Edward, ich bin enttäuscht von Ihnen."

„Wie haben Sie es herausgefunden?", murmelte er mit gesenktem Kopf.

„Klatsch verbreitet sich schnell. Aber ich musste mich selbst davon überzeugen, dass die Gerüchte stimmten. Nun, wie es scheint, habe ich meine Antwort. Jetzt werde ich gehen." Sie sprang vom Schreibtisch und ging an ihm mit hoch erhobenem Haupt vorbei.

„Ah – Lily. Stürmen Sie nicht so hinaus." Er streckte den Arm aus und hielt sie fest.

Verdammt! Soeben war ihr ein eleganter Abgang misslungen. Sie blickte auf die fleischigen Finger an ihrem Ellenbogen. „Lassen Sie meinen Arm los. Ich werde sonst einen blauen Fleck bekommen." Es kostete sie alle Kraft, die hochmütige Fassade aufrechtzuerhalten, aber sie wusste, dass eine Aura aristokratischer Kühle ihre beste Waffe war, um seine niederen Instinkte in Schach zu halten. Doch je größer ihre Angst wurde, desto durchschaubarer wurde ihre List.

„Kommen Sie, wir haben nur selten die Gelegenheit, allein zu sein", schmeichelte er. „Bleiben Sie und lassen Sie uns plaudern."

„Ich kann nicht. Ich muss gehen." Voller Abscheu wollte sie sich ihm entziehen, aber er ließ sie nicht los.

„Bekomme ich nicht wenigstens einen Abschiedskuss?"

„Auf keinen Fall." Er beugte sich vor, und sie verzog das Gesicht bei dem Geruch, der von ihm ausging. „Sie benötigen ein Bad."

„Vielleicht sollten Sie mir Gesellschaft leisten."

„Edward! Wie können Sie es wagen!" Sie holte tief Luft, dann verstand sie. „Sie sind noch immer betrunken."

„Nein! Nun, vielleicht ein wenig." Sein Gelächter bestätigte ihren Verdacht. „Geben Sie mir einen Kuss, dann lasse ich Sie nach Hause gehen", scherzte er, aber in seine Augen trat ein lüsterner Glanz.

Ich muss hier fort, dachte sie. Hier wurde es außerordentlich gefährlich.

„Sehen Sie mich an, meine hochmütige Prinzessin. Ich freue mich so sehr, dass Sie erschienen sind, um mich zu sehen. Ich denke, Sie wollen wirklich bleiben." Ohne Vorwarnung schlang er den anderen Arm um ihre Taille und bückte sich, sog ihren Duft ein. „So reizend. Geben Sie es zu, Lady Lily. Ich nehme an, Sie haben mich nicht ohne Grund ausgewählt. All die feinen, vornehmen Gentlemen, die Sie haben könnten. Ich denke, Sie haben eine kleine Schwäche für das Derbe."

„Wie können Sie es wagen, auf so abscheuliche Weise mit mir zu sprechen?" Sie versuchte, seine Arme von ihrer Taille zu schieben, aber er umfasste sie nur noch fester. „Himmel, Sie sind so unglaublich grob."

„Ja, aber ich bin genau das, was Sie brauchen. Kommen Sie, Lily, mein Engel. Nur einen Kuss."

„Ich verspüre wirklich nicht den Wunsch, Sie gerade jetzt zu küssen, Edward", erklärte sie und bemühte sich, ihre abweisende Haltung zu wahren. „Sie haben mich angelogen, und Sie riechen wie der Fußboden einer Taverne."

„Ach, all mein Gold ist Ihnen das bestimmt wert."

„Sie benehmen sich wie ein Schwein!"

„Ein anständiger Kuss, und Sie können gehen. Kommen Sie, ich weiß, Sie haben mehr Glut in sich, als Sie mir bisher gezeigt haben. Ich rieche es in ihrem Blut."

Sie sah ihn ruhig an – obwohl sie sich innerlich wand und ihr übel war. Aber wenn sie das hinter sich bringen musste, um heil hier herauszukommen, dann sollte es so sein. „Dann machen Sie schnell", murmelte sie und wappnete sich, als er sich vorbeugte.

„Ah!" Im nächsten Moment spürte sie seinen rauen und feuchten Kuss. Er roch nach Bier und Schweiß, wie ein Wischlappen in einem Pub. Und wäre sie nicht so eine Expertin darin, ihre Gefühle zu kontrollieren, dann hätte sie geschrien oder zumindest gewürgt, als er seine Zunge in ihren Mund schob und sie seine Trunkenheit schmeckte. „Sehr schön", murmelte Edward, aber anstatt sie loszulassen, bedrängte er sie noch einmal.

Als er sie zu berühren begann, war Lily entsetzt über seine Aggressivität. Sie versuchte, sich ihm zu entziehen. Er achtete aber gar nicht auf ihre Gegenwehr, doch als er ihre Brust drückte, erstarrten sie beide bei dem knisternden Geräusch von Papier.

Sie machte große Augen.

Edward wich ein Stück zurück und sah sie verwirrt an.

Lily erbleichte und geriet in Panik. Sie entzog sich seinem Griff und wollte zur Tür laufen, doch Edward packte sie am Arm, riss sie zurück und brüllte: „Was verstecken Sie da?“

„Nichts! Lassen Sie mich los!“

Er packte sie an der Schulter und drehte sie so herum, dass sie ihn ansehen musste. „Was haben Sie wirklich hier gesucht?“

„Ich habe Ihnen doch schon gesagt ...“

„Lügen Sie mich nicht an!“

„Ich weiß nicht, wovon Sie reden.“

„Ach, tatsächlich?“ Er streckte die Hand aus und umfasste grob ihre Brust. Dabei fand er nicht nur weiche Haut, sondern auch ein gefaltetes Stück Papier, das in dem weißen Hemd unter ihrem Reitkleid steckte.

Seine Augen loderten vor Zorn, als er sie wieder ansah. „Zur Hölle mit Ihnen!“

„Edward!“ Sie schrie auf, als er mit beiden Händen den Rand ihres Mieders packte und es mit einer einzigen Bewegung aufriss.

Instinktiv versuchte Lily, sich zu bedecken, aber in jenem Moment war er an ihrem Körper nicht interessiert. Er zog die Papiere über Philip Kane aus ihrem Hemd. Dann umfasste er mit einer Hand ihre Kehle und drückte sie an die Wand. Mit der anderen Hand schüttelte er die Blätter auseinander, um zu sehen, was sie gestohlen hatte.

Langsam hob er den Kopf und sah sie entsetzt an. „Verlogenes kleines Biest.“ Er stieß sie von sich weg, sodass sie in einer Woge braunen und weißen Stoffes zu Boden fiel. Ihr Haar löste sich aus dem festen Knoten.

Danach beugte er sich über sie. Lily lag auf dem Boden. Sie musste sich vor diesem Mann schützen, gleichzeitig war sie dabei, das zerrissene Mieder zusammenzuhalten.

„Sie brechen hier ein, stellen es aber so dar, als wäre ich derjenige, der etwas verbrochen hat, nur weil ich ein bisschen Spaß in einem Pub hatte. Aber Sie! Sie sind diejenige, die erwischt wurde, meine hochnäsige Lady!" Er packte ihr Haar, riss ihren Kopf zurück und lehnte sich über ihr Gesicht. „Dafür werden Sie bezahlen!"

„Edward, bitte!"

„Knight hat Sie dazu angestiftet, oder? Antworten Sie!", brüllte er. „Schlafen Sie mit ihm?"

„Nein!", schrie sie.

„Nun, das glaube ich Ihnen nicht", sagte er nach einer Pause. „Sie haben mich dazu gezwungen, Lily. Jetzt werde ich ihn töten müssen."

„Edward, nein!"

„Oh ja, jetzt verstehe ich alles. Niemand hält Ed Lundy zum Narren. Ihr werdet beide dafür zahlen müssen." Mit einer unsanften Geste ließ er sie los, stapfte zur Tür und riss sie auf.

Ihr einstiger Verehrer brüllte nach seinen Gehilfen.

Lily blieben ungefähr fünf Sekunden, um sich zu überlegen, was sie jetzt tun sollte, ehe er zurückkam und sich über sie beugte. Einen Moment lang duckte sie sich ängstlich und rechnete damit, dass er ihr einen Tritt versetzte.

Jedes Mal wenn sie aufzustehen versuchte, schob er sie wieder auf den Boden. „Du bleibst da unten liegen, du dreckige kleine Mitgiftjägerin. Dort, wo du hingehörst."

Lily zuckte zusammen, und Edward lachte.

Bates kam in diesem Moment angelaufen und blinzelte, als er sie sah. „Wie zum Teufel ist sie hier hereingekommen?"

„Sag du es mir!", brüllte Edward. „Ihr Dummköpfe habt sie vorbeigelassen!"

Immer mehr seiner Handlanger eilten nun auf den zornigen Ruf ihres Herrn hin herbei.

„Jones, Maguire, durchsucht das Anwesen", befahl Bates. „Überzeugt euch davon, dass sie allein erschien."

„Ja, macht das", fügte Edward spöttisch hinzu. „Ihr seid nichts als inkompetente Tölpel."

Lily konnte sich nicht länger zurückhalten. „Edward, es ist nicht nötig, über Dereks Tod zu sprechen …"

„Du kleine hinterlistige Hure, du glaubst, du kannst deinen Liebhaber retten, indem du mich anlügst?“

„Wenn Derek Knight etwas passiert, werden Sie der Erste sein, mit dem die Behörden sprechen wollen“, konterte sie. Fieberhaft überlegte sie weiter. „Vor allem nach dem Trinkgelage mit diesem wilden Burschen – zu viel Alkohol hat schon so manches Duell provoziert, auch zwischen sogenannten Freunden. Das werden alle denken.“ Entschlossen schob sie das Kinn vor. Dabei richtete Lily sich vorsichtig auf, wobei sie aufpasste, ob er nicht wieder versuchte, sie zurückzustoßen. Ihr Herz raste, und sie atmete schwer, während sie ihr zerrissenes Mieder zusammenhielt.

Wenigstens besaß sie jetzt seine volle Aufmerksamkeit.

„Dann ist da noch Gabriel Knight, Dereks Bruder. Man sagt, er sei sogar ein noch stärkerer Kämpfer als Derek. Und all die mächtigen Cousins – der Duke of Hawkscliffe, Lord Winterley, Rackford, Griffith. Seien Sie kein Narr“, warnte sie Edward. „Wenn Sie ihn niederschlagen, werden die alle Sie jagen. Sie hätten keine Chance.“

Er überdachte ihre Worte, dann zuckte er in einem Anflug von Stolz die Achseln. „Ich fürchte mich nicht vor ihnen.“ Er blickte zu Bates hinüber. „Die anderen sollen sich bereit machen. Wir suchen ihn.“

„Schlechter Rat, Edward. Ganz schlechter Rat, wenn Sie nicht ein paar ihrer Jugendfreunde seinem Degen opfern wollen.“ Lily deutete auf Bates. „Derek Knight ist ein Soldat mit jahrelanger Erfahrung im Kampf. Glauben Sie wirklich, Sie und Ihre kleine Schlägertruppe aus dem East End könnten ihn besiegen?“

Er lächelte sie unfreundlich an. „Wir werden es schaffen.“

Ihre Verzweiflung wuchs, als Edward sich umwandte und zur Tür ging. Dabei gab er einen kurzen Befehl an einen seiner Männer: „Fessle sie, und lass sie nicht aus den Augen.“

„Edward, warten Sie! Wenn Sie sich doch nur beruhigen würden – es gibt noch einen anderen Weg, ihn loszuwerden.“

Er blieb stehen, den Rücken ihr zugewandt. Er schien mit sich selbst zu hadern. Schließlich drehte er sich um und sah sie ungeduldig an. „Na schön. Ich höre zu."

Lilys Kehle war so trocken geworden, dass sie kaum die Worte herausbrachte. „Fangen Sie ihn, aber töten Sie ihn nicht. Setzen Sie ihn auf ein Schiff nach Indien. Dann wäre er Ihnen aus dem Weg, und niemand kann Ihnen vorwerfen, irgendwen umgebracht zu haben."

Er starrte sie an. „Ihn entführen?"

„Genau. Jeder, der dem Major begegnet ist, hat gehört, wie er sagte, dass er es kaum erwarten kann, nach Indien zurückzukehren. Wenn Sie ihn am Leben lassen, wird man nur vermuten, dass er des Wartens überdrüssig geworden ist und beschlossen hat, dass es an der Zeit war, zu seinen Truppen zurückzukehren."

Edward kam mit drohendem Blick erneut auf sie zu. „Ich habe sogar eine noch bessere Idee. Ich werde euch beide in ein Hotelzimmer bringen lassen. Dort wird man euch finden, getötet von einem Kopfschuss. Sie werden es ein Liebesdrama nennen. Mord und Selbstmord. Ein sehr skandalöses Ende für eine so feine Dame, oder?"

Sie zuckte zusammen, doch sie unterdrückte die Furcht, die bei der Vorstellung dieser blutigen Szene in ihr aufstieg. „Ehrlich gesagt, mein Vorschlag gefällt mir besser."

Er kniff die Augen zusammen und fixierte sie. Schließlich begann er über ihren schwachen Scherz zu lachen, bis er sich wieder von ihr abwandte. „Gehen wir", sagte er zu seinen Männern.

Ihre mühsam gewahrte Selbstbeherrschung brach zusammen, als er sie nicht mehr beachtete.

„Edward!", stieß sie schluchzend hervor. Voller Panik eilte sie ihm nach und packte ihn am Arm, während ihr Tränen über das Gesicht strömten. „Verschonen Sie ihn. Ich tue alles, was Sie wollen!"

„Na dann." Er drehte sich zu ihr um. „Das ist ein interessantes Angebot, Miss Balfour."

Das Herz schlug ihr bis zum Hals, und ganz plötzlich wurde

ihr kalt. Sie zwang sich, ihn anzusehen.

„Was genau sind Sie bereit zu tun?“, fragte er spöttisch.

Sie antwortete nicht.

„Ich werde Sie nicht heiraten.“

„Ich weiß.“

„Andererseits …“ Er umfasste ihr Kinn und schob ihren Kopf zurück, musterte ihr Gesicht, als wäre sie ein römisches Sklavenmädchen, das im Schatten des Kolosseums zum Verkauf stand. „Ich denke, ich könnte einen Nutzen für Sie finden.“

Er lachte laut los, und die Männer stimmten in sein Gelächter mit ein.

„Was halten Sie von diesem Angebot, meine stolze Miss Balfour? Ihre Dienste für das Leben des Majors?“

Lily sagte nichts, senkte aber den Blick und errötete tief. Dass sie bei seinen ungehörigen Worten nicht in Empörung ausbrach, genügte, wie sie meinte, um zu zeigen, dass sie sich diesem entsetzlichen Abkommen unterwarf.

Sie spürte Edwards Blick auf sich. „Männer, ich fühle mich gerade großmütig. Vielleicht können wir den Major doch noch verschonen.“

„Ach komm schon, Ed“, widersprach Bates. „Es ist nicht nötig, mit einer wie ihr Übereinkünfte zu schließen. Du kannst sie haben, ob sie will oder nicht.“

„Edward lächelte ihm boshaft zu. „Darin liegt aber keine große Herausforderung, oder?“

Lily hielt den Atem an. Sie fürchtete ihr Schicksal, doch zugleich bemerkte sie den leichten Anflug von Unsicherheit in Edwards Blick.

In seinen Augen zeigten sich Lust und Gewaltbereitschaft, aber auch ein Anflug von Gefühl. Vielleicht fragte er sich gerade, was seine Mutter zu alldem sagen würde. Vielleicht wollte ein Teil von ihm Derek gar nicht töten, trotz seiner ersten hitzköpfigen Reaktion.

Edward wandte sich ab, um den Anflug von Menschlichkeit rasch zu verbergen. „Es wird gemacht, was ich sage“, befahl er schroff. „Wir verfrachten ihn auf das erste Schiff, das nach Indien fährt. Es macht tatsächlich keinen Sinn, sich mit der ganzen Familie Knight anzulegen. Und ich möchte auch keinen Besuch aus der Bow Street empfangen.“ Er musterte Lily von oben bis unten. „Und du solltest dafür sorgen, dass es das wert ist.“

„Nun, mir gefällt das nicht“, murmelte Bates. „Es wäre verdammt viel einfacher, den Bastard umzubringen. Wenn Knight mit einer Waffe so geschickt umgehen kann, wie sie es behauptet, wie sollen wir dann nahe genug an ihn herankommen, um ihn zu erwischen?“

Edward warf einen Blick auf Lily. „Er wird sie sehen wollen, oder? Die kleine Jungfrau und das Einhorn. Wenn du willst, dass er lebt, dann hilf uns, ihn zu fassen.“

Vor Angst schrie sie auf, als Edward sie ein weiteres Mal am Arm packte und sie zu seinem Schreibtisch zerrte. Dort schob er sie auf einen Stuhl und knallte Papier und eine Schreibfeder vor ihr auf den Tisch.

„Los“, befahl er. „Schreib ihm einen süßen kleinen Liebesbrief und bitte ihn, sich heute Nacht mit dir zu treffen …“

Edwards übrige Worte verstand Lily nicht, denn sie starrte auf den spitzen Brieföffner, der direkt in ihrem Blickfeld auf dem Schreibtisch lag.

Einen Moment lang fragte sie sich, ob sie ihn damit erstechen und so von hier fliehen könnte. Aber das war unsinnig.

Vielleicht war sie es in ihrer Fantasie, in den Träumen, die sie im Gartenpavillon gehegt hatte, aber im wahren Leben war sie keine Kriegerin. Nicht so wie Derek. Sie besaß ihren Verstand, er seinen Degen, und das musste genügen.

„Sag ihm, er soll zu der Gasse hinter Mrs Clearwells Haus kommen. Wir wollen nicht das Misstrauen unseres feinen Kriegers erregen.“

„Oh Edward, bitte“, stieß sie hervor und sah ihn flehend an.

„Los!“, brüllte er und schlug mit der Faust auf den Tisch.

Sie zuckte zusammen. Die Feder hielt sie wie einen unbekannten Gegenstand, unbeholfen tauchte Lily sie in die Tinte und begann mit zitternden Fingern und unter Tränen zu schreiben.

In diesem Moment wurde ihr klar, dass sie sich im Zorn voneinander getrennt hatten. Und dass Derek heute Nacht in jene dunkle Gasse gehen und glauben würde, sie hätte ihn verraten.

16. KAPITEL

Das ist wirklich außerordentlich seltsam", sagte Charles zu Derek, der an der gegenüberliegenden Wand lehnte, die Arme vor der Brust verschränkt, die Stirn gerunzelt.

Derek war direkt in das Büro des Anwalts in Whitehall gekommen, sogar noch ehe er nach Hause gegangen war. Er hatte einen leichten Kopfschmerz von den Exzessen der vergangenen Nacht und brauchte dringend eine kräftige Mahlzeit. Aber dies hier war zu wichtig gewesen, um es aufzuschieben.

„Warum ein so angesehener und würdevoller Peer wie Lord Sinclair eine Zahlung an einen berüchtigten Schurken wie Philip Kane leisten sollte – nun, das ist mir unverständlich. Ich weiß nicht, was das bedeutet, aber ich nehme an, Sie würden gern die Details wissen."

„So ist es, Charles. Und Sie haben richtig daran getan, sofort nach mir zu schicken."

„Hier sind die Einzelheiten." Charles betrachtete seine Aufzeichnungen. „Fünftausend Pfund, vor beinahe genau zwei Jahren."

„Hm. Fünftausend Pfund ist keine kleine Summe." Derek trank einen Schluck Wasser, sein Mund war noch immer etwas trocken von der Tour durch die Pubs. „Also, was wissen wir über diesen Philip Kane?"

„Der Name ist in Rechtskreisen mehr als bekannt, denn er geriet immer wieder in irgendwelche Schwierigkeiten. Anschließend erzählte er immer eine völlig verrückte Geschichte, um seine neueste Missetat zu erklären. Bei all dem setzte er sein gewinnendstes Lächeln auf. Oft hatte er mit seinen geschickten Ausreden Erfolg, sogar vor Gericht. Er besaß viel Charme, war gut aussehend, etwas extravagant, dabei hatte er das Benehmen eines Gentleman. Doch im Grunde war er ein Abenteurer, der ständig einen neuen Plan verfolgte. Schade, dass er seine Talente nicht für ehrliche Dinge nutzte, aber er schien immer das Gefühl zu haben, die Welt hätte ihm ein Unrecht zugefügt."

„Wie das?"

„Nun, es geht das Gerücht, er sei ein Bastard aus der Verbindung eines hochrangigen Aristokraten mit einem Opernmädchen", erklärte Charles weiter, wobei sein Gesicht einen missbilligenden Ausdruck angenommen hatte. „Er wuchs im Theatermilieu auf und lernte dort sehr früh alle Tricks."

„Ein Schauspieler?"

Charles zuckte die Achseln. „Ich habe nie gehört, dass er selbst auf der Bühne zu sehen war. Aber was immer er unter den Darstellern gelernt hat, scheint ihm bei den Damen und am Spieltisch geholfen zu haben. Er stand in dem Ruf, ein Frauenheld zu sein, vor allem jedoch ein Spieler. Es schien mir recht plausibel, dass Lord Sinclair ihn bezahlt hat, um eine Spielschuld zu begleichen."

Derek schüttelte den Kopf. „Lord Sinclair rührt keine Karten an. Sie hätten ihn nie in den Ausschuss berufen, wenn er ein Spieler wäre. All das Geld, das er verwaltet ..." Er schwieg einen Moment. „Natürlich könnte Seine Lordschaft Kane im Interesse eines jungen Verwandten bezahlt haben, eines Sohnes oder Neffen, der vielleicht bei Karten oder Würfeln in die Finger dieses Schwindlers geraten war."

„Ah, das könnte sein." Charles nickte. „Möchten Sie, dass ich mich darum kümmere, Major?"

Derek winkte ab. „Ich werde das tun. Ich denke, es könnte sehr erhellend sein, ein wenig mit Lord Sinclair über seine Geschäfte mit diesem Mann zu plaudern. Ich würde auch gern mit Philip Kane reden, falls Sie wissen, wo ich ihn finden kann."

„Ich fürchte, auf dem Friedhof."

„Er ist tot?", fragte Derek überrascht.

„Ziemlich." Charles reichte ihm einen Zeitungsausschnitt, bei dem es sich um einen Nachruf zu handeln schien. „Es war alles sehr geheimnisvoll. In seinem kurzen bunten Leben hat Philip Kane sich zweifellos eine Menge Feinde geschaffen. Was immer er einige Zeit vor seinem Ableben getan oder wem er sich in den

Weg gestellt hatte, es genügte, um ihn zu einer Flucht nach Frankreich zu veranlassen. Offenbar dauerte es nicht lange, ehe er in Calais sein gewohntes Leben wieder aufnahm. Aber den Franzosen hat es wohl ebenfalls nicht gefallen, von ihm ausgenutzt zu werden, denn nach wenigen Wochen fand seine Vermieterin ihn tot in seinem Zimmer auf. Vergiftet."

Derek zog eine Braue hoch. „Vergiftet? Hm, Gift ist die Waffe einer Frau. Vielleicht die Rache einer früheren Eroberung, der er das Herz gebrochen hat?"

„Das könnte man natürlich sofort glauben, aber es gab viele Leute, die ihm den Tod wünschten." Charles zuckte die Achseln. „Ich erinnere mich gut an den Fall, denn für uns in der Welt der Gerichtsbarkeit war es klar, dass das früher oder später passieren würde. Es war nur eine Frage der Zeit. Eine der Londoner Zeitungen hatte sich eine Kopie des örtlichen französischen Polizeiberichts besorgt, und wenn ich mich recht erinnere, fehlte nichts aus Kanes Räumen. Kein Zeichen für einen Kampf. Die meisten Vermutungen gingen tatsächlich dahin, dass entweder eine frühere Geliebte dahintersteckte oder es sich um einen Selbstmord handelte."

„Es gab keinen Brief, der Letzteres bestätigte?"

„Nein. Allmählich, nachdem ein paar Monate vergangen waren und nichts gefunden wurde, und da es außerdem niemanden gab, der den Tod des Halunken betrauerte, verschwand der Fall in der Versenkung." Charles seufzte. „Nun, wenn Kane so nett gewesen wäre, sich in England umbringen zu lassen, dann wäre es leichter gewesen, in dem Fall zu ermitteln. Aber dieser Tod im Ausland brachte überdies die kleine Komplikation mit sich, dass die englischen und die französischen Behörden hätten zusammenarbeiten müssen – und keine Seite war darauf erpicht, Informationen zu teilen."

„Wie angenehm für den, der ihn umgebracht hat", sagte Derek leise. Dann hielt er inne. „Wann hat man seinen Leichnam gefunden? Wie lange ist es her, dass das passiert ist?"

Charles blickte auf seine Unterlagen. „Mehr als ein Jahr jetzt.

Vierzehn Monate, um genau zu sein."

Derek nickte und dachte darüber nach. „Nun gut. Ausgezeichnete Arbeit, Mr Beecham. Vielleicht kann Lord Sinclair noch etwas mehr Licht in die Sache bringen. Ich werde auf meinem Nachhauseweg bei ihm vorsprechen."

„Gibt es noch etwas, das ich für Sie tun kann, Major?"

Derek lächelte. „Sehen Sie weiterhin diese Bücher durch, soweit die Bank das zulässt. Lassen Sie es mich wissen, wenn Sie etwas finden."

Charles lächelte ebenfalls und machte eine Bewegung, als wollte er salutieren.

Auf dem Weg nach draußen blieb Derek noch einmal stehen. Ihm war etwas eingefallen. „Hat die Londoner Gerüchteküche je etwas verlauten lassen, was den hochrangigen Aristokraten angeht, der möglicherweise Philip Kanes Vater war?"

„Es gab eine Mutmaßung, die man sich an der Temple Bar erzählte."

„Ich wusste nicht, dass Anwälte an Klatsch interessiert sind."

Charles lachte. „Anscheinend hat ein Earl stillschweigend Kanes Gerichtskosten nach einer seiner Inhaftierungen übernommen."

„Wer war es?", fragte Derek neugierig. „Doch nicht Lord Sinclair?"

„Nein, aber nun, da Sie es erwähnen – es war ein anderes Mitglied des Ausschusses. Oder besser gesagt, ein Exmitglied. Lord Fallow."

Derek starrte ihn an. Lord Fallow. Ihr Gastgeber bei dem Gartenkonzert, bei dem er mit Lily zum Flussufer hinuntergegangen war.

Lord Fallow – Ed Lundys treuer Gönner.

„Ich dachte, Lord Fallow hätte keinen Sohn", sagte Derek langsam. Irgendwo hatte er gehört, dass die Tatsache eines nicht vorhandenen Nachkommens einer der Gründe war, warum der edle Lord den aus einfachen Verhältnissen stammenden Lundy unter seine Fittiche genommen hatte.

„Nun ja, offiziell hat er das auch nicht“, erwiderte Charles. „Ganz bestimmt hat Seine Lordschaft Philip Kane niemals anerkannt. So wie Kane sich benahm, bin ich auch nicht sicher, ob ich es getan hätte“, meinte er. „Aber ich würde dieser Behauptung auch nicht zu viel Wahrheit beimessen, Major. Es war nur ein Gerücht, eines, das Kane vielleicht selbst in die Welt gesetzt hat, um Unruhe zu stiften. Immerhin hatte er sogar behauptet, dass Ihre Königliche Hoheit, Prinzessin Charlotte, Gott habe sie selig, ihm einmal zugezwinkert hätte, als die königliche Kutsche auf der Pall Mall an ihm vorbeigefahren sei.“

Bei dieser gewagten Geschichte musste Derek lächeln.

Charles jedoch runzelte die Stirn. „Wenn es natürlich stimmt …“ Er ließ den Satz unvollendet, als er sich auf den Stuhl hinter seinem Schreibtisch sinken ließ.

„Wenn es stimmt“, sagte Derek, „dann hätte Philip Kane einen guten Grund, Edward Lundy zu hassen.“

Charles murmelte etwas Zustimmendes.

Verwirrt nickte Derek ihm zu und verließ die Kanzlei. Den ganzen Weg zu Lord Sinclair dachte er darüber nach.

Als er das Haus des Earls erreichte, lief ein Junge heran und bot ihm an, für einen Schilling sein Pferd zu halten. Derek nahm die Dienste an, warnte den Burschen wegen des lebhaften Temperaments des Pferdes, dann ging er hinauf zur Tür des Hauses und bediente den Türklopfer.

Als der Butler erschien, war er ebenso wenig darüber erfreut, Derek zu sehen, wie beim letzten Mal. Er erklärte ihm, der Earl wäre nicht zu Hause.

Abwechselnd den Blick auf den Butler gerichtet und auf den Jungen, der sich nach Kräften bemühte, den schwarzen Hengst zu bändigen, gab Derek die Hoffnung auf einen Besuch für den Moment auf und entschied, dass das warten konnte. Stattdessen ließ er seine Karte zurück und wollte so schnell wie möglich nach Hause. Die nächtlichen Ausschweifungen setzten ihm immer mehr zu.

Er kehrte zurück zu seinem Pferd, warf dem Jungen den versprochenen Schilling zu und saß wieder auf. Aber als er wegritt, fühlte er, wie sich sein Nackenhaar sträubte. Instinktiv spürte er, wie ihm jemand nachsah.

Unauffällig warf er einen Blick zurück zu Lord Sinclairs Haus – und bemerkte eine Bewegung an einem der oberen Fenster. Kurz bevor die Vorhänge wieder verschlossen waren, hatte er eine untersetzte Gestalt am Fenster entdeckt.

Mit finsterer Miene blickte er wieder nach vorn. Verlogener Bastard, dachte er, Sinclair ist zu Hause, er will mich nur nicht sehen.

Natürlich war das keine Überraschung. Er war nicht gerade der Liebling des Vorsitzenden.

Egal. Er würde den Earl später irgendwo zur Rede stellen, wo er sich nicht verstecken konnte, und ihn dann befragen. Am liebsten nach einer Mahlzeit, einem Bad und wenigstens ein paar Stunden Schlaf.

Als Derek den schwarzen Hengst zurück in den Stall bei Althorpe brachte und ihn den Pferdeburschen übergab, grinsten die beiden Jungen von einem Ohr zum anderen.

„Ihre Freundin war hier, Major."

„Sie hat die Stute geholt."

„Lily?", rief er. „Ich meine – Miss Balfour?"

„Ja, sie war es."

„Sie bat uns, Ihnen ihren Dank auszurichten."

„Dank?", wiederholte er. Nun, er hatte ihr gesagt, dass er ihr das Pferd übergeben wollte, und nachdem sie in der vergangenen Nacht so verärgert darüber gewesen war, ihn halb betrunken in einer Taverne zu finden, wollte sie wohl ihr Geschenk abholen, mit herzlichem Dank und auf Wiedersehen. „Hat sie – hat sie sonst noch etwas gesagt? Dass sie vielleicht zurückkommen würde?"

„Nein, Sir."

„Dann – danke."

Er seufzte und kratzte sich die stoppelige Wange, die dringend eine Rasur brauchte. „Wenn sie das Pferd zurückbringt, wäre einer von euch Jungen dann so freundlich, mir Bescheid zu sagen?"

„Aye, Sir."

„Danke." Als er in seine Wohnung zurückkehrte, gab er Aadi und den anderen Dienstboten dieselbe Anweisung. Anschließend ging er in sein Zimmer und fiel aufs Bett. Es dauerte nur wenige Minuten, bis er eingeschlafen war.

Er schlief traumlos.

Einige Zeit später weckte ihn ein Klopfen an der Tür. Blinzelnd fand Derek ins Bewusstsein zurück und war überzeugt davon, eben erst die Augen geschlossen zu haben.

Als er sich ein wenig aufrichtete, sah er, dass sein Bruder den Kopf zur Tür hereinschob und mit einem seltenen Lächeln mit der Post winkte. „Ein besonderer Brief für den Major."

„Colonel Montrose?"

„Besser", erwiderte Gabriel. Er kam herein und warf den Brief auf Dereks Bauch.

Der nahm ihn sofort an sich und riss ihn auf. Schweigend überflog er die wenigen Zeilen. „Er ist von Lily."

„Ich weiß. Was steht in dem Brief? Dass sie dir verzeiht? Dass sie dich hasst?"

„Nichts dergleichen", erwiderte Derek, noch etwas benommen vom tiefen Schlaf. „Sie will mich sehen."

„Das könnte ein gutes Zeichen sein. Oder ein schlechtes." Gabriel sah ihn vielsagend an, danach verließ er das Zimmer. Er überließ es dem „kleinen Bruder", allein darüber nachzudenken, was diese Lady ihm wohl zu sagen hatte.

Derek fand aber auch keine Antwort, er wusste nur, dass er darauf bis zehn Uhr abends warten musste. Diese Zeit hatte Lily in dem Brief angegeben.

Als die verabredete Stunde für ihr heimliches Rendezvous endlich herankam, blickte Derek in die nachtschwarze Mündung der Gasse vor ihm und entwickelte sofort eine starke Abneigung gegen diesen Ort.

Er war nicht sicher, warum er so heftig auf ihren vorgesehenen Treffpunkt reagierte, aber wenn man solange im Kampf gedient hatte …

Etwas schien nicht zu stimmen.

Sein erster Gedanke galt Lilys Sicherheit. Verdammt, was dachte sie sich nur? Eine junge Lady ganz allein, die hier draußen in der Dunkelheit wartete? Selbst das vornehme Mayfair hatte seine Straßenräuber. Und Schlimmeres.

Wenn irgendjemand ihr etwas antat …

„Lily?" Er sah sich aufmerksam und vorsichtig in der Dunkelheit um, erst dann stieg er vom Pferd und bewegte sich wachsam und zurückhaltend.

Er konnte sie nicht sehen. Aber er meinte, weiter vorn ein leises Geräusch gehört zu haben.

Verdammt.

Entweder er war übervorsichtig, oder es befand sich mehr als ein Mensch in dieser Gasse.

Übervorsichtig.

So musste es sein. Dies hier war nicht Indien.

Dies war das zivilisierte London, und nicht überall fand eine Schlacht statt. Nur in seinem Kopf.

Dennoch legte er mit gewohnheitsmäßiger Geste die Hand an den Degen. Die Pistole trug er bereit an der anderen Hüfte. Er blickte zu seinem Pferd, das schärfere Sinne besaß. Der schwarze Hengst spitzte die Ohren und blähte die Nüstern.

Langsam führte er das Pferd vorwärts. Das Klappern der Hufe auf dem unebenen Pflaster hallte von den Wänden der Stallungen und Kutschenhäuser wider, die zu beiden Seiten aufgereiht standen.

Die Gasse war voller Schatten, aber der Himmel über ihm war von einem seidigen Schwarz. Eine unsichtbare Wolke hatte einen leichten Schleier über den Halbmond gelegt und verdeckte die Sterne.

Schimmernde grüne Augen zeugten von der Gegenwart einer Katze. Ein graues Tier huschte vorbei, dicht an den Boden gepresst und nah an der Wand, auf der Suche nach Mäusen.

Weiter vorn hing eine einzelne rostige Laterne an der Ecke des Kutschhauses. Plötzlich trat Lily in sein Blickfeld. Ihr blondes Haar schimmerte im fahlen Licht der Laterne. Sie trug einen dunklen Wollumhang.

Dereks Herz schlug schneller. Gegen seinen Willen breitete sich ein Lächeln auf seinem Gesicht aus.

Gott sei Dank.

„Da bist du", sagte er leise zur Begrüßung und ließ das Pferd an einem Pfosten stehen. Aber er wickelte die Zügel nur lose darum – nur für den Fall, dass sie von hier sehr schnell fortreiten mussten. „Gerade habe ich daran gedacht, dir den Hals umzudrehen. Du hast mir Angst gemacht, Mädchen."

Sie lächelte nicht über seinen Scherz. Ihre Miene war ernst, ihr edles Gesicht wirkte angespannt und bleich im goldenen Licht der Laterne. Unbehaglich sah sie sich um, während sie sich den Umhang fester um die Schultern zurrte.

„Geht es dir gut?", fragte er besorgt und zog beim Näherkommen die Reithandschuhe aus.

„Derek!", schrie sie kurz darauf laut auf, ehe er einen heftigen Schmerz am Kopf verspürte.

Er fiel nach vorn und landete hart auf Händen und Knien. Seine in der Schlacht erworbenen Instinkte erwachten zum Leben. Noch immer überrascht von dem Schlag auf den Hinterkopf, griff er nach seinem Degen, aber sofort war er umringt von drei Männern. Sie stießen ihn zurück auf den Boden und drehten ihm die Arme auf den Rücken.

Er wehrte sich heftig.

„Grüße aus Indien, Major", spottete eine raue Stimme. Er hörte einen Atemzug, dann blies ihm jemand Chilipfeffer in die Augen.

Mit brennenden Augen, gleichsam blind, schrie er angstvoll ihren Namen. Dabei sah er den nächsten Schlag nicht kommen. Eine Faust traf seinen Kiefer, und sein Kopf flog zur Seite. Tastend wollte er nach seiner Waffe greifen, doch jemand trat ihm auf die Hand. Er fluchte, während er den Stiefelabsatz auf den Fingern spürte.

„Lily! Antworte!“, rief er.

„Derek!“

„Nimm mein Pferd, und flieh!“

„Oh, sie bleibt bei mir, Kumpel.“

„Lundy?“ Schwer atmend schüttelte er den Kopf und versuchte, etwas zu sehen.

Im Hintergrund hörte er Lily schreien. „Lassen Sie ihn in Ruhe! Sie haben gesagt, Sie tun ihm nichts!“

„Lily!“, rief er. Gleichzeitig widersetzte er sich seinen Angreifern.

„Wehre dich nicht, Derek. Bitte wehre dich nicht!“

Ihre Worte erschienen ihm seltsam. Sie machten ihm seine Lage deutlich. Ein Hinterhalt. Lundy. Er war von dem perfekten Köder in die Falle gelockt worden.

Nur eine Frage hatte er. „Warum?“

„Als ob Sie das fragen müssen, Sie doppelzüngiger Bastard.“

„Ich verstehe nicht“, stieß Derek hervor.

„Nein? Sie hätten sie nie in unsere Geschäfte hineinziehen sollen, Knight. Glaubten Sie, ich würde das nicht herausfinden?“

„Sie waren es also, der das Geld genommen hat.“

„Lassen Sie mich Ihnen eines sagen, Sie hochmütiger Kerl“, stieß Lundy hervor. Derek konnte ihn nicht sehen. Seine Augen fühlten sich an wie zwei Brandlöcher. Aber die Stimme des Nabobs klang sehr nahe und leise, und seine nächsten Worte überraschten Derek beinahe so sehr wie der Schlag auf den Kopf. „Lord Sinclair sagte mir, es wäre in Ordnung, von dem Fonds zu borgen. Nur zu borgen“, versicherte Lundy. „Es war kein Diebstahl. Ich besitze die Mittel, das Geld zurückzuzahlen. Nur muss ich warten, bis es flüssig ist. Sie aber konnten keine Geduld aufbringen, nicht wahr? Sie nicht! Typisch hitzköpfiger Kavallerieoffizier. Sie glauben, Sie wären so viel besser als ich. Nun, Sie werden zurückkehren und in Ihrem kleinen Krieg kämpfen, und die ganze Zeit über werden Sie daran denken, dass Lily bei mir sein wird. In meinem Bett. Alles nehmen wird, was ich ihr gebe."

„Wenn Sie ihr wehtun, Lundy, dann möge Gott Ihnen beistehen."

„Wagen Sie es nicht, mir zu drohen."

Derek stieß einen Schrei aus und krümmte sich zusammen, als Lundy ihm gegen den Bauch trat.

Wieder hatte er nichts davon kommen sehen. Verdammt! „Lily!", schrie er, fast wahnsinnig von dem Wunsch, ihre Stimme zu hören und zu wissen, dass sie in Sicherheit war.

„Er soll still sein!"

„Derek, bitte, kämpfe nicht gegen sie." Ihr Rufen kam ihm vor, als würde er kühles Wasser in seinem brennenden Gesicht spüren.

„Hören Sie auf die kleine Lady, Major." Der Stimme nach zu urteilen war es jetzt Bates, der ihn hielt. „Sie hat Ihnen einen guten Rat gegeben."

Er wehrte sich aber noch immer, als ihm ein schmutziger Lappen in den Mund geschoben wurde, während zwei andere ihn festhielten und seine Handgelenke in Eisen legten.

„Schafft ihn in die Kutsche", stieß Lundy hervor. „Maguire, bring sein Pferd."

Bates und Jones zerrten Derek grob auf die Beine. Er versuchte, sich gegen die Schläger zu stemmen und stieß einem von ihnen den Ellenbogen in den Bauch. Doch alles, was ihm das einbrachte, war ein Schlag in den Magen von Bates.

Lundys Kutscher, der ehemalige Preisboxer, raubte ihm damit beinahe den Atem. „Hart oder leicht, Major", sagte Bates gleichmütig. „Es liegt bei Ihnen."

Der Knebel in seinem Mund erstickte den Fluch, mit dem Derek antwortete. Als Nächstes wurde er in den Wagen geworfen, der sich sogleich in Bewegung setzte.

Lily wurde auf Edwards Anwesen in eine neugotische Schlafkammer eingesperrt, im dritten Stock, um ihr Schicksal zu erwarten.

Inzwischen war Derek in den großen Metallkäfig gesperrt worden, der gewöhnlich Edwards Kampfhund vorbehalten war. Nachdem man Brutus an einem Baum unter Lilys Fenster angebunden hatte, befahl Edward seinen Männern, den Käfig in den Stall zu schieben, um den neuen Bewohner, ihren Gefangenen, besser zu verbergen. Von ihrem Schlafzimmerfenster aus konnte Lily den Stall sehen, aber seit sie vor einer Stunde in dem Haus eingetroffen waren, hatte sie Derek nicht mehr zu Gesicht bekommen.

Eine Weile war sie in dem dämmerigen und dunkel vertäfelten Raum auf und ab gelaufen und hatte an die schwere Holztür getrommelt, damit man sie herausließ – aber niemand war erschienen. Unter ihrem Fenster bellte Brutus ohne Unterlass, vielleicht beunruhigt von dem Wind, der aufgekommen war. Böen rüttelten immer wieder an den Läden, als Lily sich auf der Fensterbank zusammenkauerte und ängstlich in die schwarze Nacht hinausstarrte.

Immerzu musste sie an Derek denken. Tatsächlich wurde sie fast wahnsinnig bei dem Gedanken, wie es ihm wohl gehen mochte. Wie schwer war er verletzt? Sie hatten ihn so oft geschlagen. Der erste Hieb auf den Kopf hatte grässlich ausgesehen, aber das Gewürzpulver in den Augen war eine einfache Methode gewesen, ihn besser handhaben zu können. Das musste sehr schmerzhaft gewesen sein.

Sie hoffte, dass das jetzt vorbei war.

Nie würde sie die entsetzlichen Momente in der Gasse vergessen. Noch immer sah sie genau vor sich, wie vorsichtig er nähergetreten war, als hätte er gespürt, dass etwas nicht stimmte. Aber er war trotzdem gekommen. Warum? Aus Sorge um sie?

Was hatte er eben alles durchmachen müssen – und trotzdem unfähig zu sein, hinzugehen und nach ihm zu sehen, brachte sie fast um den Verstand. Wenn sie ihm nur irgendwie erklären konnte, dass sie versuchte, ihn zu schützen, nicht, ihn zu zerstören. Sie hatte getan, was sie tun musste, um sein Leben zu retten.

Das Spiegelbild ihres Gesichts in der Fensterscheibe, als sie zum Stall hinüberblickte, wirkte gespenstisch – und verzweifelt. Sie berührte das Glas und wünschte sich, sie könnte irgendwie zu ihm gelangen.

Die zuckenden Flammen des Kerzenleuchters wirkten auf ihrem Spiegelbild wie goldene Tränen. Aber als sie in der Scheibe auch das Abbild des großen Himmelbetts hinter sich sah, wandte Lily den Blick ab.

Ihre Haut fühlte sich eiskalt an, ihr Herz war noch immer wie betäubt. Sie hatte diesem Teufelspakt zugestimmt, weil es keinen anderen Weg gab. Sie hatte Derek retten müssen. Welche andere Wahl war ihr geblieben? Sie wusste sich keinen Rat mehr und strich sich mit der Hand übers Haar. Vielleicht war es am besten, wenn Derek niemals erfuhr …

In diesem Moment wurden ihre Überlegungen von leisen Bewegungen draußen vor ihrer Kammer unterbrochen. Sie fuhr herum und starrte zur Tür. Ihr Herz klopfte, eine düstere Vorahnung breitete sich in ihr aus.

Edward.

Alles Blut wich aus ihrem Gesicht. War etwa schon die Zeit gekommen, ihren Teil der Abmachung zu erfüllen?

Sie wusste, dass Edward ein spätes Treffen mit einem korrupten Kapitän der East India Company in seinem Büro hatte. Diesen Mann wollte er bestechen, damit er Derek aus England hinausschmuggelte. Es hörte sich an, als wäre die Zusammenkunft beendet.

Lily hielt das zerrissene Mieder zusammen, ging vom Fenster weg und trat in die Mitte des Zimmers, fest entschlossen, ihrem Schicksal hoch erhobenen Hauptes entgegenzutreten. Sie würde sich nicht an die Wand pressen lassen und sich verstecken. Sie war eine Balfour. Sie würde diesem Halunken nicht die Freude bereiten, sich vor ihm zu beugen.

Vielleicht hatte Dereks kühner Mut während der Schläge, die er von mehreren Männern erhalten hatte, sie dazu veranlasst, nicht kampflos aufzugeben. Sie hörte, wie der Schlüssel in das Schloss geschoben wurde. Und sie bemühte sich nach Kräften, einen beunruhigenden Anflug von Grauen zu unterdrücken, bei dem Gedanken an das, was ihr bevorstand.

Aber als die schwere Tür knarrend aufging, war es nicht Edward, der an der Schwelle stand.

Einer seiner ruppigen Untergebenen kam mit einem Tablett herein, auf dem grässlich aussehendes Essen stand. Ihr spätes Nachtmahl. Beinahe war ihr schwindelig vor Erleichterung, und Lily hielt den Kopf gesenkt, während sie darauf wartete, dass ihr Gefängniswärter wieder das Gemach verließ. Sie überlegte, an ihm vorbei und durch die offene Tür hinauszulaufen, aber das wagte sie dann doch nicht. Wenn sie Schwierigkeiten machte, würde Derek es ausbaden müssen.

Selbst wenn sie durch irgendein Wunder würde fliehen können, bestand zwischen ihr und Edward eine Übereinkunft. Sie wagte es nicht, ihr Wort zu brechen, solange Derek sich in seiner Gewalt befand.

Also blieb sie stehen. Sie vermochte kaum zu atmen, bis der stämmige Diener nicht mehr im Raum war und die Tür von außen absperrte.

Mit geschlossenen Augen atmete sie aus. Gütiger Himmel, das war knapp. Nun, ihrem Schicksal war sie nicht entkommen, Edwards Forderung an sie war nur aufgeschoben.

Wohl wissend, dass ihr einstiger Verehrer bald auftauchen würde, verspürte sie auch keinerlei Appetit auf das Essen, das ihr gebracht worden war, eine abscheulich aussehende Schüssel lauwarmer Erbsensuppe mit einem Schinkenknochen darin, dazu hartes Brot und mit Wasser verdünnter Wein. Sie verzog das Gesicht, deckte das Ganze mit der Serviette zu und trat zum Fenster.

Hinter den schweren Samtvorhängen setzte sie sich auf den eingebauten Fenstersitz und starrte wieder zum Stall hinüber. Als sie den Blick über Edwards Anwesen hinweg weiterschweifen ließ, dachte sie zurück an den Abend des Maskenballs, als sie Derek zum ersten Mal am Gartenpavillon getroffen hatte. Unter dem lächerlichen Ananasdach hatte sie zuerst geglaubt, er wäre eine Gestalt ihrer Fantasie.

Was war nur aus ihnen beiden geworden!

Ach, wenn ich doch noch einmal neu entscheiden könnte, dachte sie mit wachsender Besorgnis. Ich wäre mit ihm in dieser Gondel auf den See hinausgefahren.

Hätte sie gewusst, dass sie sich in ihn verlieben würde, hätte sie sich von ihm an Ort und Stelle ruinieren lassen.

Dereks behelfsmäßige Gefängniszelle war nicht groß genug, als dass er aufrecht stehen konnte. Daher hatten Lundys Helfershelfer ihm eine leere Kiste gegeben, auf der er sitzen konnte.

Als er im Käfig war, hatten sie ihm die Hände lange genug losgebunden, dass er seine Augen mit Wasser ausspülen konnte, nicht ohne ihn zu warnen, dass Lily dafür würde büßen müssen, wenn er sich nicht benahm. Aber kaum hatte er sich das Gesicht gewaschen, wurde er wieder gefesselt.

Er war sich bewusst, in welcher Gefahr sie schwebte, und daher hatte er gehorsam dagestanden und die anderen gewähren lassen.

Jetzt saß er auf der Holzkiste, lehnte sich an die Gitterstäbe zurück, die Beine ausgestreckt, die Handgelenke noch immer auf dem Rücken gefesselt.

Sein Kopf schmerzte von dem Schlag, doch hinter seiner äußeren Ruhe verbarg sich wilder Zorn.

Wenn jemand ihr etwas antat, würde er dafür bezahlen müssen.

Derek war sich bislang nicht sicher, wie das hatte passieren können. Was hatte sich hinter seinem Rücken ereignet? Etwas musste Lundy außer Fassung gebracht haben.

Er hasste die Vorstellung, dass Lily die Information, die er ihr letzte Nacht anvertraut hatte, benutzt haben konnte, um etwas zu tun, was sie besser gelassen hätte. Etwas Unüberlegtes.

Er wusste nur, dass er sie hier herausbringen musste.

Wie?

Nun, er musste sich etwas ausdenken.

Er hatte gehört, dass er nach Indien gebracht werden sollte, aus England herausgeschmuggelt im Frachtraum eines der vielen Handelsschiffe der East India Company. Aber diese Burschen kannten ihn nicht. Er hatte nicht vor, zurückzugehen und Colonel Montrose zu erklären, dass er versagt hatte. Er hatte noch immer den Befehl, herauszufinden, was aus dem Fonds geworden war, und den Strom von Gold freizusetzen, damit die englischen Truppen das Maratha-Reich ein für alle Mal besiegen konnten.

Und keineswegs hatte er vor, sich von Männern wie Ed Lundy daran hindern zu lassen, seine Pflicht auszuüben.

Eins nach dem anderen. Zuerst musste er die Fesseln loswerden. Das erforderte möglicherweise etwas Geschick. Lundys drei wichtigste Helfer hatten die Direktive bekommen, ihn zu bewachen.

Ein grässliches Trio. Mit schmerzenden, blutunterlaufenen Augen betrachtete er sie. Bates war der Anführer, Jones nur ein bösartiger Dummkopf, und Maguire war der Jüngste, vielleicht vierundzwanzig. Ihm fehlten zwei Finger, dank Brutus, dem Hund. Jedenfalls erinnerte er sich daran noch von einem früheren – und erfreulicheren – Besuch in Lundys Stall.

Nachdem sie ihren Gefangenen sicher untergebracht hatten, dauerte es kaum eine Stunde, bis die drei beschlossen, sich die Langeweile mit einem Kartenspiel zu vertreiben. Sie scharten sich um das Licht der Laterne, die Maguire auf dem provisorischen Spieltisch abgestellt hatte, ein Brett, das auf so einer Kiste lag, wie die, auf der Derek saß.

Aus seinem dunklen Käfig heraus beobachtete Derek sie eine Weile unbemerkt. Schnell waren die Männer in eine Auseinandersetzung über das Spiel vertieft.

Diese drei und der Käfig mit seinem Metallschloss waren alles, was zwischen Derek und der Freiheit stand. Aber noch nie hatte er einen Engländer getötet. Nie hatte er damit gerechnet, seine Ausbildung als Soldat gegen einen Landsmann einzusetzen.

Wenn sie schlau sind, dachte er, werden sie wissen, wann es an der Zeit ist, beiseitezutreten.

„Gentlemen, verzeihen Sie, dass ich Ihr Spiel störe. Ich glaube nicht, dass es Ihre Absicht war, mich zu töten“, sagte er leichthin. „Aber diese Wunde an meinem Kopf hört nicht auf zu bluten. Darf ich Sie um ein Tuch bitten, damit ich sie verbinden kann?“

Die Bitte und sein zuvorkommender Tonfall schienen die Männer zu erschrecken. Dann begann Jones zu lachen. „Hast ihn gut getroffen, nicht wahr, Bates?“

„Nichts Persönliches, Major“, sagte Bates mit bescheidenem Lachen. „Ich hatte nie etwas gegen Sie.“

„Nein, natürlich nicht“, erwiderte Derek höflich.

„Maguire, hol ihm einen Verband und auch ein feuchtes Tuch. Soll der Schurke sich ruhig waschen. Er hat einiges einstecken müssen, und er hat sich gut gehalten.“

„Ja, Sir.“ Als Maguire aufstand und in den Raum mit dem Geschirr ging, erhob sich Derek, wobei er den Kopf wegen der niedrigen Decke geneigt hielt. Er trat zu der Metallwand, die den Männern am nächsten war. Maguire kam kurz danach mit einem sauberen weißen Stoff zurück, der gewöhnlich benutzt wurde, um den Pferden die Beine zu verbinden.

„Ich mache es für ihn nass“, sagte Jones boshaft und nahm Maguire den Stoff ab. Er ging zu der nächsten Pferdebox, tauchte das Tuch in den Wassereimer des Tieres und wrang es dann mit einer Hand aus.

Bates’ Großzügigkeit erstreckte sich nicht auf Jones’ Launen. Er und Maguire lachten über diese Beleidigung, als Jones das tropfnasse Tuch an Derek reichte.

„Werden Sie meine Handschellen lösen, oder werden Sie mir die Wunde selbst auswaschen?“, fragte dieser sanft. Er konnte dem Mann das Tuch nicht abnehmen, denn seine Hände waren auf den Rücken gebunden.

Jones höhnte. „Ich werde das nicht tun.“

„Sieh mich nicht an“, sagte Maguire. „Ich werde ihn nicht anrühren.“

„Ach, geht beide zum Henker, ihr nutzlosen …“ Leise fluchend näherte sich Bates dem Käfig und zog den Schlüssel zu Dereks Handschellen aus einer Tasche. „Drehen Sie sich um, Sie

Geck. Wenn Sie irgendwas anstellen, erschießen wir Sie. Klar?"

„Völlig klar."

Gleich darauf waren Dereks Hände frei. Er rieb sich ein wenig die Gelenke, dankte Bates für diesen Gefallen wie ein braver Gefangener und nahm das Tuch mit Pferdespeichel und Wasser.

So weit, so gut.

Er kehrte zu seinem Platz auf der hölzernen Kiste zurück, wo er die Beule an seinem Kopf versorgte. Die Männer hatten ihn wieder beinahe vergessen.

Vorsichtig sah er sich um und suchte nach einem Fluchtweg. Verdammt, wenn sein Kopf nicht so schmerzen würde, bestimmte fiele es ihm dann leichter, einen Plan zu fassen.

„Schrecklich ruhig hier", bemerkte Jones nach einer Weile und sah wachsam in seine Richtung.

„Ja", stimmte Bates zu, „zu ruhig. Wenn Sie etwas aushecken, können Sie das gleich vergessen. Außer Sie wollen noch einen Schlag erhalten."

„Oder eine Kugel ins Herz", murmelte Jones, während er einen weiteren Schluck aus seiner Whiskyflasche trank. „Und kümmern Sie sich nicht darum, welche Abmachung Ihre kleine Miss mit dem Boss traf."

Derek richtete den Blick plötzlich auf Jones. „Was?"

Maguire begann zu lachen. „Fast eine Schande, oder? Wo sie doch so eine Lady ist."

„War", verbesserte Jones.

„Ja, war. Bis jetzt", stimmte Maguire zu.

Beide begannen zu lachen und verspotteten ihn.

„Der Boss hat gesagt, er würde sie bekommen, auf die eine oder andere Weise, stimmt's?"

„Kluger Mann, unser Mr Lundy."

„Deswegen ist er reich und wir nicht."

„Welche – Abmachung?", fragte Derek noch einmal in ernsterem Ton. Die Haare an seinem Nacken hatten sich aufgerichtet. Beinahe fühlte er, wie das Blut in seinen Adern zu brodeln begann.

Die anderen wurden noch heiterer.

„Er will wissen, was für ein Pakt das ist!“

„Das glaube ich gern. Zerbrechen Sie sich darüber aber nicht Ihren hübschen Kopf, Major Knight!“

„Ja, das ist der einzige Grund, warum Sie noch atmen“, fügte Jones leise hinzu und grinste breit.

Derek erhob sich und ging leicht gebückt an den Rand des Käfigs, wo er die Gitterstäbe umfasste. „Bates.“ Dieses eine Wort, gesagt voller Verzweiflung, drückte eine Bitte um Antworten aus. Aber Bates zögerte.

„Man könnte sagen, deine junge Lily hat Mr Lundy einige Gunstbeweise versprochen“, mischte Maguire sich ein.

„Es war süß, nicht wahr, wie sie um das Leben dieses Schurken gefleht hat“, meinte Jones herausfordernd. Bates langte jedoch über den Tisch und schlug ihm gegen den Kopf.

„Das genügt. Halt den Mund. Den Rest muss er nicht wissen.“ Er wandte sich an Derek und unterband dessen Fragen, ehe er sie überhaupt stellen konnte. „Machen Sie sich deswegen keine Gedanken“, befahl er. „Die kleine Närrin ist selbst schuld.“

„Einbruch ist ein Verbrechen, wissen Sie“, warf Maguire ein. „Mr Lundy hätte sie den Konstablern übergeben können.“

„Einbruch?“ Derek sah sie entsetzt an, als er zu verstehen begann.

„Ihr beide, kein Wort mehr“, befahl Bates und deutete mit dem Finger auf seine zwei Untergebenen.

Derek war ihrer zu überdrüssig, um nach weiteren Informationen zu bitten. Damit würde er sich ihnen nur noch mehr ausliefern. Doch langsam begriff er, was vorgefallen sein musste.

Und er gab sich die Schuld.

Oh Lily. Er schloss die brennenden Augen, und tausend Flüche gingen ihm durch den schmerzenden Kopf. Ich werde uns hier herausbringen, schwor er sich.

Denk nach.

Er musste sie ablenken.

Er musste aus diesem Käfig herauskommen, und einer der

Männer müsste als Geisel für seine Flucht dienen.

Obwohl er sie geschlossen, vor allem Lundy, am liebsten in der Luft zerrissen hätte, brachte Derek die Selbstbeherrschung auf, sich ein weiteres Mal ruhig und gelassen an sie zu wenden. Er stützte die Ellenbogen auf die Gitterquerstäbe und räusperte sich. „Ich könnte einen Drink gebrauchen." Er ließ die Männer nicht aus den Augen.

„Das überrascht mich nicht, nachdem Sie das über Ihre kleine Freundin gehört haben", sagte Jones und lachte rau.

„Sie sind wirklich lästig", murmelte Bates in Dereks Richtung. Dann nickte er Jones zu. „Gib ihm etwas von deinem Whisky."

„Den Teufel werde ich tun! Gib ihm von deinem."

„Tu es", wiederholte Bates und sah Jones kalt an. „Das ist nur anständig. Frag den Soldaten." Mit einer Kopfbewegung deutete er auf den Käfig. „Ein Engländer misshandelt seine Gefangenen nicht. Wir sind keine Wilden."

Darüber ließe sich streiten, dachte Derek.

Jones schnaubte, doch er schien sich zu erinnern, dass Derek sein Leben eingesetzt hatte, um dasselbe England zu verteidigen, das sie ihre Heimat nannten.

Derek zeigte nicht, wie zufrieden er war.

Jones warf Bates einen ärgerlichen Blick zu und stieß beim Aufstehen seinen Hocker um. Er nahm den Zinnbecher, aus dem Maguire getrunken hatte.

„Hey", protestierte Maguire. Aber Jones beachtete ihn nicht, goss etwas von seinem Whisky in den Becher und schlurfte dann hinüber zum Käfig, um ihn Derek zu reichen.

Während Jones sich näherte, wartete Derek ruhig ab. Er fühlte, wie das Ungezähmte – eine Folge seines Daseins als Soldat – in seinen Adern zum Leben erwachte. Eine dunkle Kraft, die ihm zur Verfügung stand. Er wollte dem Mann nicht wirklich wehtun, aber wenn es dazu kommen sollte …

Im Moment war Lily das Einzige, was zählte.

Vielleicht bemerkte Jones den seltsamen Ausdruck in Dereks Augen, denn er zögerte einen Moment und wahrte Abstand, als er vorsichtig die Hand ausstreckte, um ihm den Whisky zu reichen.

Seine Furcht war begründet.

Derek achtete nicht auf den Becher, sondern packte Jones' Unterarm und riss ihn nach vorne, sodass der mit dem Gesicht gegen das Gitter prallte und aufschrie. Danach drehte er Jones herum und zerrte dessen Arm nach hinten. Zuletzt schob er seine Linke zwischen den Gitterstäben hindurch und umfasste die Kehle des Schurken.

„Schließt den Käfig auf, wenn ihr wollt, dass er am Leben bleibt."

Es war alles sehr schnell gegangen. Bates spuckte den Whisky aus, den er im Mund gehabt hatte. Jones schrie erstaunt auf, während Maguire seinen Kumpanen fassungslos anstarrte.

„Los!", brüllte Derek. Sie bewegten sich nicht rasch genug. „Wollt ihr sehen, wie ich ihm das Genick breche?" Er begann zu drücken, und Jones' Gesicht wurde scharlachrot, während Laute des Erstickens aus seinem Mund drangen.

Mit der freien Hand zog Jones an Dereks Arm, der an seiner Kehle lag. Aber Derek achtete gar nicht darauf, sondern drückte nur noch fester. „Ihr lasst mich heraus, oder ich töte ihn."

„Verdammter Kolonist." Bates sprang auf und griff nach einer Forke. „Lass ihn los, oder ich ersteche dich." Bates schob die Zinken der spitzen Gabel durch das Gitter und stach damit nach Derek.

Der wich zur Seite aus, aber als Bates noch einmal nach ihm zielte, blieb ihm keine andere Wahl, als seine Geisel loszulassen und stattdessen die Forke zu packen. Er riss sie Bates aus den Händen und zog sie in den Käfig. Im nächsten Moment hatte er sie herumgedreht und hielt sie bereit, um sie als Waffe einzusetzen. Jones, der jetzt wieder frei war, war so wütend, dass er sein Blut sehen wollte.

Er ging zu seinem Überrock, den er ins Stroh geworfen hatte, und zog eine Pferdepistole aus der Tasche. „Du bist so gut wie tot, Bastard", sagte er und rieb sich dabei schwer atmend die Kehle.

Derek sah, wie Jones die Waffe mit Pulver lud, und wusste, dass ihm nur Augenblicke blieben, um zu reagieren.

Als Jones die Waffe hob, zog er die Forke zwischen den Gitterstäben hindurch, packte sie wie Poseidon seinen Dreizack und schleuderte sie fort – so gut er es in seiner gebückten Haltung nur vermochte.

Die Forke sauste durch die Luft, genau auf ihr Ziel zu.

Jones Waffe ging los, als er sich zur Seite warf. Der Schuss prallte von den Gitterstäben ab, aber als Lundys Helfershelfer fiel, stolperte er über den provisorischen Spieltisch. Das Brett fiel herunter, und was darauf gestanden hatte, flog durch die Luft.

Die Spielkarten fielen nicht weit vom Ort des Geschehens auf den Boden, doch die Öllampe und zwei offene Whiskyflaschen landeten auf einem etwas entfernter gelegenen Haufen lose aufgeschichteten Heus.

Maguire stieß einen überraschten Fluch aus, als das getrocknete Gras Feuer fing.

In dem neugotischen Schlafgemach hob Lily das tränenüberströmte Gesicht von ihrem Arm, als sie die Unruhe von unten hörte. Sie hatte sich in der Fensternische hingelegt und musste vor Erschöpfung eingeschlafen sein. Zuerst bemerkte sie den Brandgeruch kaum. Aber dann drangen andere Geräusche außer dem unermüdlichen Bellen von Edwards bösartigem Hund in ihr Bewusstsein. Rufe und die Schreie von Tieren. Was war da los?

Sie löste sich aus ihrer Verzweiflung, setzte sich auf und spähte durch das Fenster.

Ihre Augen weiteten sich vor Schreck, als sie erfasste, was draußen in der Dunkelheit vor sich ging. Der Stall brannte!

Rauch drang aus den Fenstern des Pferdestalls, und an einer Stelle schlugen bereits Flammen aus dem Dach. Die Pferde liefen frei umher und strebten in alle Richtungen davon, aus Angst vor dem Feuer.

Edwards Männer arbeiteten hektisch, Tücher vor Mund und Nase gepresst. Einige stürzten zurück in die brennenden Stallungen, um noch mehr von Lundys Pferden zu retten, andere liefen mit Eimern voll Wasser umher und versuchten, den Brand zu löschen. Ihre Bemühungen waren verglichen mit der Heftigkeit, mit der das Feuer sich ausbreitete, bemitleidenswert.

Mit einem Blick erkannte Lily, dass Edwards schöner Stall abbrennen würde, doch ihr ging nur eine einzige Frage durch den Kopf: Wo ist Derek?

Lily sah ihn nicht.

Als sie das Fenster aufstieß, suchte sie mit den Augen das ab, was sie überblicken konnte.

Wo mochte er sein? Gütiger Himmel. Sie umklammerte den Fenstersims. Was, wenn er noch immer dort drin war?

Etwas tief in ihr sagte ihr, dass das der Fall war. Sie wusste sofort, dass sie ihm helfen musste.

Augenblicklich war sie aufgesprungen. Sie eilte durch den Raum und rüttelte an der fest verschlossenen Tür. Nichts geschah. Sie schlug mit den Fäusten dagegen und rief so laut, dass jeder Dienstbote in der Nähe es hören konnte.

Niemand kam.

Sie gab diese nutzlose Anstrengung auf und ging voller Wut zum Fenster zurück, wohl wissend, dass sie die Sache selbst in die Hand nehmen musste.

Bis nach unten war es weit, vor allem, wenn dort ein wütender Hund wartete. Aber als sie sich so weit aus dem Fenster lehnte, wie sie es nur wagen konnte, um ihre Möglichkeiten in Augenschein zu nehmen, entdeckte sie zu ihrer Rechten ein Efeuspalier. Wenn sie es zu fassen bekam, würde sie das Gitter als Leiter zum Hinunterklettern benutzen können. Doch was sollte sie wegen des Hundes unternehmen?

Es war klar, warum Edward befohlen hatte, dieses Ungeheuer unter ihrem Fenster anzuleinen – um sie an der Flucht zu hindern.

Sollte sie es dennoch wagen?

Brutus würde sie zerreißen, ehe sie auch nur einen Fuß auf den Boden des Gartens setzte. Ah! Sie erinnerte sich an das Tablett mit dem schrecklichen Essen, das der Diener gebracht hatte.

Als sie jetzt das Tuch wegnahm, erschienen ihr die Speisen noch abstoßender als zuvor, kalt und klumpig. Vermutlich war der Kampfhund jedoch nicht sehr wählerisch. Sie verzog das Gesicht und nahm den fettigen, tropfenden Schinkenknochen aus der Suppenschüssel.

Anschließend ging sie zurück zum Fenster, fest davon überzeugt, dass das, was sie sich vorgestellt hatte, Wahnsinn war. Gleichzeitig wusste sie, dass sie etwas unternehmen musste. Als sie noch immer keine Spur von Derek erkennen konnte, wurde ihr bewusst, dass niemand ihm helfen würde, wenn sie es nicht tat. Die anderen würden nicht ihr Leben einsetzen, um einen Mann zu retten, den sie von Anfang an am liebsten tot gesehen hätten.

Fest entschlossen und ein wenig erstaunt über ihre eigene Kühnheit, schob Lily mit einem Ausdruck von Ekel in ihrem Gesicht den schleimigen Knochen unter ihr zerrissenes Mieder und machte sich daran, die steile Wand von Edwards Herrenhaus hinunterzuklettern.

Vorsichtig, den Rücken an die Außenmauer gepresst, bewegte sie sich auf dem schmalen Mauervorsprung voran. Langsam, nur ganz kleine Schritte! Bei einem kurzen Blick nach unten wurde ihr schwindelig.

Sie hoffte sehr, dass sie nicht abrutschen würde. Als sie endlich das obere Ende des hölzernen Spaliers erreicht hatte, fühlten sich ihre Knie weich an, und ihre Handflächen waren feucht von Schweiß. Dadurch wurde das Klettern nicht gerade einfacher, vor allem nicht mit einem fettigen Schinkenknochen im Kleid.

„Au", murmelte sie, als sie sich auf dem Weg nach unten an dem Dorn einer Rose stach, die zwischen dem Efeu wuchs.

Brutus hatte sie längst bemerkt.

Die Kette klirrte, als er zur Spalierwand gerannt kam, wo er augenblicklich wieder zu bellen begann.

Lily erschrak, als der Hund an ihr hochsprang. Es hätte nicht viel gefehlt, und Brutus hätte ihren Fuß zwischen seinen Lefzen gehabt. Wie sollte sie je nach unten gelangen, wenn dieses Ungeheuer sie schon jetzt zu fressen versuchte?

Sie schrie leise auf, als es bei seinem nächsten Versuch die lange Schleppe ihres Reitkleids abriss. Sie selbst konnte sich gerade noch an das Gerüst festklammern, während der Hund mit dem Stoff zu Boden fiel.

Sie rief Brutus in dem freundlichsten Ton, der ihr möglich war. Anschließend zog sie den abscheulichen Knochen aus ihrem Mieder und schwenkte ihn hin und her, in der Hoffnung, das schwarze Tier würde ihn sehen.

Brutus hörte auf zu bellen, er hatte Witterung aufgenommen.

Lily versuchte nun zu berechnen, wohin sie den Knochen werfen musste: Wie lang war die Kette des Hundes? Was war die Richtung, die ihrer entgegengesetzt war?

Vorausgesetzt, das Ungeheuer würde den Köder überhaupt schnappen, blieben ihr vermutlich nur ein paar Augenblicke, um nach unten zu springen und seiner Reichweite zu entkommen.

Was, wenn seine Kette riss? Wie konnte sie ihn dann aufhalten? Mit nichts. Wenn das geschehen sollte, dachte Lily, würde sie sterben. Und zwar auf sehr unschöne Weise. Aber bei lebendigem Leib zu verbrennen, stellte sie sich schlimmer vor.

Derek. Sie musste an Derek denken. Sie wusste, dass er wartete. Sie fühlte es in ihrem Herzen. Jetzt zählte jeder Moment.

Mit einem entsetzten Blick zum Stall streckte sie den Knochen aus, bis sie sicher war, die Aufmerksamkeit des Hundes erregt zu haben. „Brutus! Hier, mein Junge. Sieh mal! Das ist für dich! Ja! Ruhig. Braver Junge."

Der Hund sprang noch einmal hoch, aber diesmal hatte er es auf den Schinkenknochen abgesehen.

„Guter Junge – und jetzt hol!"

Mit aller Kraft schleuderte sie den Knochen dorthin, wo es nach ihren Überlegungen am günstigsten erschien.

Die Kettenglieder klirrten, als Brutus hinterherrannte.

Ohne sich umzusehen, sprang sie vom Spalier herunter, landete auf den Knien im Gras, erhob sich und lief, so schnell sie konnte, zum Stall. Instinktiv hielt sie den Atem an, als sie die Kette hinter sich rasseln hörte.

Sie stolperte, trat auf den zerrissenen Saum ihres Kleides, fiel und rollte sich weiter, nur um in Bewegung zu bleiben.

Dann hörte sie ein ohrenbetäubendes Bellen.

Als sie durch ihr zerzaustes Haar blickte, befand sie sich mit Brutus auf Augenhöhe. Er hatte sie fast eingeholt. Mit weit aufgerissenem Maul lief er auf sie zu. Er schien zu glauben, sich bei einem Hundekampf zu befinden.

Aber ein plötzlicher Ruck an seinem Hals veranlasste ihn stehen zu bleiben. Die Kette war straff gespannt, es gab für das Ungeheuer keinen Spielraum mehr. Seine Kiefer schnappten knapp vor Lilys Gesicht zu.

Die Kette hielt stand.

Langsam wich sie zurück.

Gütiger Himmel, wie konnte ich je daran denken, einen Mann zu heiraten, der sich so ein Schoßtier hält?

Als Lily klar wurde, dass sie noch immer am Leben war, dass Brutus sie nicht gefressen hatte, stand sie auf und lief weiter zu den Stallungen.

Niemand achtete auf sie. Sie spürte bereits die Hitze, die von den hohen Flammen ausging. Und Edwards durchdringende Stimme hörte sie, ehe sie ihn sah. Eingehüllt in den Rauchwolken, schrie er panisch: „Fangt die Pferde ein, ehe sie davonlaufen! Das wird euch den Kopf kosten!" Trotz des dichten Qualms erhaschte sie dennoch einen Blick auf ihn. Vollkommen außer sich lief er auf und ab, die Hände an den Kopf gepresst.

Hin und wieder blieb er stehen und brüllte seine Gefolgsleute an. „Gießt Wasser dorthin. Dorthin!" Hektisch zeigte er auf die Wand, aus der Flammen schlugen. „Schneller, ihr nutzlosen Bastarde!"

Um jeden Preis wollte Lily ihm aus dem Weg gehen, aber sie würde an ihm vorbeigehen müssen, um zum Stall zu gelangen. Sie ging weiter, hoffte, sich an ihm vorbeischleichen zu können, aber dann, ganz plötzlich, wären sie in dem Durcheinander um ein Haar zusammengestoßen.

Edward trat aus einer Wolke dichten Rauchs und packte ihren

Arm. Seine Miene wirkte fast so bösartig wie die seines Hundes. „Was tun Sie außerhalb Ihres Zimmers?"

„Lassen Sie mich los! Wo ist Derek?"

„In der Hölle, wie ich hoffe."

„Er ist noch da drinnen, oder?"

„Vergessen Sie ihn."

Lily versuchte, sich aus seinem Griff zu befreien. „Lassen Sie mich ihn herausholen."

„Er verdient es, zu verbrennen. Sehen Sie, was er mir angetan hat!" Mit wütender Geste deutete Edward auf den Stall.

„Ich werde nicht zulassen, dass Sie ihn töten."

„Bleib hier, verdammt!"

Es war keine Zeit für einen Kampf, und da Dereks Leben auf dem Spiel stand, war vor allem keine Zeit vorhanden, fair zu kämpfen. Lily holte weit mit ihrem Fuß aus und trat Edward zwischen die Beine, so fest sie konnte.

Mit einem lauten Aufschrei ließ er sie los, sank auf die Knie und presste die Hände auf die schmerzende Stelle. Lily lief zu dem brennenden Stall.

Ein soeben befreites Pferd kam aus dem Rauch gelaufen und hätte sie um ein Haar in dem breiten Mittelgang überrannt, aber Lily sprang noch rechtzeitig zur Seite. Dann lief sie weiter und schützte mit ihrem Ärmel Mund und ihre Nase, so gut sie konnte, vor dem beißenden Qualm.

„Derek! Derek!" Immer wieder schrie sie seinen Namen. Sie konnte nur ein paar Fuß weit durch den Rauch sehen, die glühende Hitze machte ihr bereits zu schaffen. „Derek! Wo bist du? Kannst du mich hören?"

Dann, über das Prasseln und Zischen des Feuers hinweg, hörte sie ein rhythmisches Klopfen aus den Tiefen des Stalls – Metall wurde auf Metall geschlagen.

Derek.

Zum Glück war er bei Bewusstsein – und kämpfte anscheinend mit aller Kraft, die Tür aus seinem Käfig zu treten.

„Derek, ich komme!"

„Lily?" Das Klopfen hörte auf. Sie hörte ein Husten. „Lily!"

Als sie weiterlief, erkannte sie nach und nach die Umrisse des Käfigs. Zorn erfasste sie über Lundys Maßnahmen. Sie war fest entschlossen, bis zu ihm vorzudringen.

Sie sah eine Bewegung durch den Rauch vor ihr, nahe am Boden. Mit jedem Schritt wurde das Bild deutlicher. Er hatte mit seinen Versuchen, die Käfigtür aufzubrechen, aufgehört und kauerte nun am Boden, um etwas von der besseren Luft dort unten einzuatmen.

„Lily!" Als sie auf ihn zurannte, richtete er sich in dem zu niedrigen Käfig auf, so gut er es vermochte.

Er schien erschrocken, sie zu sehen. „Was machst du hier?"

„Dich retten!"

„Du musst hier raus!"

„Nicht ohne dich."

„Es ist zu gefährlich. Pass auf – das Gitter ist heiß", warnte er, als sie die Hände nach ihm ausstreckte. Sein Gesicht war schweißbedeckt, die Augen rotgerändert. „Sieh nach oben, Lily, die Decke brennt. Jeden Moment kann das Dach einstürzen. Ich will, dass du diesen Ort verlässt. Auf der Stelle."

Sie achtete nicht auf ihn und sah sich um. „Ich vermute, sie haben den Schlüssel nicht hiergelassen."

Er schüttelte den Kopf. „Nein, Liebes", sagte er leise. Sie hielt inne. Es erstaunte sie, wie ruhig er war. Derek schluckte. „Es kann sein, dass ich keine Möglichkeit habe, hier herauszukommen. Du musst gehen."

„Nein", stieß sie kopfschüttelnd hervor. „Nein."

„Bitte." Vorsichtig streckte er einen Arm durch das Gitter und berührte ihre Hand. „Rette dich selbst …"

„Nein!", wiederholte sie energischer. „Ich werde dich hier herausbringen. Ich werde dir beweisen, dass ich dich nicht in diesen Hinterhalt gelockt habe, um dich zu verraten."

„Das hatte ich auch niemals geglaubt. Ich wusste, dass es nicht deine Schuld war."

„Du wusstest es?"

„Von Anfang an. Jetzt hör mir zu, du musst gehen."

„Ich werde dich nicht verlassen …"

„Lily", flüsterte er und sah sie an. „Ich liebe dich."

Sie holte tief Luft und sah ihn erstaunt an. „Derek." Tränen traten ihr in die Augen. Behutsam schob sie ihre Hand durch das Gitter und berührte seine. „Ich liebe dich auch."

Neuer Mut erfasste sie. Bei Gott, sie würde den Mann, den sie liebte, nicht sterben lassen. Nicht solange sie atmete – vor allem nicht auf diese Art und Weise. Es war zu ungerecht. Er hatte nicht so viele Schlachten überlebt, um hier wie ein gefangenes Tier zu sterben.

„Ich werde nicht zulassen, dass dir das geschieht." Sie stieß ihre Worte so heftig hervor, dass er sie erschrocken anblickte.

Sie presste die Zähne zusammen, trat von ihm zurück und lief in den Rauch hinein.

„Lily, pass auf!"

Bei seinem warnenden Ruf schaute sie nach oben und bemerkte den brennenden Dachbalken über ihrem Kopf. Sie sprang zur Seite, gerade in dem Moment, wo er herunterfiel.

„Geht es dir gut?", fragte Derek mit zitternder Stimme.

Mit klopfendem Herzen nickte Lily. Sie wusste, sie musste sich rasch etwas einfallen lassen. Der Stall um sie herum brach unter der Feuersbrunst zusammen. Ihnen lief die Zeit davon. „Arbeite weiter an der Tür, ja?"

„Ich bin nicht sicher, ob das Sinn hat." Als sie zu ihm hinüberblickte, sah Derek ihr in die Augen. „Bitte …"

„Sag mir nicht, dass ich gehen soll. Was immer geschieht", gelobte sie, „ich werde dich nicht verlassen."

Sie wusste, wie es war, wenn einen jemand, den man am meisten brauchte, im Stich ließ. Mit diesem Gedanken lief sie zurück in die Rauchwolke.

Kurz darauf kehrte sie mit einer Schaufel wieder, die sie zwischen den Trümmern gefunden hatte.

„Gut!", rief Derek hustend und winkte ihr. „Gib sie mir, und dann verlass verdammt noch mal den Stall!"

Lily hastete zur Käfigtür und sah ihn nur an. „Geh beiseite."

„Lily!"

Krach!

„Himmel", murmelte Derek und trat zurück.

Mit aller Kraft schlug sie die Schaufel gegen die Käfigtür.

Die bewegte sich, aber das Schloss hielt.

Sie hieb noch einmal dagegen.

Derek sah ihr mit finsterer Miene zu. Er widersprach nicht mehr. Vielleicht war ihm klar geworden, dass er in seinem engen Raum ohnehin nicht ausreichend ausholen konnte, um die Tür mit Wucht zu treffen. Aber vermutlich betete er genauso stumm wie sie.

Wieder und wieder schlug Lily gegen das Schloss – fester, schneller, wütender. Aber es hielt stand. Schließlich stieß sie einen lauten Wutschrei aus und nahm noch einmal all ihre Kraft, die ihr noch zur Verfügung stand.

Quietschend gaben die eisernen Angeln nach.

Sie warf die Schaufel zur Seite, Derek stieß die Tür mit dem Fuß auf und eilte in ihre Arme.

„Machen wir, dass wir hier wegkommen", murmelte er. Lily nickte. Sie merkte, dass sie zitterte. Einander an den Händen haltend, liefen sie zum Hauptausgang des Stalles – aber der Weg war ihnen versperrt. Derek sah sich um, die Augen gegen den Rauch zusammengekniffen.

Noch immer vermochte sie kaum zu glauben, wie ruhig er war. Aber bei seinem Beruf war er vermutlich an Tumult und Zerstörung gewöhnt.

„Da." Er zeigte durch den Rauch. Die Flammen hatten die letzte Box am Ende des Ganges noch nicht erreicht. Wie alle anderen war sie leer, da die Pferde offenbar gerettet worden waren.

Die Fensterluke bot ihnen eine günstige und vermutlich letzte Gelegenheit zur Flucht.

Sie rannten zur Box, dann über den mit Heu bestreuten Boden zur offenen Luke. Dort hob Derek sie mühelos hoch zu dem breiten Sims.

Lily sprang hinunter in das Gras, das sich nur ein paar Fuß unter ihnen befand. Derek folgte ihr, als sie nebeneinanderstanden, nahm er wieder ihre Hand.

Während Edwards Anwesen hinter ihnen im Chaos versank, flohen sie in die Dunkelheit.

17. KAPITEL

Sie schießen auf uns", rief Lily und warf einen Blick über die Schulter zurück, als ein Knall durch die Nacht hallte.

„Duck dich!" Derek schützte sie mit seinem Körper, während sie über den gepflegten Rasen von Edwards Anwesen rannten. „Lauf weiter. Wir sollten bald weit genug weg sein."

Ein wenig gebeugter eilten sie voran, in Richtung auf den hohen schmiedeeisernen Zaun, der Edwards Anwesen umgab.

Seine kostbaren Pferde liefen frei im Park umher, hierhin und dorthin, einige von ihnen hatten eine kleine Herde gebildet, andere folgten ihrem eigenen Instinkt. Nicht weit vor ihnen sprang ein Grauschimmel wie ein Gespenst über ein paar Azaleenbüsche und galoppierte davon.

„Ich könnte eines dieser Pferde einfangen, um uns hier herauszubringen", murmelte er.

„Nicht nötig. Die Stute ist im Wald angebunden. Außerdem gibt es einen Zaun.

„Na schön. Komm weiter, Liebste", drängte er, als Lily hustete. Ihre Lungen schmerzten noch von dem Rauch.

Als ein weiterer Schuss ertönte, wurde der obere beschnittene Teil eines Buchsbaumstrauchs getroffen.

„Steig hoch", befahl er und faltete die Hände zusammen, als sie den hohen Eisenzaun erreichten.

Ohne innezuhalten, folgte sie seiner Anweisung, umfasste das Gitter und zog sich hinauf. Vorsichtig kletterte sie über es, dabei passte sie auf, dass ihre langen Röcke nicht an den scharfen Spitzen, die den oberen Rand des Zaunes säumten, hängen blieben. Nicht sehr elegant landete sie auf der anderen Seite.

„Du hast wohl nicht zufällig einen Schlauch mit Wasser mitgebracht, oder?", fragte Derek. Er stieg so mühelos über das Gitter, als würde er so etwas jeden Tag tun.

„Ich fürchte, nicht", meinte sie und sah ihn erstaunt an, als er mit der Anmut einer Raubkatze von den Eisenspitzen heruntersprang. „Du musst halb verdurstet sein.“

„Ich werde es überleben. Suchen wir das Pferd.“

„Ich glaube, wir müssen hier entlang …“

Sie liefen in der Nähe des Zauns durch den Wald. Angesichts der Dunkelheit und in Anbetracht der Tatsache, dass Lilys Erinnerung durch die Ereignisse des Tages etwas durcheinandergeraten war, fiel es ihr nicht ganz leicht, genau die Stelle wiederzufinden, an der sie Mary Nonesuch angebunden hatte.

Derek ging in geduldigem Schweigen neben ihr her. Ab und zu rief er leise nach seiner früheren Patientin. Lily spürte, wie auch er sie beschützen wollte.

„Da ist sie“, rief Derek plötzlich und deutete auf einen großen Schatten zwischen den Bäumen.

Sie liefen zu dem braven Pferd. Zwar war die Stute nicht mehr angebunden, die Zügel mussten sich gelöst haben, doch sie hatte sich von dem Gebüsch nicht weit entfernt. Jetzt wieherte sie leise und kam auf die beiden zu.

Derek griff nach dem Zaumzeug und hob Lily in den Sattel. „So, los.“

„Was?“

„Sie ist nicht stark genug, um uns beide sehr weit zu tragen.“

„Doch, das ist sie.“

„Streite nicht mit mir. Reite los. Sie werden dich verfolgen, und ich werde hierbleiben und sie aufhalten. Reite zu Gabriel …“

„Nein! Ich war zu nahe daran, dich zu verlieren. Komm mit mir. Verdammt, Derek, du bist verletzt, unbewaffnet und Edwards Leuten zahlenmäßig geradezu lächerlich unterlegen.“

„Lily, ich kann das.“

„Ich weiß, dass du das kannst. Aber ich will nicht, dass du es tust. Du musst mir nichts beweisen. Bitte, Derek, ich will dich nicht verlieren.“

Er blickte zum Himmel hinauf, und das Mondlicht betonte den eleganten Schwung seines Halses. „Lily, wenn er dich gezwungen hat, mit ihm das Bett zu teilen, dann muss er sterben.“

„Nein. Das ist nicht geschehen.“

Langsam senkte er den Kopf und sah ihr in die Augen. „Sagst du mir die Wahrheit?“

„Ja.“ Sie sprach mit zitternder Stimme. „Er hat mich herumgestoßen und mir gedroht, aber es war mir möglich zu fliehen, ehe etwas Schlimmeres passieren konnte. Derek, bitte. Du musst mit mir kommen, sonst verliere ich den Verstand. Wir müssen diesen Höllenort verlassen – zusammen.“

Er sah sie an. „Wir würden nicht weit gelangen, Lily. Das Pferd ist zu schwach.“

„Dann werden wir solange reiten, wie die Stute es schafft, und uns dann anschließend verstecken. Gib ihr eine Chance, Derek. Sie ist stärker, als du glaubst. Sie könnte dich überraschen. Verflixt, ich habe dir das Leben gerettet – jetzt mach, dass du auf dieses Pferd steigst!“

Er sah sie an, dann gab er den Protest auf und sprang hinter ihr aufs Pferd. Er griff um Lily herum, packte die Zügel und hielt sie fest. Ohne weitere Zeit zu vergeuden, trieb er die Stute schnell durch den Wald, bis sie die Straße erreichten.

Das Tier schien ihre Verzweiflung zu spüren, und als wollte es die noch schmerzenden Wunden auf seinem Rücken ignorieren, versuchte es, sein Bestes zu geben. Es ging vom Trab in den Galopp über, während sie von der Dunkelheit umhüllt wurden.

Lily sorgte sich mehr um Derek als um das Tier. „Wie geht es deinem Kopf? Deinen Augen?“

„Du wolltest also in Lundys Arbeitszimmer einbrechen“, sagte er statt einer Antwort; seine Worte ganz nah an ihrem Ohr hatten einen unüberhörbar missbilligenden Ton. „Keine sehr gute Idee, Liebling.“

„Das weiß ich jetzt auch. Aber ehe du mich weiter tadelst: Ich habe einiges erfahren, das dich interessieren könnte.“

„Was zum Beispiel?“

„Vor allem, dass du recht hattest. Edward befindet sich in großen finanziellen Schwierigkeiten – und ich habe auch den Grund dafür herausgefunden. Er hat dreihunderttausend Pfund Sterling bei einem Kanalbauprojekt verspekuliert.“

„Kanalbau?", wiederholte Derek und dachte darüber nach. „Gut gemacht, Lily."

„Da ist noch mehr. Mrs Lundy ist nicht wegen ihrer Gicht nach Jamaika gereist. Ich habe einen rätselhaften Brief von ihr in Edwards Büro gefunden, der auf Probleme mit seinen dortigen Plantagen hindeutete."

„Die Plantagen. Natürlich." Derek hielt inne. „Lundy muss sie verkaufen. Weißt du, als er dachte, er hätte mich in der Hand, gestand er mir, dass er das Geld genommen hat. Aber er behauptete, er hätte schon Maßnahmen ergriffen, um das zu erstatten, was er, wie er es nannte, sich nur ‚geborgt' hätte. Seine Mutter loszuschicken, damit sie die Plantagen schnell und unauffällig verkauft, wäre ein guter Anfang, um die Summe zu ersetzen."

„Sicher würde es weniger Aufmerksamkeit erregen, als wenn er Teile seiner Besitztümer in London veräußern würde. Jeder würde sofort wissen, dass er in Schwierigkeiten steckt, und dann würde alles gesellschaftliche Ansehen, das er gewonnen hat, verloren sein."

„Vergiss nicht, dass er auch seine Heiratspläne änderte und Bess Kingsley und ihrer Mitgift dir gegenüber den Vorzug gab."

„Stimmt", erwiderte Lily finster.

„Er hat auch etwas von seinem Schmuck verkauft", meinte Derek. „Vermutlich in der Hoffnung, flüssig zu bleiben, bis seine Mutter zurückkommt und er verheiratet ist. Daher hat er mich auch für nichts und wieder nichts durch London gejagt."

„Was meinst du damit?"

„Er hat versucht, mich auf jeden Mann im Ausschuss anzusetzen, außer auf sich selbst."

„Nun, das Feuer in den Stallungen wird seinen Untergang bedeuten", sagte Lily. „Ich habe ihn dort gesehen. Er hat immerfort gestöhnt, dass er ruiniert ist."

„Das bedeutet, dass er jetzt gefährlicher ist denn je", murmelte Derek. „Er steht mit dem Rücken zur Wand. Er hat nichts mehr zu verlieren."

„Du hättest sterben können." Sie lehnte sich ein wenig an ihn, berührte mit ihrer Hand sein Gesicht. „Ich bin so froh, dass es dir gut geht."

„Das verdanke ich dir." Er küsste ihre Finger, als sie ihn streichelte. „Ich kann nicht glauben, dass du mir das Leben gerettet hast", flüsterte er.

„Ich bin nur froh, dass es mir gelang."

„Du warst heute in dem Stall erstaunlich tapfer, weißt du das?"

Sie lächelte.

Beim Weiterreiten küsste er sie auf die Wange. „Ich habe das ernst gemeint, was ich im Käfig sagte, Lily", flüsterte er. „Ich liebe dich."

Sie legte den Kopf an seine Wange und schmiegte sich an ihn. „Ich liebe dich auch. Und ich weiß, dass du das ernst gemeint hast. Du sagst immer, was du denkst, nicht wahr?"

„Ich fürchte, ja."

„Das ist eine deiner liebenswertesten Eigenschaften."

„Dann macht es dir vermutlich auch nichts aus, wenn ich dich frage, warum du nach Schinken riechst?"

Sie runzelte die Stirn. „Wehe, du beklagst dich darüber, du Schuft. Das ist der Preis, den ich zahlen musste, um deinen Hals zu retten."

„Oh, es macht mir nichts aus. Es ist nur ein weiterer Grund für mich, dich vernaschen zu wollen."

„Du bist so ein böser Mann."

„Hattest du nicht eben von meinen liebenswertesten Eigenschaften gesprochen? Das wäre beispielsweise eine." Mit einem leisen Lachen trieb er das Pferd weiter an. „Komm schon, Mädchen. Jetzt nicht nachlassen."

„Lauf weiter, Mary. Wir brauchen dich."

„Sie kann diese Geschwindigkeit nicht mehr lange durchhalten. Zudem müssen wir jetzt die Straße verlassen", sagte Derek. Seine Miene verdüsterte sich. „Sie kommen."

„Kannst du sie sehen?", fragte Lily ängstlich und versuchte, einen Blick nach hinten zu werfen.

„Nein, aber Mary kann sie hören", erwiderte Derek und deutete mit einer Kopfbewegung auf die Ohren des Tieres. Lily wunderte sich über seine Fähigkeit, die kleinsten Veränderungen der Stute deuten zu können, aber schließlich musste er sich darauf verlassen können, dass sein Pferd ihm bei der Kavallerie das Leben rettete. „Halt dich fest."

Derek zog ein wenig an den Zügeln und ließ das schnaubende Pferd in einen langsamen Trab fallen. Danach lenkte er das Tier von der Straße.

Lily wusste nicht, auf welchem Anwesen sie sich befanden, doch Derek führte Mary Nonesuch noch ein Stück weiter durch das hügelige Land, über mondbeschienene Wiesen, auf denen hin und wieder dunkle Schonungen zu sehen waren.

Derek jagte das Pferd über die nächste Anhöhe, dann, ein paar Hundert Yards von der Straße entfernt, suchten sie Deckung unter ein paar Bäumen. Derek glitt aus dem Sattel und winkte Lily, sich tiefer über die Stute zu beugen. Er ging nach vorn, um dafür zu sorgen, dass das Pferd ruhig und leise blieb.

Mit angehaltenem Atem beobachtete Lily die Straße. Sie war angespannt, aber Dereks Nähe gab ihr ein Gefühl von Sicherheit. Er legte voller Zuversicht eine Hand auf ihre, als Edwards Männer auf dem Teil der Straße in Sicht kamen, den sie gerade verlassen hatten.

Sie waren zu viert und kamen gerade um eine Biegung. Aber während Derek und Lily schweigend in dem kleinen Hain warteten, hielten die Verfolger nicht an.

Stattdessen hetzten sie weiter in Richtung Stadt und wirbelten dabei eine Menge Staub auf.

Lily wagte erst wieder zu atmen, als Edwards Gefolgsmänner außer Sichtweite waren. Das war knapp gewesen.

Derek verharrte noch einen Moment, um sicher zu sein, dass sie nicht zurückkehrten. Schließlich lächelte er Lily an. „Ich glaube, wir haben es geschafft." Er ließ die Zügel los und hob sie aus dem Sattel. „Und ich glaube, wir könnten alle drei eine kleine Pause gebrauchen, ehe wir weiterziehen."

Als Lily zustimmend nickte, hörten sie wütendes Quaken aus

dem Gehölz auf der anderen Seite des Feldes. Beide drehten sich dorthin um, dann sahen sie einander verwirrt an.

„Das klang wie eine Ente", sagte Lily.

„Enten bedeuten Wasser", erwiderte Derek. „Komm mit."

Lily ging neben ihm her, als sie aus dem Schutz der Bäume und auf das vom Mondlicht erhellte Feld traten. Derek warf einen Blick zurück auf die Straße, aber es war niemand zu sehen. Lily war froh, mehr Abstand zu erlangen. Je weiter sie von Edwards Männern weg war, desto besser.

Derek hat recht, dachte sie. Sie konnten beide eine Rast gebrauchen, um sich nach dem schrecklichen Feuer etwas auszuruhen und zu sammeln, ehe sie überlegten, was sie als Nächstes tun sollten. Vielleicht fanden sie auch etwas Trinkwasser zum Trinken.

Mit der tapferen Mary Nonesuch bestiegen sie eine leichte Anhöhe, und als sie diese auf der anderen Seite wieder hinabgingen, konnten sie die Straße überhaupt nicht mehr erkennen. Sie lag jetzt ungefähr eine Viertelmeile hinter ihnen.

Es dauerte nicht lange, dann erreichten sie einen Wald. Lily nahm Dereks Hand und ließ sich von ihm durch die Dunkelheit geleiten. Über ihnen knarrten in den Bäumen Äste, doch gleich darauf traten sie hinaus auf eine Lichtung.

„Da sind Enten, tatsächlich", murmelte Derek.

Lily und er lächelten einander liebevoll zu, dann blickten sie beide auf den großen, stillen See vor ihnen.

Tatsächlich war dort eine große Schar von Enten versammelt, die versuchten, sich für die Nacht unter den Weiden am Ufer einzurichten.

Sterne spiegelten sich auf der dunklen, gläsernen Oberfläche des Sees. Nach der Qual, die sie in den Flammen und in dem Rauch erlebt hatten, erschien ihnen dieser Anblick geradezu himmlisch.

„Hast du je etwas Schöneres gesehen als das?", fragte Lily und sah zu, wie eine leichte Nachtbrise die Wasseroberfläche sanft bewegte.

„Ja."

Als sie sich zu Derek umdrehte, merkte sie, dass er sie ansah. Sie lächelte ihm zu, wobei sie errötete.

Er lächelte zurück. Der See bot jedoch eine zu große Verlockung, als dass Derek ihr widerstanden hätte, nachdem er beinahe im Feuer umgekommen wäre.

Er ließ ihre Hand los und zog sich das Hemd über den Kopf. „Ich gehe ins Wasser hinein", erklärte er voller Vorfreude.

„Oh!", rief Lily und blinzelte bei dem verwirrenden Anblick seines herrlichen Körpers im silbernen Mondlicht.

„Du kommst mit", erklärte er, dann zwinkerte er ihr zu und ging voran.

„Ich …" Lily wollte ihm zu verstehen geben, dass sich das nicht gehörte. Aber schließlich dachte sie daran, wie sie in der Nacht des Maskenballs gezögert hatte.

Damals hatte sie sein Angebot abgelehnt, mit der Gondel auf den See hinauszufahren und schwimmen zu gehen – nackt, wie er damals so kühn erklärt hatte.

Aber sie war nicht mehr dieselbe Frau, nicht mehr die angespannte, verängstigte, eingesperrte Kreatur.

Ihn zu kennen, hatte sie verändert. Seinetwegen musste sie sich nicht länger verstecken.

Das Schicksal hatte ihr eine neue Chance gegeben, und diesmal wollte sie sie wahrnehmen.

„Nun?", fragte Derek vom Rand des Wassers her, wo er auf einem Bein stand, um sich den Stiefel auszuziehen.

Sie lächelte. „Major, ich gehorche." Damit löste sie das letzte Band, das ihr Haar noch hielt, und schüttelte die Locken, die ihr jetzt um die Schultern fielen. Danach ging sie an ihm vorbei zum Ufer und begann, sich das Kleid auszuziehen.

Er sah ihr nach, mit offenem Mund, dann stieß er hervor: „Oh, damit bin ich einverstanden."

Sie sah ihn über die Schulter hinweg an, als sie sich das Kleid über den Kopf streifte.

Erstaunt ließ er den Blick über ihren Körper gleiten, Lily gefiel das Verlangen, das sie in seinen Augen las. Aber als sie wieder auf den See hinausblickte, wurde ihr klar, wohin all das hier führen würde – und sie erinnerte sich an das Geheimnis, von dem sie geschworen hatte, es niemandem zu verraten.

Sie hielt inne und presste mit beiden Händen ihr zerrissenes Mieder zusammen.

Ihr früherer Plan, Edward wegen ihrer nicht mehr vorhandenen Unschuld anzulügen, war eine Sache – aber Derek war nicht Ed Lundy. Sie sehnte sich danach, mit dem Major eins zu werden. Gerade jetzt fühlte sie sich ihm so nahe, nach allem, was sie gemeinsam erlebt hatten. Und sie vertraute ihm.

Hoffentlich nicht vergebens.

Sie wusste, dass der Moment der Wahrheit gekommen war. Sie wünschte, sie könnte es leugnen. Sicher war es jetzt kein guter Zeitpunkt, ihn mit etwas so Anstrengendem zu belasten, nachdem er um ein Haar bei lebendigem Leib verbrannt worden wäre. Aber sie konnten erst vereint sein, wenn sie ihr entsetzliches Geheimnis gelüftet hatte. Und sie wollte mit ihm vereint sein.

Sie beide verlangten danach, Erfüllung miteinander zu finden.

Das würde sich nicht verhindern lassen. Und sie liebte und respektierte ihn zu sehr, um auch nur zu versuchen, ihn zu hintergehen.

Aber was würde er sagen?

Sie wusste es nicht, aber irgendwie gelang es ihr, all ihren Mut zusammenzunehmen.

Falls er sie deswegen nicht lieben konnte, dann wäre es am besten, das jetzt zu erfahren. Wenn er sie wegen ihres Fehltritts abwies, würde sie ihre Kleider aufsammeln – und das, was von ihrem Herzen noch übrig sein mochte, nachdem er es gebrochen hatte.

Sie spürte, wie Derek sie ansah. „Was ist los, meine Schöne?"

Lange sagte sie nichts und hielt einfach nur die Augen geschlossen. Bitte, lieber Gott, flehte sie, mach, dass er mich nicht hasst. Das hier war weitaus schwerer und beängstigender, als in einen brennenden Stall zu laufen.

„Lily?“ Er war jetzt an sie herangetreten. Er legte behutsam eine Hand auf ihre Schulter und drehte sie zu sich herum. „Liebste, was ist los?“

Sie sah ihn an und war wieder erstaunt über seine ungebändigte männliche Schönheit. Sein langes, zerzaustes Haar wirkte in der Nacht blauschwarz, silbriges Licht umspielte sein markantes Gesicht und seinen wie aus Stein gemeißelten Körper. Seine hellen Augen schimmerten im Mondschein. Fast hilflos berührte sie ihn und ließ die Finger über seine glatte, herrliche Brust gleiten.

Ich begehre dich so sehr.

„Was ist?“, fragte er und sah sie besorgt an.

„Oh, Derek“, stieß sie hervor. „Da ist etwas, das ich dir sagen muss, aber ich – ich weiß nicht, wie ich es anstellen soll.“

Er nahm ihre Hand, die auf seiner Brust ruhte, und hob sie an seine Lippen. „Lily, ich liebe dich. Du kannst mir alles sagen. Was immer es ist, ich bin für dich da.“

Sie sah ihn ein wenig unsicher an, dann senkte sie die Lider. „Na schön.“

Er wartete ab.

Lily straffte die Schultern. „Edward war nicht der Einzige, der einem Betrüger aufgesessen ist. Mir ist das auch passiert, als ich fünfzehn war, und ich habe ihm geglaubt.“ Sie holte tief Luft und sagte ruhig: „Ich bin keine Jungfrau mehr, Derek.“

Er schwieg.

„Deswegen entschied ich mich für einen Mann wie Edward“, fuhr sie mit bebender Stimme fort. „Ich wusste, dass ich einen wie ihn täuschen könnte. Anlügen könnte. Aber nicht dich. Dazu liebe ich dich zu sehr.“ Ohne jede Vorwarnung traten ihr die Tränen in die Augen. „Ich habe so viel Respekt vor dir, Derek. Ich wünschte nur, ich würde auch deinen Respekt verdienen …“

Sie vollendete den Satz nicht, denn er zog sie an sich und umarmte sie. Dann umfasste er ihr Kinn und erklärte entschieden: „Ich habe dich immer respektiert. Aber noch nie so sehr wie jetzt.“

Tränen liefen ihr über die Wangen, als sie die Arme um seine

Taille legte und ihn ganz festhielt. „Ich will dich nicht verlieren."

„Das wirst du nicht."

„Wenn das deine Gefühle für mich verändert, verstehe ich das …"

„Es ändert gar nichts." Er umfasste ihr Gesicht mit beiden Händen und schob ihren Kopf ein wenig zurück, um ihr in die Augen sehen zu können. „Ich würde noch immer für dich sterben."

Sie sah ihm in die Augen und schluchzte auf.

„Psst", flüsterte er und zog sie wieder an sich.

Sie weinte an seiner warmen Brust, während er sie stumm festhielt und ihren Kopf streichelte, um sie zu trösten. Aber sie fühlte, wie er über ihr Bekenntnis nachdachte.

„Wer hat dir wehgetan, Lily?", fragte er endlich. „Nenn mir seinen Namen."

Wachsam sah sie zu ihm auf. „Warum?"

„Damit ich tun kann, was getan werden muss." Der Tonfall, in dem er das sagte, ließ sie erschauern – hinter dem ruhigen Klang seiner Stimme hörte sie die Drohung.

Sie wich zurück. „Deshalb habe ich dir das nicht erzählt."

„Wenn dieser Bastard dich verletzt hat, dann muss er dafür bezahlen."

„Großvater hat das bereits erledigt."

„Ein alter Mann?", rief er zornig.

Lily zuckte zusammen.

„Entschuldige", räumte er ein und hielt mit sichtbarer Mühe seinen Zorn zurück. „Was unternahm dein Großvater?"

„Er sorgte dafür, dass dieser Mann England verließ, und er gab ihm zu verstehen, sollte er jemals zurückkehren, würde er sein Leben verlieren. Er floh auf den Kontinent – wo er jetzt vermutlich junge italienische Mädchen verführt."

„Ich hätte ihn nicht am Leben gelassen. Aber hat denn niemand darauf bestanden, dass er dich heiratet?"

Lily schluckte schwer. „Wie sich zeigte, war er bereits verheiratet. Und hatte zwei Kinder."

Derek fluchte leise.

„Um ihretwillen hat Großvater sein Leben verschont."

„Warum?", stieß er hervor. „Weil er gesehen hat, was es für dich bedeutete, ohne Vater aufzuwachsen?"

Lily sah ihn fragend an.

Sein Blick wurde sanfter, er musste erkannt haben, wie sehr seine Wut sie beunruhigte. Als er fortfuhr zu reden, klangen seine Worte weniger bitter. „Wenn du seinen Namen nicht verraten willst, sag mir wenigstens, was für ein Mensch er war. Welcher Mann, der Frau und Kinder hat, geht hinaus und verführt ein fünfzehnjähriges Mädchen?"

Lily fragte sich plötzlich, warum sie Owen beschützte. Sie spürte, wie die Kraft in ihr wuchs.

„Sein Name war Lord Owen Masters." Sie schaute Derek an. „Er war sechsundzwanzig und der jüngere Bruder eines Marquess. Er besuchte einen der Landadligen in unserem Dorf. Dabei sah er mich zum ersten Mal. Ich saß auf einem Baum und las." Sie zögerte, weiterzusprechen, doch dann erinnerte sie sich wieder deutlich an die Situation.

Wo sie sich zuvor geschämt hatte, empfand sie nun Bedauern. Aber Dereks Nähe tröstete sie.

„Er fand es amüsant, dass ich im Baum ein Buch las, und begann, mit mir zu plaudern." Sie schüttelte den Kopf. „Ich war zuvor noch nie außerhalb meines Dorfes gewesen. Was wusste ich von Londoner Frauenhelden und ihrem Charme?"

„Kein Wunder, dass du ihresgleichen verachtest."

„Er sagte, ich wäre hübsch. Und er kam zu mir auf den Baum."

„Wie eine Schlange", murmelte er.

„Ja. Er fragte mich nach meinem Buch, und dann wollte er alles über mich wissen."

„Ich werde ihn umbringen", erklärte Derek.

„Oh Derek, er war gerissen, aber ich war diejenige, die dumm und naiv war."

„Du warst ein kleines Mädchen. Du machst dir doch keine Vorwürfe?"

„Natürlich, und das muss ich auch."
„Ich höre wohl nicht recht."
Sie sah ihn an. „Ich ließ zu, dass er das tat. Nicht nur einmal, sondern zweimal, ehe meine Mutter es erfuhr."
„Hast du überhaupt verstanden, was er da tat?"
Sie sah ihn nur an. „Nein. Aber wenn es nicht meine Schuld war, warum hat meine Mutter mich dann so angeschrien und damit gedroht, mich hinauszuwerfen?"
„Oh Liebste", flüsterte er und trat näher. „Ich verstehe, warum dein Großvater dir Balfour Manor hinterließ." Er schüttelte den Kopf. „Lily, deine Mutter hat sich falsch verhalten. Du darfst ihr nicht glauben." Nachdenklich kniff er die Augen zusammen. „Männer wie ihn habe ich schon häufig getroffen. Ich bin mit ihnen zur Schule gegangen, und ich habe mit ihnen gedient. Wer immer er war, er hat dich ausgewählt, weil dein Vater nicht da war, um dich zu beschützen."
„Nein." Sie zuckte zusammen und wandte sich ab, als hätte er sie geschlagen. „Bitte sag das nicht, Derek."
„Warum? Es stimmt, und ich glaube, das weißt du."
„Du kannst meinem Vater keine Vorwürfe machen, es war meine Schuld", rief sie.
„Nein." Er sah ihr in die Augen. „Es ist die Schuld dieses Mannes und die deiner Eltern."
Sie schüttelte den Kopf. „Du warst unschuldig", fuhr er sanft fort. „Du warst ein junges Mädchen. Ich weiß, wie beängstigend es sein muss, das zu erkennen. Dass es draußen in der Welt böse Menschen gibt, Menschen ohne Gewissen, die so etwas tun. Und das Opfer von jemandem zu sein, gegen den du machtlos bist, das ist entsetzlich."
Lily weinte leise, und er wischte ihr die Tränen ab.
„Aber jetzt hast du mich", sagte Derek zu ihr mit festerer Stimme. „Und wenn dir jemals wieder jemand wehtun will, dann muss er erst an mir vorbei."
Zitternd sah Lily zu ihm auf. So gern würde sie ihm glauben. „Du würdest die halbe Welt für mich umbringen, was?"

„Wenn sie dich quält, ja."

„Mein Krieger."

„Eigentlich interessiert mich jetzt eine andere Laufbahn." Er umfasste ihre Wange.

„Ja?", fragte sie scheu. „In welchem Bereich?"

„Hier wäre in Ordnung", sagte er und sah sich auf der mondbeschienenen Wiese um, die sie umgab. „Wo immer ich in deiner Nähe bin."

Sie trat ein Stück zurück und sah ihn unsicher an. „Ich dachte, du kehrst nach Indien zurück."

„Pläne geändert."

„Seit wann?"

„Seit eben."

„Meinst du das ernst?"

„Sehe ich aus, als würde ich scherzen?"

Ihr Herz schlug schneller. „Vielleicht solltest du darüber nachdenken. Nimm dir ein oder zwei Tage Zeit …"

„Was gibt es da nachzudenken? Hast du innegehalten und nachgedacht, ehe du in den Stall gelaufen kamst, um mir das Leben zu retten? Oder als du deinen kostbarsten Besitz aufgabst, um mich vor Newgate zu bewahren? Nein, Lily. Meine Entscheidung steht fest. Ich mag kein reicher Mann sein, aber alles, was ich habe, gehört dir. Und wenn ich selbst den Hammer in die Hand nehmen muss, um dein verdammtes Dach zu reparieren, dann werde ich das tun. Ich bin dein …" Er neigte den Kopf. „Wenn du mich willst."

Sie sah ihn erstaunt an. „Willst du damit sagen …"

„Heirate mich. Ich weiß, wir können es schaffen, solange wir zusammen sind."

„Oh Derek!" Sie warf sich ihm in die Arme und zog ihn zu sich hinunter, um ihn vor Freude zu küssen. „Ich liebe dich."

„Ich liebe dich, Lily." Er schlang die Arme um ihre Taille und hob sie ein wenig hoch. „Ich danke dir für dein Vertrauen."

„Danke, dass du es verdienst." Sie küsste ihn noch einmal. „Du schmeckst nach Rauch."

„Du schmeckst nach geräuchertem Schinken."

„Abscheulich."

„Es ist mir egal." Er lachte. „Küss mich einfach."

Sie tat es.

„Weißt du", meinte er dann, „was unsere Hochzeitsreise betrifft, so wollte ich schon immer nach Italien."

„Derek!" Sie musste trotz ihrer Tränen lachen. Dann legte sie den Kopf zurück und sah ihn an. Wie sehr ihr Großvater ihn geliebt hätte!

„Was ist?", fragte er und sah sie unschuldig fragend an.

„Nichts, du unmöglicher Mensch", meinte sie. „Noch mehr Küsse, bitte."

Lächelnd gehorchte er.

„Mmm, Derek", meinte sie nach einer Weile und zupfte an seinem Hosenbund. „Wir sollten etwas gegen all diese Kleidungsstücke tun."

Er nickte und lächelte. „Einverstanden. Zeit, schwimmen zu gehen?"

„Oh ja, ich glaube schon."

Sie küssten einander noch einmal voller Verlangen, dann zogen sie sich rasch aus und sahen einander an wie hungrige Gäste, die darauf warteten, dass der Koch mit der Beschreibung seiner Delikatessen fertig wurde, damit sie anfangen konnten. Lily schob die Ärmel ihres zerrissenen Mieders nach unten. Mit vor Erwartung zitternden Fingern öffnete sie die Knöpfe an der Taille.

Derek war ihr um einiges voraus, denn er hatte sich von Hemd und Stiefel schon befreit. Jetzt zog er sich die eng anliegende Hose aus und warf sie zur Seite. Sie sah aufmerksam zu, wie er sich weiter entkleidete. Er schenkte ihr ein unglaublich verführerisches Lächeln, als er sich abwandte und dann in seiner ganzen nackten Schönheit zum Wasser ging.

Lily sah ihm mit großen Augen nach.

Mit wild klopfendem Herzen beeilte sie sich, ihm zu folgen, kämpfte mit den Schnüren ihres Korsetts.

Vor ihr watete Derek ins Wasser und prüfte, wie tief es war.

Dann tauchte er ins Nass ein. Gleich darauf war sein Kopf wieder sichtbar.

„Wie ist es?“

„Herrlich.“ Er legte den Kopf zurück und strich sich mit beiden Händen das Haar aus dem Gesicht.

Lily bestaunte seine Muskeln.

Er schöpfte mit den Händen Wasser und trank ein paar Schlucke, um seinen Durst zu lindern, dann spritzte er sie nass.

Sie lachte.

„Ich warte“, rief er leise.

„Ich komme.“ Als sie Mieder und Chemisier ablegte, hörte sie, wie er beim Anblick ihres nackten Körpers beinahe schmerzvoll aufseufzte. Das Wort, das er dabei flüsterte, kannte sie nicht, und auch nicht die Sprache, die er verwendet hatte.

Sie sah ihn an. Er stand hüfttief im Wasser, beschienen vom Mondlicht, und ließ den Blick über sie gleiten. Lily trug nur noch ihre Diamantohrringe. Sie schob sich eine Locke hinter das Ohr und ging langsam auf ihn zu. Sie konnte nicht glauben, dass sie draußen in der freien Natur vollkommen nackt dastand.

Skandalös.

Herrlich.

Nie zuvor hatte sie sich so frei gefühlt, nun, da sie nichts zu verbergen hatte. Ihr Körper brannte vor Sinnlichkeit. Sie spürte sogar die leichte Brise, die über ihre Haut strich. Er ging auf sie zu, das silbrige Wasser bildete Ringe um ihn, als er näherkam und ihr höflich die Hand reichte, um sie ins Wasser zu führen. Mit einem breiten Lächeln schritt sie vorsichtig über Schlamm und einige schlüpfrige Steine.

„Endlich“, flüsterte er.

Das Wasser war kalt, aber nachdem sie um ein Haar im Feuer verbrannt wären, fühlte es sich wunderbar an. Lily lachte.

Als Nächstes tauchte sie unter und kam atemlos wieder hoch. Ihr war, als würde sie die Vergangenheit mit all ihrem Schmerz und der Scham abwaschen, um wieder frisch und rein und neu zu werden.

Derek spritzte mit Wasser nach ihr, und Lily hielt sich ihrerseits nicht zurück, um es ihm gleichzutun. „Entschuldige bitte, ich habe dir das Leben gerettet, und das ist der Dank?"

Er lachte. „Komm, ich nehme dich mit." Sie legte die Arme um seinen Hals, wie er es ihr gezeigt hatte, und dann schwamm er los. Lily ließ sich auf seinem Rücken mitziehen.

„Mein Seepferdchen", flüsterte sie.

„Und jetzt abwärts."

Sie hielt den Atem an, klammerte sich fest, und mit kräftigen Bewegungen durchstießen sie die stille Welt des Wassers. Als sie wieder hochkamen, um Luft zu holen, ließ sie ihn los. Das Wasser reichte ihm bis zur Brust. „Ich will dich wieder halten", flüsterte er ihr zu.

Dieser Einladung folgte sie nur zu gern. Lächelnd schwamm sie zu ihm hinüber. Er zog sie in seine Arme, und ihr Haar umfloss sie beide wie heller Seetang.

Zärtlich sah er sie an. „Meine Wasserlilie." Tropfen glitzerten auf seinem Körper, als er sich bückte, um sie zu küssen.

Das Wasser war kühl, aber sein Kuss war heiß. Während sie seine Lippen genoss, strich sie mit den Händen über seine feste Brust und die Oberarme. Er seufzte leise vor Lust unter ihrer Berührung. Einen Arm hatte er um ihre Hüften geschlungen, um ihren Leib an sich zu pressen. Es fühlte sich betörend, aufregend und lebendig an.

Derek hielt inne, um sie anzusehen. Sein nasses Haar war dunkler als die Nacht, und er hatte es aus der Stirn gestrichen. Voller Verlangen sah er ihr in die Augen. Seine Lippen waren geschwollen von ihren Küssen, und sein Kinn glänzte von Feuchtigkeit. Als sie ihm in die Augen sah, lächelte er.

Er beugte sich wieder vor und begann ihr Gesicht zu küssen, ihre Stirn, ihre Lider. Er knabberte an ihrer Wange, ihrem Kinn, zog sanft an ihrer Unterlippe, öffnete ihr so den Mund, um ihre Zunge zu fühlen. Lily atmete schwer, die Finger in seinen breiten Schultern vergraben.

Derek bedeckte ihren Hals mit Küssen. Ihre Brustspitzen waren hart, und als sie sich zurücklehnte, strich er mit seiner Zunge darüber. Er leckte das Wasser von ihrer Haut und ließ die Lippen über ihren Körper gleiten. „Du solltest immer nackt sein", flüsterte er. „Wie Lady Godiva."

„Nur wenn du auch nackt bist."

„Mit Vergnügen." Dann verschwand sein Lächeln, als er sich ganz ihren Liebkosungen hingab.

Lily ließ die Hände über seinen schlanken, von der Sonne gebräunten Leib gleiten, die sehnigen Arme, den muskulösen Bauch. Er sah ihr in die Augen, voller Leidenschaft. Das Licht der Sterne spiegelte sich silbrig auf seinem Körper. Er sah sie noch immer an, als sie eine Hand ins Wasser tauchte und sein Glied umfasste, es zu streicheln begann.

Sie fühlte, wie es in ihrer Hand pochte. Sie küsste dabei seinen Mund, so leidenschaftlich sie es nur vermochte, sog sogar an seiner Zunge, wie verzaubert von seiner männlichen Schönheit. Was sie in ihrer Hand spürte, hart und fest, verriet ihr, wie sehr er ihre Berührungen genoss. Seine Erregung gefiel ihr, daher machte sie weiter, bis er aufstöhnte, sie festhielt und näher an sich heranzog.

„Ich will dich ganz."

Sie rieb ihre Wange an seinem Gesicht. „Liebe mich."

Er umfasste ihr Gesicht mit beiden Händen und küsste sie wieder und wieder. Langsam ging er zum Ufer des Sees. Dort legte er sie auf ein samtweiches Bett aus Gras.

Er beugte sich über sie, stützte sich auf seine Hände. Sie schob seinen Schaft zwischen ihre Schenkel und seufzte tief, als er in sie eindrang, sie ganz und gar erfüllte. Atemlos presste Lily die Hände an seine Brust.

Sie umfasste seinen Nacken, spürte sein Begehren zwischen ihren Schenkeln. Seine Zunge liebkoste sie, voller Verlangen. Seine Hand auf ihrer Brust fühlte sich so warm an. Sie wollte ihn in sich fühlen, immer und immer wieder, diesen schönen Mann, ihre wahre Liebe. Sie schlang die Beine um seine Taille und hob sich ihm entgegen.

„Ah, du bist eine ganz Schlimme, was?“, flüsterte er lächelnd.

„Ich will dir Lust bereiten.“

„Oh, das tust du, Lily, das tust du. Ich wusste, dass du leidenschaftlich bist, aber ich wusste nicht, wie sehr.“ Als er sie noch einmal küsste, ließ sie die Hände über seinen Rücken gleiten, umfasste seine Hüften und zog ihn an sich im selben Rhythmus, wie er sich bewegte. „Du willst es fester, Geliebte?“

„Ja“, flüsterte sie.

„Das lässt sich machen.“ Sie ahnte, dass er sich zurückgehalten hatte, höflich wie er war, um ihr nicht wehzutun. Aber sie war verrückt nach ihm. Er spürte ihr wildes Verlangen und nahm sie nun mit aller Kraft.

Es war das Paradies.

Er presste seinen Daumen zwischen ihren Schenkel, während er sich bewegte, und sie schrie leise vor Lust. Sie lieferte sich ihm ganz aus. Mit seinen sehnigen Händen umfasste er ihre Hüften, um tiefer in sie eindringen zu können, und er zitterte vor Erregung. Ihre Brüste bewegten sich im Rhythmus seiner Stöße.

Sie vermochte an nichts anderes mehr zu denken als an seinen heißen Atem auf ihrer Haut.

Lily widersprach nicht, wenn er die Stellung änderte. Sie war begierig darauf, alles zu tun, was ihr Lust bereitete. Als er sie von hinten nahm, hatte sie das Gefühl, sich nie wieder als echte Dame bezeichnen zu dürfen.

Doch zum Glück war ihr das egal. Sie waren so versessen aufeinander wie zwei wilde Tiere. Sie waren nackt und selbstvergessen, vollkommen vertieft in ihr Zusammensein.

Sie streichelte Dereks Wange, während er noch immer von hinten zustieß. Er küsste sie auf die Schulter und zog sie auf die Knie hoch, ohne sich von ihr zu lösen. Sie spreizte die Beine weiter, saß beinahe auf seinem Schoß, lehnte sich an ihn. Er schlang die Arme um ihre Taille, berührte ihren Körper überall, und sie atmete ebenso schwer wie er.

Er war jetzt so tief in ihr, dass sie glaubte, schreien zu müssen, wenn er sich nur ein bisschen bewegte. „So etwas habe ich noch nie erlebt“, flüsterte er ihr ins Ohr.

„Was meinst du?“

„Ich weiß nicht. Ich könnte die Beherrschung verlieren. Ich liebe dich.“

„Derek.“ Sie schlang die Finger in sein langes Haar. „Du bist ein Engel.“

„Ich möchte in dir sein, wenn ich komme.“

„Ja“, stieß sie mit rauer Stimme hervor.

„So wie du dich bewegst, könnte ich jederzeit explodieren.“

Sie lächelte in der Gewissheit, ihm zu gefallen.

„Dreh dich um“, flüsterte er. „Ich möchte dich küssen, wenn du kommst.“

Langsam drehte sie sich zu ihm um, saß jetzt auf seinen Lenden.

Behutsam nahm sie ihn wieder in sich auf. „Hm“, murmelte sie bewundernd, „Derek, du bist sehr gut ausgestattet.“

Er küsste sie leicht belustigt, und mit jeder Berührung ihrer Zungen wuchs seine Erregung. Sein Verlangen war stark, und sie brannte darauf, es zu stillen.

Die Stellung, die er für ihren Höhepunkt gewählt hatte, war wunderbar intim. Beide saßen aufrecht, sahen einander an, sie auf seinem Schoß, während er die Arme um sie gelegt hatte.

Die Welt außerhalb des Sees, die Welt der Sterne und des Grases um sie herum hatte aufgehört zu existieren. Es gab nur noch sie beide. Gemeinsam hatten sie Tod und Verdammnis überwunden, und jetzt mussten sie ihren Instinkten folgen, um ihr Überleben und ihre Verbindung zu festigen – zusammen mit dem Umstand, dass sie einander überhaupt gefunden hatten.

„Ich liebe dich“, flüsterte sie.

„Ich liebe dich auch. Ich kann nicht glauben, dass du mir das Leben gerettet hast. Wie kann jemand, der so süß und zerbrechlich wirkt, so tapfer sein?“ Er küsste ihre Hand. „Leg dich für mich hin, Liebste. Lass mich eins werden mit dir.“

Seine Worte allein genügten beinahe schon, um sie zum Höhepunkt zu bringen. Aber sie sehnte sich nach seiner Liebe –

und nach der Erlösung von diesem wunderbaren Wahnsinn. Er wollte geben, sie verlangte danach zu nehmen, was nur er ihr geben konnte.

Er legte sie in dieselbe Stellung, mit der sie begonnen hatten, und er liebte sie mit jeder Bewegung seines herrlichen Körpers in ihr. Zärtlich und leidenschaftlich, jeden ihrer Wünsche erfüllend, war er der wunderbarste Liebhaber, den sie sich nur vorstellen konnte. Vor Wochen hatte sie ihm einen Kuss gegeben, einem kühnen, gut aussehenden Fremden in einem Gartenpavillon. Jetzt schenkte sie sich ihm ganz und gar, Körper und Seele, Herz und Verstand. Nie hatte sie geglaubt, jemals wieder vertrauen zu können – aber dann war Derek Knight in ihr Leben getreten.

„Gib dich mir hin, Lily. Komm!“ Sein sanftes Drängen und sein samtweicher Blick genügten, um sie zur Aufgabe zu bringen.

„Derek!“

„So ist es gut, Liebste. Ich bin da für dich. Lass es geschehen.“

Sie gehorchte. Sie schloss die Augen und gab dem glühenden Feuer nach, das in ihr brannte. Ganz von Verlangen erfüllt, brachte Derek sie mit seinen rhythmischen Bewegungen bis an die Grenze, und dann wurde sie von der Ekstase erfasst. Liebevoll und leidenschaftlich sah er ihr zu, schenkte ihr seine eigene Lust. Wie aus weiter Ferne hörte sie ihn stöhnen und seufzen.

Als er sich gegen ihre Hüften presste, beobachtete sie ihn, wie er den Kopf zurückwarf, das Gesicht angespannt. Sie spürte, wie sein Samen sich in sie ergoss. „Oh ja!“

Langsam ließen die lustvollen Erschütterungen nach, und die glühenden Blitze der Leidenschaft verglühten, bis nur noch glimmende Funken übrig waren.

Ihr ganzer Körper war davon erfüllt.

Derek atmete schwer, als er den Kopf auf ihre bebende Brust legte. Erschöpft und voller Hingabe legte Lily die Arme um ihn und sah hinauf zu den Sternen.

Sie lachte vor Freude und Staunen laut auf. Er lachte mit, verstand sie zu gut, ganz ohne jede Erklärung.

Welch Glück wir haben, dachte sie, als sie seine Stirn küsste. Derek Knight gehörte ihr, und er hatte sie gerade in dieser Sommernacht geliebt.

Kein Vermögen, kein Gold. Nicht einmal Kleidung hatten sie, die sie behindern konnte. Keine weltlichen Besitztümer weit und breit, aber sie waren mit dem Leben davongekommen. Sie hatten einander, und mehr brauchten sie nicht.

In diesem einen Augenblick hatten sie alles, was wichtig war.

„Was meinst du damit, du hast sie aus den Augen verloren?“, fragte Ed Lundy und sah Bates böse an.

Sein Kutscher begann nun, Entschuldigungen zu stammeln, aber Lundy hörte ihm kaum zu, sondern schüttelte ungläubig den Kopf. Verstand denn keiner dieser Narren, dass seine Welt zusammenbrach?

Seine Stallungen waren nur noch ein Haufen Asche, seine Pferde waren ausgebrochen, seine Gefangenen verschwunden. Er spürte, wie das Verhängnis mit kalter Hand nach ihm griff und ihm ins Ohr flüsterte, dass er erledigt sei.

Die Angst umfing ihn in dieser Nacht. Vielleicht kam seine Mutter nicht rechtzeitig mit dem Gewinn aus den Landverkäufen zurück, und wenn er das Geld nicht zurückzahlen konnte, das er sich aus der Schatztruhe des Ausschusses geborgt hatte, dann würde man ihn hängen.

Verdammt, er würde sowieso gehängt werden. Selbst wenn seine Mutter es irgendwie schaffte, innerhalb kürzester Zeit zurückzukommen, dann hatte er noch ein paar andere Probleme am Hals. Die Liste seiner Verbrechen hatte sich in der Zwischenzeit verlängert. Er hatte zwei Menschen entführt, von denen einer eine halbe Armee aus Familienmitgliedern besaß. Wenn die Gesetzeshüter ihn nicht zu fassen bekamen, dann würden das diese Furcht einflößenden Gebrüder Knight schaffen. Verdammt, er hätte den Major töten sollen, als er die Gelegenheit dazu hatte. Aber in Wahrheit hatte er das nicht übers Herz gebracht – und bewies das nicht, dass er letztlich gar kein so übler Kerl war?

Nur ein ehrgeiziger, der ein wenig zu hoch hinaus wollte und dem das über den Kopf gewachsen war.

Dennoch war er entsetzt, dass die kleine, zerbrechliche Lily Balfour ihren Helden gerettet hatte. Nun, sollte sie gehen, wenn sie wollte. Tatsächlich fühlte er sich bei Bess wesentlich behaglicher.

Aber selbst wenn er Bess morgen schon heiraten würde, hatten seine bislang im Verborgenen gehaltenen Probleme gerade eben einige Explosionen verursacht, gleichsam wie eine Reihe Feuer speiender Vulkane. Er hatte geglaubt, er könnte alles unter Kontrolle halten, aber jetzt wusste er nicht einmal, welchen Brandherd er zuerst löschen sollte. Alles war kaputt gegangen.

Seine Panik machte es ihm schwer, einen Plan zu fassen, wie er jetzt weiter vorgehen sollte. Ein weiterer großer Schluck Whisky aus der Flasche trug nicht dazu bei, seinen Kopf klar zu halten, aber es war an der Zeit für ihn, zu erkennen, dass er in ernsten Schwierigkeiten steckte und Hilfe brauchte.

Wie sehr er sich wünschte, dass seine Mutter hier war. Sie besaß eine Härte, von der nur wenige Menschen wussten. Gesegnete Frau – in einer Krise war sie unbezahlbar. Wäre sie hier, dann würde sie wissen, was zu tun war. Aber sie war schon unterwegs, um das zu erledigen, was zu seiner Rettung nötig war.

Er erwog, Lord Fallow aufzusuchen, aber er konnte es nicht ertragen, den Zorn und die Enttäuschung seines Mentors über sein Versagen zu sehen. Er hatte Angst, diesem zu gestehen, dass er dessen Erwartungen nicht erfüllt hatte. Trotzdem wusste Lundy, dass er bis zum Hals in Schwierigkeiten steckte und ihm keine andere Wahl blieb, als sich an jemanden zu wenden. Das einzig Vernünftige, das ihm jetzt einfiel, war, Jones zu Lord Sinclair zu schicken.

Es war mitten in der Nacht, aber das spielte keine Rolle. Die Botschaft, die er seinem Bediensteten mit auf dem Weg gab, würde dem alten Mann zeigen, wie kritisch die Lage war.

Himmel, das wird kein Vergnügen werden, dachte er, während er auf und ab ging und seinen nutzlosen Männern Befehle zubrüllte, bis er heiser war.

Er hatte sich den Fragen des Vorsitzenden ebenso wie Knights geschickten Nachforschungen entzogen. Er hatte sich auf Treibsand begeben. Das musste die Nerven eines Mannes strapazieren. Kein Wunder, dass er noch einen Schluck Whisky brauchte. Er hatte alle an der Nase herumgeführt – so lange er konnte. Offensichtlich bestand jetzt seine einzige Hoffnung darin, alles zu gestehen.

Obwohl er mit dem Rücken zur Wand stand, war Ed Lundy noch nicht am Ende. Er war in seinem Leben nicht so weit gekommen, um jetzt aufzugeben. Er wusste sehr gut, dass Lord Sinclair keine andere Wahl hatte, als ihm zu helfen. Der Ruf des Vorsitzenden beruhte auf der Glaubwürdigkeit des gesamten Ausschusses. So war das in London, in dem Gentlemen's Club, in den ihm Lord Fallow hineingeholfen hatte.

Es würde Sinclair nicht gefallen, aber er würde ihm helfen, das Ganze zu vertuschen. Davon war Lundy überzeugt.

Als der Vorsitzende endlich eintraf, spürte er Erleichterung. Der untersetzte alte Earl wunderte sich über das Feuer und die Pferde, die überall herumliefen. Lundy führte ihn, ohne eine Erklärung zu geben, eilig ins Haus, um ihm dort seine Probleme zu offenbaren.

Obwohl er sich innerlich bei dem Gedanken an das beschämende Geständnis, das er machen musste, wand, fühlte sich Lundy besser in dem Wissen, dass jetzt jemand kam, der ihm sagen würde, was zu tun war, wie zum Teufel er mit dieser Situation umgehen sollte. Er schwitzte heftig, als er Lord Sinclair in sein Arbeitszimmer führte, ihm einen Stuhl anbot und ihm die ganze schmutzige Geschichte erzählte.

Wie Philip Kane ihn dazu überredet hatte, in Kanäle zu investieren, die es nicht gab, ihm dabei hohe Gewinne versprochen hatte, die ihm eine neu gegründete Gesellschaft auszahlen würde. Während die Kerzen niederbrannten, berichtete er jede Einzelheit darüber, wie diese Schlange ihn überredet hatte, sich an einem Plan zu beteiligen, von dem er hoffte, dass er seine Einnahmen innerhalb von wenigen Jahren verdreifachen würde. Es hatte alles so überzeugend geklungen, dass Lundy beschlossen hatte zu unterzeichnen, ehe es zu spät war.

„Ich wollte das Geld zurückzahlen, sobald ich dazu in der Lage wäre. Ich wollte es einsetzen, um es zu vermehren, und es dann zurückgeben, ehe jemand etwas davon bemerken konnte", fuhr er fort. Bei den enormen Rechnungen, die er regelmäßig jeden Monat zu begleichen hatte, wollte Lundy sich von keinem der Besitztümer trennen, die ihm geholfen hatten, die Anerkennung der Gesellschaft zu gewinnen – das weitläufige Herrenhaus, die großzügigen Stallungen, die Pferde, die besseres Essen bekamen als er es als Kind gehabt hatte, nicht einmal seine teure Porzellanpuppe und zukünftige Gemahlin, Lady Lily.

Aber es dauerte nicht lange, bis er erkannt hatte, dass sein Stolz ihn überwältigt hatte, dass seine Gier ihn zu ruinieren drohte.

Wie es sich herausstellte, gab es keine Kanäle.

Und auch keine Gesellschaft.

Und nachdem er ihm eine königliche Summe abgeschwindelt hatte, war Philip Kane auf den Kontinent verschwunden, um ein gutes Leben zu führen.

Lundy hatte sofort einen Detektiv engagiert, um Kane aufzuspüren, aber als der frühere Bow-Street-Mann ihn fand, war der Schurke schon tot. Lundy wollte zu dieser Zeit nichts von dem Betrug sagen, aus Angst, man würde ihm noch einen Mord vorwerfen.

„Ich weiß, das ist schrecklich, Sir", gab er zu, während Lord Sinclair, der ihm gegenübersaß, stumm den Kopf schüttelte, die Hände über dem silbernen Knauf seines Spazierstocks gefaltet.

„Oje, oje!"

„Ich wollte niemandem schaden. Sie sagten, es wäre in Ordnung, etwas aus dem Fonds zu borgen, solange wir es zurückgeben, ehe jemand etwas merkt. Ich habe es versucht! Ich versuche es immer noch, und ich werde die Summe ersetzen, die ich genommen habe. Aber Sie sehen doch gewiss ein, dass das nicht meine Schuld ist. Es ist nur so, dass der Zeitpunkt schlecht gewählt war. Woher hätte ich wissen sollen, dass es einen nächsten Krieg geben würde?"

„Na, na, beruhigen Sie sich."

Lundy hob die Whiskyflasche, um einen weiteren Schluck zu trinken, aber sie war leer. Mit einem Fluch warf er sie fort.

„Na, na, trinken Sie einen Schluck, mein Junge", sagte Lord Sinclair in väterlichem Tonfall und griff in seine Westentasche. Er zog seinen silbernen Flachmann heraus und bot ihn Lundy an. „Das wird Ihnen helfen, die Nerven zu beruhigen."

Lundy war erstaunt und angerührt von der Geste. Er senkte den Kopf. „Danke, Mylord", murmelte er und nahm die Reiseflasche des Vorsitzenden an. „Sie sind sehr liebenswürdig."

„Ganz und gar nicht. Nun, wir müssen einen Weg finden, das zu richten. Es lag ein seltsamer Ausdruck in Sinclairs Augen, als er zusah, wie Lundy den Whisky schluckte. „Sie müssen sich nicht den Kopf zerbrechen. Sie sind jung. Woher sollten Sie das wissen? Sie haben einiges an Unheil angerichtet, aber jetzt, da Sie wenigstens die Wahrheit gesagt haben, wird sich bald alles klären."

„Glauben Sie wirklich, Sir? Können wir das in Ordnung bringen?"

„Oh ja, lieber Junge. Da bin ich ganz sicher. Sie entspannen sich. Ich weiß, wie ich all Ihre Probleme lösen kann."

Erleichtert von seinem Geständnis und angerührt von den beruhigenden Worten des alten Burschen, spitzte Lundy die Lippen und nickte sehr ernst. „Danke, Mylord. Danke." Er versuchte ein etwas albernes Lächeln und fügte hinzu: „Guter Whisky."

Lord Sinclair lächelte nur. „Trinken Sie aus."

18. KAPITEL

Was machen wir jetzt?“, fragte Lily, als sie sich wieder anzogen.

Derek drehte sich lächelnd zu ihr um, während er seine Hose zuknöpfte, noch immer in Gedanken versunken.

Er hatte den Blick über den Himmel schweifen lassen, den See und die kühle, vom Wind bewegte Wiese und sich einen Moment Zeit genommen, um sich all das einzuprägen. Den Augenblick zu genießen, das war eine Angewohnheit von ihm, die aus dem Wissen entstanden war, dass jeder Tag der letzte sein konnte. Diese Nacht fügte er seinen Erinnerungen als seinen größten Sieg hinzu, die Nacht, in der er seine größte Belohnung bekommen hatte.

Er sah sie an. Ihre Haut schien zu strahlen, nachdem sie sich geliebt hatten, ihr Haar war feucht und zerzaust und unterschied sich kaum vom silbrigen Mondlicht.

Er hatte keine Zitadelle gestürmt, keinen Gegner niedergerungen, keine Armee mit seiner Streitmacht besiegt – doch nichts davon konnte mit dem stillen Triumphgefühl konkurrieren, das ihm diese Liebe schenkte.

In der Vergangenheit hatte er alle Frauen, die begonnen hatten, ihm zu nahe zu kommen, oder die entschlossen schienen, seine Abwehr zu überwinden, schnell vertrieben. Er musste sie nur fragen, ob sie bereit waren, ihm zu folgen, wohin auch immer die Trommel ihn rief. Er hatte sich nach einer Geliebten gesehnt, die ihm ihre Hingabe bewies, indem sie bereit war, dieses Opfer zu bringen.

Aber in dieser Nacht hatte Lily mehr als das getan. Sie hatte seine sehnsüchtigsten Fantasien übertroffen. Dieses Mädchen war bereit gewesen, mit ihm eher in diesem Stall zu sterben, als ihn zurückzulassen. Sie hatte ihm ihr größtes Geheimnis anvertraut – und sich ihm ganz hingegeben. Vielleicht war sein Antrag ein wenig spontan gekommen, aber er war sicher, dass sie die Frau war, die er heiraten wollte.

Noch süßer aber war: Er wusste, dass er verliebt war. Dieser Zustand konnte leicht genauso gefährlich werden wie ein Kavallerieangriff, wenn auch auf ganz andere Weise. Aber er hatte keine Angst. Er fühlte sich stärker als je zuvor in seinem Leben.

Wenn er daran dachte, wie seine Mutter ihn, als er jung war, immer gewarnt hatte, nicht damit zu rechnen, dass ihn jemals jemand liebte, ihn, den jüngeren Sohn, ehe er nicht ein Vermögen und Ruhm in der Schlacht gewonnen hatte – in dieser Nacht hatte Lily Balfour diesen Mythos entzaubert. Ihr Vertrauen war ihm mehr wert als ein Berg indischen Goldes. Ihre Liebe brachte ihm mehr Ruhm, als ein Mann sich wünschen konnte.

All das erinnerte Derek daran, dass seine wichtigste Aufgabe im Leben nun darin bestand, dafür zu sorgen, dass Lily beschützt war.

Diese finstere Angelegenheit mit Lundy war noch nicht vorüber.

Lily würde erst dann sicher sein, wenn Derek das Ganze zu einem Ende gebracht hatte.

„Du starrst mich an."

Ihre Bemerkung schreckte ihn aus seinen Gedanken. „Daran solltest du dich besser gewöhnen."

Sie stemmte eine Hand in die Hüfte und schenkte ihm ihr entzückendes strafendes Lächeln. „Hast du überhaupt gehört, was ich gerade gesagt habe?"

„Natürlich, Geliebte."

Sie zog die Brauen hoch. „Nun?"

„Wenn du es wiederholst, könnte ich mich besser daran erinnern."

Sie verzog das Gesicht. „Oh, ich sagte nur, dass es mehr als unerfreulich ist, wenn ich bedenke, wie Edward völlig außer Kontrolle geriet und versuchte, uns zu töten. Hm?"

„Ach, keine Sorge", erwiderte Derek leichthin. „Du und ich, wir werden es mit ihm aufnehmen können. Er ist derjenige, der besorgt sein sollte." Derek half Lily in ihr eng geschneidertes Reitkleid.

Als sie die Ärmel hochzog, betrachtete er stirnrunzelnd das zerrissene Mieder. Es erinnerte ihn, wie Lundy es beinahe geschafft hätte, sie zu verletzen.

„Du siehst finster aus“, meinte sie und umfasste seine Wange. „Es geht mir gut, mein Lieber. Wirklich.“

„Vielleicht. Aber ich habe nicht die Absicht, halb London die schneeweißen Brüste meiner Geliebten zu zeigen“, meinte er. Er löste das schwarze Band, mit dem er sein Haar zurückgebunden hatte, und benutzte es, um die beiden Teile ihres zerrissenen Mieders zusammenzubinden.

Mit einem verträumten Lächeln strich sie über seine Brust. „Du kannst alles in Ordnung bringen.“

„Stets zu Diensten, Madam.“

„Wirklich?“

Er verneigte sich verschmitzt und ging weiter, um nach Mary Nonesuch zu sehen, die nicht weit entfernt zufrieden graste.

Lily folgte ihm, noch immer damit beschäftigt, ihr Kleid zuzuknöpfen. „Also, was tun wir jetzt? Mrs Clearwell muss halb verrückt sein vor Angst.“

„Nun, ich fürchte, wir können jetzt keinen Kontakt zu ihr aufnehmen. Vermutlich hat Lundy vor unseren Häusern Männer aufgestellt, die darauf warten, dass wir zurückkehren.“

„Oh! Du hast recht. Dann sollten wir das besser nicht tun. Vielleicht sollten wir zu den Behörden gehen und erzählen, was passiert ist?“

Derek schüttelte den Kopf. „Nein, Lundy steht mit dem Rücken zur Wand. Ich denke, wir sollten damit vorsichtig sein, ihn noch weiter zu bedrängen. Wenn wir zu den Konstablern gehen, werden sie einen großen Aufruhr veranstalten und ihn holen. Aber in Anbetracht seiner Schlägertruppe könnte das Ganze schnell sehr blutrünstig werden. Und wenn Lundy getötet wird, wird es mir nie gelingen, den Rest des Armeegeldes ausfindig zu machen. Außerdem darf er nicht sterben, ehe ich ihn für das habe bezahlen lassen, was er dir angetan hat.“

„Lass dich nur nicht selbst umbringen“, warnte sie ihn. „Ich kann nicht ohne dich sein, weißt du."

„Wie schön." Er beugte sich vor und raubte ihr einen Kuss.

Lily seufzte und schwankte ein wenig vor benommener Zufriedenheit. Doch Derek stützte sie und lächelte dann belustigt, als er sah, wie sie sich schüttelte, um wieder einen klaren Kopf zu bekommen.

„Vielleicht können wir Lord Fallow dazu bewegen, herzukommen und Edward zur Vernunft zu bringen", überlegte sie. „Ihn beruhigen. Abgesehen von seiner Mutter ist der Earl der Einzige, den Edward wirklich respektiert."

„Das", erwiderte Derek, „ist in der Tat eine gute Idee. Offensichtlich wird Lundy nicht mit uns sprechen. Aber Lord Fallow könnte es schaffen, den Kerl dazu zu bringen, alles zu erzählen."

„Aber was ist, wenn Lord Fallow uns nicht glaubt? Hätten wir doch nur Beweise! Ich wünschte, es wäre mir gelungen, diese Papiere über den Kanalbau zu stehlen. Beinahe hätte ich sie gehabt."

„Kannst du dich bei ihnen an irgendetwas Besonderes erinnern?"

Während er das Pferd für die Fortsetzung ihrer Reise vorbereitete, berichtete sie, was sie wusste. „Der Name der angeblichen Firma lautete Warwickshire Canals & Company. Die Gesamtsumme, die Edward verlor, betrug rund dreihunderttausend Pfund. Die Zahlungen wurden vor etwas mehr als einem Jahr ohne Angabe von Gründen eingestellt. Oh – und die ganze Korrespondenz wurde geführt von dem angeblichen Präsidenten der Gesellschaft, Mr Philip Kane."

„Philip Kane?", fragte Derek und drehte sich erstaunt zu ihr um.

„Du kennst den Namen?"

Er runzelte die Stirn. „Unglücklicherweise, ja." Er hielt inne. „Charles hat eine Zahlung an Philip Kane entdeckt, als er Lord Sinclairs Bankbücher überprüfte."

Lily legte den Kopf verwundert schief. „Warum sollte Lord Sinclair Philip Kane auszahlen wollen?"

Derek schwieg einen Moment lang. „Ich weiß es nicht, aber

du hast recht“, erwiderte er finster. „Wir brauchen Lord Fallow, um mit Lundy zu reden, und wir brauchen ihn schnell. Er könnte unsere einzige Hoffnung darstellen, dem Schurken Antworten zu entlocken. Fertig?“

Sie nickte. Er setzte sie auf den Rücken des Pferdes, schwang sich hinter ihr in den Sattel und nahm die Zügel in die Hand. „Auf geht’s.“

„Wer seid ihr zwei jungen Leute, und warum zum Teufel belästigt ihr mich um diese Zeit?“, fragte Lord Fallow, der gerade aus dem Bett gekommen war und noch seine Nachtmütze und seinen Hausmantel trug. „Mitten in der Nacht! Sie sollten eine sehr gute Begründung dafür haben – und Sie auch!“, sagte er warnend zu seinem Butler, der ihn entschuldigend ansah.

„Es tut uns sehr leid, Sie stören zu müssen, Sir“, sagte Derek. Er erinnerte den Earl daran, wer sie beide waren, und an die frühere Einladung zu seinem Gartenkonzert. Dann kam er direkt zur Sache. „Ich fürchte, es ist so etwas wie ein Notfall, Sir. Es betrifft Ihren Protegé Mr Lundy.“

„Edward?“

„Mylord, etwas stimmt ganz und gar nicht mit Edward“, mischte Lily sich ein. „Er hat mich auf unaussprechliche Art und Weise angegriffen und äußerst gewalttätig Major Knight entführt. Wie konnten entkommen, aber jetzt versucht er, uns zu töten.“

„Bestimmt würde Edward doch nicht …“, begann Lord Fallow, dann überlegte er es sich anders. „Aber warum? Was haben Sie ihm getan?“

„Wir entdeckten ernsthaftes Fehlverhalten seinerseits in Bezug auf den Armeefonds, der dem Ausschuss anvertraut wurde“, stieß Derek hervor. „Um uns zum Schweigen zu bringen, nahm er Miss Balfour als Gefangene. Ich sollte in den Laderaum des ersten Schiffes geworfen werden, das nach Indien auslief, wo ich ihm keine Schwierigkeiten bereiten konnte.“

„Oje!“ Das faltige Gesicht des Earls war bleich geworden.

„Wir konnten fliehen, aber Edwards Männer sind noch immer hinter uns her“, setzte Lily den Bericht fort. „Deswegen haben wir uns an Sie gewandt. Wir wissen, wie sehr Edward Sie liebt. Wir hofften, Sie könnten vielleicht vernünftig mit ihm reden. Da Mrs Lundy in Westindien ist, sind Sie vielleicht der Einzige, der ihn beruhigen kann.“

„Sie hat recht“, stimmte Derek zu. „Die Situation muss nicht weiter eskalieren. Werden Sie mit uns kommen?“

„Ja, ja, lassen Sie mich nur etwas anziehen. Fühlen Sie sich wie zu Hause. Ich werde gleich wieder da sein. Fenley, bringen Sie den beiden Herrschaften etwas zu essen.“

„Jawohl, Sir“, erwiderte der Butler.

„Und wecken Sie jeden männlichen Dienstboten, der eine Waffe tragen kann“, fügte der Earl hinzu.

„Sir, ich empfehle, nicht mehr als drei oder vier Männer mitzunehmen“, unterbrach ihn Derek. „Wir werden zahlenmäßig unterlegen sein, aber mehr Leute würden ihn aufregen.“

Der Earl nickte und wollte sich in seine Gemächer begeben. Doch Derek hatte zuvor noch eine Frage.

„Lord Fallow?“

„Ja, Major?“

„Lundy sagte mir, dass Lord Sinclair ihn einmal unter vier Augen sprechen wollte und ihm erklärte, dass die Ausschussmitglieder ein gewisses Privileg genießen, was das Geld betrifft, das unter ihrer Kontrolle steht. Dass sie die Möglichkeit haben, diskret etwas aus dem Fonds zu borgen, als wäre es ihre persönliche Bank, solange es niemand herausfindet und sie das Geld nach kurzer Zeit wieder zurückgeben.“

„Was?“

„Stimmt das nicht?“

„Absolut nicht! Das ist in unserer Satzung ausdrücklich verboten!“

„Sind Sie sicher?“

„Natürlich bin ich das. Ich habe sie aufgesetzt.“

„Aber vielleicht inoffiziell?“

„Niemals. Jedenfalls nicht, solange ich Vorsitzender war", sagte er vorsichtiger. „Ich bin sicher, Lord Sinclair erkennt, dass eine solche Vorgehensweise absolut unethisch ist."

„Aber warum sollte Sinclair Edward anlügen?", fragte Lily leise. „Würde nicht jede Unstimmigkeit ihm als Vorsitzendem angelastet werden?"

„Nicht, wenn er einen passenden Sündenbock zur Hand hat", murmelte Derek finster, als er zu begreifen begann. „Einen Außenseiter. Jemanden, den von Anfang an niemand anerkannt hat. Jemanden, den sie alle gern dahin zurückschicken würden, woher er kam."

„Edward", murmelte Lily.

„Ich habe ihn direkt in die Falle laufen lassen", meinte Lord Fallow entsetzt.

„Wir müssen uns beeilen", sagte Derek. „Nun, da Sie meine Verdächtigungen bestätigt haben, fürchte ich, dass Lundys Leben in Gefahr ist."

Er wollte keinen von ihnen ängstigen, aber ihm wurde jetzt klar, wer Philip Kane getötet hatte.

Was hätte der Vorsitzende sonst mit dem unberechenbaren Mitverschwörer tun sollen, wenn der kühne junge Spieler ihm nicht mehr nutzen konnte?

Und wenn er einmal getötet hatte, war das zweite Mal schon leichter.

„Wir müssen zu ihm, ehe Sinclair da ist", sagte er vorsichtig. Natürlich war er nicht begierig darauf, den Burschen zu retten, aber wenn sie Lundy dazu bringen konnten, seine Version der Geschichte zu erzählen, dann würde Lord Sinclair wissen, dass er gefangen war, und könnte vielleicht überredet werden zuzugeben, wo er die fehlende Summe versteckt hatte.

Lord Fallow schien schockiert zu sein von Dereks Andeutungen. „Major, ich kenne Lord Sinclair schon mein ganzes Leben lang, seit meiner Schulzeit. Ich gebe zu, dass er nie ein sehr angenehmer Zeitgenosse war, und ich hatte immer das Gefühl, dass er mich aus irgendeinem Grund nicht mochte, obwohl ich ihm nie etwas getan habe. Es erstaunt mich zu hören, dass er mit dieser Korruption zu tun haben könnte. Aber ich kann mir nicht vorstellen, dass er einen Mord begehen würde."

Derek wollte antworten, wollte der optimistischen Sichtweise des Lords entgegenhalten, dass Charles in Sinclairs Büchern eine Zahlung an Philip Kane entdeckt hatte. Aber dann fiel ihm das Gerücht ein, dass Lord Fallow möglicherweise der Vater von Philip Kane war, und er schwieg.

Um mit Lundy umzugehen, würde Fallow einen klaren Kopf brauchen. Gerade jetzt musste er nicht erfahren, dass Sinclair vielleicht seinen illegitimen Sohn ermordet hatte.

Derek begriff sofort, dass Lundy vielleicht nicht das einzige Ziel dieser Operation war.

Falls Sinclair seinen alten Schulkameraden hasste, dann konnte sich hinter seinem Plan ein grausamer und feiger Versuch verbergen, den unschuldigen Lord Fallow zu treffen.

„Es ist besser, alles in Betracht zu ziehen, Sir", war alles, was er erwiderte.

„Nun, ich vermute, damit haben Sie recht."

„Sir", fügte Derek hinzu. „Ich würde gern ein paar Waffen von Ihnen borgen – nur für den Notfall."

Lord Fallow runzelte die Stirn, aber er nickte und bedeutete dem Butler seine Erlaubnis. „Lassen Sie den Major sich bewaffnen."

„Sehr wohl, Sir."

Der Earl nickte und eilte in die oberen Gemächer, um sich anzukleiden.

Der Butler schickte einen Diener in die Küche, um für Derek und Lily einige Speisen zu holen, danach führte er sie in das Waffenzimmer des Hauses, in dem zahllose Degen, Gewehre und Musketen aufbewahrt wurden.

Als er den Waffenschrank des Earls aufschloss und die schimmernden Pistolen sah, lächelte Derek. Edwards Förderer besaß eine außergewöhnliche Sammlung. Was für seinen Neffen Matthew Gunter's war, so konnte er sich für diese Dinge hier begeistern. „Die Munition wird an anderer Stelle aufbewahrt, Major. Ich bringe Sie Ihnen.“

„Seien Sie nicht zu sparsam“, murmelte er.

Der Butler nickte, dann eilte er davon, um sie zu holen und ein paar der männlichen Dienstboten zu wecken, die mit einer Waffe umgehen konnten.

Nachdem er seine Waffen ausgewählt hatte, geleitete Derek Lily zurück in die weitläufige Halle mit ihren griechischen Büsten und dem Fußboden im Schachbrettmuster.

Während sie auf ihr Essen warteten, umarmte er Lily und zog sie an sich. Der Gedanke an den Schmerz, der Lord Fallow noch bevorstand, wenn Philip Kane tatsächlich sein Sohn war, bedrückte ihn. Was für eine Schlange Sinclair war!

Aber Lundy hatte sich ebenfalls als eine solche erwiesen, und als Derek Lily ansah, schüttelte er den Kopf bei dem Gedanken daran, wie auch sie das Opfer eines selbstsüchtigen, hinterlistigen Schwindlers geworden war. Überall in diesem Paradies gab es Schlangen.

Und dann gab es da noch die Blumen.

„Meine süße Lily“, flüsterte er, als sie sich umdrehte und ihm in die Augen sah.

„Geht es dir gut? Du bist so still.“

Er brachte ein schwaches Lächeln zustande. „Hungrig.“

Sie lächelte. „Vielleicht bekommen wir etwas Schinken.“

Er lachte und kniff sie leicht in die Nase für ihren Übermut.

Ein paar Minuten später brachte der Diener etwas Brot und Ale, kalten Braten und Käse. „Ich hoffe, das wird Ihnen genügen, Sir. In Anbetracht der Uhrzeit war es das Beste, was ich auftreiben konnte.“

„Wir nehmen es sofort“, sagten beide wie aus einem Munde, fast verhungert nach dem Schwimmen – und den anderen Anstrengungen.

Sie setzten sich auf die harten Marmorstufen und aßen, und als Lord Fallow zurückkam, war es an der Zeit, aufzubrechen.

Einige bewaffnete Männer hatten sich zu ihnen gesellt, und

draußen warteten zwei der Kutschen des Earls, um sie zu Lundy zu bringen.

Lily wandte sich an Derek. „Bekomme ich auch eine Waffe?", fragte sie mit einem Eifer, der ihm gefiel.

„Liebling, sei nicht albern. Ich lasse dich nicht dorthin zurück."

„Derek!" Verlegen sah sie die anderen an. „Ich meine, Major."

„Nein, Lily, für Lundy bist du ein Ziel."

„Meine lieben jungen Leute", sagte der Earl und schloss seine Manschettenknöpfe. „Edward wird in meiner Gegenwart ganz gewiss niemandem etwas tun."

„Siehst du? Selbst Seine Lordschaft weiß es", protestierte sie. „Wenn Lord Fallow dabei ist, benimmt sich Edward." Sie nahm Dereks Hand und sah ihn flehend an. „Bitte lass mich nicht hier. Ich muss bei dir sein."

Nun, dachte er, bei mir ist sie sicherer aufgehoben, als wenn ich sie hierlasse und Lundys Helfershelfer sie finden. „Na schön", entschied er und spannte den Hahn seines Gewehrs. „Aber du bleibst in meiner Nähe."

Sie lächelte. „Wenn es sein muss."

Als sie Lundys Männern auf der Straße begegneten, die in entgegengesetzter Richtung flohen, wusste Derek, dass auf dem Anwesen irgendetwas passiert sein musste. Maguire und Jones blieben nicht einmal stehen, als sie sie sahen.

Derek und die anderen hatten keineswegs die Absicht, sie zu verfolgen. Aber sie waren nun umso entschlossener, herauszufinden, was los war.

Als sie auf Lundys Anwesen eintrafen, war die Schwärze der Nacht einem hellen Grau gewichen, und im Osten zeigte sich das erste Tageslicht.

Die Tore standen offen, und eine Grabesstille lag über dem Ganzen. Der Ort schien verlassen, abgesehen von den Pferden und dem Hund.

Brutus war noch immer an den Baum gekettet und hatte sich

inzwischen heiser gebellt. Er begann seinen üblichen Lärm, als er sie sah, gab aber bald auf und setzte sich auf seine Hinterbeine. Er beobachtete sie nur noch, als sie alle aus den Kutschen stiegen.

Inzwischen grasten Lundys kostbare Pferde überall im Garten. Das Feuer brannte nicht mehr, aber Rauch stieg noch immer aus der Ruine des Stalls auf, um sich mit dem grauen morgendlichen Nebel zu vermischen.

„Seht!“ Derek zeigte nach vorn. „Die war vorhin noch nicht hier.“

Vor dem Haus stand eine fremde Kutsche.

„Jemand ist gekommen“, murmelte Lily, während Derek sie hinter sich schob. „Glaubst du, es ist Lord Sinclair?“

Plötzlich hörten sie ein Krachen und anschließend einen Schmerzensschrei.

„Edward.“ Lord Fallow wollte vorauseilen, als er die Stimme seines Schützlings erkannte. Er drehte sich zu Derek um. „Sie beide bleiben erst einmal hier. Ich werde gehen und mit ihm sprechen.“

„Rufen Sie mich, wenn er Ärger macht.“

Der Earl nickte, winkte Dreien seiner vier Männer zu, ihm zu folgen, und machte sich auf den Weg. Derek sah zu, wie Lord Fallow laut an die Vordertür klopfte und Lundys Namen rief, ehe er öffnete.

Es überraschte ihn, dass die Tür nicht verschlossen war.

Der Earl und seine drei Diener gingen hinein.

Derek, Lily und der vierte Bedienstete warteten draußen. Derek ließ den Blick über das neugotische Ungetüm gleiten. Die Fenster waren dunkel. Das Haus sah vollkommen verlassen aus. Selbst die Dienstboten schienen geflohen zu sein. Was war hier geschehen? Aber als aus dem Haus ein weiterer donnernder Knall zu hören war, steckte einer der Diener den Kopf aus der Tür.

„Major!“

„Gehen wir! Lily …“ Er wollte ihr sagen, dass sie mit dem verbliebenen Diener draußen bleiben sollte, aber als er zu ihm hinsah, bohrte der Mann sich im Ohr. Derek runzelte die Stirn.

„Halte dich nahe bei mir“, murmelte er und nahm ihre Hand.

Derek und Lily ließen den Diener zurück, damit er die Kutschen bewachte, und eilten ins Haus.

Der Mann, der ihnen zugewinkt hatte, führte sie in das Chaos.

Lord Fallow wartete auf sie in der Nähe von Lundys Arbeitszimmer, jenem Raum, in den Derek am Tag der Gartenparty hatte einbrechen wollen.

„Er hat sich dort eingeschlossen“, murmelte der Earl. „Er antwortet nicht. Ich kann nicht zu ihm.“

„Ist er allein?“

„Ich weiß es nicht, aber vor einer Minute hat er einen Schrei ausgestoßen, bei dem sich mir die Haare sträubten.“

„Haben Sie sonst jemanden gesehen? Sinclair?“

„Nein. Beinahe hätte ich meinen Männern gesagt, sie sollen die Tür aufbrechen. Aber Gott allein mag wissen, was wir dort finden.“

„Ich werde es tun“, erklärte Derek. Er drehte sich zu Lily um und deutete auf die Tür zum Salon, den sie während der Gartenparty aufgesucht hatten – eine wortlose Anweisung, damit sie sich dort versteckte.

Sie nickte und gehorchte.

Als er hörte, wie die Salontür ins Schloss fiel, ging er zum Arbeitszimmer. Von drinnen hörte er einen leisen Schmerzenslaut. Er hob die Waffe.

Mit einer Kopfbewegung bedeutete er Fallow, aus dem Weg zu gehen. Ohne Vorwarnung trat er die Tür auf und zielte mit dem Gewehr direkt auf Lundys Kopf.

Aber dann sah er, dass das nicht nötig war.

Lundy hielt sich die Ohren zu und stieß einen erstickten Schrei aus.

„Meine Güte.“ Als Derek diese beiden Worte hervorbrachte, hasteten die anderen hinter ihm ins Zimmer.

Lundy taumelte an seinem Schreibtisch vorbei und ließ langsam die zitternden Hände sinken. „Leise, leise“, raunte er.

„Edward“, flüsterte Lord Fallow erstaunt und sah sich in dem chaotischen Zimmer um.

Das Büro war durchsucht worden, der Inhalt von Lundys Schreibtisch lag verstreut auf dem Boden herum.

„Er ist vollkommen betrunken“, murmelte einer von Fallows Männern, während Lundy durch den Raum taumelte.

Der Earl schien zu demselben Schluss gekommen zu sein. „Edward, dies ist nicht der richtige Zeitpunkt für Trunkenheit.“

„Fahr zur Hölle!“, stieß Lundy hervor und spie die Worte seinem entsetzen Wohltäter förmlich entgegen.

„Edward“, rief Lord Fallow erstaunt aus.

„Sie hätten mich in der Gosse lassen sollen, dort, wohin ich gehöre. Ich habe Ihnen das Leben gerettet, und das ist der Dank?“

„Er ist nicht betrunken, Mylord“, sagte Derek in stoischer Ruhe. „Er wurde vergiftet.“

„Vergiftet?“, wiederholte Fallow.

„Wo ist Sinclair?“, fragte Derek und ließ langsam die Waffe sinken.

„Tot!“ Lundy deutete auf den Kamin, wo Derek jetzt die zusammengekrümmte Gestalt sah, die am Fuße des Kamins lag, halb bedeckt von losen Blättern. „Ja, ich habe es getan. Sie müssen sich nicht die Mühe machen, mich deswegen einzusperren. Ich werde ihm bald genug folgen.“

„Was haben Sie mit ihm gemacht?“

„Ich habe ihn quer durch das Zimmer geschleudert. Er ist nicht mehr aufgestanden, er hatte sich den Kopf angeschlagen. Ein zu guter Tod für ihn – diese Schlange.“ Er hatte die Worte kaum ausgesprochen, da stieß Lundy einen Schrei aus, krümmte sich, fiel gegen den Tisch und sank schließlich auf die Knie.

„Edward!“ Lord Fallow lief zu ihm, versuchte zu helfen, aber Edward winkte ab.

„Fassen Sie mich nicht an. Tut weh.“ Lundy rang nach Atem, als der entsetzliche Krampf nachließ.

„Nachtschattengewächse“, flüsterte Derek.

„Kannst du gar nichts tun?“, ließ sich eine leise Stimme von der Tür her vernehmen.

Derek erstarrte. Dann schloss er die Augen, als er begriff, dass Lily aus ihrem Versteck gekommen war. Er wollte nicht, dass sie das Elend ihres früheren Verehrers sah. „Du solltest nicht hier sein."

„Kannst du ihm nicht helfen, Derek?"

„Ich wünschte, ich könnte es."

„Lily?", fragte Edward matt. „Ich kann nichts sehen. Sind Sie hier?"

„Edward."

Derek streckte den Arm aus und hielt sie auf dem Weg zu ihm auf. „Nicht."

„Derek, er stirbt. Niemand hat es verdient, allein zu sterben. Er bedroht mich jetzt nicht mehr. Es ist in Ordnung." Sie schob seine Hand zur Seite und kniete neben Lundy nieder. Sie wünschte, ihn irgendwie trösten zu können. „Oh Edward."

„Ich bedaure, was ich Ihnen angetan habe", stöhnte Lundy. „Sie waren immer zu gut für mich."

„Ich bedaure auch, dass ich hinter Ihrem Vermögen her war."

„Nun, jetzt ist alles fort. Sagen Sie meiner Mutter – Auf Wiedersehen."

Tränen stiegen Lily in die Augen, als ihn ein weiterer heftiger Krampf durchzuckte. Derek zog sie weg von ihm und von dem Anblick, den er bot. Lily presste ihr Gesicht an seine Brust, als Lundy schrie.

Er hielt sie fest, während ihr früherer Verehrer vor ihren Augen starb.

Kurz darauf schien seine gequälte Seele aus ihrer Mitte verschwunden zu sein, denn die leidvolle Atmosphäre schien das Zimmer nicht mehr zu beherrschen.

Schweigend standen sie alle da und starrten auf den Leichnam. Lundys Augen standen offen, das Antlitz war erstarrt in einer schmerzvollen Grimasse.

Derek blickte zu Lord Fallow. In den vergangenen Minuten schien der Earl um zehn Jahre gealtert zu sein. An seinem Gesicht konnte er erkennen, dass Seine Lordschaft begonnen hatte, eins und eins zusammenzuzählen.

Derek gab Lily einen Kuss auf die Stirn und löste sich von ihr. Dann ging er hinüber zu der Gestalt am Kamin.

Er schob ein paar der Akten und verstreuten Papiere von Lord Sinclair weg und bemerkte etwas Blut unter dem kahl werdenden Kopf des Vorsitzenden, ehe er nach dessen Puls tastete. Als er den Hals des Mannes berührte, begann Sinclair sich zu bewegen.

„Er ist am Leben."

„Nicht mehr lange." Lord Fallow kam heran und brachte Sinclair mit ein paar leichten Schlägen zu Bewusstsein. Danach packte er seinen Arm und zog ihn zu einer sitzenden Stellung hoch, sodass er ihm ins Gesicht sehen konnte. „Machen Sie die Augen auf, verdammt! Sie sollen meine Kugel kommen sehen!"

Derek streckte den Arm aus, um ihn aufzuhalten. „Mylord …"

„Gehen Sie zur Seite, Major." Zitternd und mit aschfahlem Gesicht hielt Lord Fallow Sinclair seine Pistole ins Gesicht. „Mörder! Verräter! Sie haben sie beide umgebracht, nicht wahr? Zuerst Philip, dann Edward. Sie haben sie beide getötet! Meinen Sohn und jenen, der wie ein Sohn für mich war. Warum, warum?", klagte er.

In der Stille, die eintrat, während Lord Fallow auf eine Antwort wartete, hörte Derek Lily leise weinen.

Er sah sie an und bat sie mit Blicken, aus dem Zimmer zu gehen. Doch sie blieb.

„Na los, erschieß mich, du arroganter Hundesohn", murmelte Sinclair. „Zeig jedem, dass du nicht der Heilige bist, für den du dich ausgibst."

„Was?"

„Ich habe dich so satt, Fallow. Ich habe es so satt, dass alle vor dir katzbuckeln. Und ich habe es satt, deinen Namen so ehrfürchtig ausgesprochen zu hören. Ah, Lord Fallow, dieser tugendhafte Mann!"

„Wovon reden Sie?", rief Fallow.

„Zur Hölle mit dir, wenn du zu dumm bist, um zu verstehen, wie sehr ich deinen Anblick verabscheue. Bringen wir es hinter uns. Drück den verdammten Abzug."

Lord Fallow wirkte erschrocken und verwirrt. „Was habe ich getan?"

Sinclair sagte nichts.

Hilflos sah Fallow Derek an.

Der zuckte die Achseln. „Eifersucht? Manche Leute brauchen nicht einmal einen Grund, um zu hassen. Es liegt in ihrer Natur. Bitte, Mylord, legen Sie die Waffe weg. Er verdient Ihre Kugel nicht", sagte Derek, bereit, Fallow mit stärkeren Maßnahmen aufzuhalten, wenn das nötig werden sollte. „Zweifellos wäre ihm das lieber als ein Verfahren vor dem Oberhaus und die Schlinge. Geben Sie ihm nicht das, was er will."

„Sie haben recht." Fallow zitterte, aber er verstand, was Derek ihm zu verstehen gab. Langsam senkte er die Pistole. „Ja, Major, ein schneller Tod ist zu gut für seinesgleichen."

„Ah, der gute Fallow, er enttäuscht auch diesmal nicht", stieß Sinclair spöttisch und bitter hervor.

„Nenne mich nicht gut", rief Fallow und packte Sinclair am Kragen. „Ich habe meinen Sohn im Stich gelassen, den, den du getötet hast. Ich habe ihn damit ruiniert. Und sieh, wohin das geführt hat." Grob ließ er ihn los. „Ich habe versagt, habe mich jener Grausamkeit schuldig gemacht, die nur Eltern verüben können. Und jetzt hat Gott mich dafür bezahlen lassen."

„Sir", flüsterte Derek, als Fallow in Tränen ausbrach.

„Philip, Edward …"

Derek winkte Fallows Dienern. Sie traten vor und brachten den alten Herren behutsam aus dem Raum. Derek gab Lily erneut ein Zeichen, doch bitte auch das Zimmer zu verlassen. Doch sie schüttelte nur den Kopf und blieb entschlossen bei ihm.

Ihre Loyalität rührte ihn. Er sah sie zärtlich an, dann befahl er Fallows Männern, die Konstabler zu holen. Schließlich wandte er seine Aufmerksamkeit dem Vorsitzenden zu.

„Sie sind überführt, Sinclair", erklärte er. „Ihre einzige Hoffnung auf Gnade besteht darin, dass Sie uns sagen, wo Sie das Geld versteckt haben, das Sie gestohlen haben."

„Ich soll es gestohlen haben?", erwiderte er spöttisch. Dabei setzte er sich auf und lehnte sich gegen den Kamin.

„Oh ja. Oder muss ich Sie daran erinnern, dass Verrat eines der Verbrechen ist, bei dem Ihrer Familie für immer der Titel aberkannt werden könnte? Ein Lord! Würden Sie es ertragen, dass Ihr erstgeborener Sohn ein einfacher Bürgerlicher wird?"

In Sinclairs Augen regte sich etwas.

„Eine erschreckende Aussicht, nicht wahr?", meinte Derek. „Ich vermute, so weit voraus haben Sie nicht gedacht. Oder vielleicht haben Sie einfach angenommen, dass Ihr Plan niemals aufgedeckt wird."

Er lachte höhnisch. „Welcher Plan?"

„Einen Teil des Armeegeldes selbst zu behalten. Dreihunderttausend Pfund, um genau zu sein."

„Ich habe nichts dergleichen getan."

„Natürlich haben Sie das. Und ich weiß auch, wie Sie es gemacht haben. Lundy und Philip Kane waren nur die Instrumente, deren Sie sich bedienten. Aber jetzt ist alles ans Tageslicht gekommen."

„Ach, wirklich?"

„Soll ich es erklären? Es ist nicht so kompliziert. Sie mit all Ihrem Wissen über Geschäfte haben eine Scheingesellschaft eröffnet und Philip Kane mit seinen schauspielerischen Fähigkeiten engagiert, um als ihr Direktor aufzutreten. Vermutlich glaubte er, er würde einen ordentlichen Anteil von dem Geld erhalten, aber alles, was er bekam, war dies hier." Er deutete auf Edwards Körper, der schon steif war von dem Gift. „Ich bin kein Spieler, aber wäre ich einer, würde ich darauf wetten, dass Sie von Anfang an vorhatten, Philip Kane zu eliminieren, sobald er seine Aufgabe erfüllt hatte."

„Major, Ihre Anschuldigungen sind lächerlich."

„Nein. Denn sehen Sie, Mylord, wir haben die Zahlung, die Sie an Philip Kane geleistet haben, in Ihren Büchern gefunden, und Gott weiß, dass er seine eigenen Gründe hatte, den Protegé seines Vaters zu hassen. Sie müssen beide voll von Hass und Eifersucht gewesen sein.“ Derek hielt inne, ehe er weitersprach. „Damit Edward den Köder schluckte, haben Sie dafür gesorgt, dass ihm die Lüge eingeredet wurde. Sie gaben ihm zu verstehen, es wäre eine übliche Praxis unter den Gentlemen des Ausschusses, Geld von dem Fonds zu borgen, solange das diskret geschah.“

„Sie müssen heute Abend ihre indische Pfeife geraucht haben, Major. Also, wirklich …“

Derek lächelte. „Ich tue so etwas nicht, Mylord. Himmel, was für eine Qual muss es für Sie bedeutet haben, so lange Zeit auf diesem Haufen Gold zu sitzen und es nicht anrühren zu dürfen. Und dann hat Fallow noch die Dreistigkeit besessen, so jemanden wie Lundy in ihren elitären Kreis einzuführen. Unfassbar war das für Sie.“

Sinclair warf ihm einen finsteren Blick zu.

„Ich bin sicher, es war schlimm genug, das ganze Leben in Fallows Schatten zu verbringen. Aber dann beleidigte er Sie, indem er von Ihnen und den anderen Ausschussmitgliedern erwartete, ein so niederes Geschöpf wie Lundy anzuerkennen“, sagte Derek herausfordernd. „Edward Lundy gehörte nicht dazu. Er war keiner von Ihnen, gehörte nicht zu Ihrer Schicht, nicht wahr? Er war kein Gentleman, und Sie wollten auch nicht zulassen, dass er einer wurde, nicht wahr? Diesmal, so dachten sie, war Fallow zu weit gegangen.“

Sinclair weigerte sich zu sprechen, doch sein Blick bestätigte Dereks Vermutung.

Derek war entschlossen, nichts unversucht zu lassen, nur damit sich der Earl verriet. „Aber Sie waren so klug. Sie haben alles so arrangiert, dass – sollte jemand den Diebstahl herausfinden – Sie alles Fallows Zögling anhängen und sich selbst von jedem Fehler reinwaschen konnten, indem Sie nach außen hin die Ermittlungen vorantrieben. Sie haben Kane nach Frankreich geschickt, doch nachdem er seine Aufgabe erfüllt hatte, wollten Sie ihn nur noch erledigen. Natürlich war es unmöglich für Sie, ihn am Leben zu lassen. Er war zu leichtsinnig und zu unberechenbar. Skrupel hatte er auch keine. Er war kein Gentleman wie Sie. Eines Tages hätte er Sie mit der ganzen Sache erpressen können. Er hätte auftauchen und jemandem davon erzählen können. Also haben Sie ihn umgebracht, ehe er unbequem werden konnte. Aber wirklich, Vorsitzender. Benutzten Sie bei ihm auch ein Nachtschattengewächs?"

Derek hielt inne.

„Niemand verdient einen so schrecklichen Tod. Eine Kugel wäre für die beiden besser gewesen. Aber ich nehme an, Sie waren zu feige, auch nur einem von ihnen gegenüberzutreten, von Mann zu Mann. Denn da es sich um große, starke und junge Männer handelte, hätten diese Sie besiegt. Deshalb haben Sie das Gift gewählt."

„Ihre ganze Theorie ist sehr belustigend, Major. Aber Sie irren sich. Ich habe nie jemanden vergiftet. Lundy hat das Zeug von eigener Hand genommen, aus Verzweiflung über seinen Ruin und aus Schuldgefühlen wegen des Diebstahls. Nachdem er seinen Tod bereits beschlossen hatte, rief er mich hierher, damit er gestehen konnte. Als ich versuchte, ihn daran zu hindern, sich das Leben zu nehmen, schleuderte er mich durch den Raum. Wie Sie sehen können, schlug ich mir dabei den Kopf an. Danach verlor ich das Bewusstsein."

Derek kniff die Augen zusammen. Sinclair musste ihn für einen dummen Soldaten halten, wenn er davon ausging, er würde diese haarsträubende Lügengeschichte glauben. Nicht einmal ein Verrückter würde einen so qualvollen Weg wählen, um seinem Leben ein Ende zu setzen.

Aber er entschied sich, Lord Sinclair eine geschicktere Antwort zu geben als einfache Verneinung. „Dann", murmelte er, „steht also Ihr Wort gegen das von Lundy, ja?"

Der Vorsitzende schnaubte verächtlich, als stünde es außer Frage, wem die Welt Glauben schenken würde.

„Vielleicht besteht die Möglichkeit, dass Sie die Wahrheit sagen", räumte Derek freundlich ein. „Finden wir es heraus." Er sah sich um und entdeckte den silbernen Flachmann auf dem Boden.

„Was tun Sie da?" Unbehaglich sah Sinclair zu, wie Derek die

Reiseflasche anvisierte, die Waffe noch immer auf ihn gerichtet – für den Fall, dass der Vorsitzende irgendeinen Trick versuchen wollte.

„Ich werde Ihnen etwas zu trinken holen, Mylord." Derek zog ein Taschentuch hervor, wickelte es um seine Hand, bückte sich und hob vorsichtig den Flachmann auf. „Er ist beinahe leer, aber ich glaube, ein paar Tropfen sind noch darin."

Sinclair wich zurück, als sich Derek ihm näherte.

„Das ist nicht meine Flasche."

„Sie trägt Ihr Monogramm, ein S. Lundy hatte nicht die geringste Ahnung, oder? Nicht, ehe es zu spät war. Sie wussten, früher oder später würde er Sie anrufen. Und Sie waren vorbereitet. Sie Schlange!"

Sinclair wich noch weiter zurück. „Bleiben Sie weg von mir!"

„Was ist los? Wenn Sie Edward nicht mit etwas aus Ihrer Flasche vergiftet haben, dann trinken Sie einen Schluck, und beweisen Sie es. Sie sehen aus, als könnten Sie einen Drink vertragen." Derek umfasste Sinclairs rundes Gesicht, schob seinen Kopf nach hinten und begann, ihm den Mund aufzudrücken. „Prost, Lord Sinclair! Trinken Sie einen Schluck!"

Lily schrie, während Sinclair sich gegen ihn wehrte. Aber Derek wusste genau, was er tat.

„Schon gut, schon gut, ich erzähle Ihnen alles. Um Gottes willen – nehmen Sie das schreckliche Zeug weg."

„Wo ist das Geld? Sagen Sie es mir jetzt!", brüllte Derek, ohne ihn loszulassen. Solange Sinclair kein vollständiges Geständnis abgegeben hatte, würde er nicht aufhören, ihn unter Druck zu setzen. Der jetzige Aufbewahrungsort des Geldes würde als Beweis seiner Schuld dienen. „Wo haben sie es versteckt?"

„Es liegt auf einer Bank in Schottland", stieß er hervor und wehrte sich gegen Dereks Griff.

„Wo?", rief Derek. „Antworten Sie mir, Sie verdammter Dieb!"

„The Royal Glasgow."

„Unter Ihrem Namen?"

„Nein", stieß er hervor. „Ich habe den von Fallow benutzt."

Derek ließ ihn los und schüttelte voller Abscheu den Kopf. „Na sehen Sie? Es ist gar nicht so schwer, die Wahrheit zu sagen."

„Geh und wasch dir die Hände", verlangte Lily mit bebender Stimme.

Um sich nach seinem Zornesausbruch wieder zu fassen, holte Derek tief Atem, nickte und stand auf. Als er an Lily vorbeikam, reichte er ihr seine Pistole. „Halte ihn einen Moment in Schach. Ich hole Fallows Männer."

Sinclair musste bewacht werden, aber Lily hatte recht. Schon ein kleiner Tropfen des Nachtschattengewächses genügte, um einen Mann krank zu machen, wenn es in die Haut eindrang. Eine größere Dosis würde ihn genauso töten, wie sie Lundy getötet hatte.

Er rief Fallows Diener zurück, anschließend begab er sich auf die Suche nach Wasser und Seife.

„Die Konstabler sind unterwegs, Sir", berichtete der Bedienstete, als er Lundys Arbeitszimmer betrat.

„Gut. Sorgen Sie dafür, dass diese Schlange eingesperrt wird. Er hat gestanden", sagte Derek. Er sah Lily an. „Ich bin gleich wieder da."

Sie nickte, Dereks Pistole noch immer mit beiden Händen auf Sinclairs Brust gerichtet. „Sie bewegen sich besser nicht, alter Mann", sagte sie warnend. „Ich mag eine Lady sein, aber ich schieße."

Hm, dachte Derek, beeindruckt von ihrer Kühnheit, mir scheint, ich habe einen schlechten Einfluss auf sie.

Als er sich umdrehte, um aus dem Zimmer zu gehen, fiel sein Blick zufällig auf Lundys Leichnam. Er verzog ein wenig das Gesicht, obwohl der Tod nichts Neues für ihn war. Er stellte fest, dass er den nicht vermissen würde, nachdem er in dieser Nacht beschlossen hatte, das Soldatenleben aufzugeben.

Hafer und Gerste? Gott allein mochte wissen, was die Zukunft für ihn bereithielt. Er ging hinaus, um sich den Schmutz dieser ganzen blutigen Angelegenheit von den Händen zu waschen. Er fragte sich, wie es ihm als Zivilist wohl ergehen würde.

19. KAPITEL

Derek erinnerte sich an den Tag, an dem er Lily getroffen hatte und sie nach Brautkleidern und weißen Torten gesucht hatte. Er wusste, wie viel es ihr bedeutete, eine richtige Hochzeit zu feiern. Daher bestand er darauf, ihr genügend Zeit zu geben, einen Tag für sie beide vorzubereiten, an den sie sich lächelnd zurückerinnern konnten, wenn sie alt und grau waren.

Die Hochzeitsnacht dagegen – nun, das fiel in seinen Verantwortungsbereich.

Er bezweifelte es, aber Lily schwor, dass sie mithilfe von Mrs Clearwell alles innerhalb weniger Wochen arrangiert haben könnte. Derek sagte ihr auch, sie sollte die Hochzeit so ausrichten, wie es für sie wichtig sei, er würde für alles aufkommen.

Er erzählte ihr von dem bescheidenen Vermögen, das er sich über die Jahre seines Dienstes in Indien angesammelt hätte, und von dem ansehnlichen Erbe, das er von seinem Vater bekommen würde. Tatsächlich hatte er die Möglichkeit, jederzeit darum zu bitten, und man würde es ihm auch auszahlen.

Er erklärte, dass er natürlich kein Millionär sei so wie Lundy, bevor er sich ruinierte. Aber sie sollte wissen, dass sie es gut haben würde.

Während sie sich um die Vorbereitungen kümmerte, machte es Derek nichts aus, auf den großen Tag zu warten. Das Beste an seiner Verlobung mit Lily war, dass er sie sehen konnte, wann immer er wollte, ohne auf zufällige Gelegenheiten zu warten oder alberne Ausreden erfinden zu müssen, um in ihrer Nähe zu sein. Diesen Luxus nutzte er nach Kräften aus, und sie waren oft zusammen.

In der Zwischenzeit veränderten sich die Schicksale vieler Menschen in ihrer Umgebung.

Nach den Anklagen gegen ihn wurde Lord Sinclair unter Hausarrest gestellt, während er auf sein Verfahren vor dem Oberhaus wartete. Aber nachdem das Geld bei der Royal Glasgow

Bank gefunden worden war, wie er es gesagt hatte, erhängte er sich, um dem öffentlichen Spektakel zu entgehen.

Das veranlasste den Regenten, Lord Sinclairs Sohn zu gestatten, den Titel zu erben, anstatt ihn der Familie zu nehmen. Der Sohn hatte mit dem Betrug nichts zu tun.

Lundy wurde von einem Gerichtsmediziner untersucht und anschließend begraben, sein Besitz wurde versteigert. Lily schickte pflichtschuldig einen herzzerreißenden Brief an seine Mutter, aber Derek bezweifelte, dass diese bald nach England zurückkehren würde.

Nach Edwards Tod verschwand auch Bess Kingsley aus der Gesellschaft. Derek hörte das Gerücht, dass ihr Vater ihr eine strenge Gouvernante engagiert und sie auf die Grand Tour geschickt hatte, in der Hoffnung, dadurch ihre Manieren zu verbessern.

Was den vertrauenswürdigen Berater anging, so wurde gemurmelt, dass der edle Charles Beecham für seine zahlreichen Verdienste für die Krone zum Ritter geschlagen werden sollte. Die Behörden drückten in Anbetracht der hohen Geldsumme, die wiedergefunden worden war, ein Auge zu, als es darum ging, wie er sich Zugang zu Sinclairs Büchern verschafft hatte. Mit der Unterstützung der gesamten Familie Knight bei diesem Unterfangen würde er wohl bald Sir Charles sein.

Die Konstabler suchten noch immer nach den rauen Gesellen Bates, Jones und Maguire, doch Derek hatte das Gefühl, sie hätten das Land verlassen.

Lord Fallow ließ über dem zuvor unbezeichneten Grab von Philip Kane einen schönen Stein aus Marmor errichten und erkannte damit posthum seinen unehelichen Sohn an. Danach bot er an, die Schirmherrschaft über eines der örtlichen Waisenhäuser zu übernehmen. Teils voller Mitgefühl, teils überrascht nahm die Gesellschaft zur Kenntnis, dass der alte, weichherzige Earl zwei- oder dreimal in der Woche dorthin ging, um den Kindern vorzulesen.

Inzwischen wurde Derek – nun, da das gestohlene Geld zurückgebracht war und die gesamte Summe von drei Millionen

Pfund für den Krieg zur Verfügung stand – zur Admiralität gerufen. Er hatte dort in Erfahrung gebracht, wann und wo die Flotte in See stechen würde, um das Armeegold nach Indien zu bringen. Es war eine vertrauliche Meldung, die die Regierung, um Schwierigkeiten aus dem Weg zu gehen, nicht gern veröffentlicht sehen wollte. Aber er wurde zu einer Passage auf einem ihrer Schiffe eingeladen, wenn er auf seinen Posten zurückkehren wollte, nun da seine Mission erfüllt war.

Noch immer hatte er nichts von Colonel Montrose gehört.

Seine Pläne, seinen Dienst zu verlängern, hatte er aufgegeben. Doch er konnte sich nicht dagegen wehren, dass er sich ausgeschlossen fühlte, als er nach seinem Besuch in Whitehall nach Althorpe's zurückkehrte. Die Kommunikation zwischen Indien und England dauerte lange, und oft schafften Briefe, obwohl abgeschickt, es überhaupt nicht aus einem Kriegsgebiet heraus. Aber er fragte sich, ob sein Regiment vielleicht einfach ohne ihn weitergezogen war, dass er vielleicht dort unten gar nicht so wichtig gewesen war, wie er es immer geglaubt hatte.

Bei all seinem Ruhm gab ihm dies das Gefühl, nicht mehr als ein unbedeutendes kleines Rädchen im Getriebe des Empire zu sein. Das verletzte seinen Stolz. Dennoch: Jetzt hatte er eine neue Aufgabe im Leben, ein neues Ziel, und das war Lily.

Er zog die Tür seines Appartements hinter sich ins Schloss, und sein Blick fiel auf das silberne Tablett, auf das jeden Tag die Post gelegt wurde. Für den Besuch bei der Admiralität hatte er seine Uniform angelegt – und jetzt sah er sich darin in dem Spiegel über dem Konsolentisch. Bald würde er sie ausziehen und weghängen.

Als er seine Zimmer betrat, war er erstaunt, dass niemand da war. Aadi kam nicht, um ihn zu begrüßen, und auch Gabriel war nirgends zu entdecken.

Wo sind sie alle? fragte er sich.

Und dann vernahm er Musik.

Der silbrige Klang der Sitar war zu hören und gleich darauf Trommeln.

Er blickte durch das offene Fenster hinaus und sah, dass die indischen Dienstboten ihre musikalischen Fähigkeiten erprobten. Derek fand Trost in den vertrauten Klängen, aber es weckte ein wenig Sehnsucht ihn ihm, nach der Heimat, die er so überstürzt hinter sich gelassen hatte. Aber als er sich umdrehte, um sich ans Fenster zu lehnen und besser lauschen zu können, bemerkte er plötzlich die Blütenblätter, die auf den Boden gestreut waren.

Augenblicklich zog er die Brauen hoch.

Soso. Was haben wir denn hier? Er stieß sich von der Wand ab, als er eine ganze Spur aus Blüten entdeckte. Er folgte ihr bis auf den Gang hinaus und stellte fest, dass sie weiter vorn direkt zu der geschlossenen Tür seines Schlafzimmers führte.

Als er auf diese zuging, begann sein Herz vor Neugier schneller zu schlagen. Sein Blut pulsierte im selben Rhythmus wie die Trommeln. Es roch nach Räucherstäbchen, als er sich seiner Zimmertür näherte und sie langsam öffnete. Sogleich sah er die kleinen Kerzen, die überall im Zimmer entzündet waren.

Die Vorhänge waren zugezogen.

Als er das Zimmer betrat, entdeckte er auf seinem Bett Lily in einer überaus sinnlichen Pose. Ihre Augen waren mit Khol umrahmt wie die einer Tempeltänzerin. Ihre Hände und Füße mit Mustern aus Henna geschmückt, und sie trug nichts außer einer goldenen Kette um die Taille und auf der Stirn einen Edelstein als Bindi.

Derek starrte sie mit offenem Mund an.

Ein verführerisches Lächeln umspielte ihre Lippen, die sie in derselben Farbe wie ihre Brüste bemalt hatte. „*Namaste*, Major.“

Er schluckte.

Er schaffte es gerade noch, daran zu denken, die Tür hinter sich zu verschließen.

Sein Körper reagierte sofort. Um sicherzugehen, dass sie tatsächlich geschlossen war, warf er noch einen Blick zur Tür. Dann sah er sie an, ebenso erstaunt wie begehrlich.

Sie erschien ihm wie eine Gestalt aus seinen geheimsten Fantasien, ein exquisites Haremsmädchen mit goldenem Haar und milchweißer Haut.

Er konnte den Blick nicht von ihr abwenden.

„Habe ich Geburtstag?“, fragte er mit belegter Stimme und wagte kaum zu blinzeln, aus Angst, diese Göttin in seinem Gemach könnte verschwinden.

„Ich wollte, dass wir eine – ganz spezielle Zeit zusammen haben, ehe alle zur Hochzeit in die Stadt kommen.“

Er vermutete, dass sie mit „alle“ ihre Mutter meinte. Daher war sie jetzt so mutig.

Derek war verzaubert.

„Außerdem“, fügte sie mit einem verführerischen Lächeln hinzu, „dachte ich, wenn der Major nicht nach Indien kann, dann könnte ein wenig von diesem Land doch zu ihm kommen.“ Mit einer anmutigen Bewegung streckte sie erwartungsvoll die Arme nach ihm aus.

Derek ging auf sie zu, zerrte grob an dem Tuch um seinen Hals, dann löste er den Gurt seines Degens und ließ ihn einfach fallen.

Sein Herz hämmerte hinter seinen Rippen.

„Sieh dich nur an.“ Als er sie berührte, fühlte er, dass sie sich mit Jasminöl eingerieben hatte. Er erschauerte. „Du steckst voller Überraschungen, Lily Balfour.“

Sie sah ihn einladend an.

Er umfasste ihren Nacken und sah ihr in die Augen. Dann beugte er sich vor und berührte ihre Lippen. Sie legte den Kopf zurück, um seine Küsse zu empfangen und mit aller Leidenschaft zu erwidern.

Vollkommen erregt, löste Derek sich schwer atmend von ihr, begierig darauf, mehr zu bekommen. Sie sah zu, wie er sie streichelte, aber dann schloss sie mit einem ungeduldigen Seufzen die Augen, als er über die festen Spitzen ihrer Brüste strich.

Als sie sein Hemd öffnete, um seine Brust zu küssen, war das beinahe mehr, als er ertragen konnte.

Er schob ihr Kinn hoch und küsste sie wieder. Sie presste die Lippen auf seinen Mund, als wollte sie sich in ihm verlieren. Schließlich schob er einen Finger unter die goldene Kette an ihrer Taille und zog sie näher zu sich heran.

Noch immer komplett bekleidet und doch so voller Gier, löste er den Knopf seiner Hose und zerrte sie über die Hüften nach unten. Sie half ihm dabei, dann griff sie mit ihrer hennaverzierten Hand nach seinem Glied und umfasste es. Als sein englisches Haremsmädchen ihn zu massieren begann, stöhnte er auf.

Es gab so vieles, was er ihr noch zeigen wollte. Indische Tricks. Techniken, Stellungen. Später.

Jetzt musste er sie haben, und zwar gleich.

Er umfasste ihre Taille, legte sie quer über sein Bett. Erwartungsvoll leckte sie sich die Lippen und sah ihn an. Er beugte sich über sie, und sie hob ihm die Hüften entgegen.

„Ah“, flüsterte sie, als er in sie eindrang.

Er war so angespannt gewesen, so verärgert, und – ja, dies war genau das, was er jetzt brauchte. Er hielt ihre Taille gepackt, wollte sie nehmen, doch er hatte Angst, ihr wehzutun, weil er so erregt war wie noch nie zuvor in seinem Leben.

Voller Verlangen beobachtete er, wie sie die Augen schloss und zufrieden lächelte, als sie ihn ganz in sich spürte.

Er schob sich tiefer in sie hinein, einmal, zweimal, bereitete ihr Vergnügen mit seinen Bewegungen. Aber dann ließ er die Hände über ihren Körper gleiten, und Derek verlor einfach die Fassung. Er nahm sie mit aller Heftigkeit, und sie stöhnte auf, genoss jeden seiner Stöße.

Derek liebte sie. Die wilde Leidenschaft, die er für sie empfand, beherrschte all seine Sinne. Seine Brust bebte, sein Blut schien zu lodern, er fühlte den Schweiß unter seiner Uniform. Er wurde noch erregter, als er sich aufrichtete und ihre Handgelenke packte.

„Oh Derek!“ Ihr kleiner Schrei war Musik in seinen Ohren, während er sich in schnellem Rhythmus in ihr bewegte.

Er genoss ihren heftigen Atem, der ihren Höhepunkt begleitete, inhalierte ihn tief nach der Lehre des Tantra und gab ihr seinen.

Sie schluchzte beinahe unter ihm, und ihre heftigen Bewegungen waren zu viel für ihn. Als sie die Fingernägel in seine Brust presste, stieß er einen Schrei wie ein wilder Krieger aus, der tief aus seiner Seele entsprang. Sein Höhepunkt schien nicht enden zu wollen.

Schließlich aber ließ die Lust nach, und bebend sank er auf sie.

Und noch immer hatte er nicht genug von ihr.

Später, als sie nackt nebeneinander lagen, legte Lily den Kopf auf seine Brust und streichelte ihn sanft. Dereks Gedanken schweiften zurück zu seinem Besuch bei der Admiralität. Ihm fiel ein, was ihm vorhin durch den Kopf gegangen war, nämlich dass er sich möglicherweise mit dem Ablegen seiner Uniform schwertun würde. Doch dann hatte Lily ihn im Handumdrehen ausgezogen. Er erzählte ihr nun von dem Angebot der Marine, ihn nach Indien zurückzubringen.

Sie stützte sich auf den Ellenbogen und sah ihn aufmerksam an. „Welche Antwort hast du ihnen gegeben?"

„Was glaubst du?", erwiderte er mit einem trägen Lächeln. „Ich sagte Nein."

Sie sah ihn ernst an.

„Was ist?" Er strich über ihre Wange.

„Wirst du wirklich bei mir bleiben? Du gehst nicht zurück nach Indien?"

„Natürlich bleibe ich bei dir. Hör auf, mich so ängstlich aus deinen großen blauen Augen anzusehen. Ich gehe nirgendwohin, Liebste." Er lächelte sie an. „Ich gehöre jetzt dir."

„Weil ich dir das Leben gerettet habe?" Sie versuchte, möglichst tapfer zu sein. „Weil du glaubst, du schuldest mir etwas?"

„Nein, weil ich dich liebe, du kleiner Dummkopf. Und weil du mich brauchst. Und weil ich dich brauche. Ich brauche dich wirklich." Er rückte näher, gab ihr einen bedeutungsvollen Kuss und versuchte, sie für eine nächste Runde auf den Rücken zu rollen.

Aber sie hinderte ihn daran. „Derek, bitte sei ernst."

Er hielt inne und sah ihr ins Gesicht, bemerkte ihren besorgten Blick.

„Ich weiß, wie viel die Armee dir bedeutet“, sagte sie. „Wir haben viele Male darüber gesprochen. In jener Nacht am See schien deine Entscheidung, deinen Dienst zu quittieren und mich zu heiraten, recht plötzlich zu kommen. Ich will nur sichergehen, dass du sie durchdacht hast und sie nicht bedauern wirst.“

„Bedauern? Hast du den Verstand verloren? Nein, Liebste. Ich habe meinen Dienst für König und Vaterland abgeleistet“, sagte er leise. „In jener Nacht mag dir mein Beschluss als etwas sehr Plötzliches erschienen sein, aber in Wahrheit hat er schon lange unter der Oberfläche gegärt, auch wenn ich es nicht zugeben wollte.“ Er schüttelte den Kopf. „Gabriel und ich haben schon eine Weile darüber gesprochen, und ich erkenne jetzt, dass er recht hatte. Ich bin bereit für ein neues Leben. Als ein alter, verheirateter Mann.“ Er kitzelte sie an der Taille.

Sie wich zurück, neckte ihn aber ebenfalls.

Derek lachte. „Gabriel sagte mir einmal, ich hätte bisher nur das Soldatenleben und nichts anderes kennengelernt. Wer weiß, vielleicht bin ich auch in anderen Dingen gut.“

„Oh, du wirst in allem gut sein, was du anfängst“, erklärte sie mit Nachdruck. „Ich für meinen Teil werde jedenfalls sehr glücklich sein, wenn du etwas weniger Gefährliches tust. Sollte dir je etwas zustoßen – ich glaube nicht, dass ich das überleben würde.“

„Nun, du musst keine Angst haben“, flüsterte er, umfasste ihr Kinn mit den Fingerspitzen und gab ihr einen zärtlichen Kuss.

„Du wirst deine Meinung nicht ändern?“, murmelte sie und öffnete ihre Augen, um ihn verträumt anzusehen. „Du wirst bei mir bleiben? Denn wenn ich mich auf dich verlasse, du aber doch fortgehst …“

„Oh Lily. Du brichst mir mit deiner Unsicherheit das Herz. Natürlich werde ich bei dir bleiben. Du hast mein Wort darauf.“ Er lehnte sich gegen das Kopfteil des Bettes, zog sie in seine Arme und hielt sie fest. „Und wenn mein Wort nicht genügt, um dich zu beruhigen, dann solltest du wissen, dass ich meine eigenen Gründe für diese Änderung meiner Pläne habe.“

„Hast du?“

Er nickte seufzend. „Ich weiß jetzt, dass es nicht gut für mich wäre, zur Armee zurückzugehen.“ Er war nicht gerade begierig darauf, darüber zu sprechen. Aber als seine zukünftige Frau verdiente sie es, mehr über seine privaten Dämonen zu wissen. „Erinnerst du dich an den Tag, an dem du kamst, um mich bei den Stallungen zu treffen?“

„Nachdem du Mary Nonesuch gerettet hattest? Ja. Du batest mich, dich zu erschießen“, fügte sie verstimmt hinzu.

„Das tat ich. Und du fragtest mich, wie ich leben könnte mit all den Dingen, die ich getan hatte. Erinnerst du dich an das, was ich dir antwortete?“

„Ja. Du sagtest, du würdest einfach nicht daran denken.“

„Genau. Aber das ist keine Lösung. Es ist nicht immer möglich. Manchmal …“ Er zögerte. „Manchmal denke ich, es hat mich an der Kehle gepackt.“

Sie hielt ganz still und hörte ihm zu. Er strich ihr über das Haar, was ihn zu beruhigen schien.

„Als ich in dem Metallkäfig saß, wurde mir etwas klar. Zwei Dinge, um genau zu sein. Der eine Grund, warum ich so wild entschlossen war, in den Krieg zurückzukehren, ist der, dass man im Kampf an nichts anderes denken kann als an die nächstliegende Aufgabe. Wer anfängt zu überlegen, liefert sich dem Tod aus. Auf diese Weise unterdrückt man seine Gefühle. Man konzentriert sich ganz auf den Sieg und macht, was getan werden muss. Doch wenn man wieder von Stille umgeben ist, fällt einem alles wieder ein.“

Er schwieg eine ganze Weile.

„Ich dachte, wenn ich so schnell wie möglich in diese Hölle zurückkehre, mich wie üblich in den Schlachten verausgabe, würden meine Schwierigkeiten aufhören. Aber in Wirklichkeit weiß ich, dass ich damit alles nur noch schlimmer gemacht hätte. Ich hätte durch Aktivität nur noch mehr meiner Empfindungen unter Verschluss gehalten. Auf diese Weise hätte sich der Berg schrecklicher Erinnerungen, mit denen ich irgendwann hätte fertig werden müssen, nur vergrößert. Vielleicht hatte Gabriel recht – gewöhnlich hat er recht –, vielleicht habe ich mehr gelitten, als mir klar war. Deshalb will ich aufhören, solange es noch geht." Er sah sie an. „Das hast du die ganze Zeit über versucht, mir zu erzählen, nicht wahr?"

„Ja."

„Nun, ich denke, ich habe es endlich verstanden. Früher oder später hätte ich mit diesem Treiben aufhören müssen. Nun da du in mein Leben getreten bist, stehe ich diesen Schritt lieber mit dir an meiner Seite durch."

„Ich bin für dich da", flüsterte sie.

„Ich weiß. Das hilft mir mehr, als du ahnst." Er gab ihr einen Kuss auf die Stirn.

„Wenn es etwas gibt, das ich für dich tun kann, dann sage es mir", befahl sie ihm zärtlich.

„Sei einfach nur du, sei meine geliebte Lily. Und hör nicht auf, mich zu lieben."

„Mein Liebster." Sie rückte näher, schlang die Arme um ihn und hielt ihn fest, als wollte sie ihn nie wieder loslassen.

Derek schloss die Augen und fragte sich einmal mehr verwundert, wie er so schnell aus seiner privaten Hölle in diesen Himmel geraten war.

„Was war das Zweite, das dir klar wurde, während du in diesem Käfig gefangen warst?", murmelte sie und hielt ihn fest. „Du sagtest, es wären zwei Dinge gewesen."

„Ja." Er sah ihr lange in die Augen. „Als das Feuer mich zu töten drohte, noch bevor du erschienst, wusste ich, dass ich es nicht ertragen würde, zu sterben, ehe ich die Gelegenheit bekommen habe, die wahre Liebe zu erleben."

„Aber jetzt hast du sie erfahren, oder?", fragte sie leise und streichelte seine Wange. „Wir haben sie beide erfahren."

Er nickte und küsste sie. Dann legte er sie sanft zurück, um sie noch einmal zu lieben.

Zwei Tage nach ihrer „ganz speziellen gemeinsamen Stunde" lernte Derek seine zukünftige Schwiegermutter kennen. Und war verblüfft über die Veränderung, die mit Lily vorging, kaum dass ihre Mutter und die anderen Balfour-Damen in der Stadt eingetroffen waren.

Die anfängliche Hoffnung seiner Braut, ihre Hochzeit in der kleinen Dorfkirche ihrer Heimat stattfinden zu lassen, war zunichtegemacht worden durch das Entsetzen, das Lady Clarissa bei der Vorstellung überfiel, die Dukes und Marquesses der Familie Knight könnten das baufällige Balfour Manor zu Gesicht bekommen.

Dereks Schwester Georgiana – die natürlich hinter Lilys begeisterter Begegnung mit indischer Kultur steckte – gab eine Dinnerparty, damit die Mitglieder der Familien Knight und Balfour besser miteinander bekannt wurden.

Derek brauchte nicht sehr lange, um zu erkennen, dass Lady Clarissa eine Macht darstellte, mit der man rechnen musste.

Himmel, er hatte schon in Schlachten gekämpft, die leichter gewesen waren als diese Dinnerparty. Lady Clarissa schien sich in Griffiths großräumigen Haus durchaus wohlzufühlen, aber was ihn selbst betraf, so wirkte sie weitaus weniger beeindruckt, das spürte er deutlich.

Tante Daisy war ein liebenswürdiges, aber eher ängstliches und aufgeregtes Geschöpf, das an diesem Abend nur einen Blick auf Matthew werfen musste, um vollkommen hingerissen von ihm zu sein. Von Cousine Pamela war Derek geradezu begeistert. Er veranlasste Griffith, für sie eine Liste mit all jenen Museen, Kunstgalerien und geistreichen Salons zusammenzustellen, die die angehende Schriftstellerin unbedingt besucht haben musste, während sie sich in London aufhielt. Sie starrte die beiden Männer an, als könnte sie es nicht fassen, dass tatsächlich jemand mit einer unscheinbaren alten Jungfer, wie sie eine war, sprechen wollte – ganz zu schweigen davon, dass sie sich für ihre Geschichten interessierten.

Während Derek sich mit Tante Daisy und Pamela anfreundete, tat Lily ihr Möglichstes, um mit Lady Clarissa „fertig zu werden“. Nachdem er Mutter und Tochter einige Stunden zusammen beobachtet hatte, waren seine Beschützerinstinkte aufs Höchste alarmiert.

Als die Dinnerparty sich dem Ende zuneigte, waren sowohl er als auch Lily merkwürdig erschöpft von dem Besuch. Sie unternahmen einen kurzen Spaziergang in den Hyde Park, um sich etwas zu entspannen. Den anderen sagten sie, bezüglich der Hochzeit hätten sie noch ein paar Einzelheiten zu besprechen.

Ungefähr eine halbe Meile legten sie schweigend zurück, zu müde, um Worte zu finden. Doch glücklicherweise tat es gut, einfach nur zu zweit zu sein.

„Also", begann Derek, als er sich genügend erholt hatte, um wieder sprechen zu können. In einem sehr vorsichtigen, aber freundlichen Ton fuhr er fort: „Deine Mutter wird bei uns leben?"

Lily biss sich auf die Lippen und sah ihn fragend an. „Nun ja, sie wohnt in Balfour Manor, und da wir dort leben werden, bedeutet das wohl, dass sie auch dort sein wird, oder?" Sie zuckte die Achseln.

„Richtig." Er rieb sich das Kinn, dann steckte er die Hände in die Taschen und blickte zu Boden.

„Könnte das ein Problem sein?", fragte sie ängstlich.

Derek wollte keine Schwierigkeiten verursachen, indem er ihre Mutter kritisierte. Schließlich sollte er dieser Frau noch eine weitere Chance geben. „Nein, nein. Nicht von meiner Seite aus. Könnten wir sie in dem Flügel unterbringen, in dem die Fledermäuse sind?"

„Derek." Lily warf ihm einen tadelnden Blick zu, den das Funkeln in ihren Augen Lügen strafte.

„Tut mir leid", murmelte er. „Ich glaube, sie mag mich nicht."

„Nun, aber ich mag dich." Lily nahm seinen Arm und schob ihre Hand in seine Armbeuge, als sie weiter durch die Dämmerung schlenderten. „Liebster, ich weiß, dass meine Mutter anfangs manchmal recht hochmütig wirken kann. Sie braucht nur etwas mehr Zeit, um sich an dich zu gewöhnen, das ist alles."

„Wenn du das sagst."

„Keine Angst. Ich werde dich vor ihr beschützen“, scherzte sie.

Er sah sie mit hochgezogenen Augenbrauen an. „Ich mache mir um dich Sorgen. Ich sehe, dass du dich in ihrer Gegenwart wie auf rohen Eiern bewegst. So taktvoll kann ich nicht sein.“

„Kannst du nicht, oder willst du nicht?“

„Grrr.“

„Willst du es nicht wenigstens versuchen – für mich? Wenigstens ein bisschen? Komm schon, Liebling. Sie ist meine Mutter.“

„Na schön“, murmelte er und lächelte sie liebevoll, wenn auch ein wenig schief an. „Sie hat dich geboren, und dafür stehe ich in ihrer Schuld. Also werde ich ihr ein aufmerksamer und gehorsamer Schwiegersohn sein. Jedenfalls so lange, wie ich es ertrage“, fügte er hinzu.

Allerdings sagte er ihr nicht, dass er keinesfalls vergessen hatte, was Lily ihm über ihre Mutter erzählt hatte. Dass diese nämlich ihr die Schuld an dem Debakel mit Lord Owen Masters gegeben hatte. Sie war eine hartherzige Frau, und er hatte nicht die Absicht, ihr Sympathien entgegenzubringen.

Seine neue Lebensaufgabe war es jetzt, seine Braut zu beschützen.

Am nächsten Tag, während Lily, ihre Mutter und Tante Daisy über die letzten Einzelheiten der Hochzeit sprachen und während Pamela allein unterwegs war, um Londons kulturelle Attraktionen zu bewundern, blieb Derek im Althorpe’s, trank Tee und las das neueste Manuskript der Autorin in der Familie. Vierzehn Tage zuvor, ehe die Damen Balfour von zu Hause abreisten, hatte Lily ihrer Cousine geschrieben. Sie hatte sie gebeten, ihren schönsten gotischen Roman mitzubringen, da Derek Interesse gezeigt hätte, ihn zu lesen.

Nach drei Stunden war er damit fertig, und er lächelte breit über das ganze Gesicht. Nachdem er die Verfasserin kennengelernt, die Sehnsucht in ihrem Blick gesehen hatte, als er ihr sagte, dass sie ihre Werke veröffentlichen lassen sollte, und dann mit ansehen musste, wie sie traurig den Kopf schüttelte und ihn daran erinnerte, dass das nicht erlaubt war, wusste er, was er zu tun hatte.

Vielleicht sollte ich eine neue Laufbahn als literarischer Agent ins Auge fassen, dachte er und freute sich über seinen Einfall, als er das Manuskript ordentlich in eine Ledermappe legte und kurze Zeit später direkt in die Arbeitsräume von John Murray marschierte.

Er weigerte sich zu gehen, bis Murray persönlich erschienen war und ihn gesprochen hatte. Obwohl er all seinen Charme bemühen musste und mehrmals beiläufig ins Gespräch einfließen ließ, über welch weitreichende Verbindungen seine Familie verfügte, gelang es ihm schließlich, den berühmten Verleger dazu zu bringen, Pamelas Buch zu lesen.

Es war viel zu unterhaltsam, um ein verstecktes Dasein in einer Schublade zu fristen.

Was Lily betraf, so war sie mit Derek eigentlich seit dem Moment verheiratet, in dem sie sich ihm hingegeben hatte. Die Hochzeit an jenem Sonntag geschah mehr um der Familie willen. Sie hatte sich für diese morgendliche Zeremonie etwas Zurückhaltendes, doch zugleich Elegantes vorgestellt, und als Frau mit einem Sinn für das Praktische war sie es gewohnt, auch mit einem kleinen Budget diesen Eindruck zu erzielen. Wesentlich schwieriger war es da schon, den deutlich kostspieligeren Geschmack ihrer Mutter im Zaum zu halten.

Manchmal blieb ihr nichts anderes übrig, als nachzugeben. Die Kunst bestand darin, die Streitpunkte geschickt zu wählen. Eingedenk dessen hatte sie mit Lady Clarissa ausgehandelt, die Feierlichkeiten in der gerade sehr beliebten St. George's-Kirche am Hanover Square stattfinden zu lassen, wenn sie dafür die Erlaubnis bekam, den entfremdeten Teil der Familie zu ihrer Hochzeit einzuladen, den neuen Viscount Balfour und seine Gemahlin.

Es war Dereks Idee gewesen, und es war sehr klug von ihm. Lily sagte ihrer Mutter, wie wichtig das wäre.

Da die ruhmreiche Familie Knight an diesem Ereignis beteiligt war, würde die Hochzeit in den Gesellschaftsspalten der Zeitungen erwähnt werden, und Lord und Lady Balfour davon auszuschließen, wäre ein unverzeihlicher Verstoß gegen die Sitten gewesen. Zwar hätte der Titel eigentlich an ihren Vater übergehen sollen, aber Lord und Lady Balfour hatten Lily nie etwas getan, und auch nicht ihrer Mutter. Der Zwist in der Familie lag sehr viel weiter zurück. Niemand vermochte sich mehr zu erinnern, was eigentlich der Grund für all das gewesen war.

Sie beharrte darauf, dass der neue Lord Balfour bei ihrer kurzen Begegnung recht angenehm gewirkt hatte, beim Begräbnis ihres Großvaters hätte er eine sehr schöne Trauerrede gehalten. Schließlich gab ihre Mutter nach, und Lily schickte die Einladung hinaus. Ein paar Tage später schrieb die Familie zurück, dass sie gern kommen würden.

Es dauerte nicht lange, und der große Tag war da. Lily war überraschend schlicht gekleidet. Mochten die Gesellschaftsreporter sie dafür auch kritisieren, sie fühlte sich wohl mit der Wahl, die sie getroffen hatte: ein gerade geschnittenes Gewand aus blassblauer Seide mit einem weißen Schleier und Handschuhen. Dazu trug sie Saphirohrringe – Dereks Verlobungsgeschenk.

Er hatte gesagt, sie bräuchten neue Traditionen, um ihr gemeinsames Leben zu beginnen, und vielleicht würde eines Tages ihre Ururenkelin den Schmuck zu einem Maskenball tragen und – Lily hatte den Satz für ihn beendet – in einem Gartenpavillon einen schönen Fremden küssen.

Cousine Pamela, ihre Brautjungfer, sah in ihrem dunkelblauen Satinkleid hinreißend aus. Das Leben in London tat ihr gut.

Derek und sein Bruder Gabriel, der auch sein Trauzeuge war, trugen ihre indigofarbenen Kavallerieuniformen. Die Brüder standen vorn in der Kirche und sahen zu, wie zuerst Pamela und anschließend Lily das Gotteshaus betraten.

Da sie keinen Vater mehr hatte, führte sie sehr würdevoll Lord Arthur durch den Gang und übergab sie seinem Sohn. Er blickte von Derek zu Lily, und seine Augen wirkten etwas verschleiert. Dann trat er zur Seite und setzte sich neben Mrs Clearwell, die bereits rückhaltlos schluchzte.

Die Zeremonie erreichte ihren Höhepunkt mit den innigen Gelöbnissen, die sie sprachen. Dabei standen sie Hand in Hand nebeneinander. Als Derek ihr den schlichten goldenen Ehering ansteckte, traten Lily die Tränen in die Augen. Und als er den Schleier hob, um sie zu küssen, dachte sie an den Abend in dem Gartenpavillon und wie sie ihm nicht erlaubt hatte, ihr die Maske abzunehmen. Er sollte nicht sehen, wer sie wirklich war. Jetzt wusste er es.

Er wusste alles von ihr. Und er liebte sie.

Lily war überzeugt, sie würde ihn immer lieben.

Sie hörte kaum, wie der Pfarrer sie zu Mann und Frau erklärte. Als er sich vorbeugte, um sie zu küssen, wirkte auch Derek ein wenig überwältigt von dem Ansturm seiner Gefühle.

Sie schwebte mehr aus der Kirche, als dass sie ging. Drei Käfige voller weißer Tauben wurden geöffnet, als die Hochzeitsgesellschaft ihnen folgte. Sie flogen hinauf zum Himmel, zusammen mit all ihren neuen Hoffnungen. Lily hatte Tauben gewählt, das Symbol des Friedens, jetzt, da ihr Krieger nach Hause gefunden hatte.

Nach der Trauung waren alle zu einem Empfang in Knight House geladen. Es stimmte, sie kannte Dereks Cousins nicht sehr gut, aber wenn ein Duke und eine Duchess einem ihr Stadthaus für den Hochzeitsempfang zur Verfügung stellten, dann lehnte man nicht einfach ab, wenn man vernünftig war. Es war schließlich mehr als nur eine freundliche Geste. Es war ein Zeichen für die Gesellschaft, dass die Frischvermählten zu diesem illustren Kreis von diesem Tag an dazugehörten.

Während das Hochzeitsessen serviert wurde, strömte der Champagner. Ein Kuchen wartete auf sie, ein wahrhaftiges Wunderwerk, überzogen mit weißem und silbernem Zuckerguss sowie einer Verzierung aus rosa- und violettfarbenen Rosetten. Lily musste ihn immerzu ansehen.

„Ich finde, er ist zu schön, um ihn zu essen“, erklärte sie, als Mrs Clearwell zu ihr trat.

„Wo ist dein Ehemann? Ach, wie das klingt! Dein Ehemann! Du kannst nicht wissen, was das für einen Triumph für mich bedeutet, meine Liebe. Du kannst es unmöglich wissen.“ Mrs Clearwell trank einen großen Schluck Champagner.

Lily fragte sich, wie viele Kelche sie schon davon geleert hatte. Sie sah, wie Derek alle bezauberte. Er sprach mit Lord und Lady Balfour, war ein aufmerksamer Gastgeber, und er tat alles, wie sie bemerkte, damit die Außenseiter sich wohlfühlten. Mein reizender Mann, dachte sie und winkte ihn zu sich.

„Was ist?“, fragte er, als er zu ihr kam und ihr einen Kuss auf die Wange gab.

Lily zeigte auf ihre Gönnerin. „Mrs Clearwell hat uns etwas zu sagen.“

„Ich muss euch einen letzten guten Rat geben, meine lieben jungen Leute“, flüsterte Mrs Clearwell lautstark.

„Ja?“, fragte Lily aufmerksam und wartete.

„Wir werden ihn mit Freuden anhören“, erwiderte Derek etwas skeptischer und legte eine Hand an Mrs Clearwells Rücken, um sie zu stützen. „Geht es Ihnen gut, meine Liebe?“

„Ich bin vielleicht ein wenig beschwipst“, gab sie zu. „Aber ich habe einen Grund zum Feiern. Außerdem bin ich außer Dienst, oder? Meine Aufgabe als Anstandsdame hat sich erledigt.“ Lautstark schluchzte sie in ihr Taschentuch. „Ach, ich bin ja so glücklich.“

„Sie waren eine wunderbare Anstandsdame“, sagte Lily und tätschelte ihr den Arm.

„Und du warst ein wunderbarer Schützling.“ Sie schnäuzte sich und nahm sich zusammen. „Also, hört gut zu, denn mein Rat ist ein guter Rat.“ Sie winkte beide näher zu sich heran. „Folgt euren Herzen – vertraut immer eurem Herzen, Kinder. Es weiß mehr, als euer Verstand jemals wissen wird. Es hat euch zueinander geführt. Vertraut euch selbst. Es ist die einzige Möglichkeit für euch, einander zu trauen. Es wird schwere Zeiten geben – ganz sicher, die gibt es immer. Aber gebt niemals auf. Und was immer auch geschehen mag, gebt einander niemals auf.“

„Das werden wir nicht", versprach Derek leise, aber Lily umarmte sie nur. Sie spürte einen dicken Kloß im Hals und brachte kein Wort heraus.

Kurz darauf erschien Gabriel und bat Derek um ein Wort unter vier Augen.

„Du hast eine wunderbare Rede gehalten", sagte Lily zu ihrem neuen Schwager. Der lächelte nur bescheiden.

„Ich bringe Ihren Gemahl gleich wieder zurück, Mrs Knight."

Lily strahlte beim Klang dieser neuen Anrede.

Derek folgte seinem Bruder zu einem der Fenster. „Was gibt es?" Er runzelte die Stirn. „Du willst mir keine weiteren guten Ratschläge für meine Ehe geben, oder? Die habe ich mir schon den ganzen Tag anhören müssen."

„Nein", sagte Gabriel und lachte kurz auf. „Genau genommen möchte ich dich um einen Gefallen bitten."

„Na, du bist mir der Richtige", rief Derek. „Mich an meinem Hochzeitstag um einen Gefallen zu bitten. Ich vermute, das bedeutet, dass ich nicht ablehnen kann."

„Richtig."

„Was kann ich für dich tun?"

Gabriel schwieg einen Moment und sah seinen Bruder aufmerksam an. „Ich möchte, dass du für mich die Rolle als Vaters Haupterbe übernimmst."

„Was?"

„Ich will diese Last nicht tragen", sagte Gabriel.

Derek starrte ihn entsetzt an. In seinem ganzen Leben hatte er noch nie gehört, dass sein übermäßig verantwortungsvoller Bruder einer Pflicht aus dem Weg ging. „Aber Gabriel, du bist der Erstgeborene."

„Tatsächlich? Es gibt keinen Titel, der berücksichtigt werden muss. Vater kann jedem von uns beiden sein Vermögen hinterlassen. Ich habe mit ihm gesprochen, und er ist mit meinem Plan einverstanden. Er hat die Papiere von Charles Beecham aufsetzen lassen. Du musst nur noch unterschreiben. Und dann – herzlichen Glückwunsch. Du kannst der Erstgeborene sein, sozusagen. Ich hoffe, das gefällt Lily. Und ihrer Mutter", fügte er ein wenig boshaft hinzu.

„Gabriel, warum tust du das?", fragte Derek, der zunehmend beunruhigter wurde. „Dies ist dein Geburtsrecht. Ich kann es dir unmöglich wegnehmen. Hast du den Verstand verloren?"

„Ganz und gar nicht. Ich war nie in meinem Leben bei klarerem Verstand. Wirst du es tun oder nicht?"

„Nun, ich werde tun, was immer du von mir verlangst, aber ..." Derek verstummte. Er fühlte sich vollkommen überrumpelt.

Dies würde seine Lage völlig verändern, seine ganzen Aussichten für die Zukunft. Er würde aus dem Familienbesitz ein viel größeres Einkommen beziehen, eines, mit dem er eine Frau und Kinder auf höchstem Niveau versorgen könnte. Als Erbe eines so reichen Mannes wie Lord Arthur Knight würde er von allen Kaufleuten in England unbegrenzten Kredit erhalten. Er konnte so leben, wie er es wollte.

Aber er runzelte noch immer die Stirn. „Ist dies deine Methode, deinen kleinen Bruder einmal mehr zu retten?"

„Nein. Nun ja, vielleicht zum Teil."

„Gabriel ..."

„Derek, ich möchte, dass du das für mich tust. Ich muss mich um Wichtigeres kümmern. Ich kann mich nicht mit all diesen materiellen Dingen belasten."

„Was ist los?"

Gabriel wartete, bis einige Gäste vorübergegangen waren, damit sie niemand hören konnte, dann beugte er sich vor und sagte leise: „Du warst dabei, als ich von dem Pfeil getroffen wurde. Du hast gesehen, was mir zugestoßen ist." Gabriel sah ihn mit fiebrig glänzenden Augen an.

„Ja."

„Der Tod kam zu mir", sagte er kaum hörbar. „Aber ich bin ihm durch die Finger geschlüpft. Dafür muss es einen Grund geben. Es gibt offensichtlich etwas, das ich tun muss. Ich fühle es mit Bestimmtheit. Aber ich weiß noch nicht, was das ist. Auf mich wartet ein neues Schicksal, und wenn meine Zeit gekommen ist, wenn es soweit ist, dann muss ich bereit sein, bereit sein, um zu gehen. Ich kann mich nicht von weltlichen Dingen zurückhalten lassen."

„Wohin gehen? Ich verstehe nicht."

Gabriels Blick wurde noch drängender. „In das Licht."

„Oh, Himmel …"

„Derek, mein Tod wurde nur aufgeschoben …"

„Sprich nicht so. Es wird noch einige Zeit dauern, bis dein Leben zu Enge geht."

„Vielleicht, vielleicht auch nicht. Ich weiß nur, dass ich vorhabe, beim nächsten Mal bereit zu sein."

„Was meinst du damit?", fragte Derek unbehaglich.

„Derek. Ich wollte es dir nicht sagen, solange du fest entschlossen warst, um jeden Preis Soldat zu bleiben. Als ich starb …"

„Gabriel."

„Als ich starb", wiederholte der Bruder beharrlich, „erhaschte ich einen Blick auf den Ort, an den ich gehen sollte. Begnügen wir uns zu sagen, dass es nicht sehr schön war dort."

Derek sah ihn mit geweiteten Augen an.

Gabriel beugte sich näher zu ihm. „Mir wurden all jene gezeigt, denen ich auf dem Schlachtfeld den Tod gebracht habe, all das Leid, das ich meinen Kameraden zugefügt, das Blut, das ich vergossen habe. Ich habe all dem abgeschworen."

Derek schluckte schwer und fragte sich, ob Dereks Vision einer Wirklichkeit entsprach.

„Meine Entscheidung steht fest. Ich habe den Degen aus der Hand gelegt. Ich werde nicht mehr kämpfen, und ich habe keine Verwendung mehr für diese weltlichen Besitztümer. Du hast geheiratet. Das werde ich nicht tun."

„Du gibst auch die Frauen auf?", rief Derek aus.

„Mein Schicksal erwartet mich, Derek." Sein Bruder packte ihn an den Schultern und sah ihm fest in die Augen. „Wenn du das nicht verstehst, wird es niemand verstehen. Irgendwie werde ich die Scharte auswetzen müssen. Mir wurde eine zweite Chance gegeben, damit ich wiedergutmachen kann, was ich an Blut vergossen habe. Und wenn mein Schicksal kommt, dann darf ich nicht zögern. Du musst dich um Vater und Georgie und all die anderen kümmern. Versprich es mir."

Derek sah ihn misstrauisch an. „Du kannst auf mich zählen. Aber – bist du da ganz sicher?"

„Absolut sicher."

„Gut. Ich werde deine Bitte erfüllen."

Gabriel lächelte leicht und nickte ihm dankend zu. Der Blick seiner dunkelblauen Augen wirkte erleichtert. Abrupt machte er kehrt und ging davon, und als Derek sah, wie er in der Menge der Gäste verschwand, fragte er sich ein wenig unbehaglich, ob der Bruder, den er so bewunderte, nach dem, was er durchgemacht hatte, vielleicht den Verstand verloren hatte – oder endlich vernünftig geworden war.

Lily hatte gehofft, dass das Bilderbuchwetter an dem Tag, an dem sie ihren Gemahl nach Hause brachte, Balfour Manor möglichst vorteilhaft zur Geltung bringen würde. Aber als sie aus der Kutsche stiegen, hatte der strahlende Sonnenschein die gegenteilige Wirkung. Jeder Mangel wurde durch ihn beleuchtet und brachte die erschütternde Wahrheit ans Licht.

Ihr sank das Herz ein wenig, als sie ihr Zuhause ansah. Lange genug war sie fort gewesen, um es mit anderen Augen zu sehen.

Es war ein trostloser und düsterer Ort.

Fragend blickte sie zu Derek und wartete voller Unbehagen auf seine Reaktion. Er betrachtete es mit zusammengekniffenen Augen und einer besorgten Miene. An seiner Stelle würde sie sich auch Sorgen machen. Als neuer Herr des Hauses ruhten die Nöte der gesamten Familie nun auf seinen breiten Schultern.

„Tatsächlich sieht es bei Nebel besser aus", sagte sie.

„Hm."

„Was meinst du?"

Er wandte sich zu ihr um und schenkte ihr ein Lächeln, dessen

Begeisterung ein wenig gezwungen wirkte. „Pittoresk."

„Na ja, es ist nicht gerade das exklusive Pulteney Hotel in Bath."

Er erschauerte. „Himmel, erwähne das bloß nicht. Du bringst mich auf Ideen", murmelte er.

Sie lachte, als er den Arm um ihre Schultern legte. Als er sich bückte, um ihr etwas ins Ohr zu flüstern, wäre Lily wohl errötet, wenn sie das noch könnte. Doch die Fähigkeit dazu war ihr irgendwann während der Flitterwochen abhanden gekommen.

Sie erinnerte sich noch an jede Einzelheit der strahlenden Suite, die Derek für ihren dreitägigen Aufenthalt in Londons vornehmstem Grand Hotel reserviert hatte.

Hätte es nicht den fabelhaften Zimmerservice gegeben, wären sie vermutlich verhungert, denn sie hatten kaum je das Bett verlassen.

Am Morgen des vierten Tages hatte sie ihr Hotelzimmer als erfahrene Geliebte verlassen, nachdem sie in die Kunst des Tantra eingeführt worden war. Atmung und Energie, Chakras und komplizierte Stellungen, die vom Yoga inspiriert waren. Kurz, die erotischen Geheimnisse Indiens waren für sie nicht mehr ganz so geheimnisvoll.

Obwohl Lily die meisterhafte Beherrschung ihres Gemahls genießen konnte, war ihr bewusst, dass er all diese köstlichen Fähigkeiten aus denselben Gründen gelernt hatte, aus denen er geglaubt hatte, Reichtum und Ehre erlangen zu müssen – um die Liebe der Dame seines Herzens zu gewinnen. Aber die Dame seines Herzens liebte ihn, ehe sie überhaupt nur etwas von Kamasutra gehört hatte, und so waren all seine Studien eigentlich umsonst – abgesehen davon, dass sie eine außerordentlich vergnügliche Art und Weise boten, die Nacht zu verbringen.

Derek neben ihr holte tief Luft und wappnete sich. Noch immer sah er das Haus an, als wäre es eine Festung der Hindus, die er stürmen und erobern sollte. Dann zog er Lily tapfer an sich. „Gehen wir."

Auf keinen Fall wollte Derek die Fassung verlieren, als er das Haus sah.

Er sagte sich, dass es nicht halb so schlimm war, wie er es erwartet hatte.

Es war schlimmer.

Er lernte die Dienerschaft kennen, die heraustrat, um sie zu begrüßen: ein liebeskranker Diener, der Lady Clarissa anzuhimmeln schien, ein alter Gärtner, der aussah, als würde er jeden Moment zusammenbrechen, eine rundliche Haushälterin und ein erschöpft wirkendes Dienstmädchen. Er gab ihnen allen zwanzig Sovereigns, was ihre ausstehenden Löhne einschloss, und reichlich Extrageld für ihre Treue. Sie wären beinahe in Tränen ausgebrochen.

Lily schlug er vor, einen Rundgang über das Gelände zu machen und anschließend in das Dorf zu gehen, nach der langen Fahrt mit der Kutsche würde ihnen das guttun. Sie beeilte sich zuzustimmen, vermutlich war sie nicht gerade versessen darauf, dass er so schnell das Innere des Hauses sah.

Er fürchtete sich davor, doch es gab noch genügend Zeit, sich alles gründlich anzusehen. Bald würde er herausgefunden haben, womit genau er es zu tun hatte. Sehr ermutigend war es nicht, falls der Stall einen Eindruck von dem gab, was ihn erwartete. Der baufällige Schuppen war kaum angemessen für eine Ziege, aber Mary Nonesuch und der schwarze Hengst akzeptierten diesen Verstoß gegen ihre Würde ohne jede Klage.

Tante Daisy und Cousine Pamela, die von Dereks Besuch beim Verleger John Murray noch nichts wusste, begleiteten Lily und Derek durch die beiden kleinen Straßen, um die sich ihr Dorf bildete. An der Kirche blieben sie stehen, wo sie dem Grab des Großvaters ihre Ehrerbietung erwiesen. Lily zeigte ihrem Mann auch die Grabstätte ihres Vaters, sagte aber, sein Leichnam sei in Indien bestattet worden.

Inzwischen war Tante Daisy zu einem anderen Stein getreten. Derek ging zu ihr hin und fragte sich, warum sie wohl Tränen in den Augen hatte. Dann las er, was auf dem Stein stand: „Davy Balfour, 1796–1816. Geliebter Sohn.“ Der Junge war kaum zwanzig gewesen, als er starb.

Derek legte einen Arm um Tante Daisys rundliche Schultern und küsste ihren Scheitel.

„Es tut mir so leid“, sagte er leise. Kein Wunder, dass sie stets so außer sich war.

Allmählich gelangte er zu der Überzeugung, dass all diese Damen Balfour der Rettung bedurften.

„Mein kleiner Junge.“ Tante Daisy lehnte sich an seine Schulter und schniefte leise. „Du und Lily, ihr werdet doch ganz viele Söhne bekommen, nicht wahr?“

„Ich versichere dir, meine Liebe, wir arbeiten bereits sehr entschlossen daran.“

Tante Daisy lachte über seinen feierlichen Tonfall und gab ihm einen Klaps, den er verdiente. Aber nachdem er wieder ein kleines Lächeln auf ihr Gesicht gezaubert hatte, führte er die Damen zurück.

Lily sah ihn dankbar und liebevoll an.

Seine ruhige Haltung veränderte sich nicht, obwohl das Innere des Hauses sich als genauso dunkel und unfreundlich erwies, wie er es erwartet hatte.

Während der folgenden vierzehn Tage versuchte Derek zu erfassen, welche Renovierungen erforderlich waren. Er untersuchte Balfour Manor von seinem feuchten Keller bis zu dem von Fledermäusen heimgesuchten Trakt, von den eingesunkenen Fundamenten bis zu dem durchlöcherten Dach und den faulenden Balken. Der bröckelnde Mörtel aller zwanzig Kamine musste ersetzt werden. In einigen davon waren bereits die Steine eingesunken. Wasserschäden hatten Flecken verursacht und den Stuck im oberen Stockwerk verzogen, wo alle ihre Schlafräume hatten. Kein Wunder, dass die arme Pamela ständig nieste, bei all dieser Feuchtigkeit.

Moderne sanitäre Anlagen und Leitungen für die Küche würden eingebaut werden müssen, um das Haus bewohnbar zu machen. Der Stall und die Außengebäude mussten ebenfalls dringend erneuert werden.

Landwirtschaftliche Verbesserungen auf den Äckern würden nötig sein, damit die Felder wieder fruchtbar wurden. Im Moment war der Boden noch nicht einmal bereit für Hafer und Gerste.

Die wenigen Pächter, die lange sich selbst überlassen worden waren, kamen zu ihm und beklagten sich, dass ihre Cottages ausgebessert werden müssten.

Sobald Derek erfasst hatte, wie riesig die Probleme von Balfour Manor waren, musste er sich zwingen, tief durchzuatmen, um ruhig zu bleiben. Was zum Teufel sollte er jetzt tun?

Ja, als Lord Arthurs Erbe hatten seine Aussichten sich entschieden verbessert, doch er musste verantwortungsvoll handeln. Er konnte nicht das gesamte Vermögen seines Vaters aufwenden, und das wäre nötig, um alles wieder herzurichten.

Aber noch beunruhigender erschienen ihm die Veränderungen, die ihm an Lily auffielen. Seit sie hier angekommen waren, zeigte sich der unglückliche Einfluss, den Balfour Manor auf seine Braut hatte, immer deutlicher. Derek machte sich Sorgen. Es war seine Pflicht, sie zu beschützen, besonders ihre Seele und ihre Gefühle. Er wusste nicht, wie er das an diesem Ort bewerkstelligen sollte.

Er wusste nicht, wie man gegen Geister kämpfte, und dieses baufällige Herrenhaus steckte voll von ihnen.

Jedes Mal wenn Lily die Auffahrt entlangging, musste sie an dem Baum vorbei, an dem sich Lord Owen Masters ihr zum ersten Mal genähert hatte. Derek hatte sie gefragt, wo das passiert war, und als sie es ihm zeigte, wollte er ihn fällen. Doch Lily sagte, der große alte Baum hätte nichts falsch gemacht. „So ein Todesurteil verdient er nicht, Derek.“ Natürlich. Er war nur ein Baum.

Das mochte stimmen. Aber wenn Derek den knorrigen alten Stamm ansah, dann sah er darin Ungeheuer, die ihn angrinsten, die kleinen Mädchen nachstellten.

Das war der Moment, an dem er tief innen in seinem Kämpferherzen erkannte, dass er sie von hier wegbringen musste. Dieser unheimliche Ort hielt sie unter seinem Bann, und irgendwie musste er sie retten.

Dann war da noch die traurige Ruine des Gartenpavillons, den ihr Vater seiner Tochter unvollendet hinterlassen hatte – eine weitere Erinnerung, der sie sich jeden Tag stellen musste. Wäre Langdon Balfour noch am Leben, hätte Derek ihm gern auf seine aristokratische Nase geboxt. Der Gartenpavillon war nur eine Sache mehr, die Derek gern für Lily aufbauen wollte, um ihr Herz zu heilen. Er würde dafür sorgen, dass die Aufgabe diesmal zu Ende gebracht wurde, und zwar richtig.

Aber im Grunde war er sich nicht im Klaren darüber, was er wirklich tun sollte.

Es konnte nicht gut sein für Lily, Tag für Tag an ihre Verluste erinnert zu werden und wie sie verraten worden war. Doch der schädlichste Einfluss von allen ging von ihrer Mutter aus. Himmel, dachte er, Lily sollte auf keinen Fall irgendwo in der Nähe dieser Harpyie sein, außer für einen kurzen Besuch. Diese Frau war reines Gift.

Während sie im Salon an ihrer Stickerei arbeitete, gab Lady Clarissa den ganzen Tag lang kleine beleidigende Sticheleien und Kritik an ihrer Tochter von sich, schüchterte Lily ein und überhäufte sie mit Schuldgefühlen. Warum nur konnte das Mädchen nicht für sich selbst einstehen?

Zwar wagte Lady Clarissa es nicht, ihre Tricks bei ihm anzuwenden, doch trotzdem zögerte Derek, sich einzumischen. Er wusste nur zu gut, dass am Ende er wie ein Schurke dastehen würde, wenn er eine geschickte Manipulatorin wie sie angriff. Aber er war nicht sicher, wie lange er es noch schaffen würde, sich auf die Zunge zu beißen – wenn er sah, was alles das bei seiner Frau anrichtete.

Jeden Tag war sie den grausamen Bemerkungen ihrer Mutter ausgesetzt und diesem Ort und der düsteren Last der Vergangenheit, die auf Balfour Manor ruhte. Lily wurde immer stiller und zog sich mehr und mehr zurück. Jeden Tag schien sie sich weiter von der furchtlosen Göttin zu entfernen, die ihn aus dem brennenden Stall gerettet hatte. Sie war beinahe unscheinbar geworden. Es fiel ihm schwer, das mit anzusehen. Seine schöne Gemahlin wurde eine hohlwangige Fremde.

Für Derek wäre es leichter gewesen, sie bei einer Grippe oder einer anderen Krankheit zu begleiten. Wie er diese Verschlossenheit heilen sollte, darauf hatte er noch keine Antwort gefunden.

Er wusste, er musste sie hier herausholen, ehe sie selbst wie ein Geist dahinschwand. Er musste sie aus ihrem Käfig befreien und fortbringen, so wie sie es bei ihm getan hatte.

Aber die Medizin, die ihm vorschwebte – nun, dachte er finster, sie wird ihr nicht gefallen.

Genau genommen würde sie es hassen. Vielleicht würde sie am Ende sogar ihn hassen. Aber dann sollte es so sein. Er würde alles tun, was nötig war, um sie zu beschützen. Das war sein heiligster Eid gewesen.

Nachdem er seine Entscheidung getroffen hatte, schrieb Derek an Charles Beecham, alles zu veranlassen, damit Balfour Manor verkauft werden konnte.

Er hatte noch keine Ahnung, wann und wie er Lily sagen sollte, dass sie bald umziehen würden – wohin immer sie wollte.

Er wusste nur, dass er seine Frau retten musste.

20. KAPITEL

Das Schuldgefühl, das vertraute Schuldgefühl flüsterte ihr wieder leise ins Ohr, als Lily später am Abend zusah, wie ihr erschöpfter Ehemann sich in ihr Schlafzimmer schleppte. Er bewegte seinen großen, starken Körper langsam und steif nach weiteren sechzehn Stunden harter Arbeit.

Lily, in einem weißen ärmellosen Nachthemd, wartete in ihrem Bett auf ihn und beobachtete ihn, insgeheim erschrocken über das, was sie ihm da aufbürdete.

Obwohl er sich niemals beklagte – tatsächlich schien es ihm überhaupt nichts auszumachen –, musste er dennoch glauben, dass eine Ehe mit ihr gleichzusetzen war mit lebenslangem Sklavendienst oder einer Verurteilung zu schwerem Arbeitsdienst in den Strafkolonien Australiens.

Wortlos zog er seine schmutzige Arbeitskleidung aus und wusch sich.

Noch immer im Dienst.

Lily fühlte die Tränen, die hinter ihren Lidern brannten, und blinzelte, um sie zu vertreiben. Ach, was tat sie ihm nur an!

Als er zu ihr kam und sich auf die Bettkante setzte, kniete sie sich neben ihn, rieb ihm die Schultern und küsste ihm in stummer Entschuldigung den Nacken. Er seufzte, als sie eine Verspannung wegmassierte.

Er musste es nicht aussprechen. Sie wusste, dass er es hasste, hier zu sein, und dass er vermutlich bald anfangen würde, auch sie zu hassen.

Er war nicht glücklich. Wie konnte er das sein, wenn er wie ein Pferd schuftete und all den Anstrengungen ausgesetzt war, die durch Lady Clarissa verursacht wurden? Inzwischen wunderte sich Derek vermutlich, warum er sie überhaupt geheiratet hatte. Und nachdem sie sich niedergelassen hatten, in Balfour Manor, und sie wieder die bedauernswerte kleine Person geworden war, die sie hier immer gewesen war, fragte Lily sich das allmählich selbst. Wie hatte jemand, der so viele Fehler besaß wie sie, es nur geschafft, einen Gott wie ihn zum Ehemann zu gewinnen?

Derek hatte versprochen, dass er nicht nach Indien zurückkehren würde, aber inzwischen wünschte er sich vermutlich, er könnte das tun. Ein Teil von ihr hatte Angst, vermutlich eine ganz irrationale Angst, dass er sie schließlich doch noch verlassen würde – so wie ihr Vater das getan hatte.

„Geht es dir gut?", fragte er und griff nach ihrer Hand auf seiner Schulter, als könnte er ihre Gedanken lesen.

Lily zögerte eine Weile. „Es geht mir gut", sagte sie mit fester Stimme. Wenn sie klagte, würde alles nur noch schlimmer werden. „Wie geht es dir?"

„Es ging mir schon besser", gab er zu, mit einem müden Lächeln in der Stimme.

„Oh Derek", flüsterte sie und schlang die Arme um seinen Hals. Sie hielt ihn fest an sich gedrückt, und er legte den Kopf an ihre Wange.

„Hm?"

„Es tut mir alles so leid." Sie strich über sein langes Haar, erwog die Fragen, die sie noch nicht ausgesprochen hatte, dann lehnte sie sich zurück und ließ ihn den Kopf auf ihren Schoß legen. Sie streichelte seine Wange, seine Brust. Sie holte tief Atem. „Was ist für morgen geplant? Pamela und ich wollen gern helfen."

„Oh weh." Er stöhnte bei dem Gedanken daran. „Einige feuergefährliche Stellen in der Küche sind zuerst an der Reihe. Aber das Wichtigste ist, dass ich morgen Nacht die Löcher im Dach reparieren muss, durch die die Fledermäuse hereinkommen."

„Nachts?"

„Das muss nachts erledigt werden, während sie draußen umherfliegen, damit sie, wenn sie morgens zurückkehren, nicht mehr hereinkönnen."

„Wie gerissen."

Er lächelte matt.

Sie sah ihn eine Weile an, ihr war, als würde ihr Herz zerbrechen. „Liebster", platzte sie schließlich heraus, „auch das mit Mutter tut mir sehr leid. Ich weiß, dass sie dich fast wahnsinnig macht. Sie ist einfach daran gewöhnt, alles zu bestimmen. Und jetzt bist du hier, und dich kann sie nicht hin- und herschubsen. Jetzt weiß sie gar nicht, wie sie sich verhalten soll."

„Es gefällt mir nur nicht, wie sie dich einschüchtert." Derek legte eine Hand auf ihr Knie. „Ich weiß, sie tut dir weh. Sie hat dich jahrelang so niedergedrückt mit ihrer vielen Kritik, nicht wahr?"

„Ich habe gelernt, wann ich sie einfach ignorieren muss."

„Aber so solltest du nicht leben müssen", widersprach er leise und sah ihr in die Augen. „Nichts an dir rechtfertigt böse Worte. Lily, ich liebe dich. Als ich dich heiratete, habe ich gelobt, dich zu beschützen, nicht nur körperlich, sondern auch seelisch. Wenn sie weiterhin nichts weiter bietet als einen schädigenden Einfluss, dann wird der Zeitpunkt kommen, an dem ich sagen muss: bis hierher und nicht weiter."

„Du bist so süß."

„Warum kannst du dich in ihrer Gegenwart nicht verteidigen? Jemand muss sie auf ihren Platz verweisen, und ich denke, das solltest du sein. Wenn du möchtest, werde ich das mit Vergnügen übernehmen. Aber ich glaube, dass es für dich am besten wäre, wenn du das in Angriff nimmst, und vielleicht auch für sie."

„Was schlägst du vor?", fragte sie belustigt. „Dass ich mich hinstelle und meine Mutter anschreie?"

„Ja, mach das, Mädchen. Nur so kann sie lernen, dass sie dich nicht einfach niedertrampeln darf."

„Derek, ich glaube nicht, dass ich das jemals tun könnte. Das wäre nicht – nun ja, damenhaft." Sie lächelte ihn ein wenig hilflos an.

„Du hattest noch nie damit Schwierigkeiten gehabt, dich gegen mich zu behaupten", erinnerte er sie, dann hielt er ihr den Arm vors Gesicht und spannte die Muskeln an. „Bin ich nicht etwas Furcht einflößender, als sie es ist?"

Bewundernd strich Lily über seinen Armmuskel. Während sie ihn anlächelte, erwachte tief in ihrem Innern das Verlangen. „Gutes Argument."

Er umfasste ihre Wange. „Du bist kein kleines Mädchen mehr. Vergiss das nicht. Du bist eine erwachsene Frau. Eine schöne, blühende, aufregende Frau", vollendete er den Satz mit belegter Stimme, während er die Fingerspitzen über ihren Hals gleiten ließ. Dann schob er ihr langes, offenes Haar zurück, damit er ihre Brüste besser sehen konnte.

Lily erzitterte, als er ganz leicht die Hand über sie gleiten ließ, und seufzte, als er den Träger ihres Hemdes von ihrer Schulter schob. Er entblößte ihre Brüste und beugte sich tiefer, umfasste sie mit seinen Lippen.

Gleich darauf küsste er sie auf den Mund. Sie schlang die Arme um seinen Hals, legte sich hin und legte die Beine um seine Taille, während sie sich weiter küssten.

„Bist du zu müde?", flüsterte sie, aber er lächelte nur.

„Niemals."

Er schob eine Hand nach unten und streichelte sie, weckte ihr Verlangen mit geschickten Fingern, dann ließ er sich nach unten gleiten und liebkoste sie mit seiner Zunge. Als sie sich zu lieben begannen, setzte sie sich auf ihn.

„Zieh das aus", befahl er und schob ihr Chemisier höher. Lily blieb sitzen, während sie das einfache Kleidungsstück über ihren Kopf zog. Sein Blick wirkte beinahe schmerzerfüllt, als er ihre Bewegung beobachtete. „Was bin ich doch für ein glücklicher Mann."

Es rührte sie zutiefst, dass er noch immer so empfand.

Lily beugte sich hinunter, um ihn zu küssen, dann bewegte sie die Hüften und brachte ihn zu einem Höhepunkt, der seinen Körper und seine Seele entspannte.

„Oh Lily, Liebste, komm mit mir", seufzte er.

„Ich liebe dich", flüsterte sie, als sie kurz nach ihm ihren Höhepunkt erreichte.

Danach lagen sie zusammen, er blieb in ihr, während sie den Kopf auf seine Brust legte und voller Wohlbehagen die Augen schloss. Jetzt hatte alles wieder einen Sinn. Seine Liebe besaß die Kraft, ihre Furcht zu vertreiben.

In seinen Armen, so ruhig und befriedigt, schien es ihr, als könnte nichts sie jemals stören.

Aber das war nur die Ruhe vor dem Sturm.

In der darauffolgenden Nacht stiegen Lily und Pamela mit Derek zusammen auf den von Fledermäusen bevölkerten Dachboden hinauf, und während die nachtaktiven Bewohner unterwegs waren, um ein paar Motten zu verspeisen, flickten sie zusammen das Dach. Alle drei trugen gefaltete Tücher über Mund und Nase wie eine Bande von Verbrechern, um nicht den Staub von Fledermauskot und den ungesunden schwarzen Schimmel einzuatmen, der an den Dachbalken nagte.

Es war keine Arbeit für Damen – und genau genommen auch keine für den Sohn eines Gentleman. Aber nachdem sie mehrmals darüber gesprochen hatten, welch abscheuliche und geradezu makabre Aufgabe sie hier erwartete, machten sie sich an die Arbeit. Lily hielt die Laterne, damit Derek sehen konnte, was er tat. Er hatte eine Leiter mitgebracht und war aufs Dach gestiegen, um den Schaden besser beurteilen zu können. Jetzt reichte er die lockeren Ziegel nach unten wie ein Zahnarzt, der an einem Riesen sein Können demonstrierte und viele schwarze, beschädigte Zähne mit dem Hammer herauslöste.

Während Lily die alten Dachziegel aufstapelte, reichte Cousine Pamela die neuen durch das größte Loch im Dach zu ihm hinauf.

Derek schlug weiterhin mit seinem Werkzeug.

Einige Zeit nach Mitternacht wurden sie übermütig und halfen Pamela, ihren neuesten Roman zu entwickeln.

Derek hatte eine Geschichte über einen jungen Mann vorgeschlagen, der ein fremdes Schloss besucht und feststellt, dass es von Geistern bewohnt wird, die er irgendwie bekämpfen muss. Lily schlug einen Exorzisten vor, aber Pamela sagte, das würde nur bei Dämonen erfolgreich sein.

„Vielleicht könnte er ein besonderes Werkzeug haben, um die Geister zu bekämpfen“, schlug Lily vor.

„Was zum Beispiel? Einen magischen Hammer?“, erwiderte Derek breit lächelnd. Er blickte durch das Loch nach unten, um ihnen den zu zeigen, den er in der Hand hielt.

„Würdest du bitte vorsichtig sein? Wenn du herunterfällst, bist du tot.“

„Das wär's! Er könnte sterben“, rief Derek aus. „Wenn er tot ist, kann er selbst als Geist gegen die Geister ankämpfen.“

„Aber dann müsste man auch einen Weg finden, ihn wieder ins Leben zurückzuholen“, meinte Lily nachdenklich. „Wie sollte das gehen?“

„Ich weiß es nicht. Da musst du mit Gabriel sprechen“, murmelte er, ohne das weiter zu erklären.

„Ich glaube, die Idee gefällt mir“, überlegte Pamela laut. „Ich glaube, ich fange gleich morgen damit an.“

„Es ist morgen“, rief Derek vom Dach herunter.

„Oh ja. Kannst du von dort oben unsere Fledermäuse herumfliegen sehen?“

„Nein, aber wenn sie das tun, dann werde ich ihnen als ihr Vermieter sagen, dass ihre Miete überfällig ist.“

Bis die Morgendämmerung anbrach, hatte Derek die Löcher verschlossen und damit die Fledermäuse vom Dachboden vertrieben, sodass sie aufgeregt vor dem Haus ihre Runden flogen. Die Dienstboten hatten sich zu ihrer täglichen Arbeit erhoben, der Diener und das Hausmädchen halfen dabei, Werkzeug, Nägel und die Leiter nach unten zu tragen.

„Bah, das war so abscheulich!“

„Wascht euch gründlich, Fledermäuse können Krankheiten übertragen. Deshalb wollte ich nicht, dass ihr mir helft, aber ihr habt es nicht anders gewollt. Doch ich bin froh, dass ihr es getan habt. Vielen Dank, meine Damen.“

„Wir sollten dir danken“, sagte Pamela, während Lily ihn nur anlächelte.

„Ach, da seid ihr!“ Tante Daisy hastete durch die Eingangshalle, als sie die Treppe herunterkamen.

Derek und der Diener umfassten die Leiter, Lily hielt mehrere erloschene Laternen, während Pamela das letzte Brett trug, das sie nicht mehr gebraucht hatten.

Aufgeregt lief Tante Daisy auf sie zu. „Beeile dich, Tochter, beeile dich!"

„Was ist, Mutter?", fragte Cousine Pamela besorgt, stellte das Brett auf den Boden und lehnte es gegen einen Pfosten.

„Für dich ist etwas gekommen – ein Brief. Hier! Oh, mach schnell!"

„Ist er von dem Dichter, den du bei der literarischen Gesellschaft kennengelernt hast?" Lily sah ihre Cousine vielsagend an.

„Nein", rief Tante Daisy aus und schwenkte den Brief, als hätte sie den Hauptgewinn bei einer Lotterie in der Hand. „Himmel! Er ist von einem Verleger."

Pamela schrie auf. „Was?" Sie lief zu ihrer Mutter und hielt den Brief mit beiden Händen fest. „Murray! John Murray! Er verlegt Lord Byron und – und Sir Walter Scott. Aber wie kann er mich kennen?"

Derek räusperte sich, neigte den Kopf und versuchte, unschuldig auszusehen.

„Das hast du nicht getan!" Pamela starrte ihn mit offenem Mund an.

„Warum nicht? Die Geschichte war gut. Meine Liebe, du kannst keinen Erfolg haben, wenn du es nicht versuchst."

Mit bleichem Gesicht wandte Pamela sich an Lily. „Ich – ich kann nicht. Ich kann ihn nicht öffnen. Lily, lies du ihn. Ich kann es nicht ertragen, mit eigenen Augen zu sehen, was darin steht."

Lily stellte ihre Laternen hin, nahm ihrer aufgeregten Cousine den Brief ab und sah ihren Ehemann fragend an. Auch sie hatte nicht gewusst, was Derek für Pamela unternommen hatte.

Er nickte ihr ermutigend zu.

Lily riss den Umschlag auf und las, was in den Brief stand.

„Was schreibt er?" Pamela bekam fast keinen Ton heraus.

Lily sah sie erstaunt an. „Er will dein Buch herausbringen."

Pamela stieß einen Schrei aus.

„Warte! Da steht noch mehr." Lily hielt Pamela am Arm fest.

„Er fragt, ob du noch mehr von diesen Geschichten hast, die du vielleicht verkaufen möchtest."

Pamela schrie ein weiteres Mal auf, doch dann umarmten sich alle und jubelten. Tante Daisy weinte und plapperte ständig etwas davon, wie stolz sie auf ihre Tochter war. Lily hüpfte auf und ab, während Derek dem Diener auf den Rücken schlug und vor Stolz strahlte. Aber mitten in diesem Freudentaumel ließ sich eine Stimme vernehmen, kalt wie der Nordwind.

„Was hat das zu bedeuten?"

Alle erstarrten.

„Oh, Clarissa." Tante Daisy ergriff tapfer das Wort, wenn ihre Stimme auch kaum mehr als ein Flüstern war. „Mr Murray aus London möchte die Bücher unserer Pamela herausbringen."

„Wirklich?", stieß Lady Clarissa hervor und sah die Autorin streng an. „Pamela, ich bin entsetzt über dich. Wie kannst du den Ruf der Familie auf diese Weise aufs Spiel setzen?"

„Ich werde ein Pseudonym benutzen, Tante Clarissa. Ich schwöre es."

„Es ist nicht ihre Schuld", sagte Derek in scharfem Ton und trat vor. „Ich bin dafür verantwortlich."

„Ach, das hätte ich mir denken können", erwiderte Clarissa spöttisch.

„Mutter", sagte Lily warnend.

„Sag nicht in diesem Ton Mutter zu mir!"

„Oh bitte, hört auf damit", klagte Tante Daisy. „Ich fühle, wie ich wieder Herzklopfen bekomme."

Lady Clarissa beachtete sie aber nicht und konzentrierte ihren Unmut auf Lily, wobei ihre blauen Augen funkelten. „Das ist alles deine Schuld, du selbstsüchtiges Mädchen. Du hast uns das alles eingebrockt, denn du hast diesen hübschen Burschen geheiratet, anstatt dein Wort zu halten und deine Verpflichtungen der Familie gegenüber ernst zu nehmen. Aber wer dich kennt, weiß, dass dir vermutlich gar nichts anderes übrig blieb."

Lily sah sie verletzt und erschrocken an.

Derek zog sich die Arbeitshandschuhe aus. „Haben Sie gerade die Ehre meiner Gemahlin beleidigt?“

Lady Clarissa wandte sich achselzuckend ab. „Wenn Sie es so sehen wollen.“

„Madam“, erwiderte Derek im schneidenden Tonfall, „gehen Sie nach oben, und packen Sie. Sie werden uns verlassen.“

„Ach, ich verstehe“, höhnte sie. „Sie wollen mich aus meinem eigenen Haus werfen?“

„Es ist nicht Ihr Haus, Lady Clarissa“, erinnerte er sie. „Es ist meines. Und ich will, dass Sie gehen.“

Lady Clarissa zuckte zusammen, als er das letzte Wort brüllte, als wäre er beim Militär. Sie sah ihn an, als könnte ein einziger Lufthauch sie umwerfen. „Wenn es so ist, wenn ihr alle so denkt, dann werde ich das tun!“ Sie blickte zu Lily, die starr vor Entsetzen dastand. Dann drehte sie sich um und ging hoch erhobenen Hauptes hinaus.

Alle drehten sich um und starrten Derek verblüfft an.

Er erwiderte die Blicke ohne eine Spur von Bedauern.

Lily schüttelte schließlich den Kopf und lief die Treppe hinauf, um nach ihrer Mutter zu sehen. Vermutlich wusste diese gar nicht, wie ihr geschah.

Als Lily in dem geräumigen, aber schäbigen Schlafzimmer ihrer Mutter eintrat, war diese beim Packen.

Oder zumindest tat sie so.

„Mutter?“

„Sprich mich nicht an, du kleine Verräterin“, stieß sie hervor, während sie einen Armvoll fadenscheiniger Garderobe in den Koffer warf, der offen auf ihrem Himmelbett lag.

„Mutter, bitte. Derek möchte nur, dass alle sich vertragen. Du musst nicht gehen.“

„Als würde es dich interessieren, was aus mir wird.“

„Sei nicht so. Bitte beruhige dich. Soll ich dir etwas Tee bringen? Es wird alles wieder gut.“

„Nein! Das wird es nicht“, rief Lady Clarissa und drehte sich mit blitzenden Augen zu Lily um. „Du hast alles verdorben. Das alles hier ist deine Schuld, und es ist dir egal. Was hast du dir dabei gedacht, einen wie ihn hierherzubringen? Er gehört nicht hierher! Ein Offizier? Das hatten wir nicht vereinbart. Hast du eine Vorstellung davon, wie sehr du uns alle im Stich gelassen hast, und alles nur, weil du, wie ich vermute, wieder einmal nicht in der Lage warst, deine Beine zusammenzuhalten?"

Bei diesen grausamen Worten errötete Lily. Sie senkte den Kopf. Ihr Herz schlug viel zu schnell, um zu bemerken, dass Derek an der Tür lehnte. Aber dann hörte sie seine tiefe, ruhige Stimme, mit der er sie daran erinnerte, wer sie wirklich war.

„Lily Knight", sagte er leise, „du bist die tapferste Frau, die ich kenne. Willst du das eben Gesagte einfach hinnehmen?"

Er hatte recht.

Sie dachte an den brennenden Stall und wie sie wie wahnsinnig gekämpft hatte, um ihn zu retten. Konnte sie nicht wenigstens ein bisschen von dieser Entschlossenheit aufbringen, um für sich zu kämpfen?

„Ich gehe doch richtig in der Annahme, Major?", ließ sich ihre Mutter vernehmen und unterbrach damit ihre Gedanken. „Sie haben sie nur geheiratet, weil die Ehre es verlangte, nicht wahr?"

Derek schüttelte nur stumm den Kopf und ging nicht darauf ein.

Lily wusste, dass er schwieg, weil sie diejenige sein sollte, die etwas sagte. Ihr Herz klopfte wie wild. Sie wusste kaum, wo sie anfangen sollte, in ihr steckte so viel Zorn. „Du kannst es einfach nicht ertragen, mich glücklich zu sehen, oder?", stieß sie schließlich hervor und erschrak selbst vor der Heftigkeit, mit der sie das sagte.

Langsam hob sie den Kopf und sah ihrer Mutter in die Augen.

Lady Clarissa betrachtete sie belustigt und von oben herab, eine Augenbraue hochgezogen. „Oh, was ist das? Das Mäuschen zeigt Charakter?"

Lily verzog das Gesicht. „Ich habe es so satt, mich von dir verletzen zu lassen. Eine Mutter sollte ihr Kind lieben, aber du verspottest mich nur und suchst nach Fehlern in mir. Ich habe mich unermüdlich bemüht, deine Anerkennung zu finden. Jahrelang habe ich es versucht. Aber weißt du was, Mutter? Ich gebe es auf." Tränen traten ihr in die Augen. „Nichts von dem, was ich tue, wird jemals gut genug für dich sein, wozu also? Du hast dich meiner geschämt seit dem Tag, da Lord Owen Masters mein Leben ruiniert hat."

Als die Mutter zur Decke sah, verlor Lily die Geduld.

„Wo warst du, als er mir nachgestellt hat?", rief sie. „Mit dir selbst beschäftigt! Ich war fünfzehn Jahre alt, Mutter! Ein Kind! Ich wusste so wenig – ich habe es nicht verstanden. Der Bastard hat mich nahezu vergewaltigt, aber dich hat es nicht einmal interessiert, was er mir angetan hat. Statt mir zu helfen und mich zu trösten, hast du mich nur angeschrien und dich gesorgt, wie wir das wohl vertuschen können. Nun, vielleicht verdienst du einen Teil des Tadels", sagte sie kühl. „Du bist meine Mutter, du hättest mich beschützen sollen. Mein Vater war tot – nicht zuletzt, weil du ihn vertrieben hast."

Bei den letzten Worten erschrak Lily, kaum dass sie sie ausgesprochen hatte.

Sie hatte die Wahrheit gesagt, was in so vielen Jahren niemand gewagt hatte.

„Du und Großvater. Ihr beide habt ihn gedrängt, des Geldes wegen zu gehen, und er starb."

In Lady Clarissas Augen schimmerten Tränen, doch sie stand noch immer stocksteif da.

„Nun, meinen Ehemann wirst du nicht auch noch vertreiben", schloss Lily mit bebender Stimme, nahe daran, die Fassung zu verlieren. „Wenn du willst, kannst du weiterhin stolz in deinem Elend leben, und ich weiß, dass man das Elend gern mit anderen teilt. Aber mit mir wirst du es nicht länger teilen." Sie warf einen Blick zu Derek. Er nickte ihr ermutigend zu. Dann sah sie wieder ihre Mutter an, und ihr Herz raste. „Ich beabsichtige, glücklich zu werden", sagte sie. „Und wenn du damit nicht leben kannst, dann kann ich Derek nur zustimmen, und du solltest gehen."

Lady Clarissa holte tief Luft. Sie widmete sich ihrem Koffer und verschloss ihn mit einem Klicken. „Du hast recht", sagte sie endlich, den Blick auf die gegenüberliegende Wand gerichtet. Anscheinend vermied sie es, Lily anzusehen, als wäre das Gesicht ihrer Tochter ein Spiegel, der zu viele wenig schmeichelhafte Züge zeigte. „Du hast recht“, wiederholte sie. „Ich habe versagt. Ich habe auch bei deinem Vater versagt, und jetzt muss ich mit meinem Bedauern leben.“

Lily zitterte, wartete darauf, dass ihre Mutter sie ansah, aber stattdessen nahm Lady Clarissa ihren Koffer und ging zur Tür, offenbar entschlossen, ihre Verbannung zu akzeptieren.

An der Tür hielt Derek sie auf, indem er ihr sanft eine Hand auf die Schulter legte. „Meine Schwester Georgiana hält bereits für Sie und die anderen eine Suite in ihrem Haus bereit. Der Diener soll Sie dorthin fahren. Sie erwartet Sie.“

„Ich verstehe. Sie haben das bereits seit einiger Zeit geplant.“

Derek sagte nichts.

Lily schloss die Augen, nur mit äußerster Willensanstrengung hielt sie ein Schluchzen zurück. Kurz darauf war ihre Mutter fort.

An dem Knarren der Fußbodendielen hörte sie, dass Derek sich ihr näherte. Sie fühlte, wie er sie in seine Arme zog. Er hielt sie ganz fest.

„Tapferes Mädchen“, flüsterte er. „Ich liebe dich.“

Lily weinte.

„Das musstest du tun.“

„Ja.“

„Fühlst du dich besser?“

„Nein. Noch nicht.“

„Das wirst du. Ich verspreche es dir“, wisperte er und küsste ihren Scheitel.

„Sie – sie hat es nicht gut aufgenommen.“

„Du hast gesagt, was du sagen musstest. Darauf kommt es an.“

„Vermutlich.“

„Ich bin stolz auf dich. Ich weiß, wie schwer das gewesen sein muss.“

„Ich bin nicht so tapfer wie du“, flüsterte sie.

„Oh doch, das bist du.“

Sie sah zu ihm auf, das Lächeln noch etwas schief. „Meinst du wirklich?"

„Ich bin der lebende Beweis dafür, meine Liebe. Ich sage dir eines. Sie hat dich angehört. Ich denke, du wirst eine Veränderung miterleben."

„Ich hoffe, dass du richtig liegst. Warum ist sie nur so kalt? Vielleicht weiß sie nicht, wie man liebt."

„Aber du weißt es."

„Ja, ich weiß es." Einen Augenblick später lachte sie kurz auf und schüttelte den Kopf. „Ich kann nicht fassen, dass du sie hinausgeworfen hast."

„Tante Daisy und Pamela werden mit ihr nach London fahren. Georgiana hat sich gefreut, für eine Weile ein paar Zimmer in ihrem Palast anbieten zu können."

„Nun, das ist großartig. Pamela wird sich mit ihrem Verleger treffen können, und Tante Daisy wird sich freuen, Matthew wiederzusehen. Vielleicht kann Mrs Clearwell einen reichen Gentleman für Mutter finden."

Derek lachte. „Liebste, sie kann keine Wunder bewirken."

Er umfasste mit beiden Händen ihr Gesicht und gab ihr einen sanften Kuss. „Lily?", flüsterte er. „Du weißt, dass ich dich liebe, oder?"

Verträumt sah sie in seine silbergrauen Augen. „Ja."

„Gut. Denn, weißt du, Liebste, es gibt etwas, das ich dir sagen muss."

Derek wusste, der Augenblick der Wahrheit war gekommen.

Ach, verflixt.

Ein echtes Ärgernis, diese Augenblicke der Wahrheit.

„Ich liebe dich", sagte er noch einmal, wohl um die Situation hinauszuzögern.

„Was ist?" Dann sah sie ihn aus großen Augen an. „Du gehst zurück nach Indien."

„Nein, nein, natürlich nicht. Komm setz dich, Liebste. Du stehst noch unter Schock."

Doch der war noch gar nichts verglichen mit dem Schock, der ihr noch bevorstand.

Er führte sie aus dem Schlafgemach ihrer Eltern – einem Raum, der ihm Unbehagen verursachte – und zog sie behutsam zu der verblichenen Chaiselongue unter dem Fenster am Ende des dunkel getäfelten Flurs. Er legte seine Hand auf ihre.

„Stimmt etwas nicht, mein Gemahl?"

Er holte tief Luft und erinnerte sich daran, dass er noch viel mehr getan hätte, um sie zu beschützen. Er hoffte nur, dass sie ihm keinen Dolch in die Brust stieß, wenn sie seine Neuigkeiten gehört hatte. „Nun, zuerst freue ich mich, dir mitteilen zu können, dass unsere finanzielle Lage hervorragend ist."

„Oh." Sie runzelte die Stirn, dann nickte sie. „Gut."

Er schluckte. „Gabriel bat mich, seine Stellung als Erbe unseres Vaters zu übernehmen."

„Was?"

„Er sagte, er wollte die Last der Verantwortung nicht länger tragen."

Sie überlegte einen Moment. „Das klingt gar nicht nach ihm. Geht es ihm gut?"

Derek zuckte die Achseln. „Ich weiß es nicht. Gewöhnlich weiß er, was er tut. Aber wie du dir sicher vorstellen kannst, bedeutet das für uns eine große Verbesserung", fügte er hinzu.

Sie dachte über diese Offenbarung nach und sagte schließlich: „Willst du damit zum Ausdruck bringen, dass es mir schließlich doch noch gelungen ist, einen reichen Mann zu heiraten?"

Er lachte. „Ziemlich."

„Wie klug von mir. Aber du bist ein Schuft." Erleichtert sah er, dass sie sich endlich entspannte. „Warum hast du mir das nicht früher gesagt?"

„Gabriel hätte seine Meinung immer noch ändern können, obwohl er weiß Gott das Temperament eines Felsens hat."

„Vielleicht hattest du ja Angst, ich könnte dein ganzes Erbe ausgeben?"

„Nein." Liebevoll tätschelte er ihre Wange. „Ich hatte Angst, du würdest es deiner Mutter sagen, und sie würde das tun."

„Ah. Nun ..."

Sie lächelten einander an.

„Wie auch immer, mein Aufstieg in der Gesellschaft", fuhr er fort, „ist nicht das Einzige, was sich verändert hat." Als er sie ansah, wurde er ernst.

„Was meinst du damit?"

Derek zwang sich, die nächsten Worte möglichst ruhig auszusprechen. „Wir werden umziehen."

„Umziehen?" Sie wurde wachsam. Es war nur eine winzige Veränderung, die äußerlich mit ihr vorging, und doch war es, als würde sich eine Wand zwischen ihnen auftun.

„Ja", sagte er leise und hielt ihre Hand weiterhin fest in der seinen. „Ich wünsche mir, dass du darüber nachdenkst, in was für einem Haus du leben möchtest – ich meine, was dein Ideal ist."

Sie schien verwirrt. „Aber ich habe schon ein Zuhause. Ich wohne in Balfour Manor."

„Nein, Liebling", sagte er leise. „Nicht mehr."

„Was?" Sie entzog ihm ihre Hand.

„Wir können uns nicht leisten, hier ..."

„Aber gerade hast du mir gesagt, dass du reich bist. Ich weiß, dieses Haus ist heruntergekommen, Derek, aber nun kannst du Handwerker ..."

„Nein."

Er sah in ihre blauen Augen. Er weigerte sich nachzugeben, obwohl er in ihnen erkannte, dass sie sich verraten und verletzt fühlte.

„Ich bringe dich hier heraus", sagte er sehr behutsam. „Dieser Ort ist nicht gut für dich. Ich sehe, was er mit dir macht, auch wenn du das nicht siehst. Lily, ich bin dein Mann, und es ist meine Aufgabe, dich zu beschützen."

„Mich beschützen?" Sie stand auf und sah ihn entsetzt an.

„Das Haus ist verfallen, und überall gibt es böse Erinnerungen für dich."

„Aber Balfour Manor gehört mir. Mir! Du kannst es nicht einfach so verkaufen, und das wirst du auch nicht."

„Es gehört uns."

Genau genommen gehörte es ihm, nun da er mit ihr verheiratet war. Er konnte damit tun, was er wollte, aber das zu erwähnen hatte keinen Sinn. Sie wusste das. Sie wollte es nur nicht zugeben. Jetzt sah sie ihn an und schüttelte den Kopf, als wäre er Judas.

„Ich glaube dir nicht. Du hast mich gewarnt, dass Edward so etwas machen könnte. Edward! Und jetzt benimmst du dich wie er! Wie kannst du mir das antun? Balfour Manor ist mein Zuhause, das einzige Zuhause, das ich je gekannt habe. Es ist seit dreihundert Jahren im Besitz meiner Familie, und jetzt willst du es an einen Fremden verkaufen? Wie kannst du das wagen?"

„Ich mache das, weil ich dich liebe. Ich weiß, du bist aufgeregt, aber dieses Haus ist gefährlich, Lily. Ich werde hier nicht meine Kinder aufziehen."

„Wie kannst du mich so verraten?"

Seine Worte schienen sie nicht zu erreichen. „Ich verrate dich nicht", sagte er leise. „Ich werde dich irgendwohin bringen, wo du glücklich sein kannst. Ich ertrage es nicht, dich so zu sehen. Ich will nicht, dass du diese Luft atmest."

Sie verschränkte die Arme vor der Brust und ging kopfschüttelnd auf und ab. „Ich kann nicht glauben, dass du all das hinter meinem Rücken geplant hast. Deswegen hast du gesagt, dass Georgiana ihre Gästezimmer für Mutter bereithält, nicht wahr?"

„Ja."

„Also wusste deine Schwester, dass du mein Haus verkaufst, noch ehe du mich davon in Kenntnis setztest?"

„Versuch einfach, meinen Plan anzuhören."

„Dein Plan, ja?", fuhr sie ihn an.

„Charles Beecham hat zum Ende der Woche eine Auktion vorbereitet. Deswegen habe ich die notwendigsten Reparaturen vorgenommen, um einen guten Preis zu erzielen."

Kopfschüttelnd und anklagend sah sie ihn an, aber er sprach entschlossen weiter.

„Zuerst habe ich versucht, deinen Verwandten dafür zu interessieren, in der Hoffnung, den Besitz der Balfours zusammenhalten zu können. Aber nicht einmal er wollte es haben."

„Deshalb wolltest du ihn zur Hochzeit einladen!"

„Sobald wir einen Käufer haben, werden wir einen angemessenen Zeitraum vereinbaren, in dem die persönlichen Dinge deiner Familie herausgebracht werden. Ich werde dafür sorgen, dass deine Verwandten angemessen wohnen können, vielleicht in der Nähe von Mrs Clearwell. Würde dir das gefallen?"

Sie schien die Frage nicht gehört zu haben. „Werden sie das Haus abreißen?"

Derek straffte die Schultern. „Das kommt darauf an, wer es kauft."

Bei dieser Antwort spiegelte sich Zorn auf ihrem Gesicht. Das überraschte ihn nicht. Von allen Möglichkeiten war das diejenige, die ihr am wenigsten gefiel. Eine Weile lang sah sie ihn stumm an.

„Nun, sie sollen erst einmal versuchen, mich hier herauszubekommen", sagte sie. „Sie werden das Haus mit mir darin abreißen müssen, denn ich werde nicht fortgehen. Balfour Manor ist mein Zuhause, und ich werde nicht zulassen, dass du es zerstörst." Mit diesen Worten machte sie auf dem Absatz kehrt und ging davon. Ihr Ziel war das Schlafzimmer, das am Ende des Flurs lag. Die Tür schlug sie hinter sich zu.

Derek senkte den Kopf und holte tief Luft. „Verdammt."

Zumindest hatte er die Nachrichten überbracht. Er hatte gewartet, bis es nur noch ein paar Tage bis zu der Auktion waren. Er wusste, es war besser, wenn sie sich nicht zu lange mit dieser Entscheidung quälte.

Er kam sich vor, als hätte er eine Amputation nach einer Schlacht vorgenommen.

Er wollte ihr Zeit geben, über alles nachzudenken, und aus diesem Grund lief er nach unten, um den Damen bei der Abreise zu helfen.

Sie nahmen die Neuigkeit besser auf als Lily.

Pamela und Tante Daisy schienen beinahe glücklich zu sein, zu hören, dass sie nie wieder nach Balfour Manor zurückkommen mussten. Offenbar waren sie bereit, den Käfig zu verlassen. Lady Clarissa schien kaum zu verstehen, was er sagte. Derek hatte den Eindruck, dass sie noch unter Schock stand. Dass der Zornausbruch ihrer Tochter langsam zu ihr durchdrang.

Als die schäbige schwarze Kutsche davonfuhr, sah er, wie sie die Auffahrt hinunterrumpelte, vorbei an dem verflixten Baum. Jetzt sind sie unterwegs, dachte er. Er war zuversichtlich, dass es ihnen gut gehen würde, wenn die Unruhe über den Umzug erst einmal vorüber war. Schließlich hatten sie nach ihrer Rückkehr wochenlang von dem Besuch in London gesprochen, über die Menschen, denen sie begegnet waren, die Orte, die sie besucht hatten. Sie waren ausgehungert nach Leben und Unternehmungen. In der Stadt würden die toten Balfours, die hier auf dem Friedhof lagen, sie vielleicht nicht so sehr verfolgen.

Als sie fort waren, beschloss er, wieder zum Schlafgemach zurückzukehren, musste aber feststellen, dass seine Frau sich dort eingeschlossen hatte. Natürlich wäre es einfach gewesen, ein Loch in die wurmzerfressene Tür zu schlagen oder das alte Mauerwerk zu brechen – doch das wagte er nicht.

Wie ein wohlerzogener Gentleman klopfte er an. „Lily?“

„Geh weg! Ich rede nicht mit dir.“

„Gut, dann rede ich, und du hörst zu.“ Es fiel ihm leichter, sein Herz einer schlichten braunen Tür auszuschütten. „Ich kann nicht ertragen, mit anzusehen, was hier mit dir geschieht. Ich liebe dich so sehr, und ich habe das Gefühl, dich zu verlieren – an diesen Ort. Er verändert dich in einer Weise, die ich nicht verstehe. Ich will dir helfen.“

Keine Antwort.

„Lily, hierher zurückzukommen war für dich genauso schlecht, wie es dies für mich wäre, auf die Schlachtfelder zurückzukehren. Wir haben beide unsere Dämonen. Du wolltest mich nicht an meine verlieren, und dir schulde ich dasselbe.“

„Dasselbe?“, rief sie zornig durch das Holz, das sie beide trennte.

„Natürlich! Ich würde alles für dich tun. Alles“, fügte er leise hinzu. „Dich zu verletzen ist das Letzte, was ich will. Ich weiß, dass du böse bist. Ich verstehe das. Aber was immer du denken magst, ich habe das gemacht, weil ich dich liebe. Eines Tages wirst du mir dafür danken."

Stille.

„Kannst du etwas sagen?"

„Ich hasse dich."

„Nein, das tust du nicht", erwiderte er. „Du liebst mich."

„Geh weg!"

„Gut. Ich werde etwas zu essen holen. Möchtest du?"

Ein wortloser Wutschrei war die einzige Antwort.

„Lily, es ist vollkommen klar, dass du hier nicht glücklich bist. Warum also weigerst du dich, dieses Anwesen zu verkaufen? Das ergibt keinen Sinn. Warum nimmst du solche Mühsal auf dich, um es zu erhalten? Sag mir das. Warum wolltest du jemanden wie Ed Lundy heiraten, um es zu bewahren? Mit all den faulenden Balken und einsinkenden Kaminen? Warum ist das so wichtig?"

„Weil es so ist", rief sie.

Die Antwort klang wie etwas, das er von einem kleinen Kind erwartet hätte.

Da endlich begann er zu erahnen, was in ihrem Kopf vor sich ging, ob sie es wusste oder nicht.

„Nun", sagte er gleichmütig durch die geschlossene Tür. „Du kannst mich hassen, soviel du willst, aber ich werde dich nicht gehen lassen. Befehl von Mrs Clearwell."

„Ach, sei still."

Gegen seinen Willen musste er lächeln. Die Erinnerung an den Ratschlag ihrer Anstandsdame am Tag ihrer Hochzeit hatte sie zumindest ein bisschen milder gestimmt. „Liebste, ich werde dir das schönste Haus kaufen, das du je gesehen hast", versprach er ihr. „Was hättest du gern? Einen Garten? Einen Ballsaal?"

„Aber ich will dieses Haus", schluchzte sie, und der verzweifelte Klang ihrer Stimme zerriss ihm beinahe das Herz.

Verdammt. Jetzt weinte sie richtig. Er hörte es von drinnen. „Lily, lass mich hinein. Lass mich dich in den Arm nehmen."

„Nein. Geh einfach weg. Ich kann nicht glauben, dass du mir das angetan hast, du Verräter."

Obwohl er überzeugt davon war, im Recht zu sein, vermittelten ihm ihr Weinen und das Wissen, dass er der Anlass dafür war, das Gefühl, ganz klein zu sein.

Verdammt, aber manchen Menschen konnte man einfach nicht helfen.

Er schüttelte den Kopf und überließ sie ihren Tränen. Er kannte sie, und so gern er auch die Tür aufgebrochen hätte, so wusste er doch, wie wichtig es war, ihr Zeit zu lassen und zu vertrauen. Also brachte er all seine militärische Disziplin auf, wartete eine halbe Stunde. Er kam erst zurück, als er sich nach der schmutzigen Arbeit auf dem Dachboden gewaschen, sich umgezogen und ein Tablett mit Tee und etwas zum Essen für sie beide vorbereitet hatte.

Er trug es hinauf zu der Tür und klopfte leise. „Ich bin wieder da."

Keine Antwort.

Er runzelte die Stirn. „Lily?"

Als er diesmal den Türknauf bewegte, drehte er sich. Die Tür war nicht mehr abgeschlossen. Er öffnete sie und spähte vorsichtig ins Zimmer. Seine Frau saß weinend auf dem Boden vor dem Fenster, die Arme um sich geschlungen. In ihren blauen Augen lag der Ausdruck eines kleinen Kindes.

Oh weh. Derek schloss die Tür hinter sich. „Möchtest du etwas Tee?"

„Ich weiß es jetzt", erklärte sie mit zitternder Stimme.

„Was?" Er stellte das Tablett hin und ging zu ihr. „Was weißt du jetzt, Liebes?"

„Warum dieser Ort so wichtig ist." Ihre Zähne klapperten, als hätte sie sich erkältet.

„Warum?", flüsterte er und hockte sich neben sie.

„Ein Teil von mir dachte, mein Vater würde wieder nach Hause kommen. Und wir müssten hier sein, wenn er eintrifft, weil er sonst nicht weiß, wohin wir gegangen sind. Es konnte ja sein, dass er uns dann nicht mehr finden würde." Zwei Tränen fielen aus ihren Augen. „Aber er wird nie wieder zurückkommen. Das ist mir natürlich klar. Ich glaube, ich habe es immer gewusst, aber ich wollte es nicht wahrhaben. Denn es tut weh."

„Liebste." Derek zog sie an sich. Matt schlang sie die Arme um ihn und weinte.

„Psst", machte er, während er sie auf seinem Schoß hielt. „Ich bin da."

Sie weinte, bis sie keine Tränen mehr hatte. Derek streichelte sie und tröstete sie, bis sie vor Erschöpfung verstummte.

Er war nicht sicher, wie viel Zeit vergangen war, aber vor ihrem Schlafzimmerfenster wurde es dämmerig.

„Es tut mir leid, was ich gesagt habe."

Er küsste ihre Stirn. „Ist schon gut."

„Du verzeihst mir?"

„Immer. Verzeihst du mir?" Er sah ihr in die Augen.

„Du hattest recht", sagte sie kaum hörbar. Sie nickte und senkte den Blick. „Dieser Ort. Ich muss mich von ihm befreien."

„Du bist jetzt frei." Er verschränkte die Finger mit ihren.

„Derek?"

Fragend sah er sie an.

„Bring mich hier heraus", flüsterte sie. „Können wir gehen? Können wir jetzt gleich gehen, ehe ich den Mut dazu verliere?"

Er nickte, erhob sich und half ihr beim Aufstehen. „Lass uns aufbrechen."

Sie gingen zum Stall, wo er die Pferde sattelte, und noch in derselben Nacht ritten sie nach London. Lily saß mit ihm auf seinem schwarzen Hengst, er hielt sie fest. Mary Nonesuch, die Stute, folgte angebunden hinter ihnen.

Sie trabten durch die Dunkelheit, ohne ein festes Ziel vor Augen zu haben. Solange sie zusammen waren, brauchten sie nur sich.

EPILOG

Lilys Haus, das sie als für sich ideal fand, weckte die Vorstellung, in einem schönen sommerlichen Garten Tee zu trinken. Warme Goldtöne an den Wänden verliehen den hellen Innenräumen, die mit weichen Möbeln eingerichtet waren und viel geblümtem Chintz, einen zarten Glanz. Überall standen Topfpflanzen, die durch das Licht, das durch die hohen Fenster einfiel, üppig wuchsen.

Das weiße Cottage, das sie gefunden hatten, war perfekt für sie – nicht zu groß und nicht zu klein. Gerade weit genug entfernt von der Stadt, um ruhig gelegen zu sein – von ihrem Schlafzimmerfenster aus konnten sie eine Wiese mit grasenden Kühen sehen –, und doch ihr so nahe, um an Londons Annehmlichkeiten teilhaben zu können.

Und es war neu. Alles funktionierte so, wie es sollte, nicht einmal die Bodenbretter knarrten. Es besaß Leitungen aus Kupfer, ein modernes Wasserklosett und ein dichtes Dach. Von dem Tag an, da Derek ihr das Haus kaufte, erschien es Lily wie ein Stück vom Himmel.

Es war ihr Zuhause.

Ein sicherer Ort. Ein Ort der Freude. Vor allem aber ein Ort der Liebe.

Balfour Manor gab es nicht mehr. Bei der Auktion hatte ein Architekt es gekauft und danach abgerissen. Die besten Stücke verwendete er bei seinen verschiedenen Bauprojekten.

Die Damen Balfour teilten den Gewinn untereinander zu gleichen Teilen auf, und mit erstaunlicher Geschwindigkeit veränderten die neuen Umstände ihr Leben auf drastische Weise.

Lady Clarissa zog in ein elegantes kleines Haus in derselben Straße, in der auch Mrs Clearwell wohnte. Bei ihrem Wiedereintritt in die Gesellschaft als immer noch schöne und unabhängige Witwe à la Fanny Coates sah sie sich rasch umworben von einigen der wildesten jungen Burschen. Dabei konnte sie ihre starren Anstandsvorstellungen nicht lange aufrechterhalten. Sie war ständig umgeben von lustvollen, verliebten jungen Männern und hatte keine Zeit mehr, Lily oder sonst jemanden zu kritisieren. Sie war zu sehr damit beschäftigt, ihr Leben zu genießen.

Auch Cousine Pamela verfügte über eine Schar von Verehrern. Dem Dichter, den sie einst in einer literarischen Soiree kennengelernte hatte, hatte sie bereits den Laufpass gegeben – und ihm dabei zweifellos reichlich Material gegeben, über das er in seinen Gedichten trauern konnte. Jetzt sah man sie mit einem neuen Begleiter an ihrer Seite, einem aufstrebenden Komponisten, wie Lily glaubte. Nach ihrer Ankunft in London hatte Pamela die Brille abgelegt, sich das Haar kurz schneiden lassen und war dazu übergegangen, Rot zu tragen. John Murray, ihr Verleger, hatte mit ihr vereinbart, sechs Geschichten innerhalb der nächsten zwei Jahre zu drucken. Was Tante Daisy betraf, so mangelte es ihr nicht an Kindern in der Familie Knight, mit denen sie sich ausgiebig beschäftigen konnte. Ihr derzeitiger Liebling war die herzögliche Erbin, allgemein bekannt als Baby Kate.

Die Damen Balfour waren so aktiv und so glücklich, dass Derek und Lily weitgehend sich selbst überlassen waren, was ihnen ganz recht war.

Derek hatte endlich den lang ersehnten Brief von seinem früheren Kommandanten bekommen, mit Nachrichten über seine Männer. Colonel Montrose berichtete, dass das Maratha-Reich nach nur vier Monaten besiegt war, noch ehe die Schiffe mit dem Geld ankamen. Das konnte man Ironie des Schicksals nennen. Was Dereks Männer betraf, so hatten sie nicht an den Kriegshandlungen teilgenommen. Sein früheres Regiment war in einer anderen Gegend Indiens stationiert gewesen, als die ersten Schüsse fielen. Baji Rao, so schrieb der Colonel weiter, sei tot und die Britischen Kolonien wieder gesichert.

Derek hatte über den Brief gelacht und ihn dann an Gabriel weitergereicht, der zurückgezogen auf dem Land lebte. Auch er sollte von diesen Neuigkeiten erfahren, ungeachtet der Tatsache, dass der erstgeborene Knight sich nicht mehr für Erinnerungen an sein altes Leben oder das, was in der Welt vorging, interessierte. Gabriel wartete auf ein göttliches Zeichen, das ihm sein zukünftiges Schicksal offenbarte.

Bezüglich ihres eigenen Schicksals hatten Derek und Lily keine Fragen.

„Lily!“ Sie hörte, wie ihr Gemahl von draußen nach ihr rief. Sie trat ans Fenster. „Sieh nur! Ich bin gerade fertig geworden.“ Strahlend vor Stolz über seine Arbeit, deutete Derek auf den Gartenpavillon, den er eben fertig gestrichen hatte. „Was meinst du?“

Lilys Antwort klang etwas gedämpft, denn sie hatte einen Kloß im Hals. „Es ist perfekt, Derek. Du bist perfekt. Es ist wunderschön.“

Er lächelte und winkte. „Komm her, und sieh es dir genauer an.“

Sie schloss das Fenster gegen die herbstliche Kühle, raffte die Säume ihrer Röcke und eilte zu ihm.

Vielleicht funktioniert das mit dem Wünschen ja doch noch, dachte sie. Man kann nie wissen. Man kann wirklich nie wissen.

– ENDE –

Gaelen Foley

Eine tollkühne Lady

Georgiana Knight ist schön und gebildet, doch bisweilen auch geradezu tollkühn! Um ihre Freundin zu retten, galoppiert sie kurz entschlossen auf ihrem Pferd über den Basar von Kalkutta. Ein Anblick, der die Händler in helle Aufregung versetzt – und Ian Prescott, Marquis of Griffith, vor Verlangen den Atem raubt …

Band-Nr. 25585

7,99 € (D)

ISBN: 978-3-86278-307-6

384 Seiten

Gaelen Foley

Der Lord und die unschuldige Verlockung

Jack Knight ist entsetzt: Eine Frau an Bord? Und noch dazu Eden Farraday, die so gefährliche Sehnsüchte in ihm weckt? Das kann Jack niemals zulassen. Um Eden aus seinem Leben – und seinem Herzen – zu vertreiben, fordert er einen schockierenden Preis für die Überfahrt: ihren Körper!

Band-Nr. 25490

6,95 € (D)

ISBN: 978-3-89941-797-5

496 Seiten

Brenda Joyce
Freibeuter der Leidenschaft

„Leidenschaftlich, verwegen und stak: Brenda Joyce erzählt die Liebesabenteuer der Dynastie de Warenne noch einmal großartig weiter."

Publishers Weekly

Band-Nr. 25635
7,99 € (D)
ISBN: 978-3-86278-485-1
416 Seiten

Brenda Joyce
Im Rausch der Ballnacht

„Eine leidenschaftliche Story über eine tiefe Liebe, gefangen in einem Netz aus Lügen, Geheimnissen und Verrat."

Booklist

Band-Nr. 25523
7,95 € (D)
ISBN: 978-3-89941-853-8
464 Seiten